Petra Oelker, geboren 1947, arbeitete als Journalistin und Autorin von Sachbüchern und Biographien. Mit «Tod am Zollhaus» schrieb sie den ersten ihrer erfolgreichen historischen Kriminalromane um die Komödiantin Rosina, neun weitere folgten. Zu ihren in der Gegenwart angesiedelten Romanen gehören «Der Klosterwald», «Die kleine Madonna» und «Tod auf dem Jakobsweg». Zuletzt begeisterte sie mit zwei Romanen, die in der Kaiserzeit angesiedelt sind: «Ein Garten mit Elbblick» sowie «Das klare Sommerlicht des Nordens».

PETRA OELKER

Emmas Reise

HISTORISCHER ROMAN

Rowohlt Taschenbuch Verlag

Veröffentlicht im Rowohlt Taschenbuch Verlag,
Reinbek bei Hamburg, Juni 2017

Copyright © 2016 by Rowohlt Verlag GmbH,
Reinbek bei Hamburg
Redaktion Elisabeth Mahler
Historische Karte nach dem Kupferstich von Johann M. Gigas,
gedruckt bei Willem J. Blaeu in Amsterdam, um 1630; Original im
Stadtmuseum Quakenbrück, bearbeitet von Peter Palm, Berlin.
Umschlaggestaltung any.way, Barbara Hanke/Cordula Schmidt
Umschlagabbildung The Water Coach (oil on canvas),
Jacob Salomonsz. Ruysdael (1630–81)/Haags Gemeentemuseum,
The Hague, Netherlands/Bridgeman Images
Satz aus der Adobe Garamond PostScript (InDesign)
bei Pinkuin Satz und Datentechnik, Berlin
Druck und Bindung CPI books GmbH, Leck, Germany
ISBN 978 3 499 27124 3

Das für dieses Buch verwendete Papier ist FSC®-zertifiziert.

PROLOG

Im August anno 1650

Der junge Wolf duckte sich tief in das Gestrüpp aus Gagelstrauch und Disteln. Ein herber Geruch stieg in der Abendluft auf, stärker als der nach Blut und Schwäche. Sein rechter Hinterlauf fühlte sich kraftlos an, brennender Schmerz schoss ihm von dort, wo die Forke getroffen hatte, bei jeder Bewegung in die Flanke. Dass er dem Dreschflegel hatte entkommen können, war nur Glück gewesen.

Ein Gewitter zog auf, das ängstigte ihn stets, nun sehnte er sich aber vor allem nach seinem Rudel. Das es nicht mehr gab. Und er zweifelte, ob er jemals Aufnahme in einem anderen finden würde. Als er es versucht hatte, unterwürfig winselnd und mit eingeknickten Läufen, wie es sich für einen hungrigen Bittsteller gehört, hatten sie ihn fortgejagt. Die Bisswunde im Nacken war nicht tief, nur ein Kratzer als erste Warnung, doch sie erinnerte ihn unablässig daran. Umso mehr fühlte er den Schmerz, umso wütender hatte er seine Zähne in die Reste des toten Kaninchens geschlagen, das er in der Heide gefunden hatte.

Seine Pfoten spürten eine Erschütterung. Er duckte sich noch tiefer in den sandigen Boden und blinzelte durch die Zweige. Er kannte sich hier nur wenig aus, es war die Randzone des Reviers seines Rudels – seines *einstigen* Rudels –, aber er wusste, auf dem Weg, den er gerade kreuzen wollte, rollten nur selten Kutschen. Reitern, einfachen Bauernkarren, lumpigen, in seiner empfindlichen Nase grausam stinkenden Menschen konnte man begegnen, Kutschen hatte er hier noch nie gesehen.

Auf dem weiter entfernten breiten Fahrweg musste man sich ständig vor Fuhrwerken und Kutschen jeder Größe in Acht nehmen, selbst bei Nacht. Viele wurden von Bewaffneten begleitet, und die Menschen jagten Wölfe – aus Lust und weil sie sie für böse hielten, für blutgierige Räuber ihres Viehs. Tatsächlich waren es die Menschen samt ihren Hunden, diesen Verrätern, die jegliches Getier jagten und töteten, selbst die possierlichen Eichhörnchen und die Gefiederten am Himmel, die keinem Erdenbewohner das Revier streitig machten.

Er spitzte die Ohren. Die Luft lag bleiern über dem Land. Da ächzte tatsächlich eine Kutsche durch den Sand, er spürte die Erschütterung nun auch am Bauch und an der Brust, schon kroch der scharfe Geruch des schwitzenden Zugpferdes in seine Nase. Etwas weiter entfernt folgten noch mehr Pferde, schwere Tiere, mindestens drei. Penetrante menschliche Ausdünstungen verrieten Reiter.

Keine Stimmen? Das fand der junge Wolf befremdlich. Sonst war es den Menschen unmöglich, länger zu schweigen, als sie brauchten, um den Schatten einer Birke zu durchwandern.

Er hätte gerne gewartet und beobachtet, was nun geschehen mochte – wer in der Kutsche reiste, wer die stummen Reiter waren. Aber er war nur jung, nicht dumm. Er spürte etwas Dunkles, Unheimliches, und es kam unaufhaltsam näher. Behutsam und dennoch flink schob er sich rückwärts. Als er es in einer der flachen Senken für sicher genug hielt, wandte er sich um und lief zu dem uralten Hülsebusch auf dem Hügel. Von dort konnte er selbst im diffusen Licht der hereinbrechenden Dämmerung das Geschehen beobachten.

Der staubige Kasten auf Rädern kam gemächlich näher. Die beiden Pferde waren erschöpft, das erkannte sogar der junge

Wolf, obwohl er erst wenigen dieser großen starken Tiere begegnet war, ihr Fell war von Schweiß und Staub verklebt. Und nun preschten hinter dem Buschwerk Reiter hervor – er hatte sich also nicht geirrt. Sie ritten am jenseitigen Rand der Straße längs der Kutsche, das Pferd des ersten, ein riesiges Tier, stieg mit wildem Wiehern – nie zuvor hatte der junge Wolf ein so entsetzliches, so schrilles Geräusch gehört.

Der Himmel war nun fast schwarz, nur über dem Horizont zog sich noch ein gelber Streifen und schickte unheimliches Licht in die Geest, das auch einem mutigeren älteren Tier Angst vor den unbekannten hohen Mächten gemacht hätte. Der junge Wolf duckte sich tiefer in den Sand. Da flackerte ein Licht, gleich darauf dröhnte der erste Donner über die Ebene, prallte gegen die hohen Dünen und rollte davon. Als sei es das erwartete Signal gewesen, verschwand plötzlich der Kutscher vom Bock, die Reiter brüllten, schlugen mit Knüppeln gegen die Kutsche, und dann geschah etwas Seltsames. An der Buschwerkseite, wo für die Reiter kein Raum war, öffnete sich der Schlag, etwas Dunkles flog heraus, dann etwas Größeres – das waren Menschen! Zuerst ein kleiner Mensch, dann ein zweiter, etwas größerer, beide verschwanden im stachligen Buschwerk. Donner dröhnte wieder, diesmal war zuvor kein Licht aufgeblitzt, noch ein peitschender, zugleich dumpfer Knall.

Der junge Wolf fühlte sein Herz rasen. Bis vor wenigen Tagen hatte er ein schönes Leben gehabt, im Rudel war er immer satt und nie alleine gewesen. Mit seinen Geschwistern war er die Dünen heruntergekullert, miteinander balgend hatten sie gemessen, wer der Stärkere war, hatten zur Rast in der Sonne gelegen und sich in den Bächen und Teichen abgekühlt. Wie war er nur in diese andere dunkle Welt geraten? Das war nicht sein Leben, das konnte nicht sein. Täte sich doch ein breiter Fluss vor ihm auf. Er war ein schneller Schwimmer, der beste unter seinen Geschwistern, dann könnte er ein neues Ufer finden. Oder gar zurück in sein altes Leben. *Sein* Leben. Er war zu jung, als dass er schon in die Mysterien eingeweiht worden wäre, aber er wusste, dass es Mächte gab, ein Diesseits und ein Jenseits, dass man es sich verdienen musste – Es? Wie? Wer würde ihn diese Dinge nun lehren?

Neuer Lärm ließ ihn aufschrecken und die Nässe an den Augen rasch mit der Pfote verreiben. Es konnte nur ein kurzer Moment der Unachtsamkeit vergangen sein. Die Kutsche? Ein Blitz erhellte für einen Atemzug den Weg – da war sie wieder, schon ein ganzes Stück weiter, kein Mensch auf dem Bock. Aber die Reiter waren noch da, nun auf beiden Seiten des Gefährts, und trieben die Pferde an.

Plötzlich begann es zu rauschen, und Regen fiel vom Himmel wie der Wasserfall bei der Mühle am dritten Dorf. Der junge Wolf schob die Schnauze ins Gras unter dem Gesträuch, kreuzte die Pfoten darüber und tat so, als wäre er gar nicht da.

Später in der Nacht duckte sich der junge Wolf immer noch in sein Versteck. Vielleicht hatte er geschlafen, er wusste es nicht. Der Regen hatte den Gestank von Menschen und Pferden weggespült. Auch den nach frischem Blut, den er kurz vor dem Regen noch gewittert hatte. Ein kleiner Mensch irrte ganz in der Nähe durch die Dunkelheit, der größere war in einer Senke verschwunden. Von beiden ging nur ein leichter Geruch aus, kein übler Gestank. Das fand er erstaunlich. Natürlich war der junge Wolf neugierig, noch mehr sehnte er sich nach Gesellschaft, weil er aber nicht wusste, ob es freundliche Menschen gab, und er – nebenbei – auch sehr satt war, verbarg er sich bei dem alten Hülsebusch und wartete, was nun geschehen würde.

Kapitel 1

Hamburg, einige Wochen früher, im Juli anno 1650

Der Brief aus Amsterdam erreichte das Haus am Herrengraben an einem freundlichen Sommertag. Die Sonne schien, es war weder zu heiß noch zu kühl, von der Elbe wehte ein leichter Wind, und am blauen Himmel zogen gemütliche weiße Wolken.

Der drei Jahrzehnte währende Krieg war nun endgültig beendet, auch unter den allerletzten zäh ausgehandelten Bedingungen waren die Siegel der Vertreter aller beteiligten Mächte erhärtet. Überall im Reich feierten die Menschen Friedensfeste. So viele Dankgottesdienste und in Licht und Farben explodierende Feuerwerksspektakel hatte es nie zuvor gegeben. Auch in Hamburg wurde ein weiteres prächtiges Freudenfest vorbereitet. Im vergangenen Jahr schon war nur wenige Schritte vom Herrengraben entfernt der Grundstein für ein ganz besonderes Friedensdenkmal gelegt worden: für die eigene Pfarrkirche der Neustadt. Sie sollte nach dem Erzengel Michael benannt werden, dem Bezwinger des Satans, Schutzpatron der Soldaten und des Reichs. Ein teures Denkmal, doch diesmal knauserten die wohlhabenden Bürger nicht. Etliche Kaufleute der großen Hafen- und Handelsstadt hatten zwar besonders gut am Krieg verdient, letzlich versprach jedoch der Frieden Prosperität, Freiheit des Handels und sichere Wege in die Welt.

Womöglich war deshalb der Brief aus Amsterdam gerade in

diesen Tagen auf die Reise geschickt worden. Auch die Holländer waren in den Friedensschluss involviert, worüber dort, ganz am westlichen Rand Nordeuropas, allerdings nicht nur Freude herrschte.

Als es gegen Mittag an der Haustür am Herrengraben pochte, sprang Emma van Haaren auf und lief in die Diele. Sie hatte sich brav am neuen Spinett gequält, jede Unterbrechung kam ihr recht. Emma liebte ihre Laute, da der Hausherr jedoch das Spinett vorzog, verstand es sich von selbst, dass seine Stieftochter sich nun auch auf den hellen und dunklen Tasten übte.

Natürlich schickte es sich nicht für eine junge Dame von fast achtzehn Jahren, wie ein ungebärdiger Junge zur Tür zu rennen und dabei Magd oder Diener zuvorzukommen. Das vergaß Emma hin und wieder. Bis sie mit ihrer Mutter in das Ostendorf'sche Haus gezogen war, hatten derlei Nachlässigkeiten niemanden gestört, schon weil es nur eine Hausmagd gegeben hatte, Margret, die stets mit Wichtigerem beschäftigt gewesen war.

Vor der Tür stand ein Hüne, Kleidung und Gesicht waren von Schweiß und Staub geschwärzt, wie nach einem langen, rasanten Ritt über die Landstraßen. Er hielt sein Pferd am Zügel, ein mächtiges Tier, dessen Farbe unter dem eigenen Schweiß und Schmutz kaum zu deuten war. Die Satteltaschen waren prall gefüllt.

«Juffrouw van Haaren?» Seine Stimme klang tief und heiser.

Als Emma nur nickte, reichte er ihr einen Brief aus dickem, mehrfach gefaltetem Papier, umwickelt von einer braunen Kordel und doppelt gesiegelt. Mit energischer, doch akkurater Schrift hatte ihn jemand an *Mevrouw Flora Ostendorf* und *Juffrouw Emma van Haaren, Straat aan de Heerengraben, Hamburg* adressiert.

Emma stutzte. Das war Niederländisch. Und woher hatte der

Bote gewusst, dass sie das Fräulein van Haaren war? Sie wollte ihn fragen, doch statt auf die Bezahlung zu warten, hatte er sich schon abgewandt und führte sein Pferd die Straße hinunter zum Hafen.

Niemals zuvor hatte Emma einen Brief von jenseits der Wälle bekommen. Vor allem: niemals zuvor aus Holland. Plötzlich war ihr schwindelig, ein bisschen nur, sie war keine, die einfach so in Ohnmacht fiel, aber ein Brief aus Amsterdam – nach all den Jahren? Zu gerne hätte sie das Siegel erbrochen, gleich jetzt, hier vor der Tür. Aber das ging nicht. Zum einen weil ihre Hände zitterten, was es zu verbergen galt, zum anderen weil der Brief zuerst an Flora gerichtet war, an ihre Mutter.

Etwas Eigentümliches geschah. Plötzlich fühlte sie sich wieder klein, wie ein Kind von acht Jahren. Voller Trauer und betäubt von dem, was geschehen war. Damals hatte sie schließlich der Gedanke gerettet, dass ihr Vater, ihr wunderbarer, immer fröhlicher Vater, gar nicht tot war. Er konnte einfach nicht tot sein. Es war nur eine Geschichte, die man ihr erzählt hatte, um sie zu foppen. Ein grausamer Scherz, Erwachsene waren so. Sie wussten oft nicht, ob etwas grausam oder lustig war.

Nun war sie also fast achtzehn Jahre alt und fühlte sich wieder wie das Kind von damals, wollte an eine erschreckende und zugleich beglückende Gewissheit glauben. Der Brief kam aus Amsterdam, aus der Heimatstadt ihres Vaters – also hatte sie recht gehabt. Er war nicht tot. Er war nur verschwunden, damals, irgendwo in den Wirren des Krieges verlorengegangen. Aber er lebte, und nun, endlich, nach all den Jahren, hatte er geschrieben. Für seine Frau kam der Brief zu spät. Flora hieß seit fast einem Jahr Ostendorf. Aber für eine Tochter kommt so ein Brief nie zu spät, und gerade jetzt erreichte er Emma zur allerpassendsten Zeit. Gerade jetzt.

Schon bevor Flora das Siegel erbrach und zu lesen begann,

hatte Emma ihre alte Kinderphantasie verscheucht. Sie hatte viel zu oft das Grab ihres Vaters besucht, um wirklich an seinem Tod zu zweifeln, und sie wusste auch, dass unerfüllbare Wünsche zu Träumen werden können, bis man sie eines Tages mit der Wirklichkeit verwechselt. Der Brief aus Amsterdam war nicht von Hanns van Haaren. Natürlich nicht. Ihr Vater war schon vor einem Jahrzehnt nach einem dieser schweren Fieber innerhalb weniger Tage gestorben. Seine Mutter hatte diesen Brief geschickt, die alte Mevrouw van Haaren. Flora und Emma kannten sie und die gesamte Amsterdamer Verwandtschaft Hanns van Haarens nicht – sie hatten diese Ehe nie akzeptiert. Kämen die Zeilen nun tatsächlich aus dem Totenreich, wäre es kaum weniger erstaunlich. Noch überraschender war die Botschaft des Briefes.

Ein Jahrzehnt nach dem Tod ihres «über alles geliebten jüngsten Sohnes Hanns», so schrieb Mevrouw van Haaren, Emmas unbekannte Großmutter, habe Gott ihr die Gnade der Einsicht und Milde geschenkt. Sie bedauere tief – von Reue erwähnte sie nichts –, sich die Freude der Bekanntschaft und kindlichen Liebe ihrer Enkeltochter versagt zu haben. Ihr bleibe nur mehr wenig Zeit auf Erden, um wiedergutzumachen, was sie versäumt habe. Die Fahrt von der Amstel an die Elbe sei für eine alte und von der Gicht geplagte Frau zu beschwerlich. «So bin ich zuversichtlich, das einzige Kind meines unglücklichen jüngsten Sohnes ist gerne bereit, die Mühen der Reise auf sich zu nehmen, um der Mutter ihres Vaters ein wenig Seelenfrieden zu schenken.»

Die üblichen Höflichkeitsfloskeln, die an den Anfang und das Ende eines artigen Briefes gehören, waren ein wenig knapp gehalten, was die Privatheit des Schreibens nur unterstrich.

Im Ostendorf'schen Haus herrschte plötzlich summende Unruhe. Für gewöhnlich ging es dort ruhig zu. Natürlich nicht in Kontor und Speicher, Emmas Stiefvater war in seinen Handelsgeschäften überaus erfolgreich. Es war fraglich, ob diese speziellen Geschäfte mit den großen Gewinnen auch nach dem Friedensschluss in Münster und Osnabrück weiter fließen würden. Erst in diesen Wochen hatten die Mächtigen besonders aus Frankreich, Schweden und dem Deutschen Reich in Nürnberg den Frieden endgültig besiegelt. Ostendorf blickte zuversichtlich in die Zukunft. Seine Verbindungen reichten inzwischen weit und quer durch Europa.

Wie jeder wahrhaftige Christ hatte er für den Frieden gebetet und versäumte keinen Dankgottesdienst, aber er vertraute auf die Menschheit, die es nie lange ohne Krieg aushielt. Hier der Frieden, dort der Krieg. So hielt sich die Welt im Gleichgewicht. Frankreich, dachte er immer, wenn ihn doch eine leichte Ungewissheit bedrängte. Spanien. Und England. Und die Holländer, überhaupt die nördlichen Niederlande? Da drohte noch manches Pulverfass zu explodieren, seit die katholischen Spanier endgültig über die südlichen Niederlande herrschten. Und erst in den überseeischen Kolonien – es gab wirklich keinen Grund zur Sorge um die Prosperität des Ostendorf'schen Handels.

Der Brief der Mevrouw van Haaren erforderte eine baldige Antwort. Doch die Tage gingen ins Land, nun waren es schon fünf, ohne dass Flora zur Feder gegriffen hätte. So sah es jedenfalls für ihren zweiten Ehemann aus. Tatsächlich hatte sie an jedem der vergangenen Tage mit der Feder in der Hand vor einem Bogen guten Papiers gesessen, stets ohne Ergebnis. Es war längst beschlossen, dass Emma so bald wie möglich nach Amsterdam reisen würde. Jedenfalls hatte Friedrich Ostendorf als Stiefvater so entschieden. Er war in dieser Sache einig mit dem Ratsherren Jacobus Engelbach, Emmas Paten und seit dem Tod ihres Vaters ihr Vormund.

Nur Flora schwankte noch. Jeder Mensch sollte seine Familie kennen und sich auf ihren Schutz verlassen dürfen. Emma hatte sich mit der Familie ihrer Mutter begnügen müssen. Die bestand nur aus Floras Eltern, die viele Tagesreisen entfernt im Osten lebten, seit ihr Vater, Professor Reuter, an die Universität Königsberg berufen worden war. Der Brief aus Amsterdam bedeutete für Emma ein großes Glück. Ein Geschenk des Schicksals. Und doch ... Eine Mutter sorgte sich immer um ihr Kind, das war ein Gebot der Liebe, aber da war noch ein anderes, ein schwarzes Gefühl in ihr, etwas Bedrohliches, das über die Sorge, Emma könne auf der langen Reise etwas zustoßen, hinausging.

Auch an diesem Tag, sonnig und freundlich wie jener, an dem der Brief angekommen war, drehte sie wieder die Feder in den Händen und haderte mit ihrer Unentschlossenheit. Heute musste sie es tun, sie hatte es versprochen, Ostendorf, ebenso dem lieben Engelbach, der sie und Emma während ihrer langen Witwenschaft stets umsichtig und freundlich beschützt hatte, und nicht zuletzt Emma. Emma wollte unbedingt nach Amsterdam reisen, sie brannte darauf, die Familie ihres Vaters kennenzulernen, und sie brannte darauf, endlich einmal die schützenden Mauern der Stadt hinter sich zu lassen. Seit Pate Engelbach ihr auf seinem Globus und seiner kleinen Sammlung kostbarer Landkarten die Welt gezeigt hatte, blickte sie den Schiffen mit anderen Blicken nach, wenn sie den Hafen verließen und die Elbe hinab- und in die Welt hinausfuhren.

Margret trat ein, ohne auch nur flüchtig anzuklopfen, was für gewöhnlich auf Turbulenzen im Haushalt schließen ließ, manchmal auch nur in Margrets Kopf. So wie heute.

«Und wenn er gar nicht echt ist?», platzte sie gleich heraus. «Wie könnt Ihr so sicher sein?»

Margrets Stimme klang patzig, ganz und gar unpassend für eine Magd. Allerdings war sie schon lange mehr als das, und wenn sie ungebührlich klang, verriet das nur ihre Sorge. Sie war vor etwa zwei Jahrzehnten dem Inferno der Zerstörung Magdeburgs entkommen und hatte es als Flüchtling nach Hamburg geschafft. Bei den jungen van Haarens hatte sie als Mädchen fürs Grobe so etwas wie ein neues Zuhause gefunden. Es hatte lange gedauert, bis ihre Albträume, ihre Schreie in der Nacht aufhörten. Nach Hanns van Haarens Tod war sie als Einzige der Dienstboten geblieben, und sie hatte den plötzlich bescheidenen Haushalt besser geführt, als Flora van Haaren es je gekonnt hätte.

Margret war es, die in all den Jahren den gebührenden Abstand zwischen Herrin und Dienstbotin gewahrt hatte. Dennoch war sie Floras Vertraute geworden und Emmas Erzieherin und Ratgeberin in Alltagsdingen, wobei Letzteres auch hieß, das Mädchen mit beiden Füßen auf der Erde zu halten. Sie hatte sie auch den Sinn fürs Praktische gelehrt, der Flora, der zarten Witwe mit einer Neigung zur Melancholie, bisweilen fehlte.

In diesem lebendigen Sinn fürs Praktische steckte eine tüchtige Prise Misstrauen; Margret hielt das für eine unabdingbare weibliche Tugend, die im Fall dieses Briefes besonders angebracht war.

Flora klopfte auf den zweiten Stuhl an ihrem Tisch, und Margret setzte sich kerzengerade auf die Kante.

«Ihr seid zu arglos», erklärte sie mit nur wenig ruhigerer Stimme. «Da bringt ein Bote, den man nicht kennt, ein Schreiben von Leuten, die man nicht kennt, und diese Leute verlangen, das Fräulein Emma van Haaren möge sich auf die lange gefahrvolle Reise nach Amsterdam begeben. Plötzlich, nach so vielen Jahren? Diese Verwandtschaft ist doch steinreich, und Steinreiche teilen ungern, das ist allgemein bekannt. Wozu sollten die sich ein Mädchen ins Haus holen, das womöglich Erbansprüche stellt?»

«Da mag es viele Gründe geben.» Flora klang geduldig, nahezu die gleichen Bedenken hatte sie selbst Ostendorf und Emmas Paten entgegengehalten. «Aber mit dem Alter wird mancher milde. Und vergiss nicht, von ihrem jüngsten Sohn ist ihr nichts als Emma geblieben. Es ist doch ganz natürlich, wenn …»

«So einen Brief kann jeder schreiben, der das Alphabet kennt und eine Feder halten kann», unterbrach Margret ihre Herrin aufgeregt. «Man kann ihn auch überall einem gekauften Boten übergeben, der dann behauptet, er komme von weit her.»

Der Brief war nicht im Gepäck eines der ihnen bekannten reisenden Kaufleute gekommen, wie es zumeist geschah, sondern mit einem der Reitposten, die neuerdings in nur sechs Tagen zwischen Hamburg und Amsterdam ritten – niemand war schneller.

Flora lächelte tapfer. Sie hätte Margret gerne zugestimmt, aber das durfte sie nicht. «Du hast in den Kriegszeiten zu viel Böses erlebt und gehört. Warum sollte jemand so etwas tun? Nein, Margret, dieser Brief ist echt. Ich erkenne die Unterschrift, sie ist nur ein wenig krakeliger als früher. Mevrouw van Haaren leidet an der Gicht, wie sie selbst schreibt, da mag die Hand zittern. Außerdem ist das einer der Bögen, wie sie nur für die van Haarens geschöpft werden.» Sie tippte mit der Fingerspitze auf das steife Papier. «Sieh her, das Wasserzeichen zeigt das Familienwappen, ich habe es oft bei meinem Mann gesehen, auch auf seinen Briefen an mich. Ich meine, bei meinem ersten Mann.»

Hastig hatte sich Flora verbessert. Ihr zweiter Ehemann galt als freundlich, und es hieß, Friedrich Ostendorf sei diese Ehe weniger aus Vernunft denn aus Neigung eingegangen. Auch für ihn war es die zweite Heirat nach etlichen Witwerjahren gewesen, er sprach jedoch nie von seiner ersten Frau. Obwohl er ihr den Grundstock seines Wohlstandes zu verdanken hatte – wie böse Zungen raunten.

«Wer sonst sollte Emma nach Amsterdam einladen, wenn nicht die Familie ihres Vaters», fuhr Flora fort. «Ostendorf hat dort Geschäftsverbindungen, wie die meisten hanseatischen Kaufleute. Darüber hinaus kennen wir dort jedoch niemanden. Es ist nur recht und billig, wenn Mevrouw van Haaren sich endlich bequemt, ihre Enkeltochter kennenzulernen. Nach beinahe zwei Jahrzehnten!»

Ganz anders als ihre Tochter war Flora die Sanftmut in Person, nun ließ ihre Stimme aber doch die jahrelang hingenommene Kränkung erahnen. Hanns van Haarens Amsterdamer Familie hatte sich stets geweigert, seine Ehefrau und Tochter anzuerkennen. Schon bald nachdem der junge Kaufmann die Hamburger Dependance des Handelshauses seiner Familie übernommen hatte, hatte er Flora Reuter getroffen und sich sogleich heftig verliebt. Sie war nur eine sehr junge Professorentochter ohne Beziehungen, die den Handelsgeschäften förderlich wären – von einer lohnenden Mitgift ganz zu schweigen. Sie war nicht einmal Calvinistin, wie es für einen van Haaren unabdingbar war, sondern Lutheranerin. So eine Liebe war für ihn nicht vorgesehen, die Familie hatte längst um eine passendere Braut verhandelt.

Das hatte ihn wenig gekümmert, er hatte Flora geheiratet und war dennoch auf seinem Posten an der Elbe gelassen worden. Hamburg war in jenen Jahren der bedeutendste Umschlagplatz für Waren und Nachrichten jeder Art, wie sie im Kriegsgeschehen verlangt wurden. Die verbündeten wie die einander bekriegenden Parteien gingen durch die großen Tore in den neu und als uneinnehmbar errichteten Festungswällen ein und aus. Alle machten in der sicheren neutralen Stadt Geschäfte, miteinander oder gegeneinander, und immer auch solche, die den Krieg aufrechterhielten und immense Gewinnspannen boten. Nirgends wurde so viel und so profitabel mit Rüstungsgütern gehandelt wie in Amsterdam und Hamburg, mit Pulver und Kugeln, Messern, Säbeln, Lanzen, Piken, Feuerwaffen oder großen Kanonen.

Es hieß, die Geschäfte mit den für die Herstellung von Waffen und Munition nötigen Materialien wie Salpeter, Kupfer und anderen Metallen seien noch profitabler. Ein großer Teil des Kriegsmaterials wurde in den Pulver- und Kupfermühlen nordöstlich von Hamburg produziert, aber zahllose Fuhren dieser Waren kamen auch von weither zum neutralen Handelsplatz an der Elbe; verursachte der Krieg irgendwo eine Blockade von Gruben oder Städten mit ihren Lagerhäusern, von Häfen oder ganzen Handelsstraßen, mussten die Rohstoffe anderswo beschafft werden. Dazu bedurfte es eines so großen wie eng geknüpften Netzes von Handelsbeziehungen in ganz Europa und darüber hinaus, und niemand verfügte über bessere als die Fernhandelskaufleute in den bedeutendsten Hafenstädten des Kontinents.

Hanns van Haaren war trotz seiner jungen Jahre ein erfolgreicher Kaufmann gewesen, das hatte seine Familie stets geachtet. Er war auch fröhlich und selbstgewiss gewesen, keinesfalls ein Feigling. Hätte er nach Gottes Plan länger leben dürfen, hätte er seiner Amsterdamer Familie womöglich noch mehr getrotzt und Flora und Emma mit an die Amstel genommen.

«Was für eine Zumutung», rief Margret. «Plötzlich taucht sie auf wie ein tückischer Wels aus dem Schlamm und tut süß. Was heißt überhaupt ‹unglücklicher Sohn›? So lange er *hier* gelebt hat, war er sehr glücklich. Diese dicke Amsterdamerin ist die Überheblichkeit selbst. Wo bleibt ihre christliche Demut? Was sollte Emma dort überhaupt wollen? Wo kann sie glücklicher leben als hier?»

In diesem Moment fand Emma es an der Zeit, sich einzumischen, sie hatte lange genug in der Diele gestanden und gelauscht, ohne den geringsten Anflug von Scham. Schließlich ging es um sie, um *ihre* Reise, um *ihre* Großmutter, um *ihren* Vater – alles in dieser Angelegenheit ging letztlich nur sie etwas an. Emma liebte ihre Mutter sehr, die lange Zweisamkeit hatte sie beide besonders eng verbunden. Wenn Flora nun aber versuchen sollte, diese Reise zu verhindern, würde sie alle Tochterliebe vergessen und durchbrennen. Das hatte sich Emma versprochen.

Sie war es gewohnt, dass andere für sie Entscheidungen trafen, aber hier ging es um viel mehr als um Alltägliches. Es ging um den Weg in die Welt, hinaus aus der Enge der Stadtbefestigung und zu dieser unbekannten holländischen Familie, nach der sie sich heimlich immer gesehnt hatte. Sei es auch vor allem aus Neugier gewesen, wie sie sich in ehrlichen Momenten eingestand. Wenn ihr Vater zu ihnen gehört hatte, mussten sie trotz des jahrelangen Schweigens großartige Menschen sein. Jedenfalls einige von ihnen.

Leider trat gleich nach seiner Stieftochter auch Friedrich Ostendorf ein. Er hatte schon in der Halle die Stimmen gehört und sich mit besonders schnellem Schritt genähert. Floras zweiter Ehemann war schlank und hochgewachsen, sein Haar ergraut, doch noch voll und üppig, die Gesichtszüge erstaunlich glatt. Obwohl sorgfältig gestutzt erinnerte sein Bart an den des Königs Gustav II. Adolf; in seinen jungen Jahren hatte Ostendorf den anno 1632 zu Lützen für die gute Sache gefallenen König der Schweden heimlich verehrt. Ansonsten kleidete er sich in der vornehmen Schlichtheit, die den wohlhabenden Bürgern in den großen Städten des Nordens gut anstand. Manche sagten, Ostendorf sei auch in diesen reifen Jahren noch ein schöner Mann.

«Es gibt eine ganze Reihe von exzellenten Gründen, warum Emma nach Amsterdam will und auch fahren wird», beantwortete er Margrets rein rhetorische Frage, die Klinke noch in der Hand, und bevor er sich zu seiner Frau hinunterbeugte, um ihren Scheitel zu küssen. «Die meisten Gründe sind vernünftig. Sehr vernünftig sogar. Wir haben doch darüber gesprochen, meine Liebe, und waren uns längst einig. Hast du dich immer noch nicht entschieden?»

Flora errötete, aber sie senkte nicht den Blick, was durchaus angemessen gewesen wäre. «Nun», sagte sie, «nun. Es ist schwierig. Der Krieg ist noch nicht lange vorbei und …»

«Noch nicht lange? Ich bitte dich, Flora. Zwei Jahre.»

«Seit dem Friedensschluss, ja. Die letzten Unterschriften sind aber erst jetzt in Nürnberg geleistet worden, du hast selbst davon gesprochen. Wenn man bedenkt, wie viele Jahre dieser Krieg gedauert und welche grausamen Verwüstungen er hinterlassen hat – man hört noch immer Furchtbares vom Volk, das sich auf den Straßen herumtreibt, entlassene Söldner, falsche Priester, Heimatlose, Räuber, Hexen, Vaganten, alle hungrig und an das Kriegshandwerk gewöhnt. Ich will nicht, dass Emma sich einer solchen Gefahr aussetzt.»

«Aber ich bin …», begann Emma heftig. Ostendorf hob gebietend die Hand, und sie presste seufzend die Lippen aufeinander. Sie hätte es mit ihrem Stiefvater schlechter treffen können, wenn er nur endlich aufhörte, sie wie ein Kind zu behandeln.

«Selbst wenn es bisher über den Namen hinaus keine Rolle gespielt hat», fuhr der fort und betonte nachdrücklich jedes Wort, «ist deine Tochter ein Familienmitglied der Amsterdamer van Haarens. Das ist einen Gedanken wert, meinst du nicht? Die van Haarens gehören zu den wohlhabenden, ich würde sogar sagen zu den wohlhabendsten Familien und Handelshäusern im Holländischen. Und im Holländischen finden sich wiederum die wohlhabendsten Familien Europas, wahrscheinlich der Welt. Ich habe es dir mehrfach erläutert: Man darf Emma nicht daran hindern, ihre Familie zu besuchen – die Mutter ihres Vaters, ihre Cousins, Onkel und andere Verwandte – und ihr Erbe einzufordern.»

«Genau das möchte ich nicht. Auf keinen Fall.» Flora saß ganz aufrecht, ihre Unterlippe zitterte verdächtig. «Wir wollen nichts von Leuten, die uns zwei Jahrzehnte lang nur verachtet haben, wegen unserer Religion, wegen meiner Herkunft, was weiß ich? Nur weil Hanns' Mutter jetzt alt ist und sich plötzlich fürchtet, ihr Herrgott könne ihre Hartherzigkeit bestrafen? Das wäre schmutziges Geld, Friedrich. Denkst du, ich hätte keinen Stolz? Emma hätte keinen Stolz?»

«Liebste Flora, wer wüsste besser als ich um deinen Stolz?» Er strich sanft über ihre Hand. «Es widerspricht keineswegs deiner oder Emmas Würde, wenn ihr euch um etwas bemüht, das euch nach allem Recht der Welt zusteht und so viele Jahre vorenthalten wurde. Natürlich wird man das mit Diplomatie und Höflichkeit vorbringen, nach den guten bürgerlichen Spielregeln. Und niemand erwartet, Emma werde das selbst tun, das wäre tatsächlich unpassend. Ein würdiger Vertreter wird für sie sprechen, ein Mann, der vor dem Gesetz und auch in der Kaufmannschaft etwas gilt. Glaube mir, Mevrouw van Haaren erwartet nichts anderes. Es sei denn, sie hält dich für sehr einfältig, was ich nicht glaube. Du kannst sicher sein, obwohl die van Haarens die Ehe ihres jüngsten Sohnes missbilligt haben, wissen sie sehr genau, wen er geheiratet hat, wie es um seine Ehe stand, was für Menschen seine Witwe und Tochter sind, auch heute sind.»

Margret hatte sich bei Ostendorfs Eintreten gleich erhoben und war zurück in den Schatten getreten. Emmas beschwörende Blicke musste sie ignorieren. Sie war dem Mädchen stets ein Schutzschild und eine Fürsprecherin gewesen, gegenüber dem Herrn dieses Hauses war sie machtlos. Er hatte ihr von Anfang an deutlich gezeigt, wo ihr Platz nun war, und sie musste sich fügen, wenn sie mit Flora und Emma nicht auch ihr Zuhause verlieren wollte.

Als Flora beharrlich schwieg, fuhr Ostendorf fort: «Wäre der Mevrouw sonst dein jetziger Name und unsere Wohnung bekannt gewesen? Die van Haarens sind Großkaufleute, ihre Schiffe gehen in die Welt bis nach Amerikas Küsten und nach Ostasien. Sie würden sich niemals dem Risiko aussetzen, billige Weiber – verzeih den Ausdruck, aber darum geht es oft – in ihr Haus zu holen. Diese Reise wird deiner Tochter eine exzellente Mitgift einbringen, und eine gute Mitgift bedeutet eine gute Partie, also ein zufriedenes wohlsituiertes Leben. Die Mühen der Reise werden von Emmas zukünftigem Glück leicht aufgewogen.»

Ostendorf setzte sich endlich und bedeutete Emma mit einer Handbewegung, auf der Bank in der Fensternische Platz zu nehmen. Dieser Besuch sei in der Tat ein großes Unternehmen für eine junge Person wie Emma, erklärte er weiter, mit einer guten Vorbereitung und Planung jedoch leicht zu bewerkstelligen.

«Das Wichtigste ist die gute Wahl der Reisebegleitung. Ich denke, da sind wir uns einig. Sicher ist es bedauerlich, dass du deine Tochter nicht selbst begleiten kannst, andererseits ist es womöglich von Vorteil, wenn ...»

«Von Vorteil?» Floras zartes Gesicht rötete sich schlagartig, ihre Augen wurden dunkel. «Von Vorteil für wen? Du meinst, weil ich nicht eingeladen bin, könnte die, die, die – könnte es Frau van Haaren brüskieren? Auf wessen Seite stellst du dich?»

«Beruhige dich, Flora, ich bitte sehr. Du darfst dich in deinem Zustand nicht so erhitzen. Natürlich bin ich an deiner Seite, und an der Seite deiner Tochter, *meiner* Familie. Wie kannst du daran zweifeln? Ich meine etwas anderes.» Beide wussten, dass er notgedrungen zumindest ein wenig log. «Ein unbestreitbarer

Vorteil wäre ein Reisebegleiter, der sich auf Angelegenheiten des Rechts versteht. Des niederländischen wie des unsrigen, darin stimmst du mir sicher zu. Dazu habe ich einen sehr vernünftigen Vorschlag, wirklich sehr vernünftig.» Er lehnte sich zufrieden die Hände reibend zurück. Dann lachte er, es klang freundlich versöhnt.

Flora zitterte beim Gedanken an das, was ihrem stets auf das Gute vertrauenden Kind unterwegs und erst recht am Ziel zustoßen mochte. Konnte. Würde? Obwohl sie nicht eingeladen war – in dem Brief war nur von Emma, der Enkelin, die Rede –, hätte sie natürlich viel darum gegeben, ihre Tochter zu begleiten. Niemand hätte sie aufhalten können, wäre sie nicht schwanger, nicht einmal Ostendorf, der jedes Recht dazu hatte. Schon eine Kutschfahrt bis Altona könne ihr Kind gefährden, hatte Dr. Feldmeister erst vor wenigen Tagen mit aller Strenge erklärt, mehr gebe es dazu nicht zu sagen. Flüchtig hatte Flora daran gedacht, welch seltsamer Zufall es sei, dass die Mevrouw in Amsterdam sich just an ihre unbekannte Enkelin erinnerte, als Flora wieder verheiratet und nun auch guter Hoffnung war, weshalb sie ihr sicheres Haus in ihrer sicheren Stadt nicht verlassen konnte.

Wenn es kein Zufall war, konnte es nur bedeuten, dass die *Dank Gottes Gnade erfahrene Einsicht und Milde* tatsächlich nur Emma galt, dem einzigen Kind ihres jüngsten Sohnes, ihrem eigenen Blut.

Sie wollte ihr Emma stehlen. Dieser Gedanke war in der Nacht aus dem Dunkel herangekrochen, quälend und scharf, wie es nur die Dämonen der Nacht können. Mit dem ersten Licht des Tages war er nicht verschwunden, doch Flora war wieder stark genug gewesen, auf ihr Gefühl zu vertrauen. Mochte die einsame alte Frau – sie musste doch einsam sein, wenn sie plötzlich Emmas Besuch wünschte? –, mochte sie sich Emma für einige Wochen ausleihen. Stehlen konnte sie sie nicht. Das würde Emma nie erlauben.

Margret hätte Emma begleiten können, ebenso Ostendorf, der als Stiefvater neben dem Ratsherrn Engelbach nun ein rechtmäßiger Fürsprecher war. Er hätte sich gerne des Vertrauens würdig gezeigt, hatte er nach kurzem Überlegen erklärt, doch könne er seine Gattin in diesen Monaten guter Hoffnung und bis nach der Niederkunft nicht allein lassen. Margret sei ebenfalls unabkömmlich, eine vertraute Hilfe gerade in dieser Zeit unverzichtbar.

Das hatte Flora erstaunt. Es wäre eine günstige Gelegenheit, Margret zumindest für einige Monate loszuwerden. Ostendorf mochte Margret nicht, und Flora wusste, dass es sich umgekehrt genauso verhielt.

«Dr. Hannelütt», erklärte Friedrich Ostendorf mit Triumph in der Stimme. «Konrad Hannelütt hat sich heute Morgen bereit erklärt, Emma als Beschützer, Ratgeber und Vertreter des Vormunds auf ihrer Reise zu begleiten. Es hat ihn einige Mühe gekostet, sich von seinen Verpflichtungen für so viele Wochen frei zu machen, aber der gute Engelbach hat einige wichtige Briefe nach Amsterdam zu schicken, so kann Hannelütt das Private mit dem Dienstlichen verbinden. Was könnte vorteilhafter sein? Ich bin sehr glücklich über diese Fügung. Einen verlässlicheren und geeigneteren Mann könnten wir nicht finden. Was sagst du, meine Liebe? Und du, Emma? Was sagt ihr dazu?»

«Nun …» Flora lächelte, es sah eher bemüht als glücklich aus. «Das ist eine vernünftige Entscheidung. Ein Doktor beider Rechte. Ja, vernünftig, obwohl – nun, wir müssen Herrn Engelbachs Zustimmung einholen. Womöglich wird der liebe Dr. Hannelütt zur selben Zeit im Rathaus gebraucht, ohne dass er es schon weiß. Er betont doch gern, wie unentbehrlich er dem

Syndicus ist. Wirklich unentbehrlich. Dann kann er keinesfalls mit Emma reisen. Nicht wahr, Emma?»

«Da sei unbesorgt.» Ostendorf lächelte nachsichtig; obwohl er es selten zeigte, hatte er Verständnis für Floras stete Sorge um ihre Tochter. «Natürlich habe ich mich mit dem Ratsherrn abgesprochen. Dr. Hannelütt kann reisen. Der gute Rat Engelbach findet meine Wahl vorzüglich und hat vesprochen, eines der älteren Mädchen aus seinem Haus mitzuschicken, damit Emma eine angemessene Bedienung hat.» So werde die Reisegesellschaft komplett und entspreche allen Geboten der Schicklichkeit.

Emmas Schultern sanken herab. Konrad Hannelütt. Womöglich war es doch besser, sie brannte durch. Gleich morgen bei Sonnenaufgang.

Kapitel 2

Die Hunde hoben witternd die Schnauzen und spitzten die Ohren, endlich richteten sie sich auf, langsam, wie es zu einem trägen Sonntagnachmittag im Juli passte. Es waren große kräftige Tiere, schön anzusehen mit ihrem schwarz glänzenden Fell an Kopf und Rücken, sandfarben die Läufe und der Bauch, auf der Brust schmückte alle drei die gleiche Blesse. Es waren auch freundliche Tiere – bis sie den Befehl hörten, auf den sie warteten, sprungbereit, die dunklen Augen starr auf die von Waldreben überwachsene mannshohe Einfriedung gerichtet. Ihr Knurren kam tief aus den Kehlen, noch ganz leise.

Obwohl der Wind an diesem Tag ruhte, war Bewegung im dichten Blattwerk. Dünne schmutzige Finger bogen die Ranken auseinander, gerade weit genug für einen Blick in den Engelbach'schen Garten. Wer aufmerksam hinsah, entdeckte auch zwei Gesichter.

Droste war immer aufmerksam, sobald er durch die große Pforte trat und den Kies der Wege unter den Stiefeln spürte. Sein Pfiff gellte kurz genug, um die in den Laubengängen flanierenden Besucher nicht zu stören, doch die Hunde schossen davon wie drei schwarze Pfeile, sprangen mit Wucht gegen die hölzerne Wand, aufjaulend vor Wut, als sie diese nicht überspringen und ihre Beute stellen konnten. Erst der zweite Pfiff rief sie zur Ordnung, sie blieben mit zitternden Flanken stehen.

Dem Schreckensschrei von jenseits der hohen Bretterwand, die den gesamten Garten umschloss und zugleich dem Spalierobst Schutz und Halt bot, folgten der dumpfe Ton eines aufprallenden Körpers und heftiges Fluchen in einem fremden Idiom.

Dann war es still, bis auf das erregte Hecheln der um ihre Beute betrogenen Hunde. Plötzlich begann eine Schar Schwalben hoch über dem nahen Festungswall zu zwitschern, als kommentierten sie die erschreckte Flucht der Bettler auf der einen, die geifernden Wachhunde auf der anderen Seite des Zauns. Es klang nach herzlos-fröhlichem Spott.

Droste lehnte am Pflanztisch, rieb Erde von den Händen und nickte seinen vierbeinigen Wächtern wohlgefällig zu.

«Schon wieder diebisches Gesindel», murmelte er und fuhr lauter fort: «Die Kerle werden sich gut überlegen, ob sie es hier wieder versuchen. Beim nächsten Mal lass ich die Hunde aus dem Tor.»

Emma van Haaren musterte ihn irritiert. Solche Töne kannte sie von ihm nicht. Droste war ein ruhiger Mann, bedächtig in der Rede und besonnen im Handeln. Er war von kräftiger Statur, Gesicht und Hände gebräunt, aber ohne jene Grobheit, die den in der freien Natur arbeitenden Männern und Frauen gewöhnlich eigen ist. Noch jung für einen Obergärtner galt er dennoch als der beste in der Stadt.

Neben seinen alltäglichen Pflichten hatte er den Auftrag, die Patentochter des Ratsherrn Jacobus Engelbach, Besitzer dieses herrlichen Gartens, ein wenig in Botanik zu unterrichten. Das Fräulein wünschte allerdings ‹viel, möglichst alles› insbesondere über die Arzneipflanzen zu erfahren.

In der Sicherheit eines bürgerlichen Haushalts aufgewachsene junge Damen neigen zur Schwärmerei, Emma bildete darin keine Ausnahme. In Droste hatte sie bisher nur Gutes vereinigt gesehen, sogar Sanftmut – ein Mann, der alle Tage Gottes schönste

Schöpfungen hegte und pflegte, musste doch eine empfindsame Seele haben. Emma bewunderte ihn, natürlich nicht wegen seiner abendhimmelblauen Augen, sondern wegen seines Wissens und der Zartheit im Umgang mit seinen Zöglingen. Und nun wollte er seine Hunde auf arme, heimatlose Menschen hetzen.

«Diebisches Gesindel», wiederholte Emma zögernd. «Womöglich haben die Leute nur Hunger.»

Droste zuckte die Schultern. «Dann sollen sie arbeiten. Wer arbeitet, hat zu essen. Noch besser gehen sie alle wieder nach Hause. Der Krieg ist vorbei und die Stadt wahrhaft voll genug, auch an Fremden. Noch mehr ...» Er räusperte sich, das waren schon zu viele unpassende Worte für die Ohren eines Fräuleins gewesen. «Ich bin nur ein Gärtner», erklärte er mit der vertrauten Sanftheit. Er habe sich nicht um solche Angelegenheiten zu kümmern, nur um das Gedeihen des Gartens. «Dieser Muskateller-Salbei ist übrigens besonders würzig», fuhr er in beiläufigem Ton fort, während er ein von einer Staude abgeteiltes Pflänzchen aufnahm und ins Licht hielt. «Ihr solltet für Frau Ostendorf den Topf mitnehmen. Die Sorte wächst selbst im Juli gut an.»

«Das wird meine Mutter freuen.» Emma wandte sich noch einmal nach den Hunden um. Die lagen wieder in akkurater Linie nebeneinander im warmen Sand, die Köpfe auf den Vorderpfoten, scheinbar schläfrig, tatsächlich sprungbereit. Später in diesem langen Sommer würde sie sich an das Bild erinnern. «Es heißt, viele der Flüchtlinge sind längst bei uns zu Hause, auch weil sie kein anderes mehr haben. Ich meine», erklärte sie, obwohl sich Drostes Miene verschloss, «so viele Städte und Dörfer sind zerstört oder niedergebrannt, weite Landstriche verödet, Felder liegen brach, da wuchern überall Unkraut, Disteln und Buschwerk. Viele, wirklich sehr viele Familien sind», sie strich sich mit einer unsicheren Bewegung über die Stirn, ihre Fingerspitzen hinterließen einen erdigen Streifen, «sind nicht mehr unter den Lebenden, ganze Dorfgemeinschaften. So hört man doch? Ich verstehe natürlich nichts von diesen Dingen, aber als gute Christen sollten wir ...»

Als sie nicht weitersprach, sah Droste von seinen Töpfen und Pflänzchen auf, hub an zu sprechen, schwieg dann jedoch ebenfalls.

«Sprecht es ruhig aus. Ich weiß schon, was Ihr sagen wollt.» Emma zupfte ein kleines Blatt vom Salbei und zerrieb es zwischen den Fingern. «Dasselbe wie mein Pate. Er ist sehr großherzig, das weiß jeder, aber er sagt, zu viel Mildtätigkeit mache die Menschen faul, im Übrigen müssten sich die Kirchen und Hospitäler der armen Leute annehmen, bis sie wieder selbst für sich sorgen können. Die, die mit ihren Familien die Stadt wieder verlassen, bekommen sogar einen Zehrpfennig für die Reise. Das stimmt sicher, natürlich stimmt es. Wenn ich aber durch die Straßen und über die Märkte gehe», setzte sie nach kurzem Überlegen hinzu, «scheint mir trotzdem, das reicht nicht aus.»

«Ihr habt ein weiches Herz, Fräulein Emma, das schmückt Euch. Ich sollte nicht über diese Dinge sprechen, nur über die heilsamen Pflanzen. Allerdings wüsste ich gerne ...» Er warf einen prüfenden Blick nach dem alten Fräulein Möhle. Emmas Anstandsdame saß auf der Bank im Schatten des Walnussbaumes und war heute ein ziemlich schläfriger Zerberus – selbst der aufgeregte Lärm der Hunde hatte sie nicht geweckt, die Haube war ihr über die Stirn auf die Nase gerutscht. «Darf ich fragen, ob Ihr wirklich reisen werdet?»

«O ja, und ob ich das werde. Alles ist entschieden, und die Schiffsplätze sind reserviert.» Drostes Frage war klug gewählt, nichts lenkte Emma in diesen Tagen leichter von allem anderen ab. «Meine Mutter ist über die Maßen besorgt, wie immer, aber dazu besteht kein Anlass. Andere Leute reisen viel weiter, der Bruder unserer Köchin fährt sogar monatelang auf einem holländischen Schiff nach Batavia am anderen Ende der Welt. Nach Amsterdam ist es dagegen nur ein Katzensprung. Herr Ostendorf ist entschieden dafür, mein Pate auch – was könnte mich bei so viel Unterstützung aufhalten?»

«Ihr habt es selbst gesagt: Weite Landstriche sind verwüstet und öde, viele Leute sind hungrig und heimatlos. In solchen Zeiten ist besonders gefährliches Volk unterwegs.»

«Wir reisen doch mit dem Schiff. Was sollte da passieren? Die Korsaren sind weit, im August drohen keine Stürme, man segelt immer nahe der Küste. Es wird die reinste Lustpartie. Nur der liebe Hannelütt fürchtet üble Anfälle von Seekrankheit.» Sie kicherte in ein frisch eingetopftes Asternpflänzchen. «Schon der Gedanke lässt ihn grünlich aussehen. Ach, ich sollte respektvoller sein, er ist alle Tage mit Wichtigem beschäftigt und wird in der Stadt gebraucht, trotzdem nimmt er für mich diese große Last auf seine Schultern.»

Mit dieser Ansicht war Emma ziemlich allein. Es wurde geflüstert, der kluge Dr. Hannelütt trage die Last der Reise vor allem für sich und seine glänzende Zukunft. Eine Verlobung mit Fräulein van Haaren würde bei diesen neuen Aussichten nur noch eine Frage der Zeit sein.

Bisher war allgemein angenommen worden, Hannelütt zögere, weil Emma nur aus einer Gelehrtenfamilie stamme. Ihr Pate war zwar ein angesehener und einflussreicher Mann, auch wohlhabend, wenn er sich mit seiner kostspieligen Gartenleidenschaft nicht doch noch ruinierte. Er würde sie kaum ohne kostbaren Brautschmuck zum Altar gehen lassen, aber es gab bessere Partien für einen jungen Mann wie Hannelütt. Selbst die wortführenden Herren der Stadt sahen eine rosige Zukunft für ihn, zumindest als Syndicus des Rates.

Es herrschte auch keine Einigkeit darüber, ob das Fräulein van Haaren als hübsch zu bezeichnen war. Ihr Mund wirkte ein wenig groß, die Nase leider auch, die Farbe ihres Haares erinnerte mehr an Flachs als an Honig. Immerhin gab es an den Ohren nichts auszusetzen, keine Blatternnarbe verunzierte ihr Gesicht, und die wachen grauen Augen galten vielen eben doch als schön, selbst wenn sie in einem Ausbruch von Zorn ins Grüne changierten. Es hieß, das deute auf eine Neigung zur Magie hin, ein gefährlicher Verdacht. Man sprach besser nicht darüber.

Ansonsten war außer munterer Wissbegier nichts Nachteiliges bekannt. Just diese Wissbegier jedoch, das hatte ihr Pate, der Ratsherr Engelbach versichert, mache sie zu einem kenntnisreichen Geschöpf, in Emmas Gesellschaft erlebe man keine langweilige Stunde. Das war ehrlich und gut gemeint gewesen. Hätte Engelbach allerdings darüber nachgedacht, wäre ihm aufgefallen, dass diese Qualitäten einen unbequemen Geist verrieten, was für ein Mädchen im heiratsfähigen Alter von erheblichem Nachteil war. Da der Ratsherr sonst ein freundlicher Mensch, ein verlässlicher Pate und überdies Vater von vier Söhnen war, musste ihm dieser Lapsus nachgesehen werden.

Dr. Hannelütt war trotz seiner Qualitäten und Aussichten kaum ermutigt worden, um Emmas Hand anzuhalten. Natürlich wusste ein vernünftiges Mädchen in einer vernünftigen Handelsstadt, dass die Ehe ein Handel für eine gesicherte Zukunft war, ein Vertrag vor allem zum Wohl der Familien und danach auch der Braut. Doch selbst ein vernünftiges Mädchen hatte bisweilen Träume, und die stimmten selten mit den Prinzipien der Vernunft überein.

Die Sache mit Hannelütt hatte Emma hingenommen wie die Tatsache, dass die Elbe dem Meer zufließt und im Sommer die Tage länger sind als im Winter. Sie kannte unangenehmere Männer. Er war belesen, bisweilen vergaß er seine Steifheit, dann war er recht unterhaltsam, und obwohl ihm die echte Liebe zur Musik fehlte, tanzte er manierlich. Es hieß auch, er sei ein ausgezeichneter Reiter. Sie hatte nicht viel über ihn nachgedacht, bis der Brief aus Amsterdam gekommen war; bis sie sich an den Gedanken gewöhnen musste, eine lange Reihe von Tagen mit ihm zu verbringen, an denen er für sie denken, entscheiden und sprechen würde. Ein unbehaglicher Gedanke.

Emma tastete nach dem Brief in ihrer Rocktasche. Er war oft gelesen, betrachtet und gefaltet worden, nur noch ein kleiner Rest des Siegels haftete daran. Das Familienwappen ließ sich nicht mehr erkennen. Die Zeilen waren in recht gedrechseltem Niederländisch verfasst – Emma kannte sie auswendig. Vielen in der Stadt war das Niederländische vertraut, ihr umso mehr, als sie seit Hanns van Haarens Tod seine Sprache stetig geübt hatte. Es half ihr, den Klang seiner Stimme in der Erinnerung zu bewahren.

Sie hatte sich im immer gleichen Rhythmus ihres städtischen Lebens eingerichtet. Nur manchmal, wenn sie den großen Schiffen oder den hochbepackt aus den Toren rollenden Kutschen nachsah, wenn sich wieder einer der Kaufmannssöhne für eine Lehrzeit irgendwo in Europa verabschiedete oder für einige Jahre an einer Universität, in Rinteln oder Wittenberg, in Leiden, Paris oder gar Bologna, hatte sie eine missmutige Unruhe gespürt. Ein Mädchen blieb im Schutz der Familie bis sich ein passender Ehemann fand, so war der Lauf der Welt.

Der Brief hatte alles verändert.

Emma van Haaren, fast achtzehn Jahre alt, ging auf eine große Reise, nach Amsterdam. War diese Stadt nicht das eigentliche Zentrum des Universums? Wo sonst erreichten und verließen so viele Schiffe aus den entferntesten Winkeln der Erde den Hafen? Das ganz große Tor zur Welt, hatte Ratsherr Engelbach gemurmelt und ausnahmsweise nicht seine geliebte Heimatstadt an der Elbe gemeint.

Das Abschiedskonzert im Engelbach'schen Garten war ein

wunderbarer Abschied und eine große Ehre, sie war sehr aufgeregt gewesen. Drostes ruhige Art und die Arbeit – doch, sie nannte es gerne Arbeit – mit den Pflanzen gab ihr für gewöhnlich Gleichmut. So kurz vor einer aufregenden Reise wäre Gleichmut ein bedauernswerter Zustand, das war ihr trotz ihrer Jugend klar. Dieser Zustand passte zu gesetzten Damen, allerdings hatte sie ihn in deren Gegenwart selten gespürt. Wenn sie alt war, das hatte sie sich fest versprochen, wollte sie voller Zufriedenheit auf ein gutes glückliches Leben zurückblicken. War man dann gleichmütig? Vielleicht. Aber ein wenig Aufregung, Ungleichmütiges, wäre doch auch im Alter schön.

Droste sah sich nach einem seiner Gärtner oder Knechte um, aber heute war Sonntag, wer keinen freien Tag hatte, half bei der Vorbereitung des Konzerts.

«Wartet», er rieb seine erdigen Hände mit einem groben Leintuch ab, «ich habe eine Liste mit den wichtigsten Pflanzen für Euch gemacht, mit Hinweisen, wie man sie zum Nutzen der Gesundheit verwendet. Wer weiß, wozu sie bei einer so weiten Reise gut sein kann. Ich hole den Bogen und bringe den Wassereimer für Eure Hände mit. Es ist Zeit, Ihr werdet sicher längst erwartet.»

Emma war mit ihren Gedanken weit fort gewesen. Erst jetzt hörte sie vom anderen Ende des Gartens, wo der mittlere Laubengang in das Rosenrondell mündete, diese seltsame Melange aus Tönen, die beim Stimmen von Instrumenten entsteht. Ratsherr Engelbach war ein großer Liebhaber der Musik und förderte die Konzerte, überhaupt das Musikleben in seiner Stadt nach Kräften. Besonders gern lud er die Hamburger Ratsmusikanten ein, für ihn und seine Gästen zu spielen – sie waren die besten Musiker weit und breit. An milden Sommersonntagen ließ er im Halbschatten der alten Bäume zum Duft der Damaszenerrosen musizieren. In diesem Sommer zählte die Kapelle acht

Musikanten, von denen jeder mindestens drei Instrumente beherrschte, das Minimum für Ratsmusikanten. Emma und Flora liebten diese Konzerte und hatten nie eines versäumt.

Aufseufzend betrachtete Emma ihre Hände. Sie war der Versuchung erlegen, eine ganze Reihe von Gewürz- und Heilpflänzchen über das genaue Betrachten hinaus auch selbst einzutopfen. Hin und wieder wurde sie trotz ihrer, wie sie selbst fand, bescheidenen Talente als zweite Lautenspielerin bei den privaten Engelbach'schen Konzerten gebraucht. Heute zum Glück nicht, die Leute hätten mehr auf ihre schwarzen Fingernägel geachtet als auf den Klang ihres Instruments.

Jetzt ergänzten die Töne der Gambe die helleren von Violine und Viola, die durchdringenderen des Zinken blieben noch aus. Ganz andere Töne, die sich nun hineinmischten, kamen dagegen aus der Nähe – nämlich aus den Kehlen der Hunde.

Das schwarze Trio stand, wo es eben noch im Sand gelegen hatte, akkurat aufgereiht, starr mit hochgezogenen Lefzen, wieder begierig nach dem nächsten Befehl zur Jagd.

«Sitz», zischte Emma, leider ohne Erfolg. Hastig wandte sie sich um und folgte dem stieren Blick der Tiere.

Zwei lange Beine in staubiger, schwarzer Hose und abgewetzten Stiefeln schoben sich über den Zaun, wo die Waldrebenpolster endeten und Haufen von Unrat, Zaunlatten zum Ausbessern, Leitern und ein Verschlag für die Gartengerätschaften ihren Platz hatten. Als von unterdrücktem Fluchen begleitet der Rest des Mannes folgte und seine Füße den Boden berührten, setzten die Hunde sich knurrend in Bewegung, langsam zuerst, geduckt, um plötzlich loszuschießen wie Pfeile.

Doch der Fremde am Zaun war flink und hatte Glück, dass er nur einen Schritt von einer Hainbuche entfernt gelandet war. Blitzschnell schwang er sich hinauf, einer der Hunde erwischte gerade noch seinen rechten Stiefel und zerrte ihn vom Fuß des

Eindringlings, schlug ihn sich ein paar Mal wütend um die Ohren, wie es Art der Hunde ist. Schließlich ließ er die Trophäe vor Emmas Füßen in den Staub fallen und setzte eine seiner kräftigen Pfoten darauf. So schnell gab er seine Beute bei allem Drill zum Gehorsam nicht preis.

Der Mann im Baum umklammerte den Stamm, das Gesicht hochrot vor Anstrengung, vielleicht vor Zorn. Jedenfalls sah er nicht angstvoll auf die Hunde hinunter, obwohl er allen Grund dazu hatte.

Emma blickte sich erschreckt nach Droste um. Der Gärtner war nicht zu sehen, überhaupt war niemand als dieser Fremde zu sehen, alle waren schon bei den Musikern am Rondell versammelt.

«Himmel hilf, Mädchen», zischte es aus der Baumkrone, die Stimme klang für einen Mann, der sich gerade über einen Zaun eingeschlichen und vor Wachhunden geflohen war, ungebührlich herrisch. «Guck keine Löcher in die Luft. Ruf endlich diese Höllenhunde zurück. Sperr die Viecher in ihren Zwinger oder binde sie wenigstens irgendwo an, verdammt. Die sehen aus, als hätten sie drei Tage nichts zu fressen gehabt. Wenn das Untier dort unten meinen Stiefel frühstückt, werde ich übrigens sehr ungemütlich, das wird kein Spaß.»

«Hört auf zu schimpfen. Dazu hat einer, der über extra hohe Zäune in einen fremden Garten einsteigt, wahrhaftig kein Recht.»

Emma trat näher heran, die Hunde beachteten sie nicht, sie starrten nur mit angespannten Muskeln auf den Mann im Baum, von dem kaum mehr als die Füße zu sehen war, einer mit, einer ohne Stiefel. Sie fürchtete die Hunde nicht. Die legten ihre Freundlichkeit nur ab, wenn jemand unerlaubt in den Garten eindrang. So hoffte sie.

«Es ist sehr dumm, über den Zaun zu klettern, dazu am hellen Tag. Dachtet Ihr, das merke niemand?» Der Mann im

Baum wollte etwas erwidern, doch Emma sprach schon weiter. «Die Hunde hören nicht auf meine Befehle, jedenfalls würde ich mich an Eurer Stelle nicht darauf verlassen. Warum habt Ihr nicht an der Pforte geklopft? Ach, ich verstehe schon, Ihr dachtet, man werde Euch wegjagen.» Sie zögerte. «Womöglich war das nicht ganz falsch gedacht. Sicher habt Ihr Hunger.»

«Meistens», kam es von oben, «aber jetzt gerade nicht so sehr. Der Anblick der Zähne dieses schwarzen Trios dort unten lässt mir den Appetit vergehen. Wenn du vielleicht endlich …»

«Ihr müsst Euch schon gedulden, bis Droste kommt, ihm gehorchen die Hunde aufs Wort. Einfach über anderer Leute Zäune klettern, am hellen Tag – wie kann man so dumm sein?», rief sie. «Da müsst Ihr doch erwischt werden. Wisst Ihr nicht, welche Strafen einen Dieb erwarten?»

Aus dem Baum drang ein seltsames Geräusch, das Emma als erschrecktes Schnaufen deutete, und ihr Mitleid gewann gegen die gerechte Empörung.

«Wenn Ihr schnell wieder verschwindet, könnte ich einfach vergessen, dass Ihr hier wart. Mir scheint, Ihr seid ein recht guter Akrobat. Versucht, von einem der dickeren Äste auf den Schuppen zu springen, mit Glück hält er dem Sprung stand, dann könnt Ihr leicht über den Zaun zurückklettern. Euren Stiefel werfe ich Euch nach, wenn Bodo ihn hergibt. Allerdings ist Bodo …»

Sie sprach nicht weiter, was weniger an Bodo lag, dem kräftigsten der drei Hunde, als an den Männern, die wenige Schritte hinter ihr standen: Ratsherr Jacobus Engelbach, Herr des paradiesischen Gartens, und Johann Schop, der Direktor der Ratsmusiker, mit ihrem gemeinsamen Freund, dem Schöpfer weltlicher Gedichte und geistlicher Lieder Johann Rist, Poet, Gartenliebhaber und Pastor im nahen Landstädtchen Wedel.

In diesem Moment wachte auch das alte Fräulein Möhle auf,

schob ihre Haube zurück und blinzelte angestrengt nach der Stimme im Baum. Als arme Verwandte im reichen Hause Engelbach war sie darin geübt, stets im rechten Moment sichtbar oder unsichtbar zu erscheinen.

Emma seufzte ergeben. Sie hatte versucht, dem Mann im Baum aus der Patsche zu helfen, nun war es zu spät. Ratsherr Engelbach, festlich gekleidet und von beachtlichem Umfang, was durch die besondere Breite des mit Klöppelspitze gesäumten weißen Kragens weniger kaschiert als betont wurde, blickte seine Begleiter mit gehobenen Brauen an. Schop sah zur Baumkrone hinauf und schnalzte missbilligend, wenn auch mit mildem Lächeln. Pastor Rist zeigte amüsierte Neugier, womöglich entstand in seinem Kopf schon wieder ein passender Reim.

«Was haben wir da für ein Früchtchen im Baum?», brummte Engelbach und faltete die Hände vor dem Bauch, was Emma verblüfft als gutes Zeichen verstand, nämlich als Hinweis auf Geduld und Nachsicht.

«Er hat sich gewiss verirrt», versicherte sie eilig. «Eigentlich ist er gar nicht in Eurem Garten, er ist nur hereingesprungen, um gleich wieder hinauszuspringen, von der Hainbuche zurück über den Zaun. Er hat kaum den Boden berührt. Eigentlich gar nicht. Fremde Leute kennen sich mit unseren Gepflogenheiten nicht so gut aus. Er dachte wohl, hier sei schon die Stadt zu Ende. So nahe am Wall kann man das leicht denken, und ...»

«Falls die Hunde auf Euch hören, Wohlweisheit», wurde sie brüsk von der Stimme aus dem Baum unterbrochen, im Laub zeigte sich nun auch wieder ein Gesicht, «könntet Ihr sie vielleicht bändigen, damit ich auf die Erde zurückkehren kann? Verübelt dem kleinen Fräulein die Nachsicht mit dem Eindringling nicht. Sie musste mich für einen Hungerleider halten, der sich in Eurem Garten satt essen will, ihre Ratschläge waren überaus barmherzig.»

«Barmherzig, aha.» Um Engelbachs Augen bildeten sich verräterische Lachfältchen, und Schop stieß ein schnaubendes Geräusch aus, ein für den weithin berühmten Violinisten erstaunlich unmelodisches Lachen, das seinen aufwärts gebürsteten Schnauzbart unter der Knollennase zittern ließ.

«Steigt nur herab zu uns Sterblichen», rief Engelbach launig. Viele hielten ihn für einen zuweilen strengen, mit einer gewissen hanseatischen Sturheit gesegneten Herren. Diese kleine Episode – er, Rist und Schop hatten sie von Anfang an beobachtet – amüsierte ihn jedoch. «Die anderen Musiker erwarten Euch längst. Eure Laute steht auch bereit, wirklich ein ganz besonderes Instrument, wie Ihr versprochen habt. Und die Hunde sind jetzt lammfromm. Dieses barmherzige Fräulein hier ist übrigens trotz der Schürze tatsächlich ein Fräulein und keine Magd; ich habe die Ehre, ihr Pate zu sein.»

Emmas sonntägliches Gewand war unter der großen, alles andere als reinlichen Gärtnerschürze leicht zu übersehen, ihre erdigen Hände, die in Unordnung geratene Frisur – wer sich auf der Flucht vor drei Hunden blitzschnell auf den nächsten Baum rettete, mochte das Mädchen im Küchengarten leicht für eine Dienstbotin halten. Der Mann im Baum hatte jedoch gute Augen, auch für die Preziosen der Damen, und noch bessere Ohren. Der zierliche Ohrschmuck und die Halskette verrieten ebenso wie die Sprache des Mädchens, dass sie nicht zum Gesinde gehörte.

Lukas Landau, so hieß der behände Besucher, war kein Gemüsedieb, sondern der neue Lautenist der Ratsmusikanten. Er hatte den Körper eines Akrobaten, was für Musiker nicht das Übliche war, in Gegenwart kampflustiger Hunde jedoch vorteilhaft. Sein nussbraunes Haar war frei von Straßenstaub, es glänzte im Sonnenlicht.

Er verbeugte sich vor dem Fräulein mit großer Geste, Schop,

Rist und Engelbach schmunzelten, und Emma fühlte sich verspottet wie ein dummes Kind. Sie hätte gerne geflucht, was leider nicht möglich war, weil ein Fräulein nie flucht, es kennt nicht einmal Flüche. Vielleicht hätte es ihr gefallen, dass das in einigen Wochen ganz anders sein würde, was sie an diesem schönen Tag allerdings nicht einmal ahnen konnte.

«Macht Ihr das immer so?», fragte sie mit unverhohlenem Ärger. «Gibt es da, wo Ihr zu Hause seid, keine Türen? Steigt man dort lieber über Zäune und lässt sich von den Hunden hetzen?»

«Eine gute Frage», stimmte Engelbach launig zu. «Wir haben ein besonders schönes Gartentor, durch das wir und unsere Gäste für gewöhnlich hereinkommen. Ihr seid kürzlich erst über den Harz geritten, ach nein, es war der Osning. Als Ihr von Antwerpen und Leiden zurückkamt. Davon müsst Ihr unbedingt bald berichten. Stand Euch nun schon wieder der Sinn nach einer Kletterpartie?»

Emma blickte unwillkürlich auf die Hände des fremden Musikers. Wer viel und lange Strecken ritt, bekam kräftige, ohne Handschuhe auch schwielige, harte Hände. Wie passte das zu einem Lautenisten von Rang?

«Eine Kletterpartie?» Er lachte. «Nein. Ich bitte um Vergebung. Auf dem Weg durch das Haupttor wäre ich zu spät gekommen – Euer Garten ist wahrhaftig groß. Seid Ihr sicher, dass Eure Hunde zwischen Gemüsedieb und Ratsmusikant unterscheiden?»

Das Konzert begann mit Verspätung, was niemanden störte, denn der Gastgeber geizte weder mit kühlem Wein noch mit Konfekt und Gebäck. Der neue Lautenist zeigte seine Kunstfertigkeit zum ersten Mal in diesem Kreis und an diesem Ort, man konnte von einer Premiere sprechen. Sogar von einer gelungenen Premiere, die ebenfalls für die Wartezeit entschädigte.

Emma sah dank Drostes Wasser und Margrets energischen Händen wieder wie ein manierliches Fräulein aus. Sie saß brav neben Flora nahe bei den Rosen, deren Duft durch die Spätnachmittagswärme betörend wurde, und lauschte dem Konzert mit leicht geneigtem Kopf und artigem Lächeln. Heute wurde während des Spiels der Musiker weder geschwatzt noch Konfekt geknabbert, sondern still gelauscht. Nur ab und zu raunten einige Damen einander etwas zu, ihre Blicke verrieten Wohlwollen – stets schien es um den neuen Lautenisten zu gehen. Sein Spiel fügte sich in das der anderen Musiker ein, doch spielte er auf eine ebenso virtuose wie zärtliche Weise, das berührte die Herzen. Zumindest die der Damen.

Auch Emma genoss das Konzert, doch war sie weniger beeindruckt, denn für einen Musiker von geringerer Kunstfertigkeit wäre eine Anstellung als Hamburger Ratsmusikant unerreichbar. Viel mehr beschäftigte sie, dass ein Lautenist ihrem Paten nur dieses bescheidene Maß an Ehrerbietung erwiesen hatte, ohne den Ratsherrn zu brüskieren. Und sein Prinzipal und Dienstherr, der berühmte Kapellmeister Schop, hatte sich wegen der Eskapade am Zaun nur amüsiert im Spitzbart gekratzt?

Zweifellos war Landau Sohn, Neffe, Patenkind oder sonst ein Protegé eines anderen wichtigen Mannes. Pate Engelbach hatte einen Ritt über den Osning erwähnt und es abenteuerlich klingen lassen. Der Herr Musikant reiste also nicht *per pedes* oder im Kutschwagen wie die meisten seiner Kollegen, sondern hoch zu Ross. Womöglich auf einem eigenen Pferd? Für einen Ritt über die Höhen konnte es kein armseliger Klepper sein. Vielleicht erklärte das auch, warum seine Laute, bei genauem Hinsehen eine kostbar gearbeitete Zister, schon vor ihm hier gewesen war. Dann trug er seine Instrumente nicht einmal selber durch die Stadt? Es war natürlich möglich …

«Emma. Liebes?» Sie spürte Floras Hand sanft auf ihrem Arm.

Die letzten Töne des Konzerts waren verklungen, alles applaudierte. Die zum Finale dargebotenen Lieder über *Tücken und Freuden der Liebesgrillen*, wie die von Kapellmeister Schop in Noten gesetzte Schäferidylle des jungen Altonaer Poeten Jacob Schwieger hieß, sie passte gut zur Heiterkeit eines Sommernachmittags in einem schönen Garten und wurden mit Begeisterung belohnt. Nur Emma hatte nicht zugehört.

Flora lächelte. Niemand nahm dem Fräulein in diesen Tagen übel, wenn sie die letzten Takte beschwingter Melodien überhörte, obwohl selbst die halb taube und spätestens seit dem zweiten Musikstück wieder schlummernde Möhle von der plötzlichen Stille erwacht war und enthusiastisch Beifall spendete. So eine Reise war ein enormes Abenteuer, und diese zudem eine delikate Angelegenheit. In der Stadt wurde schon darauf gewettet, was die junge van Haaren bei ihrer Verwandtschaft an der Amstel erwartete. Auch ob sie überhaupt zurückkommen und nicht zuletzt, *wie* sie zurückkommen würde, in Samt und Seide und einer gepolsterten Kutsche oder in Schimpf und Schande ohne einen Deut in der Tasche.

Konrad Hannelütt hatte sich, erst eine Stunde bevor die große Pforte für die Gäste geöffnet worden war, mit Geschäften entschuldigen lassen, er müsse sich verspäten, leider, ein dringendes Rechtsgeschäft. Nun kam er mit langen Schritten auf dem großen Mittelweg zum Rondell. Er galt mit seinem bis auf das kantige Kinn ebenmäßigen Gesicht und seiner schlanken Gestalt als ein ansehnlicher Mann. Seine schlichte schwarze Kleidung mit der Reihe kleiner glänzender Knöpfe und dem flachen weißen Kragen in gerade noch manierlicher Größe passten zu seinem Stand, einzig die eleganten Schuhe mit den üppigen Seidenschleifen verrieten eine Prise Eitelkeit.

Im Alter würde Hannelütt ein wenig knochig werden, seine Schultern rund, die Nase spitz, aber noch war davon nichts zu erkennen. Sein braunes Haar war nach der Mode in der Mitte gescheitelt und fiel in akkuraten Locken auf seine breiten Schultern, sein kurzer Bart war wie immer makellos. Wegen seines beständigen leichten Lächelns hatte Margret ihn einmal Fuchsaugengesicht genannt, allgemein wurde es jedoch als vornehm empfunden. Immerhin war er der Vetter eines preußischen Rittergutbesitzers, was in einer Hansestadt nur eigentlich ohne Bedeutung war.

Jetzt zeigte sein Gesicht mehr als dieses Lächeln, es strahlte mit der Abendsonne um die Wette. Er begrüßte den Ratsherrn, die Damen und auch die ihm bekannten Herren, wie es sich jeweils gehörte, mit einem Handkuss, einem angedeuteten Handkuss, mit tiefen und weniger tiefen Verbeugungen, den Hut immer in der linken Hand. Dann stand er da, zappelig wie ein hungriger Junge. Engelbach legte ihm die Hand auf die Schulter.

«Nun, mein junger Freund?» Die schmeichelhafte Anrede ließ Hannelütt erröten und tatsächlich weit jünger erscheinen als seine sechsundzwanzig Jahre. «Nun verratet mal, was Euch so erfreut.»

«Natürlich, Euer Wohlweisheit. Ich muss noch einmal um Nachsicht bitten.» Seine entschuldigende Verbeugung und Handbewegung umschlossen die ganze Gartengesellschaft, die sich inzwischen um den Ratsherrn und den Neuankömmling versammelt hatte. «Tatsächlich ist der Anlass ein höchst bedauerlicher», erklärte er mit bekümmerter Miene, «auch für seine Gattin und die Kinder, die Enkel. Für die ganze Familie Böttcher.» Der Ratsherr schnaufte bei der Nennung des Namens erschrocken, und Hannelütt fuhr eilig fort: «Syndicus Böttcher ist in Speyer erkrankt, die Nachricht hat heute in aller Frühe ein Eilbote überbracht. Leider schwer erkrankt, ja, ein Fieber und die Galle. Natürlich gibt es auch dort im Süden hervorragende Ärzte, dennoch braucht der verehrte Herr Syndicus in den nächsten Wochen, womöglich Monaten viel Ruhe und deshalb rechtskundige Unterstützung für die Verhandlungen am Reichskammergericht.»

Alle starrten Hannelütt an, nur Fräulein Möhle murmelte «Ach, der arme Hieronymus», worauf sich aller Augen für einen Moment ihr zuwandten mit der selbstverständlich unausgesprochenen Frage, wieso das vertrocknete Fräulein den Syndicus beim Vornamen kannte. Vielleicht lag es nur am Wein.

«Das ist eine abscheuliche Nachricht», rief Engelbach, «wirklich abscheulich. Der gute alte Böttcher wird dort so dringend gebraucht. Niemand vertritt unsere Sache besser.»

«Ganz ungemein dringend gebraucht, selbstverständlich.» Hannelütt legte die Hände vor der Brust ineinander und atmete einmal tief und schmerzlich ein und wieder aus. «Allerdings, es ist schon ein Vertreter gefunden, um die Lücke zu füllen – vorübergehend, das versteht sich von selbst, Euer Wohlweisheit, nur vorübergehend. Wenn niemand der Entscheidung seiner Magnifizenz, dem verehrten Herrn Ersten Bürgermeister widerspricht. Der Herr Syndicus wünscht», Hannelütts Blick senkte sich bescheiden, «er wünscht meine Wenigkeit zu seiner Unterstützung in Speyer. Ich bin seit langem mit allem vertraut. Bis die Krankheit überwunden ist, werde ich keine Minute ruhen, für die Rechte der Stadt zu streiten.»

«Zu streiten, gewiss.» Engelbach schätzte Hannelütt als fähigen Advokaten, trotzdem sah er nicht ganz so enthusiastisch aus wie sein Gegenüber. «Der Prozess dauert nun schon Jahrzehnte. Wer weiß, ob es nicht noch einmal Jahrzehnte werden. Es geht um nichts weniger als um unser Recht als freie Reichsstadt, um unsere Freiheit.» Dann murmelte er noch etwas, das niemand verstand, nicht einmal Hannelütt.

Inzwischen hatte sich ein allgemeines Getuschel erhoben. Der arme Syndicus wurde bedauert, seine Gattin, die Kinder, die Enkel. Hinter vorgehaltener Hand wurde auch Hannelütts Eignung für die große Aufgabe erwogen, vor dem höchsten Gericht des Reichs für die Stadt zu sprechen, insbesondere zu streiten. Dass er für die nächsten Wochen schon eine andere Aufgabe übernommen hatte, schienen sowohl Hannelütt als auch Engelbach und dessen Gäste vergessen zu haben.

«Mir scheint, für Emmas Reise muss umdisponiert werden.» Friedrich Ostendorf neigte sich mit gedämpfter Stimme Flora und seiner Stieftochter zu. «Du wirst dich gedulden müssen, Emma. Es geht nicht an, dass ...»

«Nein.» Emma fiel ihm ungebührlich harsch ins Wort. «Ich kann mich nicht gedulden. Das müsst Ihr verstehen, ich kann einfach nicht. Nach so langer Zeit! Man würde es in Amsterdam auch nicht verstehen, sondern als Ablehnung empfinden, als grobe Unhöflichkeit. Es gäbe dem Misstrauen neue Nahrung.»

«Ach, liebes Kind, unhöflich waren die van Haarens selbst zwei Jahrzehnte lang. Was das betrifft, hast du dort ein nahezu unerschöpfliches Guthaben. Andererseits sollte man nie Gleiches mit Gleichem vergelten», fuhr er fort, nun doch nachdenklich geworden. «Das wird selten richtig oder als gerecht verstanden. Besonders in diesem Fall wäre es dumm. Ich fürchte, du hast recht, es könnte Schaden anrichten.»

«Ich verstehe Emma», sagte Flora leise, über die Einladung nach Amsterdam war schon genug geklatscht worden. «Wenn Dr. Hannelütt es vorzieht, nach Speyer zu reisen, anstatt eine zuerst eingegangene Verpflichtung zu erfüllen, wollen wir ohnedies auf ihn verzichten. Ein solcher Wankelmut zeugt von wenig Treue und taugt auch sonst nicht für eine gefahrvolle Reise.»

«Du bist zu hart, Flora. Er muss Speyer den Vorrang geben. Wenn du ein wenig nachdenkst, wirst du das verstehen. Eine patriotische Pflicht hat immer Vorrang vor einer privaten. Und diese Verhandlungen in Speyer stehen nach Jahrzehnten endlich vor dem Abschluss, jedenfalls sieht es danach aus. Es geht um unsere Unabhängigkeit als freie Reichsstadt, um unser aller Zukunft.»

Ostendorfs Blick glitt suchend über die Gäste. Auch die Musiker waren bewirtet worden, sie bildeten ein eigenes Grüppchen. Ab und zu traf Emma ein verstohlener Blick, auch anderen Gästen war inzwischen eingefallen, dass Hannelütts Reise nach Speyer gut für ihn, hoffentlich auch für die Stadt, jedoch von Nachteil für das Fräulein Emma war. Die Karten für die Wetten mussten neu gemischt werden.

Kapellmeister Schop stand bei Engelbachs gemütlicher Gattin Holda und einigen anderen Damen, die sich von dem neuen Lautenisten seine Laute zeigen ließen, die besonders schöne Zister. Das entzückte eine der Damen, eine recht füllige Matrone mit rosigem Gesicht und frech unter der Haube hervorwippenden Löckchen, noch mehr als die kunstvollen Intarsien aus Schildpatt und Elfenbein auf dem Wirbelkasten. Ihre Bewunderung klang wie Gezwitscher.

Ostendorf sah dem eine Weile zu, nickte schließlich vage, seine Finger trommelten einen kurzen lautlosen Marsch auf seinen Gürtel. «Ich denke, ich habe eine Lösung», sagte er plötzlich. «Eine ausgezeichnete Lösung sogar, wirklich ausgezeichnet. Ein hervorragender Zufall. Manchmal führt so ein Missgeschick auch zu einem besseren Plan. Ich denke, Emma kann ihre Reise antreten, sicher und gut behütet. Mevrouw van Haaren wird zufrieden sein. Wirklich sehr zufrieden.»

Zum ersten Mal hatte Emma den ehrlichen Wunsch, ihren Stiefvater zu umarmen.

Kapitel 3

Als die Schiffe mit der Flut gemächlich Fahrt aufnahmen, sah Emma ihnen nach und wusste nicht, was sie fühlte. Der Himmel über der weiten Flusslandschaft zeigte sich genauso, wie er an einem sonnigen Augusttag sein sollte: hoch, klar, von behäbigen Wolkenschiffen befahren. Das Licht ließ das tiefblaue, nur bei den Sandbänken milchige Wasser und das grüne Land in satten Farben leuchten. Wer heute nicht von der Wanderlust gepackt wurde, war ein unverbesserlicher Stubenhocker.

Sie hatte den Tag ihrer Abreise so ungeduldig herbeigesehnt, wie Flora mit jedem Tag, den er näher kam, stiller und sorgenvoller geworden war. All die Vorbereitungen, das Waschen und Nähen, das Einpacken und Wiederauspacken, weil der Reisekorb viel zu schnell gefüllt war, die Abschiedsvisiten nicht zu vergessen, alles hatte die Zeit schnell vergehen lassen. Und dann war er plötzlich da gewesen – der Tag der Abreise. Der heutige Tag.

«Der heutige Tag», murmelte sie und war froh, dass ihre Mitreisenden zu beschäftigt waren, um sie zu hören. Sie fühlte Freude, aber auch Trauer, eine eigenartige Mischung aus Bangen und Ungeduld. Wenn es endlich losgehe, werde sie überschäumen vor Glück und Unternehmungslust, so hatte sie gedacht, vor Neugier auf die nächsten Tage und Wochen, doch nun war sie müde, kämpfte gegen einen Anfall von Verzagtheit und verstand sich selbst nicht. Eines jedoch war sicher: Sie hatte keine Angst.

«Du kannst immer umkehren», hatte Flora ihr beim Abschied im Morgengrauen zugeflüstert, «jederzeit. Vergiss das nicht.»

Ostendorf hätte das missfallen, er verachtete Halbherzigkeiten, selbst bei Frauen, deren Natur er diese Schwäche zuschrieb. Da er das Verstauen von Emmas Reisekorb auf dem Dach der Kutsche überwachte, hatte es nur Margret gehört, deren Ohren selten etwas entging. Ihre Brauen waren in die Höhe geschossen, ihr Mund schmal geworden, Emma hatte sie ohne Worte verstanden.

Sei kein Hasenfuß, hieß das, sei stolz, mach die Augen weit auf und das Beste aus dem Glück einer weiten und gut beschützten Reise. Sei nicht dumm, nutze deine Chancen.

All das hatte Emma in ihrem Gesicht gelesen, denn Margret hatte diese Worte in den vergangenen Tagen mehr als einmal auch ausgesprochen. Wenn sie allein gewesen waren, hatte sie ihr zu erklären versucht, wie es zuging in der Welt jenseits der großen Wälle, die die Stadt und ihre Bewohner sicher einschlossen.

Erst jetzt, während sie am Strand bei den Blankeneser Fischerhütten auf die Fähre ans jenseitige Ufer warteten, fragte sich Emma, woher eine Hausmagd all das wusste. Solange sie sich erinnern konnte, lebte Margret bei den van Haarens. Sie war vor Emmas Geburt dem brennenden Magdeburg entkommen. Wer sie bis dahin gewesen war, wusste Emma nicht. Junge Menschen leben in der Gegenwart und blicken in die Zukunft, begierig nach Leben und Glück, Fragen nach Herkunft und Vergangenheit sind Sache der Älteren. Aber nun, da Emma alles zurückließ, was ihr in ihren fast achtzehn Jahren vertraut gewesen war, und vor ihr nur Ungewisses lag, wurde ihr das Vergangene plötzlich wichtig. Trotzdem, nun war sie endlich auf Reisen.

Konrad Hannelütt hatte sich an jenem Nachmittag in Engelbachs Garten überschwänglich entschuldigt, zuerst bei Ostendorf, dann bei Flora, schließlich bei Emma, weil er für das Wohl der Stadt die Reise nach Amsterdam zurückstellen müsse. Er hoffe jedoch auf ein vertrautes Wiedersehen, und wenn er bis dahin ein Andenken von Fräulein Emma erbitten dürfe, werde es ihn nach Speyer begleiten und ihm und seiner gerechten Sache Glück bringen, er werde es in Ehren halten. Er schien ein wenig brüskiert, als die Gratulation zu seinem ehrenvollen Auftrag nur höflich ausfiel und auch die Enttäuschung über den Verlust als Emmas Reisebegleiter und Fürsprecher offensichtlich gering war.

Ostendorfs Idee für eine andere passende Begleitung Emmas erwies sich tatsächlich als gute Lösung. Er wusste seit kurzem, dass Johanne Bocholt bald zu ihrer nächsten Reise aufbrechen wollte. An der Börse, in den Kontoren und im Hafen, überall wo die Männer unter sich waren und ihren stets bedeutenden Geschäften nachgingen, wurde kaum weniger Klatsch ausgetauscht als bei den Damen in ihren Wohnstuben, in den Küchen oder an den Marktständen.

Man kannte einander, nicht vertraut, doch gut genug. So war die Bocholtin nur zu gerne bereit gewesen, Emma einen Platz in ihrer Kutsche anzubieten. Das mache die lange Fahrt nach Amsterdam kurzweiliger. Ihre liebe Smitten sei bisweilen ein wenig wortkarg, der werde es aber ein Vergnügen sein, auch dem jungen Fräulein aufzuwarten. In den Gasthäusern miete man natürlich eine Bedienung hinzu. So werde es eine sehr bequeme und unterhaltsame Reise, es sei ihr eine wahre Freude, eine wirklich wahre Freude.

Auch der Ratsherr Engelbach zeigte sich zufrieden. Es sei ungemein geschickt, seine liebe Patentochter der Bocholtin anzuvertrauen, hatte er schmunzelnd erklärt, nachdem diese sich mit ihrer Smitten verabschiedet hatte. Eine honorige Witwe aus wohlhabender, vor allem aber calvinistischer Familie, mit holländischen Vorfahren und Verwandten – was könnte die van Haarens, diese strikt reformiert-calvinistischen reichen Holländer, besser für ihre unbekannte lutherische Verwandte einnehmen?

Ostendorf hatte still gelächelt.

«Das Fräulein van Haaren träumt.» Die kühle Stimme Hermine Smittens holte Emma aus ihren Gedanken an die vergangenen Tage, und Johanne Bocholt zwitscherte: «Ach, glückliche Jugend. Wenn man noch träumen kann! Mir tun beim Gedanken an die vielen langen Tage auf den Landstraßen schon jetzt alle Knochen weh.»

Die Worte klangen trotz der erwarteten Leiden vergnügt. Die Bocholtin, eine Dame von unverbraucht munterem Temperament, war die Herrin der kleinen Gesellschaft, mit der Emma nach Amsterdam reiste. Obwohl schon um die fünfzig schien ihr Gesicht mit den Apfelbäckchen und den kleinen blauen Augen alterslos. Ihr dunkelblondes Haar war unter einer fein gearbeiteten Haube nur knapp verborgen, die hervorquellenden Löckchen wippten kokett.

Ihr Ehemann, Elias Bocholt, war eines Nachts unerwartet und sanft entschlafen. Aus seiner tief trauernden war bald eine reiselustige Witwe geworden, niemand wusste das besser als ihre weit verstreut lebende zahlreiche Verwandtschaft, denn jede Reise brauchte ein Ziel. Selbst der Krieg hatte sie kaum aufhalten können. Durch ihre mit Bedacht und Kenntnis gewählten Reiserouten war sie ihm nie zu nah gekommen, bewaffnete Knechte und eine ganze Armee von Schutzengeln hatten sie darüber hinaus gut bewacht.

Zu ihrem Glück hatte der alte Elias sie in äußerst angenehmem Wohlstand zurückgelassen, da er so klug gewesen war, über den holländischen Zweig seiner Familie auch in Schiffe der *Vereenigde Oostindische Compagnie* der Niederlande zu investieren. Die Profite waren außerordentlich.

Emma lächelte. Mochten sie nur glauben, sie hänge dummen Mädchenträumen nach – sie fühlte sich nun hellwach. Die Fähre näherte sich dem Ufer. Emma, Frau Bocholt und ‹ihre Smitten›, ihr Kutscher und der bis an die Zähne bewaffnete Knecht (das Wort Söldner lehnte Johanne Bocholt ab, es erinnere sie nur an Unerquickliches), eine Handvoll barfüßiger Kinder, die auch kahlgeschoren dem Begriff Lausejungen Ehre machten, ein Bauer mit dürren Ziegen an einem Strick – alle an Land beobachteten, wie der Fährmann und seine Knechte das einfache flache Boot mit langen Staken aus der Strömung und an die richtige Stelle auf den flach abfallenden Strand bugsierten. Es war keine Zeit zu verlieren, nur bei Höchststand der Flut konnte die Fähre aus dem Sand zurück ins tiefe Wasser gelangen.

Bretter wurden ausgelegt, zwei junge Männer, dem Augenschein nach Gesellen auf ihrer Wanderschaft und der Suche nach zünftiger Arbeit, machten sich einen Spaß daraus, darüber zu schwanken und zu torkeln. Einmal an Land war ihr Gang fest und aufrecht, die Kratzfüße vor den wartenden fremden Damen gerieten theatralisch, und ihr Lachen wehte mit dem Wind über den Strand. Die Ziegen antworteten im meckernden Terzett.

Emma sah den Gesellen nach. Wie leicht sie liefen und wie übermütig. Sie selbst rannte auch gern – sofern niemand in der Nähe war, der ihre dabei bis über die Knöchel gerafften Röcke beobachten konnte. Und Landaus Sprung über den Zaun und ins Geäst der Hainbuche – es hatte so leicht ausgesehen. So frei. In Röcken hätte er das nicht geschafft. In Röcken hätte er nicht einmal den Plan gefasst, so etwas zu riskieren.

Schließlich rollte eine Kutsche schnell und sicher an Land, der Mann auf dem Bock und die Pferde schienen den Balanceakt gewöhnt zu sein. Der schmucklose Kasten auf schlammverklebten Rädern war das einzige Gefährt vom jenseitigen Ufer. Wer darin saß, war nicht zu erkennen, jedenfalls ein mutiger Mann, wenn er nicht einmal für die Ausschiffung aus dem durch die Dünung schwankenden Kutschkasten stieg.

Wenig später schnalzte der Bocholt'sche Kutscher, und bald stand die glänzend polierte Hamburger Kutsche auf den Planken, die Räder mit Balken blockiert, die nervösen Pferde mit einer Portion teuren Hafers besänftigt. Johanne Bocholt marschierte fröhlich hinüber, Smitten und Emma mit gerafften Röcken im Gefolge, der Bewaffnete, die Faust am Messer in seinem Gürtel, schließlich der Mann mit den Ziegen, und die Fahrt über den Fluss begann.

Egal was gewesen war, egal was kommen mochte – Emma war endlich auf Reisen. Nun löste sich auch der Rest der diffusen Traurigkeit, als trüge sie der mutwillige Sommerwind davon, den Fluss hinunter bis zum Meer. Wenige Meilen vor ihrer Mündung in die Nordsee war die Elbe ein sehr breiter Fluss. Der stete Kampf gegen ihr Versanden kostete viel Mühe und Geld, nur so konnte die Schiffbarkeit erhalten werden und der Hamburger Hafen einer der wichtigsten in Europa bleiben. Ohne die Elbe und den Hafen sei die Stadt nichts, hatte Pate Engelbach erklärt. Immer wieder gebe es Feinde und Konkurrenten, die die Rechte der Stadt beschneiden oder gar leugnen wollten. Besonders nach all den Kriegsjahren und den im großen Friedensschluss veränderten Grenzen und Landesherrschaften gebe es neue Begehrlichkeiten. Man müsse sich mehr denn je vor Spionen in Acht nehmen, auch vor Urkunden und Verträgen aus den Händen trickreicher Fälscher.

Seine Finger waren auf der Karte dem Wasserlauf der Elbe bis nach der Insel Neuwerk mit dem von einem Leuchtfeuer gekrönten uralten Wehrturm und weiter hinaus in die See gefolgt. Emma war nicht sicher gewesen, ob er noch zu ihr oder nur zu sich selbst gesprochen hatte.

Sehnsüchtig blickte sie den Fluss hinunter. Die Fahrt entlang der grünen Ufer und Inseln mit den weißen Sandstränden wurde als besonders lieblich gepriesen. Sie hätte sie gerne gesehen und wäre überhaupt viel lieber mit dem Schiff gereist. Auf das Meer mit seiner aufregenden Unendlichkeit hatte sie sich besonders gefreut.

«Nun, meine Liebe?» Johanne Bocholt saß auf dem für sie bereitgestellten Hocker und sah sehr rosig aus. «Schon wenn wir drüben in Cranz anlegen, werdet Ihr meiner Meinung sein. Heute ist ein ruhiger Tag, aber diese schreckliche Schaukelei steigert sich auf See um ein Vielfaches! Eine so lange Reise über Land ist auch kein Kirchgang, aber man kann doch jederzeit anhalten und aussteigen, nicht wahr? Man weiß nie, wann die Herbststürme einsetzen und die See zur Hölle machen. Stürme haben einen schrecklichen Eigensinn. Ich erinnere mich an manche, die glatt den Sommer mit dem Herbst verwechselt haben. Das ist kein heidnischer Unsinn, Stürme sind Gottes Geschöpfe. Smitten hält sie allerdings für Satans Geschöpfe, aber das ist letztlich eins, Satan ist auch Gottes Geschöpf, ja, das ist er. Wir fragen besser nicht, warum. Die wilden Stürme hetzen manches Schiff in den Untergang, mit Mann und Maus, ja, gerade das Wattenmeer ist äußerst tückisch. Ständig wandern die Sandbänke und Priele ...»

Eines war gewiss: Wer mit Johanne Bocholt reiste, musste sich mehr aufs Zuhören als aufs Reden verstehen. Emma dachte an Hannelütt und beschloss, ihre neue Reisegesellschaft amüsant zu finden.

༄

Die Reise von Cranz am südlichen Elbufer – seit dem Abschluss der Friedensverhandlungen lag es schon im Schwedischen – bis nach Bremen nahm bei freundlichem Wetter etwa drei Tage in Anspruch, sofern die Pferde frisch und gut im Futter waren, die

Kutsche stabil und der Mann auf dem Bock nüchtern. All das traf für die Bocholt'sche Reisegesellschaft zu. Man hatte von Reisenden gehört, die ihr Ziel erst nach anderthalb oder zwei Wochen erreichten, besonders wenn die zu querenden Bäche und Flüsse Hochwasser führten, die Straßen im Morast versanken.

Wer es eilig hatte, nahm unterwegs nur eine Mahlzeit ein, während die Pferde gewechselt wurden, und setzte seinen Weg auch in der Nacht fort. In den Gasthöfen und beim Pferdewechsel in den Poststationen, von denen nun immer mehr an den Überlandstraßen eingerichtet wurden, hörte man von Straßenräubern; auch von Kutschern, die in der Dunkelheit eindösten und die Pferde laufen ließen, wie es denen gefiel oder wohin die Panik sie trieb, wenn ihnen ein Fuchs, eine Rotte Schwarzwild, eine große Wildkatze oder ein Wolf vor die Hufe sprang. Umgekippte Kutschen, gebrochene Räder und Deichseln, zu Tode verwundete Rösser und Reisende – Geschichten dieser Art kursierten in zahllosen Varianten.

Johanne Bocholt hatte ihren eigenen Kutscher, der würde es nie wagen, auf dem Bock zu dösen oder am Branntwein auch nur zu schnuppern. Dennoch reiste sie niemals in der Nacht. Sie kannte weder Eile noch Knauserigkeit und mietete in den Gasthöfen stets ein gutes und geräumiges Zimmer. Auch Smitten sollte nicht wie ein Aschenmädchen, Wandergeselle oder Student im Strohlager schlafen. Was Smitten übrigens auch verweigert hätte. Sie war nur die Zofe, aber auch eine Verwandte – welchen Grades, wusste niemand, die Bocholtin sprach nicht darüber. Smitten war mittellos, doch von starkem Charakter und dieser gewissen natürlichen Strenge, die klug eingesetzt mehr bewirkt als Rang und Namen. Manchmal, an besonders launigen Tagen oder nach einem dritten Schlückchen honigsüßen Weins nannte die Bocholtin ihre Zofe kichernd ihre Hofdame, was Smitten zu einem unergründlichen Lächeln veranlasste.

Zudem war Smitten unentbehrlich. Sie organisierte Johanne Bocholts Alltag zu Hause wie auf Reisen. In den Gasthäusern und während anderer Aufenthalte bereitete sie ihr selbst den Tee, sie hielt Malaisen von ihr fern, also jegliche, durch das normale Leben und Leiden verursachte Störung ihrer Bequemlichkeit. Die Bocholtin vergaß nie, wie leicht Smitten eine andere Stellung fände. Im Übrigen gab es immer irgendwo einen gutsituierten Witwer, der für sich und seine Kinderschar eine tüchtige und noch halbwegs ansehnliche Hausfrau suchte.

Es fiel also schwer, von ihr als einer Dienstbotin zu denken, auch weil ihr alles Beflissene fehlte. Ganz anders als ihre Herrin sprach sie wenig, ihr Blick jedoch blieb stets aufmerksam. Bisweilen fühlte Emma sich von ihr beobachtet, was sie jedoch nicht störte. Wer etliche Tage gemeinsam im engen Kutschkasten und die Abende und Nächte in den Gasthöfen verbrachte, durfte neugierig aufeinander sein.

Die erste Nacht in einem Gasthaus verbrachten sie in einem Flecken namens Harsefeld. Der war einmal durch ein Benediktinerkloster bedeutend gewesen, das war bis auf einige Gebäude und die Kirche zerstört worden. Dennoch war es eine katholische Bastion im protestantischen Umland geblieben und wurde inzwischen als Wirtschaftshof genutzt.

Dräuend war die Begegnung mit den schwedischen Zöllnern bei Bremervörde. Die Stadt an der Oste-Furt war in den Jahrzehnten des Krieges mehrfach von den Schweden, den Dänen und Kaiserlichen belagert und heftig umkämpft, in den letzten Kriegsjahren schließlich von Graf Tillys Söldnerheer völlig zerstört worden. Das befestigte Schloss auf der Insel in der Oste, lange prunkvolle Residenz der bremischen Erzbischöfe, stand noch und blickte über die Ruinen der Stadt. Es war selbst marode und verfiel, die einst als wunderbar gepriesenen Gärten lagen überwuchert am Fluss.

Sie hatten auch vorher hungrige und versehrte Menschen gesehen, niedergebrannte Gehöfte und Weiler. Doch dies war der erste Ort auf Emmas langer Reise, den sie als gänzlich zerstörte Stadt sah.

Als die Bocholtin wieder in einem ihrer Nickerchen versunken war, hatte Smitten Emma zugeraunt, wie froh sie sein könne, nur die *Folgen* der Gräuel und Zerstörungen sehen zu müssen. Nicht auf der Suche nach Essbarem oder einem Dach über dem Kopf, sondern aus dem Fenster einer komfortablen Kutsche, unterwegs zum nächsten Gasthof.

Der Tag war schwül. Der Fahrweg hatte in respektvollem Bogen um das berüchtigte Teufelsmoor herumgeführt. Es hieß, neuerdings siedelten dort Menschen – ganz arme Schlucker, wer auch sonst? –, was aber niemand so recht glauben mochte. Andererseits, die Jahrzehnte des Krieges hatten Menschen in ihrer Not und Angst viel Seltsames und bis dahin Undenkbares tun lassen.

Als Bremen nicht mehr weit sein konnte, gingen Emma und Smitten noch einmal ein Weilchen der Kutsche voraus, um sich vom langen Sitzen zu erholen und den Pferden ihre Last zu erleichtern. Die Bocholtin war in eines ihrer zahlreichen Schläfchen versunken. Das Ruckeln und Holpern der Kutsche beeinträchtigte sie erstaunlich wenig, selbst im Schlaf zeigte ihr pausbäckiges Gesicht ein mildes Lächeln. Droste hatte von einigen seiner Kräuter und Samen erklärt, sie schenkten Schlaf, zumindest Gelassenheit. Womöglich hatte Johanne Bocholts beständige Heiterkeit und plötzliche Attacken von Müdigkeit andere Ursachen als ein sonniges Naturell.

«Wir haben Glück», sagte Smitten. «In diesem Frühsommer versanken die Straßen noch in Schlamm, die Pferde kamen kaum voran, und immer wieder versperrten steckengebliebene Fuhrwerke die Straße. Trockenes Wetter hat leider auch seine

Tücken. Da geht es dann durch aufgewühlten weichen Sand, das ist für die Pferde kaum leichter, und der Staub kriecht in alle Schachteln und Reisekörbe. Er legt sich auf Gesicht und Haar, auf die Kleider und reibt im Hals und in den Augen. Dieser Tage lässt es sich gut fahren ...», sie raffte ihre Röcke noch ein wenig höher und schritt beschwingter aus, «fahren und gehen. Wir kommen voran.» Sie bückte sich, leerte Sand aus ihren Schuhen, betrachtete streng das winzige Loch in ihrem rechten Strumpf. «In Männerstiefeln wäre das Vergnügen allerdings weitaus größer.»

Emma nickte nur. Natürlich hatte Smitten ihr den Pfad auf der Grasnarbe überlassen, in ihre Schuhe gelangte kein Sand.

«Am besten reist es sich im Winter bei gefrorenem Boden», fuhr Smitten ungewöhnlich mitteilsam fort. «Jedenfalls wenn man einen guten Pelz besitzt, *mindestens* einen, und die Gasthäuser nah genug beieinanderliegen, um rechtzeitig wieder heiße Steine für die Füße zu bekommen. Nun, wir reisen im Sommer und äußerst komfortabel. Nur auf den eigenen Füßen wie die allermeisten, dazu bei Regen oder Frostwetter – was für eine Tortur das wäre.»

«Warum tun die Leute das? Wenn sie in den wärmeren Monaten ihre Geschäfte besonders fleißig betreiben, könnten sie bei schlechtem Wetter zu Hause bleiben.» Emma merkte selbst, dass sie nur etwas dahergeplappert hatte. «Das war dumm», murmelte sie.

Smitten wiegte den Kopf. «Ein wenig, ja. Aber woher sollte ein Fräulein wie Ihr von diesen Dingen wissen.»

Der Kutscher entdeckte von seinem hohen Sitz als Erster die mächtigen Wälle und die Türme Bremens. Die Weser zog sich als silbriges Band durch die Stadt und das weite grüne Wiesenland. Johanne Bocholt war nun auch erwacht, sie umrundete an Smittens Arm steifbeinig zweimal ihre Kutsche, tätschelte das größere der beiden Pferde, ohne sich an Schweiß und Staub in seinem Fell zu stören, und blinzelte durch das träge Nachmittagslicht nach der von Kirchtürmen und Windmühlen bestimmten Silhouette der Altstadt.

Am höchsten ragte die Turmhaube von St. Ansgari aus den Dächern auf. Der einst zweitürmige St.-Petri-Dom, jahrhundertelang Stolz und Zentrum der Stadt, war schon seit Luthers Zeiten dem Verfall preisgegeben, der Südturm ganz eingebrochen. Neuerdings war das marode Gotteshaus der einzigen verbliebenen lutherischen Gemeinde in der reformiert-calvinistischen Stadt überlassen worden.

«Ach, es ist nun Zeit», murmelte die Bocholtin aufseufzend und ließ sich von Smitten wieder in die Kutsche helfen, «wirklich höchste Zeit für eine Erholung.» Ihr ständiges Lächeln wirkte bemüht.

Emmas Reiselust hingegen war ungebrochen, die beiden Tage in Bremen waren ihr dennoch recht. Sie war neugierig. Verarmte oder verlassene Dörfer, niedergebrannte Höfe, das bis auf das Schloss nahezu vollständig zerstörte Bremervörde hatten sie erschreckt. Wie jeder wusste sie von den Grausamkeiten der erbarmungslosen Armeen, die sich von allem ernährten, was sie auf ihren endlosen Zügen vorfanden. Selbst Keller und Speicher leerten sie vom letzten Saatgut und beraubten so die Bauern ihrer Grundlage für ihr Überleben, ließen dafür Hunger und Elend zurück. Aber wissen und mit eigenen Augen sehen sind sehr verschiedene Erfahrungen.

Bremen hingegen war hinter verstärkten Gräben und Wällen und der nun auch stark befestigten Neustadt am westlichen Flussufer ebenso unversehrt geblieben wie Hamburg. Allerdings versandete der Hafen unaufhaltsam. Die großen Handelsschiffe legten längst drei Meilen weserabwärts in Vegesack an, holländische Baumeister hatten dort einen künstlichen Hafen geschaffen, ein absolutes Novum, oder schlugen ihre Fracht schon in Elsfleth oder Brake auf Flussschiffe um.

Je näher sie der Stadt kamen, umso mehr Volk fuhr oder wanderte auf der Straße zur Stadt. Wo es Hecken und Buschwerk, Bäche und Wälder zuließen, breiteten sich entlang der von Kutschen, Fuhrwerken und Karren beanspruchten Straße ganze Fächer von Pfaden aus, auf denen Fußreisende oft mit erdrückender Rückenlast und Händler mit Maultieren und Eseln, einige mit angeschirrten Hunden, ihre Waren zur Stadt brachten. Alle beeilten sich, um vor Toresschluss die sichere Stadt zu erreichen.

Nachdem sie das Herdentor endlich passiert hatten, lenkte der Kutscher die Pferde durch enge belebte Straßen, ohne ein einziges Mal nach dem Weg zum Haus der Schönemakers zu fragen. Sie waren erst wenige Tage über Land gefahren, und schon erschien Emma die Stadt grässlich laut, schmutzig und bevölkert von bedrückend armseligen Menschen. Smittens Gesicht war wieder streng und verschlossen, die Bocholtin lehnte ermattet in den Polstern, fächelte mit ihrem parfümierten Tüchlein und schickte manchen Seufzer in die stickige Luft.

«Wir sind gleich da, ich bin sicher, es wird Euch gefallen, Emma», erklärte sie, als der Kutscher die nervösen Pferde geschickt durch das Gedränge auf dem Markt weiterlenkte, vorbei am Rathaus und dem hoch aufragenden Rolandstandbild. «Mein lieber Cousin führt ein elegantes Haus. Der Garten ist wunderbar beschattet, ja, auch von alten Linden. Ein Bächlein plätschert in der Mitte, so ist die Luft immer frisch, selbst wenn solche Schwüle über der Stadt liegt und es überall nach Pferden, Schweinen und Abdeckerei riecht. Ich würde sagen: verteufelt stinkt.» Sie kicherte vergnügt in ihr Seidentüchlein. «Aber das nur unter uns. Der liebe Jan Willem führt auch ein vornehmes Haus, für das Alltägliche sorgt natürlich seine liebe Geertje, sie ist – ach, ich sag's, wie es ist: dünn und bleich und etepetete!

Sie stammt aus Leiden, nun ja. Achtet nachher besser auf Eure Worte, liebes Kind, wir wollen niemanden inkommodieren, darin werdet Ihr mir zustimmen. Obwohl wir nicht lange bleiben, drei Wochen sind wahrlich eine kurze Zeit bei einer so weiten Reise.»

«Drei! Wochen? Aber ich muss doch ...»

«Ja, so ist es besprochen, und so wird es gemacht. Hat der brave Ostendorf Euch etwa anderes gesagt? Mein lieber Cousin wäre brüskiert, wenn ich schneller weiterreiste. Drei Wochen, beinahe vier, genauer gesagt, wir wollen es auch ein wenig vom Wetter bestimmen lassen; wenn es beständig regnet, werden die Straßen furchtbar morastig. Ihr wisst noch nicht um diese Dinge, liebes Kind, aber ich ...», sie klopfte sich auf ihren Busen, «ich und meine Smitten, wir sind viel gereist, wir wissen, was das in diesem Landstrich bedeutet. Hier reiht sich nach Westen, nach dem Niederländischen zu und weit über die Grenze, ein Moor an das nächste, da ist der Boden so satt, da fließt kein Regenwasser mehr ab. Es ist eine Pestilenz für sich – überall dieser schwarze Schlamm. Die Hufe sinken ein, da brauchen die Pferde doppelt so lange, die Kutsche zu ziehen. Und die Gefahren! Man darf keine Handbreit vom Wege ab geraten, was in diesen nebligen Gegenden allzu leicht geschehen kann. Und all die Irrlichter ... Dann, ja, dann wird es warm, es ist eben Sommer, und schon schwirrt die Luft von Fliegen und Mücken, Myriaden!, und allem möglichen anderen Getier. Aus der Erde steigen giftige Dämpfe auf. Es ist ekelhaft, wirklich ekelhaft. Aber bis dahin», ihre Miene wurde wieder sonnig, als nähme sie eine trübe Maske ab, «haben wir diese formidablen neuen Glasfenster.»

༄

Das Leben im Haus der Schönemakers verlief reibungslos, noch am dritten Tag hatte Emma kein lautes Wort gehört. Sie erwartete keine Streitereien, doch in einem so großen Haus musste es hin und wieder Missverständnisse geben, mussten Stimmen durch die Diele und die fünf Geschosse hinaufhallen, vom Küchenfenster im Souterrain hinaus in den Küchengarten, zum Holzplatz und zum Brunnen, zu den Ställen – all das geschah sicher auch hier, jedoch so leise, als verständige man sich mehr mit Gesten, Blicken und geheimen Zeichen als mit Worten, was zweifellos eine falsche Vermutung war. Dennoch – so wenig Lärm in einem Haus voller Dienstboten und Handelsgehilfen und Fuhrleuten? Selbst die vier Kinder sprachen und bewegten sich über die Maßen manierlich.

Anders als die friedvolle Stille draußen auf dem Land, hatte diese etwas Unwirkliches, umso mehr, als über die hohe Gartenmauer und die vorderen Fenster die Geräusche städtischen Lebens hereindrangen. Alle, die in diesem Haus lebten und arbeiteten, waren es offenbar so gewöhnt und zufrieden. Selbst Johanne Bocholt, sonst ein unerschöpflicher Quell belangloser Plauderei, verbrachte schweigsame Stunden in einem Lehnstuhl im Garten, stets einen Stickrahmen oder ihre Reisebibel im Schoß, ohne sich mit dem einen oder dem anderen zu beschäftigen. Sie wirkte matter als unterwegs, dafür klang ihr Seufzen wohlig. Häufig saß Smitten an ihrer Seite und las aus einem schmalen Büchlein vor, zu leise, als dass Emma verstehen konnte, worum es ging. Wenn Smitten mit Aufträgen in der Stadt unterwegs war, nahm Emma ihren Platz ein, dann ließ sich die Bocholtin aus der Bibel vorlesen, wobei sie zu Emmas Freude die Psalmen bevorzugte.

Jan Willem und Geertje Schönemaker mochten etwa ein Jahrzehnt jünger als die Bocholtin sein. Sie waren auf diese höfliche Art freundlich, die man wenig vertrauten Gästen gegenüber zeigt. Emma war nicht sicher, ob sie willkommen war, sie war aber sicher, dass sie nicht drei Wochen bleiben wollte. Weniger wegen der Schönemakers, es wäre ihr leicht gefallen, sich dem Rhythmus des Hauses für eine Weile anzupassen. Das ganze Anwesen war in schlichter Strenge ausgestattet, ohne den Reichtum der Familie zu verleugnen. In einer der guten Stuben hing ein großer Gobelin, der besonders kunstvoll gearbeitete, somit kostspielige Wandteppich verströmte noch den Geruch der gefärbten Wolle.

Der Teppich war so schön wie kostbar, trotzdem verblasste er in Emmas Augen neben der Laute und dem Cembalo im selben Raum. Das Cembalo war einfacher ausgeschmückt als das venezianische im Haus der Engelbachs, aber allein der Anblick der Instrumente hatte sie daran erinnert, wie sie ihre eigene Laute schon jetzt vermisste.

Hieß es nicht, die Calvinisten lehnten Musik ab? Konnte man Musik anders verstehen denn als ein Gottesgeschenk? Wenn die Schönemakers solche Instrumente besaßen, wurde damit gewiss musiziert. Dann könnte sie es eine Weile aushalten. Wenn sie denn Zeit hätte.

Die Bocholtin wollte drei, vielleicht vier Wochen in Bremen bleiben. Einundzwanzig oder achtundzwanzig Tage. Falls das Wetter trocken blieb. Emma blieben nur noch dreizehn Tage Zeit, um rechtzeitig in Amsterdam zu sein, und das wollte sie unbedingt. An dem Tag waren es zehn Jahre, seit ihr Vater gestorben war. Nichts anderes konnte Mevrouw van Haaren gemeint haben, als sie sich wünschte, dass Emma spätestens an dem Tag in Amsterdam sei, ‹wegen ihrer zukünftigen Stellung in der Familie›.

Dreizehn Tage waren gerade noch eine ausreichende Spanne, um von Bremen nach Amsterdam zu reisen, jedenfalls bei unauffälligem Wetter, mit einem versierten Kutscher und kräftigen

Pferden. Sie konnte zur rechten Zeit in Amsterdam sein, wenn sie bald aufbrach. Sehr bald. Am besten morgen.

Emma setzte sich auf die Bank an der Gartenmauer im Halbschatten einer Birke und fühlte sich gefangen. Im Gasthof hinter Bremervörde hatte ein Reisender von den Postrouten erzählt, auf denen nun einfache Kutschen nach einem festgelegten Plan fuhren. Man bezahlte einen Preis und bekam einen Platz in einer Kutsche, notfalls auf dem Dach, aber man musste sich um nichts kümmern, musste den Weg nicht kennen, nicht nach ihm fragen, nicht befürchten, kein Gasthaus zu finden oder sich zu verirren. Er hatte von Verbindungen nach Preußen gesprochen, auch nach dem Süden, nach Regensburg. Wien womöglich? Amsterdam hatte er nicht erwähnt.

Bremen war eine bedeutende Stadt, sicher gab es auch hier solche Postkutschen. Wenn sie einfach ihren Mantelsack nahm, sich höflich verabschiedete und aus der Tür ging? Bis zum Marktplatz waren es nur wenige Schritte, auf Marktplätzen erfuhr man alles, sicher auch, wo die Kutsche abfuhr. Falls es eine gab. Den großen Reisekorb könnte man bestimmt nachschicken lassen, es gab überall Fuhrleute, die sich auf diese Weise ein paar Münzen dazuverdienten.

Man würde sie niemals alleine reisen lassen. Was Emma einerseits empörte, andererseits erleichterte. Tatsächlich fand sie es selbst unmöglich, sie war eben ein Hasenherz. Als Hannelütt sie plötzlich nicht mehr begleiten konnte, war sofort die Bocholtin eingesprungen, und alle waren zufrieden gewesen. Es musste auch in Bremen jemanden geben, der dieser Tage nach Amsterdam reiste, vertrauenswürdig war und Begleitung suchte.

Jan Schönemaker hatte bedauernd den Kopf geschüttelt, als Emma ihn danach gefragt hatte. Sie müsse Geduld und Gottvertrauen haben, dann wende sich alles zum Besten. Noch am selben Tag war er mit seiner Frau nach Vegesack aufgebrochen, um einen neuen Speicher zu inspizieren.

Auch die Bocholtin sprach von Geduld, von Vertrauen sagte sie nichts. «Ich will aber meine Smitten fragen», versicherte sie, «Smitten ist immer so praktisch.»

Könnte sie nicht einfach über die Mauer klettern, so wie der Lautenist in Engelbachs Garten? Und dann? Was wartete dort draußen? Eine Menge Geräusche klangen von der Gasse herein. Stimmen, Klappern von Holzschuhen, Schweine grunzten, ein Hund jaulte, als habe ihn jemand getreten, es gab Streit um einen umgekippten Holzkorb, jemand lachte trunken und heiser, dazwischen dilettantisches Flötenspiel, ein Kind schrie auf und heulte, als werde es hart geschlagen – Emma hörte all das und lauschte doch nur auf die Räder einer Kutsche, das Klipp-Klapp von Pferdehufen.

Sie bemerkte Smitten erst, als die schon vor ihr stand, fragend auf die Bank zeigte und sich setzte, bevor Emma Zustimmung nicken konnte.

«Ihr seht unglücklich aus, Fräulein», sagte sie. «Ihr erinnert mich an einen Grünhänfling, den ich einmal in einem Käfig hielt. Sogar sein Gesang war traurig. Wenn ich es recht bedenke ...» Smitten faltete ihre schmalen Hände im Schoß und blickte in das im Sonnenlicht flirrende Birkenlaub. «... ja, wenn ich es recht bedenke, sang er kaum, fast gar nicht.» Als Emma schwieg, fuhr sie fort: «Ich habe mich ein wenig umgehört. Tatsächlich hat Frau Bocholt mich darum gebeten, aber ich hätte es auch sonst getan, nur wäre es dann schwieriger gewesen, die Erlaubnis für Euch zu bekommen.»

«Erlaubnis? Weiterzureisen?» Emma war plötzlich hellwach und gar nicht mehr unglücklich. Die Schatten lösten sich auf, der Garten wurde wieder hell, und das Bächlein murmelte übermütig.

«Ihr wollt unbedingt rasch weiterreisen, nicht wahr?»

«Unbedingt. Mich stört keine Unbequemlichkeit, die Postkutschen sind sicher sehr unbequem. Ihr erinnert Euch an den Herrn im Harsefelder Gasthof, der davon gesprochen hat? Das schreckt mich überhaupt nicht. Sie fahren schnell, das ist die Hauptsache. Wenn Ihr mir helft, einen Platz …»

Smitten berührte warnend Emmas Arm, sie blickte nach ihrer dösenden Herrin und fuhr sanft fort: «Lasst uns leise sprechen. Wir wollen Frau Bocholt nicht erschrecken. Wenn Ihr also entschlossen genug seid, eine so lange Fahrt notfalls allein und in einem dieser Kästen zu wagen, eingezwängt zwischen unbekannten Mitreisenden, wenn Ihr so mutig seid …»

«Allein?», murmelte Emma, nun doch ein wenig von der eigenen Verwegenheit erschreckt.

«… dann weiß ich vielleicht eine bessere Gelegenheit. Allerdings gibt es eine Hürde zu nehmen.» Sie musterte Emma prüfend, erlaubte sich sogar, ihr Kinn zu fassen und ihr Profil genauer zu betrachten. «Doch, es wird gehen», murmelte sie. «Mit der richtigen Ausstattung.»

«Was? Was wird gehen? Welche Ausstattung?» Emma bebte vor Ungeduld.

Smitten lächelte. «Es ist ungewöhnlich. Wenn Ihr aber bereit seid, für einige Tage Komödie zu spielen und ein wenig großzügig mit der Wahrheit zu sein, könnt Ihr morgen reisen. In aller Frühe, gleich wenn die Tore geöffnet werden. Wobei es wichtig ist, dass wir das Haus sehr früh verlassen.» Smitten lehnte sich zurück an die sonnenwarme Mauer. «Ja, sehr früh. Das ist das Wichtigste.» Sie lachte leise. «Leider kann ich Euch nur bis zum Tor begleiten. Ich glaube, ich beneide Euch um Euer Abenteuer.» Sie seufzte leicht. «Doch, das tue ich wirklich.»

Kapitel 4

Am nächsten Morgen spazierte ein zierlicher junger Mann durch Bremens Straßen. Er war auf dem Weg zum Platz vor der Weserbrücke, um dort die Kutsche zu besteigen, die ihn endlich nach Amsterdam bringen sollte. Nach seinem Passpapier war er beinahe achtzehn Jahre alt, allerdings wirkte er jünger. Sein Gesicht zeigte nicht den geringsten Flaum am Kinn und an der Oberlippe, was bei so hellblonden jungen Menschen durchaus vorkommt. Im Osten begann es gerade erst heller zu werden, die Sonne döste noch ein wenig hinter dem Horizont, so herrschte eine diffuse Düsternis in Bremens engen Gassen. Er machte lange Schritte, hüpfte auch hier und da auf und ab, es sah nach Übermut aus. Zudem war er in Eile. Seine Begleiterin hielt gut mit ihm Schritt, obwohl sie seinen Mantelsack trug. Beiden folgte ein kräftiger, etwas kurzbeiniger Mann, der den Reisekorb des jungen Reisenden geschultert hatte.

Die Stadt erwachte gerade erst, selbst die Vögel wisperten nur schläfrig. In einigen Werkstätten, Häusern und Ställen rumorte es schon, hinter Fenstern flackerten Talglichter. Je näher die beiden der Weserbrücke kamen, umso mehr füllten sich die Gassen, umso mehr und lautere Stimmen waren zu hören. Wie in den meisten Städten wurden auch die Tore der Weserstadt bei Sonnenaufgang geöffnet.

Als sie aus der Gasse auf den Platz vor der Brücke traten,

blieb der junge Mann stehen und starrte geradeaus. Die ersten Wagen befuhren schon die Brücke, das Klappern und Stampfen der Hufe von Zugtieren, zumeist Maultiere, kräftige Kaltblüter und schwere Ochsen, und das Knarzen und Rumpeln eisenbeschlagener Räder auf den Holzbohlen klang dumpf. Noch wehte kein Wind, der breite Fluss trödelte glatt und träge dem Meer zu. Im Schatten eines Speichers warteten drei Kutschen, eine war überaus prächtig, ein Wappen am Schlag wies Goldapplikationen auf, glänzend genug, um sie selbst in der Dämmerung leuchten zu lassen.

Am Fluss war es heller als in der eng bebauten Stadt, auch war die Luft frisch und kühl, was Emmet, so hieß der junge Mann, besonders tief atmen ließ. Nicht zuletzt in der Hoffnung, sein trommelnder Herzschlag werde sich so beruhigen.

«Nur keine Angst», raunte Smitten, seine Begleiterin, sie bewegte ihre Lippen kaum. «Alles wird gutgehen. Bleibt nur recht spröde und wortkarg. Wer wenig erzählt, kann wenig verraten. Es sind ja nicht viele Tage, wenn alles gutgeht, keine zwei Wochen, wenn man nachts durchfährt, sogar noch weniger. Von Utrecht geht die Trekschuit, ein Treidelboot, jeden Tag. Nehmt sie unbedingt. Sucht Euch keine anderen Wagen, wenn die Schellings nach Leiden weiterfahren. Leiden liegt in der entgegengesetzten Richtung von Amsterdam. Egal wen Ihr unterwegs kennenlernt, egal wer Euch schöntut oder seine Dienste anbietet, bleibt für Euch. Vergesst das nicht. Im Zweifelsfall traut niemandem. Am besten nicht nur im Zweifelsfall, sondern überhaupt niemandem. Außer den Schellings natürlich. Bis nach Utrecht habt Ihr erlebt, wie es mit dem Reisen geht, dann kennt Ihr Euch aus und könnt leicht alleine weiter. Ich bin selbst mit der Trekschuit gefahren, es ist viel angenehmer als über Land. Und in Amsterdam – nun, all das haben wir gründlich besprochen. Wenn Ihr ... Guten Morgen, Herr Schelling.»

Smitten verwandelte sich in Sekundenschnelle von der selbstbewussten Frau mittleren Alters, die einem sehr jungen Mann letzte Anweisungen für einen Auftrag gibt, in eine beflissen knicksende Bedienstete mit runden Schultern. «Hier bringe ich Euch den Begleiter für Euren Sohn, Emmet van Haaren. Frau Bocholt ist Euch außerordentlich dankbar. Ich soll noch einmal ihre ergebensten Grüße ausrichten. Ergebenste, ja.»

Emma riss sich zusammen. Sie war nun nicht mehr Emma, sie war Emmet, auch wenn es in ihren Knien zuckte, sie würde keinesfalls knicksen. Keinesfalls. Keinesfalls. Keinesfalls. Sie spürte schon, wie schwierig es war, ein Leben lang Geübtes plötzlich zu verleugnen und gegen etwas Neues eintauschen zu müssen. Dennoch geriet ihre Verbeugung perfekt. Ihr Hut landete nicht in den zahlreichen von Zugtieren hinterlassenen Kothaufen. Tatsächlich hatte der Hut wie ihre übrige Kleidung vom Kragen bis zu den Stiefeln früher dem ältesten Schönemakersohn gehört. Der hielt sich derzeit bei Glaubensbrüdern und Handelspartnern im Tabakgeschäft in den englischen Kolonien im nördlichen Amerika auf. Die Gewänder, hatte Smitten versichert, würde niemand vermissen, bis sie dem Jüngsten der Familie passten, was noch zwei oder drei Jahre dauern mochte.

Diese Fahrt versprach kaum lustig zu werden, das erkannte Emma, nein, Emmet gleich. Herr Schelling war ein überaus ernsthafter Mann in den späten Dreißigern, seine Kleidung war aus guten Stoffen genäht, doch fehlte ihr die Lust an der Eleganz, Spitzen und Bänder waren sparsam appliziert. An seine Augen würde sie sich noch lange nach dem Ende dieses Abenteuers erinnern. Sie blickten dunkel und verrieten keine Regung. Sein Sohn stand aufrecht und reglos da wie ein Page bei der Kutsche. Er war sehr hellhäutig, sein Haar hellblond wie das seines Vaters.

Schelling musterte sie streng. Sie spürte ein tiefes Erröten und hoffte, er bemerke es nicht in der Dämmerung, bemerke vor allem nicht, dass sie kein echter Emmet war, sondern eine Emma. Dabei *musste* er es doch bemerken. Siedend heiß schoss ihr durch den Kopf, ob sie ihre Halskette abgenommen hatte. Natürlich hatte sie das, gestern Abend schon. Smitten hatte sie mitsamt dem anderen Schmuck in ein Seidenbeutelchen gesteckt, das wiederum in ein kleines Extrafach in ihrem Reisekorb.

«Willkommen in unserer Kutsche.» Schelling deutete steif eine knappe Verbeugung an und ersparte sich jede weitere der üblichen Höflichkeitsfloskeln. Er schien von schroffer Wesensart zu sein. Oder nur sehr in Eile, Bremen zu verlassen. «Wir werden eine ganze Reihe von Tagen miteinander verbringen. Mein Sohn, Valentin, ist ein ernsthafter und kluger junger Mensch. Ich erwarte von Euch, dass Ihr ihm ein Partner für Gespräche seid, wenn er es wünscht. Was nicht oft der Fall sein wird. Deshalb erwarten wir auch ...» Er zögerte, als suche er nach einer höflichen Formulierung. «... nun, wir erwarten jedenfalls keine Redseligkeit. Wenn wir schweigen, sind wir mit unseren Gedanken beschäftigt.»

Emma-Emmet fragte sich, was da noch kommen werde. Wann und bei welcher Gelegenheit es vielleicht genehm sei, dass sie atme oder blinzele. Hielt dieser Mensch sie für seinen Lakai? Sie bezahlte für diese Fahrt genauso wie er und sein blasser Sohn. Smittens Hand berührte leicht ihren Rücken, und sie machte brav ein höfliches Gesicht.

Das war ihr Abenteuer. Sollte er so griesgrämig und überheblich sein, wie er wollte, ‹selbstgerecht› fiel ihr noch ein, und ein kleines Grübchen schlich sich in ihre Wange. Unterwegs wusste nur sie, wer sie wirklich war. Er wusste es nicht, mit einem winzigen Quäntchen Glück, und wenn sie sich nicht allzu dumm anstellte, erfuhr er es nie. Am Ende der gemeinsamen Reise konnte sie es ihm nicht unter die Nase reiben, was wirklich schade war.

Er würde sie jedoch umgehend bei Mevrouw van Haaren anschwärzen, nach seiner Rückkehr auch bei Ostendorf. Wenn sie je wieder in einem honorigen Haus empfangen werden wollte, musste sie ihre Camouflage für sich behalten. Darauf hatte auch Smitten sehr gedrungen. Schade, wirklich sehr schade. Mit solch einer Geschichte ließ sich die langweiligste Gesellschaft aufs Beste unterhalten. Beinahe hätte sie doch noch gekichert – Konrad Hannelütt war ihr eingefallen. Hannelütt würde ihr so eine Unschicklichkeit nie verzeihen. Sie tanzte aus der Reihe. War das nicht großartig und berauschend?

Emmas Reisekorb wurde auf dem Dach verstaut, und die Schellings und ihr neuer Begleiter bestiegen das Gefährt, leider nicht das mit dem goldenen Wappen, sondern einen schlichten schwarzen Holzkasten. Auf dem Schlag zeugte ein über die ganze Breite gemalter schwungvoller Streifen in unbestimmbarer hellerer Farbe vom Versuch einer Verschönerung. Die Pferde zogen an, und Emmet van Haarens Reise begann.

Sie hatte es getan. Tatsächlich getan. Emma war nun Emmet. Cousin der Hamburger van Haarens aus Finkenwerder südlich der Elbe. Emmet beugte sich zum Fenster, steckte den Kopf hinaus und winkte Smitten zum Abschied zu. Sie stand in ihren dunklen Umhang gehüllt und blickte der Kutsche nach. Just in dem Moment stieg hinter ihr die Sonne über die Dächer, warf erste Schatten, und Smitten war nur mehr eine schwarze Silhouette ohne Gesicht.

Die Weserbrücke verband die Ufer auch mit zwei Inseln im Fluss, den zum Kastell befestigten Werder mit dem Pulvermagazin und die Teerhofinsel, dann erst endete sie am jenseitigen Ufer, am Rand der Neustadt. Dort rollte der Wagen durch noch wenig bebaute Straßen, bis er durch das südliche Tor und über die den breiten Wassergraben querenden Zugbrücken die Stadt endgültig verließ.

Die letzte Gelegenheit, doch noch aus der Kutsche und damit aus diesem seltsamen Abenteuer auszusteigen, war vorüber und vertan.

༄

Die Räder knarrten in behäbigem Gleichmaß. Nur hin und wieder zeugte ein aufstöhnendes Knirschen der Eisenbeschläge von der Begegnung mit einem granitenen Stein im Sand. Das Fräulein Emma van Haaren in Gestalt und Kleidung des Herrn Emmet van Haaren lehnte schläfrig in der gepolsterten Bank, ihr Körper war jung und biegsam genug, um das Gerüttel auch nach Stunden noch als ein Schaukeln zu empfinden. Sie lauschte auf die Räder und das Ächzen in den Riemen, auf den dumpfen Klang der Hufe, und ließ den Gedanken freien Lauf. In den vergangenen Tagen hatte sich so viel Erstaunliches ereignet. Dies war ein großes Abenteuer, ein heimliches Theaterspektakel, allerdings wusste sie nicht recht, ob ihre Rolle die des Narren oder der siegreichen Heldin sein sollte.

Noch vor wenigen Wochen, Tagen, Stunden gar, wäre allein die Vorstellung einer solchen Eskapade unmöglich gewesen. Und wäre mehr Zeit zum Nachdenken geblieben, säße dieser Emmet kaum in einer Kutsche unterwegs in die aufregende Welt, sondern mit dem ergebenen Lächeln gutherzogener junger Damen in einer bremischen Wohnstube. Emma fühlte das Herz wieder heftiger schlagen und genoss ein neues Gefühl von Verwegenheit. Was sollte schon geschehen? Bald war die Scharade vorbei, allzu bald, bis dahin war sie ein aufregendes Spiel.

Die Luft in der Kutsche war stickig. Es war ein einfaches Gefährt, von den Pferdehufen aufgewirbelter Staub drang ein und legte sich auf Kleider, Haare und Gesichter. Die satten Wesermarschen lagen hinter ihnen, die Straße führte immer tiefer in die sandige Ödnis der Wildeshauser Geest. An der letzten Kreuzung hatte der Kutscher die Pferde auf einen schmalen Weg gelenkt. Der eignete sich nicht für die Konvois von schwer beladenen, vier-, sechs- oder gar achtspännig fahrenden Fuhrwerken; für Reiter, Fußreisende und leichte Kutschen war er gerade breit genug und sollte einige Stunden Reisezeit sparen.

Emma musterte verstohlen den kleinen Schelling. Er war ein blasser Knabe von etwa zwölf Jahren. Womöglich ließ ihn die angestrengte Unbeweglichkeit seiner Miene älter erscheinen, als er war. Emmas Miene hingegen zeigte Weichheit und nach allen Anzeichen reisefiebriger Nervosität bei der Abfahrt in Bremen nun eine gelassene Schläfrigkeit. Als Emmet war sie in diesem Alter, in dem ein Junge an einem Tag wie ein Mann erscheint, am anderen wie ein Kind. Sie waren alle drei blond und hellhäutig, die beiden Schellings und der junge van Haaren, man konnte sie für Mitglieder ein und derselben Familie halten. Ihre dunkle schlichte Kleidung mit den flachen weißen Kragen war aus besonders fein gewebten Sommerstoffen gefertigt. Die Jacke des jungen Schelling allerdings war teilweise aus Gobelinstoff zusammengesetzt, so etwas hatte Emma noch nie gesehen.

Ein matter Wind kam auf und strich so warm über das Land, als wehe er aus den afrikanischen Wüsten her. Emma beugte sich zum Fenster vor, beinahe wäre ihr das Erbauungsbuch aus den Händen geglitten, eine überaus langweilige Sammlung lehrreicher Predigten, was ihr zweifellos einen missbilligenden Blick ihres Gegenübers eingebracht hätte.

In einem Gebüsch wenige Schritte abseits des Weges bewegte sich etwas, vielleicht streichelte ein abendlicher Windhauch die Zweige. Der Himmel wölbte sich matt und dunstig über der Geest, der Sonnenuntergang malte heute keine Flammenfarben, und was von Osten herankam, war mehr als die Dämmerung – ein schweres Wetter zog auf.

Emma war es recht. Kräftiger Regen spülte den Staub fort, klärte die Luft und machte das Atmen freier. Der Krieg hatte länger gedauert, sogar viel länger, als sie lebte, auch deshalb führte sie diese Reise zum ersten Mal so weit hinaus in die Welt, fort aus der gewohnten Sicherheit. Sie konnte nicht ermessen, was schweres Wetter bedeutete, wenn kein Gasthaus, nicht einmal eine schützende Schlucht in der Nähe war, wenn die Fahrwege plötzlich im Schlamm verschwanden und dürftige Rinnsale zu reißenden Bächen wurden.

Die Pferde gingen nun langsamer, sie waren müde, und der sandige Weg ließ die Räder schwerer rollen. Immer wieder kratzten Zweige an den Seiten der Kutsche; Emma überlegte, ob es erlaubt sei, den strengen Herrn Schelling auf der Bank gegenüber zu fragen, ob dies tatsächlich der richtige Weg sei. Sie entschied sich dagegen. Sie war nur ein zahlender Gast, als Begleiter für Schellings Sohn hatte sie die Gelegenheit bekommen, in honoriger Gesellschaft nach Amsterdam zu gelangen. Ein unterdrückter Seufzer ließ Schelling von seinem Buch aufsehen, doch er wandte sich gleich Valentin zu. Emma fand, dies sei der Moment, in dem ein Vater seinem Kind übers Haar streicht, seine Geduld lobt oder eine kleine Geschichte erzählt, um den offenbar melancholischen Jungen aufzuheitern und ihm die Zeit zu vertreiben.

Schellings Blick wurde sanfter, es sah aus, als wolle er etwas sagen, doch dann neigte er nur den Kopf zum Fenster und lauschte. Da war der stampfende Tritt der Pferde, das Knarren der Räder und Achsen. Emma schien, sie höre noch etwas. Auch Schellings Blick wurde wachsam, dann nickte er Valentin zu und beugte sich wieder über das schmale Büchlein, in dem er unablässig las, hin und wieder stumm die Lippen bewegend. Bestimmt las er Gebete. Oder Psalmen? Emma entschied sich wieder für Psalmen, weil es einige gab, die sie selbst gerne mochte. Besonders als Lieder, denn sie sang sehr hübsch in einem warmen Alt.

Es dunkelte rasch, nur noch ein Streifen des Himmels leuchtete schwefelgelb über der Heide. Weiter östlich, wo aus einem dicht bewaldeten Höhenzug kühlere Luft aufstieg, flackerte zuckender Lichtschein. Schelling lauschte konzentriert.

«Es wetterleuchtet nur», murmelte er, als ein Donner ausblieb, und lauschte doch weiter.

Plötzlich ging ein Ruck durch die Kutsche, gleich darauf rollte sie wieder schneller.

«Die Pferde», erschrak Emma. «Fürchten die Tiere das Gewitter und brechen aus?»

Bevor Schelling antworten konnte, bewegte sich ein Schemen rasch am Fenster vorbei, wie im Flug. Es schien absurd, dennoch war Emma sicher, den Kutscher erkannt zu haben, der vom Bock fiel und zurückblieb. Oder war er gesprungen? Wieder blitzte es, und ein explodierender Donner zerriss die schwüle Stille. Dann ging alles viel zu schnell, als dass sie es später genau erinnern konnte. Plötzlich waren Reiter da, ein Pferd wieherte schrill, einer preschte über die Heide vorbei, andere, es klang nach mindestens dreien, galoppierten auf der rechten Seite längsseits, wo kaum Buschwerk wucherte.

«Jetzt», zischte Schelling, «rasch.» Sein Gesicht war nur mehr ein bleiches Oval. «Ihr müsst raus.»

Valentin nickte mit schreckgeweiteten Augen, Emma saß wie erstarrt. Die Zeit stand still. Schellings schmale Lektüre verschwand in Valentins Jacke, die der Junge trotz der Wärme nicht abgelegt hatte, schon flog sein Mantelsack aus dem Fenster, Emmas folgte.

«Du hast es geschworen», presste Schelling hastig hervor. «Die Jacke! Geschworen. Vergiss das nie. Sei gesegnet. Gott ist an deiner Seite.»

Der Schlag klappte auf, und Valentin war verschwunden. Ehe Emma einen Gedanken fassen konnte, griff Schelling hart ihren Arm. «Spring, Junge», zischte er, «so weit du kannst. Und lauf. Rette meinen Sohn.»

Da sprang Emma, von Schelling gehoben und hart gestoßen, fiel durch Gestrüpp in den Sand, rollte ein paar Schritte abwärts und lief, rannte, stolperte gebückt hinaus in die beginnende Nacht, gejagt wie in einem tiefschwarzen Traum. Ein Pferd wieherte, schrill wie ein sich überschlagender Schrei, wieder explodierte ein Blitz, gleich darauf ein zweiter – aber da war kein Licht am Himmel. Das waren Schüsse gewesen. Bei der Kutsche. Hufe und Knüppel schlugen gegen Holz, und eine Männerstimme schrie wütend: «Der Junge. Verdammt, wo ist der Junge?»

Da duckte sie sich noch tiefer, hastete weiter in den Schutz von Wacholdern, aufrechte Schatten, schwärzer noch als der verdunkelte Himmel, gerade bevor der nächste Blitz die Geest für Sekunden erhellte. Ein Donner folgte, ohrenbetäubendes Krachen. Ein anderes, ein befremdliches Geräusch kam rasch näher, das Schnauben der Pferde und der Klang der Hufe jedoch schienen sich zu entfernen, klangen näher, wieder ferner, wie eine an- und abschwellende dumpfe Melodie, und dann war es da, dieses andere Geräusch. Dieses Rauschen. Regen prasselte vom Himmel wie ein Wasserfall. Hastig stolperte Emma weiter, immer weiter, bis ein Fuß sich in einer Schlinge verfing – einer Wurzel im Sand? Einer Hasenfalle? Stechender Schmerz fuhr durch ihre Schulter und in die rechte Schläfe, als sie aufschlug. Es klirrte in ihrem Kopf. Dann war nichts mehr als bewusstlose Dunkelheit.

Die Hand auf ihrem Mund erschwerte das Atmen. Sie versuchte sich zu bewegen, doch da war auch etwas, das ihre Beine festhielt. Vielleicht, wenn sie sich mehr Mühe gab – sie drehte den Kopf zur Seite, das ging ganz leicht, und die fremde Hand gab ihren Mund frei.

«Sei leise», wisperte eine dünne Stimme eindringlich. «Bitte, Emmet. Vielleicht sind sie noch in der Nähe.»

Emmet? Als sei der Name ein Zauberwort, schwand der Nebel aus ihrem Kopf, schlagartig erinnerte sie sich: an ihre Camouflage, an die Kutsche nach Amsterdam, die Tage in Bremen, die Reisegesellschaft der seltsamen Schellings, Vater und Sohn. An den Überfall. Und an den Sprung aus der Kutsche. Die Flucht in die Dunkelheit. Und – was war dann geschehen?

Sie lag ganz still und lauschte angestrengt, was mit dem dröhnenden Kopf nicht einfach war. Endlich stützte sie sich auf die Ellbogen, blinzelte angestrengt und erkannte, warum sie ihre Beine nicht bewegen konnte. Valentin hockte darauf wie ein schwarzer Gnom.

«Warum sitzt du auf meinen Beinen?», flüsterte sie.

«Weil in dieser Kuhle so wenig Platz ist. Und damit du nicht wegläufst. Schlafwandeln», erklärte er wispernd, «manche Leute tun so was. Dann wirst du entdeckt und …»

Er rutschte in den feuchten Sand, und sie nickte. Es war unnötig, den Satz zu beenden. «Wie lange war ich, ich meine, wie lange habe ich geschlafen?»

«Weiß nicht. Der Mond ist eben erst zwischen den Wolken hervorgekommen, ich konnte nicht sehen, wie weit er schon gewandert ist. Zuerst bin ich nur gerannt, immer tiefer ins Dunkle. Ich konnte kaum etwas sehen, ich glaube, da war ein Wolf, aber der hatte keine rotglühenden Augen und ist gleich verschwunden. Dann kam der Regen, und ich bin in eine Senke gerutscht, da war ein Überhang von Wurzeln und Gestrüpp, wie ein Dach, darunter war es trockener, und keiner konnte mich finden.»

Dort hatte er gekauert, bis Regen und Gewitter weiterzogen und selbst das ferne Wetterleuchten verblasste, hatte in die Finsternis gelauscht und sich erst wieder bewegt, nachdem er geraume Zeit nichts gehört hatte.

«Nichts *Großes*», erklärte er wispernd, «wie Menschen oder Pferde. Aber es raschelt und knistert hier überall, da flog auch etwas über die Heide, ein schwarzer Schatten, sicher nur ein Uhu, oder? Und bei den Wacholdern …» Der Junge schluckte. «… da kauerte der Wolf. Bestimmt war es nur *ein* Wolf. Einer allein, kein Rudel. Leben Wölfe nicht immer in Rudeln? Frierst du?»

Während der langen Fahrt von der Bremer Weserbrücke bis in diese Ödnis hatte Valentin keine fünfzehn Worte gesprochen, nun war er kaum aufzuhalten. Als sei er ein anderes Kind. Nach dem, was er in dieser Nacht erlebt hatte, war er das vielleicht. Valentin hatte Angst und tat alles, sie zu verbergen. Er war ein Stadtkind wie Emma, die er nur als Emmet kannte, allein in der Nacht in dieser schon am Tag unheimlichen Ödnis, das Grauen des Überfalls noch ganz nah – dass er sich überhaupt unter dem schützenden Wurzelwerk hervorgewagt hatte, zeugte von großem Mut. Oder von großer Verzweiflung.

Jetzt erinnerte Emma sich auch an den wie ein Sturzbach fallenden Regen. An die Kutsche. Erneut an den Überfall. An den Lärm. Blitz und Donner? Auch an Blitz und Donner. Und an Pistolenschüsse.

Das kurze Unwetter hatte die Nacht kaum abgekühlt, trotz der feuchten Kleider fror Emma nicht, doch die Kälte der plötzlich zurückkehrenden Panik ließ sie zittern. Wie in dem Moment, als Schelling sie aus der Kutsche gestoßen hatte. Als gleich darauf die Schüsse gefallen waren.

Sie rang nach Luft und krallte die Hände in den Sand. Die Erde, der feste Boden gaben ihr Halt, und das Zittern ließ nach.

Es erschien wie ein Albtraum, doch die Straßenräuber waren ganz real gewesen, und Schelling hatte tatsächlich zuerst seinen Sohn und dann sie, Emma, mit dem Stoß aus dem Wagen gerettet. Emmet van Haaren, einen zum Familienbesuch nach Amsterdam reisenden jungen Hamburger.

Wo war Schelling jetzt?

Wieder drohte eine Welle von Panik. Die durfte sie nicht zulassen. Sie war fast achtzehn Jahre alt, ein erwachsenes Fräulein, und Valentin ein Kind. Solange sein Vater verschwunden blieb, trug sie die Verantwortung. Konnte sie das? Sie war nur eine behütete Tochter honoriger Bürger. Bis zum Beginn dieser Reise hatte sie im Schutz ihrer Familie in der am stärksten befestigten Stadt des Reichs gelebt. Die Ängste und bösen Träume, die sie dort gekannt hatte, erschienen nun lächerlich.

Bilder von der langsamer werdenden Kutsche in der Dämmerung kehrten zurück, von der zu Furcht gerinnenden Wachsamkeit in Schellings Miene. Bilder von riesigen Pferden, wahren Streitrössern, von bärtigen Reitern in abgewetzten ledernen Wämsern, Rapieren, Pistolen und Dolchen in den Gürteln …

Nein! Nicht weiter. Pferde und Männer hatte sie nur gehört, und noch etwas anderes, das ihr jetzt nicht einfallen wollte. Es war dumm, sich die Gesichter und Gestalten auszumalen, den wilden Anblick, die mörderischen Absichten. Sie brauchte keine Nahrung für die Angst, sie brauchte Trost und vor allem Mut und Zuversicht.

«Nein, Valentin, ich friere nicht. Aber die Nacht wird kälter, ein trockenes Hemd wäre gut. Hast du deinen Mantelsack gefunden?» Sie hoffte, Valentin bemerke das Zittern ihrer Stimme nicht. «Oder meinen? Dein Vater hat beide aus der Kutsche geworfen.»

Alltagskram beruhigt, hatte Margret gern betont: Wenn man sich fürchtet, denkt man am besten an Rübensuppe oder den Waschtag, dann findet sich leichter ein Ausweg. Angst zeige nur das nächste Mauseloch, darin bleibe man unweigerlich stecken, und stecken bleiben sei immer schlecht. Margret konnte nur wenig lesen und schreiben, gleichwohl hatte Emma von ihr mehr gelernt als in mancher Predigt oder Unterrichtsstunde.

Als Valentin nur in die Dunkelheit starrte, fuhr sie immer noch flüsternd fort: «Wir werden sie schon finden. Zuerst suchen wir deinen Vater, sicher verbirgt er sich auch irgendwo in den Dünen. Womöglich hat er sich beim Sprung einen Knöchel verstaucht», fuhr sie hastig fort, als Valentin nur den Kopf senkte, «sonst hätte er dich längst aufgespürt. Er würde nie ohne dich ...»

«Nein.» Valentin hob das Kinn und machte die Schultern gerade, blasses Mondlicht zwischen schwarzen Wolkenfetzen verwandelte sein unkindlich schmales Gesicht in eine fahle Maske voller Schatten. «Nein», wiederholte er streng. «Das hat der Herr Vater verboten. Aber das geht dich nichts an.»

«Das geht mich nichts an? So ein Quatsch. Wir sitzen in derselben Klemme, ob du willst oder nicht. Und wieso überhaupt verboten? Er hat dir im Voraus verboten, ihn zu suchen, falls die Kutsche überfallen wird? Er hat damit gerechnet!?»

«Es gibt auf allen Straßen Räuber, überall. Deshalb schließen sich Händler mit ihren Wagen zu Konvois zusammen. Das weiß jedes Kind, aber du weißt wohl gar nichts. Und sei *bitte* nicht so laut.»

Valentins Stimme hatte einen verächtlichen Ton bekommen. Wäre er nicht ein in der Dunkelheit verlorenes Kind, das um das Leben seines Vaters fürchten musste, hätte Emma ihm eine harsche Antwort gegeben. Doch ihre eigene Angst war groß genug, um seine zu spüren.

Ihr Kopf schmerzte, an der rechten Schläfe ertastete sie eine Beule, das Dröhnen hatte immerhin nachgelassen, und sie konnte wieder klar denken. Halbwegs klar. Eins nach dem anderen, dachte sie, eins nach dem anderen. Sie hätte sich gerne zusammengerollt und vor der Dunkelheit und deren Gespenstern versteckt. Und vor dem, was sie erwartete, wenn sie die Kutsche fänden, denn dieser erste Schritt, die Kutsche und Schelling finden, war unausweichlich. Egal was er seinem so schrecklich gehorsamen Sohn befohlen oder verboten haben mochte.

Sie konnte nicht auf Hilfe zählen, wie sie es gewohnt war, ob es um das Binden einer Schleife an ihrem Gewand ging, um die Übersetzung eines komplizierten französischen Satzes oder die Suche nach den rechten Kräutlein für einen Hustentee. Hier war niemand, der für sie entschied oder handelte, und es war gewiss nicht der Moment, sich feige in einer geschützten Kuhle zu verkriechen. Johanna von Orleans war an der Spitze einer Armee in die Schlacht geritten, was waren dagegen ein paar Schritte durch die Dunkelheit? Vielleicht war eine kriegerische katholische Jungfrau, die ihr Ende auf dem Scheiterhaufen gefunden hatte, nicht das beste Beispiel, sicher keines, das einen strikten kleinen Calvinisten beeindrucken würde. Trotzdem.

Und die Wölfe? Es wäre ihr wirklich lieb, keinem zu begegnen, allerdings fürchtete sie mehr die menschlichen. Gerade in dieser Nacht vertraute sie wieder auf die Belehrungen ihres klugen Paten. Wölfe fliehen für gewöhnlich die Menschen, hatte er erst neulich erklärt. Nur sehr hungrig seien sie gefährlich, und im Sommer hungere kein Wolf.

Emma blinzelte über den Rand der Kuhle. Die meisten Wolken waren weitergewandert. Es musste schon spät in der Nacht sein. Die Landschaft aus Sand, Heide, allerlei Gestrüpp, Inseln von Buschwerk und aufragenden Wacholdern lag reglos wie ein Bild im Mondlicht, die leuchtende Sichel stand nun hoch. Auf ihrer

Lieblingsbank bei der Geißblattlaube wäre Emma tief beglückt von der Schönheit und geheimnisvollen Weite des Himmels. In einer schmalen Senke im feuchten Sand inmitten einer so unendlich wie das Weltall erscheinenden Ödnis voller Schatten und Wispern im Nachthauch fühlte sie sich winzig und machtlos wie ein Käfer. Sie dachte an die Geborgenheit ihres Bettes unter dem dunkelgrünen Baldachin und spürte plötzlich jeden Kratzer, jede blutige Schramme vom Sprung aus der Kutsche in das stachelige Gebüsch und dem Fall in die Senke. Nun fror sie doch. Das konnte nichts als ein neuer Anfall von Feigheit sein!

«Bleib nur hier», flüsterte sie entschieden. «*Mir* hat dein Vater nichts verboten, ich sehe mich jetzt um. Vielleicht finde ich wenigstens unser Gepäck, das hat er kaum aus der Kutsche geworfen, damit wir es *nicht* suchen. Der Wolf», sie reckte den Hals und blickte erneut nach den Wacholdern auf dem Hügel, «ist längst weitergezogen.»

Valentin zögerte nur sehr kurz, bevor er Emma über den Rand der Kuhle nachkroch. Ihre Augen waren inzwischen an die Dunkelheit gewöhnt, und das Licht von Mond und Sternen wies ihnen trotz manch narrender Schatten die handschmalen Pfade der tierischen Geestbewohner, denen sich folgen ließ.

Zuerst fanden sie Emmas Mantelsack, der war nass und sandig. Auch der Inhalt war feucht, bis auf das große Tuch, das Margret als Abschiedsgeschenk hineingelegt hatte. Emma sah Valentin an. Er fror und schien noch kleiner und bleicher als am Tag. Als sie ihm das Tuch um die Schultern verknotete, murmelte er etwas von Weiberkram und ließ es doch geschehen.

Endlich entdeckten sie auch Valentins Bündel und gleich darauf den Fahrweg. Sie folgten ihm eine Weile zurück in Richtung Bremen, jedenfalls nahmen sie das an, keiner von beiden war darin geübt, sich in fremdem Terrain und in der Dunkelheit zu orientieren. Sie gingen behutsam, blieben immer wieder stehen und lauschten, stets bereit, rasch ins nächste Gebüsch zu tauchen. Es knisterte und wisperte überall in der vermeintlich verlassen liegenden Geest. Einmal glitt etwas über ihre Köpfe hinweg – sie hofften, es seien nur Nachtvögel mit ihren weiten Schwingen gewesen und die Dämonen und Totengeister spukten einzig in ihren Köpfen.

Auf menschliche Nähe ließ nichts schließen.

Bis sie den Weg erreicht hatten, war Valentin hinter ihr gegangen, nah genug, um im Sand in ihre Fußstapfen zu treten. Auf dem Weg ging er nun neben ihr, allerdings stets einen halben Schritt voraus. An das Verbot seines Vaters dachte er offenbar nicht mehr.

«Hier», sagte er plötzlich und vergaß das Flüstern. «Hier muss es gewesen sein.»

Die Erde war von schweren Hufen und Stiefeln aufgewühlt und zertrampelt, die Abdrücke der Wagenräder verliefen kreuz und quer. Das war auch nach dem Regen und in der Dunkelheit zu erkennen. Sie hatten die Kutsche also gewendet. Was bedeutete das? Warum hatten sie sich diese Mühe gemacht? Emma durchlief ein heißer Schauer. Hatten sie die Kutsche mitgenommen, um Schelling irgendwohin zu bringen? An einen geheimen Ort? Dann hätten sie ihn auch auf eines der Pferde setzen können. War er für den Ritt zu schwer verletzt? Oder wollten sie nur keine Spuren hinterlassen? Von ihrem Überfall, von der geplünderten Kutsche? Von einem Toten?

Valentin stand reglos, eine schmale schwarze Gestalt in der aufgewühlten Erde. Er sah sehr klein aus. Das Kind in dieser Dunkelheit, inmitten der von Schrecklichem zeugenden Spuren, war ein Bild der Verlassenheit. Es gab keinen Trost. Obwohl sie es sich über alle Maßen wünschte, konnte sie nicht glauben, dass Valentins Vater den Raubzug überlebt hatte oder gar entkommen war.

Sie hatte die rauen Stimmen gehört, die stampfenden Pferde, schließlich die Schüsse. Wieder sah sie Schellings schreckstarres und zugleich seltsam gefasstes Gesicht vor sich. Er war nicht wirklich überrascht gewesen, dessen war sie nun gewiss.

Trotz der Kriegszeiten war Emma in Sicherheit aufgewachsen. Man hatte versucht, die Gräuel dieses nicht enden wollenden Krieges, die Berichte und Bilder von ihr fernzuhalten. Trotzdem wusste sie darum, und sie wusste auch, dass noch zwei Jahre nach dem Friedensschluss verrohte und hungrige, ohne Sold auf ihren Heimweg entlassene Söldner durch die Lande zogen, dazu von ihren Höfen, aus Dörfern und verheerten Städten vertriebene Sippen und Banden, zerstörte Seelen, von denen keine christliche Regung mehr zu erwarten war.

Emma hätte während all der Jahre taub und blind durch die Straßen ihrer Stadt gehen müssen, um von dem schrecklichen Kriegstreiben nichts zu wissen. Es war so oft davon gesprochen worden, überall hatte es die Flugschriften gegeben, auf Plätzen und Märkten war den Leseunkundigen – das waren die meisten – daraus vorgelesen worden. Viele ergötzten sich am Grauen.

Das sei alles maßlos übertrieben, hatte Margret versichert, all diese Gräuel seien unvorstellbar im christlichen Abendland, und überhaupt sei im Nordwesten des Reichs, zwischen Elbe, Weser und Ems, alles längst nicht so arg gewesen wie anderswo. Weite Landstriche seien vom Krieg ganz unberührt geblieben. Sicher war es so, doch wenn nur die Hälfte der Berichte stimmte, war es entsetzlich genug. Und die Geschichten vom großen Schlachten und Mordbrennen in der einst so reichen, nun vernichteten Stadt Magdeburg in jenem Mai anno 1631 waren keinesfalls übertrieben. Das zehntausendfache Morden war nicht zuletzt durch die Flüchtlinge verbürgt, denen es gelungen war, der Hölle zu entkommen und das sichere Hamburg zu erreichen.

Sie fragte sich, ob es nicht seltsam sei, dass sie ohne den Schutz ihrer Familie oder eine wehrhaftere Begleitung als die schläfrige Matrone und deren Zofe samt einem Wächter auf diese weite Reise geschickt worden war. Sie verscheuchte den Gedanken rasch. Weder Mutter noch Stiefvater oder Pate hätten zugelassen, dass sie alleine weiterreiste, ob als Emmet oder Emma. Welcher Teufel oder Kobold hatte sie nur geritten, Smittens Vorschlag als großartige Idee, als den Anfang eines so vergnüglichen wie aufregenden Abenteuers anzunehmen? Nur weil sie rechtzeitig zum Todestag ihres Vaters in Amsterdam sein wollte? Sie wusste nicht einmal, ob es dieses ‹rechtzeitig› oder ‹zu spät› überhaupt gab. Es existierte einzig in ihrer Vorstellung. Oder war es Ostendorfs Überlegung gewesen, die sie sich zu eigen gemacht hatte?

«Die Radspuren führen plötzlich fast zurück.» Emma folgte ihnen einige Schritte, bis sie direkt in die sandige Heide liefen. «Wir warten, bis es heller wird», entschied sie und fügte hinzu: «Dann müssen wir uns auch einen Weg zurück suchen. Erst einmal bis zum nächsten Dorf. Vielleicht ist es gar nicht weit. Oder wir finden ein Boot. Da war doch ein schmaler Fluss, wir sind über eine Brücke gefahren, als die Sonne schon tief stand.»

Plötzlich schien die Geest voller Ohren und das Land den Atem anzuhalten, kein Wispern mehr und kein Geraschel in Gebüsch, im trockenen Laub und Kraut. Sie wandte sich nach Valentin um – er stand noch dort, wo sie ihn zurückgelassen hatte und starrte auf die zerwühlte Erde. Als sie wieder bei ihm war, hob er den Kopf, flüsterte etwas, das nach «Er hat es doch verboten» klang, drehte sich um und marschierte steif wie ein kleiner Automat weiter nach Südwesten und in die Dunkelheit.

※

In der ersten Morgendämmerung tastete Emma fröstelnd nach der weichen Decke, die gewöhnlich ihren Schlaf beschützte. Da war keine Decke, und sie wusste wieder, was geschehen war. Die aufflackernde Hoffnung, es sei nur ein böser Traum gewesen, weil gar nicht wahr sein konnte, an was sie sich erinnerte, verflog sogleich. Sie öffnete die Augen, setzte sich auf und versuchte zu erkennen, wo sie war.

Als sie in der Nacht entschieden hatte, nicht mehr weiterzugehen, war der Mond immer wieder hinter dunklen Wolken verschwunden. Sie tue keinen Schritt mehr durch diese Düsternis, hatte sie Valentin erklärt und schon ‹Du kannst machen, was du willst› auf der Zunge gehabt, aber er war gleich stehen geblieben und hatte genickt. Sie war zu erschöpft gewesen, um sich darüber zu wundern. So ging sie vom Weg in die Heide, es glich mehr einem Stolpern, er folgte ihr ohne ein Wort. Nach wenigen Schritten fanden sie eine Mulde bei einem ausladenden Gebüsch. Gestern noch wäre ihr die Vorstellung, in so einer ‹Unterkunft› eine Nacht zu verbringen, als übler Scherz erschienen, jetzt bedeutete sie Trost. Emma ließ ihren Mantelsack fallen, Arme und Rücken schmerzten von der ungewohnten Last. Als sie sich erschöpft in den Sand setzen wollte, hielt Valentin sie zurück.

«Warte», flüsterte er, zerrte einen Stecken aus dem Gestrüpp und begann in kurzen Schlägen auf den Busch und die umgebende Heide zu klopfen. Was nicht viel mehr als ein energisches Rascheln hervorrief, klang in Emmas Ohren wie das Dröhnen einer Kesselpauke.

«Hör auf», zischte sie wütend, «das hört man meilenweit.»

Valentin schlug noch einige Male auf aus dem Sand ragendes Wurzelwerk. «Schlangen», erklärte er kühl, bevor Emma fragen konnte, was um Himmels willen er da tue. «Teuflisch böse Tiere, aber feige. Wenn welche hier geschlafen haben, sind sie jetzt geflüchtet.»

Sie blickte in sein kleines, gespenstisch bleiches Kindergesicht, und für einen Moment schien es ihr, als sei da ein böses Glimmen in seinen Augen.

Valentin schlief rasch ein. Sein Atem ging leise, einmal fürchtete Emma, er atme nicht mehr. Sie war sicher gewesen, niemals einschlafen zu können, hatte in die Nacht gelauscht und auf das Entsetzen gewartet, das sie nach den Ereignissen der letzten Stunden und der ungewissen Aussicht auf den nächsten Tag erdrücken müsste. Stattdessen fühlte sie sich nur stumpf. Obwohl sie dieses Kind nicht mochte, das neben ihr im Sand schlief, als gebe es keine Sorgen auf der Welt, fühlte sie Dankbarkeit, weil sie wohl verlassen, aber nicht allein war.

Während sie darüber nachdachte, ob dies einen Widerspruch oder die Wahrheit bedeutete, schlief sie doch ein.

Und nun? Zur nächsten Stadt. Bremen war zu weit. Auch ein Dorf mochte Rettung bedeuten, besonders wenn es an der Route der Postkutschen und -reiter lag. Sie hatte nicht die geringste Ahnung, wo eines zu finden wäre. Auf dem Globus ihres Paten hatte sie die Welt erkundet, sie wusste, wo England lag, auch Rom, natürlich Amsterdam, sogar Westindien und das geheimnisvolle China, aber die Dörfer der Geest fanden sich auf keinem Globus. Auf Karten? Die hätte sie ohnedies kaum zu lesen verstanden, falls es überhaupt welche von dieser Region gab. Letztlich bot die beste Orientierung der breit ausgefahrene Fahrweg, der durch die Dörfer und Städte führte.

Sie konnten sich nur nach der Sonne richten. Die ging im Osten auf und im Westen unter. In etwa – schließlich veränderten alle Gestirne mit den Jahreszeiten ihre Bahn, im Frühling warf die Sonne andere Schatten als im Sommer, Herbst oder Winter. Wenn man nicht verlorengehen wollte, war das von großer Bedeutung.

Immerhin gab es keine Bären mehr. Bären seien in Norddeutschland bis auf wenige Tiere in den Wäldern und Schluchten des Harzes ausgestorben, hatte Ostendorf erst kürzlich bedauert, dabei sei die Bärenjagd doch das männlichste aller Vergnügen.

Wohin sollten sie sich wenden? Die große Straße, auf der die allermeisten Reisenden unterwegs waren und Auskunft geben konnten, mochte nicht allzu weit sein. Hätte sie doch mehr darauf geachtet, als der Kutscher in den Seitenweg eingebogen war, hätte sie doch aus dem Fenster gesehen, auch mal zurückgeblickt, sich alles eingeprägt, an den Schatten auch den Stand der Sonne.

Die Dämmerung wurde lichter, der Horizont leuchtete schon golden und rot wie Feuer, ein schmaler Streifen, der rasch breiter und blasser wurde. Die Geest, im Grau der ersten Dämmerung feindlich, glich nun einem Märchenland. Wo feuchte Senken waren, ein Tümpel, vielleicht sogar ein Bach, stand Morgennebel über dem Land, kaum mehr als im Licht schwebender Dunst. Vögel begannen mit ihrem Konzert, auch das klang leicht und unwirklich. Emma dachte an den Engelbach'schen Garten, dieses Paradies voller gedeihender Pflanzen, Hecken, Bäume, Sträucher und Stauden, zahlloser Arten von Blumen und Früchten. Der war auch für die Vögel ein Garten Eden, ihr Gesang klang dort kraftvoll und vielstimmig, nach purer Lebensfreude. In diesem Landstrich hingegen und am Ende des Sommers zwitscherten die kleinen Sänger zaghaft, wie von Melancholie gedämpft.

Im Nebel bewegten sich Schatten, Emma hielt erschreckt den Atem an. Doch was es auch war, es war zu klein für Menschen oder Pferde. Rehe vielleicht. Oder Schafe? Kobolde etwa?

Am Rand der Mulde erschienen zwei Kaninchen, witterten mit ihren winzigen Nasen und hoppelten davon. Für einen Augenblick herrschte völlige Stille, als sei es ihnen gelungen, die ganze Nachbarschaft zu warnen: Menschen! Da sind zwei

Menschen. Menschen bedeuteten für die Tiere in der Geest immer Gefahr. Auch einander bedeuteten sie Gefahr, die jeweils Größeren den Kleineren. Das zweibeinige Wesen mit dem aufrechten Gang war für alle jedoch das gefährlichste und unberechenbarste Raubtier.

Emma hatte nie Anlass gehabt, darüber nachzudenken, was das Tier dem Menschen und der Mensch dem Tier bedeutete. Sie hatte nur gelernt, dass viele Tiere des Menschen Feind waren.

Die Sonne schob sich über den Horizont, wurde zum feurigen, schnell aufsteigenden Ball und schickte schließlich als gleißend helle Scheibe dieses besondere Morgenlicht über die Erde, das den Dunst zum geheimnisvollen Schleier macht, bevor es ihn auflöst.

Valentin seufzte im flacher werdenden Schlaf, murmelte Unverständliches, drehte sich zur Seite und barg auf kindliche Weise sein Gesicht im Ärmel.

Emma fürchtete den Augenblick seines Erwachens. Dann wurde die Welt wieder real, dann mussten sie weiterziehen, Entscheidungen treffen, sich ängstigen und schützen, den Weg finden, der sie in Sicherheit brachte.

Sie fürchtete selbst den Moment, wenn sie aufstehen und prüfend über den Rand der Mulde schauen musste, weiter hinaus in diese Landschaft, die gestern noch bei all ihrer Kargheit von eigenem Reiz gewesen und dann zum Feindesland geworden war. Vielleicht hockte jemand außerhalb dieses kleinen Hortes? Jemand, der ihnen weiterhalf. Oder jemand, der darauf lauerte, die Zeugen des mörderischen Überfalls …

Sie wollte den Gedanken nicht zu Ende denken. Auch lenkte sie etwas kaum weniger Beunruhigendes ab: Spuren von großen Pfoten im taufeuchten Sand. Valentin hatte sich nicht geirrt, hier strichen Wölfe herum, und dieser war nah genug gekommen, um ihre Kehlen zu zerfetzen.

Das taten Wölfe doch? Sie zerfetzten die Kehlen schlafender Wanderer, rissen Menschenfleisch, tranken Blut – so hieß es, und daran war keine Sekunde zu zweifeln. Aber nur im Winter, hatte Pate Engelbach versichert, wenn sie hungrig sind. Noch war Sommer, und dieser Wolf musste sehr satt gewesen sein. Was wäre für ein solches Tier mit seinen starken Reißzähnen einfacher, als zwei Schlafende zu töten?

Ihr wurde übel, der Atem ging hastig und tief, der Herzschlag stolperte, und wieder schalt sie sich töricht. Zumindest *einen* freundlichen Wolf schien es zu geben.

Es war ihr nicht bewusst, doch Emma war ein mutiges Mädchen, später, am Ende dieser Reise, würde sie es wissen.

Hastig verwischte sie mit beiden Händen die Abdrücke im Sand, Valentin sollte sich nicht noch mehr fürchten. Sie hielt ärgerlich inne. War sie seine Mutter? Seine Hüterin? Sie war nicht mal eine große Schwester. Und hatte er nicht womöglich nur auf dem Busch herumgeschlagen und von Schlangen gefaselt, um ihr einen Schrecken einzujagen?

Was sollten sie tun, wenn der Wolf noch hier war? Wenn mit ihm ein ganzes Rudel lauerte? Aber schliefen Wölfe nicht am Tag und jagten in der Nacht? Sie hatte Droste nach den Pflanzen ausgefragt, hatte viel und begierig gelernt; nach den wilden Tieren zu fragen, hatte sie versäumt. Ihr war nicht einmal in den Sinn gekommen, es könne für sie und erst recht auf dieser Reise von Gasthaus zu Gasthaus nützlich sein. Wie dumm sie gewesen war.

Endlich schob Emma sich an den Rand der Mulde, schirmte die Augen mit beiden Händen und versuchte zu erkennen, was sie erwartete. Da lauerte kein Wolfsrudel, alles sah aus wie gestern, bevor mit der Abenddämmerung die Räuber gekommen waren. Die sandige Geest, die Heide, die Dünen, die Inseln von Gebüsch und Wacholdern; ein wenig entfernt entdeckte sie etwas, das mit den ersten, tiefroten kleinen Früchten einem

Weißdornbusch glich. Dann musste es dort Wasser geben, einen Tümpel vielleicht.

Sie wusste wenig vom Leben außerhalb der Städte, aber dass ein Bach oder Teich in einer sandigen Ödnis für alle eine Tränke bot, verstand sich von selbst. Und nun? Den Bach als gefährlichen Ort meiden? Das ging nicht, sie hatte viel zu großen Durst.

Jedenfalls hatte Valentin recht gehabt, als er glaubte einen Wolf zu sehen. Da kehrten, wie es manchmal in den ersten, noch trägen Minuten nach dem Erwachen geschieht, schon vergessene Traumbilder zurück, Fetzen nur, dennoch klar: Da war ein junger Wolf in ihre Mulde gekommen, schleichend, den Bauch fast auf dem Boden, wachsam witternd. Leuchtende, gar glühende Augen? Vielleicht. Dann saß er wieder am Rand der Mulde, eine schmale schwarze Silhouette gegen den Nachthimmel. Er saß ein wenig erhöht, dort, wo der Blick schon schweifen konnte. Wie ein Wächter. Ein wildes Tier als ihr Hüter? Die Absurdität des Gedankens ließ sie endlich lächeln. So ein seltsamer Traum. Doch wieder kroch ihr ein Frösteln über Rücken und Nacken – für einen Augenblick glaubte sie sogar den fremden Geruch des wilden Tieres zu erinnern.

Ein Geräusch ließ sie herumfahren. Es war nur Valentin. Der Junge war erwacht und hockte im Sand, das feine blonde Haar zerzaust, fast weiß im hellen Licht. Mit kleinen akkuraten Bewegungen klopfte er den Sand von seiner Jacke, das Gesicht ganz Missbilligung. Dieses graue Automatenkind sorgte sich zuerst wegen seiner beschmutzten Jacke. Emma hätte ihn gerne geschüttelt.

«Du bist schon wach, und die Sonne steht hoch.» Valentins Stimme klang tadelnd. «Warum hast du mich nicht geweckt? Wir sollten längst unterwegs sein.»

Der Bach floss rasch und klar. Dieser Sommer war kühl und regenreich gewesen, der kurze, aber heftige Guss in der vergangenen Nacht hatte ein Übriges getan. Emma hatte nie Köstlicheres als dieses Wasser getrunken. Am liebsten wäre sie ganz eingetaucht in das Glitzern und Plätschern, ein Tauchbad in diesem Wasser musste alles neu machen und die Angst abwaschen, die dunkel drohenden Bilder der Erinnerung.

Doch sie war nicht Emma, sie war Emmet, und der musste sie nun bleiben. Ihre knabenhafte Gestalt war ihr seit einigen Jahren ein Kümmernis, jetzt war sie froh über den Mangel an weiblicher Weichheit und Rundung. Dennoch, wenn sie nur das Hemd öffnete, um es mit den anderen Kleidern für das Bad abzustreifen, würde Valentin den Betrug erkennen, obwohl er sicher niemals eine unbekleidete Frau gesehen hatte. Dass ein Junge wie Valentin durch ein Schlüsselloch linste, um die nur halb bekleidete Küchenmagd über der Waschschüssel zu beobachten – was lebenslustigere Jungen versuchen mochten –, war eine lächerliche Vorstellung. Gleichwohl war er nicht dumm. Überhaupt war es unmöglich, sich vor Fremden zu entblößen.

So streifte sie nur Stiefel und Strümpfe ab und tauchte die Füße in das kalte Wasser. Stichlinge flitzten wie silbrige Schatten davon, schillernde Libellen tanzten über dem Glitzern, eine dicke Hummel brummte vorbei. Die Vögel waren verstummt, die anderen Tiere zeigten sich nicht, die Rehe, die Hasen und Kaninchen, auch ein Dachs mochte hier leben, ein einsamer Jäger, und all die Mäuse, Rebhühner, Fasanen, die fliegenden und krabbelnden Insekten ohne Zahl. Die Schlangen.

Valentin sah sich suchend um, so wie Emma nach dem Aufwachen. Er hockte mit hochgezogenen Schultern am Rand des Baches, eine kleine schwarze Gestalt mit dem farblosen Haar inmitten von Schafgarbe und Wilder Möhre, Wasserschierling und nur noch müde blühendem Baldrian, in tiefem Gelb leuchtendem Rainfarn und Hahnenfuß, spitzem grünlich-weißem Drachenwurz, rosarotem Weidenröschen. Er neigte lauschend den Kopf – zu gerne hätte Emma seine Gedanken gehört. Dann streifte er ebenfalls Stiefel und Strümpfe ab und tat es ihr gleich.

Nun war es Zeit zu fragen, zu überlegen, womöglich zu streiten, in welche Richtung ihr Weg sie führen sollte – auf der Suche nach Schelling den Wagenspuren und den Räubern nach? Oder weiter in die entgegengesetzte Richtung, die Valentin in der Nacht eingeschlagen hatte? Doch Emma schwieg. Die Morgenstille war so sanft, alles schwebte, alles blieb im Ungefähren, in einer friedvollen Zwischenwelt. Schon die erste Frage musste das zerstören.

Die Sonne gewann an wärmender Kraft und ließ beinahe vergessen, dass jenseits des Baches ebenso wie in der hinter ihnen liegenden Weite eine unbekannte Welt wartete.

«Wir müssen zurückgehen, Valentin», sagte sie endlich. «Wir brauchen Hilfe, am besten Plätze in einer Kutsche, notfalls auf einem Wagen oder in einem Konvoi von Fuhrwerken, nur so kommen wir sicher nach Bremen. Ich habe noch genug Geld für uns beide. Dort kennen wir Leute, die uns helfen und …»

«Ich gehe nicht nach Bremen», fiel er ihr schroff ins Wort. «Hast du in der Nacht nicht zugehört?» Er zog die Füße aus dem Bach und streifte unwirsch mit beiden Händen das Wasser ab. «Ich gehe nicht nach Bremen», wiederholte er, «ich muss weiter, mir bleibt keine Zeit für Umwege. Ich gehe nach Osnabrück, und dann, dann …» Er zuckte mit den Achseln. «… dann sehe ich weiter.»

«Bremen ist viel näher», rief Emma, plötzlich empört, als beharre Valentin nur auf seinem Plan, um ihr nicht nachzugeben.

«Ach ja? Du kennst dich hier wohl gut aus.»

Emma hätte ihn mit Vergnügen in den stacheligen Weißdorn geschubst. Dieser Junge war ein Kind und sprach mit ihr wie ein überheblicher Mann. Dass stimmte, was er sagte, machte sie nur wütender – sie hatte tatsächlich keine Ahnung, wo sie waren. «Wir müssen nur zurückgehen, das ist ganz einfach. Kennst du etwa den Weg nach Osnabrück?»

«Der geht nach Süden, immer der Straße entlang nach Süden. Ganz einfach. Süden ist da, wo mittags die Sonne steht. Wenn du umkehren willst, ich halte dich nicht auf. Bremen liegt im Nordosten. Überleg dir selbst, wo das nach dem Stand der Sonne ist.»

«Du kannst nicht alleine gehen.»

«Ich kann das. Ob du es kannst ...» Wieder zuckte er die Achseln, seine hellen Augen glänzten dunkel. Nur das kaum wahrnehmbare Zittern seiner Unterlippe verriet in dem arroganten kleinen Mann das angstvolle Kind, das um Haltung und Gehorsam gegenüber seinem Vater kämpfte.

Ihre Wut war damit nicht verraucht, aber sie hatte ein neues, ein gerechteres Ziel. Egal was mit Schelling geschehen war, egal um welchen Auftrag es hier ging, seinem Kind solche Last aufzubürden, es einer solchen Gefahr auszusetzen, war Unrecht. «Du hast es geschworen», hatte Schelling ihm nachgerufen, als er den Jungen aus der fahrenden Kutsche gestoßen hatte. Er hatte ihm keinen Trost, sondern eine Drohung mit in die Düsternis gegeben. Und ‹Rette meinen Sohn› hatte er dem jungen Herrn Emmet aufgetragen.

Wenn er solche Gefahren gefürchtet, sogar erwartet hatte, warum hatte er dann anstelle wehrhafter Männer einen Jungen wie Emmet mitgenommen? Sie hatte gedacht, und so hatte es Smitten auch erklärt, Schelling wolle Gesellschaft für seinen Sohn und die Reisekosten teilen. Dabei sehe er keineswegs ärmlich aus, nur streng, und Strenge und Geiz seien von jeher nahe Verwandte.

Emmas Blick war über die Landschaft gewandert, ohne

dass sie etwas gesehen hätte. Nun fiel ihr auf, dass sie tatsächlich nichts sah, was ihr Hoffnung und Richtung geben konnte. Kein Qualm verriet ein Gehöft, kein aufwirbelnder Staub, kein Lärm schnaubender Pferde, klappernder Hufe, vom Quietschen und schnarrendem Ächzen eines Fuhrwerks. Zum ersten Mal seit dem Sturz aus der Kutsche fühlte sie sich wirklich verloren. Allein mit einem störrischen Kind, das genauso fremd in dieser Welt war wie sie selbst und dennoch keine Vorsicht walten ließ, keine Sicherheit suchte, nur den Weg voran um irgendeines dubiosen Versprechens willen.

«Nun gut. Gehen wir nach Osnabrück. Das ist immerhin eine Friedensstadt. Vielleicht ist das ein gutes Omen. Von dort wird es auch einen Weg nach Hause geben. Falls wir je ankommen.» Der Ton ihres Seufzers verriet mehr Zuversicht als ihre Worte. «Dein Vater hat mir aufgetragen, auf dich achtzugeben, Valentin, und das werde ich tun. Ob du willst oder nicht. Wir gehen zusammen weiter.»

Emma hatte gedacht, er werde nun erleichtert sein, froh, womöglich so etwas Verwegenes wie «Danke» sagen, zumindest murmeln. Aber er sah sie nur an, unlesbare Botschaften im Gesicht.

«Dann solltest du deine Stiefel anziehen», sagte er schließlich, und als Emma laut auflachte, verblüfft und erleichtert von der Banalität dieser Alltäglichkeit, verzog sich sein Gesicht zur Andeutung eines Lächelns.

‹Ein Wunder›, dachte sie, ‹er kann lächeln› und erinnerte sich beschämt daran, dass Valentin seit dem Beginn ihrer Bekanntschaft nie Anlass zu einem Lächeln gehabt hatte.

Sie wusste es noch nicht, doch an diesem Augustmorgen begann für Emma ein neues Leben. Ihre Mutter hätte es ihr erklären können, Margret, auch Pate Engelbach, alle, die auf Emmas gute Zukunft bedacht waren, zu deren bedeutsamsten Voraussetzungen ein makelloser Lebenswandel gehörte. Emma dachte an diesem Morgen nur an die Suche nach dem Weg in die nächste große Stadt. Dass dort nach jahrelangem Verhandeln und Feilschen der Friedensschluss des großen Krieges erreicht worden war, empfand sie auch jetzt wieder als gutes Omen.

Die Frische des Morgens ließ die Schrecken der Nacht beinahe vergessen und machte unternehmungslustig. Als plane man für diesen schönen Tag in heiterer Gesellschaft einen ausgedehnten Spaziergang, an dessen Ende ein reichgedeckter Tisch im Schatten alter Linden wartete, vielleicht auch ein schöner Lautenspieler. So wollte sie es sich vorstellen. Mancher mochte das Selbstbetrug nennen, andere sahen darin praktische Klugheit. Nichts vertreibt die jedes Vorankommen lähmende Angst besser als die Vorstellung eines guten Ziels. Und was weiß denn ein Mensch, dieses Staubkörnchen in Gottes Universum, von dem, was kommen mag? Warum kein reichgedeckter Tisch?

Sie nickte, und als Valentin sie fragend ansah, zeigte sie zu der dem Weg am nächsten gelegenen Düne.

«Lass uns raufklettern, von dort sieht man womöglich bis zu den Türmen von Osnabrück. Dann wissen wir, in welche Richtung wir gehen müssen.»

In Valentins Gesicht stand eine Frage, er sprach sie nicht aus, sondern suchte sich gleich einen Weg durch die Heide. Deren Blüte war noch nicht ganz vorüber; im vertrockneten Braun leuchtete es violett, süßer Duft stieg auf, Bienen taten sich gütlich, und ihr Summen wurde bei der ungewöhnlichen Störung zornig. Der Junge ging erstaunlich schnell. Emma folgte ihm und achtete nicht darauf, wohin sie trat. Es musste hier von Käfern, Spinnen und allerlei anderem Getier, auch Schlangen, nur so wimmeln, das wollte sie lieber nicht sehen. Die zahllosen taubenetzten Spinnweben im Gesträuch waren genug.

Valentin eilte voraus, seine Schritte vertrieben alles, was in diesem sandigen Gestrüpp lebte und beißen oder stechen mochte. Wie praktisch die männlichen Hosen und Stiefel doch waren. In Röcken und zierlichen Frauenschuhen wäre der sandige Weg nichts als Mühe gewesen.

Die Düne maß in der Höhe kaum mehr als ein zweistöckiges Haus, dennoch bot sich von ihrem höchsten Punkt ein weiter Blick. Nun war da nur die schon vertraute Geest zu sehen, die sich im Dunst bald verlor. Ob es tatsächlich Wald und sanft ansteigende Höhen waren, die sich dort andeuteten, war schwer zu entscheiden. An dem Bach, aus dem sie gerade getrunken hatten, labte sich nun ein Sprung Rehwild.

«Denkst du, die haben hinter den Schlehen gewartet, bis wir weg waren?», fragte Emma und wunderte sich schon nicht mehr, als sie ohne Antwort blieb.

Valentin hatte die Augen mit den Händen beschirmt und hielt in alle vier Himmelsrichtungen Ausschau wie ein Feldherr, auch jetzt und von so hoch oben versprach nichts die Nähe einer Stadt oder auch nur einer einsamen menschlichen Behausung. Weder die große Handelsstraße war auszumachen noch die kleine, auf der die Räuber ihnen aufgelauert hatten.

Wohin, in welche Richtung sollten sie sich nun wenden?

Emma kam sich sehr dumm vor. «Und jetzt?», fragte sie zaghaft. «Weißt du, wo wir sind? Wohin wir gehen müssen?»

Valentin ließ die Hände sinken. Er wandte sich der Sonne zu und erklärte, Emmet wisse so gut wie er, wo sie sich befänden, nämlich in der Wildeshauser Geest. Das habe der Herr Vater doch erklärt, nicht lange bevor – er beendete den Satz nicht, Emma hatte schon bemerkt, dass dies zu seinen Unarten gehörte. Diesmal verstand sie es.

«Sonst weiß ich nur», fuhr er wieder mit dieser seltsam tonlosen Stimme fort, «Osnabrück liegt südlich von Bremen, etwas südwestlich genau genommen. Ich weiß aber nicht, in welche Richtung der verräterische Kutscher uns gefahren hat und wohin wir in der Nacht noch gelaufen sind. Und wie weit westlich. Oder östlich?»

Seine Schultern sanken herab. Für einen Moment. Dann war er wieder der spröde Junge, der sich für einen Erwachsenen ausgab.

«Stillstand ist der Anfang vom Ende», sagte er wie ein Prediger. «Es ist Morgen, Emmet, die Sonne geht im Osten auf, sie hat schon eine gewisse Strecke ihrer Tagesreise zurückgelegt, also ist da, wo sie jetzt steht, Südosten. Ungefähr. Wir müssen auf die Schatten achten. Wenn die Sonne zu Mittag den Zenit überschritten hat, legen sich die Schatten zur anderen Seite, nach und nach. Diesen Moment dürfen wir nicht verpassen. Dort ist Süden.»

Sein letzter Satz klang nicht so sicher, wie er zu sein vorgab. Er schwieg, und Emma unterdrückte einen Seufzer.

«Das hört sich kompliziert an», sagte sie endlich. «Ich kenne mich mit diesen Dingen wenig aus, bisher bestand dazu keine Notwendigkeit, aber ich weiß doch, dass die Sonne ihren höchsten Stand zu Johanni erreicht, spät im Juni. Oder nicht?»

«Und an jedem Tag des Jahres hat sie um die Mittagszeit den jeweils höchsten Stand, das weiß jeder.»

Wieder gab es etwas, das Emma zum ersten Mal bedachte. Nämlich dass sie in der Verkleidung eines jungen Mannes aus gutem Haus auch die Bildung, das Wissen eines solchen Mannes vorweisen musste. Sie könnte Konrad Hannelütt als Muster nehmen, obwohl der die Rechte studiert hatte und viel gelehrter war als ein junger Mann von noch nicht ganz achtzehn Jahren, der kaum aus seiner Heimatstadt herausgekommen war. Andererseits war Hannelütt ihr nie besonders klug vorgekommen. Schlau, hatte Margret mit grimmigem Nicken gesagt, aber nicht klug. Emma hatte über den Unterschied nachdenken wollen, leider war immer anderes zu tun oder zu bedenken gewesen.

«Also gehen wir in südwestlicher Richtung», überlegte Emma laut, als sie wieder von der Düne herabgestiegen waren. «Das heißt, wir müssen uns halbrechts halten, oder? Wenn wir auf die große Straße treffen, können wir um Hilfe bitten oder uns einfach einem Konvoi anschließen. Wir können die Leute unterwegs auch nach deinem Vater fragen. Oder ob sie etwas von einer überfallenen Kutsche gehört haben.»

Als Valentin schweigend vor sich hinstarrte, fuhr sie ungeduldig fort: «Wenn wir einen Schreiber oder sonst jemand finden, der uns mit Feder, Tinte und Papier aushilft, schreibe ich einen Brief und bitte einen Reisenden, den nach Hamburg mitzunehmen. Das kann doch nicht schwer sein. Viele reisen nach Norden. Dann schickt mein Pate Hilfe, oder er bittet jemanden in Osnabrück. Mit einem Eilboten. Oder Ostendorf, mein Stiefvater. Ich bin sicher, beider Geschäfte gehen so weit, und sie kennen viele wichtige Männer in vielen Städten … Valentin?»

Der Junge war so blass geworden, dass sie fürchtete, er falle gleich wie ein Mädchen in Ohnmacht. Plötzlich erinnerte sie sich an jenes Detail vom Überfall auf die Kutsche, das sie vergessen, das in einer versteckten Ecke ihres Kopfes gewartet hatte. Nun war es wieder da: *Der Junge*, hatte einer der Männer gerufen. *Wo ist der Junge?*

Sie hatten Schelling und wollten auch Valentin, seinen Sohn. Sie waren nicht nur Straßenräuber. Sie wollten mehr, als Geld und Gut Reisender zu rauben.

Sie wollten Valentin. Warum? Der Junge wusste es, das verstand sie nun. Warum sonst sollte es ihn erschrecken, wenn sie davon sprach, unterwegs um Hilfe zu bitten?

«Setz dich.» Sie drückte Valentin ins Gras und kniete sich so neben ihn, dass sie sein Gesicht sah. «Was weißt du, Valentin?

Wir sitzen im selben Boot, und das verdanken wir beide deinem Vater. Ich bin in eure Mietkutsche gestiegen und habe die Hälfte des Reisegeldes bezahlt, obwohl ihr zwei seid und ich nur eine, ich meine *einer*, ein Mann, ja, um in Frieden und Sicherheit nach Amsterdam zu reisen. Zumindest bis Utrecht. Dabei wusstet ihr, was für eine Gefahr drohte? Wieso?»

Sie hatte sich in Wut geredet und versuchte wieder ruhig zu werden, schon damit sie sich nicht noch einmal verplapperte. Obwohl das inzwischen einerlei war. Sollte Valentin herausfinden, was ihm beliebte, sollte er denken, was ihm beliebte. Es war kaum noch von Belang, ob sie eine verkleidete, also höchst unschickliche Frau war oder ein Mann. Es war viel übler, einem schutzlosen Menschen die Mitreise anzubieten, obwohl man damit rechnete, unterwegs in einen mörderischen Hinterhalt zu geraten.

«Du musst mir jetzt sagen, was du weißt, Valentin. Was steckt hinter alldem? Und wer ist dein Vater? Etwa ein geheimer Diplomat? Hat es mit dem Krieg zu tun? Der ist doch vorbei. In Nürnberg sind nun auch die letzten Siegel unter die neuen Verträge gesetzt worden. Wenn du so große Angst hast, dass wir entdeckt werden, muss ich es auch wissen. Verstehst du das nicht?»

Die letzten Worte klangen wie ein Schrei, und endlich blickte Valentin auf. Seine Augen waren gerötet, sein Gesicht noch blasser als sonst.

«Ich weiß es doch nicht, Emmet, ich weiß es wirklich nicht. Ich muss ...» Er zögerte, aber Emmas fordernder Blick ließ ihn weitersprechen. «Ich muss meine Jacke nach Utrecht bringen. Um der Seligkeit meiner Mutter willen», fügte er mit gesenkter Stimme hinzu. «Nach Utrecht oder Leiden.»

Emma starrte ihn verblüfft an. «Um der Seligkeit deiner Mutter willen? Diese Jacke? Was ist daran besonders? Außer dass sie aussieht, als sei sie aus Stücken von Wirkteppich zusammengenäht.» In Valentins Augen stand plötzlich kühle Abwehr. «Ich weiß nur, ich muss nach Utrecht», sagte er, «das muss ich unbedingt, und dann vielleicht weiter nach Leiden. Ich habe es versprochen.»

«Und warum gehen wir dann nach Osnabrück? Die direkte Route, die auch die Kutsche nehmen sollte, führt über Lingen und Almelo oder Zwolle, die ist doch der kürzere Weg. Mein Pate hat es mir auf einer Landkarte gezeigt. Er besitzt einige, er versteht sich aufs Kartenlesen und hat es mir erklärt. Er ist gut darin, Schwieriges zu erklären. Hätte ich so eine Karte ...»

Ihre wegwerfende Handbewegung zeigte die Sinnlosigkeit solch einer Überlegung. Zum einen waren Karten zu kostbar, als dass sie eine besäße oder gar mit sich herumtrüge, zum anderen waren sie ohne Nutzen, wenn man sie nicht zu lesen verstand und nicht einmal wusste, wohin in aller Welt man sich gerade verirrt hatte.

Wohin in aller Welt. Das traf wahrhaftig zu.

«Nun red schon, Valentin. Du musst etwas wissen. Dein Vater hat dir kaum Anweisungen für den Fall eines Unglücks gegeben, ohne zu erklären, worum es dabei geht.»

«Doch», flüsterte er, sein Gesicht rötete sich vor Scham. «Doch, das hat er getan. Aber sonst hat er mir nichts anvertraut. Ein Kind hat zwei Herren zu gehorchen. Zuerst Gottvater, dann seinem irdischen Vater. Ich muss jetzt nach Osnabrück gehen, dort finde ich Hilfe bei einem Glaubensbruder, und bis dahin ...» Er senkte den Kopf und flüsterte. «... bis dahin, bitte, Emmet, verrate uns nicht.»

Sie glaubte ihm nicht. Aber sie dachte an Schellings graue Strenge und Kühle. Wenn er seinem Sohn aufgetragen hatte zu schweigen, würde es lange dauern, bis Valentin wagen würde, davon zu sprechen.

«Nun gut. Ich halte auch, was ich versprochen habe, Valentin, jedenfalls werde ich es versuchen. Also gehen wir nach Osnabrück, ohne unterwegs schon nach Hilfe Ausschau zu halten, es sei denn, wir geraten in noch größere Not. Dort gehst du zu eurem Glaubensbruder, ich wende mich an ein Hamburger Kontor. Sicher gibt es eines. Es kann nicht mehr weit sein, oder?»

Valentin blickte über ihre Schulter in die diesige Ferne, erste Wolken zogen auf. «Je nachdem», sagte er zögernd, «wenn wir die Straße finden und in ihrer Nähe entlanglaufen, mögen es drei Tage sein. Höchstens dreieinhalb.»

Diesmal log er tatsächlich. Er hoffte, Gott werde es ihm nachsehen.

Kapitel 5

Die Sache mit dem Stand der Sonne war eine gute Theorie. Nachdem jedoch schon am Vormittag dicke Wolken aufzogen und den Himmel mit einem undurchdringlichen Grau verschlossen, verlor Emma bald jedes Gefühl für die Zeit und die zurückgelegte Strecke. Sie war einen geregelten Tagesablauf gewöhnt. Zu Hause hatte alles seinen Platz und seine Stunde: die Mahlzeiten, der Empfang von Besuchern, der Unterricht, die alltäglichen Pflichten. Kirchenglocken riefen zur festgelegten Zeit zum Gottesdienst, die Stadttore wie die Hafeneinfahrt wurden nach verlässlichem Kalender geöffnet und geschlossen.

Nun gab es nur Sonnenaufgang und Sonnenuntergang. Später, wenn sie auf den Straßen keine Neulinge mehr waren, würden sie auch andere Zeichen erkennen und selbst an so grauen Tagen wie diesem die Veränderung des Lichts und somit die Tageszeiten einschätzen können.

Irgendwann stießen sie auf einen Weg, der allerdings kaum mehr breit genug für ein kleines Fuhrwerk war. Sie blieben stehen und lauschten. Die Goldammer, deren singendes Gezwitscher die Stille des Tages gerade noch fröhlich unterbrochen hatte, verstummte. Der Wind strich über das Heidekraut, raschelte in den Gebüschen und trug plötzlich entferntes Hundegebell heran, heisere, aufgeregte Töne.

«Woher kommt es?» Emma flüsterte, obwohl das Tier nicht in der Nähe sein konnte.

«Weiß nicht.» Valentins Stimme klang ganz klein. «Meinst du, es ist ein Hund? Ein *normaler* Hund?»

Emma las den Schrecken in seinem Gesicht und spürte selbst einen kalten Schauer. «Natürlich. Ein ganz normaler Hund. Was sonst?» Sie dachte an Drostes vierbeinige Wächter und fand, ein ganz normaler Hund sei schon schlimm genug. «Da ist sicher ein Gehöft. Vielleicht», fuhr sie halbherzig fort, «kann uns dort jemand sagen, ob wir den richtigen Weg eingeschlagen haben.»

«Das ist aber nicht unsere Richtung», entschied Valentin rasch. «Nicht unsere Richtung. Es hieße zurückgehen, das machen wir nicht. Keinesfalls.»

Emma fragte sich zwar, woran er das so genau erkannte, aber die heiseren Laute im Wind waren alles andere als einladend. Also folgten sie weiter dem eingeschlagenen Weg, der bald noch schmaler wurde.

«Das ist auch nicht die richtige Straße», befand Emma, als der Weg endgültig zum Pfad geworden war, doch Valentin sagte, ohne seinen Schritt zu verlangsamen: «Bestimmt stößt er bald auf einen größeren, der muss dann der richtige sein.»

Es klang weniger nach Gewissheit als nach Beschwörung. Emma spürte eine Welle von Mutlosigkeit, jeder Schritt wurde mühsam. Wie lange waren sie schon unterwegs, wie weit waren sie gekommen? Stundenlang in die falsche Richtung zu gehen schreckte sie nun viel mehr als das Hundegebell. Außerdem war sie hungrig.

Valentin war gleich zu einer Rast bereit. Er hatte stoisch einen Fuß vor den anderen gesetzt, wie eine kleine Maschine im immer gleichen Tempo, ohne sich nach seinem Begleiter umzusehen. Wenn Emma zurückblieb, hatte er für einen Moment gewartet, um sofort weiterzugehen, sobald sie wieder bei ihm war. Als habe er im Rücken Augen.

Im Schutz eines Birkengestrüpps ließ Emma sich in den Sand fallen und schloss müde die Lider. Sie war dem jungen Besitzer ihrer Stiefel unendlich dankbar, dass er so gut gearbeitetes Schuhwerk in der Bremer Truhe zurückgelassen hatte. Wahrscheinlich war es ihm schon zu klein gewesen, ihr passten die Stiefel, als seien sie für ihre schmalen Füße gemacht.

Smitten hatte von einem Sohn der Schönemakers gesprochen, als sie die Truhe geöffnet hatte. Aber das war just in dem Moment gewesen, als Emma begriffen hatte, was Smitten mit ‹ein wenig großzügig mit der Wahrheit sein› und ‹Komödie spielen› gemeint hatte; als sie die Männerkleidung erkannt, Smitten ratlos angesehen und plötzlich begriffen hatte. Ein Schauer war ihr über den Rücken gelaufen, bis eine unbekannte übermütige Freude in ihr aufgestiegen war. Das würde eine wahrhaftig grandiose Komödie werden! Erst als sie am nächsten Morgen tatsächlich die Männerkleidung angelegt hatte, war ihr eingefallen, dass sie diese Posse nie gewagt, womöglich nicht einmal gewünscht oder überhaupt als Möglichkeit in Betracht gezogen hätte, hätte sie in den vergangenen Tagen nicht so oft gespürt, wie hinderlich und unbequem Röcke und Frauenschuhe auf so einer Reise waren, und um wie vieles leichter und schneller sich die Männer unterwegs bewegen konnten.

Smitten hatte von dem Sohn der Schönemakers gesagt, er sei im nördlichen Amerika. Wenn er aber tatsächlich tot war? Der Gedanke, in den Kleidern eines Toten zu stecken, ließ sie frösteln. War das ein schlechtes Omen? Seit sie in den fremden Kleidern und Stiefeln steckte, war ihr kaum anderes als Unglück begegnet. Von der seltsam kalten Stimmung zwischen den Schellings, der Ablehnung, die sie von Valentins Vater gespürt hatte, dieser Nicht-Beachtung, bis zu dem mörderischen Überfall auf die Kutsche, zuletzt dieser Weg ins Ungewisse.

Sie schüttelte heftig den Kopf. Das war Unsinn. Oder doch nicht? Auch die eleganten Kleider ihres Vaters waren nach seinem Tod in einer Truhe verschwunden. Die hatte allerdings nicht auf eine verwegene, dumme oder auch nur übermütige junge Frau gewartet, die damit ihren Schabernack treiben wollte, sondern war mit Papieren seiner Geschäfte und manch anderem, das ihm gehört hatte, zu seiner Familie nach Amsterdam geschickt worden. Einen Hut hatte seine junge Witwe behalten, Handschuhe auch, zwei Seidentüchlein, ein Hemd. Emma erinnerte sich, wie ihre Mutter seinen Degen in den Händen gehalten und wie sie gezögert hatte, bevor sie auch den zu den Kleidern gelegt hatte. Daran hatte sie lange nicht mehr gedacht.

Sie zerrte den Riemen ihres Mantelsacks von den Schultern und öffnete ihn. Es wurde Zeit, die praktischen Dinge zu bedenken. Essen, trinken, eine Bleibe für die Nacht. Ein trockener sicherer Platz wäre schon viel, sie war entschlossen, einen zu finden.

Emma erlaubte sich nur einen flüchtigen Gedanken an ihren großen Reisekorb, der mit der Kutsche verschwunden war, an reine Hemden und Strümpfe, an Kamm, Seife und das kleine Kästchen mit ihrem bescheidenen, aber sehr geliebten Mädchenschmuck. Nun war sie froh, dass Smitten darauf bestanden hatte, einen reichlichen Proviant im Mantelsack zu verstauen. Der Kutscher werde kaum bereit sein, für einen Imbiss den großen Korb vom Kutschdach zu holen, hatte sie gewarnt, außerdem werde er für jede Kleinigkeit einen Extralohn erwarten, den könne man sparen.

Smitten hatte in Leintücher eingeschlagene gedörrte Äpfel, Birnen und Aprikosen, Haselnüsse und ein Stück Räucherwurst, dazu Schiffszwieback und einige mit Honig gesüßte Haferkekse eingepackt. Von allem gab es genug, um mit Valentin zu teilen. Das Obst sei vor dem Trocknen in Zuckersirup geköchelt worden, hatte die Zofe erklärt, so sei es immer eine gute Mahlzeit in der Not. Man müsse auf einer so langen Fahrt mindestens einmal mit einem gebrochenen Rad rechnen, und mancher Kutscher spanne eine steinalte Mähre an. Sie selbst habe erlebt, wie so ein geschundenes Tier zusammenbrach und liegen blieb, mausetot. Bis ein anderes herbeigeschafft war, habe es den Rest des Tages und die folgende Nacht gedauert, da plage dann der Hunger stärker als Ungeduld und Ärger. Zum Glück sei es im Sommer geschehen, im Winter wäre sie wohl erfroren.

Valentin hatte ähnlichen Proviant beizusteuern, weniger teuer gesüßtes Obst, mehr Nüsse und Geräuchertes. Beide wussten, wie sparsam sie mit ihren Vorräten wegen der Ungewissheit der vor ihnen liegenden Tage sein mussten.

Der Wind hatte sich gelegt, die Luft etwas Bleiernes bekommen. Als sie ihren Weg gestärkt fortsetzten, kam ihnen plötzlich ein anderer Geruch entgegen. Am Rand des Pfades verlief nun ein niedriger Wall, er war mit den gleichen trockenen Gräsern bedeckt wie der Pfad und kaum noch als von Menschenhand aufgeschüttet erkennbar. Dahinter wuchs stacheliges Buschwerk, auch Weißdorn, seine Beeren leuchteten in reiferem Rot als die morgens am Bach. Was hatte Droste nur von diesen Beeren gesagt? Jedenfalls waren sie essbar und stärkend. Als Emma sich vorbeugte, um einige zu pflücken und zu kosten, entdeckte sie hinter den Büschen Felder. Sie waren von dicht gesteckten Zweigen eingefasst. Auf zweien wuchs Buchweizen, eines lag brach, auf dem vierten kümmerte absterbendes Grün, vielleicht von Rüben.

«Du trödelst schon wieder», hörte sie Valentins Stimme, «was starrst du in die Hecke? Es ist zu früh für Haselnüsse.»

«Da sind Felder. Sieh doch, bestellte Felder, Buchweizen und

Rüben. Verstehst du nicht? Wo Felder sind, sind Menschen in der Nähe. Ein Gehöft, vielleicht ein Gutshof. Eine Burg.»

«Glaubst du?» Valentin bog ein paar Zweige zur Seite und sah durch die Lücke. «Das ist kaum mehr als ein paar Handbreit aufgekratzter Boden. Dazu gehört höchstens eine Kate. Und Menschen ...» Er ließ die Zweige los und zog unbehaglich die Schultern hoch. «... Menschen haben Hunde.»

«Nun vergiss endlich mal die Hunde. Menschen sind gastfreundlich. In dieser öden Gegend lässt niemand verirrte Reisende ohne Hilfe. Sehen wir etwa aus wie Räuber, vor denen man sich fürchten muss? Beeil dich, Valentin, gleich finden wir Hilfe und wissen, wo wir hier gestrandet sind. Wir sind doch nicht verlorengegangen.»

Er teilte ihre aufgeregte Freude nicht. Er hatte Angst. Als Emma vorauseilte, folgte er ihr mit schwerem Schritt. Die Gerüche wurden stärker und damit unangenehmer, nach der nächsten Biegung um eine Gruppe mächtiger Wacholder trafen sie endlich die Menschen, die Emma so herbeigesehnt hatte.

In einer flachen Senke im Schutz von noch mehr Wacholdern, einer undurchdringlichen Brombeerhecke und krüppeligen Birken duckten sich eine Kate und ein kleiner Schafstall. Beide waren windschief und hielten sich nur noch mühsam aufrecht, die Strohdächer waren notdürftig mit trockenen Zweigen ausgebessert. Das wenige Stroh, das die Bewohner dieser Gegend auftreiben konnten, war zu kostbar, als dass man damit alte Dächer reparierte. Die Kate war einmal solide erbaut worden, nun zeugte davon nur noch der Schornstein, aus dem jedoch kein Rauch aufstieg.

«Keine Hunde», flüsterte Valentin.

Ein Mann trat aus der Türöffnung, der Kopf kahl und fleckig, wo das linke Auge gewesen war, war nur mehr wulstiges Fleisch. Seine Kleider bestanden aus kaum mehr als zusammengeflickten Lumpen, einzig seine Stiefel sahen halbwegs robust aus, sie hatten wohl bis vor nicht allzu langer Zeit einem Soldaten gehört.

«Haut ab», knurrte er böse, «haut ab, sonst spieß ich euch auf. Hier ist nichts zu holen. Verschwindet», schrie er und drohte mit der Forke.

Neben ihm erschien wie aus dem Nichts eine alte Frau mit einem Dreschflegel in der Faust, dann eine jüngere mit einem mit Eisenspitzen besetzten Knüppel – beide Frauen verhärmt und schmutzig, auch entschlossen, sich gegen jeden zu wehren, der ihnen die letzten Vorräte rauben wollte.

«Wir stehlen nicht», rief Emma, die weniger ängstlich als empört war. «Wenn ihr uns für die Nacht beherbergen könntet, das wäre sehr freundlich. Wir bezahlen dafür. Und ein Nachtmahl vielleicht, auch ein bescheidenes ...»

Der Kätner kam bedrohlich näher, die Forke immer noch in der erhobenen Faust, die Alte folgte ihm und schwang den Flegel. Obwohl Emma fand, der Mann sehe schon freundlicher aus, ein winziges bisschen freundlicher, sicher wegen der in Aussicht gestellten Bezahlung, war da dieses Knurren tief aus seiner Kehle.

«Komm», schrie Valentin, «verdammt, Emmet, so komm doch.» Er zerrte an ihrem Ärmel und zog sie mit dieser erstaunlichen Kraft mit sich, die einer aufbringt, der um sein Leben fürchtet. Als der erste Klumpen aus Schafdung und Kieseln Emmas Schulter traf, gab sie nach und rannte los. Vier magere Kinder hockten im Schutz des Schafstalls hinter den Resten eines Zauns, schmutzig und zerlumpt wie die Alten. Sie zielten gut. Das größte Kind, ein Mädchen, kreischte vor Vergnügen und Triumph, als noch eines der Wurfgeschosse traf, diesmal nur den fest gerollten Mantelsack auf Valentins Rücken.

Sie rannten weiter, vorbei an einer kleinen Anhöhe, auf der

aus Ästen gebundene Kreuze Gräber anzeigten, eines war frisch, die Erde bildete noch einen winzigen Hügel frei von Gras und Unkräutern.

Sie rannten, ohne sich umzusehen, zwei der Kinder folgten ihnen und schrien Verwünschungen, die weder Emma noch Valentin verstanden. Erst als sie ein Gehölz durchquert hatten, blieben die Kinder zurück.

«Gastfrei», japste Valentin, als sie atemlos nach Luft ringend endlich stehen blieben, «gastfreie Menschen? Hungerleider, stinkende Tagelöhner, Pack!»

Emma keuchte. Sie hatte nicht gewusst, wie schnell sie rennen konnte. In Mieder und Röcken wäre sie verloren gewesen. «Ich begreife das nicht. Sie sind arm, warum wollen sie unser Geld nicht? Was haben sie befürchtet? Sie sind in der Überzahl, wir könnten ihnen nichts antun.»

Valentin zuckte die Schultern. Sein Gesicht zeigte immer noch Verachtung.

«Vielleicht haben sie uns für eine Erscheinung gehalten», versuchte Emma einen matten Scherz, «böse Trugbilder, Hexenspuk.» Sie rang noch einmal schwer nach Atem.

Valentin blickte sie auf eine Weise an, die sie nicht deuten konnte. In diesem Moment war ihr gleichgültig, was er dachte oder wünschte, was er sagte oder verschwieg. Sie wollte endlich aus diesem Labyrinth entkommen, sie wollte auf Menschen treffen, die bei ihrem Anblick nicht gleich an Mord und Totschlag dachten, spitz geschliffene Forken schwenkten oder geladene Pistolen im Gürtel trugen. Sie wollte eine einladend geöffnete Tür, den Duft nach Braten und Tee von Hagebutten oder Minze. Ein weiches Bett, ein sicheres Dach, eine Schüssel frischen Wassers.

Vertraute Stimmen, Umarmungen und Trost.

Sie hätte gerne geweint.

Bald trafen sie wieder auf ihren Weg, jedenfalls bestand Valentin darauf, dass es ‹ihr Weg› sei. Emma zweifelte. Sie einigten sich darauf, man folge besser irgendeinem Pfad als keinem, und gingen weiter.

Die Veränderung der Landschaft beachteten sie erst, als der Weg von einem quer verlaufenden Bach unterbrochen wurde. Jenseits des kleinen Wasserlaufes setzte er sich vage fort. Der Bach, an dem sie am Morgen gerastet hatten, führte klares, rasch fließendes Wasser über Steine und Sand. Dieser schlängelte sich träge zwischen morastigen Ufern. Er war schmaler und doch schwerer zu überwinden, denn zu beiden Seiten erstreckten sich breite Streifen sumpfigen Landes. Binsen und Röhricht wuchsen an den Rändern und in Tümpeln, in üppigem Grün blühte rötliche Iris, Erlen und Kopfweiden standen starr, schillernde Libellen schwirrten herum. In einiger Entfernung wiegten sich Wollgraskolonien, und in vielleicht fünfzig Schritten thronte stolz und ganz für sich allein eine majestätische Esche auf einer kleinen Anhöhe, zu ihren Füßen rosige Glockenheide, zart wie eine Spitzendecke.

Diese Landschaft wirkte auf herbe Weise schön und geheimnisvoll, für einen Wanderer verhieß sie jedoch nichts Gutes. Kopfweiden und Erlen standen gern mit den Füßen im Wasser, erst in der Nähe der Esche, die nie im Sumpf wurzelte und gedieh, war das Land wieder trocken und sicher. Dorthin mussten sie gelangen. Irgendwie.

Emma blickte betrübt auf ihre schönen Stiefel, der Morast würde das feine Leder verderben.

Valentins Gesicht blieb verschlossen. Von Hunden und Wölfen – insbesondere unklarer Herkunft – einmal abgesehen fürchtete er weniges so sehr wie morastiges Land. Er wusste zu viel über Moore. Die Geschichten, die Wendela ihm erzählt hatte, als er noch klein genug für die Obhut einer Hausmagd gewesen war, spukten in seinem Kopf herum. Diese uralten Geschichten von Moorgeistern, gierigen bösen Zwergen, Sumpfhexen und all dem anderen teuflischen Unwesen, von den tückischen Irrlichtern, die gute wie schlechte Menschen in die Moorlöcher lockten, im schwarzen Torfschlamm versinken und ersticken ließen. Dort fand sie niemand mehr, ihre Seelen mussten ruhelos bleiben bis in die Ewigkeit.

Als sein Vater damals herausgefunden hatte, was für heidnischen Unrat Wendela seinem Sohn zuflüsterte, hatte er die junge Friesin gleich fortgeschickt. Beinahe hätte er sie im ersten Zorn beim Rat gemeldet, weil eine, die mit solchen Spökenkiekereien vertraut war und mit diesen Geschichten von schwarzen Wassergeistern und Moordämonen die Seele seines Kindes vergiftete, zweifellos der Hexerei zugeneigt war. Er hatte sich jedoch besonnen. Niemand in seinem Haus hatte unter einem Schadenzauber gelitten, niemand war erkrankt oder von sonst einem Unglück getroffen worden, weder er noch sein Sohn, seine Weber und Gehilfen. Seine Frau, Valentins Mutter, war gestorben, bevor Wendela in sein Haus, sogar in die Stadt gekommen war. Auch im calvinistischen Bremen hatte er es vorgezogen, dieserart Aufsehen zu vermeiden, womöglich würde sich eine solche Klage sonst gegen ihn wenden, den Dienstherrn des Mädchens.

Wendela war gleich aus der Stadt verschwunden. Schelling hatte noch einige Zeit schwere Träume gehabt und auch bei Tag gefürchtet, sie habe etwas Schlechtes in seinem Haus hinterlassen, aus Rache oder einfach, weil sie nicht anders konnte. Davon hatte er niemandem etwas gesagt. Die meisten seiner Glaubensbrüder fürchteten ebenso wie die Lutheraner und die Katholiken Hexenzauber, die schwarze Magie. Es war also besser, solche Dinge nicht zu berufen.

Valentin vermisste Wendela immer noch, ihre sanfte Stimme,

ihren warmen Geruch nach frischem Brot und Heu. Er vermisste sie mehr als seine Mutter, an die er sich kaum erinnern konnte. Dafür fühlte er sich schuldig.

«Wir machen eine kurze Rast», entschied Emma, «dann folgen wir dem Bach eine Weile, irgendwann wird sich schon ein Steg hinüber finden. Zumindest ein umgestürzter Baum.»

Sie setzte sich und blickte, gegen ihren Mantelsack gelehnt, in den Himmel. Das tat sie gern, wenn es etwas zu bedenken gab. Was sie heute, überhaupt in diesen Tagen, zu bedenken hatte, war jedoch nur verwirrend. Sie hatte bisher nur geradeaus gestarrt. Solange es weiterging, immer weiter, konnte sie die Gespenster fernhalten. Doch sie spürte die Kälte und das Dunkel von Angst und Verlorenheit ganz nah, es war, als stemme sie sich mit aller Kraft gegen eine letzte schützende Tür. Hinter jedem Busch, in jeder Minute mochten auf sie und ihren seltsamen Begleiter Gefahren lauern. Sie war daran gewöhnt, beschützt zu werden, nun musste sie beschützen. Aber wie?

Es war erstaunlich. Sie sollte zittern und zagen vor Angst, und doch gelang es ihr, die Furcht in Schach zu halten. Hieß es nicht, Menschen wüchsen bei drohender Gefahr über sich hinaus? Sie lernten erst in der Not, die Not zu besiegen? Offenbar gab es Kräfte, die für solche Zeiten bereitstanden und ihr bisher unbekannt gewesen waren. Der Gedanke gab ihr Zuversicht.

Wenigstens von den Tieren, die hier in großer Zahl leben mussten, schien keine Gefahr auszugehen. Außer den Libellen über dem Wasser, den Elritzen im Bach, Käfern, einem Salamander und einigen vorwitzigen Kaninchen und einem Sprung Rehwild hatten sie heute kaum eines gesehen. Vögel natürlich, die mussten sich, hoch in der Luft, nicht vor den Fremdlingen verstecken, die ihre Welt durchwanderten. Vögel gab es in großer Zahl, auch jetzt entdeckte sie einen Schwarm von Staren bei der Esche. Der Sommer rief schon nach dem Herbst, wenn die gefiederten Sänger sich sammelten und für ihre große Reise in wärmere Gefilde bereit machten.

Und der Wolf? Das Rudel? Die Spuren in der Sandmulde? Darin musste sie sich geirrt haben. In den ersten Minuten nach dem Erwachen bildete man sich noch halb im Schlaf alles Mögliche ein. Das waren keine Wolfsspuren gewesen. Sie hatte sich geirrt, Punktum!

Warum hatten die elenden Kätner sie davongejagt? Zwei junge Menschen, von denen keiner einen Degen oder gar eine Pistole am Gürtel trug, nicht einmal einen Stock; die in guten Kleidern mit dem Mantelsack auf dem Rücken durch diese Einöde irrten und keinen Schutz als ihre flinken Beine hatten, waren leicht zu überwältigen. Warum hatten diese Landleute, immerhin drei Erwachsene und vier Kinder, denen Hunger und Elend in den Gesichtern standen, warum hatten die sie davongejagt, anstatt sie in ihre Kate zu locken und alles zu nehmen, was sie brauchen konnten, vom Hut bis zu den Stiefeln samt dem zierlichen seidenen Schnupftuch mit Emmas Monogramm?

Vielleicht hatten sie sie für krank gehalten. Es gingen viele Gerüchte über erbarmungslos tötende Pestilenzen um. In Bremen war davon gesprochen worden. Oder sie hatten in ihnen Gespenster gesehen, böse Geister in trügerisch harmloser Gestalt und guten Kleidern, die ihre Seelen holen wollten? Von solchen Wesen wiederum hatten die Pferdeknechte an der Poststation gefaselt, als Smitten sie zur Kutsche der Schellings gebracht hatte.

Diese Gedanken waren wahrlich ungeeignet, in einen friedlichen Schlaf zu führen, dennoch musste Emma darüber eingenickt sein. Als sie die Augen wieder öffnete, hockte Valentin nicht mehr neben ihr, die Arme fest um die angezogenen Beine geschlungen, den Kopf müde auf den Knien. Erschreckt fuhr sie auf und sah sich um.

Er hatte sie nicht verlassen. Er stand, so nahe es möglich war, ohne im Morast einzusinken, am Bach und hielt ein Büchlein in den Händen, ein zusammengenähtes Bündel von eng bedrucktem oder beschriebenem Papier. In so einem hatte Schelling gelesen, jetzt erinnerte sie sich genau, und es seinem Sohn in die Tasche geschoben, als er ihn aus der Kutsche gestoßen hatte. Valentin hielt das Büchlein mit beiden Händen, dann küsste er es scheu – und schleuderte es im hohen Bogen wie im Zorn in den Bach.

Emma sprang voller Empörung auf. Ein Buch war kostbar, teuer, wenn man es kaufte, als doppelt wertvoll in Ehren zu halten, wenn man es geschenkt bekommen hatte. Es gab gelehrte und wohlhabende Menschen, die hatten viele Bücher, wohl vier Dutzend wie Emmas Pate oder gar mehr. Valentin hatte dieses eine gehabt, ein Geschenk seines Vaters, vielleicht das letzte, und er warf es in den vermaledeiten morastigen Bach.

«Warum tust du das?», schrie sie. Es war zu spät. Was einmal ein Buch gewesen war, löste sich schon auf und wurde von den trägen Wassern gleichmütig davongetragen. «Was war das für ein Buch? Warum wirfst du es weg? Wenn du es nicht wolltest, ich hätte gerne darin gelesen.»

Der Junge schwieg und starrte den letzten Seiten nach, die schon vollgesogen mit der Strömung untergingen.

«Was, Valentin? Warum? Wir hätten es sogar in einem Gasthaus als Bezahlung anbieten können. Bücher sind doch kein Stroh.»

«Nein», sagte er endlich, «nein, das hätten wir nicht. Ich weiß nicht, was für ein Buch es war. Mein Herr Vater hat befohlen, es zu verbrennen, wenn er …» Der Junge schluckte, seine Stimme war flach und heiser, als er fortfuhr. «… wenn ihm auf dieser Reise etwas, etwas – wenn er umkomme. Wir haben aber kein Feuer.»

«Umkomme?», schrie Emma. «Das weißt du doch gar nicht.

Sicher wartet er längst auf dich in Osnabrück oder irgendwo sonst unterwegs.»

Valentin sah sie an – Emma hatte nie in hoffnungslosere Augen geblickt.

※

Sie wäre gerne einfach an jenem sumpfigen Gewässer sitzen geblieben und hätte nur über die fremdartige Landschaft geblickt, auch einmal zurück zu dem sandigen Weg mit den Birken. Sie hätte gerne die Zeit vergehen lassen und gewartet, dass irgendetwas geschehe, sie aus ihrem Dilemma zu erlösen. Später würde sie sich daran als an den Tag erinnern, an dem sie verstanden hatte, dass einfach nur warten nichts mehr nützte. Zwar würde es auch künftig manchmal nötig sein zu warten, bis wirre Gedanken sich ordneten etwa, bis der Weg zu einer Entscheidung deutlich wurde, bis der richtige Moment kam, diese Entscheidung in die Tat umzusetzen, bis ein Unwetter vorübergezogen war, die Dunkelheit sich lichtete oder schützend niedersenkte – es gab viele Möglichkeiten. Aber nur zu warten, bis ein Problem sich von selbst löste oder von jemand anderem gelöst wurde – diese Möglichkeit gab es nicht mehr. Sie musste nun für sich entscheiden, was zu tun und welcher Weg zu gehen war.

Bisher war sie Valentin gefolgt, sie hatte ein Versprechen gegeben, und durch diese verlorene Welt schafften sie es nur gemeinsam. Schon der Gedanke, plötzlich allein zu sein, ließ sie zittern. Besser ein Begleiter wie Valentin als gar keiner. Auch das begriff sie, die zuvor nie länger als eine Stunde allein gewesen war und auch sonst immer in sicherer Nachbarschaft, erst in diesen Minuten am Bach. Plötzlich empfand sie es auch ganz natürlich, Hosen anstatt Röcke zu tragen, solide Stiefel anstatt ihrer zierlichen Mädchenschuhe.

So war nun ihr Weg. Bis Osnabrück. In der befriedeten großen Stadt fanden sie beide Hilfe. Der Anfang war schwer gewesen, verwirrend unwirklich. Die alte Emma flöhe bei der ersten Gelegenheit in die Sicherheit ihrer Familie und vertrauten Stadt zurück. Die neue Emma gab nicht so schnell auf. Sie mussten nur die Handelsstraße mit den Fuhrwerken und Kutschen, den Fußreisenden und Reitern finden. Dann konnten sie in der Menge untertauchen und unerkannt bis zur nächsten Stadt gelangen, wo alles leichter würde.

Wenn sie doch endlich einen Steg über diesen verdammten Bach fänden! Diesen verdammten Bach? Sie lachte leise. Die behütete Emma hätte so ein Wort nicht einmal gedacht. Wenn sie nicht aufpasste, wurde sie tatsächlich zu Emmet.

«Lass uns weitergehen», sagte sie und erinnerte sich wieder daran, ihre Stimme ein wenig tiefer klingen zu lassen. Von irgendwoher war ihr neuer Mut zugeflogen.

Der Bach nahm kein Ende, und es gab keinen Steg hinüber. Wozu hätte sich jemand in einer so verlassenen Gegend diese Mühe machen sollen, wenn am anderen Ufer nur Sumpf wartete? Zumindest bestand hier keine Gefahr zu verdursten.

Schließlich blieb Valentin stehen. Obwohl die Sonne sich immer noch hinter dichtem Grau verbarg, beschirmte er wieder die Augen mit beiden Händen. Er drehte sich langsam um die eigene Achse. «Vielleicht haben wir uns für die falsche Richtung entschieden», murmelte er, «so ein Bach wird kaum ewig …»

Er ließ den Satz unbeendet, und Emma dachte wieder daran, was die Bocholtin über die Moore und Sümpfe zwischen Bremen und den Niederlanden geklagt hatte: Endlos und tückisch, selbst in trockenen Sommern noch voller Wasser, jeder Regen machte die wenigen hindurchführenden Wege und Straßen vollends unpassierbar.

Sie waren jedoch nicht unterwegs nach Westen ins Niederländische, noch nicht, sie waren unterwegs nach Süden, nach dem Osnabrücker Land. Nach Westen, nach Süden? Tatsächlich hatte sie keine Ahnung, wohin dieser matschige Pfad sie führte.

Während der letzten Stunde – oder dem, was sie für etwa eine Stunde hielt – hatte Valentin einige Male zurückgeschaut, mit unbehaglich hochgezogenen Schultern, als fühle er, wie jemand ihnen folgte. Jemand oder etwas. Emma hatte nicht gefragt, nur einmal hatte auch sie sich suchend umgewandt und nichts als öde Landschaft gesehen, kein Tier, keinen Menschen.

Bevor die Dämmerung sich senkte, wurde es plötzlich ganz still über den Sümpfen, da war kein Insektengesumm mehr, kein flüsterndes Plätschern und Gurgeln in den Wassern, kein Vogelschrei, kein Fisch sprang in den Tümpeln, kein Wind hauchte im Röhricht. Alles Leben erstarb. Emma hätte gerne dagegen angesungen, aus ihrer Kehle kam kein Ton. Die Welt war so schrecklich unendlich, die Erde wie der Himmel. Zwei wandernde Menschlein waren darin winzig und unbedeutend, ein Nichts. Aber sie würden wieder hinausfinden. Keine ihrer Sünden konnte so groß gewesen sein, dass sie sich dafür in diesem Sumpf verlören.

«Ich gehe nicht weiter», entschied sie. «Dies ist kein Weg, Valentin, dies ist ein Unglück. Ich gehe jetzt zurück. Was du ...»

«Still.» Der Junge hob abwehrend die Hände und neigte lauschend den Kopf. «Hör doch! Hörst du denn nicht?»

«Der Wind ...»

Er schüttelte entschieden den Kopf. «Das ist kein Wind.»

Nun hörte auch Emma etwas aus der Ferne. «Ein Pferd?»

«Eher zwei oder drei.» Selbst als sein Vater noch bei ihnen war, hatten seine Augen nicht so aufgeleuchtet. Die Geräusche wurden deutlicher, da wieherten tatsächlich Pferde, knarrten Räder und Bolzen mindestens eines Fuhrwerks, eine Peitsche knallte. Das musste die Überlandstraße sein, endlich die Straße! Keine Menschenstimmen, doch nun war nicht der Moment, darüber nachzudenken und zu zweifeln.

«Es klingt wie von ziemlich weit her.»

Valentin zuckte die Schultern. «Nicht sehr weit, eine viertel Meile vielleicht. Höchstens eine halbe.»

«Aber jenseits des vermaledeiten Baches», ergänzte Emma seinen Satz und versuchte, dennoch froh zu klingen.

Der Bachlauf war kaum mehr auszumachen, er hatte sich längst zwischen Tümpeln, Sumpflöchern und diesen tückischen Scheininselchen verloren. Auf torfbraunem Wasser gaukelten milchweiß blühende Seerosen Idylle vor.

Beide starrten in die Richtung, aus der sie die Pferde gehört hatten. Eine Staubwolke stieg auf.

«Das kann nur die Straße sein», wisperte Emma aufgeregt, «da ziehen Fuhrwerke oder Kutschen durch trockenen Sand.»

Valentin zögerte. «Es hat geregnet, da ist kein Staub.»

«Ach, dieser kurze Gewitterguss. Der Sand ist längst getrocknet. Glaub mir, die Fuhrleute haben wieder schwarze Gesichter von Schweiß und Staub. Und dort wuchert doch eine dichte Heckenreihe, die hatte ich bisher gar nicht gesehen, dahinter muss die Straße verlaufen, sonst würden wir die Fuhrwerke schon erkennen. Wir haben es geschafft, Valentin.» Nun hätte sie leicht singen können.

Beide lauschten noch einmal angestrengt.

«Lass uns gehen», drängte Emma, «worauf warten wir noch? Es wird bald dunkel sein.» Und als Valentin schwieg, verstand sie, warum seine Freude so schnell verflogen war: «Hab keine Sorge. Bei der Hecke können wir uns verstecken und erst einmal beobachten, wer da reitet oder ein Fuhrwerk führt. Wir können dort auch warten, bis niemand mehr zu sehen ist, aber wir *müssen* diese Straße erreichen und ihr folgen, bis wir wissen, wo wir sind. Sonst kommen wir nie an unser Ziel. Das weißt du so gut wie ich.»

Der Junge schob seinen Hut in den Nacken und beschirmte wieder seine Augen, diesmal blickte er nicht in die Runde, sondern nur nach vorn. Wäre Emma nicht selbst voller Unruhe gewesen, hätte sie bemerkt, wie bleich er geworden war.

«Ich bin nicht dumm, Emmet, und auch kein Hasenfuß. Allerdings bin ich zur Vernunft erzogen.»

Obwohl er sich bemühte überlegen zu wirken, klang seine Stimme dünn: «Ich versuche zu erkennen, wo der Weg vor uns weiter verläuft. Kannst du ihn etwa sehen?»

Der aufwallende Zorn über die arrogante Wortdrechselei des Jungen verpuffte. Ihr Pfad hatte sie um einen Teich geführt, der fast gänzlich mit mannshohem Schilf zugewachsen war, das hatte zuletzt die Sicht versperrt. Vor ihnen schlängelte sich nur noch eine Reihe hubbeliger, mit niederem Grün und Binsen bewachsener Flecken durch das Moor. Auch rechts des Weges, wo sich meilenweit sandige Geest erstreckt hatte, lag nun sumpfiges Land. Sie hatten es nicht beachtet. Niemand hatte die behüteten Stadtkinder gelehrt, links und rechts eines Weges nach solcher Art schweigend beredter Warnungen Ausschau zu halten. Es war nie nötig gewesen.

«Wir brauchen einen Stecken», murmelte Valentin, und Emma erklärte: «Wir kehren um. Es *muss* auch einen Weg um den Sumpf herum geben.»

«Muss?» Valentins Gesicht wurde zur grimmigen Maske. «Hier muss gar nichts mehr sein, wie du es dir vorstellst. Hast du das immer noch nicht begriffen?» Er sah sich unschlüssig um, und plötzlich standen Tränen in seinen Augen. «Er wüsste, wo es weitergeht», stieß er hervor, «er wüsste es genau. Er findet jeden Weg.»

Emma musste nicht fragen, nach wem, nach wessen Hilfe

Valentin sich sehnte. Beinahe hätte sie schon wieder vergessen, dass er nur ein verlassener Junge war, mindestens so angstvoll wie sie, und nicht der selbstgewisse kleine Mann, den er vorzuspielen versuchte.

«Wir müssen uns entscheiden», sagte sie leise. «Ich dachte, umkehren sei sicherer.» Sie suchte mit zusammengekniffenen Augen nach dem Pfad, den sie gekommen waren. «Aber mir scheint, hinter uns steht das Wasser jetzt auch höher, und es ist schon dämmeriger als weiter voraus. Und dort ...» Sie zeigte nach vorne und zwang ihrer Stimme einen zuversichtlichen Klang auf. «... dort ist wieder so eine Bauminsel. Die ist weit und breit der sicherste Platz bis Sonnenaufgang, solche Bäume stehen auf festem Grund. Den Weg zur Straße finden wir nach Sonnenaufgang leicht.» Sie schluckte. Schon bei der Vorstellung einer Nacht im Moor, von dem jeder wusste, wie sehr es von Irrlichtern und Dämonen beherrscht war, grauste ihr. Da schien eine Esche schon die reinste Trutzburg. Wie es jenseits des Baumes weitergehen mochte, wollte sie sich jetzt nicht fragen. «Besseres finden wir heute nicht. Außerdem – ich höre nichts mehr.»

Die letzten Worte hatte sie geflüstert, um die Hoffnung verheißenden Geräusche nicht zu übertönen. Aber da war kein Wiehern mehr, kein Wagenknarren, schon gar keine menschliche Stimme. Nichts, was von einer Straße zeugte. Nur das Moor sprach wieder. Es schmatzte und gluckste und wisperte und gurrte, eine Krähe krächzte dumpf wie eine Vorbotin der bald aufsteigenden nächtlichen Nebel.

Nur die Staubwolke war noch dort draußen, dünner geworden verschmolz sie mit dem Schmutziggrau des Himmels und glich aufsteigendem Rauch. Ein winziger Lichtschein flackerte, ganz matt. Fuhrleute wohlhabender Fernhändler führten oft Laternen mit sich, vielleicht ... Nein, da war gar kein Licht. Emma fühlte die nächste kalte Woge von Mutlosigkeit und

Angst. Waren da wirklich Pferde und Wagen gewesen? Oder narrte sie diese Landschaft, die mit der Dämmerung immer unwirklicher wurde?

Sie musste jetzt stark sein. Sie war fast achtzehn Jahre alt und Valentin noch ein Kind. Sie hatte versprochen, ihn zu beschützen und es heute beinahe vergessen. Stark sein. Wie, wenn die Angst so eisig herankroch? Entscheiden. Nicht länger abwarten. Wenn aber diese kleine Esche dort vorne gar keine war, sondern auch nur ein Trugbild, das sie tiefer in den Sumpf locken sollte? Wenn ...

Wir gehen zurück, wollte sie sagen, das ist am besten, als es hinter ihr schaurig aufheulte. Just von dort, wohin sie zurückgehen wollte.

Erschreckt fuhr Valentin herum. Es war nicht zu erkennen, wer oder was dort so heulte, ob das Heulen warnte oder drohte. Ob es überhaupt aus der Kehle einer irdischen Kreatur kam. Er entschied sich schnell. Mit hastigen Schritten stapfte er weiter voran ins Moor.

«So komm doch», rief er, als Emma unbeweglich verharrte, «komm. Es ist nicht weit. Eschen schützen vor bösen Mächten, schon immer tun sie das. Wir müssen nur vertrauen. Wendela hat gesagt ...» Wieder ließ er den Satz unbeendet. «Komm», rief er noch einmal und tastete sich weiter, behutsam jetzt, Schritt um Schritt. «Tritt nur auf die hohen Stellen, die sind ganz fest.»

Der Baum war kein Trugbild. Statt des lichten Grüns einer Esche zeigte er das kräftige Dunkle einer Schwarzerle. Knorrige Wurzelfinger griffen ins Moorwasser, aber auf dem winzigen Hügel, diesem Inselchen im Dunkel von schwarzem Wasser und Morast, schimmerten im vergehenden Tageslicht weiße Flecken von Sand zwischen verblühter Besenheide. Der Wind hatte nur für ein Weilchen den Atem angehalten, nun frischte er auf und trieb Fetzen von Nebelschwaden heran.

Valentin war fast am Ziel, als wieder ein hochtönendes Heulen durch den Abend flog. Erschreckt machte er einen großen Satz, landete mit den Füßen im Wasser und warf sich nach vorn. Seine Hände fanden Halt in einem Moorbirkengestrüpp, er zog sich hinauf, die Angst gab ihm große Kraft, und er war in Sicherheit.

«Geschafft», schrie er. Seine Stimme überschlug sich vor Erregung und Freude. «Geschafft! Nur noch ein Schritt, Emmet. Es ist ganz leicht, nur noch – Emmet!»

Emmet steckte – nur noch diesen einen Schritt entfernt – bis über die Knie im Sumpf und sank langsam, doch unaufhaltsam tiefer ins Moor.

«Komm da raus», schrie Valentin. «Schnell.»

«Ich kann nicht. Es hält mich fest, es saugt an mir. Es zieht mich nach unten. Valentin!» Der Schrei gellte durch die Nacht. «Hilf mir. So hilf mir doch.»

Valentin stand starr vor Entsetzen. Alles, was Wendela über die Mordlust der Moore gewispert hatte, raste durch seinen Kopf. «Halt still», schrie er, «halt ganz still. Sonst zieht es dich nur tiefer hinab. Ein Stecken …»

Da war kein Stecken, kein herabgefallener Ast, nur brüchige dünne Heide. Hastig löste er seinen Gürtel, ließ sich am Rand des Morastes auf den Bauch fallen, und warf ihn Emma zu. Das Moor hatte sie fast bis zur Taille hinuntergezogen. Ihr Gesicht war ein weißer Fleck in der Dämmerung, der zum stummen Schrei verzerrte Mund, die im Entsetzen geweiteten Augen.

«Zieh, Emmet, du musst dich herausziehen.» Valentin keuchte vor Angst und Anstrengung. «Alleine schaff ich es nicht. Herrgott, hilf uns, hilf uns.»

Emma sank, Zoll um Zoll um Zoll um Zoll, Valentins geringe Kraft und sein Gürtel zogen sie nicht heraus, er rutschte nur selbst näher an die tödliche Falle.

«Hilf mir», wimmerte Emma, und dann schrie sie auf, ein letztes Mal. Ein dunkler Schatten flog vom Himmel heran. Ein schwarzer Engel. Ihre Sünden waren zu groß gewesen, Gott bestrafte und erstickte sie im Moor. Er sandte seinen schwarzen Engel, einen Boten der Unterwelt – und dann war nichts mehr. Keine Welt, kein Himmel, nichts. Nur Dunkelheit und Stille. Und das verzweifelte Weinen eines verlassenen Jungen.

Kapitel 6

Keine Luft, kein Atem. In der Stille fernes Geklingel. Düsternis. Aber ohne Hitze, ohne brennende Qual. Im Fegefeuer ... Und die tausend Teufel mit den Marterwerkzeugen? Ein kleines flackerndes Licht schwebte näher, eine glühende Fratze beugte sich herab und wisperte sanft. Das war nur die Tücke des schwarzen Engels. Etwas floss zwischen den Lippen hindurch, bitter im Mund, die Kehle hinunter, der Fluss, der schwarze Fluss ...

Als Emma das nächste Mal erwachte, fühlte sie ihren Atem wieder und erinnerte sich, dass es gerade noch anders gewesen war. Die Luft war kühl, und sie verstand, dass sie nicht gestorben war, sie litt keine Qualen im Vorhof des Fegefeuers – obwohl das noch nicht ganz sicher war – und glitt auch nicht auf dem schwarzen Fluss hinüber ins Totenreich. Als Kind hatte sie sich vorgestellt, dort eines Tages ihren Vater wiederzutreffen. Als sie heranwuchs, hatte sie noch darauf gehofft, alle sprachen davon, dass man einander in Gottes jenseitigem Reich wiedersehe. Sie hatte sich gefragt, auch ihre Mutter und Margret, den Pastor und ihren Paten, wie man dort, wo doch unzählige Seelen auf die Ewigkeit und die Auferstehung der Gerechten warteten, die geliebten Toten finde. Mit Gottes Hilfe, mein Kind, so war die immer gleiche Antwort gewesen, nur mit Gottes Hilfe.

Nun war sie nicht sicher, wohin Gott sie geführt hatte, aber ziemlich sicher, dass sie noch im Diesseits lebte. Sie versuchte sich zu erinnern, was geschehen war. In ihrem Kopf herrschte Dumpfheit, alle Gedanken und Erinnerungen waren schwarz übermalt.

Als sie das nächste Mal erwachte, lag sie immer noch unter der rauen wollenen Decke auf dem einfachen Lager, bekleidet mit einem langen fremden Hemd. Ein karges Fensterloch gab ein wenig Licht und ließ sie einen kleinen niedrigen Raum erkennen, kaum mehr als ein Verschlag. Der Geruch verriet den Ziegenstall!

Es musste heller Tag sein. Eine Erinnerung blitzte auf: das Moor in der beginnenden Abenddämmerung, und dann – nichts mehr. Plötzlich raste ihr Herz und drängte zur Flucht, heftig und unvernünftig. Wo waren ihre Kleider? Emmets Kleider. Jemand hatte sie ihr ausgezogen, weggenommen und gegen ein einfaches Gewand getauscht, kaum besser als ein Sack mit Löchern für den Kopf und die Arme. Und – diese Frage schoss ihr siedend heiß durch den Kopf und in die Seele – wo war Valentin?

Die Brettertür knarrte leise, Emma starrte erschreckt auf die Öffnung. Eine große Gestalt steckte den Kopf herein, das Gesicht sehr blass im Dämmer des Stalls. Leichenblass. Vielleicht war sie doch tot? Krächzend und flatternd landete ein großer schwarzer Vogel auf der Schulter des Mannes, und schon waren beide wieder verschwunden, der leichenblasse Mann und der schwarze Vogel. Ein Luftzug brachte wieder das leichte Geklingel mit, auch den Geruch von Torffeuer, vermischt mit etwas Würzigerem, als sich die Tür erneut öffnete und eine in graue und braune Tücher gehüllte Frau eintrat. Auch ihr Haar war von einem ins Gesicht gezogenen Tuch bedeckt.

«Ist der junge Herr endlich aufgewacht?» Ihre Stimme war wispernd und rau, ihr Ton maliziös. Sie kam humpelnd näher und reichte Emma einen Becher. «Du wirst durstig sein.» Mattes Licht fiel durch das kleine Fensterloch auf ihr Gesicht.

Die Fratze, die beim ersten Erwachen über Emma geschwebt hatte, war kein Bild aus einem Albtraum gewesen. Das Gesicht der Frau in der Moorkate hatte zwei Seiten, als sei sie nicht eine, sondern zwei Frauen, und vielleicht war sie das. Die linke Hälfte glich grobem, schlecht gegerbtem Leder, die rechte war unversehrt und alterslos. Die Frau erkannte den Schrecken in Emmas Augen, bog mit einem Zischen eine Hand zur Kralle und hielt sie unter die wulstig vernarbte Seite ihres Kinns. Ihr leises Lachen klang freudlos und spöttisch. «Trink nur. Ich gönne mir nie das Vergnügen, Gäste in meiner Kate zu vergiften. Und das Moor wollte euer Opfer auch nicht. Noch nicht.» Sie schloss die Tür und hockte sich an das Lager, die furchterregende Seite ihres Gesichts Emma zugewandt.

Emma wurde übel, sie rang nach Luft. Nicht wegen des Anblicks und der plötzlichen Nähe der fremdartigen Gestalt. ‹Das Moor wollte euer Opfer nicht. Noch nicht.› Diese Worte brachten wie ein Blitz die Erinnerung zurück.

Ein Zischeln drang aus dem Mund der Frau. «Trink», befahl sie, legte ihre Hand an Emmas Hinterkopf und setzte ihr den Becher an die Lippen. «Nun trink schon, dummes Kind, es wird dir helfen.»

Emma trank, widerwillig zuerst, doch mit dem ersten Schluck spürte sie ihren Durst und leerte den Becher gierig bis zum letzten Tropfen, einerlei, was er enthielt. Dann schob sie die Hand mit dem Becher weg.

«Valentin», stieß sie noch atemlos hervor, «wo ist Valentin?»

«Er heißt Valentin? Der junge Herr Bruder spricht nicht mit uns. Ich fürchte, er hält uns seiner Worte nicht für würdig. Er spricht aber mit seinem Gott. Er hockt im Schatten meiner Erlen und betet.«

«Er ist nicht mein Bruder. Wir sind nur in derselben Kutsche von Bremen gereist, bis, ja, bis gestern. Oder vorgestern.»

In den Augen der Moorfrau blitzte es wachsam. «Dann kennt er dein kleines Geheimnis gar nicht? Wie dumm die Menschen sind. Sie sehen nur, was sie erwarten und sehen wollen. Und was siehst du nun? Ein Moorweib? Eine Hexe.» Sie kicherte böse. «Diesmal stimmt, was du siehst.»

Tatsächlich sah Emma eine Hexe, eine zwiefache Frau, einen weiblichen Januskopf mit zur Hälfte furchterregendem Anblick. Sie teilte ihre Kate mit einem hünenhaften, blutleer bleichen Mann und einem großen schwarzen Vogel, dennoch fürchtete Emma sie plötzlich nicht mehr als jede andere Fremde. In dem Trank musste ein besonderes Mittel enthalten sein.

«Der Junge weiß also nichts von dir. Wieso bist du nur mit ihm auf der Reise? Zwei Kinder ...»

«Ich bin kein Kind, und wir sind nicht allein gereist, sondern mit Valentins Vater.»

Emma stockte. Smittens Mahnung fiel ihr ein, sie solle niemandem vertrauen. Wie leichtfertig, einfach ihre Geschichte zu erzählen. Egal ob die Frau schwarze oder weiße Magie betrieb, egal warum ihre, Emmas Angst vor dieser entstellten Frau verschwunden war, *fast* verschwunden – es gab keinen Grund ihr zu vertrauen. Wie in den Wäldern fand auch in den Mooren viel Gesindel Unterschlupf. Räuberbanden, Ausgestoßene, Mörder und Diebe, Hexen und Giftköche jeder Art. Dazu die zahllosen entlassenen Söldner, ans Töten und Foltern, Plündern und Brandschatzen gewöhnt. Sicher kannte sie solche Männer und Sippschaften, womöglich genau die, die Schelling entführt hatten, womöglich fristete sie ihr Leben in dieser nassen Wüste mit dem Lohn für Verrat.

«Ja, mit Valentins Vater», fuhr Emma zögernd fort. «Er musste aber eine andere Route einschlagen, wegen dringender Geschäfte, so war es, wir sind dann vom Weg abgekommen. Weil wir eine Abkürzung versucht haben», log sie tapfer ins Blaue, «wir dachten, hier gehe es zu der Handelsstraße nach Süden. Dort werden wir erwartet, sicher sucht man längst nach uns. Bestimmt sogar. Plötzlich war der Pfad verschwunden, und dann war da nur noch das Moor. Überall dunkles Wasser und Sumpf. Zuerst sah es schön aus, so besonders und voller Geheimnisse, aber dann …» Plötzlich fröstelnd verschränkte sie die Arme, die Worte kamen atemlos, zu hastig und ganz von selbst. «Dann gab es nur noch den Sumpf, und als Valentin auf die Insel gesprungen war, wollte ich auch springen, aber ich bin abgerutscht, da führte nur ein ganz schmaler Grat durch den Morast. Unter mir war kein Grund mehr. Nichts. Nur saugender Schlamm.» Ein tiefes Schluchzen erstickte die Worte, ihr Körper krümmte sich wie unter einem Hieb.

Die Hand an ihrer Schulter war weich und warm, keine Kralle. «Das wird dir noch lange bleiben», murmelte die Moorfrau, «das Entsetzen vor diesem grausamen Tod vergisst man nie. Dann ist es nicht gut, allein zu sein.»

Eine zwiefache Frau. Diese war die glatte, die unversehrte. Emma hob den Blick, fuhr mit dem Handrücken über die Augen und sah ihr Gegenüber an. Die Moorfrau wandte Emma wieder ihre entstellte Seite zu, doch ihr Gesicht schien nicht mehr ganz so schrecklich.

«Ohne Eure Hilfe …» Emma schluckte, sie versteckte ihre immer noch zitternden Hände unter der Decke und richtete sich gerade auf. «… ohne Eure Hilfe wäre ich tot.» Und als ihr Gegenüber sie nur weiter schweigend ansah, wiederholte sie: «Tot. Wie habt Ihr uns gefunden? Ich weiß nur, wie ich einsank. Immer tiefer. Valentin wollte mich herauszuziehen, aber er ist zu leicht, ich musste ihn loslassen. Und dann – dann weiß ich nichts mehr.»

Der heranfliegende dunkle Schatten, die Riesenflügel? Angstgespinste, kein Grund sie zu erwähnen.

«Der Wolf hat uns gerufen. Hast du ihn nicht gehört?»

Draußen wanderte die Sonne hinter die Schwarzerlen. Wo vorher Licht durch das Fensterloch hereingefallen war, war nur noch Schatten.

«Der Wolf?» Auch diese Erinnerung kehrte nun zurück. Das grausige Heulen. Das hatte Valentin vor Schreck zu seinem rettenden großen Sprung getrieben und sie selbst abrutschen lassen. «In der Geest haben wir Spuren gesehen. Aber hier? Wie findet das Tier hier seinen Weg?» Zögernd, als wolle sie die Antwort gar nicht hören, fuhr sie fort: «Gibt es ihn wirklich, den Wolf?»

«Wirklich.» Die Stimme wurde wieder zischelnd. «Was ist schon wirklich? Wer weiß das genau?» Sie kicherte dieses spröde böse Kichern. «Niemand weiß es. Jeder weiß es. Der Nebel macht alle und alles gleich. Einerlei, Albus hat gute Ohren, ins Diesseits wie ins Jenseits. Mein kleiner Albus. Er spricht nicht, aber er hört. Auch den Ruf der Wölfe. Und der Krähen. Die Krähen sehen alles. Im Moor wie in der Geest. Auf den Straßen. Kutschenüberfälle vielleicht?»

Sie erhob sich und humpelte zur Tür, es waren nur zwei kleine Schritte.

«Wartet.» Plötzlich hatte Emma tausend Fragen. Woher wusste sie in dieser abgelegenen, kaum erreichbaren Einöde von dem Überfall? Oder von einem, *irgendeinem* Überfall? Immer mehr Bruchstücke der Erinnerung fügten sich zusammen. Der fliegende Schatten, das war der Hüne gewesen, der zuerst zur Stalltür hereingesehen hatte, den die Moorfrau den kleinen Albus nannte. Wie hatte er sie aus dem saugenden Loch gezogen, ohne selbst einzusinken? Wie?

Die Moorfrau hatte sich schon zur Tür gedreht. Als habe sie

die unausgesprochene Frage gehört, erklärte sie mit ihrer wispernden Stimme: «Albus kennt das Moor wie kein Zweiter. Nur er weiß, wie er die Leiter legen muss, wenn er den Moorgeistern Beute abjagt.» Sie wandte sich wieder Emma zu, ihr Gesicht schien nun so bleich wie Albus'. «Ab und zu lassen wir dem Moor seine Opfer, sonst werden die Geister böse.» Das Auge ihrer glatten Gesichtshälfte blitzte im Dämmer des Stalls. «Du und der Junge, ihr hattet nur Glück.»

«Und der Wolf?» Emmas gab sich große Mühe, ihre Stimme fest klingen zu lassen. Wenn man bösen Menschen oder gar Dämonen begegnete, so hatte Margret sie gelehrt, dürfe man keine Schwäche zeigen. Niemals. Das war leicht gesagt und schwer getan. «Der Wolf», wiederholte sie und versuchte einen forscheren Ton, «ist er ein Tier oder ein Moorgeist?»

«Finde es heraus, wenn ihr weiterzieht.»

«Und meine Kleider?», rief Emma ihr nach, als die Brettertür sich schon hinter ihr schloss. «Wo sind meine Kleider? Und wo ist Valentin? Wo ist der Junge?»

Sie bekam keine Antwort, ihre seltsame Gastgeberin war verschwunden, lautlos trotz ihres humpelnden Schritts.

Wo ist der Junge? Emma lauschte den Worten nach. Genau das hatte einer der Reiter nach dem Überfall gerufen. Wo ist der Junge?

Die Moorleute hatten sie aus dem Morast gezogen und vor dem Versinken und Ersticken bewahrt. Vor dem endgültigen Verschwinden. Sie hatten ihrer beider Leben gerettet – warum? Als gute Menschen? Aus Christenpflicht? Um welchen Preis?

Oder kannte die Moorfrau jemanden, der sie haben wollte? Lebendig haben wollte? Wir müssen den Jungen haben, hatte der Reiter gerufen. Den Jungen. Den Jungen? Emma hatte dabei nur an Valentin gedacht. Für sie war er der einzige Junge in der Kutsche gewesen. Aber auch wenn sie sich als Mädchen gefühlt und als junger Mann verkleidet gesehen hatte, für andere reiste außer Valentin noch ein Junge in der Kutsche. Emmet van Haaren. Aber niemand kannte einen Emmet van Haaren. Oder doch? Plötzlich war es sehr kalt in dem engen Stall.

«Wie dumm», flüsterte Emma und kroch tiefer unter die raue Decke, «wie dumm.»

Für die Männer war sie genauso ein Junge wie Valentin, einen halben Kopf größer, aber noch kein Mann. Warum sollte jemand, irgendjemand, Nutzen davon haben, Emmet einzufangen? Es gab keinen Grund. Außerdem – sie hatten Valentins Vater mitgenommen und ihn vielleicht, ja, nur vielleicht hatten sie ihn getötet. Wobei Emma auch kein Grund einfiel, warum man einen frommen Gobelinwirker aus Bremen auf der Reise nach Holland töten sollte, wo mehr seiner Glaubensbrüder und -schwestern als irgendwo sonst auf der Welt lebten. Wegen der Beute. Räuber waren eben so, die raubten Kutschen und Reisende aus, töteten für Gold, ein Paar Stiefel oder ein Spitzentuch. Aber warum jagten sie ‹den Jungen›? Um ihn auch zu töten und so verschwinden zu lassen? Als Zeugen?

Dann müssten sie zwei Jungen suchen. Emma kroch um Luft ringend unter ihrer Decke hervor. Dann hätte der Reiter ‹*die* Jungen› rufen müssen. Hatte er das vielleicht getan? Wer hörte in großer Angst und auf der Flucht schon einen so feinen Unterschied? Ob sie *den* Jungen oder *die* Jungen hatten fangen wollen, womöglich immer noch suchten, machte jetzt wenig Unterschied. Valentin und Emmet setzten ihre Reise gemeinsam fort, daran gab es keinen Zweifel. Die Angst im Moor würden sie beide nicht vergessen, die Angst im Moor hatte sie endgültig gelehrt, dass es nicht gut war allein zu wandern, wenn man sein Ziel lebend erreichen wollte.

Ein anderer Gedanke ließ Emma Hoffnung schöpfen: Die Moorfrau und ihr weißer Gefährte wollten sie weiterziehen lassen. So hatte sie doch gesagt. Wären sie mit den Straßenräubern im Bunde, hätten sie die einzigen Zeugen des Überfalls für die Ewigkeit versinken lassen. Alles andere wäre unvernünftig. Es sei denn ...

«Schluss», flüsterte Emma, «Schluss damit.» Wenn sie brav in diesem Stall blieb, konnte sie noch lange im Kreis herum denken. Auch in diesem unschicklichen Gewand musste sie endlich durch diese Tür gehen und sehen, was dort draußen wartete. Und wer.

‹Wenn ihr weiterzieht›, klang es in ihrem Kopf nach. ‹Wenn ihr weiterzieht.›

Es gab einen Weg aus diesem schrecklichen Sumpfland. Es fragte sich nur, wohin. Und zu wem.

Die Sehnsucht nach Flora überfiel Emma heftig wie heißer Wind aus aufloderndem Feuer. Hatte sie sich jemals so schmerzlich nach ihrer Mutter gesehnt? Nach Margret? Nach dem ganzen Haus am Herrengraben? Dem Garten am Stadtwall? Nach der heiteren Gesellschaft in Engelbachs blühendem Reich?

Sie blinzelte die aufsteigenden Tränen weg und stieß trotzig die Luft aus. Sehnsucht machte schwach, dazu war jetzt nicht die Zeit. Sie wickelte die Decke wie eine römische Toga um ihren Körper und lauschte hinaus. Die Moorfrau, ihr mächtiger Albus, Valentin? Nichts regte sich, keine Stimme, kein Geräusch verriet Arbeit – nur aufgeregtes Flattern und Krächzen der Krähe.

Flora erwachte voller Panik. Wirre düstere Traumfetzen stoben davon, ihre Hände legten sich sogleich schützend auf ihren Bauch, das winzige Wesen darin antwortete schläfrig mit kleinen stupfenden Bewegungen. Floras Herzschlag wurde ruhiger, doch das Gefühl der Bedrohung blieb. Sie lauschte auf den Atem des Mannes neben sich. Immer noch gab es diese Momente der Irritation, weil da jemand lag. Ostendorf. Nicht Hanns.

Sie hatte nicht erwartet, mit ihrem zweiten Ehemann wieder das innige Glück, dieses Gefühl des völligen Einsseins wie mit Hanns zu erleben. Aber sie mochte Ostendorfs Nähe und lernte immer mehr, ihm zu vertrauen. Er hatte andere Eigenschaften, andere Qualitäten – und vielleicht waren die für sie jetzt die richtigeren.

Sie hatte eine Entscheidung getroffen und nichts bereut. Jedenfalls nicht wirklich. Diese kleinen Momente des Zweifels, wenn man sich geärgert hatte, wenn man etwas Unangenehmes am anderen entdeckte, wenn man sich plötzlich zu sehr gefangen fühlte, um Luft ringen musste, die gehörten doch zum Alltag jeder Zweisamkeit. So wie sie manchmal selbst Emma grollte, ein wenig, obwohl sie sich keiner Liebe sicherer war als der zu ihrer Tochter. Jedenfalls seit es Hanns nicht mehr gab.

Es war schwer, einen Toten immer weiter in aller Absolutheit zu lieben. Irgendwann, das hatte sie zuerst mit Erschrecken, dann mit tiefer Trauer gefühlt, irgendwann wurde diese Liebe zur *Erinnerung* an diese Liebe. Die Verbundenheit hörte nicht auf, aber sie war – wie? Anders. Wie eine wunderbare Wolke am Abendhimmel. Sie berührte das Herz, war vertraut und gehörte zu ihr, immer wieder auch im Schmerz des unwiederbringlichen Verlusts. Ein unersetzlicher Seelenschatz, aber sie gehörte doch nicht mehr zu ihrem alltäglich gelebten Leben.

Doch. Sie hatte richtig entschieden, als sie Friedrich Ostendorfs Werben endlich nachgab, dessen war sie so sicher, wie es in diesen Dingen Sicherheit geben konnte. Sie war kein Mädchen mehr gewesen wie damals, als sie Hanns van Haaren begegnet war und gleich gewusst hatte, was die Begegnung mit dem übermütigen jungen Holländer bedeutete.

Kühles Licht mogelte sich durch die vielen runden Fensterscheiben und den Spalt zwischen den schweren Gardinen ins Zimmer, gerade genug, um sie aus dem warmen Bett zu locken. Der kindliche Gedanke, am geöffneten Fenster sei sie Emma ein wenig näher, machte sie froh. Als könne sie Emmas Seele über das endlose wunderbare Firmament Liebe und Sicherheit schicken, egal wo sie in dieser Nacht sein mochte, in welchem Gasthof an den Fernhandelsstraßen nach Amsterdam. Die Bocholtin hatte versichert, sie reise niemals in der Nacht, sondern ruhe stets für die dunklen gefahrvollen Stunden unter sicherem Dach. Niemand hätte von ihr anderes erwartet. Hinter vorgehaltener Hand war über so viel Bequemlichkeit gespottet worden, Flora hingegen dachte mit großer Erleichterung daran.

Auf Zehenspitzen schlich sie zum Fenster, mied die knarrende, nämlich die dritte Diele nach dem Bettpfosten und öffnete den rechten Fensterflügel. Der Riegel quietschte ein bisschen, sie hielt den Atem an – Ostendorfs Atem ging ungestört weiter, tief, still und gleichmäßig.

Es war die Stunde zwischen Nacht und nahendem Morgen, in der auch eine große Stadt tief schläft. Mondlicht schien zwischen zögernd ziehenden Wolken hindurch, verirrte sich im Laub der Birken am Herrengraben. Von dort verriet ein Geräusch, dass doch nicht die ganze Stadt schlief. Flora blinzelte, ihre Augen waren müde. Sanftes, kaum hörbares Plätschern perlte durch die stille Nacht, als sich ein flacher Kahn zwischen den Birken über das Wasser schob. Eine schlanke Gestalt stand darin, gänzlich verhüllt unter einem langen Umhang mit weit in die Stirn gezogener Kapuze – Kahn und Gestalt eine einzige schwarze Silhouette. Flora entdeckte niemanden, der ruderte oder stakte. Ihr Frösteln kam nicht von der Kühle der Nacht – ein Totenkahn, erschrak sie, nicht jetzt, nicht in diesen Minuten, wenn sie sich ihrer Tochter ganz nah fühlte! Dann entdeckte sie die kleine Laterne im Heck des Bootes und fühlte sich getröstet. Ein Licht in der Düsternis bedeutete immer Rettung. Das Boot, die ganze Erscheinung ängstigte sie nun nicht mehr. Es war auf geheimnisvolle Weise schön. Wäre sie eine Malerin ... Aber vielleicht träumte sie nur, stand gar nicht am Fenster, sondern lag geborgen unter ihrer Seidendecke und träumte. Vielleicht über die vielen Meilen hinweg gemeinsam mit Emma.

Der Morgen empfing sie mit Freundlichkeit. Sie erinnerte sich an ihr Erwachen in der Nacht und wusste immer noch nicht, ob sie das unheimliche Bild nur geträumt hatte. Wenn es so war, hatte es immerhin – anders als die Träume vergangener Nächte – keine neue Nahrung für ihre Sorgen gebracht.

Der Tag war milde für August, gerade noch sommerlich genug, um nicht an den nahenden Herbst zu erinnern, obwohl das Licht schon müder war und die Vögel sich in Scharen versammelten und die Reise nach dem Süden bezwitscherten. Noch war es eine satte Zeit, Erntezeit. Flora liebte diese Tage. Manchmal trieb der Wind sogar die würzigen Gerüche von Heu und den zum Trocknen aufgestellten Roggengarben von jenseits der Wälle herüber.

Ostendorf hatte mit nachsichtigem Lächeln eingewandt, das sei kaum möglich, die Wälle seien zu hoch und zumindest die Getreidefelder zu weit entfernt. An diesem Morgen jedoch hätte er allem zugestimmt, was seine Frau erschnupperte, behauptete oder wünschte, wenn es nur gegen die Melancholie half, die ihr Gemüt immer wieder trübte. Ostendorf war ein tüchtiger Mann, er beherrschte und genoss alle Kniffe, die zum Erfolg nötig waren, und handelte entschieden danach. Krisen der Seele hingegen machten ihn ungeduldig.

Flora sorgte sich um ihre Tochter, seit Emma an jenem Morgen vor dem Haus in die Kutsche gestiegen war. In schwarzen Träumen hatte sie in einigen Nächten Botschaften von großem

Unglück zu lesen geglaubt. Die waren aus dem Teufelsmoor gekommen, einer unbewohnbaren Gegend diesseits von Bremen, meilenweit nichts als wegloser Sumpf, auch daran glaubte sie sich zu erinnern. Die Bilder der Nachtmahre konnten niemand als Emma auf ihrer Reise meinen. Selbst Margret war es nicht gelungen, Flora zu trösten und aufzuheitern. An diesem Morgen wirkte sie gelassener, ihre Nacht war offenbar traumlos gewesen.

Ostendorf hatte der Zeit ohne die Gegenwart seiner naseweisen Stieftochter, endlich allein mit seiner Frau, froh entgegengesehen. Und nun erlebte er Flora immer wieder, wie sie mit grauem Gesicht und tieftraurigen Augen Stunde um Stunde am Fenster saß und hinausstarrte.

Ihre Ehe ging ins zweite Jahr, und er war immer noch entzückt, immer noch voller Zufriedenheit über seinen Sieg. Als er begonnen hatte, um sie zu werben, hatte er rasch mit ihrer freudigen Zustimmung gerechnet. Nicht gleich, das schickte sich nicht, doch sehr bald. Sie war schon lange Zeit Witwe gewesen, aber noch jung genug für den Wunsch nach einem neuen Leben an der Seite eines honorigen, wohlhabenden Mannes. Auch hatte er den richtigen Weg zu seinem Ziel gewählt, als er den Ratsherrn Engelbach und dessen Ehefrau um ihre Vermittlung gebeten hatte, die gerne gewährt worden war.

Er war siegesgewiss gewesen. Sie war ihm stets mit Freundlichkeit und Wärme begegnet, recht scheu, so war nun einmal ihre Art, das fand er besonders reizvoll. Als sie endlich eingewilligt hatte, hatte er sich wie ein junger Mann gefühlt.

Und Emma? Ohne die feste Hand eines Vaters aufgewachsen hatte sie sich eine vorlaute Rede und ungebührliche Neugier angewöhnt. Sie hatte ihre Augen und Ohren überall und war stets aufmerksam. Sie hatte sich sogar für seine Geschäfte interessiert und Fragen gestellt, die ihr nicht zustanden. Immerhin bewies sie ein angenehmes Talent fürs Musizieren, was einer jungen Frau gut anstand, um ihren Gatten und seine Gäste zu unterhalten.

An diesem Morgen hatte er gespürt, wie die wachsende Melancholie seiner Frau ihn allmählich ungeduldig machte. Und ihm war eine Idee gekommen.

Holda Engelbach war gleich und mit Freuden bereit gewesen, Flora für ein Stündchen Gesellschaft zu leisten, mit launigem Klatsch zu unterhalten und ihr zu versichern, wie gering die Gefahren des Reisens seit dem Friedensschluss seien. Der Ratsherr hatte es sich trotz der Börsenzeit nicht nehmen lassen, seine Gattin zu begleiten und sich zu den Damen an den großen Tisch in der Wohnstube des Ostendorf'schen Hauses zu setzen. Ein echter Freundschaftsdienst, der durch Margrets weithin bekannte Talente als Weißbäckerin auch ein Vergnügen wurde. Es war nicht die Stunde, heiter über Gaumenfreuden zu parlieren, also befand er nur für sich, Margret habe sich heute selbst übertroffen. Schon der Duft des honigsüßen, mit Ingwer, Pfeffer, Nelken, Zimt und einem Hauch Muskat gewürzten Holunderkonfekts betörte ihn, die zimtduftenden Mörselküchlein, mit Majoran, Ysop und Rosmarin in Öl gebacken und frisch vom Feuer mit Zucker bestreut, standen dem kaum nach.

«Nun, nun, meine Liebe.» Engelbach tätschelte noch einmal in freundlicher Nachsicht Floras Hand. «Ich sehe in Eurem Gesicht die Sorge und sorge mich meinerseits. Ist es nicht so, Holda?» Seine Eheliebste nickte, und er fuhr launig fort: «Gerade in diesen Wochen guter Hoffnung sollte Eure Seele mit Schönem und Friedvollem erfreut werden. Wäre ein Unglück geschehen, wüsste ich es längst. Im Rathaus kommen solche Nachrichten rasch an.» Er ignorierte Holdas erstaunten Blick, ab und zu waren kleine Lügen nicht nur erlaubt, sondern eine Notwendigkeit. «Könnte unsere liebe Emma sicherer reisen als mit der guten alten Bocholtin? Die reist immer mit einem Bewaffneten, und ihr Kutscher ist auch für seine starken Fäuste und das rasch gezogene Messer bekannt. Seit etlichen Jahren kutschiert er unsere reisefreudige Witwe über Land, und immer noch lebt sie, zwitschert wie eine Schwalbe und ist stets voller neuer Pläne.»

Holda Engelbach machte ihrem ratsherrlichen Ehemann erschreckte Zeichen. Eine zarte Blume wie Emmas Mutter, zudem in gesegneten Umständen, musste schon die Erwähnung der Möglichkeit, auf Reisen das Leben zu lassen, zutiefst ängstigen, erst recht wenn sie ohnedies von düsteren Ahnungen gequält war. Leider verstand er ihre Zeichen nicht, womöglich übersah er sie nur geflissentlich. Auf Reisen gab es Ungemach und allerlei Ärger, auch körperliche Blessuren. Kutschen wurden überfallen oder verunglückten, Räder und Achsen brachen, Pferde gingen durch oder fielen zu Tode erschöpft um – all das war bekannt und lag in der Natur des Reisens. Eine Tatsache, die den Ratsherrn Engelbach übrigens solche Unternehmungen meiden ließ, zur Enttäuschung seiner liebsten Holda, die ihrerseits mit den Jahren immer unternehmungslustiger wurde.

Flora hörte seinem Redefluss ergeben zu. Der alte Freund ihres Vaters war ihr, so lange sie sich erinnern konnte, vertraut. Seit ihre Eltern im viele Tagesreisen entfernten Königsberg lebten, hatte der Ratsherr die Rolle des väterlichen Freundes und Beschützers, seine Frau die der mütterlichen Freundin und Vertrauten übernommen. Bis Ostendorf kam und es den Anschein hatte, als habe Flora es mit ihrem zweiten Gatten gut getroffen.

«Die Bocholtin, liebe Flora», plauderte Engelbach munter weiter, «sucht keine leichtfertigen Abenteuer, und dann gibt es auch noch ihre Smitten. Die ist eine spröde Person, und man weiß nicht so recht, wie sie mit der Bocholtin verwandt ist, womöglich gar nicht, so etwas gibt man gern vor, wenn eine zweifelhafte Vergangenheit …»

Diesmal war es unmöglich, Holdas Warnung zu missachten. Mit ihrem neuen Schuh traf sie genau die richtige Stelle seines rechten Schienbeines, energisch genug, um die schwarze Seidenrosette auf ihrem Spann wippen zu lassen.

«Vergangenheit, ja! Also, ich meinte, wenn in der Vergangenheit keine Zofendienste zu verzeichnen sind. Viel zu gebildet, das Fräulein. Und wach, immer wach. Eine wirklich geschickte und umsichtige Person. Erfahren und zuverlässig, genau was man unterwegs braucht.» Als Ratsherr war Engelbach darin geübt, sein Denken wie seine Rede blitzschnell den Notwendigkeiten anzupassen.

Flora seufzte erleichtert. Sie hatte genau verstanden, was Emmas Pate hatte sagen wollen, die Geschichte um Smitten schreckte sie jedoch nicht. Sie hatte gehört, die Zofe sei ungemein tüchtig und schon lange die heimliche Regentin des Bocholt'schen Haushaltes, von den Jahren davor wollte sie gerade jetzt nichts wissen.

«Und denkt nur mal, was für unsere wissbegierige Emma allein der Aufenthalt in Bremen bedeutet», übernahm Holda nun das Aufmuntern und klatschte mit angemessener Begeisterung in die Hände. Als eine freundliche, zur Molligkeit neigende Dame strahlte sie für gewöhnlich Ruhe aus, nun glänzten ihre Augen. «Alles ist neu und aufregend. Ach, ich erinnere mich noch so gern an meine erste Reise über Land. Es ging nur bis Lüneburg und erschien mir doch wie um die Welt. Natürlich müssen wir Gott und dem holländischen Baumeister für unsere Festungswälle danken, aber sie machen das Leben doch recht klein und eng. Sorgt Euch nicht so sehr. Emma war viel zu beschäftigt mit all dem Neuen, um gleich zu schreiben. Und mancher Brief, das wisst Ihr wie ich, braucht bis an sein Ziel länger als eine Schnecke.»

Alle fuhren erschreckt herum, als die Tür zum Wohnsaal aufgestoßen wurde und Friedrich Ostendorf, der sich sonst nur gemessenen Schrittes bewegte, hereinstürmte.

«Nachricht von Emma», rief er, «ich bringe ganz frische Nachricht von unserer Tochter.»

Leider brachte er nicht den Brief, den Flora so herbeiwünschte, ein festes Stück Papier, das sich wieder und wieder lesen ließe, das man in den Händen drehen und wenden könnte, Kritzeleien und geheimnisvolle Zeichen der Boten und Posthalter betrachten, das bröckelnde Wachssiegel, den Schnürfaden. Aber er brachte eine gute Nachricht, denn am Hafen hatte er einen Boten getroffen, der gerade aus Bremen angekommen war. Und tatsächlich war der Reiter mit Post des Hauses Schönemaker zum nächsten Schiff unterwegs, das von Lübeck nach Bergen auslaufen sollte.

«Schönemakers sind die Bremischen Verwandten der Bocholtin; du wirst dich erinnern, in deren Haus sollte einige Tage Station gemacht werden. Der Bote wusste von der Ankunft dreier Damen aus Hamburg, gerade als er sein Pferd sattelte. Alle seien heil und frohgemut und die jüngste als Fräulein van Haaren vorgestellt und begrüßt worden. Du siehst, liebste Flora, Träume mögen etwas bedeuten, aber sie sind nicht zuverlässig. Nein, wirklich nicht. Wenn sie Bremen erreicht haben, liegt das tückische Teufelsmoor längst hinter ihnen. Emma ist sicher in Bremen angekommen und erholt sich von den Strapazen des ersten Teils ihrer langen Reise.»

«Dann wollen wir auf Emmas Gesundheit und Reiseglück trinken», rief der Ratsherr Engelbach, «auf Emmas Gesundheit und auf Floras Gesundheit, natürlich auch auf deine Gesundheit», wandte er sich Holda zu und drückte ihr einen innigen Kuss auf die Stirn. Nachdem er das Reisen so schöngeredet hatte, war seine Erleichterung über Ostendorfs fabelhafte Nachricht fast so groß wie Floras.

Margret hatte in ihrer Ecke bei der Bank am Fenster still zugehört, wie es ihr zukam und erwartet wurde. Nun eilte sie in die Küche, den Wein zu bestellen. Sie hatte keine schlechten Träume gehabt – es mangelte ihr schon lange an jeglichen Träumen, was sie ab und zu beunruhigte, weil sie befürchtete, in der Blindheit ihrer Nächte eine bedeutende Botschaft zu versäumen. Doch fand sie es seltsam, wenn Friedrich Ostendorf gerade an dem Vormittag einem Boten der Schönemakers begegnete, nachdem Flora sich mit düsteren Ahnungen gequält hatte. Die hatte die gute Nachricht aufgenommen wie eine Hungernde das rettende Stück Brot.

Margret konnte sich nicht so recht mitfreuen und schalt sich einen Griesgram. Womöglich war sie nur missgünstig. Sie wäre so gerne mit Emma nach Holland gefahren. Nicht nur um über Emmas Wohlergehen zu wachen, sowohl unterwegs wie in der unbekannten Familie van Haaren, der sie zutiefst misstraute. Ihre Sehnsucht nach der Freiheit und dem Abenteuer vor den Toren war nach all den Jahren seit ihrer Rettung und Flucht aus dem brennenden Magdeburg wieder kaum geringer als bei ihrem Schützling. Und wann ergab sich im Leben einer Dienerin jemals wieder eine solche Möglichkeit?

Sie schickte die eifrige Kleinmagd zurück ans Herdfeuer und stellte selbst den Weinkrug und die Gläser auf ein Servierbrett. Auch eine Platte mit Käse und dem herben Wildschweinschinken, den der Ratsherr so liebte. Sie brauchte einen nahen Blick in die Mienen der Herrschaften. Nicht dass sie mit dem zweiten Gesicht oder in Zeiten brennender Scheiterhaufen ähnlich gefährlicher Künste begabt wäre, aber sie verstand es, genau hinzusehen, und erkannte in den Gesichtern, Gesten und Bewegungen der Menschen mehr als die meisten.

༻✦༺

Im einige Tagesreisen entfernten Bremen stand eine andere nur wenige Jahre jüngere Frau an einem Fenster im ersten Stock und sah auf die Straße beim Neuen Kornhaus hinunter. Das am Tage herrschende Gedränge hatte nachgelassen, mit der Dämmerung wurde es stiller in der Stadt. Schon schimmerte das bescheidene Licht der Kienspäne und der Feuerstellen in den Fenstern, durch die Holzklappen und Scheiben der wohlhabenderen Häuser und Gasthöfe fiel erstes Kerzenlicht. Man hörte noch Stimmen, auch Gesang und Musik, Streit und Jammer, aus den Ställen schläfrige Laute der Tiere; in einer so volkreichen Stadt war es kaum jemals ganz ruhig. Der große Lärm jedoch, der Arbeitslärm, erstarb bald mit dem Tageslicht.

Die Stühle der Gobelinwirkerei im Erdgeschoss standen schon still, das Licht reichte nicht mehr für die diffizile Arbeit mit den verschiedenfarbigen Fäden. Es rumorte noch dort unten, die beiden Gesellen und die Lehrjungen räumten auf und kehrten den Boden, wie immer in der Stunde vor der Dunkelheit. Der Meister hielt penibel auf Ordnung, unter seiner Aufsicht wurde kein Fädchen beschmutzt oder verschwendet. Auch wenn er, wie in diesen Tagen und Wochen, nicht in der Stadt war, folgten die Männer und Jungen in der Wirkerei und in den Lagerräumen seinen Anweisungen. Sie waren es so gewöhnt, er galt als strenger Herr und Lehrmeister.

Die Frau in dem großen Haus, sie hieß Telse, niemand nannte sie bei ihrem Familiennamen, wandte sich vom Fenster ab. Sie hatte dort schon viel zu lange gestanden und müßig ihren Gedanken nachgelauscht, das entsprach nicht ihrer Natur. Als sie die Schürze über ihrem sparsam gefälteten schwarzen Rock glatt strich, spürte sie, wie rau die häusliche Arbeit ihre Hände gemacht hatte. Darum musste sie sich kümmern, wenn sie in der Werkstatt wieder mit der feinen Seide umgehen wollte. Zu ihren Aufgaben gehörte zwar nur das Vernähen der frei hängenden Fadenenden, doch dieser letzte Arbeitsschritt an einem Teppich, Kissen oder Bankpolster erforderte große Fingerfertigkeit und Akkuratesse. Raue Finger zerrten an der feinen Seide, beschädigten den Faden und verzogen das Muster.

Die Seidenvorräte waren bald erschöpft, sie kamen wie die Silber- und Goldfäden aus dem Hinterland der märchenhaften Republik Venedig. Der lange Reiseweg bedeutete besonders in diesen Zeiten ein hohes Risiko. Vor wenigen Jahren erst war das Fuhrwerk mit einer großen Lieferung in den Wäldern bei Tecklenburg marodierenden Söldnern in die Hände gefallen, so hatte der einzige entkommene Pferdeknecht berichtet. Der Verlust hätte die Schelling'sche Wirkerei beinahe ruiniert.

Es war das Gerücht umgegangen, der Fuhrmann sei nicht tot, nicht erschlagen, sondern habe mit den Banditen gemeinsame Sache gemacht und sich ihnen angeschlossen, weil er dort größere Profite zu finden gehofft hatte. Oder größere Abenteuer? Wer konnte das wissen. Es waren seltsame Zeiten. Die dunkle Frau am Fenster würde solche gottlosen Entscheidungen niemals verstehen. Die verstellten den Weg zu einem zufriedenen Gemüt und zur Seelenruhe und zur Erlösung in der Ewigkeit. Andererseits, wenn Gott es so vorherbestimmt hatte – an dieser Stelle des Denkens war sie schon vorher angekommen und gescheitert.

Telse trat an den Tisch und strich über die aufgeschlagene Seite des Rechnungsbuches. Nach einem kurzen Zögern schloss sie es behutsam und verstaute es sicher in dem Kontorschrank unter der Dachschräge. Hoffentlich gelang es dem Hausherrn, eine neue Lieferung zu ergattern. Wolle war reichlich im Lager, vor allem die ebenso feine wie feste englische; große Portionen schwammen zudem in den Bottichen oder hingen auf den Trockengestellen des Färbers. Seide war in diesen Jahren rar, somit teuer, und wenn erst die Herbstunwetter die Straßen schwer passierbar machten, wenn der Winter ...

Sie presste die Hände gegen die Schläfen und schloss für einige Atemzüge die Augen. Henning Sievers' Tod war kein schlechtes Zeichen, versicherte sie sich selbst wohl zum hundertsten Mal, er war wie alles, was Menschen widerfuhr, vorherbestimmt gewesen.

Banditen hatten den reitenden Eilposten Sievers auf der Heide südlich von Bremen überfallen. Er war entkommen und hatte seinen rasanten Ritt trotz einer Verwundung fortgesetzt. Er hatte auch – wie es seine Pflicht gewesen war – die Eilpost abgeliefert, bevor er sich zu Schelling geflüchtet hatte, seinem Vetter, dem er als Einzigem in dieser Sache vertrauen konnte. So hatte er jedenfalls geglaubt.

Telse war keine, die ihr Ohr an geschlossene Türen legte, sie hatte nicht alles gehört, was die beiden Männer dann besprochen hatten. Aber sie hatte verstanden, dass Sievers im Niederländischen unfreiwillig ein Gespräch belauscht hatte, in dem es um einen mörderischen Plan gegangen war; er hatte befürchtet, die Männer könnten ihn bemerkt haben. Wie es schien, zu Recht, denn es waren kaum gewöhnliche Banditen gewesen, die ihn verfolgt und verletzt hatten. Davon war auch Herr Schelling überzeugt gewesen.

Sievers war an seiner heftig eiternden Wunde gestorben. Da hatte Schelling schon erkannt, was nun sein Auftrag und seine Pflicht waren, und entschieden, nach den Niederlanden zu reisen. So plötzlich – das war mehr als ungewöhnlich. Es hatte sich gleich herumgesprochen: Schelling reist nach Utrecht. Und dann: Schelling reist mit seinem jungen Sohn nach Utrecht.

Valentin hatte ganz gegen seine Art gebettelt, seinen Vater begleiten zu dürfen. Er war begierig gewesen, die Welt zu sehen. Schelling hatte schließlich nachgegeben. Es könne nützlich sein, hatte er gemurmelt, vielleicht sogar mehr als nützlich. Manchmal müsse man alles tun und geben. Und nun?

Es würde gelingen. Gott war auf der Seite der Erfolgreichen, Erfolg ein Beweis für Seine Gnade und Sein Wohlwollen. Dies war noch ein erfolgreiches Haus, seit drei Generationen schon. Alles auf Erden geschah in Seinem Sinn, in Seinem Auftrag.

Sie sank auf die Kniebank vor dem einfachen Kreuz – die Unschlittkerze gab dem Holz einen warmen rötlichen Schimmer – und drückte die gefalteten Hände gegen die Stirn. Eines wusste sie genau: Schellings Reise führte ihn zu einer gerechten Mission. Nur dass er sich von dem Jungen begleiten ließ, war nicht recht. Das Kind mochte sie nicht und behandelte sie verächtlich, sie liebte es trotzdem.

Er hatte nicht auf sie gehört. Natürlich nicht. Sie war die Erste unter dem Gesinde in diesem Haus ohne Hausfrau, aber doch Gesinde.

An diesem Abend fand sie Trost im Gebet. Es schenkte ihr eine innere Ruhe. Glück spürte sie darin nicht.

∾⟐∾

Emma konnte wirklich nicht länger in diesem Ziegenverschlag bleiben, nicht mehr, seit die Erinnerungen zurückgekehrt und so drängend geworden waren. Auch ihre Neugier war wieder erwacht, was sie als gutes Zeichen empfand.

So ging sie hinaus, nur in diesem Sackgewand und in die Decke gewickelt. Die Tür öffnete sich nicht, wie sie erwartete hatte, zu einem Hof, sondern führte in die Kate.

Nachmittagslicht fiel durch das einzige Fenster und Emma sah sich verblüfft um. Hinter einem halb geöffneten Vorhang entdeckte sie ein Bett, das nichts mit der klumpigen Strohschütte zu tun hatte, die man hier erwartet hätte. Auch die mit Schnitzereien biblischer Geschichten gezierte Truhe machte jedem Bürgerhaushalt Ehre. Der von drei Stühlen flankierte Tisch war allerdings grob zusammengezimmert, ein paar einfache Teller und zwei Schüsseln auf einem Wandbord hatten bessere Zeiten gesehen, wohingegen die beiden Zinnleuchter denen im Haus am Herrengraben ähnelten. An einer Stange unter der Dachschräge aufgehängt trockneten mehr Kräutersträuße, als die Moorfrau und ihr Adlatus verbrauchen konnten. Ein Regal bot Raum für eine ganze Anzahl von Tiegeln, Schachteln, Holzdosen, auch zwei Mörser verschiedener Größe, daneben eine Reihe mit Tüchern bedeckter Weidenkörbe. Der Gobelinbezug des Lehnstuhls beim Ofen war einmal schön und kostbar gewesen. Das Erstaunlichste in dieser Stube war jedoch der Eisenofen mit den blau-weißen Kacheln an den Seiten – welch Luxus!

Wer hier lebte, war nicht immer arm gewesen. Vielleicht war er es auch jetzt nicht.

Emma trat hinaus in den Hof. Unter einem Vordach und von Seitenwänden geschützt gloste auf einem gemauerten Herd das offene Feuer. Ein Kessel hing darüber, was darin köchelte, duftete fremdartig. Trotzdem erinnerte es Emma an ihren leeren Magen.

Emmets Kleider trockneten über einem aus Erlenzweigen geflochtenen Zaun. Jemand hatte sie gewaschen, das einst weiße Hemd und der Kragen waren gelblich vom Moorwasser. Hut, Gürtel, sogar der Mantelsack waren gerettet, nur die schönen Stiefel steckten für die Ewigkeit tief im Moor. Ein bescheidenes Opfer für ihr Leben. Die Moorfrau hatte auch sie, Emma, gewaschen und in Emmet die Emma entdeckt. Warum nur erinnerte sie sich an nichts oder nur verschwommen, seit sie immer tiefer gesunken war? Weder an ihre Rettung, die doch das größte Glück gewesen war, noch an die darauffolgende Nacht und fast den ganzen Tag. Der Verlust all dieser Stunden war unheimlich, aber eigentlich – Emma hatte von jeher einen Hang zu praktischen Erwägungen –, eigentlich war es besser so.

Sollten sie nur im Dunkel bleiben. Sie ahnte, dass das Vergessen so einfach nicht werden konnte.

Die Kate stand auf einem Flecken trockenen Landes, geduckt hinter Moorbirken und Erlen, wobei schwer zu entscheiden war, wo der feste Grund anfing und der Sumpf aufhörte. Ein kleines umzäuntes Stück Land diente als Garten – was konnte hier außer Rüben und ein paar Kräutern gedeihen? Droste hatte sie viel gelehrt, über die Moore und ihre besonderen Gewächse hatten sie kaum gesprochen.

Das milde Nachmittagslicht tauchte die Landschaft in melancholische Farben, der Himmel schien höher als anderswo. Wer nicht wusste, welche Gefahren unter den Wassern und Moosen lauerten, im Reet und den nassen, mit Binsen durchsetzten Wiesen, dem sich im Wind wiegenden Wollgras, sah nur herbe Schönheit. Emma sah nun mehr.

Endlich entdeckte sie auch Valentin. Er saß neben dem farblosen Albus im Schatten einer dichten Reihe von Erlen auf einer Bank, die aus einem ungeschälten Baumstamm gefertigt war. Vielleicht hatte der Junge nicht mit den Moorleuten gesprochen, er verkroch sich aber auch nicht mehr im einsamen Gebet. Er sah zu, wie der große bleiche Mann aus rotschimmerndem Erlenholz eine daumengroße Krähe schnitzte. Seine Wangen waren rosig, sein Blick folgte aufmerksam den Bewegungen der Hände des Schnitzers. Valentin trug auch in der Nachmittagswärme seine dicke gewirkte Jacke, aber er war barfuß, was ihm offenbar behagte. Seine Stiefel steckten noch zum Trocknen umgekehrt auf den Stielen von Spaten und Forke.

Der große Mann mit seinem besonders breitkrempigen Hut und der schmächtige Junge boten ein Bild friedlichen Lebens. Es ließ beinahe vergessen, dass hier nur hauste, wer aus der Welt der Dörfer und Städte geflohen war. Aus welchem Grund auch immer, jedenfalls kaum freiwillig.

Valentin sah auf, sein Blick wurde unsicher, und er rückte rasch einige Handbreit von Albus ab.

«Du siehst fast wie ein Mädchen aus in dem Kittel», erklärte er im vertrauten strengen Ton. Albus sah auf, seine grauen geröteten Augen blieben starr, da war kein Glimmen des Erkennens oder einer Begrüßung.

Als Emma in der folgenden Nacht erwachte, wusste sie gleich, wo sie sich befand. Valentin schlief neben ihr, tief und fest. Sie hatte befürchtet, er könne ihr im Schlaf zu nahe kommen und ihren weiblichen Körper spüren. Er hatte sich jedoch ganz an den Rand des Lagers gelegt, und da war er geblieben.

Durch eine Ritze in der groben hölzernen Wand glitzerten Sterne in der Schwärze des Himmels. Bis auf Valentins feine Atemzüge und ein Rascheln aus den aufgestapelten Haufen von Holz und Torf an der Wand, der Heimstatt der Mäuse, war die Nacht still. Die Ziegen, deren Geruch noch stark im Stall hing, waren nicht in ihren Verschlag zurückgekehrt, sie waren überhaupt nicht auf dem Inselchen. Womöglich fraßen sie sich ein paar Sommerwochen lang auf festem Land satt und fett. Oder sie waren geschlachtet worden. Der Gedanke bedeutete scharfe Messer und gefiel Emma überhaupt nicht.

Ihre Gedanken kreisten hellwach und unruhig um das Erlebte, noch unruhiger um das, was vor ihr und Valentin lag. Bald wurde es hell, dann mussten sie ihren Weg fortsetzen. Immerhin stellte sich nun nicht mehr die Frage, ob sie umkehren oder weiter nach Süden gehen sollten. Um nichts in der Welt, selbst wenn Albus einen sicheren Weg zurückwies, ginge sie wieder durch dieses Moor.

Ein Mensch, der weniger behütet aufgewachsen war und mehr Betrug, Verrat und Unglück erlebt hatte als Emma, mochte den morgigen Tag fürchten. Albus werde sie auf den richtigen

Weg und in die Nähe der Landstraße bringen, hatte die Moorfrau in ihrer wispernden Stimme gesagt, Emma hatte nicht gewagt weiter zu fragen, ebenso Valentin. Er gebärdete sich aus einem Grund, den Emma nicht erkannte, wie ein Anhängsel von Albus, verhielt sich auch ebenso stumm. Was war das für ein Kind, das es liebte zu schweigen?

Die Moorfrau hatte ihnen zu essen gegeben, der Brei aus dem Kessel über dem Feuer schmeckte fremd, doch er machte zufrieden und satt für die Nacht. Sie hatten vor der Kate gegessen, während die Sonne sich dem Horizont zugeneigt und die Wasserlandschaft wie den Himmel gerötet hatte. Eine Rabenkrähe hatte in den oberen Ästen der größten Erle wie im Ausguck auf der Spitze des vorderen Mastes der Segelschiffe gehockt. Kein Wunder, wenn der von den Seeleuten Krähennest genannt wurde.

Emma hätte gerne gesehen, was der Vogel gesehen hatte. Als die Farben grau geworden waren, waren Nebelschwaden aufgestiegen und leicht über dem Moor geschwebt, Vogelschwärme waren vorbeigezogen, dunkle Silhouetten am Abendhimmel.

Es war ein schweigsames Mahl gewesen. Gemeinsames Essen bedeutete für gewöhnlich mehr als Sattwerden, es diente der Gemeinschaft, der Unterhaltung mit alten und neuen Geschichten, bot Gelegenheit, nach dem Woher und Wohin zu fragen. Emma hatte sich ihre Geschichte schon zurechtgelegt, hatte ergänzt, was Valentin von ihr wusste, sodass sie weiteren Fragen standhalten würde, die um der Höflichkeit und der erfahrenen Hilfe und Gastfreundschaft willen beantwortet werden mussten.

Doch niemand hatte gesprochen, niemand Fragen gestellt. Was auch hieß, dass Emmas wachsende Neugier unbefriedigt blieb. Woher stammten die Narben im Gesicht der Moorfrau? Wie war ihr Name? Warum sprach Albus nicht? Warum lebten sie überhaupt in dieser unwirtlichen einsamen Welt? Woher bekamen sie ihre Nahrung? Woher den eleganten Ofen? Und all das gute Brennholz im Stall, wenn weit und breit kaum Bäume standen? Es war unmöglich gewesen, diese Stille, dieses Schweigen zu durchbrechen, erst recht mit neugierigen Fragen.

Emma setzte sich auf. Valentin seufzte und murmelte Unverständliches, verschränkte die Arme unter der Stirn und tauchte zurück in seinen tiefen Schlaf. Da war wieder das zarte Geklingel, leicht wie der Wind und lockend wie ein guter Duft.

Sie erhob sich behutsam. Das Lager war hart geworden, durch die dünne Strohschicht drückten trockene Heidekrautzweige – der Sand in der kleinen Senke in der Geest war weicher gewesen.

Die niedrige Tür, durch die die Ziegen ins Freie gelangten, ließ sich leicht wegschieben. Sie kroch hindurch und fand sich auf der Rückseite der Kate wieder. Das Klingeln war nun ganz nah, auch seine Ursache: Im Hollerbusch bewegten sich an seidenfeinen Fäden Knöchelchen im Nachtwindhauch, weiß wie Schnee in der Dunkelheit und poliert wie Elfenbein.

Immer noch glänzten Myriaden von Sternen, die Milchstraße zog sich breit über den Himmel. Ein Mensch war nichts in dieser Unendlichkeit. Ein Staubkörnchen unter zahllosen anderen – das hätte ihr bis vor wenigen Tagen nur das Gefühl der Verlorenheit gegeben. Nun bemerkte sie erstaunt, dass es anders war: Es bedeutete unauffällig zu sein, fast unsichtbar. Das nahm allem die Wichtigkeit, das Drängende. Sogar die Furcht. Ein wenig.

Sie trug wieder Emmets Kleider, die wärmten auch in der kühlen Feuchte dieser Nacht. Sie wusste nicht, wie lange sie an die Holzwand gelehnt in den Himmel geschaut und wieder bedacht hatte, was gewesen war und was vor ihr lag. Bis die verblassenden Sterne den nahen Morgen erahnen ließen, war wieder Nebel aufgestiegen, diesmal verhüllte er die ganze Welt in seinem Schleier aus Dunst. Vom Binsenbüschel bis zur Erle, alles, was aus Wasser und Sumpf aufragte, erschien nur noch als

Schemen in einer unwirklichen Welt. Ein Brachvogel rief, sein heller Ruf klang gedämpft, kein zweiter gab Antwort.

Plötzlich flackerte ein winziges Licht auf, unbestimmbar, ob nah oder fern, noch eines, und noch eines, noch eines, noch eines, gelblich und bläulich im Nebelgrau, nun bewegten sie sich, irrten vor und zurück, zu den Seiten, im tastenden Tanz. Die ersten kamen näher, andere verblassten, neue tauchten auf. *Manchmal lassen wir dem Moor seine Opfer, sonst werden die Moorgeister böse.* Es wisperte durch den Dunst über dem Wasser. *Die Moorgeister. Werden böse.*

Eisiges Frösteln umspannte Emmas Nacken, ihre Beine waren steif, ihr ganzer Körper unbeweglich. Nur noch zwei Lichter irrten umher, als sich aus dem Nichts ein schmal aufragender Schatten der Insel näherte. Sie duckte sich in den Gagelstrauch und hielt den Atem an. Da kam ein flaches Boot durch den Nebel, eine Gestalt stand darin, in große Tücher gehüllt, und stakte ruhig und ohne das geringste Geräusch um alle Untiefen herum. Das Boot glitt vorbei wie ein Traumbild, die Gestalt wandte den Kopf, Emma glaubte vage ein verbranntes Gesicht zu erkennen, dann war das Boot verschwunden, das letzte Irrlicht erlosch.

Emma sah dem Schemen nach, immer noch starr und mit flachem Atem, bis ihr Herzschlag sich beruhigte. Das Moor lag verlassen im Nebel wie zuvor. Ein zarter dumpfer Ton von Holz gegen Holz – das Boot hatte den Steg hinter den Erlen erreicht.

Emma beeilte sich, zurück in den Stall zu kriechen. Obwohl sie beschlossen hatte, dass es von Vorteil war, nicht alles zu wissen, hätte sie viel darum gegeben zu erfahren, woher die Moorfrau im Morgengrauen gekommen war. Nach den Lichtern fragte sie lieber nicht einmal sich selbst.

Die dummen Menschen. Liefen einfach ins Moor. Warum hatten sie seine Warnung nicht verstanden? Er ahnte, dass das eine dumme Frage war. Menschen jagten Wölfe und töteten sie, das war es, was Menschen taten. Und wenn sie alleine und ohne Menschenwaffen unterwegs waren, fürchteten sie Wölfe umso mehr.

Vielleicht hatte er nur den falschen Ton getroffen, er hatte bisher kaum Anlass gehabt ihn zu probieren. Er hatte viel geheult, seit sein Rudel verloren war, seit kein anderes ihn aufnehmen wollte, seit er Menschen folgte, weil das besser war, als niemandem zu folgen. Er hatte aus Kummer geheult, aus Angst, aus Einsamkeit, aus Verzweiflung. Diesmal als Warnung. Aber sie waren nur noch tiefer ins Moor gelaufen. Noch eiliger.

Die Rabenkrähe hatte es gesehen, sie sah und hörte alles, er fürchtete sie, ihr Schnabel war lang und scharf und stark, aber sie war klug, was mal gefährlich, mal gut war. Und die Feuerfrau, die hatte ihn gehört und gleich verstanden.

So war es doch noch gut ausgegangen. Er rollte sich mit einem wohlig sanften Gnurren zusammen, steckte die Schnauze zwischen die Pfoten und verschwand im Schlaf.

Kapitel 7

Valentin stampfte mit beiden Füßen auf, dann noch einmal stärker, und nickte ernsthaft. Wäre er ein Kind wie jedes andere gewesen, hätte er gelacht, womöglich sogar gejuchzt.

«Fester Grund», sagte er, «wirklich fester Grund.»

Vor ihm und Emma lag der Pfad, der zur nächsten Straße führen sollte. Auch der Wind half: Er wehte den ersten Hauch von Pferdeschweiß und den Ausdünstungen der Ochsen heran, sogar Stimmen verhießen von fern den richtigen Weg.

Emma blickte zurück, und Valentin tat es ihr gleich. Die Moorkate war nicht mehr zu sehen, auch kein Rauch stieg auf. Einen Moment – wie auch später immer wieder – fürchtete Emma, die Insel im Moor existiere nur in einer anderen, nicht mehr erreichbaren Welt. Aber da war Albus auf seinem Weg zurück, seine breiten Schultern überragten gerade noch ein Gebüsch. Er hatte sie aus dem Sumpf geführt, die Rabenkrähe immer in der Nähe, mal hoch kreisend, mal mit ihrem heiseren Ruf auf seiner Schulter. Ihre kleinen schwarzen Augen mit dem Edelsteinglanz schienen alles zu sehen, selbst die Bilder in den Köpfen der Menschen.

Emma hatte erwartet, mit dem Boot in die bewohnte Welt zurückzukehren, doch Albus führte sie an den Erlen vorbei durchs Reet zum festen Boden. Die vermeintliche Insel entpuppte sich als das breite Ende einer schmalen Landzunge. Das längere Stück des Weges zwischen Moor und Heide war ein nur wenig breiterer Grat als der, von dem Emma abgerutscht und eingesunken war. Über diesen führte ein notdürftig ausgebesserter uralter Knüppeldamm. Er lag kaum höher als das Moor, in Regenzeiten und zur Schneeschmelze verschwand er im Wasser, und die Kate stand tatsächlich sicher vor Eindringlingen auf einer Insel. Das Moor war auch der sicherste Hort vor den Kriegshorden gewesen. Selbst Einheimische wagten sich kaum in diese sich ständig ändernde Landschaft, diesen Inbegriff des tödlich Ungewissen.

Der Morgennebel hatte sich noch nicht ganz aufgelöst, und alles in Emma hatte sich gesträubt, den kaum sechs Hand breiten Damm zu betreten und ins Ungewisse zu gehen. Auch Valentin hatte geschluckt. Als Albus mit einem Winken vorausgegangen war, waren sie ihm jedoch gleich gefolgt. Es gab nur diesen Weg.

Sei Emmet!, erinnerte Emma sich, du bist wieder niemand als Emmet. Nur wer ihr zu nahe kam, konnte sie als Mädchen erkennen. Wenn sie und Valentin weiter zusammen marschierten – und daran war zumindest bis Osnabrück nicht zu zweifeln –, würden sie noch einige Nächte auf derselben Strohschütte verbringen. Während der Tage bestand weniger Gefahr, als Mädchen ertappt zu werden. Die Menschen sehen nur, was sie erwarten, hatte die Moorfrau gewispert. Emma hoffte sehr, sie werde recht behalten.

Je näher sie der Handelsstraße kamen, je deutlicher die Stimmen und Laute vorbeiziehender Fuhrleute und Reisender wurden, umso häufiger blieb Valentin stehen, betrachtete eine Blüte am Wegesrand, schnürte den Riemen seines Mantelsacks neu oder sah nach den Wolken, während er etwas von den Unwägbarkeiten des Wetters murmelte.

«Es gibt keine andere Straße», entfuhr es Emma schließlich. «Wir können uns aber auch hier in den Sand setzen, obwohl der immer noch scheußlich moorig feucht ist, und auf ein Wunder warten. Sicher kommt bald eine Wolke und trägt uns über alle Gefahren hinweg. Gleich bis Amsterdam. Aber dort willst du ja gar nicht hin, oder? Du willst nach Leiden. Falls ich es richtig verstanden habe. Viel Auskunft hast du bisher nicht gegeben. Ist Leiden nicht schon fast in den spanischen Niederlanden? Willst du zu den Papisten überlaufen? Hast du deshalb schon mal sicherheitshalber dieses Buch von deinem Vater im Bach ertränkt?»

Die Veränderung in Valentins Gesicht war erschreckend. Er wurde bleich wie Albus, seine Lippen zitterten, in seinen Augen standen Tränen. Er wandte sich hastig ab, aber Emma hatte es gesehen und fühlte Scham. Immer wieder vergaß sie, dass er nur ein Kind in Not war, das den überheblichen Erwachsenen spielte.

«Ich hab's nicht so gemeint», sagte sie, legte vorsichtig die Hand auf seine Schulter, spürte das Beben unterdrückten Schluchzens und schämte sich noch mehr. «Wirklich, Valentin das war gemein von mir. Ich bin mitunter furchtbar ungeduldig, dann sage ich Dinge, die ich gar nicht sagen will.»

«Aber was man denkt, meint man auch.»

«Hm. Nicht immer. Manchmal sausen Gedanken durch meinen Kopf wie ein Sturmwind, und weg sind sie wieder. Es wäre besser, sie nicht auszusprechen, sie haben wenig zu bedeuten, weil ich dann nur ein ungerechter Hitzkopf war und wieder zur Vernunft gekommen bin.» Emma überlegte. Der letzte Satz klang krumm. Weil er doch zumindest *ein bisschen* gelogen war? Sie hoffte, Valentin werde es nicht bemerken.

Zwei Dutzend Schritte, bevor sie die Straße endlich erreichten, verbargen sie sich hinter Buschwerk auf einer leichten Anhöhe und sahen auf den Weg hinunter. Mit seinen immer wieder ausfernden Rändern glich er einem sandigen Fluss.

Seit undenklichen Zeiten waren Menschen auf dieser Route gezogen, die Räder ihrer Karren, Fuhrwerke, Kutschen oder haushoch und -breit beladenen Planwagen, auch die Hufe der schweren Zugtiere, zumeist Ochsen, oft vier- oder sechsspännig, mahlten immer wieder aufs Neue tiefe Spuren in den Sand. Die meisten gingen allerdings zu Fuß und trugen ihre Last zusammengerollt oder in hohen Kiepen auf dem Rücken. Manche Lasten schienen größer und schwerer als ihre Träger. Esel und Maultiere trotteten ausladend bepackt stoisch voran. Nur eine Kutsche, zweispännig und der Schelling'schen ganz ähnlich, rollte zwischen den Wagen. Der Kutscher im staubigen abgewetzten Mantel döste, er ließ den Pferden ihren Lauf, sie waren daran gewöhnt, den anderen zu folgen.

«Schau mal dort», Emma berührte Valentin mit dem Ellenbogen, «hinter dem Mann mit dem albernen Federhut.» Dort zerrten zwei struppige Hunde, groß wie kleine Kälber, ein Wägelchen vorwärts, in dem ein dünner schwarz gekleideter Alter saß. Seinen Hals umschloss eine altmodische weiße Krause, so breit wie seine Schultern; Hut und Mantel, sein Gesicht, die Krause – alles war von Straßenstaub überzogen, als hätte er sich in schmutzigem Mehl gewälzt. Nur seine Knollennase leuchtete violett hervor. Emma fand den Anblick ziemlich amüsant.

Valentin hatte jedoch nur Augen für einen anderen Reisenden. Der ritt einen kraftvollen Rappen, seine ungewöhnlichen Stiefel reichten bis über die Knie, das lederne Wams war von rötlichem Braun, am Gürtel hingen eine Pistole und ein Rapier, dessen blankgeputzter Handschutz in der Sonne glänzte. Bis auf das Kinn mit dem schwarzen Bart verbarg sich sein Gesicht unter einem breitkrempigen Hut. Er sah eher wie ein Söldner als ein Handelsherr oder gar ein Gelehrter auf dem Weg zu seiner Universität aus. Allerdings reisten Söldner nie allein.

Valentin duckte sich tiefer ins Gestrüpp, und Emma verstand. Die Schrecken des Überfalls auf ihre Kutsche würde auch sie niemals vergessen, dennoch blickte sie vor allem mit Neugier auf die Menschen, Tiere und Wagen hinab. Valentins Furcht wirkte gleichwohl ansteckend. Also ließen sie den Verband von Wagen, Reitern und Fußreisenden vorüberziehen.

Die Sonne war schon ein ganzes Stück weitergewandert, als sich ein Junge und ein sehr junger Mann anderen Reisenden auf ihrem Weg nach Südwesten anschlossen, wo nur eine gute Tagesreise entfernt die nächste Stadt liegen sollte.

Der Boden schien fruchtbarer als in der Geest. Disteln und wildes Kraut aller Art gediehen. Auch hier waren das Land und seine Bewohner Opfer der Kriegsjahrzehnte gewesen, der hin und her ziehenden Armeen samt deren Gefolge, mal der Kaiserlichen, mal der Schweden oder Dänen; zuvor waren auch die Spanier zur hohen Zeit ihrer Kämpfe mit den nördlichen Niederlanden in das Grenzgebiet eingefallen und hatten böse gehaust. Es gab viele verlassene, inzwischen verfallende Höfe, weithin lagen Felder brach, Bauern und Gesinde waren geflüchtet, vertrieben oder getötet. Vor Generationen für Wiesen und Äcker gerodete Wälder eroberten ihre angestammten Reviere zurück.

Dennoch war auch die Rückkehr des Friedens sichtbar. Die Handelsstraßen gaben allen, auch den Armeen mit ihrem Tross von Soldatenfamilien, Marketendern, Huren und Vagabunden, zu marodierenden Banden mutierten Söldnern die Routen vor. Entlang derer hatten die Landstriche zuerst und am stärksten unter der Kriegswalze gelitten, nun kehrte hierher auch zuerst die Alltäglichkeit zurück. Felder konnten wieder bestellt, Vieh aufgezogen und geweidet, Handel getrieben werden. Immer mehr Reisende waren unterwegs, die für Unterkunft und Nahrung bezahlten, die plündernden, brandschatzenden, Unterhalt und Kontributionen abpressenden Armeen wurden weniger.

Ein vorsichtiges Aufatmen ging durchs Land, auch wenn es viele Jahre dauern würde, bis das Leben wieder ein Leben in echtem Frieden bedeutete, wobei nicht gewiss war, ob es in diesen Zeiten friedliches Leben über den Tag hinaus wirklich gab. Jetzt und erst recht in der Zukunft. Wie sollte man nach den verheerenden Jahrzehnten daran noch glauben? Wie konnte man noch auf Gott und die Mutter Kirche hoffen?

Emma hatte gedacht, sie und Valentin würden ihren Weg alleine fortsetzen, aber so war es nicht. Kaum jemand wagte hier offenbar allein zu reisen. Auch Konvois wurden überfallen, ob von Räubern oder Söldnern, machte wenig Unterschied, alle waren sie gierig, viele hungrig, die allermeisten kannten nach diesem um die richtige Religion geführten Schlachten schon lange keine Nächstenliebe mehr oder hatten nie gelernt, dass die zum Menschsein gehörte. Wer sich aus der etwas größeren Sicherheit der Städte und Dörfer, der Familien und der vertrauten Nachbarschaft auf den Weg machte, schloss sich anderen Reisenden an. Wer auf den Straßen wenig oder nicht erfahren war, wer noch nicht gelernt hatte, nahende Gefahren mit allen Sinnen und jeder Faser des Körpers zu spüren, wer die Zeichen der Natur nicht zu deuten verstand, tat besonders gut daran.

Wäre Emma dem Jammern zugeneigt, hätte sie zuerst den verlorenen weichen Stiefeln nachgeweint. Eigentlich hätte sie gerne ein bisschen gejammert, da sie jedoch befürchtete, es mache nicht froh, sondern schwermütig, hatte sie sich bezwungen und für etwas anderes entschieden. Von nun an wollte sie immer, wenn der Mut dünn wurde, daran denken, mit wie viel Glück sie bei allem Unglück schon beschenkt worden waren.

Sie hatten nicht nur den Überfall auf die Kutsche und den Irrweg ins Moor überlebt, die unerwartete Hilfe der Moorfrau und Albus machte das Glück noch größer und half, auf die nächsten Tage zu vertrauen. Sie hatten sie aus dem Sumpf gerettet, ihre Kleider gewaschen, ihren Hunger gestillt und ihnen ein Obdach gegeben. Sie hatten nichts dafür verlangt. Und Emma hatte Schuhe aus leichtem Pappelholz als Ersatz für ihre tief im Moor steckenden Stiefel bekommen. Andere gingen alle Wege barfuß, besonders die Landfrauen. Emmas an weiches Schuhwerk gewöhnte Füße taugten dafür nicht und wären schnell verletzt. Mit etwas weniger Glück starb man an einem eitrigen Zeh.

Als Valentin darauf beharrte, um die nächsten Weiler einen Bogen zu schlagen, hatte Emma sich gefügt. Vielleicht war es falsch gewesen, aber mehr als die Hälfte der Reisenden, die meisten, die ohne Wagen oder Lasttier unterwegs waren und ihren Besitz oder ihre Waren nur auf dem eigenen Rücken trugen, nahmen diesen Umweg.

«Warum?», fragte Emma. «In dem größeren Dorf gibt es eine Burg, und wo es eine Burg gibt, gibt es auch Gewerbe und Essen.»

«In Dinklage? Nicht für uns», warnte ein drahtiger Mann in auffallend buntem Wams unter dem dunkelbraunen Umhang. Er trug hölzernen Hausrat, Rollen von Leinwand und in Säckchen verstaut Bänder, Knöpfe und gefärbte Federn auf dem Rücken. Auch Messer, wie er dem jungen Herrn mit den Holzschuhen zuraunte. «Wenn du keins hast, bist du arm dran. In solchen Dörfern dort drüben braucht man ein Messer, auf der Straße sowieso. Kein kleines, versteht sich.»

Es war lange her, seit Dinklage eine blühende Gemeinde gewesen war, so sprach es sich in dem kleinen Zug auf der Straße herum. Zwar stand noch die Wasserburg, umgeben von schönen Wäldern, aber die Herren von Dinklage waren keine guten Verwalter ihrer Besitztümer. Der Ort lag darnieder, die Kirche war schon vor vielen Jahren ausgeräubert und von den Herren nie ausgebessert worden, wie es ihre Pflicht war. Statt frommer

Bilder prangten Waffen an den Wänden, so hieß es. Auf dem Friedhof wühlten die Schweine, mehr Knochen lagen zwischen den Grabsteinen als in den Gräbern. Es war ein Graus.

Der Nachmittag war bereits fortgeschritten, als der Fahrweg sich teilte und die meisten der Fußreisenden eben den Weg einschlugen, der weit um das Dorf herumführte. Ringsum saftig grünes flaches Land, von Bächen durchzogen. Wo Wiesen und Hecken einen Einschnitt zwischen den Baumkronen dichter Wälder bildeten, ragte in einer viertel Meile Entfernung ein Kirchturm auf. Dort lag das Dorf. Emma lauschte und hoffte vergeblich, Glockenklang zu hören.

Es war befremdlich still. Auch die Männer mit ihren Lasten – die beiden Karren, auf denen Frauen mitreisten, waren bei der letzten Kreuzung nach Norden abgebogen –, die Männer standen wie Emma und Valentin am Straßenrand und schauten hinüber zu dem Kirchturm mit dem löcherigen Dach.

«Es heißt, das Dorf soll wieder blühen», erklärte einer. «Bald schon. Die Grafen von Galen ...»

«Ach was, die sind doch nicht dumm», rief der Händler mit dem bunten Wams. «Wer wollte denn in solchen Zeiten sein Geld in diesen gottlosen Trümmerhaufen stecken? Ein Feuerchen löst die Misere besser auf. In Rauch.»

Er ließ die Hände, wahrliche Schaufelräder, gegen den Himmel flattern und lachte keckernd. Er klang tückisch wie eine Elster.

Eine Rabenkrähe antwortete. Sie flog aus dem letzten grünenden Ast einer absterbenden Eiche auf, ließ im monotonen Singsang ihr Krächzen hören und flog nach einer Runde über den Köpfen der Männer weiter, als wolle sie den Weg weisen und zur Eile mahnen. So sah es aus, und Emma vergaß ihre Enttäuschung über das Ausbleiben des tröstlichen Glockenklanges.

Die Nähe der Rabenkrähe war ein gutes Zeichen. Die großen schwarzen Vögel mit den gefährlichen Schnäbeln wiesen überall auf der Welt und seit Urzeiten verlorenen Wanderern den rettenden Weg. Jeder, der einmal auf den Straßen unterwegs gewesen war, wusste darum.

An diesem Tag erreichten sie die nächste Stadt nicht mehr. «Noch eine Stunde», erklärte der kleine alte Mann, dessen Kiepe mit Säckchen und Schachteln voller Samen für Blumen und Gemüse gefüllt war. Er nuschelte aus einem fast zahnlosen Mund, sein linkes Auge war trüb, Braue und Wange waren von einer breiten Narbe geteilt, sein dünner Hals, das spitze, nur von fusseligen Barthaaren bedeckte Kinn erinnerten an einen müden alten Raubvogel. Emma glaubte ihn schon einmal getroffen zu haben, aber das war schwer möglich.

«Ja», wiederholte er nickend, «eine Stunde, vielleicht eine halbe mehr. Wer weiß schon, wie lange eine Stunde ist? Jeder Tag ist anders. Ich sage, im Sommer dauern die Stunden länger, im Winter kürzer. Aber wen kümmert's denn? Man lebt so dahin durch den Tag und geht seinen Geschäften nach, bis er zu Ende ist, egal was die Stunde schlägt.» Ächzend wuchtete er die Kiepe vom Rücken und lehnte sie gegen einen Baum. «Wenn man nur in der Dunkelheit ein Dach über dem Kopf hat.» Er hatte während des ganzen Tages beständig nach den Wolken geschaut. Wer mit Samen handelte, fürchtete den Regen mehr als andere.

Das Dach über dem Kopf erwies sich als eine löcherige Angelegenheit, nämlich als Überbleibsel einer ehemals solide gebauten kleinen Scheune. Das war besser als nichts.

Die Dämmerung wurde bald zur Dunkelheit. Nicht einmal das Geheul eines Wolfes hätte Emma überzeugt, nur noch diese eine Stunde bis zur Stadt weiterzugehen. Erst recht nicht alleine, ohne den Schutz dieses ärmlichen Häufleins. Vielleicht wäre es jedoch ratsam, sich in Acht zu nehmen? Auch von ihnen hatte niemand nach ihren Namen gefragt, nach dem Grund für ihre Reise, nach ihrem Ziel.

«Lass uns draußen ruhen, Emmet», flüsterte Valentin, als die anderen Männer sich ihren Platz für die Nacht in der Scheune suchten. Wer früher schon hier gerastet hatte, fand in der Ruine gleich eine der wenigen selbst in Regennächten trockenen Stellen. «Es riecht hier so übel», fuhr er fort und senkte seine Stimme noch tiefer, «auch nach großen Tieren. Und wenn die Männer unsere Mantelsäcke plündern, während wir schlafen, oder, ja, oder Schlimmeres. Der mit den Messern jedenfalls ...»

Emma war unschlüssig. Die Nacht unter freiem Himmel in der Geest war zu unwirklich gewesen, um sie mit dieser zu vergleichen. Dort hatte es nur die Senke im Sand gegeben, weit und breit keine Menschenseele, was ein Glück gewesen war, denn die Einzigen, denen sie dort begegnet waren, war die Bande, die ihre Kutsche überfallen hatte. Hier richtete sich ein knappes Dutzend Männer für die Nacht ein, es mochten Diebe darunter sein, auch solche, die nur bei guter Gelegenheit zu welchen wurden, aber doch niemand, der ihnen nach dem Leben trachtete.

«Hier plündert keiner», flüsterte sie zurück, «wir sehen nicht aus, als gäbe es bei uns etwas zu stehlen. Außerdem ist es gegen die Ehre der Leute auf der Straße. Die rauben keinen aus, mit dem sie wandern.»

«Woher weißt du das?» Valentins Gesicht leuchtete weiß in der Düsternis. Sein Ton klang streng, doch seine Augen unter den gehobenen Brauen flehten um eine beruhigende Antwort.

Emma zuckte großspurig, wie sie es bei einigen der Männer beobachtet hatte, die Achseln. Woher? Sie entschloss sich zur nächsten Lüge. Es schien zur Gewohnheit zu werden und störte sie nicht im Geringsten, was das Merkwürdigste dabei war. «Nun, woher? Das weiß doch jeder. Oder nicht?»

Da zuckte auch Valentin die Achseln, nahm sein Bündel vom Rücken und ließ es auf die Erde fallen. «Sicher», murmelte er. «Vagabundenehre. Jeder weiß das.»

Emma legte hastig den Finger auf die Lippen. Als Vagabund wollte auch hier niemand gelten, am wenigsten die, die es waren oder bald sein würden, wenn sie noch länger auf den Straßen lebten. Zum Glück hatte jedoch niemand auf sie geachtet, alle richteten sich ein Nachtlager her, kramten Essbares aus ihren Bündeln oder verstauten ihre Vorräte an Handelswaren so, dass die Mäuse sich nicht allzu leicht daran gütlich tun konnten.

Von dem Bauernhaus waren nur noch die Grundmauern im wuchernden Gras und Gestrüpp geblieben, der Brunnen war schon lange verschüttet – immerhin hatte es trotz des in der Nähe fließenden Baches einen gegeben. Die Bauern waren nicht so arm gewesen wie die Kätner in der Geest. Aber es waren etliche Jahre vergangen, seit sie hier gelebt hatten.

Emma konnte noch nicht lange geschlafen haben, als sie erwachte – immer noch schien der Mond durch die löchrigen Reste des Dachs. Sie lauschte auf die Geräusche der Nacht, auf das Atmen, Röcheln, Schnarchen der Männer, es knisterte und knackte, die letzten verbliebenen Balken hatten in der nächtlichen Kühle eine eigene Sprache.

Wind war aufgekommen und drang durch die baufälligen Wände. Sie schlang fröstelnd die Arme um den Leib. Womöglich waren ein warmer Umhang oder eine Decke wichtiger als neue Stiefel. Reichte der Inhalt ihrer Börse noch für beides? Ostendorf hatte ihr genug für die Reise gegeben, die Kosten für die Kutsche und die Nächte in den Gasthöfen allerdings im Voraus bei der Bocholtin beglichen. Leider hatte Smitten versäumt, ihr bis auf eine gering erscheinende Anzahl von Münzen dieses Geld zurückzugeben und nur Schelling die Kosten für die Kutsche entgolten. In Amsterdam sollte sie gegen eine Gutschrift auf das Ostendorf'sche Kontor ausreichend Gulden für ihren Aufenthalt und die Rückreise bekommen. Aber bis dahin?

Die Schelling'sche Kutsche war verloren, und mit Schelling das meiste ihres Reisegeldes. Doch bis Osnabrück konnte es nicht mehr weit sein, dort würde sich schon Hilfe finden lassen, auch ein vertrauenswürdiger Geldwechsler – sicher galten in der großen Stadt andere Münzen als im Norden. In ihrer Börse steckten auch ein paar Osnabrücker Geldstücke, was immer ihr Wert sein mochte. Sie wusste so wenig von diesen Dingen, genau genommen gar nichts. Ostendorf hatte seine Stieftochter in allem der Bocholtin und ihrer Smitten anvertraut.

Und wenn es keine Hilfe gab? Wenn auch der Glaubensbruder der Schellings einer Lutheranerin, nein, einem jungen Lutheraner ungewisser Herkunft und Bestimmung nicht mehr gewährte als ein Dach über dem Kopf für eine Nacht? Wenn …

Zum ersten Mal in ihrem Leben überlegte Emma, auf welche Weise etwas zu verdienen wäre. Was hatte sie zu bieten? Welche Dienste? Die nötigsten Fertigkeiten, die ein Mädchen für ihr Frauenleben lernte. Allerdings verstand sie sich auf nichts davon besonders gut. Und nichts davon passte für einen Mann.

Irgendetwas würde ihr schon einfallen, entschied sie schläfrig. Schon im ersten Licht des Tages sah immer alles gleich besser aus.

Im Einschlafen hörte sie etwas, das ihr Zuversicht für einen ruhigen Schlummer schenkte. Sie hörte Lautenspiel, als wehte der Wind die heiteren Klänge aus Engelbachs Garten zu ihr. Sie lächelte, der Wind spielte ihr einen Streich, doch es war ein schönes Geschenk.

Auch Valentin erwachte einmal in dieser Nacht und glaubte etwas zu hören, das ihn allerdings weder lächelnd noch getröstet weiterschlafen ließ: Irgendwo da draußen heulte ein Wolf. Es klang jedoch zu verhalten und traurig, als dass es ihn erschreckte wie auf dem schmalen Grat im Moor.

~~~

Sie erreichten Quakenbrück schon am frühen Vormittag. Emma und Valentin waren an Lärm, Gedränge in den Straßen und Gassen und an die Gerüche von Mensch und Tier auf zu engem Raum gewöhnt, noch so geschäftiges Treiben in einem Landstädtchen konnte ihnen kaum bemerkenswert erscheinen. Doch in den wenigen Tagen unterwegs in der Kutsche, vor allem in der einsamen Geest und im Moor, hatten sich beide rasch an die Stille gewöhnt. Schon weit vor dem Stadttor flog ihnen die Melange aus Stimmen und Lärm aus den Werkstätten entgegen, die Gerüche der Menschen und Tiere, auch der beißende Gestank aus Gerbergruben. Schellen, eine Flöte, die durchdringenden Töne eines Zinks mischten sich in die städtische Melodie, was Emma mit Vorfreude erfüllte, Valentin hingegen zu beunruhigen schien.

Die Stadt war im Vergleich zu den großen Hafenstädten wie Antwerpen, Bremen oder Hamburg klein, gleichwohl die bedeutendste im weiten Umkreis dieses von Wäldern und Mooren bestimmten Landstrichs. Sie wurde von einem Flüsschen namens Hase umarmt. Von einer echten Befestigung konnte schon lange keine Rede mehr sein, auf den Resten einstiger bescheidener Wälle stellten die Färber ihre Wandrahmen auf, um Leinwände zu strecken und zu trocknen.

Auf den umliegenden Feldern gedieh Flachs, in vielen Bauernstuben klapperten Webstühle. Leinenhandel, Tuchmacherei, auch aus Wolle, endlich der Handel mit Wein und Fuhrdienste bis zu den größeren Handelsplätzen und den nördlichen Hafenstädten hatten Wohlstand und weite Handelsbeziehungen geschaffen. Die Stadt war einmal wohlhabend gewesen. Bis auch hier der Krieg angerollt war und alles verschlungen hatte. Es war dem Rat ein ums andere Mal gelungen, Geld aufzutreiben, um die Stadt von der immer wieder angedrohten völligen Brandschatzung freizukaufen. Geplündert wurde trotzdem.

Just als die wachsenden Schulden und die Not das Leben doch noch zu erwürgen drohten, änderten der Zufall oder die Strategen des Krieges ihre Routen. Zwar mussten auch später enorme Summen aufgebracht werden, einquartierte Kompanien zu verpflegen und für den Proviant heimwärts ziehender Armeen zu sorgen, doch die Stadt begann allmählich wieder aufzublühen.

Kurz vor der *Bremer Pforte*, als die zwei Männer in ihrer Nähe das erste Tor fröhlich begrüßten, ließ Emma die Leute mit Karren und schweren Bündeln oder am Strick geführtem Vieh vorbeiziehen. Wer erst jetzt zum Markt wollte, war spät dran und hatte es eilig.

Valentin misstraute der Stadt, doch anstatt zu zaudern, wollte der die Gassen und Plätze schnell hinter sich bringen, dabei aber die Augen und Ohren offen halten. Vielleicht würde er etwas hören oder sehen, das ihm half, dem Verschwinden seines Vaters auf die Spur zu kommen. In ihm lebte wenig Hoffnung, aufgeben entsprach jedoch einem Verrat, und Verrat, das hatte er gelernt, war eine kaum geringere Sünde als die Lästerung des Herrn. Er war noch zu jung und zu behütet gewesen, um zu wissen, dass auch ein Verrat von zwei Seiten betrachtet werden konnte. Manchmal.

Er sah sich ungeduldig nach seinem trödelnden Reisegefährten um. Emma nickte und lief ihm nach. ‹Wer genau hinsieht, erkennt einen Lügner auf den ersten Blick›, hatte Margret ihr oft gepredigt, als Emma noch ein Kind gewesen war und versucht hatte, die Wahrheit allzu phantasievoll auszulegen. Und der Pastor hatte gesagt, Gott sehe alles. Damals hatte Emma nicht gewagt zu fragen, wie es dem Herrn im Himmel gelinge, unter alle Dächer, in alle Stuben des weiten Erdenrunds zu sehen. Ohnedies hatte die kleine Emma Margrets Strenge mehr gefürchtet als Gottes allgegenwärtigen Blick. Er wurde doch nicht umsonst der *liebe* Gott genannt?

Die Sache mit dem Torwächter lag in etwa dazwischen. Natürlich war es undenkbar, den Wächter und seine Knechte in Gottes Nähe und ewige Weisheit zu rücken, aber dass auch sie Lügner gleich erkannten, glaubte Emma unbedingt. Ihre Lüge war die Existenz Emmets, und damit ihr Passpapier. Sie war nur eine junge Frau, ein Mädchen, es bedurfte keiner ausführlichen Beschreibungen und Erläuterungen der Geschäfte, denen sie nachging. Ein braves Mädchen hatte keine Geschäfte. Ein braves Mädchen reiste zu Verwandten, vielleicht zu ihrem künftigen Ehemann, und sie reiste *stets* in achtbarer Gesellschaft.

«Wieso dein Passpapier, Emmet?» Valentin konnte Emmas gemurmelte Erklärung für ihr Zögern nicht verstehen. Die Versuchung, ihm ihr Geheimnis anzuvertrauen, war groß, letztlich war es nur eine Lappalie. Doch die Camouflage war nicht mehr nur ein freches Vergnügen wie am ersten Tag, sie war auch ein echter Betrug, das hatte Emma erst jetzt begriffen.

«Wegen dem bisschen Kleckserei?» Valentin klang ungeduldig. «Es hat die Bremer Torwächter nicht gestört, da wird es hier erst recht kein Hindernis sein. Ich weiß, wer du bist und kann es bezeugen: Emmet van Haaren, auf der Reise nach Amsterdam. Zum Familienbesuch. Dagegen kann niemand etwas haben.»

Smitten hatte vortrefflich gekleckst. Wäre es nicht absurd, könnte man vermuten, sie korrigiere alle Tage Passpapiere und Geleitbriefe. Aus *Emma* war dank verlaufener und verwischter Tintenkleckserei und einer deshalb nötig gewordenen winzigen

Korrektur *Emmet* geworden, ihre knappe Beschreibung passte auch auf diesen jungen Herrn Emmet aus Hamburg. Besondere Merkmale wie Schieläugigkeit, fehlende Zähne, eine sechsfingerige Hand, feuerrote Haare oder deutliche Pocken- und andere Narben gab es nicht. Das Reiseziel blieb dasselbe: eine Fernhändlerfamilie gleichen Namens in Amsterdam. So war es einfach gewesen.

Der Wächter am Wesertor hatte die Papiere der drei Reisenden in der Schelling'schen Kutsche nur flüchtig geprüft, das Morgenlicht war noch müde, der Andrang zu jener Stunde am größten gewesen. Alles war gutgegangen. Seither hatte es nur Prüfungen ganz anderer Art gegeben, Banalitäten wie ein Passpapier waren darin nicht vorgekommen. Was mochte geschehen, wenn es als falsch erkannt und sie als weibliches Wesen entlarvt wurde? Schon Diebe konnten gehenkt werden, unmoralischen Frauen wurde zumindest ein Ohr abgeschnitten, bevor sie am Pranger landeten, um anschließend aus dem Tor in eine Welt ohne jeglichen Schutz gejagt zu werden.

Jetzt war nicht der Moment, darüber nachzusinnen, ob ihre Verkleidung unmoralisch und gesetzlos genug für solche Schmach war. Allerdings, bei diesem Gedanken wurde ihr tatsächlich übel, und ein Zittern lief durch ihren Körper, auch Fälscher konnten am Galgen oder auf dem Rad enden.

Galt es wirklich als Spiel, wenn sie aus Emma Emmet machte? Oder als eine Fälschung? ‹Wer genau hinsieht, erkennt einen Lügner auf den ersten Blick.› Also hoffte sie, der Wächter werde nicht genau hinsehen.

Und wieder hatte sie Glück. Eine Schar Emdener Gänse hatte vor der zum Tor führenden Hasebrücke plötzlich genug davon, sich zur Stadt treiben zu lassen. Als flüstere der Wind ihnen zu, auf dem Markt warte nichts als das große Messer auf ihre schönen weißen Hälse, war es plötzlich mit ihrem behäbigen Gewatschel vorbei. Wild flügelschlagend und zeternd stoben sie auseinander, flatterten auf das Tor und das Flüsschen zu, der Wächter und seine Knechte machten sich johlend an die Verfolgung des um sein Leben rennenden Federviehs. Zwei Hunde und ein halbes Dutzend herumlungernder Müßiggänger schlossen sich an, es war ein großer Spaß. Niemand interessierte sich für Passpapiere. Und schon waren Emma, Valentin und einige Frauen und Männer von den umliegenden Höfen und Katen in der Stadt, nur die jammernde Gänsehirtin blieb zurück.

Es war Markttag. Emma und Valentin ließen sich mit dem Strom der Menschen durch die Gassen treiben, vorbei an einstöckigen Ackerbürgerhäusern, die Giebelseiten den Straßen zugewandt. Überall pulsierte quirliges Leben, auch kaiserliche Soldaten flanierten in der Menge, zwei Kompanien waren noch in den Häusern der Bürger einquartiert und samt ihren zahlreichen Pferden teuer ernährt.

Ein wenig von den Straßen zurückgesetzt standen die adeligen Burgmannshöfe. Zu einigen der Anwesen gehörte ein mächtiger steinerner Wohnturm, der zugleich als sicherer Speicher diente. Derartige Türme kamen in dieser Gegend häufiger vor und zeugten vom Reichtum ihrer Erbauer.

Auf dem Marktplatz interessierten Emma und auch Valentin weniger die Tische mit Leinwand und Hausrat, die Körbe mit Getreide, Gemüse und Frühäpfeln, Eiern oder Käse. Stattdessen zog sie der Duft von einem Stand bei der offenen Rathaushalle heftig an. Über einem glosenden Feuer dampfte ein Kessel, aus dem der köstliche Geruch von Rübeneintopf mit fettem Fleisch aufstieg. Gleich daneben baumelten Würste, Trockenfleisch und Schinken an einer Stange. Emma schämte sich für ihre plötzliche Gier. Auch Valentin starrte auf den Kessel und die rotbackige Frau, die mit einer hölzernen Kelle die dicke Suppe in

Schalen füllte. Anders als etliche Männer, Frauen und Kinder, denen sie in jüngster Zeit begegnet waren, sah sie nicht aus, als habe der Krieg sie hungern lassen.

Bald hockten Emma und Valentin auf dem Mäuerchen nahe dem Kessel, die hölzerne Suppenschale und ein saftiges Stück Roggenbrot in den Händen. Selbst Valentin hatte frohe Augen.

Zwei Hauseingänge weiter saß ein Mann an einem niedrigen Tisch, ein zweiter neben ihm. Sie sprachen leise miteinander, dann nahm der erste eine Feder auf, tauchte sie in sein Tintenglas und begann, einen Papierbogen zu beschreiben. Ein Schreiber. Einer, der für die vielen, die weder lesen noch schreiben konnten, aber eine Nachricht zu übermitteln, eine Vereinbarung oder einen Vertrag aufzuschreiben hatten, stellvertretend die Feder führte. Emmas Wunsch, einen Brief an ihre Mutter zu schreiben, wurde für einen Moment übermächtig, alles zu berichten, dabei zu versichern, dass es ihr gutgehe und sie bald wieder bei vertrauenswürdigen Menschen sein werde. Sie auch ihrer Liebe zu versichern.

Aber das ging nicht. Zum einen wäre es schamlos gelogen, wenn auch in bester Absicht, zum anderen hatte sie Valentin versprochen, nichts zu tun, was sie verriete, zumindest bis sie Osnabrück erreichten und er sich in Sicherheit wiegen konnte.

Emma blinzelte in das diesige Licht des trüben Tages, kratzte mit dem letzten Krümel Brot die letzten Tropfen Suppe aus der Schale und seufzte, wie man nur satt und zufrieden seufzen kann.

«Wenn ich auch noch gute Stiefel finde, ist heute unser Glückstag», erklärte sie munter. «Möchtest du dich anderswo umsehen oder hier auf mich warten? Dann ...»

«Nein.» Valentin sprang erschreckt auf und errötete gleich über seine Unbeherrschtheit. «Nein, besser nicht.» Er räusperte sich und fischte umständlich ein herbeigewehtes Pappelblatt aus der geleerten Suppenschale. «Hier sind so viele Menschen, bis man einander wiederfindet, vergeht viel Zeit. Vertane Zeit. Ich begleite dich.» Er zog würdevoll seine Jacke zurecht. «Man soll auch nie eine Gelegenheit verstreichen lassen, etwas zu lernen.»

In diesem Moment begann die Musik erneut. Die Spielleute machten mit ihren Instrumenten weniger kunstvolle Töne als melodischen Lärm, aber sie spielten ein Tanzlied so leichtherzig und vergnügt, als sei die Welt nur voller Wonne. Emma wäre gerne dazu herumgehüpft, wie ein Kind, nicht wie eine wohlerzogene junge Dame. Wie ein Kind, das sich und die drängende Gegenwart noch in der Musik und der Freude des Tanzens vergessen kann.

Ein junges Paar löste sich aus der Menge und tat, was Emma niemals gewagt hätte: Sie tanzten mit unbefangenem Übermut, drehten sich und sprangen, dass die mit bunten Bändern besetzten Röcke des Mädchens nur so flogen. Ihr Tänzer wirbelte sie herum, fing sie auf, folgte ihren tänzerischen Sprüngen, hob sie hoch wie ein Akrobat, machte endlich einen Überschlag und landete sicher und mit ausgebreiteten Armen direkt vor ihren Füßen.

Ein anerkennendes Raunen ging durch die Zuschauer, und Emma, begeistert von der Eleganz und Kraft der beiden, sah mit sehnsüchtigen Augen zu, als die Flöte mit einem Triller das Mädchen zu einer letzten raschen Runde rief. Sie tanzte an Emma vorbei, leicht und biegsam wie eine junge Birke im Wind, mit schmelzendem Blick, ihre Finger strichen kokett über die Wange des jungen Mannes, als der Emma ihr erschien. Sie kamen einander ganz nah, da warf die Tänzerin lachend ihren Kopf in den Nacken, berührte wie im Spiel noch einmal die glatte Wange. Dann griff ihr Tänzer hastig nach ihrer Hand und zog sie mit sich. Emma verstand endlich, dass diese beiden keine tanzlustigen Stadtbürger waren, sondern Akrobat und Tänzerin,

Komödianten oder einfach zwei Entwurzelte, Heimatlose, die mit Spielleuten durchs Land zogen und auf Märkten, in Gasthäusern, mit Glück auch in den Burgen und Herrenhäusern ihre Pfennige verdienten. Sie sahen fröhlich aus – vielleicht war das Leben auf den Straßen doch lebenswert.

«So ein schändliches Weib», presste Valentin halblaut hervor. «Ruft denn niemand die Stadtwache?» Das klang aus dem Mund eines Jungen, als spräche eine andere, eine fremde Person aus ihm. Da stand er, stocksteif, im Blick nur Verachtung für das Paar, das sich mit federleichten Verbeugungen für einige, wirklich nur einige in den Hut geworfene kleine Münzen bedankte, die Missbilligung der anderen lachend ignorierte – und plötzlich nach einem durchdringenden Pfiff genau wie die drei Musiker mit Zink, Flöte und Schellen blitzschnell in der nächsten Gasse verschwand. Gerade schnell genug, um unentdeckt den beiden Soldaten und dem Stadtwächter zu entkommen, die ihre Pferde auf den Platz lenkten und nicht aussahen, als wollten sie sich amüsieren.

Die Tische der Schuster und der Lederer mit den Stiefeln und Schuhen, Taschen und Gürteln waren schnell gefunden, auch einer mit passender Ware für Emmas Füße und Börse. Nach dem Geruch, der den Schuster umgab, lebte er gleich neben der Gerberei, aus der er seine Häute bezog. Er trug ein mit Ziernähten geschmücktes Lederwams und Stiefel mit weiten, weichfallenden Schäften, wie sie der Krieg und die Soldaten zur Mode hatten werden lassen. Er stolzierte vor seinem Tisch und einem mit getragenem Schuhwerk gefüllten Korb herum wie ein Hahn – nichts könnte seine Ware besser anpreisen. Auf seinem Tisch zeigte er je ein Paar Schuhe für Frauen, Männer, Kinder und zwei Paar Stiefel als Modelle, nach denen die neuen Schuhe angemessen und gearbeitet werden konnten.

Der eitle Mann konnte nur ein Händler sein. Schuster hockten mit krummen Rücken in ihren staubigen Werkstätten, arbeiteten an den Leisten, hämmerten und nähten von früh bis spät, um aus dem zugeschnittenen Leder Schuhwerk zu machen, altes zu flicken und vom kargen Verdienst ihre Familie zu ernähren. An den Markttischen standen gewöhnlich ihre Frauen und Töchter.

Womöglich, überlegte Emma, war ihr Leben bisher recht beschränkt gewesen. Womöglich war das Leben anderswo nicht so, wie sie es in ihrer Stadt gewöhnt war. Noch gelang es, die Tage der Reise zu zählen, und schon war die Welt voller *vielleicht, womöglich, jedoch* oder *vermutlich*. Nicht nur die Welt um sie herum zeigte sich so verschieden von der ihr vertrauten, auch ihr eigener Blick auf die Welt, auf die Vielfalt dieser Tage, änderte sich. Hier erklärte ihr niemand, was sie sah, hörte oder erlebte, sie zog ihre eigenen Schlüsse, dachte ihre eigenen Gedanken. Wer den ganzen Tag kaum anderes tut, als einen Fuß vor den anderen zu setzen – wenn er nicht gerade im Moor um sein Leben bangt –, begegnet bald neuen, oft auch erstaunlichen Ideen. Bilder von der Rückseite des Spiegels.

«So in Gedanken, junger Mensch?» Die Fäuste in die Taille gestützt, reckte der Mann die Schultern und musterte die beiden Jungen vor seinem Tisch. Er schnalzte missbilligend. «Und in Holzschuhen! Wo wollt Ihr damit hin? Nehmt Euch ein Beispiel an Eurem Freund. Der trägt ganz ausgezeichnete Stiefel, das seh ich gleich, mit einem Blick.»

Er beugte sich zu seinem Korb hinunter und zog ein noch ganz manierlich aussehendes Paar heraus, musterte es, musterte Emmas Füße und griff nach einem anderen. «Der junge Herr lebt nicht auf großem Fuß», rief er in die Runde und lachte tief aus der Kehle. «Nicht auf großem Fuß, jaja. Sehr vernünftig. Nun?»

Emma zögerte keine Sekunde. Sie schlüpfte aus den Holzschuhen und in die Stiefel, wippte auf und ab, bewegte die Zehen, betrachtete das Leder.

«Entscheide dich endlich», zischte Valentin, «wir sollten hier nicht so lange herumstehen. Mitten auf dem Marktplatz. Wieso sehen uns überhaupt alle zu?»

Der Schuster, oder wer immer er war, hatte ein gutes Auge, die Stiefel passten. Das Leder wies nicht das kleinste Löchlein auf, es war weder so weich noch so akkurat verarbeitet wie das der feinen bremischen Stiefel, dafür würde es länger dauern, bis die Sohlen dünngelaufen waren. Der Preis, den der Mann verlangte, die rechte Hand in aller Bescheidenheit auf der Brust, war allerdings erstaunlich. Weder Emma noch Valentin wussten, wie viel ein gebrauchtes, gut erhaltenes Paar Stiefel für gewöhnlich kostete. Aber einen ganzen Taler?

«Ha, da habe ich Euch gefoppt. Ich bin ein ehrlicher Mann mit bescheidenen Preisen, das ist meine Familientradition.»

Bevor er ein moderateres Angebot machen konnte, blieb eine Wasserträgerin stehen, an ihrem Tragejoch zwei Eimer mit frischem Flusswasser für die rotbackige Suppenköchin beim Rathaus. Sie verdrehte prustend die Augen, ohne ihre Last abzusetzen.

«Stüwe, du spinnst ja», rief sie, und der dünne Glatzköpfige, der zwei Schritte weiter weiße Tonpfeifen und ein paar Bündel Lauch und schrumpelige Wurzeln zum Verkauf bot, spuckte aus und knurrte zwinkernd: «Genau, Stüwe, viel zu billig.»

Man kann schwerlich behaupten, der kleine Wortwechsel sei von großem Interesse für andere Marktbesucher gewesen, aber an einem Vormittag, an dem es keine Schlägerei gegeben hatte, keine Festnahme, keinen Schrei ‹Haltet den Dieb›, nicht einmal eine Hetzjagd auf einen Hund, der mit einem geklauten Wurstzipfel davonstob, an so einem Vormittag war selbst Stüwes Feilscherei Anlass, stehen zu bleiben und auf mehr als einen spitzen Wortwechsel zu hoffen.

«Pass bloß auf, dass dir keiner in dein' Eimer pisst, Minke», rief der Händler, der auch die Manieren eines Gerbers hatte – was nichts Gutes verhieß, weil Gerber wie die Zuckerbäckerknechte für ihre rauen Sitten und Unbotmäßigkeiten berüchtigt waren.

«Das versuch mal», rief die Wasserträgerin feixend zurück, «versuch man mal.»

Alles lachte mit. Wasserminke, so wurde die Frau in der Stadt genannt, war einen halben Kopf größer als ihr Kontrahent und hatte starke Arme und auch Fäuste. Ihr Bruder, Schankwirt beim Hohen Tor und selbst kein Schwächling, rief sie gern zu Hilfe, wenn die letzten Saufnasen am Abend nicht gehen wollten. Zu denen zählte hin und wieder auch Stüwe.

Plötzlich verstummte das Geplänkel vor dem Tisch des Schuhwerkhändlers mit dem stolzen Wams und räumte erwartungsvollem Schweigen das Feld.

«Lieber Stüwe, du wirst doch nicht einen jungen Fremden übers Ohr hauen.» Es war eine weibliche Stimme, voll und warm, der spöttische Ton verriet Selbstbewusstsein und einen Rang, der in dieser Stadt offenbar zählte. «Passen Stüwes Stiefel für Eure Füße?», wandte sie sich an Emma. «Lasst Euch nichts aufnötigen. Darin ist der liebe Stüwe Meister.»

Der schnaufte errötend, was ihn nicht daran hinderte, ergeben zu dienern. Valentin schnaufte auch, ob aus Verlegenheit, Staunen oder wieder in moralischer Entrüstung war nicht einzuschätzen.

«Und bezahlt nie, was zuerst verlangt wird.»

Stüwe schnaufte stärker, allerdings machte er dazu ein Katergesicht, das seinesgleichen suchte, und zwirbelte seine Schnurrbartenden. «Verehrte Frau von Heseke», schnurrte er, «als hätte ich jemals jemanden übervorteilt. Haltet Ihr mich für so unchristlich? Es steht schon in der Bibel ...»

«Papperlapapp, Stüwe.» Die schlanke Dame, die ihm so heiter in die Parade fuhr, war nicht mehr jung, aber auch noch nicht alt. Ihr Gesicht war auf den ersten Blick makellos, auf den zweiten mit Sommersprossen übersät und von einer Narbe an der Stirn gezeichnet; ein auf eigenwillige Weise gebundenes weißes Tuch bedeckte ihr Haar fast gänzlich, die Löckchen, die sich darunter hervorringelten, schimmerten im Sonnenlicht kupferrot. Sie trug ihr Kleid aus einfachem, blauem Leinen, als sei es aus Seide, das aus blauen und weißen Fäden gewebte hochschließende Schultertuch, als sei es feinster russischer Pelz.

Die Weise, in der ihr Kammermädchen das Tuch zu binden hatte, war raffiniert und erinnerte, abgesehen von einer mit heimischen Flussperlen besetzten Nadel, doch an die der Landmägde. Womöglich trotzte sie damit dem Geflüster, sie sei früher kaum etwas Besseres gewesen, bis der Herr des achten Burgmannshofes hinter St. Sylvester sie in einem verfallenden Herrenhaus aufgelesen und geheiratet hatte. Seit seinem Tod lebte sie allein mit ihrem Gesinde in dem großen Haus und verwaltete den Besitz klug. Jedenfalls hatte sie ihn trotz oder – wie bösere Zungen behaupteten – dank der wirren Zeiten beträchtlich vergrößert.

Sie hatte sich geschickt durch die letzten Kriegsjahre laviert. Die Offiziere der jeweiligen Besatzer waren gerne bei ihr zu Gast gewesen, ebenso eine ganze Anzahl jener Herren, die in Osnabrück jahrelang um den Frieden gefeilscht hatten und sich ab und zu bei einem Ausflug aufs Land erholen wollten. Ihren Sohn hatte sie ins Holländische geschickt, als er sich allzu anfällig für die Werber der Armeen gezeigt hatte. Was er dort lernte, wusste niemand so genau, angeblich den Anbau von Tabak. Auf die Frage, ob er überhaupt zurückkomme oder fernbleibe, wurden Wetten abgeschlossen. Schließlich war der Krieg längst vorbei und der junge Henrich von Heseke immer noch in Amersfoort.

«Komm mir nicht mit der Bibel, Stüwe.» Frau von Hesekes Augen blitzten. «Bist du jetzt eigentlich Lutheraner? Man hört so etwas. Im letzten Jahr warst du noch Katholik. Oder nicht? Zu schade, dass wir keine Gemeinde von Reformierten haben. Aber wenn du nach den Niederlanden reist, kannst du das auch noch werden, da sind sie ja alle Calvinisten.» Sie lachte hell und stupste Stüwe mit dem Zeigefinger gegen die Schulter. «Wunderbare Zeiten. Wir können glauben und beten, wie und was wir wollen. Nur Jude oder Muselmane sollten wir nicht sein wollen, zu schade.»

Die Menge hatte sich schon zerstreut. Selbst Wasserminke war mit ihren schwappenden Eimern weitergezogen, obwohl sie es zu ihren Pflichten zählte, außer dem Wasser auch jedwede Nachricht herumzutragen. So ein Geplänkel zwischen Frau von Heseke und einem Händler oder Handwerker war keine Nachricht, ihre letzte Bemerkung wäre allerdings gleich in die Tratschchronik des Ortes aufgenommen worden.

Katholik, Lutheraner, auch Calvinist – das war schon schwierig genug gewesen. Aber Juden wie Muselmanen würde man niemals erlauben, auch nur einen Fuß in die Stadt zu setzen. Die Sache mit der Religion war durch das ständige Hin und Her, die durch Kriegsglück oder -unglück immer wieder wechselnden Bekenntnisse und Herrschaften besonders schwierig geworden. Es war eben eine konfuse Zeit. Es ist ja ein Irrtum zu glauben, dass sich schon mit einem Friedensschluss alle Zwistigkeit, Wirrnis und Verzweiflung auflösen.

«Acht Schillinge, Stüwe, besser sieben. Das sind die Stiefel wert.»

«Verehrte Gnädige!» Stüwes Gesicht könnte keine größere Verzweiflung zeigen, wenn die Frau gedroht hätte, ihm die Finger der rechten Hand abzuschneiden. «Die Kinder sind hungrig und diese grausamen Kriegszeiten! Das Leder ist teuer geworden, seit unsere Freunde aus Schweden, Dänemark, Hessen, Wien oder sonst woher zu unsrem Schutz unsere Rinder weggefressen haben, wie soll ...»

«Du hast keine Kinder zu füttern, Stüwe, was erstaunlich genug ist, nur dein Bruder hat sieben, die macht sein Tuchhandel satt, und die Kriegszeiten sind vorbei. Hast du die Glocken nicht gehört, im Oktober vor zwei Jahren? In meinen Ohren klingen sie immer noch nach.»

Und wieder hatte Emma Glück. Während sie noch überlegte, warum diese fremde Dame für sie stritt, einigten sich der Händler und die Herrin des achten Burgmannshofes auf zehn Schillinge, beide waren damit sehr zufrieden. Emma fand in ihrer Börse sogar passende Münzen, so gab es kein neues Feilschen, diesmal um den Wechselwert.

Später würde sie darüber nachdenken, ob es womöglich – schon wieder ein womöglich – gar kein Zufall gewesen war, dass ihr ausgerechnet Frau von Heseke zu Hilfe gekommen war. Erst jetzt, als die Dame mit raschen Schritten weiterging, das Kammermädchen eilig trippelnd im Gefolge, begriff Emma, warum ihr der Name vertraut erschienen war, und rannte ihnen nach.

Valentin folgte nur zögernd. Was wollte Emmet noch von der? Eine Frau, die sich über seine Religion lustig machte, konnte keine Dame sein, jedenfalls keine gottgefällige; und anderen sollte man niemals vertrauen. Ein mit Bierfässern beladener Karren rollte gerade heran und schob sich zwischen ihn und Emma, die schon bei Frau von Heseke stand. Was sie sprachen, konnte er nicht verstehen, der Karren quietschte und knarrte jämmerlich, als breche er jede Minute auseinander, das alte Pferd schnaubte erschöpft. Endlich war er vorbeigezogen und der Weg frei, Emma sah sich suchend nach ihm um.

Die Burgmannshofherrin ging schon weiter, Valentin atmete erleichtert auf. Für ihn hatte sie etwas Dunkles. Flüchtig erschien Albus vor seinem inneren Auge. Andere mochten in ihm etwas Böses oder Unheimliches gesehen haben, das sie veranlasst hatte, ihm die Zunge abzuschneiden. Oder es war nur die Lust der Menge an der Gewalt über den Einzelnen gewesen, über den, der anders aussah als die meisten.

Zu Hause, in seinem endgültig verlorenen, ganz normalen Leben hätte auch Valentin einen weiten Bogen um den fast stummen Mann mit den geröteten Augen und der fleckig-bleichen Haut gemacht. Das gestand er sich ein. Dort draußen im Moor war er hingegen ein Schutz gewesen, ein Bollwerk gegen die Angst. Das war eines dieser Geschenke, die man dankbar annahm, ohne nach dem Grund oder dem Verdienst zu fragen. Schönere gab es nicht. Wenn Albus' Gesicht in seiner Erinnerung auftauchte, sobald er etwas Dunkles spürte, so wie in der Nähe dieser Frau mit ihren unter einem unschuldig weißen Tuch versteckten roten Locken, war dieses Geschenk besonders kostbar.

«Komm», rief Emma ihm entgegen, «wir werden im Burgmannshof erwartet, sobald die Glocke wieder schlägt. Bis dahin hat sie in den Ställen zu tun. Eine Stute ist trächtig, der Abdecker ist gerade da.»

«Der Abdecker?» Valentin fröstelte und fühlte zugleich leisen Triumph. «Stirbt das Tier?»

«Sterben? Ach so, nein. Das wäre ja furchtbar. Die Stute ist sicher wertvoll und der Dame sehr lieb. Der Abdecker versteht sich auf Krankheiten, wie ein Physikus für Tiere. Mein Pate ruft den unseren auch hin und wieder zu Hilfe für seine Pferde.»

Valentin nickte verständig. Es war nicht nötig zu erwähnen, dass das Haus Schelling keine eigenen Pferde besaß und er deshalb nie davon gehört hatte. «Und was sollen wir dort noch? Bei der – Frau? Lass uns weitergehen, Emmet. Wir haben gegessen, du hast wieder gute Stiefel, der Tag geht schnell herum, und unser Weg ist noch weit. Wir sollten nicht trödeln.»

«Wir trödeln doch nicht, im Gegenteil. Wir bekommen Hilfe, damit wir nicht wieder vom Weg abkommen. Vor uns liegen dichte Wälder, darin verirrt man sich leicht. Die Moorfrau hat mir den Namen der Dame genannt, sie könne uns den besten Weg nach Osnabrück weisen und auch sonst helfen, wenn wir es brauchen.» Emma sah wieder seinen unwilligen Blick und seufzte mit verhaltener Ungeduld. «Es gefällt dir nicht. Warum diesmal?»

«Ich überlege, ob du dir das gerade ausdenkst.»

«Ausdenkst?»

«Weil du mir nicht früher davon erzählt hast. Warum?»

«Ich weiß nicht. Ich habe nicht daran gedacht.»

Emma sah in Valentins Blick Misstrauen und ärgerte sich. Sie hätte viel darum gegeben zu wissen, was sich hinter der Stirn des Jungen abspielte, was er dachte, was er erwog. Plötzlich verstand sie.

«Denkst du, ich will dich betrügen? Mich gegen dich verbünden und dich in einen Hinterhalt locken? Das ist ein absolut absurder Gedanke.»

Sie sah sich rasch um, niemand beachtete sie, nicht einmal mehr der Schuhwerkhändler, der neugierig aufgesehen hatte, als sie Frau von Heseke nachrannte.

«Draußen im Moor wären wir ohne Hilfe gestorben.» Emma sprach bei aller Heftigkeit leise, die Worte waren einzig für Valentin bestimmt. Die Bekanntschaft mit Menschen, die wie Ausgestoßene lebten, schrie man nicht über den Markt. Ihre Stimme hatte einen ungewohnten harten, zischenden Klang. «Ich wäre versunken, und du hättest niemals aus der Sumpfwüste herausgefunden, sondern wärest im nächsten Moorloch selbst untergegangen und jämmerlich am Morast erstickt. Wenn diese Dame eine Freundin oder eine Verwandte der Moorfrau ist, vertraue ich ihr blind. Daran tätest du auch gut. Und jetzt komm, sonst denken die Leute, wir streiten oder wollen tanzen, oder sie fragen sich, wer wir überhaupt sind. Mir ist das egal, aber du solltest das besser vermeiden.»

Gleich wünschte sie, den letzten Satz nicht gesagt zu haben, er musste Angst und Misstrauen nur noch schüren. Sie wäre nach jener furchtbaren Nacht in der Geest lieber zurückgegangen und längst im sicheren Bremen. Aber sie hatte ihm nachgegeben und ein Versprechen eingehalten – an das sie sich genau genommen nicht einmal erinnerte –, um den Jungen auf dieser Reise ins Ungewisse nicht allein zu lassen. Und er argwöhnte zum Dank Verrat und Hinterhalt.

Sie wandte sich um und marschierte in die Gasse, an deren Ende St. Sylvester sich mit der spitzen Turmhaube weit über die Dächer der Stadt erhob. Valentin sah ihr erschreckt nach, dann folgte er eilig.

Die Sonne hatte die Wolken besiegt, und der Tag war mild für den Spätsommer. Sie fanden eine Bank im Schatten der mächtigen Kirche, ein Rosenstock wuchs daneben, Hagebutten röteten sich schon. Es war ein großer Busch, er erinnerte Emma mit Wehmut an einen ganz ähnlichen im Engelbach'schen Garten, der im Frühsommer mit einer Überfülle feiner blassrosafarbener Blüten prangte. Flora liebte ihn besonders, weil er in ihren Augen Bescheidenheit und Schönheit vereinte.

Mit dem Markt hatten sie auch den Lärm hinter sich gelassen. Emma wurde in der Stille schläfrig und lehnte sich gegen die sonnenwarme Kirchenmauer.

«Ich war gerade harsch», sagte sie leise, «ich hab's nicht so gemeint.» Zögernd fügte sie hinzu: «Es ist oft schwer zu entscheiden, wem man vertrauen darf.»

Valentin murmelte etwas Unverständliches, es klang versöhnlich, sogar nach einer kleinen, wirklich sehr kleinen Abbitte für seinen Verdacht. Das war ihr genug. Sie haderte mehr mit ihrer eigenen Ungeduld, dieser neuen Kälte in ihren Worten. So wollte sie nicht sein. Niemand wollte das. Sie könnte sich vor sich selbst rechtfertigen, sie bemühe sich nur um etwas mehr Männlichkeit, mehr Emmet als Emma, aber das war es nicht. Sie fürchtete, die Entfernung von der gewohnten Etikette und Manierlichkeit, die Nähe zu raueren Sitten und den Freiheiten des Lebens auf den Straßen verändere sie schon.

Sie wollte üben, sich zu beherrschen. Mit dem nächsten Gedanken schlich ein Lächeln in ihre Augen: Sie musste nur an Margret denken, dann ging es von selbst. Margret hatte ihr keinen Dünkel, kein Quäntchen Hochmut, keine Ungeduld oder Schroffheit durchgehen lassen.

«Albus ist ein guter Mann», sagte Valentin. Es klang ehrlich und doch, als habe der Satz ihn Mühe gekostet. Er hielt seinen Mantelsack in den Armen wie einen Schutzschild, als er fortfuhr: «War die Moorfrau wirklich keine Hexe?»

Darüber hatte auch Emma nachgedacht. «Ich bin nie einer begegnet», erklärte sie, «aber, nein, das glaube ich nicht. Dann hätte man sie längst verbrannt.» Oder ertränkt, dachte sie schaudernd, in diesem hübschen kleinen Fluss.

«Jemand hat es doch versucht», wandte Valentin ein, «oder nicht? Diese schrecklichen Zeichen in ihrem Gesicht und am Arm sind Brandnarben, da bin ich sicher, und sie ging so komisch, da stimmte etwas nicht mit ihrem rechten Fuß, sicher ist der auch voller harter Narben. Wenn das Feuer sie nicht angenommen hat …» Wieder zögerte er und warf Emma eine prüfenden Blick zu. «… wenn sie dem Feuer entkommen ist, dann nur mit der Hilfe des Teufels.»

«Oder mit Gottes Hilfe.» Emma erschrak über ihre eigenen heftigen Worte. Sie klangen nach Ketzerei. Hatte man jemals gehört, der Hexerei Verdächtige seien mit Gottes Hilfe der Tortur, dem Feuer oder dem Wasser entkommen? Immer nur mit der

Kraft des Teufels. «Sie war sehr gut zu uns», erklärte sie rasch, «wir dürfen keine schlechten Dinge über sie sagen. Das wäre wie lügen und gegen das achte Gebot.» Und als Valentin weiter schwieg: «Niemand entkommt dem Scheiterhaufen, wenn das Feuer einmal entzündet ist. Sie mag vielmehr einem brennenden Haus entkommen sein. Die Armeen und die mit ihnen umherziehenden Horden haben unzählige Häuser und Dörfer, sogar ganze Städte niedergebrannt. So viele Menschen sind dabei gemartert worden und gestorben. Sicher sind auch etliche dem Feuer gerade noch entkommen und an ihren Brandnarben zu erkennen. Und wie vor wenigen Jahren erst im Hamburger Kirchspiel St. Jakobi zünden auch Nachbarn das Haus einer Frau an, die sie für eine Hexe halten, selbst wenn sie vom Rat freigesprochen wurde.»

«Ja.» Valentin hatte zu seinem kühlen Ton zurückgefunden. «Kann sein.»

«Wenn eine Frau so weit abgeschieden mitten im Moor lebt und eine Vertraute wie Frau von Heseke in der Stadt hat, spricht das doch für sie. Wer würde die Freundschaft mit einer Hexe wagen?»

«Rote Haare, Sommersprossen ...», murmelte Valentin, und Emma beendete den vertrauten Satz: «... sind des Teufels Hausgenossen. Das ist ein dummer Spruch», begehrte sie gleich auf, «ein sehr dummer Spruch.» Sie spürte, wie wenig überzeugt sie selbst von ihrem Protest war.

Die Mittagsglocke hoch im Turm begann zu schlagen. Ihren hellen Klang wertete Emma als ein gutes Zeichen. Hätte ein dunkel klingender Ton wie von einem Totenglöckchen Valentins Befürchtung bestätigt? Es war schwer, Glaube und Aberglaube zu unterscheiden.

Der achte Burgmannshof stand in direkter Nachbarschaft zu St. Sylvester. Eine Wassermühle gehörte dazu, so war er auch für Fremde leicht zu finden. Sie gingen an einem von Obstbäumen gesäumten, wohlbestellten Garten entlang, näher am Haus bildete akkurat geschnittener, noch niedriger Buchsbaum einen kleinen Irrgarten. Eine dicke gelbe Katze suchte sich darin schleichend ihren Weg oder ein Mäusenest.

Bei einem Schuppen lagerte allerlei altes Holz, wie es nach dem Abriss eines Hauses übrig bleibt und auf seine Verwendung wartet. Es lag noch nicht lange dort, sonst wäre es von Gras umwuchert. Emmas Blick fiel auf ein größeres, einer Platte ähnliches Stück, ihr stockte der Atem, dann rief sie hastig: «Schau mal, Valentin, bei dem alten Birnbaum. Hast du jemals ein schöneres Taubenhaus gesehen?»

Valentin interessierten Tauben nur in gebratenem oder gesottenem Zustand, er ließ sich dennoch mitziehen. Für ein oder zwei Tage wollte er willfährig sein. Als Emmets Stimme auf dem Markt einen so harten Klang bekommen hatte, hatte ihn die Vorstellung erschreckt, der Ältere könne einfach fortgehen, wenn es ihm einmal so gefiel. Dann müsste er sich alleine durchschlagen. Schon die Vorstellung, in dieser Welt ohne feste Regeln und verlässliche Sitten allein zu sein, hatte ihn zittern lassen. Er würde diese Angst immer verbergen, es war schlimm genug, sie zu fühlen. Er wusste noch nicht, wie viel die Angst von ihrer Macht verliert, wenn man sie zeigen und teilen kann.

Emma blickte verstohlen zurück. Sie musste sich geirrt haben, es war nicht möglich, und doch hatte sie die Tür der Schelling'schen Kutsche genau erkannt, zersplittert, wo die Fensteröffnung gewesen war. Solch einen hellen Streifen, wie er im Morgendämmerlicht bei der Bremer Weserbrücke auf dem Schlag geschimmert hatte, hatte sie bei keiner anderen Kutsche gesehen. Diese einfachen Kutschkästen wurden kaum je ausgeschmückt.

Doch was wusste sie schon von Kutschen? Jede Region lebte

eigene Sitten und Moden, warum nicht auch mit Mustern auf Kutschentüren? Wenn der Streifen aber nur dazu aufgemalt worden war, um die Kutsche als die der Schellings deutlich zu bezeichnen? Dann war der Schrei, an den sie sich seit dem Überfall immer wieder erinnerte, der wütende Schrei eines der Männer ‹Der Junge, verdammt, wo ist der Junge›, wirklich von Bedeutung gewesen, und es galt, Valentin zu verstecken, bis er bei seinen Glaubensbrüdern in Osnabrück in Sicherheit war. Aber wie? Nie wieder querfeldein, nie wieder auf vermeintlich kürzeren oder bequemeren, unauffälligeren Wegen. Vielleicht sollte er sich als Mädchen verkleiden? Dann wären sie ein kurioses Paar, ein als junger Mann verkleidetes Fräulein und ein als Mädchen verkleideter Junge. Wahrscheinlich würde er lieber sterben, als sich einer solchen Schmach auszusetzen.

Aus dem Hof zwischen dem Haupthaus und der Getreidescheune des Anwesens drangen Stimmen. Emma und Valentin blieben abrupt stehen. Die Holzplatte mit dem aufgemalten Streifen hatte für Emma alles verändert. Sosehr sie sich bemühte, es für irgendein Stück Abbruchholz zu halten – es gelang ihr nicht.

Geschützt von Beerenbüschen und Holunder spähten sie in den vorderen Teil des Hofes. Dort waren drei Pferde angebunden, starke Tiere, noch gesattelt und bepackt und bis über die Brust mit Straßenschmutz bedeckt. Ein Mann lehnte an der Wand, der in den Nacken geschobene Hut gab ein von Narben gezeichnetes Gesicht frei, sein Haupt- und Barthaar war schwarz und lang, dazu schmutzig wie der ganze Kerl; auf seinen Stiefeln klebten Kot und anderer Straßendreck. Er schien im Stehen zu dösen, Emma zweifelte jedoch keine Sekunde, dass er sich beim ersten Geräusch wachsam wie eine Natter zeigen würde.

Die Stimmen kamen aus dem Hof. Emma wollte unbedingt

auf die Güte und Rechtschaffenheit der Burgmannshofherrin vertrauen, die Zweifel wurden dennoch stärker und brachten ihren Bruder mit, den Argwohn. Traue niemandem, wisperte Smittens Stimme in ihrem Kopf. Niemandem.

«... nach dem Mittagsläuten. Aber nicht in meinem Haus.» Das war die gedämpfte Stimme Frau von Hesekes. Sie klang unwirsch. «Sie werden den direkten Weg durch das Hasetal und nach Lingen nehmen. Warum sollten sie einen anderen wählen, wenn ihnen der auch noch als der kürzeste und in diesen Wochen sicherste genannt wird?»

Jemand lachte, es klang grob und rau, die Kehle noch voller Straßenstaub. Eine tiefere Stimme gab eine unverständliche Erwiderung.

«Keinesfalls.» Frau von Heseke sprach nun mit Nachdruck. «Wartet eine viertel, besser noch eine halbe Tagesreise entfernt von hier, ihr kennt euch mit diesen Dingen aus. Doch!», beharrte sie auf einen für Emma und Valentin wieder unverständlichen Einwand – es schien eine andere Sprache zu sein, weder Deutsch noch Niederländisch. «Alle nehmen diesen Weg, die von hier nach dem Norden und Friesland wollen, und über Zwolle führt die Straße auch direkt weiter nach Amsterdam. Eine bewährte Route von jeher.»

«Und wer sich nicht auskennt», knurrte die erste Männerstimme und ließ ein genüssliches Schnalzen folgen, «tja, sind schon genug Nebeltage.»

Diesmal lachte niemand. Während sich die Stimmen zum Haustor entfernten, ergänzte eine andere etwas von ‹Prahm› und ‹über die Zuidersee›.

Emma hörte Valentins rascher werdenden Atem und blickte sich nach ihm um. Er hockte zusammengekrümmt hinter ihr, das Gesicht weiß wie der erste Schnee. Sie wussten nicht, wer dort sprach, auch nicht, über wen, oder was erst eine halbe Tagesreise entfernt geschehen sollte. Es ging jedoch kaum um eine Verabredung zu einem Krug Bier oder zur Rebhuhnjagd. Und wen sonst erwartete die Burgmannshofherrin nach dem Mittagsläuten? Darauf hatte sie doch so nachdrücklich bestanden.

Emma beugte sich vor, um noch einmal in den Hof zu schauen, und zuckte gleich zurück. Der Pferdeknecht band die Reittiere los, um sie in einen der Ställe oder endlich zur Tränke zu führen. Er hatte sich plötzlich umgedreht, die Augen mit der Hand beschirmt und herübergeblickt, als fühle er sich beobachtet oder habe ein Geräusch gehört, das Wachsamkeit erfordere. Doch dann brummte er nur seinen Pferden etwas zu, schnalzte und verschwand mit den schweren Tieren aus Emmas Blickfeld. Die Hufe klangen dumpf auf dem festen Boden des Hofes.

«Hat er uns gesehen?», wisperte Valentin.

Emma lauschte dem leiser werdenden Klang der Hufe nach, dann drückte sie ihren Hut fest auf den Kopf und flüsterte: «Ich glaube nicht, aber du hast recht, wir gehen besser weiter. Im Schutz der Gartenhecke zurück und ...»

Da rannte Valentin schon geduckt durch das Gras davon, und Emma beeilte sich, ihm auf die gleiche Weise zu folgen.

Bald darauf verließen ein junger Mann und einer, der wie sein jüngerer Bruder aussah, die Stadt durch die Antoni-Pforte und über die Hasebrücke, von der die Handelsstraßen nach dem Westen und dem Süden führten. Wer sie beobachtete, mochte zweierlei bemerken: Sie waren erhitzt wie Diebe nach einem raschen Lauf, und sie waren zunächst uneins, welche Richtung einzuschlagen sei. Nach kurzem Disput entschieden sie sich mit plötzlich recht lauten Stimmen für die Straße nach Westen.

Genau daran erinnerte sich später am Tag einer der Wächter, als drei Reiter durchs Tor kamen und nach zwei jungen Herren fragten – sie sagten tatsächlich ‹Herren› –, beide mit sehr hellem Haar, einer fast noch ein Kind, die vielleicht bald nach dem

Mittagsläuten durchs Tor hinausgegangen seien. Der Wächter gab eifrig Auskunft. Als er den skeptischen Blick des Ältesten sah, fügte er hinzu, sie seien in Eile gewesen, und der kleinere habe einen besonderen Mantelsack auf dem Rücken getragen, wohl von einem guten Stück Webteppich gemacht, was doch reine Verschwendung sei.

Kapitel 8

Niemand beachtete die beiden Jungen, als sie nach einer halben Wegstunde die Straße verließen, die nach Fürstenau führte, der Amtsstadt des Osnabrücker Nordlandes. Mit seiner ansehnlichen Wasserburg war das Städtchen lange einer der bischöflichen Lieblingsaufenthalte gewesen. Ein Stück weiter entlang dieser Route gelangte man auch nach Lingen, das lag schon im Niederländischen. Die beiden verschwanden im Schutz einer langgestreckten dichten Hecke auf einen kaum sichtbaren Pfad, den die Schafe im Laufe des Sommers ins Gras getrippelt hatten. Emma war plötzlich abgebogen, Valentin so widerstrebend wie eilig gefolgt.

Seit sie dem Moor mit knapper Not und fremder Hilfe entkommen waren, wollten sie zwar nie wieder eine vermeintliche Abkürzung nehmen, nie wieder einen Pfad querfeldein, überhaupt nie mehr von der am sichersten zur nächsten Stadt führenden Straße abweichen. Aber ‹nie wieder› und ‹sicherste Straße› bedeuten nicht alle Tage dasselbe. Wo man vor den Gefahren der Moore sicher ist, setzt man sich denen aus, die auf den Straßen und in den dunklen Tiefen der Wälder lauern. So musste immer wieder neu entschieden werden.

Sie erreichten den Buchenhain, den Emma von ferne gesehen hatte, und auch diesmal ließ ihr Glück sie nicht im Stich. Nachdem sie sich durch das Buschwerk am Rand des Hains gedrängt hatten, fanden sie sich in einem lichten Wäldchen wieder. Ein klarer Bach floss munter hindurch, an einer Stelle war er leicht zu überspringen. Danach gab es keinen Pfad mehr, nicht einmal einen getrippelten, der bisherige hatte den Schafen vielleicht nur als Weg zur Tränke gedient. Aber das Land unter ihren Füßen war trocken, voller Blaubeersträucher, Buschwerk und schützender Hecken, bis sie die Straße erreichten, die nach Osnabrück führen sollte.

Einmal glaubte Valentin eine Bewegung im Unterholz zu sehen. Er wollte Emmet warnen, aber der marschierte voran und sah dabei so unternehmungsfroh aus, dass Valentin ihm rasch folgte. Er glaubte ganz sicher, einen Wolf gesehen zu haben. Oder einen großen Hund. Da er Hunde so wenig mochte wie Wölfe, war ihm beides gleich unheimlich. Angeblich gab es Menschen, die Hunde liebten, das würde er nie verstehen. Allerdings liebten ihn die Hunde ebenso wenig. Wann immer er einem nahe gekommen war, hatte der ihn feindselig gemustert, angeknurrt oder schnöde ignoriert. Eines wie das andere war demütigend.

Er lief rasch weiter und widerstand dem Impuls, sich noch einmal umzuschauen. Er spürte etwas im Rücken und zog es vor, nicht zu sehen und zu wissen, was hinter ihm im Unterholz dieses so friedlich anmutenden Hains lauerte.

«Warum bist du so spät abgebogen», murrte er, als er wieder direkt hinter Emmet lief. «Die Männer hätten uns leicht einholen können. Bestimmt reiten sie starke Pferde.»

«Hast du vorher einen Weg gesehen, der nach Süden abzweigte?» Als Valentin nur missmutig schwieg, fuhr Emma fort: «Eben. Da war keiner.»

Sie wandte sich um und blinzelte gegen die Sonne, der Turm von St. Sylvester ragte noch schmal über den schon entfernten Wipfeln auf. Vor ihnen lag nun die Straße, nahezu verlassen.

Ein Stück weiter wanderten drei Gestalten nach Süden, so hochbepackt sahen sie aus wie Kiepen auf Beinen. Ein sandgelber Hund lief ihnen nach. Noch etwas weiter entfernt quälte sich ein Fuhrwerk durch den Sand. Sonst war da niemand.

«Das kann nicht die richtige Straße sein», murmelte Emma, «hier ist kaum jemand unterwegs. Nicht mal ein Geselle auf der Walz. Oder die Rabenkrähe. Wenigstens die könnte uns weiterhelfen.»

Sie erwartete Valentins Rüge, Aberglaube sei wahrlich kein Zeichen guter christlicher Gesinnung, aber der Junge ließ sich nur mutlos ins Gras fallen, stützte die Ellbogen auf die Knie und den Kopf in die Hände. «Dann bist du falsch abgebogen», grummelte er zwischen den Zähnen hindurch. «Das war kein Weg, nur eine dumme Hasenfährte. Wir wären besser ...»

«Verdammt, Valentin ...» Der Fluch ging ihr erschreckend leicht über die Lippen. «... wie neunmalklug du wieder bist. Im Übrigen sind die drei Tage um. Osnabrück», rief sie auf seinen ratlosen Blick hin, «du hast gesagt, wir brauchen drei Tage bis Osnabrück. Genauso lange wie zurück nach Bremen. Wo ist die Stadt nun? Siehst du die Türme, die Festungsmauern? Hörst du die Glocken? Ich sehe und höre nichts dergleichen.»

«Oder dreieinhalb», flüsterte Valentin. «Drei Tage oder dreieinhalb.»

Die Wangen in seinem blassen Gesicht glühten, seine Lippen zitterten, doch diesmal war Emma nicht so leicht zu besänftigen. Schon wieder stand sie im Nirgendwo am Rand einer Straße, auf der sie nie hatte reisen wollen, von der sie nicht einmal wusste, wohin sie führte, und sollte sich um die zitternden Lippen eines Jungen kümmern, der sie angelogen hatte. Durch den sie beinahe im Moor untergegangen und erstickt wäre. Durch den sie seit Tagen auf unbekannten Wegen herumirrte, vor unbekannten Reitern davonlief, selbst vor einer Dame, die sie gerne kennengelernt hätte. Durch den sie sich nicht zuletzt immer weiter als jungen Mann ausgeben musste.

Bei diesem Gedanken angekommen, hielt sie inne, der Ärger wurde dünn und löste sich auf. Die Verkleidung war weder Valentin anzulasten noch eine echte Beschwerde wert. Manchmal war es umständlich, ihr Geschlecht zu verstecken, allein jedes Mal eine Ausrede zu erfinden, sich weit genug abseits von anderen zu waschen und ihre Notdurft zu verrichten. Aber es war so angenehm, in Männerkleidern zu wandern, sie musste sich nur durch Staub und Straßenkot schleppende Röcke vorstellen, schon wurde ihre Laune Übermut. Sie konnte rennen und springen, über Zäune steigen, sogar auf Bäume klettern, wie es ihr gerade in den Sinn kam.

«Ich wusste doch nicht, wie weit es ist.» Valentins Stimme klang dünn. «Nur ganz ungefähr.»

Er kämpfte noch mit ihrem Vorwurf, während sie längst andere Gedanken bewegten. Es ging nicht nur um einen sicheren Platz für die Nacht, um die nächste Mahlzeit – Durst bedeutete in dieser wasserreichen Gegend keine Sorge – oder darum, wie man möglichen Verfolgern entkam. Da formten sich auch andere Überlegungen: Wer sie war, wie stark oder schwach, was sie für die Zukunft erhoffte, wie sie leben wollte, mit wem. Ob ihre Vorstellungen und Wünsche überhaupt zählten. Bis zum Beginn dieser Reise hatte es keinen Anlass gegeben, über all das nachzudenken, das Leben ging seinen Gang, und es war, wie es war. Vorherbestimmt durch Herkunft und Geschlecht. Das meiste war gut, etwas zu ändern hatte nicht in ihrer Macht gestanden.

Nun drängten neue Fragen und Abwägungen. Das Land um sie herum war so weit, Teil einer Welt, die sie bisher nie erlebt, nicht einmal bedacht hatte. Auch nicht, als sie sich mit Pate Engelbach über die Karten gebeugt oder auf dem Globus die Länder und Meere betrachtet hatte. Es war aufregend gewesen, aber doch nur ein Betrachten von Papier und Leim, ein wenig Farbe und Tinte, das verstand sie in diesen Tagen. Blieb die Frage, ob aus den eigenen Überlegungen Entscheidungen wachsen konnten. Und vor allem: Ob die Wirklichkeit würden? Das waren wirre und beunruhigende Gedanken. Sie waren aber schon zu beharrlich, als dass man sie noch wegschieben könnte. Es war also gar nicht von Nachteil, wenn ihr noch einige Tage in dieser unwirklichen Welt blieben, in dieser Zwischenwelt. Vielleicht fand sich doch die eine oder andere Antwort.

Ein schräges Pfeifen ließ Valentin erschreckt aufspringen, Emma wandte sich neugierig um.

«Soso, junge Herren, soso. Ihr seht ratlos aus. Und das an einem so schönen Tag? Kein Regen, kein Donnerwetter, keine Kanonen, keine Teufelsbrut, kein aufgespießter Kopf beim letzten Stadttor; was darf ein Menschlein auf dieser staubigen Erde, der unser Herrgott Mühen und Plagen zu unserer Läuterung gesandt hat – ja, zu unserer Läuterung, sonst wird es nichts mit dem Paradies –, was darf man mehr erwarten, um fröhlich zu sein? Furzen und fressen, saufen auch.» Gluckerndes Lachen setzte ein Ausrufezeichen hinter die seltsame verschlungene Rede, begleitet von einem schrill krächzenden Eselsschrei. «Soso, mein Guter ...» Der dicke kleine Mann, der das Grautier ritt, klopfte ihm den Hals, dass es nur so staubte. «... schrei, mein kluger Sokrates, schrei nur laut. Was wahr ist, muss wahr bleiben.»

Emma starrte ihn verdutzt an. Sie hatte ihn weder gesehen noch gehört, als sie in alle Richtungen gespäht hatte, um irgendwo am Horizont vielleicht doch noch die Türme einer großen Stadt auszumachen. Noch erstaunlicher war jedoch sein Aufputz. Die schlichte schwarze Jacke mit den altmodischen langen Rockschößen stünde selbst einem der Herren im Quakenbrücker Rathaus, abgesehen vielleicht von den zahlreichen, doch recht unterschiedlichen Knöpfen. Sein sorgfältig, aber reich geflickter Hosenrock, auch der war längst aus der Mode gekommen, leuchtete in ungewöhnlichem Blau, aus den Nähten quollen rote Bänder, an den breiten Säumen über den pluderig weiten Stiefeln schimmerte es gelb.

Sein Schuhwerk trug dezenten Schmuck, jedenfalls was die Farbe anbelangte. Das schwarze Leder war brüchig, doch wohlgefettet und mit Büscheln schwarzer und grau-weißer kurzer Federn gekrönt. Falls es überhaupt der Mode entsprach, hätte das eher für eine eigenwillige Dame gepasst als für einen dicken Mann, der einen staubigen Esel namens Sokrates ritt. Sein Hut, unternehmungslustig in den Nacken geschoben, glich dem eines calvinistischen Kaufmanns, das schlichte Schwarz war allerdings gleich über der Krempe mit einem Seidenband geschmückt, in dem links und rechts je eine Fasanenfeder steckte, was Emma an den mit kleinen Flügeln bestückten Hut des Götterboten Hermes denken ließ.

Die beiden Käfige auf seinem Rücken ließen in ihm einen Vogelhändler vermuten. Dann passte der Federschmuck vielleicht doch, obwohl er von frei in den Wäldern lebenden Vögeln stammte und nicht von den traurigen kleinen Sängern in ihrem Gefängnis. Verstummten Sängern, musste man sagen. So ausdauernd der Mann auf dem Esel seine Vögelchen auch spazieren führte, damit der Gesang der Amseln, Lerchen, Meisen, Grünfinken oder Rotkehlchen sie animiere – sie blieben stumm. Was, wenn man es recht bedenkt, kein Wunder ist. Wer ständig den Stimmen der Freiheit lauschen muss, nichts anderes ist der Vogelgesang, und selbst ein Gefangener ist, dem vergeht das Singen erst recht.

Der Mann auf dem Esel musterte die beiden am Straßenrand wohlwollend. «Soso, junge Herren, nur Mut», rief er. «Die Welt ist weit und schön, vor allem weit, ja, wirklich weit.» Er lachte sein kurzes gluckerndes Lachen, legte mit tragischer Miene die

Hand aufs Herz, übrigens eine erstaunlich gepflegte, mit zwei großen Ringen geschmückte Hand, und beugte höflich den Kopf.

«Sylvester Tacitus», stellte er sich vor, «oder Tacitus Sylvester, ganz, wie es beliebt. Wart ihr dort drüben? Bei meinem hochgewachsenen Herrn Namensvetter? Eine schlanke Schönheit, das muss ich sagen. Ach, ihr hättet mich in jungen Jahren sehen sollen. Der St. Sylvester dort ist alt, steinalt sozusagen, und schlank geblieben, dabei zeugt Beleibtheit von Wohlstand und damit von Gottes Wohlgefallen. Nanana, ich schwadroniere. Fabuliere? Gleichwohl, es gibt andere Türme weit im Süden und noch weiter im Osten, mit Hauben rund wie Zwiebeln. Ich hab sie selbst gesehen, rund und schön.» Er strich sich wohlgefällig mit beiden Händen über seinen beachtlich vorgewölbten Bauch. «Habt ihr übrigens meine Leute getroffen? Dort bei dem dünnen St. Sylvester? Drei machen Musik, wenn ihr den Lärm so nennen wollt, und zw...»

«Und zwei tanzen?», unterbrach Emma endlich seinen Redefluss, sah sein plötzlich wachsames Blinzeln und wusste, sie hatte wieder vergessen, ihre Stimme tiefer klingen zu lassen. «Sie haben auf dem Markt getanzt, und die Leute haben applaudiert. Dann sind sie schnell verschwunden. Wir wissen nicht, wohin.»

«Applaudiert, schön, ja.» Seine Miene wurde ernst, die buschigen Brauen zogen sich über der Nasenwurzel zusammen. «Und dann verschwunden? Soso, da waren wohl Soldaten im Anmarsch? Dann lauf, Sokrates, lauf wie der Sturmwind.» Er schnalzte, drückte dem Grautier die Fersen in die Flanken, und Sokrates setzte sich brav in Bewegung. «Horrido, junge Herrn», rief er und winkte mit der beringten Hand, «horrido und guten Weg.»

Emma rannte ihm nach. Ob dies die Straße nach Osnabrück sei? Und wie weit die Stadt entfernt liege?

Es war nicht die Straße nach Osnabrück, aber beinahe, immerhin. Zweitausend Schritte mit langen Beinen, dreitausend mit kurzen, auf halber Strecke ein Bach, der auf dicken Steinen leicht zu überqueren sei, dann treffe man auf jene Straße. Man erkenne sie gleich, denn sie sei breit und zumeist bevölkert von Reisenden aller Art, hin und wieder sogar von versprengten Mönchlein, im Gepäck den verlorenen Glauben. Auch Bauern, die mit ihren Karren die Ernte zu ihrer gierigen Herrschaft brachten.

«Wie weit?»

Er drehte sich im Sattel um. «Osnabrück? Drei Tage noch», rief er zurück und wedelte fröhlich mit der beringten Hand, «mit Glück und flinken Füßen zwei.»

Emma wollte noch nach drei Reitern auf großen Pferden fragen, aber Sokrates' Hufe wirbelten plötzlich dichten Staub auf, und beide, Mann und Tier, verschwanden. Der Wind trug noch ein seltsames Pfeifen heran.

෴

Der nahe Klang der Glocken begleitete ihn schon sein ganzes Leben. Das Haus, in dem er wie vor ihm sein Vater geboren worden war, stand dem mächtigen Dom St. Maarten so nahe, dass er ein Vibrieren zu spüren meinte, wenn an den hohen Feiertagen die große Salvatorglocke geläutet wurde. Vom Turm hieß es, er gehöre zu den höchsten der Welt, darauf war er nur heimlich stolz, denn es war fraglich, ob ein so prächtiges Gotteshaus einzig zu Lobpreis und Ehren des Herrn oder aber aus menschlicher Hoffart und Eitelkeit errichtet und ausgeschmückt worden war. Die Kirche und der zahlreiche Glocken tragende Turm stammten aus katholischer Zeit, seit dem schon Jahrzehnte zurückliegenden Bildersturm waren Altäre und aller üble Schmuck und Prunk durch schlichte Tafeln mit Bibelworten ersetzt worden. Dennoch dachte er in der letzten Zeit immer wieder drüber nach, über diesen prächtigen, gleichsam in den Himmel aufragenden Turm, ohne wirklich zu verstehen, warum.

Vielleicht hätte ihm ein Blick in die Zukunft die Frage beantwortet. An einem Augusttag in nicht allzu fernen Jahren sollte ein gewaltiger Orkan das Mittelschiff des Doms wie ein Kartenhaus zum Einsturz bringen, der Turm jedoch der vernichtenden Kraft standhalten. Womöglich hätte ihn aber gerade das noch mehr verwirrt. Warum das Mittelschiff?, würde er fragen und der Antwort eines nüchternen Baumeisters nicht trauen, nach der nur die maroden Hölzer, die überhaupt sträflich leichte Bauweise Schuld an dem schrecklichen Unglück trugen. Da er an jenem schwülheißen Nachmitttag nicht mehr leben würde, war die Frage dann allerdings auch nicht mehr von Belang.

In diesen Tagen und Wochen jedoch trieb sie ihn um, wenn er tief in der Nacht in kaltem Schweiß aus seinen Träumen aufschreckte, wenn ihm bei der Predigt die Gedanken davonliefen, wenn er im Kontor über die Bücher gebeugt war – selbst beim heiteren Tischgespräch mit Gästen tauchte unversehens die Frage nach dem Turm in seinem Kopf auf. Dann war er für einen Moment sicher, der Turm verkörpere das große Ziel, das über allem stand. Dieses stolze Symbol für die Verehrung Gottes werde ihm in seine Gedanken geschickt, um seine Zweifel zu bezwingen. Der Zweck heiligt die Mittel, so hatte Machiavelli erklärt. Der war ein großer Denker gewesen, wenn auch im falschen Lager.

Der Zweck heiligt die Mittel. Etwas drängte ihn immer wieder, über diesen Turm nachzudenken, und je häufiger das geschah, umso düsterer wurde das Bild, umso mehr erschien es als Drohung, sein und seiner Freunde Tun sei doch schweres Unrecht.

Der Zweck heiligt die Mittel. In einem war er immerhin sicher: Es ging nicht um Habgier, auch wenn das später manche denken mochten. Das Ziel, der Zweck, war groß und richtig. Das Mittel? Es war und blieb ein Auftrag zum Mord.

Das war nicht der Plan gewesen, er hätte es jedoch wissen müssen, als sie solche Leute mit der Jagd beauftragten. Jagd. Das Wort ließ ihn frösteln. Jagd auf Menschen war unmenschlich. Und doch waren immer schon, auch während der letzten Jahrzehnte ständig Menschen gejagt worden, wegen der falschen Religion, wegen echter oder vermeintlicher Hexerei, wegen eines Kanten Brotes oder eines halben Stuivers, aus Gewohnheit oder reiner Mordlust – es hatte viele Gründe und Anlässe gegeben, alle waren ihm als vernünftigem Menschen fremd.

Er hätte sich gerne mit jemandem darüber besprochen, warum ihn die Sache mit dem Turm so absurd verfolgte, seine Tage noch mehr beunruhigte und beschwerte, denn die Sache mit dem Turm *war* lächerlich. Weibisch, feige – also behielt er seine Bedenken und Zweifel für sich.

Er schob den Fensterflügel auf und blickte hinunter auf die Gracht. Die Stadt wirkte nicht mehr ganz so reich wie in früheren Jahren. Der lange Krieg, man nannte ihn schon den Achtzigjährigen, hatte bei all dem im Land enorm wachsenden Reichtum an manchen Ecken eben doch seinen Tribut gefordert. Auf die neue Universität konnte er jedoch stolz sein, sie brachte junge Männer mit frischen Gedanken und Verbindungen zum aufblühenden Geistesleben Europas in die Stadt – was übrigens nicht jedem recht war.

Und immer noch wurden Waren aus aller Welt auch über diese Kanäle und die Vecht zu den Speichern und Märkten gestakt und gerudert. Es war schön und vertraut – die Boote unterwegs in der Stadt, die heraufklingenden Stimmen der Menschen auf dem Wasser und den tiefliegenden Kais, in den schmalen, die

Kanäle säumenden und querenden Straßen, das war heimatlich wie der Klang der Glocken. Dafür lohnte sich viel. Fast alles.

Jetzt hörte er nicht den weithin kündenden Ruf der großen Salvator, sondern den dünnen eines Totenglöckchens. Es kam auch nicht vom Dom, eher von der Pieterskerk? Früher hatte er am jeweiligen Klang gehört, von welchem Kirchturm geläutet wurde. Aber er war alt geworden, sein Gehör mit ihm, und es war nur natürlich, wenn die Sinne nach gut fünfzig Jahren müde wurden, so wie jede Kreatur am Ende eines arbeitsreichen Tages müde war und sich zur Ruhe legte. Sprach man dann nicht vom Schlaf des Gerechten?

Er hatte nie wirklich daran gezweifelt, einer der Gerechten zu sein, auf die anstatt der ewigen Verdammnis die Auferstehung der Auserwählten wartete, gemäß dem, was dem Einzelnen vorbestimmt war. Dieses Selbstbewusstsein, so dachte er nun zum ersten Mal, war nicht nur Ausdruck männlicher Würde und des gottgefälligen Erfolges, es konnte auch zu falschen Entscheidungen verführen. Mit Hendrikje hätte er all das besprechen können. Die Sache und seine unruhigen Gedanken. Die Frage, was gerecht war. Hendrikje war so klug gewesen. Sie war nicht mehr bei ihm.

Mit dem Ende des Trauerläutens wurde sein Geist ruhiger, und seine Gedanken entschieden sich. Was er und seine Freunde taten, diente einem guten, dem besten Zweck, auch wenn die Mittel hart waren, vielleicht sogar sündig. Die Republik und die wahre Religion, die Familie, das Recht – das waren hehre Prinzipien, denen er folgte. Als er sich dem Plan jedoch angeschlossen hatte, hatte er nicht gedacht, ein so junger Mensch könne zu einem Feind werden. Ein so junger Mensch. Die Bibel wusste von vielen, die jung und trotzdem böse waren oder einer falschen Sache dienten, die bekämpft oder gar vernichtet werden mussten, selbst wenn sie nur ein Werkzeug waren.

Zum Beispiel – kein Beispiel fiel ihm ein. Hätte man ihn noch gestern gefragt, einfach bei Tisch oder am Abend bei einem Glas Burgunder und einer Pfeife, hätte er schmunzelnd versichert, da gebe es eine Menge Beispiele und zu jedem Finger der Hand gleich eines gewusst. Nun wusste er keines. Gab es keines? Das war unmöglich.

Ein Klopfen an der Tür erlöste ihn. Es war nicht gut, mit solchen Zweifeln allein zu sein, dann wanden sich die Gedanken zu immer engeren Pfaden eines Irrgartens, führten aus dem klaren Licht in ein dunkles Nebelmeer. Er öffnete rasch und unterdrückte ein erleichtertes Seufzen. Da standen sie, drei honorige Bürger wie er selbst. Der letzte zog die Tür nicht ins Schloss, wie es üblich gewesen wäre, sondern ließ sie einen ordentlichen Spaltbreit offen stehen und begann gleich mit großem Eifer von der kürzlich aufgekommenen Idee zu erzählen. Vermittels mächtiger Dämme und Dutzender entwässernder Windmühlen sollte der flachen Zuidersee dringend benötigtes Land abgerungen werden. Nun, da sie alle vier um einen Tisch säßen, könne man das einmal gründlich erörtern. Die Übrigen stimmten zu, überlegten laut die Aussichten und Möglichkeiten eines so verwegenen Polderunternehmens. Nur einer, der zuerst eingetretene, sprach laut dagegen, bei einem Geschäft mit so großen Risiken sollten nie alle gleich einig sein. Noch sei alles zu vage; was bei kleineren Seen erfolgreich gewesen war, müsse für ein weites und mit der Nordsee verbundenes Gewässer wie die Zuidersee noch viel gründlicher berechnet werden, dazu bedürfe es wiederum genauerer Informationen über das Wie und Wann, unbedingt auch über das Wo.

Gesprächsfetzen flogen durch das Treppenhaus in die anderen Etagen und Räume. Niemand dort lauschte neugierig auf diese Sache mit den Poldern. Die Herren hatten schon oft darüber gesprochen, Neues war nicht zu erwarten. Die Tür wurde erst geschlossen, nachdem eines der Mädchen kühles Bier aus dem Keller serviert hatte. Sie bemerkte, dass die Herren nicht so launig waren, wie es den Anschein erweckte. Zumindest der, der aus Leiden stammte, kürzlich erst in Begleitung des Herrn mit dem altmodischen steifen Kragen aus Amsterdam gekommen war und seither in dem Haus bei der Waage logierte, machte ein grimmiges Gesicht, das wenig zu verheißungsvollen Plänen passte.

Als sie die Tür ins Schloss zog und noch für einen Moment auf dem Treppenabsatz stehen blieb, nur um ihr gelöstes Schürzenband zu richten, ging es gleich um etwas ganz anderes.

Niemand fragte sie, und ungefragt erzählte sie nichts, die Köchin würde nur wieder missbilligend schnalzen. «Was du immer weißt», würde sie sagen, «hast du drei Augen, und eines guckt direkt in die Köpfe fremder Männer?» Worauf unweigerlich die Aufforderung drohte, die fettigen Kessel leer zu kratzen und beim Steintritt am Kanal mit Sand auszuscheuern oder gar die Rattenfallen im hinteren Keller zu prüfen.

Das Mädchen schielte ein wenig, genau genommen mehr als ein wenig. Wenn ihr beklommen war, lispelte sie auch, also meistens, sobald sie mit Herren allein war, weil sie schon lange wusste, dass Herren sich nicht immer wie Herren benahmen, sondern leicht wie Vieh. Schieläugig und lispelnd, das verführte zu dem Missverständnis, so ein Mädchen sei auch blöde, eben ohne Verstand und eigene Gedanken.

Die Herren in der Stube über der Gracht sprachen nun leiser. Der Gast, von dem das Mädchen wusste, dass er bei der Waage logierte, musste sich am meisten zusammenreißen. Er war gewohnt, ein heftiges Wort zu führen. «Das Desaster in Amsterdam», zischte er nun wütend, Unverständliches folgte und dann: «Sie haben ihn fast gehabt. Ja, den richtigen, wen sonst? Es sind viele Jungen unterwegs, echte wie falsche, natürlich, in diesen Zeiten, er ist aber leicht zu unterscheiden. Leicht für einen, der ihn kennt. Er ist entwischt, und er ist nicht allein, kaum jemand ist allein unterwegs, aber schon seit Bremen ...»

«Seit Bremen? Bei – nun bei der Sache mit der Kutsche in der Geest ...»

«Bei der Sache.» Es klang höhnisch, jeder im Raum wusste, was ‹bei der Sache› meinte, was geschehen und was schiefgegangen war. Erst recht, was darauf geschehen musste. Es gab kein Zurück.

«Sie werden ihn schnappen. Rechtzeitig. Sie haben einen weiteren Gewährsmann. Es wird keinen Irrtum mehr geben.»

«Das habt Ihr beim letzten Mal auch behauptet. Nun gut ...»

«Nein, nicht gut», fiel ihm der jüngste der vier, der bisher geschwiegen hatte, respektlos ins Wort. «Gar nicht gut. Was heißt ‹weiterer Gewährsmann›? Wer ist der? Woher wissen wir, ob wir dem trauen können? Allmählich scheint mir, wir kommen nicht voran, sondern geraten immer tiefer in einen mordsgefährlichen Sumpf und weiter weg von unserer Aufgabe.»

Der Alte mit dem großen Kragen legte ihm begütigend die Hand auf den Arm. «Und der andere Junge?», fragte er.

Der Mann, der bei der Waage logierte, lächelte nur. Es war ein schmales Lächeln.

~·~

Dreitausend Schritte mit kurzen Beinen, zweitausend mit langen Beinen, so hatte Tacitus Sylvester oder Sylvester Tacitus, der Mann mit den Federschuhen gesagt. Sie würden zweitausendfünfhundert brauchen, behauptete Valentin, denn er hielt seine Beine weder für kurz noch für lang. Wenn es gerade so weit war, hatte der seltsame Herr nicht gelogen. Es beruhigte ihn sehr, einen ehrlichen Menschen getroffen zu haben. Zumindest ehrlich, was die Auskunft über Wege und Entfernungen betraf, das war immerhin ein Anfang, besonders bei einem, der ihm so wenig vertrauenswürdig erschienen war.

Schon bald trafen sie auf den Bach. Am Ende des Sommers führte er nur wenig und träge fließendes Wasser. Am Übergang – es wäre übertrieben, von einer echten Furt zu sprechen – sah Emma sich nach Abdrücken von Pferdehufen um. Sie entdeckte keine und schalt sich zu bang. Als sie die falsche Fährte nach Westen gelegt hatten, hatten sie sich große Mühe gegeben und sogar riskiert, sich wieder zu verirren. Die Männer würden nicht auf diesem Weg nach Süden reiten, und überhaupt konnten sie den Bach schwerlich vor ihnen gequert haben.

Auf einem der vom Wasser umflossenen Steine blieb sie stehen und sah zurück. Valentin lief schon voraus, er lief ganz leicht, der Weg neigte sich sanft zu einer von Hecken und Wiesen bestimmten Senke. Zum ersten Mal entfernte er sich weiter als fünf Schritte von seinem Begleiter.

Bisher hatte Emma es vermieden, mehr als einen flüchtigen Blick über die Schulter zurückzuwerfen. Sie schüttelte den Kopf, heftig, als flögen so endlich die hasenfüßigen Gedanken fort. Es war doch gut, ab und zu zurückzuschauen. So erkannte man, woher man kam, was schon bewältigt war, und fand mit etwas Glück einen anderen Blick auf das Vorausliegende. Da stand sie nun mitten in einem Bach, die Füße dennoch trocken in den bequemen Stiefeln, milde Sommerluft strich über ihr erhitztes Gesicht, es roch nach Heu, ein wenig auch nach Laub, als laure der Herbst schon im Schatten des Sommerlichts.

Plötzlich war alles leicht. Sie sah Valentin nach, er war stehen geblieben und winkte ihr voller Ungeduld mit beiden Armen. Ein Vogel kreiste hoch über ihm, die Silhouette erinnerte an eine Rabenkrähe. Er flog weiter, dorthin, wo die Handelsstraße verlaufen musste. Emma sprang mit einem leisen Gefühl des Bedauerns vom letzten Stein auf den Weg und beeilte sich.

Ein Stück weiter den Bach abwärts stand ein Graureiher im Wasser, und sie überlegte, ob er sich in der Mitte eines Baches auch ein wenig losgelöst von der realen Welt fühlte. Ein dummer Menschengedanke – der große elegante Vogel konnte jederzeit die Flügel ausbreiten und tatsächlich in die Sphäre zwischen den Welten davonfliegen, zwischen Himmel und Erde mit dem Wind und den Wolken. Schon tat er genau das, und sie blickte ihm mit plötzlicher Sehnsucht nach. Auf sie wartete die Sicherheit einer befestigten und befriedeten Stadt, darüber sollte niemand klagen. Wenn die Tore jedoch erst einmal geschlossen waren … Schon glaubte sie den dumpfen Klang zu hören und dachte an Kerkertüren. Da lachte sie hell auf über diesen Unsinn, wieder viel zu hell für den jungen Mann namens Emmet, und rannte Valentin mit übermütigen Sprüngen nach.

∽∾

Am zweiten Tag, nachdem Valentin und Emma die Handelsstraße erreicht hatten, trafen sie das junge Paar wieder, das so akrobatisch wie elegant auf dem Marktplatz getanzt hatte. Fanny und John, so nannten sie sich, waren als Mitglieder einer kleinen Gesellschaft Englischer Komödianten unterwegs. Als deren Prinzipal entpuppte sich Tacitus Sylvester, der Eselreiter mit den Federstiefeln und den stummen Käfigvögeln auf dem Rücken. Esel Sokrates hatte einen freien Tag. Er trottete zwischen den beiden Wagen der Gesellschaft voran und gab ab und zu sein heiseres Geschrei von sich. Frei von den Beschwernissen einer Last galt das als ein Zeichen purer Lebenslust, obwohl es sich nicht so anhörte.

Tacitus Sylvester kutschierte den ersten der Wagen, neben ihm saß Mrs Sylvester. Die rundliche Frau trug ein schlichtes Gewand in verwaschenem Blau, um die Schultern ein ungebleichtes wollenes Tuch. Unter dem breitkrempigen Hut versteckte sie dunkelbraunes lockiges Haar, ihr Gesicht war von Wind und Wetter gerötet, die blassblauen Augen blickten streng. Sie wurde Beth genannt und war die einzige Engländerin von Geburt unter diesen sogenannten Englischen Komödianten.

Die Bezeichnung stand längst nur noch für eine bestimmte Art des Schauspiels, das dem Publikum insbesondere Szenen mit viel Mord und Totschlag bot. Die waren zumeist aus den Dramen von längst begrabenen englischen Dichtern namens Shakespeare oder Marlowe zusammengeklaubt und vor Jahrzehnten tatsächlich von wandernden Theatergesellschaften aus England auf den Kontinent gebracht worden. Da floss immer viel Blut, echtes Blut, jedenfalls wenn es den Komödianten gelang, sowohl Schweinsblasen wie einen Krug frisches Tierblut aufzutreiben.

Versuche mit gefärbtem Wasser hatten sich als Fehlschläge erwiesen, ein wenig besser wirkte es mit gefärbter, gerade gerinnender Milch. Rote Farbe war aber viel zu teuer; damit es halbwegs echt wirkte und im Publikum das erwünschte Grauen und Gruseln hervorkitzelte, bedurfte es größerer Mengen, und die kosteten mehr, als die Vorstellung einbrachte. Vor allem aber hatte das Publikum den Betrug stets erkannt. Allen waren der Geruch und der Anblick von Blut vertraut, Wasser und Milch wurden als arglistige Scharlatanerie geschmäht. Beim letzten Versuch, als wieder einmal weit und breit kein Tier geschlachtet worden war, war Sylvester und seinen Leuten gerade noch die Flucht vor der wütenden Menge gelungen. Die war zwar klein und schon ziemlich betrunken gewesen, aber noch in der Lage, mit zornigem Gegröle Messer und Forken zu schwingen. Fast wäre doch noch echtes Blut geflossen. Komödiantenblut.

Zwar waren alle unbeschadet entkommen, auch Sokrates; die beiden Pferde und den leichteren der Wagen hatten sie retten können, aber die Bühnenutensilien und die Kostüme – für alle Komödianten der kostbarste Besitz – hatten sie zurücklassen und später neu beschaffen müssen. Was letztlich von Vorteil sei, hatte Tacitus Sylvester verkündet mit der ihm eigenen Fähigkeit, sich alles zurechtzubiegen, wie es ihm genehm war. Der Krempel sei ohnedies voller Läuse und Motten gewesen. Was zu einem heftigen Zornausbruch seiner ansonsten für ihre Friedfertigkeit bekannten Eheliebsten geführt hatte: Wieder einmal hatte er vergessen, wie viel Mühe sie sich mit der Pflege der Stoffe machte, zumindest von Motten konnte keine Rede sein; und dass nichts auf dieser Welt ohne Geld zu haben war, fast nichts, jedenfalls keine neuen Kostüme. So war es noch eine Weile weitergegangen.

Es war einer der seltenen Momente gewesen, in denen sie ihren Entschluss bereut hatte, Mrs Sylvester zu werden. Einst hatte sie in ihrer englischen Heimat als kindliche Sängerin beachtlichen Erfolg gehabt. Sie hatte davon geträumt, als Julia oder anmutige Lady Godiva auf der Bühne zu stehen, die stellte jedoch ihr ungelenker Bruder dar, für Frauen war die Bühne tabu. Männer spielten ihre Rollen.

Es hatte sie nie wirklich zurück nach den lieblichen südenglischen Hügeln gezogen. Umso weniger, als das puritanische Parlament inzwischen das Theaterspiel als verderbt verboten und alle Theater geschlossen hatte. Im Übrigen war im vergangenen Jahr der englische König hingerichtet worden – wo nicht einmal vor dem Hals eines Königs haltgemacht wurde, was mochte da Wanderkomödianten blühen?

Den zweiten Wagen kutschierte Mrs Hollow. Ihr Haar war so grau wie ihr Gesicht, ihre geröteten Wangen sahen verdächtig nach Schminke aus. Sie hielt die Zügel mit Leichtigkeit, trotz eines beständigen Hüstelns war sie immer noch stark genug, einen Vierspänner zu lenken wie in ihren jüngeren Jahren. Der Verdienst einer Gesellschaft wie dieser reichte jedoch nur für zwei mittelmäßige Braune und einen Esel. In guten Zeiten. In schlechten gingen alle zu Fuß und schoben und zogen ihre Habseligkeiten, die Kostüme und die übrigen Bühnenutensilien auf einem Karren.

Duke, ein Mann von vielleicht dreißig Jahren, lief neben Mrs Hollows Wagen und gebärdete sich wie ein Wächter. Er war schlank und breitschulterig, sein dunkelbraunes Haar fiel über seine Schultern. Er trug die weitschäftigen Stiefel eines Landsknechts, eine Faust lag auf dem Rapier an seinem Gürtel, das er, wenn es nötig wurde, flink zu gebrauchen wusste. Auch auf der Bretterbühne bekamen seine Künste mit der gut geschärften Waffe stets besonderen Applaus. Für gewöhnlich traf er die unter den Arm des zu Meuchelnden geklemmte blutgefüllte Schweinsblase zielsicher, sodass der Blutschwall seinen Dolch oder Degen genug benetzte, um ihn mit Siegesgebrüll in den Himmel zu recken. Das Opfer, mal ein übler Schurke, mal ein edler König, sank derweil mit blutbesudeltem Mantel und gräulichem Gestöhne, Fratzenschneiden und Gezappel in den Staub. Eine beständig dargebotene Szene, die im Publikum je nach Temperament Begeisterung oder Ohnmachten hervorrief.

Duke betrachtete die beiden Neuankömmlinge aufmerksam, seine Miene verriet nichts, auch war er kein Schwätzer.

Es war schon gegen Abend gewesen, als Emma und Valentin auf ihre alten Bekannten getroffen waren – so erschienen sie ihnen schon unter all den Fremden auf den Straßen. Tacitus Sylvesters fröhliche Einladung, zu bleiben und am Morgen gemeinsam hinunter in die Stadt zu gehen, hatten beide mit Erleichterung angenommen.

Die Komödiantenwagen standen abseits des Weges an einem

windgeschützten Platz unter den ausladenden Ästen zweier starker Eichen. Es sah aus, als diene der Ort von alters her Schutz und Ruhe der Reisenden, auch Steine für eine Feuerstelle waren ausgelegt.

In Duke hatten Emma und Valentin den Zink-Spieler vom Quakenbrücker Markt erkannt. Die beiden anderen Musikanten, der mit der Flöte und der mit den Schellen, waren schon nach der Stadt vorausgegangen, um Quartier zu machen und im Rathaus die Spielerlaubnis einzuholen, besser gesagt: zu kaufen. Ohne die durfte nun mal kein Komödiant oder Spielmann seine Künste vorführen. Man tat immer gut daran, sich rechtzeitig darum zu bemühen. Die Ältesten und ihre Büttel waren überall zur Übellaunigkeit bereit, in Dörfern wie in Städten. An schlechten Tagen verweigerten sie womöglich die Erlaubnis, besonders an Markttagen, wenn schon andere Akteure in der Stadt waren.

«Da muss man sich heftig im Dienern üben», rief Tacitus Sylvester mit vergnügtem Spott, «jaja, im Dienern. Und dabei denkt man, was man will. Die Gedanken sind frei, jaja, ganz frei.» Er lachte sein glucksendes Lachen, selbst Mrs Sylvester kräuselte dazu ihre Lippen.

Nur wenige Schritte von ihrem Rastplatz ging der Blick weit in eine sanft gewellte Ebene bis zur vage im Dunst zu erkennenden nächsten Hügelkette. Davor lag sie endlich, die Friedensstadt Osnabrück, unten am Fluss. Der Wind wehte Glockenklang herauf, einer Einladung gleich. Der Anblick der Stadt ließ Emma von den Annehmlichkeiten phantasieren, die ein wohlhabendes städtischen Haus bot: ein weiches Bett, ein mit warmem Wasser gefüllter Zuber, reine Tücher, eine gut gedeckte Tafel und beflissene Bedienung. Wenn Schellings Freund ein liebenswürdiger Mann war und ein solches Haus führte ... Sie unterdrückte einen Seufzer. Der Gedanke musste anders lauten:

Wenn dieser Unbekannte überhaupt bereit war, sie in seinem Haus aufzunehmen, was mochte sie dort erwarten?

In der Nacht zuvor hatten Emma und Valentin lediglich Unterschlupf unter Buschwerk gefunden. Der Tag war ihnen lang erschienen. Sie hatten das Bauerndorf Wallenhorst passiert, schneller, als ihnen lieb war, denn ein Knecht von einem der behäbigen Höfe hatte gedroht, die im Zwinger schon geifernden Jagdhunde loszulassen, wenn sie – diebisches Straßengesindel, hatte er sie genannt – sich nicht sofort aus dem Staub machten. Danach hatten sie nicht mehr gewagt, im nahen Kloster Marienbrunn um Obdach zu bitten, waren auf einem Seitenweg weitergehastet und schließlich in eine Mulde unter einem Busch gekrochen wie zwei müde Hasen in ihre Sasse.

Als es gegen Morgen sanft zu regnen begann, froren sie bald in ihren feuchten Kleidern. Am Vormittag schickte die Sonne wieder wärmende Strahlen und trocknete Mantelsäcke und Gewänder. Ihre Sorge, es werde nun einen, zwei oder viele Tage unablässig regnen, verblasste sogleich. Sie waren immer weitermarschiert, auch eine ganze Weile, ohne Menschen oder Fuhrwerken zu begegnen. Nur die Breite der ausgefahrenen Straße, auch die Dörfer und Weiler gaben ihnen die Sicherheit, nicht wieder vom Weg abgekommen zu sein.

Unterwegs hatten sie einen halben Laib Brot erstanden, zwei Äpfel geschenkt bekommen und einmal, als sich der dumpfe Klang der Hufe schwerer Pferde schnell genähert hatte, waren sie in eine Senke unter einer Hecke gekrochen und hatten mit angehaltenem Atem gewartet, bis die Reiter vorbei waren. Als Emma ihnen nachschauen wollte, hatte Valentin sie energisch zurückgezogen.

Es war beruhigend, nun bei den Komödianten unterzuschlüpfen, für die Stunden der Dunkelheit und für den Weg durch das Stadttor am nächsten Morgen.

In dieser Nacht endlich holte Emma das Heimweh ein. Es war plötzlich da, ein ziehender tiefer Schmerz, eine Welle von verzweifelter Sehnsucht nach der Geborgenheit und Sicherheit, die Flora und Margret ihr gaben, immer schon gegeben hatten. Die vergangenen Tage waren von Abenteuer und Verwirrung angefüllt gewesen, von Unbekanntem, von Angst, großer, nie gekannter Angst. Für etwas anderes war kein Platz gewesen. In dieser Nacht bedeutete die Obhut dieser kuriosen, kaum bekannten und doch schon vertrauten Menschen eine kleine Sicherheit, und plötzlich war alles anders.

Sie und Valentin waren noch nicht am Ziel dieser Reise, doch immerhin nahe dem Ort, wo Hilfe wartete, wo Valentin in Sicherheit wäre. Und Emma? Emmets Versprechen wäre dort erfüllt – müßig, darüber zu streiten, ob es überhaupt gegeben worden war. Hier sollte Valentin einen Glaubensbruder treffen, mit dessen Hilfe er in sicherer Begleitung weiterreisen konnte. Emma hatte diese Stunde herbeigesehnt – nun wusste sie nicht mehr, ob dieser Gedanke ihr gefiel. Wie es sein würde, alleine weiterzureisen. Ganz allein? Das war unmöglich.

«Und du, Emmet?», flüsterte Valentin, als sie sich endlich unter dem hinteren der beiden Komödiantenwagen eingerichtet hatten. «Wirst du umkehren? Sicher gibt es eine Postkutsche, zumindest nach Lüneburg oder Stade, von dort findest du leicht ein Boot, dass dich nach Hause bringt.»

Es drängte Emma, endlich zu verraten, sie sei kein Emmet. So kurz vor dem Ende ihrer gemeinsamen Reise fand sie es an der Zeit, die Wahrheit zu sagen. Morgen, dachte sie schläfrig, morgen in der Stadt, das ist früh genug. «Ich weiß noch nicht», flüsterte sie zögernd zurück. «Vielleicht. Aber ich glaube nicht», murmelte sie endlich, schon halb im Schlaf, «ich muss weiter nach Amsterdam. Da will ich doch hin.»

Ihr sicheres Lager unter dem Wagen hatte beiden einen besonders tiefen Schlaf geschenkt. Kurz vor Sonnenaufgang weckte sie das eintönige Konzert beharrlich gurrender Wildtauben, Sokrates' ungeduldiges Schreien mischte sich hinein.

Hätte der Esel in einer den dummen Menschen verständlichen Sprache schreien können, hätten sie seine Aufregung verstanden, anstatt darüber zu lachen. Ein Wolf war in der Nacht und auch wieder im Morgengrauen um das Lager herumgeschlichen, allein Sokrates hatte ihn bemerkt. Es war ein junger Wolf, er roch nicht gesund, aber man konnte keinem von ihnen trauen, ob jung oder alt, ob krank oder gesund.

Schnell war alles eingepackt, waren die Pferde angeschirrt, auch Sokrates wurde beladen, schon damit eine ordentliche Last seinen Übermut bremste, wenn die Wagen durch die dicht bevölkerten Gassen der Stadt rollten.

In der frühen Morgensonne glich der Blick von der Kuppe am Rand des Rastplatzes hinunter auf die große Stadt am Fluss einem der holländischen Gemälde, die der Ratsherr Engelbach so sehr liebte, besonders der weiten flachen Landschaft mit dem dräuenden Himmel, die ihren Platz im Globuszimmer hatte. Auch an diesem Morgen hatte die Sonne sich nur vorgedrängt, und die Aussicht auf einen schönen Tag war trügerisch. Am westlichen Horizont türmten sich Wolken auf. Ein Glück, dass die Stadt mit ihren schützenden Dächern auf sie wartete.

«Ach ...» Fanny seufzte ihr zierliches Seufzen, die Tänzerin verschränkte die Hände vor der Brust. «... unter solchen Dächern wäre man gern zu Hause. Eine schöne Stadt, niemand kann dich vertreiben, weil deine Geburt dir das Recht gibt, dort zu leben. Wo lebst du, Emmet ...» Ihr schmelzend sehnsüchtiger Blick schlug in wachsame Neugier um. «... wenn du nicht gerade den Staub der Straßen erkundest?»

«Hör nicht auf sie, Emmet, selbst wenn sie poetisch wird.»

John zupfte Fanny zärtlich tadelnd am Ohr. «Hier fragt niemand nach dem Woher und Wohin. Allerdings ...» Er grinste breit. «... dein Wohin kennen wir alle.» Er zeigte mit dem Kinn hinunter ins Tal. «Da hat Fanny recht.» Die gab nun die Rolle der schmollenden Jungfrau, und er legte ihr versöhnlich den Arm um die Schultern. «Es sieht friedlich aus da unten, das Leuchten der Sonne im Fluss und in den Fensterscheiben – heiliger William, so viel Glas! Eine reiche Stadt.»

Osnabrück lag sicher hinter seiner von zahlreichen Türmen bewehrten und mit Wällen, Bastionen und Ravelins verstärkten Festungsmauer und war wie das erheblich kleinere Quakenbrück von der Hase umflossen. Mehrere Kirchtürme ragten hoch auf. Südöstlich der Stadt war die sternförmige Festung St. Peter noch zu erkennen, die Zwingburg der katholischen Bischöfe, um die überwiegend evangelische Stadt in Schach zu halten. Allerdings bestand die nur noch aus einem unbewohnten Rest von Steinen und Mauern. Gleich nach der Verkündung des Friedens hatten sich wütende Bürger auf den Weg gemacht und die verhasste Burg geschleift. Es war ihnen ein Fest gewesen. Niemand hatte sie gehindert.

«Wir müssen da unten gut auf Fanny aufpassen», fuhr John in scherzendem Ton fort und wickelte eine Strähne ihres rotblonden Haars um seine Finger. «Es ist noch nicht lange her, gerade mal zehn Jahre, da haben die Leute dieser guten Stadt innerhalb kurzer Zeit fünf Dutzend Frauen wegen Teufelsbuhlschaft und Hexerei verbrannt, arme wie reiche, ein paar Männer waren wohl auch dabei. Es heißt, der Rauch von den Scheiterhaufen sei nicht zum Himmel aufgestiegen, wie er das gewöhnlich tut, sondern direkt in die Erde und zur Hölle hinabgefahren.»

Fanny war ein Neuling in Sylvesters Truppe, anders als John und die übrigen Mitglieder war sie nie zuvor in dieser Stadt gewesen. Sie zog schaudernd ihr Schultertuch enger. «Alle verbrannt?», flüsterte sie.

«Alle wurden vorher aufs Gründlichste befragt.» John klang heiter. «Auf peinliche Weise, so nennen sie es, wenn sie im Geißelkeller und in der Folterkammer mit der Streckbank, glühenden Zangen und anderen hübschen Werkzeugen hantieren; die Wasserprobe ist auch nicht schlecht und immer ein gut besuchtes Spektakel an lieblichen Flüssen und Teichen. Nein, Fanny, es wurden nicht alle verbrannt. Einige hatten einflussreiche Verwandte, sie wurden nur geköpft, mildtätig mit dem Schwert.»

Einem Stieglitz fiel ein, dazu ein übermütiges Lied zu zwitschern, der winzige Sänger erhob sich aus einer Birke und flog den Hügel zur Stadt hinab, seine feine Silhouette verschmolz mit dem diffusen Morgenlicht.

Emma sah sich nach Valentin um, er half, Sokrates zu bepacken, und hatte Johns Worte nicht gehört. Am Abend hatte er gelernt, den Esel zu striegeln, bis Sokrates' struppiges Fell von allem aufgewirbelten Staub und Dreck des langen Tages befreit war. Er hatte etwas gelernt, das viele Jungen in friedlichen Zeiten lernen, etwas Alltägliches, und er mochte den Esel, was ihn selbst am meisten zu erstaunen schien. Emma seufzte erleichtert.

Valentin hatte genug Schreckliches erlebt, und diese Stadt dort unten war ihm mit jedem Schritt, den sie ihr näher kamen, mehr zum Ort der Erlösung geworden.

Er kannte seinen Auftrag nicht, genauer gesagt: Er wusste nicht, welcher Auftrag hinter dem Gebot steckte, nach Utrecht zu gehen und um der ewigen Seligkeit seiner Mutter willen sich bis dahin nie – niemals! – von seiner Jacke zu trennen. Emma war überzeugt, im Stoff verberge sich ein Brief, zumindest ein Zettel, aber die Jacke hatte kein Futter, wo sollte sich da etwas verbergen? Es konnte nur ein Trick Schellings gewesen sein, seinem Sohn ein sicheres Ziel vorzugeben, falls ihm selbst etwas zustieße. Was er seinem so jungen Sohn damit auferlegt hatte, machte Emma aufs Neue wütend, aber eine andere Erklärung gab es nicht. Und was, um Himmels willen, mochte ihn in Utrecht erwarten? Oder in Leiden? Vielleicht gehe er weiter, so hatte er einmal gemurmelt, bis nach Leiden.

Emma hatte ihn nicht mehr mit Fragen gequält, die Gewissheit, bald Freunde zu treffen, Mitglieder seiner Glaubensgemeinschaft, machte beinahe einen heiteren Jungen aus ihm. Esel Sokrates mochte auch ein wenig dazu beigetragen haben. Der Junge war erst zwölf Jahre alt und trug eine Last, für die womöglich ein Mann getötet worden war, der zudem sein Vater war. *Falls* er getötet worden war. Es konnte bei dem Überfall in der Geest nicht nur um Raub gegangen sein. Sosehr sie sich bemühte, dennoch darauf zu hoffen, dass Schelling lebte und er sie im Haus seiner Freunde erwartete, dass er dorthin gebracht worden war, vielleicht schwer verletzt, aber doch lebend, und gesund gepflegt wurde – stets gewann die Gewissheit seines Todes diesen inneren Disput.

Wäre er am Leben und in sicherer Obhut, hätte er Helfer ausgesandt, Valentin zu suchen. Taten Väter das nicht? Vielleicht hatte er es getan, und sie hatten einander verpasst – der gesuchte Junge und die Helfer. Sie hatten Umwege genommen, einige Zeit auf einer kaum erreichbaren Moorinsel verbracht – es gab viele Möglichkeiten, einander *nicht* zu begegnen.

Da standen sie nun beide und blickten ausgerechnet mit einer Komödiantengesellschaft von der Hügelkuppe hinab in die weite Senke mit der alten Friedensstadt. Valentin hatte ständig die Tage gezählt, gern auch in halben, in Vormittagen und Nachmittagen. Nur die Nächte zählte er nie. Emma vergaß das Zählen schon, hin und wieder sogar die sorgenvollen Gedanken an ihre Mutter und an Margret, an ihren Paten, sogar an Ostendorf. Ihr Leben als Emma van Haaren an der Alster, ihr echtes, tatsächliches Leben, schien so weit weg. Wie auf einem anderen Kontinent. Oder wie ein Traum. Als sei das, was sie nun lebte, hier auf den Straßen, ihr wirkliches Leben. Der Gedanke ließ sie frösteln und schneller atmen, zugleich gab es ihr ein Gefühl von Leichtigkeit. Es war eine verwirrende Welt, in der sie nun lebte.

Die Nachricht vom Verschwinden der Schelling'schen Kutsche und damit auch Emmas konnte das Haus am Herrengraben schwerlich schon erreicht haben. Oder doch? Wie lange mochte es dauern, bis die Nachricht in Bremen ankam und auch Smitten und die Bocholtin erreichte? Wie schnell ging so eine Nachricht weiter bis an die Elbe? Wer konnte sie überbringen?

Smitten hatte versichert, sie werde der Bocholtin berichten, das eilige Fräulein van Haaren habe einen Platz in einer zuverlässigen Kutsche nach Amsterdam gefunden, die sofort abfahrbereit gewesen sei. Da die Bocholtin nur vermeintlich am Geschick ihrer Mitmenschen teilnahm, würde sie nicken und weiter ihren schläfrigen Aufenthalt in Bremen genießen. Ob sie sich die Mühe machte, den erforderlichen Brief nach dem Haus am Herrengraben zu schreiben? Immerhin hatten Ostendorf und Pate Engelbach ihr ein unerfahrenes Mädchen für die Reise bis an die Amstel anvertraut, das nun alleine auf der Weiterreise war. Zwar in der Obhut eines strengen calvinistischen Gobelinwirkers, aber doch ohne die unabdingbare weibliche Begleitung.

Emma blickte verstohlen zu Fanny. Ihr Gewand aus wenig gebleichtem Leinen war schlicht, beinahe wie das einer Bäuerin: der Rock ein wenig mehr gebauscht, der darunter hervorblitzende Unterrock mit nicht mehr ganz vollständiger Häkelspitze gesäumt, die Bluse mit einigen Biesen und blauer Stickerei verziert. Ein Brusttuch bedeckte brav das großzügige Dekolleté, und ein mit bunten Bändern besetztes und erst ganz wenig an den Rändern ausgefranstes Schultertuch schützte sie vor der Kühle des Morgens. Ihr Haar war trotz der frühen Stunde und des eiligen

Packens für die Abfahrt schon mit einer zierlichen Efeuranke und bunt schillernden Federn geschmückt. Emma dachte an die Damen in Engelbachs Garten und daran, welch kostspieligen Aufwand sie dagegen treiben mussten, um sich bei aller gebotenen hanseatischen Dezenz doch hübsch aufzuputzen.

Nun hatte sie also weibliche Begleitung. Allerdings würde niemand, den sie bis zu ihrer Abreise aus Bremen gekannt hatte, die Mitglieder einer wandernden Komödiantengesellschaft als honorig bezeichnen. Für ein Fräulein von Haaren war es ganz und gar unmöglich, mit Wanderkomödianten, insbesondere deren Frauen, auch nur zu sprechen. Wer ohne festes Zuhause lebte, mit dem Wagen von Stadt zu Stadt zog und sich auch noch auf öffentlichen Plätzen, auf Märkten und Kirmessen schamlos dem Publikum zeigte, galt als nichts anderes als unehrlich und lasterhaft, die Frauen schnell als Huren.

Das wohlerzogene Fräulein van Haaren nahm das als selbstverständlich, Emmet hingegen, dieser seltsame Emmet, lebte in einer Art Zwischenwelt und war frei zu entscheiden, wessen Gesellschaft er suchte, die er passend oder auch nur amüsant fand. Dieser seltsame Emmet wanderte durch eine Welt, in der man gut daran tat, Gesellschaft und Gemeinschaft zu suchen. Allein auf den Straßen glich ein Menschlein einem Käfer und war schnell verloren. Das wusste Emma nun nur zu gut. Wenn man selbst über die Straßen zog, von der Hand in den Mund lebte, sah man anders auf die Menschen, denen man unterwegs begegnete. Da maß man mit anderem Maß, und der Gedanke an missbilligende Blicke und die Verachtung braver Nachbarn war gleich vergessen.

«Marsch, marsch, liebe Leute, vertrödelt nicht den Tag! Nicht den Tag.» Tacitus Sylvester winkte vom Bock des ersten Wagens schwungvoll mit der Gerte. Valentin saß neben ihm, kerzengrade auf der vordersten Kante, den flachen schwarzen Hut in den Nacken geschoben. Sein Gesicht und seine Hände waren schon ein wenig von der Sonne gebräunt, seine Wangen rosiger als sonst. Womöglich fand er den Besuch einer großen fremden Stadt aufregend, wie ein ganz normaler Junge. Bei allem Bemühen um eine würdige Miene schimmerte durch die stete Trauer in seinen Augen endlich Unternehmungslust.

So rollte und wanderte die kleine Karawane von den Hügeln auf die Stadt zu. Wie auf den letzten Etappen eines Pilgerweges zu einer berühmten Reliquie wurden die Wagen, Kutschen und der Stadt zuströmenden Menschen immer zahlreicher und vereinigten sich zu einem unaufhaltsamen Strom. Von der Höhe hatte es ausgesehen, als strebten alle auf die Tore wie auf Nadelöhre zu, von Osten und Westen, von Norden und Süden, um ins Paradies zu gelangen.

Der junge Wolf hatte Glück gehabt, als er in der Nacht ein dummes junges Kaninchen erwischt hatte, das sich mit den Warnsignalen vor Gefahren noch nicht genug ausgekannt hatte, um zu überleben. Er fühlte sich gestärkt.

Seine Wunde war immer noch nicht ganz verheilt, obwohl er sie sauber hielt. Inzwischen hatte er wieder andere Wölfe getroffen, das Rudel wäre klein genug gewesen, um ihn aufzunehmen. Sie hatten jedoch seine Verletzung gewittert und ihn als schwaches Tier davongejagt. Die Wunde schmerzte noch, sicher machte sie ihn langsamer, als er es sonst gewesen wäre, ein *wenig* langsamer. Aber er war nicht schwach, und die Wunde würde heilen.

Also war er weitergewandert, dem Geruch der beiden jungen Menschen nach, die viel schwächer waren als er. Sie erkannten nicht einmal die Tücken der Moore oder den Geruch von Gier, Bosheit und Mordlust. Sie brauchten ihn. Und was sonst sollte er tun?

Wenn er sich nur an das Kraut erinnern könnte, nach dem die alte Wölfin im Frühjahr gesucht hatte, um ihre verletzte Pfote zu kurieren. Es war ein bestimmtes Kraut gewesen, jedenfalls ein grünes Gewächs. Ihre alte erfahrene Nase hatte gewusst, wonach sie suchen musste, und ihr bald den Weg gewiesen. Und dann? Dann hatte die Weißgraue das Kraut – oder waren es aus der Erde wachsende Früchte gewesen? – weich getreten, so wie sie es mit Gras und Gesträuch tat, um sich einen Schlafplatz zu bereiten. Schließlich hatte sie sich so niedergelegt, dass der verletzte Hinterlauf im Krautsaft lag.

Er erinnerte sich weder an den Geruch noch, ob es am trockenen Wegrand oder nahe dem Wasser wuchs, nicht einmal, wie es aussah. Ein Kraut eben, grün wie fast alle. Er war noch so dumm gewesen, immer neugierig, das allerdings nur nicht auf das, was wichtig wurde, wenn man plötzlich ohne das vereinte Wissen und die Hilfe eines Rudels überleben musste.

Ein ganz anderer, nämlich warnender Geruch stieg ihm nun in die Nase, und er duckte sich tief ins Gras hinter dem Gestrüpp. Drei Reiter lenkten ihre Pferde aus dem Unterholz an den Rand der Kuppe, wo sich auch ihnen der beste Blick ins Tal und zum nördlichen Stadttor bot, auf die den Toren zustrebenden Menschen, Tiere und Wagen. Alle drei hatten ihre Hüte in die Stirn gezogen, um die Augen vor der noch tief stehenden Sonne zu beschirmen. Wer ihnen so begegnete und versuchte, ihre Gesichter zu erkennen oder gar darin zu lesen, hatte wenig Glück. Der, der in der Nase des jungen Wolfes am gefährlichsten roch, verbarg auch die untere Hälfte seines Gesichts, in einem dichten eisgrauen Bart. Auf seinen Rücken geschnallt trug er eine alte Armbrust, das Rapier an seinem Gürtel hingegen sah glänzend und neu aus. Vielleicht hatte er es erbeutet. Zweifellos war er ein starker Mann und ein Jäger. Fragte sich nur, welcher Beute er nachjagte.

Sein Begleiter war selbst im Sattel als Hüne zu erkennen. Er schob den Hut in den Nacken, sein rechtes Auge wurde von einer dunklen Binde verdeckt. Sein Mund wirkte grimmig und streng, die breiten Lippen seltsam rot, das Haar war lang und ölig. Sein Geruch unterschied sich kaum von dem des Älteren. Beide trugen Lederwämser, überhaupt robuste Kleider ähnlich denen der Soldaten, schmutzig von einem langen Ritt, aber erst wenig ausgebessert.

Der Ältere holte ein Rohr aus seinem Wams, zog es auseinander und hielt es an das rechte Auge. Endlich wies er ärgerlich knurrend mit dem ausgestreckten Arm hinunter ins Tal und reichte dem Jüngeren das Fernrohr.

«Beinahe», rief der, das Rohr noch am verbliebenen gesunden Auge, «beinahe. Aber nicht schlecht.» Seine Stimme klang rau und undeutlich. «So eine Stadt hat dunkle Gassen und Unratgruben.» Er grinste breit – seine Zähne waren für einen groben Mann wie ihn erstaunlich gut. Er gab das Fernrohr zurück und griff die Zügel mit einem Schnalzen fester.

«Nein.» Der Ältere hob die Hand. «Noch nicht.»

Der dritte Mann schien der jüngste; in seinen Kleidern, seiner ganzen Erscheinung unterschied er sich von den beiden anderen. Womöglich hatten sie sich erst unterwegs getroffen und zusammengetan, so wie man es unterwegs eben tat, wenn man klug war und heil und gesund an sein Ziel kommen wollte. Sicher hätte auch er gerne durch das Fernrohr gesehen – schon weil man einem solchen Instrument nicht oft begegnete, geschweige denn hindurchsehen und die Welt auf geheimnisvolle Weise näher heranholen durfte. Aber er schwieg und sah dabei zufrieden aus. Er war schlank, sein nussbraunes Haar war im Nacken zu einem Zopf geflochten, wie es bei einem tagelangen Ritt am besten war. Er trug die dunklen, schon durch und durch staubigen Kleider eines Bürgers auf Reisen. Sein bescheidener

Mantelsack war gut an seinem Sattel festgebunden. Am Gürtel, fast verborgen unter seinem Koller, hing ein Hirschfänger, lang genug, für einen kleinen Degen zu gelten.

Was er auf seinen Rücken gebunden hatte, dem sichersten Platz bei einem Reiter, zeigte unter einem festen Tuch die Umrisse einer Laute. Sein Pferd begann zu tänzeln, es spürte die Ungeduld des Reiters, doch er klopfte ihm beruhigend den Hals und blickte gelassen über die Hügel im milden Morgenlicht. Mit den Augen folgte er dem kreisenden Flug einer Rabenkrähe.

Kapitel 9

Osnabrück war einmal sehr reich gewesen. Noch früher, schon vor mehr als achthundert Jahren, kreuzten sich hier zwei bedeutende Straßen, die von West nach Ost und von Nord nach Süd führten. Bei einer bescheidenen Siedlung an der Kreuzung wurde zu Zeiten des großen Kaisers Karl ein Kirchlein erbaut und eine Missionsstation eingerichtet. Davon gab es in den Grenzlanden der christlichen Welt etliche, und etliche verschwanden auch wieder. Mal hatte ein Fluss seinen Lauf geändert, der in einer von zahlreichen Mooren bedrängten Landschaft der einzig sichere Zugang zu einer Ansiedlung gewesen war, mal hatte die Pest alle Bewohner getötet; mal hatten Räuber, durchziehende Soldaten jedweder Zugehörigkeit oder Gewitterstürme den Ort verwüstet und im Feuer vergehen lassen. Mal war einfach nur der Boden ausgelaugt und unfruchtbar geworden. Andere Ansiedlungen wiederum gediehen und wuchsen: Osnabrück zu einer der großen Städte im Reich.

Die sich beim Übergang über den Hase-Fluss kreuzenden alten Wege gehörten längst zu dem Netz von Fernhandelsstraßen, die kreuz und quer durch ganz Europa führten, sogar bis nach Nowgorod, das in älterer Zeit das östlichste Kontor der Hanse beherbergt hatte, oder noch weiter bis in den Orient. Bisweilen schoben sich Verbände von dreißig, vierzig oder mehr Fuhrwagen über die ausgefahrenen Straßen, die immer wieder in

Staub oder Morast und Kot der Zugtiere versanken. Ein großer Konvoi bot den besten, viele sagten, den einzigen Schutz gegen Räuberbanden und Söldnerarmeen, die sich für gewöhnlich wenig unterschieden.

Allerdings war eine lange Kolonne schwerfällig und kam nur langsam voran, was mehr Lohn für die Fuhrleute und mehr Futter für die Zugtiere bedeutete. Schutz und Sicherheit hatten ihren Preis. Manchmal hatte die Stadt daran verdient, manchmal musste sie dafür bezahlen. Besonders in den letzten Jahrzehnten, wenn die jeweiligen Herren und Generäle wieder einmal entlang der Straßen ganz nach eigenem Gusto neue Maut- und Zollstellen einrichteten, was wiederum die passierenden Waren verteuerte. Kurz und gut: Es war eine unberechenbare Zeit. Noch war der Krieg zu nah, immer noch lebten schwedische Soldaten in der Stadt, und noch hatte sich Osnabrück nicht von den ständigen Freikäufen von Plünderung und Brandschatzung erholt.

Seit fast einem Jahrzehnt war die Stadt an der Hase nun, nach dem langen Krieg, wie das achteinhalb Meilen entfernte Münster als Ort der Friedensverhandlungen für neutral erklärt worden. Die zahlreichen Gesandten mit ihren Heerscharen von Dienern und Köchen, Schreibern, Kutschern, reitenden Boten, Ehe- und anderen Frauen nicht zu vergessen, hatten wohl Geld in die Stadt gebracht, jedoch letztlich, summa summarum, viel gekostet. Trotzdem wirkte die Stadt mit ihren guterhaltenen Mauern, Wällen und Bastionen, mit den alles überragenden Kirchtürmen auf ganz eigene Weise stolz und siegreich.

Emma und Valentin schoben sich durch das Gedränge in der Straße vom Tor zur inneren Stadt. Niemand beachtete sie. Nur eine Rabenkrähe hatte sich auf der Pappel am Fluss niedergelassen; Emma schien, der große Vogel sehe sie aus seinen schwarz glänzenden Knopfaugen mit ernster Miene an. Da warf er sich in die Luft, stieg mit kräftigem Flügelschlag rasch auf und flog übers Tor aus der Stadt und zu den Hügeln.

Wieder glaubte Emma, sie habe Glück gehabt, als die Torwächter sie und Valentin nach einem raschen Blick auf ihre Pässe weiterwinkten. Tatsächlich trieb wieder das allmorgendliche Gedränge vor dem Tor die Soldaten zu Eile und Flüchtigkeit an. Die von Menschen, Tieren und Wagen verstopfte Brücke über den Fluss ächzte schon unter ihrer Last. Zwei harmlose junge Menschen wie diese beiden boten zu wenig Anlass, sie als Schmuggler, Diebe, Messerstecher oder notorische Betrüger zu verdächtigen. Auch nach tief in ihren Mantelsäcken steckenden verbotenen Büchern und Flugblättern sahen sie nicht aus.

In einer ruhigeren Stunde wären zwei solche Grünschnäbel den Wächtern am Hase-Tor gerade recht gekommen. Bürgerkinder, Studenten oder Schüler waren im Reisen wenig erfahren und leicht zu erschrecken. Ein paar verwirrende und strenge Fragen, eine besonders gründliche Durchsuchung ihrer Mantelsäcke, endlich eine Leibesvisitation bis unters Hemd – das war stets aufs Neue ein Spaß. Fiel dabei versehentlich die eine oder andere Münze in die Taschen der Wächter, wurde der Spaß auch noch einträglich.

Die Sylvester'schen Komödianten kamen nicht so leicht davon. Als Emma zurücksah, dankte sie dem alten Tacitus im Stillen, weil er so liebenswürdig gewesen war, sie und Valentin vorm Tor zu verabschieden und vorauszuschicken.

«Geht besser allein», hatte er gesagt, «ja, allein. Torwächter sind überall wahrhaft kunstsinnige Männer. Sie durchsuchen unsere Wagen und Taschen und Kisten und Kasten stets aufs Allergründlichste. Allergründlichste, ja. Warum sonst sollte danach immer was fehlen – ein Stück Seide, Flitter oder ein Unterrock, eine Mephistopheles-Maske, ein Pickelhering-Wams oder teure Pinsel –, wenn die Kerle nicht aus lauter Bewunderung für unsere Kunst nach Andenken suchten? Ja, nach Andenken. So ist es nun mal und schon immer gewesen.»

Bei diesen Worten klang Tacitus Sylvester überhaupt nicht spaßhaft, wie es sonst seine Art war. Duke, der gerade neben ihm stand, schnaufte grimmig, seine Faust schloss sich kräftig um den Knauf seines Rapiers.

Einmal in der Stadt seien er und die seinen leicht zu finden, erklärte der Prinzipal weiter, die Spielerlaubnis gelte diesmal nur für einen bestimmten Platz nahe dem nach Westen gelegenen Heger-Tor, dort habe Thomas auch Quartier für die ganze Gesellschaft gemacht.

«Falls ihr kein Obdach habt, auf Reisen kann man nie wissen, bei uns wird sich schon ein Plätzchen für euch finden. Geht zum West-Tor, und dann folgt der Musik. Musik machen wir alle Tage. Alle Tage, ja. Oder hört auf Sokrates' Schrei. Wenn der junge Herr Valentin naht ...» Er vollführte einen schwungvollen Kratzfuß. «... fühlt das Grautier einen Freund und schreit sein Willkommen. Wie es sich gehört, ja, gehört.»

Valentin war tief errötet. Nicht weil er sich von der Freundschaft eines Esels verspottet oder beschämt fühlte, sondern vor verlegener Freude.

«Nun komm schon, Emmet.» Er zupfte ungeduldig an Emmas Ärmel. Sie blickte immer noch zurück, obwohl Tacitus Sylvester und seine Leute im Zwischenhof des Tores feststeckten und nicht mehr auszumachen waren. «Die Komödianten sind solche Misslichkeiten gewöhnt, die kommen schon zurecht. Wir können nicht warten, bis die Soldaten alle ihre Körbe und Schachteln durchsucht haben und sie endlich in die Stadt lassen. Sie haben die Erlaubnis des Rats, sie können hier nur Komödie spielen, wenn man sie hereinlässt. Das versteht jeder noch so blöde Torwächter.»

Emma nickte langsam. «Wenn sie nur einen von ihnen im

Kerker verschwinden lassen, sind es immer noch genug zum Komödiespielen. Überhaupt spielen sie keine Komödie, sondern Tragödie, wenn ich es richtig verstanden habe. Aber mit einem Spaßmacher. Sehr seltsam. Ich würde gerne mal zusehen.»

Valentin machte schmale Lippen. Während der letzten Tage hatte er Seiten eines ganz normalen Jungen gezeigt, zurück auf vertrautem städtischem Terrain mit vertrauten Regeln wurde er wieder das graue Kind mit der Vorliebe für einen verächtlichen Ton. Wie Emma hatte er nie dem Spiel wandernder Komödianten zugesehen, beiden war es strikt verboten gewesen. Valentin war nicht einmal in den Sinn gekommen, etwas so Unzüchtigem und Unmoralischem wie die groben Possen eines Wandertheaters anzusehen. In Gesellschaft der Komödianten, die sich ohne ihre Kostüme und Schminke, ohne unflätiges Geschrei kaum von anderen Reisenden unterschieden, schien er das vergessen zu haben.

«Ich habe gar nicht nach den Sylvester'schen Ausschau gehalten. Vielmehr überlege ich, wie wir aus dieser Stadt wieder hinauskommen.» Emma zeigte zu dem seitlichen Tordurchgang für die Fußgänger, wo Soldaten die Körbe und sogar die zugegebenermaßen ungewöhnlich zahlreichen Rocktaschen zweier Landfrauen durchsuchten, die schon auf dem Heimweg waren.

Valentin zuckte die Achseln. «Warum sollten sie uns nicht wieder hinauslassen?» Ein Anflug von Misstrauen flackerte plötzlich in seinem Blick auf, als Emmet anstatt einer Antwort nur seinerseits die Achseln zuckte. Da wandte Valentin sich nach der Straße um, die zum Markt und zum Rathaus führte, denn so war es in dem Buch notiert gewesen, das in jenem Bach am Rand des Moores untergegangen war. Von dort ging es an der Domfreiheit vorbei und ein wenig südöstlich, endlich über einen Kanal, den Neuen Graben, in die Neustadt. Jedermann könne über den richtigen Weg Auskunft geben, wenn man nur frage. Das hatte dort auch gestanden.

Sie fanden die richtigen Straßen leicht, der Kanal bildete die Grenze wischen Alt- und Neustadt, aus ihm stieg besonders übler Gestank auf, das erinnerte Emma an die schmaleren der Hamburger Fleete in heißen Sommerwochen.

Nichts und niemand hatte sie aufgehalten, wenn man von dem in wilder Jagd fliehenden halben Dutzend Schweine absah, vor dem sie sich gerade noch in einen Hofeingang retten konnten. Die wohlgenährten Borstentiere flüchteten blindlings und mit hochtönenden Schreien vor einer imaginären Gefahr, vielleicht auch vor dem gewetzten Schlachtermesser. Wenig später mussten sie sich mit einem beherzten Sprung an den Rand eines dampfenden Misthaufens vor einer gar zu eiligen Kutsche in Sicherheit bringen. Nahe dem Dom flohen sie vor drei kichernden, fast zahnlosen Mädchen, die mit ihren schrundigen Fingern nach ihnen griffen und sich zu einem Preis anboten, der ihrem verwahrlosten Zustand angemessen war. Zwei Brauerknechte gönnten sich beim Abladen der Bierfässer gerade eine kleine Pause, sie feuerten die Dirnen mit zotigen Rufen an, die weder Emma noch Valentin verstanden – nicht wegen des ungewohnten Dialekts, sondern weil sie in diesen Dingen rein gar nichts verstanden. Das Vokabular war beiden so fremd wie die Sprache kaukasischer Nomaden.

Die Altstadt lag unter einer Glocke von Gestank. Selbst als die einflussreichen Gesandten in den Jahren der Friedensverhandlungen immer wieder vom Rat forderten, wenigstens die Schweine samt den Koben aus den Straßen zu verbannen, wurde die Stadt nicht reinlicher.

Obwohl es schwül geworden war, atmete es sich auf der anderen Seite des Grabens gleich leichter. In der Neustadt gab es noch Felder, Bleichwiesen und Gärten, sanfter Wind trieb auch die fauligen Ausdünstungen aus dem Neuen Graben der Altstadt zu.

Valentins Ziel, das Haus am Ende der Bleichgasse, war bald gefunden. Bei der Suche hatten sie entlang der Straßen Ackerbürgerhäuser, Werkstätten und bescheidene Katen gesehen, aber auch einige Steinwerke, trutzige Häuser mit hohen Speichergeschossen der wohlhabenden Kaufleute, dazwischen einen Adelshof mit gepflegten Gärten und Ställen. Endlich wies eine Schmiede den Weg – Hammerschläge auf dem Amboss, zischendes Wasser, der Geruch von erhitztem Eisen und verbranntem Horn, das aufgeregte Schnauben von Pferden im Hof. Dort bog die Bleichgasse von einer größeren ab.

Die Gasse war schmal, um diese vormittägliche Stunde drang kein Sonnenstrahl hinein. Alle Häuser zeigten den Giebel zur Gasse, alle waren bescheiden und niedrig, an manchen verriet brüchiges Fachwerk Armut, zwischen einigen führten kaum schulterbreite Gänge zu den hinteren Höfen und Gärten. Eine seltsame Stille lag über diesen Häusern. Menschen, die ihrer Arbeit nachgingen, verursachten für gewöhnlich Lärm. Sie hantierten mit Werkzeugen oder Küchengerätschaften, sie lachten oder stritten miteinander, riefen sich Fragen oder Befehle zu. Hier war nichts davon, nicht einmal Kindergeschrei oder Hundegebell, nicht der in dieser Region so oft aus den kleinsten Katen zu hörende rhythmische Klang von Webstühlen.

«Bist du sicher?» Emma musterte skeptisch das Haus, vor dem Valentin stehen geblieben war. Es sah nicht aus, als werde es gleich zusammenbrechen, aber doch in absehbarer Zeit, falls nicht bald eine kleine Armee von Handwerkern anrückte. Immerhin hatte das Fenster neben der Haustür Glasscheiben, kleine runde bleigefasste Scheiben. In der Vergangenheit hatte hier jemand gelebt, der sich diese Annehmlichkeit hatte leisten können.

Valentin schob die Unterlippe vor, wie er es in Momenten der Unsicherheit manchmal tat, und nickte halbherzig. Wie Emma irritierte ihn der marode Zustand des Hauses.

«Alles stimmt: das vorletzte Haus in der Gasse mit der Schmiede im vorderen Eckhaus, über den beiden Fenstern im Giebel im Querbalken Rosetten, die besser für ein größeres Haus passen würden. Das sechsspeichige Rad als Schnitzwerk an der Tür ...»

Plötzlich sah Valentin wieder blass und klein aus. Er hatte gegen alle Vernunft die Hoffnung genährt, vielleicht, womöglich, ganz sicher seinen Vater hier wiederzutreffen. Krank, verwundet oder gesund, in jedem Fall lebend. Nun war die Hoffnung in Furcht vor dem umgeschlagen, was ihn hinter dieser Tür erwartete. Als sei der Zustand des Hauses, eines kranken oder gar sterbenden Hauses, ein Omen.

Die Tür ließ sich nicht aufschieben, anstelle einer Klinke war da nur ein Knauf, wie bei vielen Haustüren in den Städten, damit niemand unerwünscht eindringen konnte. Geöffnet wurde von innen. Das war auch am Ostendorf'schen Haus am Herrengraben so, allerdings wurde dort der Riegel erst zur Stunde des Torschlusses vorgelegt. Emma klopfte und lauschte. Stille. Nicht einmal das Maunzen einer Katze oder das Scharren von Vieh im Verschlag neben der Diele. Sie klopfte stärker, schlug schließlich mit der Faust gegen das Holz, das unter der Wucht in den Angeln stöhnte.

«Er ist ausgegangen», befand sie, als immer noch niemand reagierte. «Er und alle, die hier mit ihm leben. Wenn ich dein geheimnisvolles Murmeln richtig gedeutet habe, weiß er nicht, dass du heute kommst, dass du überhaupt kommst.» Sie musterte wieder stirnrunzelnd Wand und Giebel. «Oder er ist ausgezogen, bevor ihm das Dach auf den Kopf fällt.»

Hinter dem Fenster des Nachbarhauses bewegte sich ein

Schemen, dann wurde es behutsam einen Spaltbreit geöffnet. Emma glaubte das Gesicht einer Frau mir sehr schwarzem Haar zu erkennen.

«Verzeiht.» Emma neigte höflich grüßend den Kopf. «Wir möchten Herrn Vinthorst besuchen. Könnt Ihr uns sagen, ob ...»

Das Fenster wurde so vehement zugeschlagen, dass Emma unwillkürlich eine halben Schritt zurückwich.

Ein kurzes schnaufendes Lachen in ihrem Rücken ließ sie herumfahren. Da stand ein kleiner grauer Mann vor Valentin, musterte den Jungen mit zusammengekniffenen Augen und vorgestrecktem Kinn. Er stützte sich auf einen Stock, die Hand war knochig und trug auf dem Mittelfinger einen breiten Ring. Früher, als seine Hände noch jünger und kräftiger gewesen waren, hatte er ihn vielleicht am Ringfinger getragen.

Ein herber Geruch ging von ihm aus, Kampfer vielleicht, oder etwas, mit dem ein Theriak in einer Alchimistenküche geköchelt wurde. Der Geruch kam aus seinen Kleidern, einem bis über die Waden reichenden kittelähnlichen Gewand aus bräunlich grauem Tuch über ausgetretenen Stiefeln. Sein Hals war nackt und dünn wie der eines Geiers, sein Kinn von grauen, an der rechten Seite gelblich verfärbten Stoppeln bedeckt. Auf dem Kopf trug er eine bestickte Kappe, unter der dünnes graues Haar bis über die Schultern fiel. Ein seltsamer Nachbar, den Vinthorst da hatte. Wer immer wiederum dieser Vinthorst sein mochte.

Angestrengt unterdrückte Emma einen plötzlichen Drang zu lachen. Es wäre ein schrilles unfrohes Lachen. Was tat sie hier? Sie wollte doch nur – endlich, nach all den Jahren – ihre unbekannte Familie in Amsterdam kennenlernen. Die lange Reise war Unbequemlichkeit genug. Sie hatte sich auf eine Schiffspassage gefreut – die wäre schneller gewesen, bequemer und sehr viel vergnüglicher als über Land, besonders für ein Mädchen, das sich von jeher nach dem Meer gesehnt hatte. Dank des verflixten Konrad Hannelütt hatte sie mit den Landstraßen vorliebnehmen, dank der Gemütlichkeit der Bocholtin allein weiterreisen müssen, dank Smitten als junger Mann in einer fremden Kutsche mit fremden Leuten – und endlich dank Schelling nun zu Fuß und auf der Flucht vor etwas, das sie nicht kannte, von dem sie nicht wusste, was oder wer es überhaupt war.

Und nun stand sie hier, dank Valentin ... nein, das stimmte nicht. Es war allein ihre Entscheidung gewesen, den Jungen auf seinem Weg zu begleiten, ihn nicht allein zu lassen. Wobei sie immer noch nicht wusste, warum sie diese Entscheidung so und nicht anders getroffen hatte.

«Vinthorst», schnarrte das Männchen, «du willst zu Vinthorst.» Er musterte Valentin unverwandt, dessen Begleiter schien er nicht einmal zu bemerken. «Sein Sohn, was? Oder auch nicht. Einerseits, andererseits. Vinthorst ist davon, in der vorletzten Nacht.» Seine Stimme gerann zum Raunen, seine Augen blickten hellwach, sie waren klarer, als man es bei einem so alten Mann erwarten konnte. «Sie sagt, der Teufel hat ihn geholt.» Sein Blick glitt rasch zum Fenster des Nachbarhauses, verharrte kurz blinzelnd bei Emma, bevor er sich wieder Valentin zuwandte. «Vom Teufel reden die Leute gern, wenn sich einer in der Nacht auf den Weg macht. Mit Teufelskraft im Wind über die Wälle.» Er ließ seine dünnen gelblichen Finger durch die Luft flattern, nun klang sein Lachen nicht schnaufend, sondern einfach vergnügt. «Über die Dächer und die Wälle, die Kirchtürme umkreisen, höher steigen als jedes Kruzifix. Wer will das nicht? Fliegen. Dabei gibt es andere Mittel. Warum immer gleich Bruder Teufel bemühen? Aber das geht dich nichts an. Hüte dich vor Charon. Jedes Ding hat zwei Seiten, denk beizeiten dran, Söhnchen, zwei Seiten. Nur die Hölle nicht.»

Mit spitzem Finger stach er gegen Valentins Brust, sein Ring glänzte trotz des matten Lichts, und Emma fühlte, es wäre von großer, von immenser Wichtigkeit, die Insignien auf diesem Ring zu sehen und zu verstehen. Doch da war die Hand schon in einer Tasche seines Kittels verschwunden, er wandte sich um und ging ohne einen Gruß oder ein Zeichen des Abschieds mit steif trippelnden Schritten die Gasse hinunter.

«Zwei Seiten», murmelte Valentin, «zwei Seiten? Natürlich», rief er dann und schlug sich mit der Hand gegen die Stirn, «die Hintertür.»

«Hintertür?» Emma fand, das sei trotz der wirren Rede des Alten keine überraschende Erkenntnis. Hatte nicht jedes Haus zwei Türen? «Kann sein. Was nützt das, wenn niemand zu Hause ist? Wieso hat er Söhnchen zu dir gesagt? Wer ist der Mann überhaupt, den du hier treffen willst. Ist er ...»

«Nein.» Valentins Stimme war nur ein gepresstes Flüstern. «Das kann nicht sein. Es ist unmöglich. Hier lebt nur ein Glaubensbruder aus einer holländischen Gemeinde. Es kann doch nicht sein ...» Seine Augen füllten sich mit Tränen, und er wandte sich rasch ab.

«Nein, Valentin.» Emma wusste genau, was er tun wollte. «Das geht nicht, du hast doch gehört, er ist nicht da, abgereist, oder was weiß ich. Jedenfalls nicht *hier*. Wir müssen uns etwas anderes einfallen lassen. Es wird doch andere von euren Glaubensbrüdern geben, das ist eine große Stadt und schon ziemlich nah an den Niederlanden.»

Sie würde ihn keinesfalls begleiten, nicht in ein solches Haus, nicht nach solchem Geschwätz und dem Erschrecken der Nachbarin. Sie blickte sich nach dem grauen Männlein mit den alchimistischen Ausdünstungen um – es war schon verschwunden. Ebenfalls hoch über die Dächer und über die Wälle? Was für Gedanken! Diese Gasse war kein guter Ort, sondern einer, den man so schnell wie möglich verließ. Trotzdem sah sie zum Himmel hinauf. Ein Schwarm Mauersegler tanzte mit dem Sommerwind, hoch über ihm zog ein Bussard seine Kreise auf der Suche nach einer im Gras versteckten Maus. Seinen Augen entging nichts. Sie hätte gerne für fünf Minuten mit ihm getauscht. Nur für fünf Minuten. Oder einen Tag. Weit weg von alledem hier unten, dem Verworrenen, dem Ungewissen.

«Nein, Valentin», sagte sie noch einmal, «das tun wir nicht.» Aber auch Valentin war verschwunden.

Manchmal tut man etwas, obwohl man weiß, dass es nicht richtig ist und zu keinem guten Ende führen kann. Trotzdem *muss* man es tun, manchmal. Ein schmaler Gang zwischen zwei alten Häusern war nichts Besonderes, davon gab es viele in jeder Stadt. Zwischen *diesen* beiden alten Häusern jedoch, an diesem Tag und nach diesem Geschwätz?

Emma spürte ein dünnes Rinnsal von Schweiß in ihrem Rücken, als sie in den Gang trat. Die Luft wurde schlagartig moderig. Die Dächer beider Häuser berührten sich und machten den Gang zum Tunnel. Der Boden war einst gepflastert gewesen, was erstaunlich genug war, nun fehlten die meisten Steine, die restlichen bildeten Stolperfallen im morastigen Boden. Valentin schritt behutsam voran, als taste er bei jedem Schritt nach sicherem Grund. Er hatte fast das Ende erreicht und erschien gegen das Licht nur als schwarze Silhouette.

«So warte doch», rief Emma mit gedämpfter Stimme. «Warte.»

Er blieb stehen. «Gib acht, Emmet. Etwa in der Mitte liegt eine tote Ratte. Oder eine Katze? Jedenfalls, was von ihr übrig ist.»

Die Warnung kam eine Sekunde zu spät. Emma war noch übel, als sie ins Licht trat und sich zwischen dem Häuschen und einem Schuppen wiederfand. Ein mannshoher Bretterzaun versperrte Sicht und Zugang zu den Nachbarn. Voller Ekel schüttelte sie eine fette Made vom Stiefel, Valentin murmelte etwas von schleimiger Teufelsbrut und zertrat sie mit Ingrimm.

Die Hintertür war schmal, zwei kleine Fenster waren von hölzernen Läden verschlossen. Valentin hatte schon einen geöffnet, ein Rahmen mit hellem Wachspapier war in das Fenster gespannt und verwehrte den Blick ins Innere.

Die Brettertür gab gleich nach, als Valentin kräftig dagegendrückte, und Emma folgte ihm in das dunkle Haus. Hinter der Tür erwartete sie ein kleiner Vorraum mit festem Lehmboden. Ein grob gearbeiteter alter Tisch, ein paar Stücke Torf neben einer kalten Feuerstelle, staubige Weidenkörbe, ein Tragjoch, ein abgenutzter Spaten und eine Holzforke zeugten noch von Menschen, die hier gelebt und ihr Tagwerk verrichtet hatten. Der nächste Raum nahm beinahe das ganze Erdgeschoss ein; eine schmale Stiege, steil wie eine Leiter, führte im Hintergrund nach oben.

Ein Lehnstuhl und ein Tisch aus makellos gedrechseltem und poliertem Holz, auf einem Wandbord ein wenig Geschirr, auf einem Hocker unter dem Vorderfenster eine langstielige Tonpfeife neben einem Delfter Tabakstopf, zwei zinnerne Leuchter mit halb heruntergebrannten Kerzen – all das wäre im Ostendorf'schen und auch im Schelling'schen Haus kaum bemerkenswert. In diesem elenden Gemäuer war es erstaunlich. Ebenso der Korb neben dem bescheidenen Kamin, anstatt mit Torf war er mit Scheiten von gutem Holz gefüllt.

Der moderig-dumpfe Geruch des Zwischenganges hing auch in diesem Raum, verstärkt um etwas Süßlich-Fauliges. Emma bemühte sich, nur flach zu atmen. Beide lauschten in die Stille. Ohne Zweifel war das Haus verlassen.

«Lass uns gehen, Valentin», flüsterte Emma, die Atmosphäre unter diesem Dach ließ sie frösteln. «Hier ist doch niemand.»

Valentin hörte sie nicht. Er sah sich suchend um, hob den Deckel vom Tabakstopf, blickte in den Krug, der war halb mit Wasser gefüllt, es roch noch frisch. Endlich zeigte er auf die Stiege. Sie solle warten, bedeutete er ihr mit Gesten, er wolle auch oben nachsehen. Am Fuß der Stiege blieb er jedoch stehen, legte lauschend den Kopf zur Seite und hob warnend die Hand. Nun hörte Emma es auch: Da war ein feines Kratzen und Schaben, dann ein kurzer hoher Ton. Er kam jedoch nicht von oben.

Im Schatten der Stiege verbarg sich noch eine Tür. Sie war nur angelehnt, Emma schob sie vorsichtig auf, ebenso furchtsam wie neugierig. Valentin drängte sich ungeduldig an ihr vorbei und befand sich in einer winzigen Kammer. Durch ein kaum zwei Handbreit großes Fenster fiel spärliches Licht auf das einzige Möbelstück, eine große Truhe. Zwei Ratten nagten und kratzten an ihrem Holz. Das Eintreten der beiden Menschen ließ sie in ihrer eifrigen Arbeit verharren, aber es waren große Tiere, sie flohen nicht, sondern musterten die Eindringlinge nur kurz und machten sich wieder ans Werk, in das Innere der Truhe vorzudringen.

«Verdammtes Pack.» Valentins Jungenstimme klang rau und zornig. Was immer er zu finden gehofft oder befürchtet hatte, an das Naheliegende, an Ratten, hatte er sicher nicht gedacht.

«Komm», flüsterte Emma, sie ließ die nagenden Räuber nicht aus den Augen, «das ist ekelhaft. Ich will hier raus.»

«Gleich, nur noch ...» Valentin zeigte auf den Deckel der Truhe. «Sieh mal, da ist etwas, ein Stück Stoff. Vielleicht werden darin auch andere Sachen verwahrt. Kleider, Papiere. Briefe.»

Was er eigentlich meinte, war eine Nachricht. Eine Botschaft. Etwas, das seine Fragen beantwortete, das ihm weiterhalf, das erklärte, an wen er sich wenden konnte, um seinen Auftrag zu erfüllen. Um von seinem Vater zu erfahren.

Er hob den Deckel an, der offensichtlich schwer war, alte

harte Eiche, und wuchtete ihn ganz hoch. Die Truhe war tatsächlich nicht leer. Sie diente jedoch nicht der Aufbewahrung von Leinen, Wolltüchern oder wichtigen Papieren. Ein Mann lag darin, und der Mann war tot. Wo seine Augen, seine Nase, sein Mund gewesen waren, klebten eifrig summende Fliegen wie beweglicher schwarzer Pelz, ebenso auf dem Blut, wo ein Messer seine Kehle und die Halsschlagader durchtrennt hatte, und auf seiner blutgetränkten Hemdbrust.

Als der Geruch von verwesendem Blut noch eindringlicher in die Kammer drang, fiepten die Ratten schrill. Eine dritte schoss aus einem Loch ganz unten in der Außenwand herbei, die erste sprang blitzschnell an der Truhe hoch, erregt und gierig, siegesgewiss, die Beute endlich zu fassen, das faulende Fleisch.

Valentin entriss Emma den Schürhaken und schlug in blinder Wut auf die Tiere ein, sein Gesicht schneeweiß, verzerrt vor Zorn. Er schlug und schlug. Emma löste sich endlich aus der Erstarrung des Entsetzens, sah die erste Ratte zerfetzt am Boden, die zweite schleppte sich blutend, mit schrillen Tönen und nur noch schleifenden Hinterläufen zu ihrem Loch. Die dritte wollte kämpfen. Mit einem kraftvollen Satz erreichte sie die obere Kante der Truhe, Emma stieß mit aller Kraft den Deckel herunter, der verfehlte das flüchtende Tier nur um einen Fingerbreit.

Valentin stand heftig atmend da, den blutigen Schürhaken noch umklammert, und starrte wild auf die wieder geschlossene Truhe. Er ließ das besudelte Eisen fallen, als widere es ihn genauso an wie die Ratten, und erbrach sich würgend auf den Kadaver.

«Wir müssen weg», stieß Emma hervor, «raus hier. Sofort.»

Valentin starrte sie an. Das war nicht der vertraute Junge, der bei aller Entschlossenheit, den fatalen Auftrag seines Vaters auszuführen, ängstliche Junge. Das war ein Fremder, im Gesicht schon ein Mann, der glühenden Hass in sich trug. Der töten konnte. Jetzt waren es Ratten gewesen, in diesem Moment zweifelte Emma nicht, dass er, wenn es darauf ankam, ohne Zögern eine Waffe gegen einen Menschen richten würde. Schweiß rann über sein Gesicht, seine bleiche Haut hatte sich gerötet, seine Augen brannten.

«Wer?», stieß er hervor, immer noch schwer atmend. «Wer ist das?»

«Nein.» Emma schüttelte entschieden den Kopf. «Nein. Ganz sicher nicht. Ich habe es genau gesehen. Der Mann dort ist kleiner und hat ganz dunkles, sogar schwarzes Haar, er ist auch dicker. Und da waren Silberknöpfe an seinem Ärmel.»

Es war nicht nötig auszusprechen, wen Valentin, wen auch Emma in dem Toten zu finden befürchtet hatte.

«Wir müssen uns beeilen. Gleich wird eine ganze Horde dieser widerwärtigen Kreaturen hier sein.» Sie schluckte und dachte: Vielleicht auch Soldaten. Und dann? «Wir können nichts mehr für ihn tun.»

Sie holten den Holzkorb aus der Stube und wuchteten ihn auf die Truhe. Das mochte die Ratten aufhalten. Für eine Weile.

Hastig schnürten sie die Mantelsäcke, die sie im Vorraum gelassen hatten, auf ihre Rücken. Emma verbot sich zu denken, die Ratten hätten ihren Proviant gewittert und seien hineingekrochen. Vor dem Zwischengang hielt Emma Valentin zurück.

«Warte», raunte sie, «ich höre etwas.»

Sein Gesicht verzog sich im Ekel. Ratten, formten seine Lippen lautlos. Emma schüttelte den Kopf. Ihr Herz hämmerte dumpf, ihr war, als löse sich ihr Geist, ihr Körper, ihre ganze Welt auf. Was sie spürte, war blanke Gefahr. Draußen im Gang war niemand, aber an seinem Ende waren Pferde in der Bleichgasse. Und Stimmen. Männerstimmen. Sie sprachen leise, aber nicht leise genug. Emma kannte diese Stimmen, die raue und die, deren Sprache sie nicht verstand.

Valentin begriff sofort. Nichts macht so wachsam wie Angst,

nichts schärft Gehör und Augen so stark. Sie hasteten auf Zehenspitzen durch Disteln und hohes verkrautetes Gras entlang des Bretterzaunes und um den Schuppen herum. Nur weg von diesem schrecklichen Ort. Von dem Toten, den blutgierigen Tieren, den bedrohlichen Reitern. Eine dichte, hochgewachsene Hecke hielt sie auf und bot zugleich Schutz und Unterschlupf. Für einen Moment.

Weiter nach Süden erstreckten sich vor dicht bebauten Straßen Bleichwiesen. Ein Graben mit morastigen Uferstreifen versperrte den Ausweg in diese Richtung und im weiten Bogen zurück zur Brücke über den Neuen Graben. Wenn sie über die Wiese rannten, wären sie von allen Seiten zu sehen, aber die Männer waren noch nicht im Hof. Jenseits der Hecke verlief ein Weg, der zu den Häuserzeilen vor der westlichen Mauer führte, dort musste es eine zweite Brücke geben. Das war der sicherste Weg zurück zur Altstadt, in deren Gewirr von Gassen und Höfen, belebten Plätzen und Straßen man am besten untertauchen konnte.

Just dort näherte sich nun ein anderer Reiter, zwei Soldaten begleiteten ihn. Er wandte sich im Sattel um, vielleicht nur weil er nach der Stadt oder nach den Wolken über dem Horizont schauen wollte, vielleicht auf der Suche nach jemandem. Emma glaubte für einen Wimpernschlag ein vage vertrautes Profil zu erkennen. Auf dem Rücken trug der Reiter etwas, in ein Tuch eingeschlagen, dessen Form einer Laute glich.

Dem Schrecken der Bleichgasse waren Emma und Valentin entkommen. Nun saßen sie in der Falle.

༄

Die alte Dame blickte dem Boot nach und beobachtete, wie der Mann an den Riemen es geschickt zwischen die vielen anderen bugsierte. Das Kind auf der Heckbank drehte sich noch einmal um und winkte, so wie Kinder es eben tun, doch die kleine alltägliche Geste berührte sie unerwartet heftig. Die Gracht im Spätsommerlicht, das Boot, der winkende Junge mit dem Samtbarett erinnerten sie so lebendig an jenen viele Jahre zurückliegenden Tag. Viele Jahre? Ihr schien es, als sei es gestern gewesen.

Hanns war damals noch jung gewesen, aber doch schon ein erwachsener Mann, als er auf die gleiche Weise in einem Boot die Hand zum Abschied gehoben hatte. Lachend, so war er immer gewesen, auch an jenem Tag, obwohl er und seine Familie sich in großer Uneinigkeit getrennt hatten. Damals hatte sie wie jetzt allein am Anleger gestanden. Sein Vater und die älteren Brüder waren mit ihrem Grimm in der großen Wohnstube im ersten Stock geblieben.

Er hatte getan, was er wollte, gegen den Willen seiner ganzen Familie. Damals war es schon nicht mehr rückgängig zu machen gewesen, die Ehe war längst geschlossen, sogar ein Kind schon geboren. Sie hatte sehr alt werden und viel erleben müssen, bis sie ihn nicht nur verstand – vielleicht hatte sie das heimlich schon immer getan –, sondern seine Eigenwilligkeit auch achten, sogar bewundern konnte. Er hatte sich ein Glück gegönnt. Dessen Wert verstand man am besten, wenn der irdische Lebensweg sich dem Ziel näherte.

Ach, die Religion. Die war nicht der wirkliche Grund gewesen. Wer etwas zählte in Holland, war zwar Calvinist, wer ein öffentliches Amt erwerben wollte, musste sich mit seinem Eid dazu bekennen. Aber hatte man je gehört, in einem anderen Teil der Welt herrsche eine größere Toleranz als in der Provinz Holland, mit Amsterdam die reichste und weltoffenste der *Vereinigten Provinzen der Niederlande*. Besonders in Amsterdam lebten Calvinisten, Lutheraner, Mennoniten, Juden und jeweils die verschiedensten Abspaltungen friedlich nebeneinander. Selbst Katholiken wurden toleriert, solange sie sich an die Regeln hielten und wie alle ihre Steuern zahlten. Sie feierten ihre Messen in versteckten Kirchen, von denen aber jeder wusste, ob im Rathaus oder in der geringsten Hafenkneipe. Kaum jemand störte sich daran.

Führte diese Toleranz in Glaubensdingen nun zu Sünde, Verfall und elenden Gottesstrafen? Kein Land weit und breit war so volkreich und wohlhabend, so friedlich, sogar den schönen Künsten zugetan wie die weltoffene Provinz Holland. Offen für die Waren, die aus aller Welt eintrafen und nach Ländern in ganz Europa weiterverkauft wurden.

Nein, die Religion war nicht der tiefere Grund gewesen, warum die Familie Hanns' Ehe mit der Hamburger Lutheranerin so strikt abgelehnt hatte. Als einem jüngeren Sohn hätte man Hanns da gewisse Freiheiten zugestehen können. Für seinen Vater mochte es zuerst der Ungehorsam gewesen sein, Adrian hatte stets in allen Dingen zuerst Gehorsam erwartet. Für Hanns' Brüder, auch für die Onkel und Cousins, war es der leichtfertig praktizierte Widerstand gegen die Interessen der Familie gewesen, die durch die passenden Ehen gefestigt wurden. Das kam vor allem anderen, so war es überall, erst recht in der Welt der wohlhabenden Kaufleute. Die Ehe mit einer mittellosen Professorentochter ohne jeglichen Einfluss, *dazu* einer Lutheranerin, vereitelte die geplante Verbindung mit einer anderen Amsterdamer Familie und blamierte die van Haarens.

Und sie selbst? Sie hatte zu allem geschwiegen. Damals. Das nahm sie sich noch heute übel. Sie war nun alt und musste ihr Leben ordnen, Fehler und Versäumnisse ausgleichen, wiedergutmachen. Wo es möglich war. Egal ob sie dabei einen Eklat verursachte – schon lange hatte sie sich in ihren Entscheidungen nicht mehr so sicher gefühlt wie in diesen letzten Wochen. Also war Gott auf ihrer Seite.

Nur eine neue Angst hatte sie eingeholt: plötzlich zu sterben.

Das konnte in ihrem Alter leicht geschehen, über Nacht, auch Joost war so aus der irdischen Welt gegangen. Bis vor kurzer Zeit hatte sie das wenig geängstigt, es war ein sanfter Tod gewesen, und sie war in Gottes Hand, da gab es kein Grübeln. Nun schreckte sie jedoch die Angst selbst mitten in der Nacht auf, der Tod könne an ihre Kammer klopfen, bevor das Mädchen angekommen war. Emma, Hanns' einziges Kind. Auch das lag natürlich in Gottes Hand, sie fürchtete aber, in dieser Sache werde sie mit dem Herrn rechten. Und zwar heftig.

Plötzlich wehte der Wind kühl von der Gracht. Das Boot war verschwunden, und sie sah ihm immer noch nach. Auch damals war Rembrandt hier gewesen, zum ersten Mal, wenn sie sich recht erinnerte, noch neu in Amsterdam und schon ein gefragter Maler. Er hatte die letzten Skizzen für Hanns' Porträt gemacht. Das Bild war ihr geblieben. Nun sollte er auch das Porträt der unbekannten Enkelin malen. Er hatte es versprochen, wie immer brauchte er Geld, und sie zahlte nicht nur gut, sondern auch prompt.

Rembrandt, der dreiste Kerl, hatte es gewagt, das Fehlen ihrer steifen Halskrause zu bemerken, und das mit einem frech anerkennenden Pfiff gezeigt. Zum ersten Mal hatte sie heute Besuch empfangen, ohne sich die altmodische steife Krause anlegen zu lassen. Auf ihrem feinen schwarzen Gewand lag nur ein flacher weißer Kragen, mit flämischer Spitze umrandet.

Er hatte es auch gewagt, seinen Sohn mitzubringen, Titus, ein hübsches Kind – zu seinem Glück glich es mehr der Mutter. Mevrouw van Haaren war Saskia Rembrandt nur einmal begegnet. Es war lange her, seit der Maler Witwer geworden war.

Sie mochte Rembrandt, obwohl er sich gern leichtsinnig und störrisch gebärdete, dabei war er gleichermaßen erfolgreich und umstritten in seiner Lebensart wie in seinem Handwerk. Aber nie langweilig. Inzwischen führte er ein viel zu großes Haus, verschwendete wie ein Kind sein Geld für schöne Dinge und seine Kunstsammlung und lebte neuerdings mit seiner Haushälterin in Sünde. Es hieß, Hendrikje Stoffels sei eine einfache Person, dem kleinen Titus aber eine liebevolle Mutter. Der Kirchenrat konnte das trotzdem nicht lange hinnehmen. Hanns hatte seine Flora rasch geheiratet – womöglich wäre es seinen Brüdern lieber gewesen, er hätte es wie Rembrandt gemacht. Nur diskreter, das verstand sich für einen van Haaren. Geld machte vieles möglich.

«Nun schließ das Tor, Katrien», befahl sie endlich dem wartenden Dienstmädchen. «Dann sieh nach, ob der Tee bereit steht, und bring ihn auf die Terrasse.»

Das Mädchen knickste, schob die beiden Riegel vor das Holztor und eilte zum Haus zurück. Immer noch fiel Sonne in den kleinen Garten, das würzige Aroma von Buchsbaum lag in der Luft. Für gewöhnlich hielten sich die van Haarens während der Sommerwochen in ihrem Haus inmitten eines weitläufigen, sorgsam kultivierten und ertragreichen Gartens außerhalb der Stadtmauern an der Amstel auf. Seit der Rat das Vorland der Stadt zum Schutz vor den Angreifern hatte fluten lassen, erstreckte sich dort jedoch eine Schlammwüste. Mevrouw van Haaren hatte erstaunt festgestellt, wie sehr sie sich plötzlich in der Stadt mit ihrem Lärm und Gestank gefangen fühlte. Nicht nur in den engen Straßen, selbst auf den Grachten herrschte Gedränge. Nun bedauerte sie, nicht selbst auf die Reise nach dem Norden gegangen zu sein.

Ohne das Wissen ihrer Familie war sie stets über den Lauf der Dinge im Haus Flora van Haarens und nun der Ostendorfs informiert gewesen. Eigenes Geld und alte Freunde hatten dabei geholfen. Vielleicht gefiel dem Mädchen gerade das nicht, wenn sie es erfuhr. Sie musste annehmen, ihre holländischen Verwandten hatten nur beobachtet, ob sie es wert war, deren

Namen zu tragen. Das wäre ein Missverständnis und musste sie beleidigen. Nein, es war nicht einfach.

«Haltet Ihr es für klug, den Tee im Garten zu trinken?» Advokat Schrevelius stand mit der üblichen missmutigen Miene auf der kleinen Terrasse und beobachtete Katrien, die mit unter seinem strengen Blick zittrigen Händen den Tee servierte und einen Teller mit frischem Zimtgebäck dazustellte. «Die feuchte Luft könnte Euch schaden.»

«Es ist Sommer, lieber Schrevelius, die Luft ist trocken und warm, die Sonne scheint. Wenn Ihr um Eure Gesundheit fürchtet, bringt Katrien Euch eine warme Decke. Sorgt Euch einfach mal ein Stündchen lang nicht, um gar nichts. Auch wenn Ihr fürs Sorgen bezahlt werdet, gibt es heute keinen Anlass. Es sei denn, Ihr verheimlicht mir etwas, dann muss *ich* mich sorgen. Nun setzt Euch endlich. Ich weiß, Ihr haltet meinen Tee aus China für gefärbtes Wasser, trinkt ihn trotzdem, er war teuer und wird Eurem empfindlichen Magen schmeicheln.»

Sie bemerkte nicht, wie der Advokat plötzlich unruhig die Hände rieb und das Kinn senkte, als habe er einen Klaps in den Nacken bekommen. Er hüstelte dezent, wie er es oft tat, bevor er etwas sagte, das er für bedeutend hielt. Nun sagte er jedoch nichts.

Schrevelius machte sich tatsächlich Sorgen. Das war an sich nichts Besonderes, es gehörte zu ihm wie das Atmen. Seine Sorgen richteten sich allerdings nur auf Zwischenmenschliches, denn trotz der verbreiteten Meinung, er habe den Kopf nur voller Zahlen und Paragraphen, hatte Schrevelius auch ein Herz. In der Regel wusste er das recht gut zu verbergen, manchmal aus purer Notwendigkeit. Wie heute. Er war mit Leib und Seele Advokat. Manchmal allerdings noch mehr der Beschützer der alten Mevrouw van Haaren. Das war eine delikate Aufgabe, die ihn zwischen die Fronten getrieben hatte, wie er es bei sich nannte.

Er war der alten Dame wie zuvor ihrem Gatten seit vielen Jahren gern zu Diensten, besonders in Angelegenheiten, die nicht die *ganze* Familie zu interessieren hatten. Und ausgerechnet in dieser delikaten Mission zugleich ihren beiden Söhnen, den Herren des Handelshauses van Haaren. Er hätte sich nicht darauf einlassen dürfen, aber nun war es geschehen. Er übte sich in einer Gratwanderung und versicherte sich stets von neuem, es sei einzig zu Mevrouw van Haarens Bestem. Dennoch – es war ein doppeltes Spiel.

Die unverschämte Person, die vor wenigen Tagen erst aufgetaucht war, bestärkte ihn darin. Das unangenehme Weib hatte behauptet, sie sei Emma van Haaren. Zum Beweis hatte sie ein Schreiben Ostendorfs an ein Hamburger Kontor vorgelegt. Darin wurde der Kontorschreiber aufgefordert, dem Fräulein die nötigen Mittel zur Verfügung zu stellen, die sie für den Aufenthalt in Amsterdam und für ihre Rückreise an die Elbe benötige, das Ostendorf'sche Kontor bürge für jeden Betrag. Die Frau war mindestens doppelt so alt wie das Fräulein Emma, ihre Hände grob, die Manieren ließen an eine Schankmagd denken, ihr Deutsch erwies sich als so lückenhaft wie ihre Zähne. Das Schreiben war ohne jeden Zweifel ebenfalls falsch. Das befanden auch die Kaufleute im Hamburger Kontor.

Zum Glück war es gelungen, das Weib von der alten Mevrouw fernzuhalten, es ganz zu verheimlichen. Nun war es Sache der jungen van Haarens, die Wiederholung eines solchen Auftritts zu verhindern. Er wollte gar nicht genau wissen, was sie zu diesem Zweck unternahmen, denn er befürchtete, sie wollten mögliche weitere falsche Enkelinnen wie auch die echte Emma van Haaren von Amsterdam fernhalten – auf welche Weise auch immer.

Irgendwann musste er sich entscheiden, wem seine Loyalität gehörte. Wenn er …

«Lieber Schrevelius.» Mevrouw van Haarens Stimme klang beunruhigend sanft. «Am Tee kann es kaum liegen, er ist heute besonders gut. Gebt zu, Euch liegt ein Steinchen auf der Seele, legt es lieber hier auf den Tisch.»

Jetzt, dachte der Advokat, jetzt. Es wäre so erleichternd, so einfach. Nein, einfach war es eben nicht.

«Dieser Rembrandt», erklärte er endlich nach einem erneuten ausführlicheren Hüsteln. «Ihr seid zu großzügig. Er ist wieder viel zu teuer. Das sind seine Pinseleien nicht wert.»

Als sie lachte, klang es erleichtert. «Ich dachte schon, es geht um etwas Wichtiges. Zum Beispiel um schlechte Nachrichten von meiner Hamburger Enkelin. Hanns' Tochter müsste schon ganz in der Nähe sein.» Sie zupfte an ihren Spitzenmanschetten und schnippte ein Stäubchen fort. «Ganz in der Nähe, denkt Ihr nicht?»

⸎

Im fernen Osnabrück war es plötzlich doch ganz einfach gewesen. Bevor der Reiter mit den Soldaten sie erreichte, waren Emma und Valentin durch eine von trockenen Brennnesseln und Holundergebüsch verdeckte Lücke im Bretterzaun in den Nachbarhof geschlüpft. Dort trafen sie zwar auf einen dürren Hahn, der kampflustig sein halbes Dutzend Hennen verteidigen wollte. Bevor er jedoch mit Plustern und Krähen fertig war und zum Angriff übergehen konnte, waren die Eindringlinge schon verschwunden. Sie durchquerten zwei weitere Höfe, trafen noch auf eine halbblinde Alte, die auf einem Schemel in der Sonne saß und mit tastenden Fingern einen Korb aus Stroh flocht. Eine rot-weiße Katze fauchte ihnen von einem Vordach nach. Ein kurzes morastiges Stück Weg hatte vor ihnen schon andere aufgehalten, nun aber lag ein solides Brett als Steg darüber. Erstaunlich war nur, dass bisher niemand das kostbare Holz gestohlen hatte.

Als der Geruch die Nähe der Schmiede verriet – auch hier war es jetzt mittäglich still –, wagten sie sich in den nächsten Durchgang. Sie lugten hinter der Hausecke hervor in die Bleichgasse, bereit und auf dem Sprung, sofort umzukehren. An einem Eisenring neben der Tür von Vinthorsts Haus waren zwei gesattelte Pferde angebunden, die Reiter waren nicht zu sehen. Das Fenster des Nachbarhauses stand wieder einen Spaltbreit offen. Emma hätte viel dafür gegeben herauszufinden, was die Frau hinter dem Fenster gesehen hatte, was sie wusste. Wer sie war. Ob sie nur eine schroffe Person war oder Angst hatte.

«Nun komm schon», zischte Valentin, trat hinaus in die Gasse und ging festen und nicht zu schnellen Schrittes an der Schmiede vorbei und bog in die Straße zur Brücke ein. Emma blieb nur, ihm zu folgen – diesmal hatte sie nichts dagegen, allerdings wäre sie gerne gerannt. Blitzschnell.

Die Sylvester'schen Komödianten waren viel herumgekommen. Die Spielerlaubnis in den Dörfern und Städten wurde stets für eine begrenzte, zumeist recht kurze Zeit gewährt. Galt sie für die Dauer einer Messe oder eines Jahrmarktes, bestand die beste Aussicht auf satten Verdienst, obwohl dann die Konkurrenz von Akrobaten, Lustigmachern, Bärenführern, Quacksalbern und Starstechern, Kindersängern oder Kampfhähnen besonders groß war. Zu Messe- und Jahrmarktzeiten saß den Leuten das Geld lockerer als sonst in den Taschen.

Wer in diesem Metier satt werden wollte, tat gut daran, dem Publikum derbe Späße, die Illusion hübscher Mädchenbeine und tragische Geschichten zu bieten, Blutrünstiges von guten und bösen Königen, ihren Damen und ihren Widersachern. Ob um ein Reich oder die Liebe konkurriert wurde, blieb sich dabei gleich, solange tüchtig geprügelt, gefochten und gemordet, vernehmlich gerülpst und gefurzt wurde. Natürlich musste auch getanzt und zu Herzen gehend gesungen werden, unbedingt lustig musiziert, und sei es nur mit Tamburin und Flöte. Kostüme und Kulissen, die Sache mit dem Licht und dem Donner, falls der Teufel sich die Ehre gab, auch mit schwefeligem Qualm – wer diese Dinge gut einzurichten verstand, erntete doppelten Applaus und klingende Münze. Kurzum: Komödianten mussten Alleskönner sein.

In diesen Wochen fand in Osnabrück weder ein Jahrmarkt noch eine Kirmes statt. Das Theater durfte sich nicht auf dem Marktplatz vor dem Rathaus und der Marienkirche präsentieren, was Tacitus Sylvester als persönliche Beleidigung empfand.

Sie mussten ihre Bühne in einem leerstehenden Leinwandlager einrichten. Es teilte seinen immerhin recht geräumigen Hof mit einer Druckerei, einem Papierladen und einem Schneider. Das war allemal besser als ein Schlachthaus mit seinem Gestank und dem in Todesangst schreienden Vieh, oder eine Papiermühle mit dem unerbittlichen Lärm ihrer beständig die nassen Lumpen zerstampfenden Hämmer. Das Lagerhaus war nur ein staubiger Schuppen, aber mit einer Flügeltür zum Hof doch passabel. Eine Kastanie spendete mit ihrem dichten Laub Schutz gegen Sonne wie Regen.

«Großartig», beteuerte Tacitus Sylvester nun schon zum zehnten Mal. «Großartig, ja, das ist es. Der Rat will uns wohl. Wenn es regnet, und hier regnet es doch alle Tage, dies ist nicht das liebliche Toskanien, ja, wenn es regnet, droht uns trotzdem kein Verdruss, ja, kein Verdruss. Drinnen im Theatrum, draußen unter dem Schirm aus dichtem Laub. Wie gemacht für ein großes geneigtes Publikum.»

Just in diesem Moment wagte eines seiner bis dahin stummen Käfigvögelchen ein vorsichtiges Tschilpen, streckte das Köpfchen, plusterte die Brustfedern auf und sang. Leider verstummte es gleich wieder, erschreckt vom Gelächter und lautstarken Applaus der Komödianten, von denen niemand mehr geglaubt hatte, die kleinen Gefiederten könnten überhaupt singen.

Tacitus klatschte noch einmal höchst befriedigt in die Hände. «Ein Omen», rief er, «ein fabelhaftes Omen.»

Mrs Sylvester verdrehte amüsiert die Augen, Mrs Hollow nickte ernsthaft. Sie hatte sich ihr Leben lang, und das zählte schon eine recht lange Reihe von Jahren, von guten und schlechten Omen leiten lassen und war damit vielen Gefahren heil entkommen. Was eine verwegene These war – manchmal hatte es einiger Spitzfindigkeit bedurft, das passende Omen für eine gute Entscheidung zu erkennen. Jeder Mensch brauchte ab und zu eine Krücke, um aufrecht durchs Leben zu kommen.

Die Pferde standen im Stall neben dem Lager, für Sokrates war darin kein Platz mehr gewesen, so stand er angepflockt im Schatten der Kastanie und döste zufrieden. Er empfand milde Verachtung für die beiden Braunen, ständig drohte eine Kolik oder Erkältung, und ihr Hang zur Schreckhaftigkeit war lächerlich. Ein Esel war sich für solche Albernheiten zu schade. Er stand mit seinen stämmigen Beinen fest auf der Erde, tat seine Arbeit, fraß, was sich am Wegesrand bot, und ließ ansonsten den Tag einen guten Tag sein.

Die Wagen waren inzwischen entladen. John und Fanny hatten sich auf den Weg zur Marienkirche gemacht, um Gottes Segen für ein gutes Gelingen in dieser schönen Stadt zu erbitten; das war in jedem Spielort unerlässlich. Nebenbei bot sich womöglich die Gelegenheit zu einigen Tanzeinlagen – Fanny brauchte Geld für ein Stück feinen Stoff und drei seidene Bänder, das Mrs Sylvester als Herrin über die Kasse nicht so einfach herausrückte.

Alle Übrigen waren damit beschäftigt, aus dem Schuppen ein Theater zu machen, was in diesem Stadium ein ungemein staubiges und von zahllosen Spinnentieren, Fliegen und einer vielköpfigen Mäusesippe begleitetes Unternehmen war.

Plötzlich ließ Sokrates sein heiseres Geschrei ertönen, alle stürzten in den Hof in der Erwartung, der bei aller Dösigkeit stets wachsame Esel melde einen unerwünschten Besucher, etwa einen Dieb, einen Abgabeneintreiber oder Soldaten der Stadtwache – die waren für wandernde Komödianten und Händler alle von derselben niederträchtigen Spezies.

Aber kein Dieb weit und breit, kein Soldat, da drückten sich nicht einmal Neugierige herum. Valentins schmale Gestalt stand bei Sokrates, der Junge legte sein Gesicht gegen das warme Fell des Esels. Der verstummte gleich, schnaufte zärtlich und hielt ganz still.

Auch Emmet war da. Der zierliche junge Mann, der heute Morgen erst erwartungsfroh und unternehmungslustig durchs Tor und in die Stadt marschiert war, stand nun erhitzt, schmutzig und bleich im Hof. Sein Gesicht lächelte zur Begrüßung, doch dann rannen ganz still zwei Tränen über die von Staub und Schweiß beschmutzten Wangen, er setzte sich erschöpft auf eine Kostümkiste und barg das Gesicht in den Händen.

Valentin und Emma hatten den Anblick des Toten in der Truhe nur als Schreckensbild mitgenommen. Die Angst, entdeckt, verfolgt, fälschlich beschuldigt und gefangen zu werden, der Wille zu entkommen, waren noch stärker gewesen. Der Anblick des freundlichen Esels in einem sonnigen Hof reichte, die Rüstung der Selbstbeherrschung zu zerbrechen.

«O weh», murmelte Tacitus Sylvester, kratzte sich am Kopf und vergaß ganz, seine Worte zu wiederholen. Mrs Hollow seufzte ergeben: «Hilf uns Gott!» Und Mrs Sylvester nahm Valentin einfach in die Arme und murmelte Unverständliches, was vor einem solchen Abgrund von Kummer von jeher das Tröstlichste ist.

～～

Schnell hatte sich ein Kreis von Zuschauern um das tanzende Paar gebildet. Wenn Fannys Röcke flogen und ein wenig mehr als die zarten Knöchel freigaben, begann sogleich ein Pfeifen und Johlen, Applaus gab es auch. Die Münzen im Hut – es lagen zwei noch grüne Haselnüsse dazwischen – reichten bald für eines der besonderen Bänder, die Fanny als Schmuck für ihren schlichten Rock brauchte. Jedenfalls war er in ihren Augen schlicht. In den Augen der einfachen Mädchen und Frauen war er schon jetzt bunt und frech. Sie sahen dem frivolen jungen Paar ganz anders zu als die Männer: Einige mit Sehnsucht in den Augen, andere mit schmelzenden Blicken auf Johns schöne schlanke Gestalt, seine kraftvollen Beine und Arme, wenn er seine Tänzerin mit elegantem Schwung herumwirbelte und behutsam wieder auf den Boden setzte; wenn Fanny gleich weitertanzte, mit dieser Leichtigkeit, die man nicht allein mit fleißigem Üben erreicht, man muss sie in den Füßen und in der Seele haben. Nur wenige blickten mit Argwohn, Misstrauen oder Verachtung auf das junge Paar.

Als Fanny mit diesem zierlichem Lächeln, auf das sie sich verstand wie keine Zweite, mit dem Hut herumging, griff plötzlich eine breite schwielige Hand nach ihrem Arm. Die gehörte einem hochgewachsenen Mann von kräftiger Gestalt in robusten Kleidern, sein Wams war aus Leder, sein rechtes Auge von einer schwarzen Binde bedeckt.

«Heute Morgen am Tor war'n zwei Jungen bei euch», erklärte er. «Dünn wie du, blond wie Leinwand. Erzähl mir nicht, du weißt von nichts. Wir ham euch gesehen, da am Tor. Belüg mich nicht. Das ist noch kei'm bekommen.» Mit der anderen Hand umfasste er Fannys Kinn so fest, dass sie aufstöhnte. «Wo sind die hin? Zu wem? Ich weiß, dass du es weißt. Ihr Fahrenden seid schwatzhaftes Volk.»

«Verdammt, lass sie los.» Endlich hatte John bemerkt, was vor sich ging, und war mit drei Sätzen bei Fanny. «Lass das Mädchen los», schnauzte er, wirklich bemüht, seine Stimme nicht zittern zu lassen. «Wir wissen gar nichts. Nicht mal, wovon du da redest.»

Der Kerl, der Fanny umklammerte – zum Vergnügen der Zuschauer, die ganz umsonst eine prächtige Szene genossen –, war einen Kopf größer als John und doppelt so breit. Jedenfalls ließ sein Wams ihn so erscheinen. Dennoch brauchte John wenig Mut, er war wütend genug, dem Kerl hart gegen die Brust zu boxen, was den allerdings wenig berührte. Er lachte nur und hielt Fanny umso fester. Die ersten anfeuernden Rufe kamen aus dem Publikum, das schon das Halbrund einer Arena um Fanny und den Mann mit der Augenbinde gebildet hatte.

«Antwort, Tanztrin», nuschelte der Fremde. Er gab Fannys Kinn frei, nur um blitzschnell Johns Hemd an der Brust zu greifen und ihn mit dem ausgestreckten Arm weiter von sich weg zu halten, als Johns Arme reichten. Dabei sah er ihn nicht einmal an. Sosehr John auch strampelte und um sich schlug, er boxte nur die Luft. Es war ein absurder und demütigender Augenblick. Umso vergnügter dröhnte das Gelächter des Publikums über den Markt und zog noch mehr Menschen an. Zum ersten Mal in ihrem Leben wünschte Fanny sich Männer der Stadtwache herbei.

Rettung kam von ganz anderer Seite. Ein leiser scharfer Pfiff, dann trat ein ähnlich gekleideter, jedoch weniger grob erscheinender Mann in den Kreis, sein Haar und sein Bart waren grau, sein Gesicht unter einem breitkrempigen Hut nur vage zu erkennen. Er sagte etwas, es klang nach einem knappen Zischen und Raunen, dann waren Fanny und John plötzlich frei und die beiden Männer in der Menge verschwunden. Alles war ganz schnell gegangen. Sie fragten nicht, wer die Männer waren, ob jemand sie kannte. Bevor sich der Ring der Zuschauer aufgelöst hatte, waren auch sie verschwunden.

Kapitel 10

Es war still im Leinwandlager. Staub schwebte träge in den einfallenden Sonnenstrahlen, der Lärm des städtischen Lebens erreichte den Hof nur gedämpft zu einem holperigen Summen geronnen. Ein Schwarm Tauben hatte sich in der Kastanie niedergelassen, die Vögel ließen nur ab und zu ein leises Gurren und Flattern hören.

Endlich räusperte sich Tacitus Sylvester. Für gewöhnlich war Beth in solchen Angelegenheiten zuständig – und hierin auch die Klügere. Dennoch, dieser Fall war ernst, und er war der Prinzipal.

«Wirklich niemand hat euch dort gesehen, Emmet?»

«Außer dem seltsamen Alten? Die Frau am Fenster, aber sie hat es nur einen Spaltbreit geöffnet und ist gleich zurückgetreten. Offenbar haben wir sie erschreckt. Ich glaube nicht, dass sie uns gut erkennen konnte.»

«Das sind schon zwei. Und auf den Straßen, in der Gasse? Oder auf der Brücke über diesen stinkenden Kanal? Brücken sind eng, wenn man sich begegnet …»

«Nein.» Valentin hatte schweigend und mit gesenktem Kopf auf einer Kiste gesessen. Nun sah er Tacitus an. «Auf der Brücke kam uns nur ein zweirädriger Wagen entgegen, der Kutscher hatte Mühe mit seinem Maultier, er hat uns nicht beachtet. Und in den Straßen? Da waren wiederum so viele Menschen unterwegs, auch Fuhrwerke, Wagen, Karren, sogar Viehtreiber, niemand hat uns beachtet. Oder, Emmet?»

Emma überlegte. «Wir wären wohl aufgefallen, wenn wir gerannt wären. Mir war sehr danach, aber Valentin hat es nicht zugelassen. Wir sind immer so gegangen wie die anderen Leute. Immer mit der Menge.»

«Ganz schön schlau.» William grinste. Er war noch in dem Alter, in dem Rennen selbstverständlich ist, aus Lust, aus reinem Bewegungsdrang oder auf der Flucht nach einem Streich, einer kleinen Dieberei oder vor Raufbolden. Er wusste, wie man sich in einer Menge am besten unsichtbar machte.

Duke knurrte etwas, und Mrs Sylvester musterte ihn mit hochgezogenen Brauen. «Sag uns, was du denkst, Duke. Wir wollen es gerne hören.»

Der schob den Hut in den Nacken, streckte die Beine aus und kreuzte die Knöchel. «Ich denk nur, wir kennen die beiden nicht. Nicht genug. Die können uns alles erzählen.» Er setzte sich auf, stützte die Hände auf die Knie und machte breite Schultern. «Wir sind in 'ner Stadt voller Soldaten, städtische, und genug schwedische sind auch noch hier. Jedenfalls wird man hier flink aufgeknüpft. Wenn der Tote da drüben in der Neustadt gefunden wird, das kann jetzt nicht mehr lange dauern, vielleicht ist es längst passiert, dann suchen alle seinen Mörder. Der Mann wird doch Anverwandte haben, die ihn vermissen und suchen. Irgendwer hat euch sicher gesehen. Und wo wird man wohl zuerst suchen? Wir sind Fahrende. Wir haben die Spielerlaubnis, aber keinen in dieser Stadt, der für uns gutspricht.»

Emma starrte Duke erstaunt an. Sie hatte ihn nie mehr als drei oder vier Wörter reden gehört und für einen groben Kerl gehalten. Vielleicht war er das auch in seiner Seele, in seinem Kopf war er es jedenfalls nicht, seine Sprache, seine Wortwahl verrieten eine zumindest halbwegs bürgerliche Bildung. Womöglich war er ein entlaufener Mönch? Ein entlaufener Söldner passte besser. Trotzdem ertappte sie sich bei dem absurden Wunsch, unter seinem Hut zu prüfen, ob da noch der Rest einer Tonsur sei.

«Die Neustadt ist ein ganzes Stück entfernt», gab Mrs Sylvester nach einem Moment des Zögerns zu bedenken. Sie teilte Dukes Misstrauen nicht, dennoch waren seine Argumente nicht von der Hand zu weisen. «Außerdem ist dieser arme Mensch in der Truhe offenbar nicht erst heute gestorben. *Wir* sind aber erst heute angekommen, wir haben am Tor irgendeinen unnützen Zoll bezahlt, das steht dort in den Büchern.»

«Und du glaubst, solche Kleinigkeiten interessieren die Stadtleute, wenn sie einen Sündenbock brauchen? Wie lange bist du schon auf dem Komödiantenwagen unterwegs?»

«Duke hat recht», erklärte Emma, ihre Stimme klang flach und ein wenig atemlos. «Ihr kennt uns nur von den paar Stunden auf der Straße, wo man jede Art von Menschen trifft und jeder sich ausdenken kann, was von Vorteil ist. Wir sind nicht schuld an seinem Tod, Duke, wir kannten den Mann nicht einmal. Valentin wusste nur seinen Namen und wo er in dieser Stadt zu finden ist. Er war ein Glaubensbruder, Calvinist wie Valentin und sein Vater, und sollte uns helfen, sicher nach Utrecht zu kommen. Jedenfalls weit ins Niederländische», fügte sie hastig hinzu, weil ihr erst beim Sprechen auffiel, dass all dies ehrlich, aber voller Löcher war.

Am liebsten hätte sie nun ihre ganze fatale Geschichte erzählt, von Smittens Einfall in Bremen und dem entsetzlichen Geschehen in der Wildeshauser Geest und im Moor, von der hastigen, vielleicht nur übereilten Flucht aus dem Burgmannshof – von den grimmigen Männern, die sie glaubten immer wieder gesehen oder auch nur gehört zu haben. Zuletzt hier in dieser Stadt, vor dem Haus, in dem ein Mann in einer Truhe lag, mit durchtrennter Kehle, dem Ungeziefer schon zur reichen Mahlzeit geworden. Aber dazu war nicht die Zeit. Vielleicht wäre es auch dumm. So wie die Komödianten sie nicht kannten, konnten sie und Valentin der Verschwiegenheit und Aufrichtigkeit dieser fremden Fahrenden nicht wirklich sicher sein. Alles in ihr sträubte sich dagegen, es war dennoch ein vernünftiger Gedanke.

«Ihr habt uns freundlich und großzügig Schutz gewährt», sagte sie, «wir schulden euch mehr, als wir vergelten können. Ihr hingegen schuldet uns gar nichts. Wir wollen euch nicht in Verruf bringen. Ganz gewiss nicht. Die Tore sind offen, wenn wir uns gleich auf den Weg machen, sind wir aus der Stadt, bevor Nachricht von dem Toten dort ist. So ist es am besten für uns und für euch. Die Stadt ist groß, vielleicht wird uns überhaupt niemand suchen. Darauf sollten wir aber nicht warten, wir gehen gleich.»

«Nein», sagte Tacitus, und seine Mistress schüttelte zweifelnd den Kopf. Mrs Hollow murmelte, da sei doch ein Marienkäfer auf Emmets Kragen, ein Diener der Heiligen Jungfrau, der beste aller Glücksbringer, vielleicht …

Valentin stand auf und griff nach seinem Bündel. Er war immer noch blass, trotz des Bieres, das William von der Schänke beim Tor geholt hatte. Blass und klein und wieder das graue Kind. Tatsächlich war er aber heute kein Kind mehr.

«Ja», sagte er knapp. «Wir müssen jetzt weiter. Emmet und ich. Wir gehen nach …» Er zögerte für einen Wimpernschlag und fuhr fort: «Wir gehen weiter. Es wird kein Problem sein.»

Der Taubenschwarm flog aus der Kastanie auf, ihr Flügelschlag klang ungehalten, wer genau hinsah, entdeckte eine, die ganz hoch im Wipfel zurückgeblieben war. Von dort bot sich der beste Blick über die Stadt und auch hinunter in den Hof des Leinwandlagers.

«Ihr zieht weiter?» Das war Fannys helle Stimme. Sie stand plötzlich im Hof, erhitzt, noch atemlos, John folgte gleich darauf. «Sie sind hier, und sie wollen gehen», rief Fanny ihm entgegen.

«Beides gleichzeitig?» John lachte und sah doch nicht fröhlich aus. Er trat näher und senkte die Stimme. «Wenn ihr geht, seid vorsichtig.» Sein Blick streifte über die Fenster der den Hof umstehenden Häuser. Da war niemand, aber einige standen offen, wie die Hintertür der Druckerei. «Lasst uns lieber aus der Sonne und in den Schuppen gehen, es ist so warm heute.» Wenn John trotz seines heiteren Naturells ein so ernstes Gesicht machte, hatte das etwas zu bedeuten. Niemand fragte oder widersprach, alle folgten ihm in den Schuppen, obwohl darin die Hitze stand.

Er berichtete rasch von der Begegnung auf dem Platz vor dem Rathaus und der Marienkirche, von den beiden Männern, dem Groben mit der Augenbinde und dem Älteren, der seinen Kumpan zurückgepfiffen hatte. «Sie suchen zwei Jungen», erklärte er, «oder junge Männer, beide sind – wie hat er gesagt, Fanny?»

«Tanztrine hat der Kerl mich genannt!» Fanny bebte immer noch vor Empörung. «Tanztrine! Was glaubt der, wer er ist? Stinkt wie ein Eber und ...»

«Ja.» John unterbrach sie ungeduldig. «Das war niederträchtig. Aber was hat er von den beiden gesuchten Jungen gesagt? Blond?»

«Dünn wie ich – als wär ich dünn! – und blond wie Leinwand. Er hat uns heute Morgen zusammen vorm Tor gesehen und wollte wissen, wo ihr jetzt seid. Wir haben natürlich nichts gesagt, kein Wort, keine Silbe. Wisst ihr, was die beiden von euch wollen? Es sah nicht aus, als wären sie liebe Verwandte oder als wollten sie euch einen Orden verleihen.»

John nahm dankbar den Becher mit Wasser, den Mrs Hollow für ihn aus der großen Kruke geschöpft hatte, und trank. «Der zweite kam erst einen Moment später dazu. Ein älterer Mann, er schien mir nicht so grob. Er war auch wie einer gekleidet, der lange geritten ist, wie ein Soldat vielleicht. Er hat seinen Kumpan zurückgepfiffen, als der Fanny am Arm packte und Antworten erzwingen wollte. Dann sind sie in der Menge verschwunden, einfach so, plötzlich waren sie weg. Wer sind die beiden, Emmet? Valentin?»

«Das wissen wir nicht.» Es war heiß in dem stickigen Schuppen, Emma sehnte sich nach frischer Luft, wie es sie nur außerhalb der engen Städte und ihrer Mauern gab. «Wir kennen diese Männer nicht, aber wir sind ihnen zuvor schon mal begegnet.»

«Nicht direkt begegnet.» Valentin schluckte und räusperte sich trocken. «So, wie du sie beschreibst, haben wir sie schon mal gesehen. Wir wussten nicht, dass sie uns folgen. Wir dachten …» Er sah Emma hilfesuchend an.

«Wir dachten, es sei ein Zufall.»

«Verdammt», brach es aus Duke heraus, «so dumm kann man doch nicht sein. Es kann aber sein, dass du lügst, Emmet. Das kann sogar gut sein.»

«*Zuerst* dachten wir, es sei Zufall», konterte Emma, «vor allem beim zweiten Mal.»

«Beim zweiten Mal! Wie oft habt ihr die Kerle gesehen? Wieso verfolgen die euch?»

Nun suchte Emma Valentins Blick, er hielt den Kopf gesenkt, als sei er allein. «Auch das wissen wir nicht genau.» Allmählich wurde Emma wütend. Duke behandelte sie wie Taugenichtse. Das waren sie aber nicht, das waren die anderen. Und Valentin? Der duckte sich weg. Valentin, erinnerte sie sich im selben Moment, war voller Angst, Trauer und Entsetzen. Sie war die Ältere, die Stärkere. Nicht nur ein Mädchen, sondern eine junge Frau von beinahe achtzehn Jahren. Eine erwachsene junge Frau, vielleicht auch seit heute. «Ich bin ziemlich sicher, dass es die

Reiter waren, die wir vor einigen Tagen weiter nördlich gesehen haben und die heute bei dem Haus in der Bleichgasse waren. Vielleicht auch im Haus. Na ja, ziemlich sicher sogar.»

«Also hat euch doch jemand bei dem Haus mit dem Toten gesehen.» Dukes Stimme war leise und sehr kalt. «Davon habt ihr bisher nichts gesagt. Ihr bringt uns in Teufels Küche ...»

«Haus mit dem Toten?», zischte John, und Fanny schnappte nach Luft. «Was für ein Toter?»

«Auch das wissen sie nicht, sie sind nur in sein Haus eingebrochen.» Duke lachte böse auf. «Sie wissen gar nichts. Angeblich. Wir sollten sie der Stadtwache übergeben.»

Endlich mischte sich Tacitus ein. Er hob ungewohnt gebietend die Hand, selbst Duke schwieg, wenn auch unwillig, wie sein grimmiger Blick verriet. Der Prinzipal erklärte Fanny und John, was sich am Morgen in der Neustadt zugetragen hatte.

«Und nun werden zwei Jungen gesucht, junge Herren. Von zwei Reitern im Lederwams, die offenbar keine Herren sind», schloss er. «Genau genommen weiß man es nicht. Man weiß es einfach nicht. Eine delikate Situation. Ein schönes Wort, delikat, wir wollen es öfter auf der Bühne benutzen. Im Übrigen habe ich eine prächtige Idee. Einfach, aber prächtig, unbedingt.» Er grinste, legte einen Arm um Mrs Sylvesters Schultern, den anderen um Fannys. «Wir drei sind schon seit gestern einig, da bin ich sicher. Oder? Jaja, man sieht nur, wenn man zu sehen versteht, das ist ein alter Hut. Das Sehen ist eine feine Kunst. Nicht jeder beherrscht sie.» Er kicherte in sein rundes Kinn und sah aus wie ein zu groß geratener guter Kobold. «Im Übrigen – erinnert euch, wir sind Komödianten – versteckt man etwas am besten, indem man es zeigt. In gewisser Weise. Oder, Mrs Sylvester? Was sagst du dazu?»

Zur Vorstellung am frühen Abend drängten sich die Leute im Hof des Leinwandlagers, selbst in der Kastanie und auf den Dächern hockten wohl ein Dutzend Jungen. Mrs Hollow und William hatten an der Hofeinfahrt den Eintritt kassiert, anstatt der erforderlichen Münzen auch einige Naturalien angenommen. Nur ein winziges Kaninchen hatte Mrs Hollow abgelehnt, mit Bedauern, denn das Fellknäuel war ungemein possierlich. Sie akzeptierte essbare Tiere, jedoch nur tot und möglichst schon in Teilen. Die Jungen auf den Dächern und einige, die vom Nachbarhof in die Kastanie herübergeturnt waren, schauten umsonst zu, was Mrs Hollow jedoch nicht verdross. Solche Jungen besaßen selten auch nur das kleinste Kupferstück. Wenn sie sich einschlichen, weil sie das Theater und das Spektakel liebten, sollte es ihr recht sein. Sie liebte es ja auch.

Tacitus Sylvester stapfte beglückt durch die als Kulissen dienenden Vorhänge auf der Bretterbühne. So viele Leute waren gekommen! Man erinnerte sich an ihn und seine Mistress, an Thomas und John, obwohl es etliche Jahre her war, seit sie mit den Englischen auf dem Markt vor dem Rathaus Komödie gegeben hatten. Wahre Kunst blieb eben unvergessen. Er dachte flüchtig daran, dass womöglich, nur womöglich, Fannys und Johns Tanzkünste einerseits, der Eklat mit den beiden bedrohlichen Kerlen andererseits die Neugier und die Hoffnung auf weitere Turbulenzen geweckt hatten – ein besseres Lockmittel gab es kaum. Trotzdem: Er war immer noch der Prinzipal und ein fabelhafter Darsteller, insbesondere mordlüsterner Könige, ordinärster Narren und liebender Gatten oder rächender Väter. Das Fechten und Prügeln überließ er Duke, Thomas und William, das Tanzen John, beim Abschlussballett gemeinsam mit Fanny als sittsam liebendes Paar oder himmlische Wesen. Die deftige Variante boten stets Thomas und William in Frauenkleidern. Die Sylvester'schen hatten viel zu bieten.

Leider wurden Frauen auf der Bühne seit jeher nicht geduldet, zumindest allgemein geschmäht. Dass Fanny beim Schlussballett mittanzen durfte, auf wirklich sittsame Weise, war schon gewagt. Bisher war es gutgegangen. In vielen Städten und Regionen landete eine Frau von der Bühne noch direkt am Schandpfahl. Mitsamt dem Prinzipal, der so etwas Lasterhaftes angezettelt hatte, wenn nicht mit der ganzen Gesellschaft. Zumindest wurden alle der Stadt verwiesen und taten gut daran, künftig einen großen Bogen um diesen Ort zu machen.

Zweimal, als Duke aus einem unergründlichen Kummer sturzbetrunken gewesen war, hatte Mrs Sylvester einspringen und unter einem weitem Mantel, grauer Perücke und angehängtem Bart verborgen einen weisen Alten darstellen müssen. Sie hatte das großartig gemacht, es war eine jammervolle Verschwendung ihrer Talente, dass sie nicht wie die Männer alle Tage auf der Bühne agieren durfte. Niemand war auf die Idee gekommen, unter der Maske könne sich eine Frau verstecken. Aber sie war eine mollige Dame mit einer Neigung zu dicken Füßen und in der Rolle eines Alten kein aufreizendes junges Geschöpf, dessen bloßer Anblick die Männer zur Sünde verführte. Die Welt war so kompliziert wie unvernünftig. Vor allem unvernünftig. Dabei ließe sich mit ein bisschen Vernunft das Komplizierte einfach machen und alles würde leichter und vergnüglicher. Auch profitabler, das nur nebenbei. Er hatte allerdings die Hoffnung aufgegeben, der Mensch an sich und die Welt als solche seien wirklich veränderbar. Worin er sich irrte, jedenfalls, soweit es das Theater betraf.

Auch an diesem Abend dachte er anders. Ein wenig. Heute hatte der Zufall ihm ein Geschenk gemacht, das ihn an den Mut seiner Jugend und an das Glücksgefühl erinnert hatte, Neues, gar Verbotenes zu wagen. Es bedurfte nur eines kleinen Anstoßes, keiner seiner Leute hatte etwas einzuwenden gehabt. Es herrschte im Gegenteil Premierenstimmung, einzig Duke hatte nur gebrummelt und die Achseln gezuckt. Dann waren alle an die Arbeit gegangen, das Vorhaben ins Werk zu setzen.

An diesem Abend gaben sie das große Drama *König Richard der Dritte, die wahnsinnige Ophelia und Sigurd, der Lindwurm*. Tacitus hatte das Stück mit Mühe und Phantasie aus einer Reihe englischer Dramen von verschiedenen Dichtern zusammengesetzt und damit erheblich besser gemacht. Anders als früher in London gab es keine feststehenden Texte, nur eine Geschichte und die Rollen, in denen jeder der Akteure auf der Bühne beitrug, darstellte und fabulierte, wie es ihm in den Sinn kam. Mehr oder weniger.

Bevor in England die Theaterkunst als lasterhaft verboten worden war, hatte es einige feste Theater gegeben, auf deren Bühnen die Schauspieler gereimte oder im Blankvers verfasste Tragödien und Komödien dargeboten hatten. Mrs Sylvester erinnerte sich gut daran: Die Texte der stundenlangen Darbietungen mussten manierlich auswendig gelernt werden, Szene um Szene, Akt um Akt! Für solche Sperenzien hatten Wanderkomödianten keine Zeit. Wie sollte das gehen? Und machte das etwa noch Vergnügen? Dann beherrschten die Dichter die Bühne, nicht die Akteure. Das Stegreifspiel machte großes Vergnügen, dem Publikum wie den Schauspielern. Es war immer wieder neu, und wer die besten Einfälle hatte, auch die deftigsten, hatte den größten Erfolg. Dafür bezahlte das Publikum.

Trotz aller blutigen Kämpfe und heroischen Reden wäre das Drama ohne den Lindwurm recht fade gewesen, darüber herrschte Einigkeit. Für Duke unter dem schwarz bezogenen Gestell und dem schaurigen rot und schwarz bemalten Kopf aus Pappmaché war es immer wieder eine Herausforderung, aus dem Maul Feuer zu speien, ohne das Untier, sich selbst und die

Kulissen in Brand zu stecken. An stürmischen Tagen fiel das Feuerspeien darum aus.

Als der königliche Richard endlich gemeuchelt und mit schrecklichem Stöhnen und Heulen zu Boden gesunken war, die jungfräuliche Ophelia in den Himmel entschwebt, dass es im alten Gebälk des Schuppens nur so ächzte, und der Lindwurm wankend in die Kulissen abgegangen war, folgte eine Pause mit Musik. Der Lindwurm hatte dem Publikum sehr gefallen, obwohl beim Feuerspeien auch wirklich angstvolle Aufschreie laut geworden waren anstatt nur wohligem Grausen. Der letzte verheerende Stadtbrand lag Jahrzehnte zurück, selbst die Schrecken und die Not des langen Krieges hatten ihn indes nicht vergessen lassen.

Auch William als so liebreizende wie wahnsinnige Ophelia wurde johlend beklatscht, sein erster dunkler Bartflaum auf der Oberlippe und die noch von den Resten des Stimmbruchs geplagte Stimme ließen keinen Zweifel an seinem Geschlecht. Da hatte alles seine Ordnung und war doch auf eigene Weise erregend.

Bevor der zweite Teil der Vorstellung begann, trat der vom toten Richard als putzmunterer Prinzipal wiederauferstandene Tacitus an die Rampe. Er fühlte sich beflügelt. Niemand hatte Beschimpfungen gebrüllt, faulige Essensreste oder tote Vögel auf die Schauspieler katapultiert, keine Saufnase randaliert. Zwei Männer der Stadtwache waren mitsamt ihren Hellebarden gekommen, aber nur um sich nach getanem Tordienst wie die anderen im Hof zu amüsieren.

So stand Tacitus mit einladend ausgebreiteten Armen da und verkündete, das Tragische sei vorgestellt und durchlitten, nun folge das Heitere, Vergnügliche, nämlich ein erhebendes Schäferspiel mit Liebeständelei bei Tanz und Gesang, so gehöre es sich, damit der Kunstgenuss am Ende das erschütterte Herz wieder erfreue und wärme. Es wurde geklatscht, erneut ein wenig gejohlt, Erwartung lag in der Luft.

«Aber nicht nur das, meine Freunde», rief Tacitus und fühlte, wie ihm tief in der Seele nun doch ein wenig mulmig war. Der Stolz, etwas Unerwartetes zu tun, eine althergebrachte Regel zu übertreten, was einen wahren Künstler doch erst ausmachte, überwog. «Nicht nur das! Wir haben eine Überraschung mitgebracht. Oder ein Rätsel? Ja, ein Rätsel. Schaut genau hin. Schaut ganz genau hin und seht, was wirklich ist.»

Er hätte gerne noch ein wenig ausgeholt, da blies Duke schon kräftig in den Zink, Thomas setzte die Flöte an, und in den Kulissen schlug Fanny das Tamburin und ließ die Schellen klingen.

Das Schäferspiel erzählte von einem jungen und einem alten Paar, die nach allerlei Wirren und Verwechslungen endlich zueinanderfanden. So musste es nun mal sein. Das Drama vor der Pause war bitter und ergreifend gewesen, nun musste geliebt und getändelt und ins Glück geträumt werden. Es gab Musik, es wurde gesungen und getanzt, auch im Reigen unter den auf der Bühne angebrachten, mit Blumen und Blättern aus Papier bekränzten Bögen.

Tacitus hatte den Drucker überredet, ihm seine beiden Schafe als lebende Dekoration zu leihen, was recht malerisch wirkte, denn es waren hübsche Schafe. Allerdings war eines ein Hammel mit empfindlichen Ohren. Wann immer Duke mit dem Zink einsetzte, wurde er von inbrünstigem Blöken begleitet, was aber kaum störte und das Publikum aufs Beste amüsierte.

Für gewöhnlich schlüpften Thomas und William in die Rollen junger Frauen, nun saßen sie seitlich der Bühne und machten mit Duke die Musik. Bei den Reigentänzen wurde das Quartett auf der Bühne um zwei Mädchen verstärkt, wobei eines nur am Rand stand, leider stocksteif und mit strengem Blick, die in zierlicher Pose erhobenen Arme wirkten so recht befremdlich, was durch die Blütenkränze im Haar leider kaum aufgewogen wurde. Das größere Mädchen, das im Reigen einem Liebesengel gleich die zerstrittenen Paare wieder vereinte, erschien umso lieblicher. Obwohl sich für einen Engel goldblondes Haar gehörte, war ihres von einem matten erdigen Braun, was durch ein weißes Band eher betont als verbessert wurde. Sie tanzte leicht und so unbefangen, als habe sie ihr Leben lang kaum etwas anderes getan. Einige der honorigeren Herren im Publikum fühlten sich gar an ihre Töchter erinnert, was sie aber für sich behielten.

Das Publikum erkannte schnell, dass in den Frauenkleidern auf der Bühne tatsächlich Frauen steckten, nicht nur bei den Tänzen, was schon üblicher war, sondern während des ganzen Spiels, beim Küssen und Kosen wie beim Zanken und Klagen. Ein Raunen ging durch die Reihen, hier und da ein Pfiff, ein anzügliches Auflachen, aber am Schluss war der Applaus der reinste Sturmwind, und das war alles, was zählte.

An diesem Abend gab es kein Ballett zum Abschluss der Darbietungen. Es war dunkel geworden, die Menge begann sich, noch zögernd, aufzulösen. Der dreiviertelvolle Mond stieg schon über die Bäume und Dächer und schickte sein kühles Licht in den Hof, die Kerzen in ihren Theaterlaternen – Tacitus hatte an diesem Abend auf die doppelte Anzahl bestanden – malten schwebend huschende Schatten. John trat an die Rampe, vollführte seine schönste Verbeugung, eine wirklich höfisch-artige Reverenz, und kündete ein besonderes Abschiedsgeschenk an, eine Begleitung für einen guten Heimweg durch die Nacht.

«Fanny und ihre Schwestern», rief er, «Mathilda und Rosa. Die schönsten Stimmen nördlich des großen Gebirges singen für euch ein Lied aus unserer fernen alten Heimat. Und vielleicht, ja, vielleicht, ein zweites aus dem Land, das uns nun Heimat ist.»

Eine Flöte begann zu wispern, und drei Mädchen traten aus dem Dunkel nach vorn in den Kerzenschimmer. Das Licht war zu diffus, um die zitternden Lippen der jüngsten erkennen zu lassen. Sie war dieses knochige blasse Geschöpf mit dem gleichen dunklen Haar wie eine der beiden älteren Schwestern, der Friedensengel aus dem Schäferspiel. Fannys rotblondes Haar leuchtete umso goldener.

Sie sangen ein altes englisches Volkslied, es erzählte von einer Dame in einem grünärmeligen Kleid, von verlorener Liebe und schmerzlicher Sehnsucht. Sie sangen süß, Fanny mit ihrem hellen Sopran, das Mathilda genannte Mädchen in warmem Altus. Die dritte und jüngste stand nur schweigend zwischen beiden, es sah aus, als wünsche sie sich sehnlichst zurück ins Dunkle, was man ihr nur nicht erlaubte. Auch wer die Worte des Liedes nicht verstand, und das waren die allermeisten, verstand den Schmerz und die Sehnsucht, fühlte die Untreue der besungenen Schönen im grünen Kleid, schmelzend und bittersüß.

Die beiden Stimmen schwiegen, und plötzlich herrschte diese Stille, als halte die Welt oder auch nur ein staubiger Hof zwischen einem Leinwandlager und einer Druckerei für einen winzigen Moment den Atem an. Dann brandete Applaus auf, und es war an Prinzipal Sylvester, sich im Schatten hinter den Musikern eine Träne abzuwischen. Ach ja. Was gab es Schöneres als seelenvollen Gesang zum Abschluss eines Theaterabends und den verdienten Applaus. Das war mehr wert als alle Münzen in der Kasse. Beinahe. Wer nichts zu essen hatte, konnte auch nicht schön singen.

Vor allem aber war er stolz, weil seine Scharade, sein Plan zur Rettung dieser beiden jungen Wanderer funktionierte. Sollten sie nur weiter nach zwei flachsblonden Jungen suchen, die fremden Kerle. Hier würden sie sie nicht finden. Wer an diesem Abend zugesehen und zugehört hatte, würde herumerzählen, bei den Sylvester'schen im Hof hinter der Druckerei im alten Leinwandlager seien Frauen auf der Bühne gewesen, Mädchen gar, drei an der Zahl.

Wenn er und die seinen Pech hatten, kam morgen der Büttel, gleich bei Sonnenaufgang. Aber er vertraute auf sein Glück. Es hieß doch allgemein, in dieser Stadt herrsche eine gewisse Großzügigkeit. Darauf zu vertrauen, wäre allerdings dumm und widerspräche den Erfahrungen eines langen Wanderlebens.

Wie es mit Valentin und Emma weitergehen sollte – darüber nachzudenken war morgen noch genug Zeit. Fanny hatte gleich, schon auf dem Markt vor einigen Tagen, in Emmet eine Emma erkannt, auch Mrs Sylvester zeichnete sich stets durch ein gutes Auge und Gespür aus, welch Segen, dass er sie damals gefunden hatte, seine Beth. Für alle anderen war es eine verblüffende Überraschung gewesen – am verwirrendsten für Valentin. Anders als die anderen hatte er überhaupt nicht gelacht.

Tacitus hatte nichts dagegen, beide eine Zeitlang in seiner Gesellschaft aufzunehmen. Mädchen. Warum nicht? Der lange Krieg war zu Ende. Vieles änderte sich, auch auf dem Theater, in den Künsten war Bewegung. Man hörte von italienischen Gesellschaften im Süden des Reichs, noch mehr von deutschen und auch niederländischen. Ja, alles war in Bewegung, das gefiel ihm. Da wollte er dabei sein, so alt er auch war, mittun. Spätestens morgen in der Frühe würde sich zeigen, ob der Rat oder die Vertreter der Kirche – er wusste nicht, ob gerade die Katholiken oder die Protestanten regierten, es hieß, in dieser Stadt gehe das nun im Wechsel – die Stadtwache schickten und ihn der Lasterhaftigkeit anklagten.

Fanny und Mathilda begannen mit dem zweiten Lied, diesmal verstanden alle die Worte eines Mädchens an den Liebsten, er solle kommen in der Nacht, an ihre Kammertür klopfen: «Vader slöpt, Moder slöpt, ick slap aleen ...» Und plötzlich, mit der zweiten Strophe, fiel auch die kleinste der drei Schwestern ein, die erste Zeile mit behutsam tastender Stimme, dann mit jeder Note klarer und heller, inniger, mit geschlossenen Augen. Die Tränen auf seinen Wangen bewiesen den letzten Zweiflern, dass auch die kleinste ein Mädchen war.

Es war ganz still im Hof, niemand schwatzte oder lachte, räusperte sich oder hustete, alle hörten zu. Nur am Schluss, als die Mädchen mit der Wiederholung der ersten Strophe den Reigen rundeten, gesellte sich noch eine Stimme dazu. Aus dem Schatten der Kastanie kam die Stimme einer Laute, ganz zart, wie mit dem Abendwind.

Als der Applaus verklungen war und der Hof sich geleert hatte, trat der Lautenspieler endlich aus dem Schatten. Obwohl nur noch wenige Kerzen brannten, erkannte Emma ihn sofort. Die Komödianten taten, was sie immer nach einer Vorstellung zu tun hatten: Sie räumten gemächlich auf, besprachen nebenher, was gut und was schlecht gewesen war, löschten ihren Durst aus dem großen Bierkrug.

Emma stand da, blickte auf den Mann, der aus dem Dunkel zur Bühne trat, sein schönes Instrument in den Armen, als sei es ein zu behütendes Kind.

«Es ist unmöglich», sagte Emma, «wirklich unmöglich. Aber Ihr seid es. Oder narrt mich die Nacht? Lukas Landau, Hamburger Ratsmusikant. Was in aller Welt tut Ihr hier?»

Nicht nur Valentin, auch die Komödianten hatten sich nach Emma und dem Besucher umgewandt und kamen näher.

«Was in aller Welt?» Landau lachte, es klang froh und erleichtert. «Was in aller Welt *tut Ihr hier*? Und warum? Ich bin auf der Suche nach Euch, das ist ein guter Grund, hier zu sein. Eure Familie schickt mich, und auch der Ratsherr. Alle sind besorgt. Ihr seid etwa so leicht zu finden wie ein bestimmtes Weizenkorn in einem Sack Getreide. Zum Glück habe ich mich an Eure Vorliebe für die schönen Künste erinnert.»

∽∼

«Du hast betrogen.»

Die Stimme war leise und kühl. Zunächst glaubte Emma, sie höre ihre eigenen Gedanken, dieses mahnende Raunen in ihrem Kopf. Aber da stand Valentin, nur ein Schatten mit einem sehr weißen kleinen Gesicht in der erst zu ahnenden Morgendämmerung, wieder in der vertrauten Jacke. Es hatte Mühe gekostet, ihn davon zu überzeugen, sie während des Auftritts als das Mädchen Rosa in Mrs Sylvesters Obhut zu lassen.

Eine Viertelstundenglocke schlug an, vielleicht von der Marienkirche und nun schon zum zweiten Mal, seit Emma sich in den Hof hinausgeschlichen hatte.

Sie war sehr müde und zugleich hellwach. Ihr schien, sie habe gar nicht geschlafen. Die letzten beiden Tage, der vergangene Abend, das alles überrollte sie gleich einer riesigen Welle.

«Du hast betrogen», wisperte Valentins Stimme noch einmal. Er stand zwei Schritte entfernt, den Mantelsack unter dem Arm, und sie hatte gedacht, er trage seinen Besitz mit sich herum, weil er Fahrende für notorische Diebe hielt. Erst jetzt begriff sie, was es tatsächlich bedeutete, und verstand zugleich, warum sie sich ganz grau fühlte, obwohl der Mann mit der Laute gestern gute Nachrichten gebracht hatte.

‹Sei glücklich›, hatte sie sich befohlen, als sie in der Dunkelheit erwachte, ‹sei glücklich, endlich fügt sich alles zum Guten.›

Aber sie war nicht glücklich gewesen, nur ganz wach und wachsam. Also war sie in ihre Kleider geschlüpft, darauf bedacht, niemanden aufzuwecken. Erst im Hof hatte sie festgestellt, dass sie wieder Emmets Kleider trug, anstatt die der vermeintlichen

Mathilda. Sie hatte sich immer als ein Mädchen gefühlt, als eine junge Frau, ob sie Emmets oder Emmas Kleider trug, ob sie Emmet *spielte* oder Emma *war*. Oder Mathilda. Sie hatte es genossen, wieder Röcke zu tragen, die leichten Stoffe zu spüren. Doch war sie bei all der Verwirrung immer sie selbst geblieben. Das war beruhigend. Irgendwann wollte sie darüber nachdenken, warum man den *richtigen* Kleidern eine solche Bedeutung beimaß, warum sie über Wohl und Weh eines Menschen entscheiden konnten.

Tacitus hatte Emmet und Valentin auf der Bühne als Mathilda und Rosa präsentiert, zwei Mädchen. Vor vielen Menschen, damit sich herumsprach, auf der Bühne im Leinwandlager agierten anstatt der üblichen Männer in Weiberröcken richtige Mädchen, die auch mädchenhaft sangen, mit hohen reinen Stimmen. Der Plan war gelungen. Bei Emmet war es natürlich besonders einfach und überzeugend gewesen.

Nun hatte das Spiel ein Ende, und das machte sie traurig, was sie für sehr unvernünftig hielt. Der Weg, den sie mit Valentin gegangen war, war ganz gewiss keine Wolkenschaukel gewesen, aber hatte sie sich je so lebendig und entschlossen gefühlt? So mutig? Hatte sie je aufregendere Tage erlebt? Der Gedanke beschämte sie. Zwei tote Männer – so etwas durfte man nicht als Abenteuer empfinden. Eigentlich.

All das andere aber: das freie Ausschreiten auf den Straßen, über Bäche springen, auf Bäume steigen, den Mauerseglern und den Libellen zusehen, im Stroh oder unter einem kratzigen Gebüsch schlafen, Wolfsspuren im Sand, Irrlichter, ein Boot im nächtlichen Moornebel, nicht wissen, wo sich am nächsten Abend ein halbwegs sicheres Lager finden würde. Nicht einmal wissen, wohin der eingeschlagene Weg wirklich führt.

An die Angst wollte Emma nicht denken, das Erschrecken, das Grauen, wie es ihr in diesen jüngst vergangenen Tagen häufiger und bedrohlicher begegnet war als in allen ihren Lebensjahren zuvor. Allerdings wäre es das beste Mittel, diese dumme Abschiedsmelancholie zu vertreiben.

Sie würde Valentin auch jetzt nicht allein lassen, aber sie würden, begleitet von Lukas Landau, in einem gemieteten Wagen weiterreisen. Einem einfachen, vor allem offenen Wagen – darauf hatte Emma bestanden. Sie wollte lieber Staub und Regen aushalten als wieder in so einem Kasten auf Rädern eingesperrt sein und angstvoll auf heranpreschende Reiter lauschen. Ebenso Valentin, dessen war sie sicher.

Sie war immer noch verwirrt. Die Bocholtin hatte an Emmas Familie geschrieben, das Fräulein reise nun mit einem Herrn Schelling und dessen Sohn weiter, was genug Anlass zur Sorge gewesen war, dass man ihr Landau nachjagen ließ. Von ihrer Rolle als Emmet hatten sie nichts gewusst, was wiederum Emma ein wenig beruhigte.

Nun waren sie nicht mehr allein auf ihrer Reise nach Utrecht und Amsterdam. Das war doch eine gute Nachricht? Sie reisten wie ordentliche Bürgerkinder anstatt wie Vagabunden mit all dem Straßenvolk.

Die Menschen, die sie bisher gekannt hatte, entsetzte schon der Gedanke an eine solche Reise. Emma nicht mehr. Nun war es vorbei, ein für alle Mal. Was für einen Emmet gerade noch möglich gewesen war, wurde für das wiedergefundene Fräulein van Haaren zur skandalösen Unmöglichkeit.

Trotz stieg in ihr auf. Na und? Es war ohnedies zu spät. Sie zog seit Tagen wie ein Vagabund über die Straßen, nur von einem Jungen von etwa zwölf Jahren begleitet, der wiederum nicht die leiseste Ahnung gehabt hatte, mit wem er unterwegs war. Was würde es für ein Fräulein van Haaren bedeuten, wenn sich das herumsprach? Würde sie gemieden werden, in keinem ehrbaren Haus, bei keinem Gartenfest Einlass finden, selbst in den Gottesdiensten unerwünscht sein? So waren die Regeln in ihrer Welt. Ob Smitten das bedacht hatte? Ob sie es gar bezweckt hatte? Ein absurder Gedanke. Warum hätte sie das tun sollen?

Und nun? Valentin stand vor ihr, entschlossen und bereit aufzubrechen.

«Die Tore sind noch geschlossen», sagte sie leise, «setz dich zu mir, ich bitte dich sehr. Du kannst nicht einfach gehen.»

Er zögerte nur kurz, dann saß er neben ihr auf dem Baumstamm, der unter der Kastanie als Bank diente, und Emma hoffte, er habe auf diese Aufforderung gewartet, dass ihm nur sein Stolz verboten hatte, ihr entgegenzukommen. So war es nun einmal mit dem Stolz, manchmal war er dumm und lästig.

«Ich wollte dich und deinen Vater nicht betrügen», erklärte Emma leise, «ganz gewiss nicht. Es war – eine Scharade. Ein Versteckspiel als Ausweg aus einem Dilemma. Die Dame, in deren Obhut ich nach Amsterdam reisen wollte, entschied plötzlich, in Bremen zu bleiben. Das wollte ich auf keinen Fall, ich musste weiter.»

Valentin schwieg, Emma spürte ihn nicht einmal atmen. Sie hätte gerne seine Augen gesehen.

«Ich brauchte schnell eine andere sichere Reisegesellschaft, und dann suchte dein Vater einen jungen Herrn als Reisebegleiter für seinen Sohn.» Sie verkniff sich hinzufügen: obwohl er offenbar um die tödliche Gefahr wusste. «Den Rest kennst du. Es ist übrigens ziemlich beschwerlich, in Frauenkleidern zu reisen. Wenn du von Betrug redest, könntest du das vielleicht bedenken? Stell dir vor, ich wäre mit Röcken, Bluse und feinen Stoffschuhen in der Geest oder im Moor unterwegs gewesen. Mit nichts als einem bestickten Seidenbeutelchen für Schnupftuch und Riechfläschchen als Gepäck.»

Valentin hub an zu sprechen, dann schwieg er doch. Emma geduldete sich.

Im Osten wurde der Himmel allmählich heller, und von den Straßen drangen Geräusche des erwachenden Tages in den Hof. Ein Pumpenschwengel quietschte, Räder knarrten vorbei, eine Kuh blökte nach dem Melker, hoch in der Kastanie gurrte eine Taube, und eine Amsel antwortete schläfrig.

«Die Vögel wachen auf», sagte sie leichthin. «Du hast gestern auch sehr schön gesungen. Du kanntest das zweite Lied. Hattest du einen Gesangslehrer?» Als könnte eine Frage nach Alltäglichem die Wogen glätten.

Valentins verächtliches Schnaufen war als Antwort beredt genug. Lehrer für Gesang und Tanz waren etwas für müßige Mädchen wohlhabender Familien. Für ernsthafte Jungen war so etwas Verschwendung von Zeit und Geld, es verführte nur zu leichtfertigen, gar lasterhaften Gedanken und Wünschen.

«Du bist über Nacht stumm geworden», stellte Emma fest und berührte mit ihrem Ellbogen ganz leicht seinen Arm.

«Wendela», erklärte er knapp. «Als ich sehr klein war, hatte ich eine Kinderfrau, die hat das Lied oft gesungen. Am Abend, wenn wir unsere Gebete gesprochen haben.» Valentin zog mit der Stiefelspitze eine runde Linie in den Sand «Ich habe nachgedacht», fuhr er fort. Seine Stimme klang noch leiser. «Vertraust du ihm?»

«Landau? Ja, natürlich. Er ist mit meinem Paten bekannt und gehört zu den Hamburger Ratsmusikanten.»

«Schon lange?»

«Seit einigen Wochen.» Emma neigte abwägend den Kopf. «Genauer weiß ich es nicht. Warum sollten wir ihm misstrauen?»

«Wir haben ihn gestern in der Neustadt mit Soldaten gesehen, in der Nähe von – von dem Haus. Er hat …»

«Er hat gesagt, sie hätten ein Stück weit denselben Weg gehabt, gerade nur über die Wiesen und hinüber zur kürzlich geschleiften Zitadelle St. Peter. Dorthin war er unterwegs, nicht in die Bleichgasse.»

«So hat er gesagt, ja. Aber ob das stimmt?»

«Warum nicht? Denkst du, er wollte wie wir zu Vinthorsts Haus? Dass er den gekannt hat? Oder er hat dich gesucht? So wie die beiden anderen Reiter?»

«Oder dich? Ein Lautenspieler, der wie ein Eilposten reitet. Du kennst ihn. Ich kenne ihn so wenig wie die anderen Reiter. Die haben Fanny nach *zwei* Jungen gefragt, warum bist du so sicher, dass sie *mich* suchen?»

«Weil es eure Kutsche war, die in der Geest überfallen wurde? Von Reitern, die zumindest sehr ähnlich aussahen wie diese beiden, die auch Fanny und John beschrieben haben. Und weil ich nur zufällig in eurer Kutsche und mit euch gereist bin.»

«Zufällig. Woher weißt du das so genau? Wie hast du in Bremen unsere Kutsche überhaupt gefunden? Du hast gestern erzählt, die Zofe dieser Dame, die nicht weiterreisen wollte, hätte sie für dich gefunden. Mit etwas Glück. Vielleicht war es kein Glück und auch kein Zufall.»

Wieder erinnerte Emma sich an den wütenden Ruf in der Nacht des Überfalls. *Der Junge. Wo ist der Junge* ... Sie selbst war als Junge in der Kutsche mitgefahren. Als junger Mann? Das machte wenig Unterschied.

«Der Junge», flüsterte sie.

Valentin nickte. «Das haben sie gerufen. Und haben damit mich gemeint – oder dich? Warum willst du unbedingt nach Amsterdam? Was für Geschäfte hast du dort? Du als ein Mädchen! Du hast nicht gesagt, warum du dorthin reist und zu wem. Nur irgendwas von Familie. Sind die Leute reich? Dann mag es dort jemand geben, dem du nicht willkommen bist. Hast du daran mal gedacht? Obwohl ein Mädchen, nachdem es – na ja, auf diese Weise unterwegs war und sich mit fahrenden Komödianten auf die Bühne gestellt hat, in einer guten Amsterdamer Familie sowieso nicht mehr viel zählt.»

Sie starrte ihn an, die Dämmerung war nun hell genug, seine Miene zu erkennen. Er sah streng und boshaft aus, in den Augen Misstrauen, der Mund ein Strich. Da war es wieder, das graue Kind, das sprach wie ein ungehaltener Mann. Sie wollte nicht hören, was er sagte. Bisher war es gelungen, solche Gedanken zu verbannen. Nun sprach er sie aus. In diesem selbstgewissen Ton. Er war nur ein altkluges Kind, aber jetzt hätte sie ihn gerne geschlagen. Sie erschrak nur wenig über diesen Wunsch.

«Tacitus hat uns in Frauenkleider gesteckt», fauchte sie, «auf die Bühne geschickt und Mädchenlieder singen lassen, damit die Männer, wer immer sie sind, nicht hier nach uns suchen. Wenn sie Fanny nach uns gefragt haben, müssen sie wissen, das wir Tacitus und seine Leute kennen.»

«Ja, ich dachte auch, das mit den Frauenkleidern ist ein schlauer Einfall, und habe mich gefügt. Für dich war es wohl einfach, dazustehen und dich schamlos der Menge anzubieten mit einem – einem solchen Lied. Als Mädchen! Und mit *gefärbten* Haaren. Gott hätte mir braunes Haar gegeben, wenn er gewollt hätte …»

«Hör auf! Der Herr hat uns auch mit nackten Füßen gemacht, und wir gehen doch in Schuhen. Und er hat uns Verstand gegeben, damit wir uns in der Not zu helfen wissen. Warum bist du nicht ein bisschen dankbarer? Die Kerle suchen zwei Jungen, dünn und blond wie Leinwand. So haben sie zu Fanny gesagt. Es scheint, damit sind wir gemeint. Oder einer von uns. Nun ist unser Haar wenigstens braun wie Baumrinde.» Beinahe wäre sie laut geworden, sie konnte sich gerade noch besinnen. «Und jetzt erkläre mir, warum ich Landau misstrauen soll?»

«Zuerst war es nur so ein Gefühl …»

«Ach, du hast etwas so Unvernünftiges wie ein Gefühl?»

«Zuerst. Aber dann – denk doch mal nach: Unser Kutscher sollte uns eigentlich auf der Straße über Lingen nach den Niederlanden fahren. Das ist der direkte Weg, trotz der vielen Moore und Wasserläufe ist er im Sommer auch recht gut passierbar. So hieß es jedenfalls in Bremen. Erst nach dem – nach dem, was in der Wildeshauser Geest passiert ist, haben wir doch entschieden, hierherzulaufen, weil …» Er richtete sich ganz gerade auf. «… weil nicht alles so verlief, wie mein Vater es geplant hatte. Ich wusste nur einen Namen und eine Gasse. Wieso wusste Landau das? Woher? Wieso hat er uns hier gesucht, in dieser Stadt? Und dort bei der Gasse, egal was er erzählt, er war dort, zumindest ganz in der Nähe. Niemand wusste davon. Es stand nur in dem Buch, das mein Vater mir noch in die Tasche gesteckt hatte. Er hatte es dort selbst notiert.»

Emma überlegte. «Nein», sagte sie. «Wahrscheinlich wusste niemand sonst davon. Aber sicher kannst du dir nicht sein. Jedenfalls wenn stimmt, was du früher gesagt hast, nämlich dass du nichts darüber weißt, warum dein Vater verschwunden ist und warum du unbedingt Utrecht erreichen musst. Oder Leiden. Hoffentlich hast du für dort auch einen Namen und eine Adresse. Oder wirst du dich auf den Markt stellen und warten, bis jemand sich deiner erbarmt?» Die Worte klangen schrill und gemein, und sie hätte sie gerne zurückgenommen. «Es tut mir leid», murmelte sie, «ich hab's nicht so gemeint. Aber du hast doch genau wie ich gehört, was Landau berichtet hat: Frau Bocholt hat meinem Stiefvater in sein Kontor Nachricht gesandt, ich reise nun ohne sie in einer anderen Kutsche nach Amsterdam. Das hielt sie zu Recht für ihre Pflicht. Darauf haben er und mein besorgter Pate gleich Lukas Landau auf die Reise geschickt. Der hat in Bremen die Bocholtin besucht, und ihre Zofe, Smitten, hat ihm schließlich anvertraut, zu welchem Abenteuer sie mich überredet und welche Kutsche sie für mich gefunden hat.

Unterwegs hat er gehört, eine Kutsche sei verunglückt, und mit der Suche begonnen. Was ist daran zweifelhaft?»

«Aber warum einen Musiker? Warum keinen schnelleren und wehrhafteren Mann wie einen der reitenden Boten oder Wächter?»

«Er war erst kürzlich in Antwerpen und Leiden. Er kennt diese Straßen. Das ist ein sehr guter Grund.»

«Antwerpen. Das ist in den spanischen Niederlanden.» Valentin überlegte einen Moment, bevor er entschlossener fortfuhr: «Trotzdem. Wieso ist er *hierher* geritten, anstatt dich auf der direkteren Straße nach Amsterdam zu suchen? Er hat nicht mal ein Empfehlungsschreiben vorgezeigt, wie es angemessen wäre, keinen Brief für dich von deinem Paten oder deinem Stiefvater. Du weißt nichts als das, was er erzählt.»

«Aber er war in Bremen bei Frau Bocholt und ihrer Smitten.» Smitten, der Name klang in Emma nach und bekam wieder etwas dunkel Schillerndes. Die Smitten. Ihr verdankte sie den Platz in Schellings Kutsche, die Kleider eines jungen Mannes, das ganze Unternehmen. Was, wenn Smitten gewusst hatte, was passieren würde? Wenn Smitten … Aber Smitten hatte beim Abschied auch gesagt: ‹Traut niemandem. Bleibt für Euch.›

«Er hat nicht genauer nach meinem Vater gefragt», flüsterte Valentin. «Das kann nur heißen, er weiß – ja, er weiß, was geschehen ist. Von wem?»

Emma fühlte plötzlich die Kühle des Morgens wie ein kaltes Tuch in ihrem Nacken. Sie suchte nach etwas, das Valentins Worte wegwischte. Ihr fiel nichts ein. Sie war so froh gewesen, dass Landau nur wenige Fragen gestellt hatte, dass er – so hatte sie es verstanden – höflich und diskret gewesen war, um sie nicht gleich in Verlegenheit zu bringen.

«Willst du wirklich mit ihm weiterreisen?» Valentins Stimme war weicher geworden, hätte Emma es für möglich gehalten, hätte sie darin so etwas wie Sorge gehört. «Als Fußreisende sind wir unauffällig und können in jede Hecke tauchen, in einem Wagen hingegen ...» Er senkte den Kopf, und Emma kannte seine Gedanken auch ohne Worte.

«Eine gute Frage, ja, Emmet, eine gute Frage, die der junge Freund dir stellt.»

Tacitus Sylvester trat aus der Dunkelheit hinter einem der Wagen hervor. Sein strohgelb gefärbtes Haar war noch wirr vom Schlaf und zeigte im beginnenden Tageslicht die roten Wurzeln, sein Kinn war stoppelig. Das lange Hemd, das er als Nachtgewand benutzte, war zerknittert wie welkes Laub. Er trug dazu die mit bunten Flicken besetzten Lustigmacher-Hosen und Holzgaloschen. Er sah wie ein müder Pickelhering aus, nicht wie ein Prinzipal.

«Verzeiht, liebe Freunde, ich habe eurem Geflüster gelauscht, ein wenig, ja, ich habe recht gute Ohren. Mir scheint, den jungen Herrn Valentin haben dieselben Träume geplagt, sehr geplagt, wie mich. Wir würden euch gerne in unsere Gesellschaft aufnehmen, für ein Weilchen, ja, so liebreizende Mägdlein und so süße Stimmen.» Er kicherte genüsslich in einen Zipfel seines voluminösen Hemdes. «Aber leider, ja, leider hat das Leben andere Pläne. Und wenn man bedenkt, bald klopft schon der Herbst an, dann sein übler Bruder, der Winter. Die dunkle Zeit ist kein Vergnügen auf den Straßen, kein Vergnügen. Kälte, Nässe, hungrige Mäuler bei Mensch und Tier, Schimmel auf dem Brot und in den Kleidern. Da kommt schnell die Schwindsucht.» Er sah sich rasch einmal nach allen Seiten um, das Licht war noch zu diffus, als dass man etwas genau hätte erkennen können. «Ihr wollt nach Westen, wir fahren nach Osten. So ist es nun einmal. Der junge Herr Landau, hm, ja, eine feine Laute hat er. Fanny gäbe viel darum, sehr viel. Ihre wurde im Sommer gestohlen, sie weint ihr heute noch nach. Der junge Herr Landau bringt euch also hinüber ins Niederländische. Bis an die schöne Amstel, sehr fein, mit Pferd und Wagen.»

«Mich nicht.» Valentin erhob sich. «Ich kenne ihn nicht, warum sollte ich ihm trauen.»

Tacitus schob die Unterlippe vor. «Ja, die Sache mit dem Vertrauen, die ist eine der schwersten. Er ist ein so reizender junger Herr. So ansehnlich. Und so eilfertig. Es ist aber noch eine ganze Weile, bis er von seinem Gasthaus mit dem Wagen kommt. Hat er nicht gesagt, er komme gegen Mittag? Da sei noch einiges zu erledigen? Zu erledigen, soso, was hat er nur zu erledigen? Mit wem? Gar kein schönes Wort. Erledigen. Gar nicht schön. Das sollten wir auf der Bühne nicht mehr sagen, das denkst du sicher auch, junger Herr Valentin, hm? Obwohl, der dritte Richard? Da wird viel erledigt, ja. Du solltest auch ohne Bühne künftig viel singen, wir sind darin kaum anders als unsere gefiederten Freunde. Das Singen macht froh und das Herz weit. Das Singen haben wir von Gott bekommen, auch ihr Calvinisten, mein lieber junger Freund. Ach, man plaudert und plaudert. Ich fürchte …» Er zog ein Tuch aus seinem Hemdkittel und wischte sich fahrig über die Stirn. «… ja, ich fürchte, es ist der Abschiedsschmerz, der Schmerz. Ihr wollt euch nun auf den Weg machen. Oder doch nicht? Emma?»

Etwas raschelte hinter ihm, auch Beth, seine liebe Mrs Sylvester, trat aus dem Schatten. «Sprich leiser, mein Guter, wir waren uns doch einig», raunte sie. «Hat Emma sich entschieden? Oh …» Sie lächelte breit. «… ich sehe nur Emmet.»

Kapitel 11

Die Straße wand sich sanft auf und ab nach Westen. Bei der geringsten Steigung ächzten die Räder der schwer bepackten Fuhrwerke heftiger, die Stimmen der Kutscher und der wandernden Händler wurden hingegen dünner. Wer über den Harz oder gar über die Gebirge im Süden gegangen war, empfand das wellige Vorland des Osning kaum als bemerkenswert. Wer nur flaches Land kannte und zudem eine schwere Last trug, wurde schnell atemlos.

Niemand beachtete die beiden Jungen, die sich zwischen einem mit Tonnen und Säcken beladenen Fuhrwerk und einem leichteren Karrenwagen eingereiht hatten. Sie blieben für sich, auch miteinander sprachen sie wenig. Obwohl der Morgen sonnig war, trug der kleinere seinen Hut unter dem Arm, der des größeren steckte am Mantelsack auf seinem Rücken. Beider stumpfbraunes Haar ließ sie wie Brüder erscheinen. Auf den ersten Blick.

Der Fahrweg war hier besonders tief ausgefahren und breit genug, dass in die Gegenrichtung ziehende Wagen und Fuhrwerke leicht passieren konnten. Trotzdem gab es im Laufe eines Tages immer wieder Kollisionen, verhakten sich überbreite Ladungen zweier Fuhrwerke ineinander, brach ein Rad, blockierte herabgerutschte Fracht – viele Gelegenheiten auch für Streit und Handgreiflichkeiten. Die Zugtiere, ob Pferde, Esel oder behäbige Ochsen, scheuten dagegen selten, sie waren an die harte

Arbeit gewöhnt und zogen stoisch ihre Last. Nur Reitpferde reagierten hin und wieder erregt und brachen aus, zumeist wenn ihr Reiter sie voller Ungeduld antrieb, an einer langen Reihe von Wagen und Menschen vorbeizutraben.

Wiesen, Felder und Hecken, auch sumpfige Areale, bestimmten das sanft hügelige Land. Etwa eine Tagesreise entfernt nach Süden begrenzte der meilenlang quer verlaufende Kamm des Osnings den Horizont. In alter Zeit war das aus nahezu flachem Land aufragende Kammgebirge von dichten Wäldern bedeckt gewesen, so hieß es jedenfalls. Wo das kostbare Holz noch nicht zum Bauen und zum Füttern der unersättlichen Feuerstellen und Schmiedeessen geschlagen worden war, waren die Hänge und der Kamm noch bewaldet, jedoch voller Lücken und oft von dürrem Buschwerk dominiert. Manche sagten, in dieser Gegend lebten einfach viel zu viele Menschen. Die behinderten auch das Nachwachsen junger Bäume, wenn sie ihre Schweine zur Mast in die Wälder trieben und alles umwühlen und fressen ließen, was ihnen vor die Schnauzen kam. Diese Leute sagten auch, man müsse endlich beginnen, Waldbäume anzupflanzen wie andernorts Obstbäume, überhaupt wie Gärten, was allgemein für Kopfschütteln sorgte.

Emma und Valentin hielten sich notgedrungen am Rand des Zuges, so waren sie zwar weniger vor neugierigen, gar suchenden Blicken geschützt, mussten aber nicht mehr mit jedem zweiten Schritt im Gemisch aus Sand, Urin und Kot der großen Zugtiere einsinken. Emma fühlte ein schrilles Lachen in ihrer Kehle aufsteigen und hüstelte, um es zu vertreiben. Aber war es nicht zum Lachen, was sie auf ihrer Fußreise als armer Wanderbursch (so hatte Tacitus sie schmunzelnd beim Abschied genannt) alles lernte? Nun kam noch dazu, wie man zumindest den größten Kothaufen und Urinpfützen auswich, ohne den Wagen und Zugtieren in die Quere zu kommen.

«Noch lange?», fragte Valentin nah an ihrem Ohr. Bisher war Emma ihm gefolgt, nun fragte er nach ihrer Entscheidung? Vielleicht war nur sein Mut verbraucht.

Er war ein Kind und sie eine junge Frau von fast achtzehn Jahren. Der Satz war in Emmas Denken eingebrannt, eine stete Mahnung. Es war nur natürlich, wenn er sich auf ihren Rat, auf ihre Klugheit und Einschätzungen verließ. Das war ein unbehaglicher Gedanke. Niemand hatte je behauptet, sie sei klug. Am wenigsten sie selbst. Sie wusste nicht, ob sie richtige Entscheidungen treffen konnte, überhaupt Entscheidungen treffen konnte. Man musste es tun. Einfach tun? Und wenn nicht genug Zeit für gründliches Nachdenken und Abwägen blieb? Manchmal machte zu viel Nachdenken eine Entscheidung nur schwer oder unmöglich. Das wollte sie nicht vergessen.

«Nein», wisperte sie, «nicht mehr lange. Halte nach den Ebereschen Ausschau.»

«Eschen?»

«Ebereschen.» Sie sah ihn prüfend an. «Weißt du etwa nicht, wie die aussehen? Hübsche, nicht sehr hohe Bäume mit lockeren Bündeln von roten Beeren. Noch nicht alle, sie fangen erst an, sich zu röten.»

«Woher weißt du so etwas?»

«Ich dachte, das wüsste jeder. Bäume sieht man alle Tage, möchte man da nicht ihre Namen wissen? Der Obergärtner meines Paten kennt überhaupt alle Blumen und Bäume, Kräuter, alle Arten Pflanzen. Einiges davon hat er mich gelehrt.» Ach, Droste. In der Stille und Sicherheit des Engelbach'schen Gartens. Beide waren so unerreichbar wie der Mond. Selbst seine Liste mit den Heilkräutern war mitsamt dem Gepäck bei dem Überfall in der Geest verlorengegangen. «Es sind drei noch recht junge Bäume, hat Tacitus gesagt», fuhr sie rasch fort, bevor dieser plötzliche Schmerz der Sehnsucht und des Heimwehs sie ganz stumm und weinerlich machte. «Bei einer weit ins Land reichenden Hecke, in der viel Weißdorn wächst; den erkennt man auch leicht, der wächst ja überall. Die Früchte röten sich schon, pralle tiefrote Beeren. Man kann sie essen, die von der Eberesche besser nicht.»

«Vogelbeeren», verkündete Valentin ungehalten, als sie bald darauf zu der Stelle gelangten, die Emma für die hielt, von der Tacitus gesprochen hatte. «Das sind Vogelbeerbäume. Und nur *zwei*.»

«Stimmt, manche Leute nennen sie Vogelbeerbäume, das hatte ich vergessen. Wenn du übrigens noch lauter schreist, hört man dich bis nach Osnabrück.»

Da standen tatsächlich nur zwei Ebereschen, ein noch recht frischer Stumpf zeugte jedoch von einer abgehauenen dritten. Entlang der Hecke verlief nach Süden der Pfad, den Tacitus empfohlen hatte. Auf dem waren nicht nur Schafe, Ziegen oder Wild getrippelt, weiter voraus waren Fußreisende auszumachen, die Silhouetten verrieten schwere Lasten auf den meisten Rücken.

Landau werde zweifellos der großen Handelsstraße folgen, den direkten Weg nach Westen, vorbei an dem niedergebrannten Rheine und Burg Bentheim, hatte Tacitus vermutet. Er und Mrs Sylvester wollten ihm nichts anderes empfehlen, gewiss nicht, es sei schließlich der schnellste Weg, dumm, sich für einen anderen zu entscheiden. Ja, zu dumm. Den Pfad bei den Ebereschen werde er kaum beachten, er bedeute einen Umweg, zudem führe der eine viertel Tagesreise vor Tecklenburg über einen felsigen Anstieg, den kein Pferd gehe.

Als sie schon ihre Mantelsäcke schnürten, hatte er mit seinem schönsten Fuchsgesicht hinzugefügt, Tecklenburg sei ein feines Städtchen, leider wenig kunstsinnig. Es bewache den besten Pass über den Osning nach Süden und sei deshalb eine bedeutende und somit teure Zoll- und Mautstelle voller Soldaten. Am besten schlage man vorher einen Bogen. Es gebe einige Wege hinauf und entlang des Kamms; wenn man nicht gerade den Zollwächtern in die Quere komme, gehe es darauf recht gut voran. Auch nicht einsam. Wanderhändler seien schlaue Männer und kennten sich aus. Die Region sei den Oraniern zugeschlagen, so hieß es jedenfalls. Da sei ein großes Durcheinander, kaum jemand wisse wirklich Bescheid, bis die Zöllner einen erwischten und sagten, wo und von wem, zu wessen Gunsten die Grenzen gerade bestimmt seien. Wobei man wiederum nicht wisse, ob die Zöllner die Wahrheit sagten oder nur unrechtmäßigen Zoll für die eigene Tasche einnehmen wollten und ...

«Vorwärts oder rückwärts», schnarrte eine Stimme hinter Valentin, «macht Platz, ihr trägen Knaben, wer faulenzt, sündigt. Wisst ihr das nicht? Zum Rumstehen ist keine Zeit, Kundschaft wartet.» Zwei Pranken umfassten Emmas Schultern und schoben sie energisch zur Seite. «Nichts für ungut», rief der Mann und folgte schon mit ausholenden Schritten dem Pfad. Auf seinem Rücken schwankte eine mit Leinwandballen, Holzlöffeln und -schüsseln beladene, hoch über seinem Kopf aufragende Kiepe.

Die Hecke endete hinter einem Hügel in einem von Spinnennetzen durchzogenen Gestrüpp aus Brombeeren, Disteln, Ackerwinden und krautigen Gräsern. Zwei Sumpfmeisen hüpften darin herum. Es war Brombeerzeit, die reifen Früchte waren jedoch längst abgepflückt. Auf dem Hügel stand ein steinernes Kreuz, an der Wetterseite bemoost und ein wenig verwittert, ein Dompfaffenpaar flog schimpfend auf, als Emma und Valentin sich näherten.

Vom Kreuz habe man sicher einen Blick zurück auf die Stadt, sagte Emma. Valentin folgte ihr gleich.

Und tatsächlich: Von hier ging der Blick weit und auch hinunter auf die Stadt. Es war keine zwei Tage her, seit sie von einer anderen Kuppe in dieses Tal geblickt hatten, auf dieselbe Stadt. Nach dem, was sie inzwischen erlebt hatten, war es eine andere.

Bei ihrer Ankunft war der Weg durchs Tor und in das Labyrinth der engen Straßen ein Weg der Zuversicht gewesen, sie hatten nicht ihr Ziel, aber doch den Ort erreicht, der ihr ungewisses Herumirren beenden sollte. Trotz des Überfalls und des Verschwinden Schellings in der Wildeshauser Geest waren sie stets vor einer *vage* gebliebenen Bedrohung geflohen. Nun war die Bedrohung konkreter. Sie hatte sogar ein Gesicht bekommen. Vielleicht, wahrscheinlich, mehr als *ein* Gesicht.

Die Dächer und Türme, die Mauern und Wälle, der sie umschmeichelnde Fluss boten im dunstigen Morgenlicht eines sonnigen Spätsommertages ein Bild trügerischer Schönheit. Eine Rabenkrähe löste sich aus einem Schwarm, der seinen Rast- und Versammlungsplatz in der Krone einer zerzausten Ulme hatte. Ihr rauer Schrei, ihr schwarzes Gefieder, die auf dem Wind kreisende Silhouette gemahnte an die Illusion, an das Gaukelspiel, das Bilder oft nur bedeuten.

«Siehst du ihn?» Valentin flüsterte.

Emma schüttelte den Kopf. «Und du?», fragte sie und fuhr gleich fort: «Man kann von hier kein bestimmtes Gesicht erkennen. Besonders nicht unter den Hüten.»

«Und die anderen?»

«Ich glaube nicht», versuchte sie, ihn und sich zu beruhigen. «Sieh selbst, unter den Reitern zwischen den Wagen erkenne ich niemanden mit einer Binde über einem Auge. Weißt du noch, welche Seite es war?»

Das wusste er nicht, er hatte den Mann überhaupt nie genau gesehen. Nur Emmet hatte bei der Burgmannshofherrin zumindest einen der Reiter gesehen, mehrere gehört.

Beide beschirmten die Augen mit den Händen, im Osten stand die Sonne noch tief. Sie wandten sich zur anderen Seite.

Der Zug der Wagen, die die Stadt auf dieser Route verlassen hatten, zog sich allmählich auseinander. Hier und da bog ein Wagen oder Reiter zu einem einzelnen Gehöft oder einem Weiler ab, die sich wie Hasen in ihre Sasse in die Landschaft duckten, zumeist von Eichenhainen umstanden. Die Handelsstraße über den Osning-Pass und weiter nach Süden lag verborgen hinter welligem Land und Auwäldern, eine oder anderthalb Stunden weiter westlich.

«Dieser ist der richtige Pfad», entschied Emma. Man musste entscheiden, es einfach tun. «Es mag noch andere geben, aber je eher wir die große Straße verlassen, umso besser.»

Tacitus. Er hatte sie auf diesen Pfad geschickt, und sie dachte daran, was Valentin vor einigen Stunden erst, nämlich kurz vor Morgengrauen, gefragt hatte. *Vertraust du ihm?* Er hatte Landau gemeint und mit wenigen Worten ihr Gefühl der Sicherheit platzen lassen wie eine Seifenblase. Er hatte gute Argumente gehabt, die ihr eigenes bis dahin nur lauerndes Unbehagen verstärkt hatten.

Warum traute sie nun, trauten sie beide blind Tacitus Sylvesters Rat? Landau war mit Pate Engelbach bekannt und stand mit ihm auf halbwegs vertrautem Fuß, soweit das zwischen Ratsmusikanten und Ratsherren erlaubt war. Tacitus hingegen war ein völlig Fremder. Ein Wanderkomödiant, der weder am Tisch ihres Paten noch ihrer Mutter, schon gar nicht ihres Stiefvaters willkommen wäre. Woher wussten sie, ob er sie nicht just auf diesen Weg schickte, um diese Schergen, wem sie auch dienen mochten, auf ihre Spur zu setzen. Für stets nötiges Geld? In der vorausliegenden Abgeschiedenheit musste es viele Möglichkeiten für einen Hinterhalt geben, auch Spalten im Fels, Löcher in den morastigen Teichen, wo man leicht und ohne Aufsehen zwei junge Männer verschwinden lassen konnte. Und wenn ... nein!

Sie schüttelte sich wie ein junger Hund und sagte laut: «Nein!

Ich meine: Lass uns weitergehen. Wir müssen schneller vorankommen.»

Valentin nickte, und dann sagte er etwas Erstaunliches, es klang wie «Danke, Emmet».

«Danke? Wofür?»

«Weil du ...» Er suchte nach einem einfachen Wort, seine Wangen brannten. «... weil du mit mir gehst.» Er wandte sich hastig ab und lief eilig auf dem Pfad voraus. Das schmuddelig braune Haar wehte ihm ins Gesicht. Er sah wieder sehr dünn und klein aus.

Es war kühl und grau geworden, und wie Tacitus vorausgesehen hatte, war der Weg nicht ganz einsam. Einmal hatten sie gehört, wie Reiter näher kamen, und sich tief hinter ein Gebüsch geduckt, bis nur wenige Schritte entfernt zwei Zöllner auf wendigen Pferden passiert waren. Ein anderes Mal, als sie ein gutes Stück in die Ebene hinabgestiegen waren und in einem Dorfgasthaus eine Schüssel fetter, aber fader Suppe teilten, betraten zwei Wächter von der Burg und ihr kindlicher Knecht die winzige Stube. Sie forderten jedoch weder Maut noch Zoll, sprachen nur mit dem hündisch dienernden Wirt, musterten mit grimmigen Gesichtern die wenigen Gäste und zogen schließlich weiter.

Zwei Gefangene waren entkommen, berichtete der Wirt mit eifriger Stimme, kaum dass sich die Tür hinter ihnen geschlossen hatte, mörderische Kerle.

«Red mal kein dummes Zeug, Ludger», protestierte einer der drei übrigen Gäste. Er schien häufig hier zu sein, statt der angepriesenen grauen Suppe hatte er nur einen Krug Bier bestellt. «Die suchen bloß zwei Diebe. Einer soll auch noch 'ne Magd auf der Burg geschwängert haben, das geht doch schon überall rum, das Weibchen sitzt im Verlies. Hurerei mögen weder der Graf noch der Burgvogt.»

Es entbrannte eine kleine Debatte, ob es gleich Hurerei sei, wenn ein Mädchen geschwängert werde, wobei keiner der Debattanten wusste, ob sie mitgetan und ihre Röcke bereitwillig gehoben hatte oder nicht. Dabei fielen weniger bedachtsame als grobe Worte für das Fleischliche. Weder Emma noch Valentin hatten jemals so etwas gehört, doch die Männer und die vom Herd herbeigeeilte Frau des Wirts beachteten die beiden nicht.

Als der Nachmittag sich dem Abend zuneigte und der Tag an Licht verlor, verkündete Emma, sie gehe nun keinen Schritt mehr. Valentin ließ sich erleichtert ins Laub fallen.

Zuletzt waren sie einem Pfad gefolgt, der weiter hinauf zum Kamm des Osnings führte. Sie begegneten kaum noch anderen Reisenden, was beide erleichterte. Menschen waren gut oder böse. Eine Menge gab Sicherheit, auch die Möglichkeit sich darin zu verbergen oder Hilfe zu finden. Allein in den Wäldern konnte ein Rascheln im Unterholz Gefahr bedeuten, einen Eber, der seine Rotte verteidigen wollte, hungrige Wölfe oder verwilderte Hunde. Das Gefühl der Bedrohung wurde für die jungen Wanderer ohne Dolch, Degen oder Pistole jedoch am stärksten, wenn ihnen andere begegneten, besonders die ohne Kiepe voller Handelsware oder Erntefrüchte.

Für die Nacht fanden sie einen geschützten Platz, ein wenig erhöht unter einem vorragenden Fels. Valentin mühte sich, einen im letzten Sturm abgebrochenen, noch belaubten großen Ast vor ihren Platz zu zerren. Emma war zu träge und müde, um ihm zu helfen. Wer diesen unebenen, beständig auf und ab führenden Weg in der Nacht gehen wollte, riskierte, sich die Knochen zu brechen. Zudem war er voller Steine und in den Pfad ragender Felsspitzen. Aber die Tiere? Niemals zuvor war Emma so müde gewesen wie an den Abenden dieser durchwanderten Tage. Sie fürchtete sich nicht, was sie seltsam fand. Vielleicht machte die Müdigkeit sie sorglos. Wie Valentin misstraute sie nun den Menschen, und obwohl sie sehr gut wusste, welche Dämonen die Nächte hervorbringen konnten, vertraute sie dieser wie einer schützenden Decke aus Dunkelheit.

Sie vermisste nichts als einen Bach, ein bescheidenes aus dem Fels springendes Rinnsal. Sie hätte sich gerne gewaschen und die Frische des Wassers auch in der Kehle gespürt. Im Einschlafen fiel ihr ein, dass dies der erste Tag gewesen war, an dem nichts Überraschendes geschehen war, im Guten wie im Bösen.

Einmal erwachte sie, die Nacht war schwarz und windstill, nur vereinzelt blitzten Sterne zwischen den Wolken und durch das Laub der Bäume. Es war kalt, Valentin hatte sich im Schlaf schutzsuchend an ihren Rücken gerollt. Ein Heulen erreichte Emmas Ohr. Das Heulen eines Wolfes, sie war dem tiefen Schlaf schon wieder zu nah, um sich zu erschrecken. Es klang traurig, und Emma schlief mit dem Gedanken an einen großen einsamen Hund mit wärmendem Fell wieder ein, schlief fest und ohne Träume, bis der Morgen graute.

❦

«Nein, Valentin, nein! Die sind furchtbar giftig.»

Erschreckt ließ er die schwarzen Beeren fallen, die er gerade von einer krautigen, vielleicht sechs Fuß hohen Pflanze gepflückt hatte. Er war durstig, und bisher hatten die im Spätsommer reifenden Früchte einer ganzen Reihe von Gewächsen am Wegesrand geholfen, wenn kein Bach oder Teich in der Nähe war. Nur auf dem felsigen Kammweg fand sich kaum Wasser. Brombeeren, Weißdornbeeren, schrecklich herbe Schlehen, auch die Blätter des Sauerampfers löschten für eine Weile den Durst. Die kugelrunden, kleinen Schwarzkirschen gleichenden Beeren hatte Valentin zuerst entdeckt und gleich abgepflückt.

«Sie sehen aber schön und saftig aus», murmelte er immer noch erschreckt. «Bist du sicher?»

«Natürlich bin ich sicher. In ihren spitzen Blättchenkragen sind sie wirklich hübsch, aber Schönheit und Böses schließen einander doch nicht aus. Droste sagt, die Tollkirschen sind tödlich giftig, und es gibt kein Gegenmittel. Einige Ärzte haben einen Sud aus den Blättern und Samen gegen die Hundswut verabreicht, die Kranken sind alle gestorben. Wobei allerdings niemand weiß, ob an dem Giftsud oder an der Hundswut, die hat auch noch niemand überlebt.»

Hunde, ob mit oder ohne Schaum am Maul, standen weit oben auf Valentins Liste der irdischen Schrecken, die Tollkirsche passte nun gut dazu.

Als sie annahmen, es sei um die Mittagszeit – der bedeckte Himmel und das Gleichmaß des Gehens nahmen ihnen das Gefühl für die Zeit –, kletterten sie wieder ein Stück weit einen felsigen Pfad am südlichen Abhang hinunter, um aus einem schmalen Bächlein zu trinken. Plötzlich hörten sie streitende Stimmen, begleitet vom seltsamen Singsang zweier weiterer, einer brummenden und einer schrillen hohen Stimme. Sie duckten sich hastig ins buschige Unterholz wie scheues Wild. Durch das Laub sahen sie eine traurige Menschenkolonne auf dem weiter unten verlaufenden Weg vorbeiziehen.

«Lepröse», flüsterte Valentin erschreckt, und Emma legte rasch die Finger auf seine Lippen. Das waren keine Leprakranken, es waren einfache Bettler, Männer, Frauen und Kinder, manche an Krücken. Ein Lahmer wurde auf einem Wägelchen von einem bulligen Hund gezogen. Vielleicht hatte er keine Beine mehr, das war nicht zu erkennen. Aller Kleider waren kaum mehr als Lumpen, sie verströmten selbst den Hang hinauf den sauerfauligen Gestank des Elends. Etwa eineinhalb Dutzend müder, hungriger, an Leib und Seele versehrter Menschen schleppten sich zu irgendeinem Ziel. Vielleicht auch zu keinem Ziel. Einfach nur vorwärts. Oder im Kreis. Das war letztlich einerlei. Wer weder ein Zuhause noch Besitz hatte, wer nirgendwo erwünscht war, musste wandern, auf den Straßen immer weiterziehen, irgendwohin, immer auf der Suche nach Nahrung und Schutz vor den Unbilden des Wetters, vor Söldnern und aufgehetzten Dorfhunden, übel gesinnten Menschen, vor anderen, noch hungrigeren, noch wütenderen Elenden.

So wurde niemand alt, mancher starb still vor Erschöpfung, ließ schließlich das Leben, das sich so nicht mehr lohnte. Wer schlau war oder noch über genug Körperkraft verfügte, schloss sich einer Bande von Räubern an, die hungerten seltener. Manche wurden sogar reich, falls sie Galgen, Richtblock und Rad lange genug entwischten.

Emma schämte sich für ihre Angst und den Ekel, den sie auch in Valentins Gesicht las. Es widersprach ihrem sonst schnell erwachenden Mitgefühl und dem christlichen Gebot tätiger Nächstenliebe. In ihrem Mantelsack lagen in einem festen Leintuch wohlverwahrt ein Laib Brot, ein Streifen Speck, ein Kohlrabi, auch süße Haferkekse. Die Menschen dort unten waren sicher hungrig, zumindest einige von ihnen. Zu Hause hätte sie nicht gezögert zu helfen, mit Brot und getrocknetem Fleisch aus der reich gefüllten Vorratskammer im Ostendorf'schen Haus, mit einem Wurstring vielleicht, einer Handvoll Rüben, einem Krug Bier. Nun wollte sie nicht teilen. Es waren zu viele. Die Gefahr, wer ein halbes Brot anbiete, werde gleich des ganzen verlustig, war zu groß. So groß wie die Angst, man könne auch ihre guten Kleider nehmen, die Stiefel, die Mantelsäcke mit all ihrer Habe, nicht zuletzt die Börse, den Brief der alten Mevrouw van Haaren, das Kostbarste von ihrem verbliebenen Besitz. Der andere, nur wenig wichtigere, der das Hamburger Handelskontor in Amsterdam anwies, die Überbringerin dieses Briefes in jeder Weise zu unterstützen, auch mit den nötigen Geldmitteln, war mit ihrem Reisekorb beim Überfall in der Geest verschwunden. Wer so ein Leben wie diese Menschen dort unten fristete, konnte sich Höflichkeiten nicht erlauben. Wer lange so lebte, inmitten solchen Elends und täglichen Sterbens, hatte derlei längst vergessen.

Geriete sie selbst in ihrer Heimatstadt in große Not, fänden sich gleich verlässliche Helfer. Ihre eigene Familie, die Familie ihres Paten, Freunde. Wenn es die nicht mehr gäbe? Wenn sie den Krieg nicht in einer uneinnehmbar sicheren und reichen Stadt überstanden, sondern alle und alles verloren hätte? Wo begann es, wo war die Grenze, ab wann konnte man nur noch daran denken, den eigenen Magen zu füllen? Die eigene Haut zu retten. Um zu überleben.

Ab wann tötete man dafür?

Etwas raschelte zart in ihrem Rücken, Emma fuhr herum, als hätte sie einen Pistolenschuss gehört. Aber da war nichts, im Wind mochte ein dürrer Ast herabgefallen sein. Es roch eigentümlich, ein wenig nach den Engelbach'schen Hunden an Nebeltagen.

Zurück auf dem Höhenweg begegneten ihnen auch jetzt nur wenige andere Reisende, und die liefen alle in die entgegengesetzte Richtung; keiner hielt sich länger auf, als es für einen argwöhnischen Blick und gemurmelten Gruß nötig war. Wäre es möglich gewesen, auf dem schmalen Kamm des Osning in die Irre zu gehen, hätten sie befürchtet, wieder vom Wege abgekommen zu sein.

Schließlich neigte sich der Tag. Valentin fand es am besten und sichersten, wieder in einer Höhlung oder einem dichten Gebüsch Unterschlupf zu suchen. Emma wollte lieber zu einer Wiese hinabsteigen und in einen der Heuhaufen kriechen. Für eine wärmere Nacht als die vergangene würde sie selbst die

Nähe von geifernden Wachhunden und Bauern mit Forken in Kauf nehmen.

Sie einigten sich, den mit dünnstämmigem Ahorn, Krüppelbirken, Haselgesträuch und anderem Buschwerk bewachsenen Hang hinunterzusteigen. Es würde schon gutgehen. Für die nächste, zumindest die übernächste Nacht wollten sie es wagen und einen Gasthof finden. Valentin gab nur zu bedenken, dass sich in deren Strohschütten wie in den Betten für besser zahlende Gäste erheblich mehr Läuse, Flöhe und Wanzen tummelten als in Felsnischen, Hecken und Heuhaufen.

Da knackte und raschelte es im trockenen Laub, brachen Zweige, Schritte näherten sich rasch den Hang herauf, es klang nach soldatischer Eile und Gleichmäßigkeit, auf dem Fels nach eisenbeschlagenen Stiefeln.

Diese Männer sahen nicht wie Bettler aus. Ihre Bärte waren zerzaust, ihre Jacken jedoch von festem Stoff, die Hemden waren vor langer Zeit weiß gewesen, aber noch keine Lumpen, die pluderigen, unterm Knie gebundenen Hosen nach Art früherer Landsknechte erst wenig geflickt.

All das nahm Emma kaum wahr. Sie sah die Pistole im Gürtel des größeren, den Hirschfänger des kleineren, drahtigeren – der Griff aus geschnitztem Elfenbein war viel zu kostbar für einen solchen Kerl. Emma sah auch das breite Grinsen in zwei narbigen, so wettergegerbten wie schmutzigen Gesichtern. Spürte den kalten Schweiß in ihrem eigenen Rücken, das Hämmern ihres Herzens und wünschte sich Flügel.

❦

Auch das Bier hatte ihn nicht schläfrig gemacht. Landau vibrierte vor Ungeduld, wieder in den Sattel zu steigen und seinen Weg fortzusetzen. Aber das hatte keinen Sinn, in der

Dunkelheit konnte er Meilen zurücklegen, aber niemanden aufspüren.

Diese vermaledeiten Komödianten. Sie hatten ihm weismachen wollen, die beiden seien – wie in der Nacht zuvor auf der Bühne – nun als zwei Schwestern unterwegs. Warum sie so plötzlich aufgebrochen waren, wusste niemand. Und wohin? Ach, da helfe man gern. Einer hatte angeblich gehört, wie Emma und Valentin beschlossen hatten, mit der nächsten Postkutsche zurück nach Norden zu reisen, nach Hause. Dem hatte der kuriose Prinzipal energisch widersprochen und etwas von Lingen gebrabbelt, von dort wollten sie ihren Weg über Zwolle fortsetzen. Das hatte wiederum die dicke Grauhaarige als Unsinn abgetan und behauptet, der Kleine müsse nach dem Kloster Rulle gehen, im Konvent lebe eine steinalte Großtante, es gehe um Leben und Tod, und der liebe Emmet ließe ihn keinesfalls allein. Dabei hatte sie mit den Augen gerollt, als agiere sie auf der Bühne in einer dieser abstrusen Darbietungen.

Spätestens da hatte er verstanden, welchen Spaß sie sich mit ihm machten. Das Kloster lag etwa zwei Stunden nordöstlich, er war selbst daran vorbeigekommen, und beherbergte einen katholischen Konvent. Wie sollte ein Junge aus einer strikt calvinistischen Familie eine katholische Großtante haben?

Also hatte Landau den Wagen zurückgebracht und war auf der großen Handelsstraße weitergeritten – der einzigen Route, die die Fahrenden nicht erwähnt hatten; auch deshalb war er seiner Sache sicher. Seither zerbrach er sich den Kopf, was das Fräulein van Haaren und ihren kleinen Begleiter bewogen haben mochte, in aller Herrgottsfrühe allein die Stadt zu verlassen. Und warum war beider Haar so dunkel? Das fiel ihm erst jetzt ein, gestern Abend im Schein der wenigen Kerzen hatte er es beinahe übersehen. Zumindest das Haar des Fräuleins musste gefärbt sein, was ihre Familie und jedermann in ihrer Heimatstadt als skandalös empfinden würde. Er erinnerte sich genau an ihr flachsblondes Haar bei der Begegnung im Garten des Ratsherrn. Alles erweckte den Anschein, sie seien auf der Flucht. Wenn es so war – warum misstrauten sie ausgerechnet einem Helfer aus der Stadt, in der das Mädchen zu Hause war? Was fürchteten sie und – was wussten sie?

Er hatte es sich so einfach vorgestellt. Ein schneller Ritt weit übers Land, wie er es im Sommer liebte. Er war ein guter Reiter und, auch ohne das Pferd zu wechseln, mindestens doppelt so schnell wie eine Kutsche. Von Bremen gab es verschiedene Routen, dank Smittens Hinweisen hatte er sie schließlich gefunden, mit so viel Wachsamkeit wie Glück. Oder umgekehrt. Die meisten sagten: mit Gottes Hilfe. Das auch, vielleicht.

Nun hatten sie sich wieder allein auf ihren Weg gemacht. Waren davongelaufen, weil sie ihm misstrauen. Eine andere Erklärung gab es nicht. Was glaubten sie nur, was er vorhatte?

Vielleicht misstrauen sie jedem. Der Überfall, Schellings Verschwinden, schon eine so kurze Zeit des Lebens auf den Straßen veränderte den Blick auf die Welt und die Menschen. Aber er war Lukas Landau, Mitglied der achtbaren Hamburger Ratsmusik und mit dem Paten und Ratsherrn bekannt. Niemandem konnten sie in der Fremde mehr vertrauen. Warum ausgerechnet einer Gesellschaft von Wanderkomödianten?

Und wenn sie sich nun wieder fremden Leuten anschlössen? Vielleicht vertrauten sie aus irgendeinem Grund eher den Kleinhändlern, Quacksalbern oder Rumtreibern. Die liefen oft auf schmaleren Pfaden von Dorf zu Weiler zu alleinliegendem Gehöft. Wenn sie unterwegs in die Fänge von Banditen gerieten? Der Junge sah nicht gerade kräftig aus, trotzdem ließe er sich auf eines der Schiffe verkaufen, die nach den Amerikas, Ostindien oder China fuhren und ständig Mangel an Matrosen hatten.

Auf den langen Fahrten über die Ozeane wurde fast so viel gestorben wie auf Schlachtfeldern oder zu Pestzeiten.

Und das Fräulein Emma – darüber mochte er nicht einmal nachdenken. Korsaren kaperten Schiffe und forderten für die Überlebenden der Besatzungen Lösegeld von deren Familien. In Hamburg konnte man für solche Fälle in eine Sklavenkasse Geld einzahlen. Ebenso gut mochten Banditen Lösegeld fordern für auf der Landstraße entführte Reisende – auch wenn dabei die Chance ziemlich groß war, bald am Galgen zu baumeln, als Fraß für die Rabenkrähen.

In seinem Kopf schwirrte es. Er musste klar denken, bevor er sich einige Stunden Schlaf erlaubte.

Er neigte bisweilen zu Eitelkeit und Selbstgewissheit, das wusste er und nahm es sich sonst nicht übel. Wer sich als Musiker mit seiner Kunst – viele nannten sie nur ein Handwerk – einem Publikum präsentierte, brauchte diese Eigenschaften. Sonst wurde die Kunst zur Qual und verlor ihren Zauber. Er war auch ehrgeizig; in allem, was er tat, wollte er gut sein, dafür übte er sich in Fleiß und Disziplin. Gerade dieser ungewöhnliche Auftrag, der nichts mit seiner Musik zu tun hatte, hatte seiner Eitelkeit geschmeichelt. Er kam von wichtigen Herren, die er sich gern verpflichtete. Es konnte nur von Vorteil sein. Wenn er erfolgreich war.

Ostendorf war ein Fuchs, das hatte er gleich gespürt. Der Stiefvater eines jungen Fräuleins aus einer solchen Familie konnte nichts anderes im Sinn haben als den guten Ruf des Mädchens, damit auch die unbeschädigte Reputation seiner ganzen Familie. Zweifellos hatte er genau überlegt, auf welche Weise die Tochter seiner Frau am unauffälligsten wieder einzufangen sei. Wenn ein Mädchen in Männerkleidern über die Straßen zog, war das natürlich unerhört. In diesem Fall musste die Familie die Verkleidung, das Verbergen der Identität, als Segen ansehen und klug handeln, bevor es sich herumspräche. Ganz zu verhindern würde es ohnedies kaum sein.

Wenn Ostendorf aber noch andere Gründe hatte, seiner Stieftochter einen Musiker nachzuschicken anstatt eines in solchen Unternehmungen erfahrenen Mannes? Er wischte diesen aus einer düsteren Ecke seiner Gedanken hervorblitzenden Einfall mit einer Handbewegung weg wie eine vorwitzige Fliege.

Er hätte sie längst eingeholt haben müssen. Oder nicht? Nach Amsterdam – oder zuvor nach Deventer, Amersfoort oder Utrecht – reiste man am zügigsten auf der großen Handelsstraße. In alter Zeit war das die einzige verlässliche Route gewesen. Auch jetzt noch gab die Landschaft den Verlauf vor, er wich Mooren aus, führte zu Brücken oder Furten, um Anhöhen herum. Längst zogen sich aber auch andere Wege durchs Land, wer sich auskannte, fand ihren Verlauf. Das Fräulein kannte sich gewiss nicht aus. Und dieser missmutige Junge? Kaum. Die beiden taten gut daran, auf der großen Straße zu wandern, wenn sie nicht verlorengehen wollten, und er würde weiter nach ihnen Ausschau halten, weiter nach ihnen fragen. Auch nach zwei Mädchen, die alleine unterwegs waren, was an sich schon unwahrscheinlich und sicher nur eine Lüge gewesen war.

Die Schankmagd brachte einen zweiten Krug Bier, er hatte ihn nicht bestellt, trank ihn jedoch gerne noch. Sie nahm den Teller mit den gründlich abgenagten Rippenknochen mit; das übrige Stück Roggenbrot hatte er eingesteckt. Er sah dem Mädchen gleichmütig nach. Sie gefiel ihm nicht. Vielleicht wurde er alt. Nur noch sehr wenige Jahre und er hätte das dreißigste erreicht.

Er hatte nun genug im Kreis gedacht, das Für und Wider, Hin und Her betrachtet und doch keine neue Erkenntnis gewonnen. Also würde er sein Bier trinken, noch einmal nach dem Pferd sehen und einige Stunden im Stroh schlafen. Mit dem Sonnenaufgang würde er sich am Brunnen mit dem kalten Wasser erfrischen und auf den Weg machen. In den frühen Stunden des Tages fühlte er sich stets zuversichtlich, das entsprach seinem Naturell, manchmal siegesgewiss, wie er es jetzt brauchte. Der Gedanke war so erfreulich, er wirkte schon jetzt.

Der Gasthof am Schafberg gehörte zu den besseren an dieser Straße. Die Pferde fanden Platz in einem geräumigen trockenen Stall, es gab Gastzimmer mit Betten, insbesondere für die wohlhabenderen und die wenigen Damen unter den Reisenden, Plätze auf Strohschütten, auch die im Winter besonders begehrten auf dem großen gemauerten Ofen. Seit hier eine der neuen Poststationen etabliert worden war, konnten Reiter und Kutscher sogar erschöpfte gegen frische Pferde wechseln. So ging die Fahrt rascher voran, und die Reisedauer verkürzte sich erheblich. Auch die Nachrichten liefen nun schneller. Die echten wie die falschen.

Landau hatte sich eine ruhige Ecke im Schankraum gesucht, ein wenig abseits der trinkenden, essenden und Würfel oder Karten spielenden Männer. Das lautstarke Schwadronieren mochte er nicht, außerdem fürchtete er um seine Laute. Saufnasen wurden gerne handgreiflich, wenn ein Musiker ihrem Wunsch widerstand, lustig aufzuspielen. Ein Nebenraum war für betuchtere Gäste und Damen reserviert, die gebührenden Abstand zum Lärm und Gestank der Menge wünschten. Vielleicht hätte er sich dort auch wohler gefühlt, aber das war ihm den doppelten Preis nicht wert gewesen. In beiden Räumen hatte er sich nach dem Fräulein und dem Jungen umgesehen – sie waren nicht hier; dessen immerhin war er sicher.

Zuerst hatte er sich draußen bei den Pferden und am Brunnen erkundigt, stets auf der Hut, nicht zu eindringlich zu fragen. Unterwegs waren die Menschen schwatzhafter und zugleich wachsamer. Auf viele Fragen folgten Gegenfragen. Bei dem Woher und Wohin gab es für seine eigene Person kein Verstecken, die Frage nach dem Warum erforderte hingegen einige Balance. Es galt, das Fräulein van Haaren nicht nur zu finden, sondern auch vor immer neuen Klatschgeschichten zu schützen, die sich entlang der Straßen in alle Richtungen rasant verbreiten konnten. Die Phantasie der Reisenden blühte während der endlosen langweiligen Stunden unterwegs erstaunlich bunt und süffisant.

Landau bemerkte, wie Stimmen aus einer Nische nahe seinem Platz etwas lauter wurden und in seine Gedanken drängten. Er hatte das Gemurmel auf der anderen Seite einer hölzernen Trennwand nicht beachtet, der Sinn hatte ihn nicht erreicht. Nun hatte er Worte gehört, die ihn den Atem anhalten und lauschen ließen. Es waren drei Stimmen, zumindest einer der Männer sprach Französisch. Landau beherrschte diese Sprache besser als das Niederländische, und er erinnerte sich genau, wann er zuletzt französische Sätze gehört hatte. Und wenn er sich nicht sehr irrte, auch mit dieser Stimme. Die anderen beiden Männer sprachen wenig, da war einer, der erzählte oder berichtete, zwei hörten zu. Landau versuchte, durch einen Spalt im Holz zu blinzeln, und fuhr erschreckt zurück. In der kaum beleuchteten Ecke hatte er nur einen Rücken ausgemacht, wohl in einem ledernen Wams. Er glaubte nicht, dass er sich irrte.

Von einem Toten im neueren Teil der Stadt war die Rede, nur Osnabrück konnte gemeint sein; von jemandem, der ihnen zuvorgekommen war. Eine Floskel des Bedauerns wurde angefügt. Man habe die beiden schon zuvor gesehen, den kleineren, Schelling, und den älteren, wie sie am nördlichen Tor morgens im Gedränge auf Einlass in die Stadt warteten. Dort hatten sie mit einem jungen Paar gesprochen, das habe man später am Tag auf dem Markt wiedergefunden. Es seien Fahrende gewesen, buntes Volk, keine, mit denen sich Jungen aus einem guten gottesfürchtigen Haus für mehr als ein paar belanglose Worte einließen.

Der mit der gröberen Stimme fiel ihm ins Wort, der Kerl war

überhaupt ein grober Mensch, erinnerte sich Landau. Er sprach Deutsch vermischt mit niederländischen Brocken und knurrte mehr, als dass er sprach. Man wisse nie bei jungen Leuten, man hätte diese Tänzer nicht einfach gehen lassen dürfen, man hätte … Ein unwirscher Einwand des ersten Sprechers, Landau verstand den Sinn der Worte nur am Ton als Zurechtweisung – sie zeigte, wer von den Männern die Entscheidungen traf.

Die dritte Stimme klang sehr jung, ihr Französisch hatte einen Akzent, wahrscheinlich einen niederländischen. Landau hatte Mühe, dieses Sprachengewirr gegen den Schänkenlärm zu verstehen, die Männer hinter der Wand waren offenbar daran gewöhnt. Die junge Stimme wiederholte das gerade Gehörte, verbesserte sich zweimal, wurde auch korrigiert, und Lukas Landau begriff, hier wurde eine Botschaft weitergegeben, eine wichtige Nachricht. Mündlich, kein Brief, nichts, was verlorengehen oder in falsche Hände geraten konnte. Und es ging nicht um den Preis für eine Ladung Weizen, nicht mal um Kupfer und Schwefel für die Waffenproduktion. Um was konnte es gehen? Um Familienstreitigkeiten? Wenn es jüngere Söhne betraf, war das oft der Fall.

Landau wurde kalt. In was geriet er da hinein? In was waren – und das ließ ihn wirklich frösteln – die beiden unerfahrenen jungen Menschen geraten, die ihm entwischt nun allein auf der Straße nach den großen niederländischen Städten unterwegs waren? Wenn er richtig verstanden hatte, just nach den Städten, von denen nebenan die Rede gewesen war. Und was hatte ein Toter in der Osnabrücker Neustadt zu bedeuten? Davon hatte er bisher nichts gehört. So etwas sprach sich sonst blitzschnell herum. Oder gab es dort alle Tage Tote, Getötete, sodass darüber nicht mehr geredet wurde?

Er verstand immer weniger, worum es ging. Womöglich trog ihn nur seine Phantasie und setzte ihm aus Halbgehörtem und

Befürchtetem eine undurchsichtige Geschichte zusammen. Er hatte gedacht, Valentin sei ein Junge, der den Kutschenüberfall und wahrscheinlichen Tod seines Vaters verkraften musste und nun zu Verwandten in Utrecht unterwegs war. Aber das konnte nicht alles sein. Natürlich nicht. Er war so stolz gewesen, das Fräulein Emma van Haaren gefunden zu haben, er hatte nicht über die Umstände nachgedacht, nicht gründlich, obwohl sie doch abenteuerlich genug gewesen waren.

Was für ein Tölpel er war! Ein Einfaltspinsel.

Er musste sie schnell wiederfinden. Noch dringender als zuvor und um beinahe jeden Preis. Rechtzeitig. Mit Eitelkeit hatte das nun nichts mehr zu tun.

Noch einmal lauschte er angestrengt. Der Lärm in der Gaststube war noch drängender geworden, das mochte ihn retten, falls sie ihn entdeckten und einen Lauscher und Mitwisser argwöhnten. Viel verstand er ohnedies nicht mehr. Man habe an einige Haustüren geklopft, eben an jene, die in Frage kamen, es gebe dort nicht viele; sich auch in den umliegenden Straßen umgehört, Gesinde gefragt.

Wenn Landau den Schluss richtig verstand, wollten sie ihren Weg über Oldenzaal und Deventer fortsetzen, so wie er selbst. Irgendetwas war noch mit Deventer – was nur? Es war im anwachsenden Lärm an seinem Ohr vorbeigeflogen.

Hocker wurden gerückt, er duckte sich tief in seine Ecke, als sei er betrunken und schlafe schon halb, und hoffte, die Männer bemerkten ihn nicht, wenn sie vorbeigingen. Noch ein französisch gesprochener Satz. Nun hörte er wieder besser: Man habe den Jungen bald und erwarte dort Nachricht, ob die Lösung dieselbe geblieben sei oder der Auftrag sich geändert habe.

☙❧

«Wen ham wir denn da? Sieh an. Zwei junge Herrn. Herrchen wohl besser. Sehen aus wie Lateinschüler, noch ganz grün. Oder was, Willem?»

Willem, der größere mit der Pistole im Gürtel, brummte etwas Unverständliches. Es klang Niederländisch, Emma verstand ihn trotzdem nicht.

«Genau, Willem, genau. Allein die Knöppe, ich will nicht unverschämt sein, junge Herrchen, aber eure Knöppe – die braucht ihr nicht mehr. Wer braucht denn Knöppe? Wie wär's? Schnippschnapp, die Knöppe. Oder schnippschnapp, die Ohren? Schnappschnipp – die Hälse.» Er lachte wohlig und leckte die Lippen unter dem klebrigen Schnauzbart. «So junge geschmeid'ge Hälse. Gleich zwei auf ein' Streich. Junges Blut schmeckt am besten.»

«Lecker», schmatzte Willem und lachte überhaupt nicht.

«Gib her, Junge.» Der mit dem Dolch zeigte mit seiner langen spitzen Waffe, deren geschärfte Klinge selbst im Dämmerlicht noch aufblitzte, auf Emmas Mantelsack.

Emma hörte sich nein sagen, und noch einmal: «Nein. Das geht nicht.»

Der kleinere Bärtige lachte vergnügt. «Hörst mal, Willem. Das Jüngelchen? Sagt ‹nein› und ‹das geht nich›. Woll'n doch mal sehen.» Er schob die Spitze der Klinge mit einer raschen zielsicheren Bewegung unter den Riemen über Emmas Brust. Sie schrie auf, es war ein kleiner, atemloser Schrei – er ging fast unter in einem Heulen, das der auffrischende Abendwind aus dem Wald heranwehte. Es klang ganz nah. Der Mann, der Willem genannt wurde, knurrte und nuschelte etwas, sein Kumpan schüttelte den Kopf. «Schnell, Junge», zischte er, «mach schnell. Denk dran: schnippschnapp.» Die Spitze seiner Klinge kratzte über die Haut unter Emmas Kinn.

Später bereute sie, was sie nun tat. Mit so viel Angst wie plötzlich aufwallendem Zorn zerrte sie den Riemen über Schulter und Kopf und ließ mit dem Mantelsack alles, was sie besaß, vor die Füße des Banditen fallen. Der verneigte sich grinsend, hob seine Beute rasch und gewandt auf, und forderte: «Nicht faul sein, Junge, nicht faul, jetzt die Jacke. Du denkst, ich schneid die teuren Knöppe ab? Das tät der Jacke viel schaden. Wer die Knöppe will, braucht die Jacke. Losloslos.»

Wieder hob er nur scheinbar spielerisch das Messer und ließ es nah vor Emmas Gesicht in der Hand auf und ab wippen.

Sie zuckte angstvoll zurück – da flog etwas auf sie zu, graubraun und langgestreckt, mit tiefem Grollen wie ein Dämon aus der Dämmerung. Emma stolperte rückwärts, eine gellende Stimme schrie: «Wölfe! Die Wölfe kommen.» Äste brachen, etwas fiel schwer durchs Unterholz und rutschte den Abhang hinab. Dann war da nur noch ein wildes Knurren und Jaulen, ein Fluchen und ein Schrei, wieder ein Aufheulen, Schmerz lag in der Luft, der Geruch von Blut und Urin. Ein Körper brach durch das Unterholz am Hang, fluchend und flüchtend. Zurück blieb ein wimmerndes Knurren, wenige Schritte von Emma entfernt. Sie hockte erstarrt in den knorrigen Wurzeln und dem hohlen Stamm einer absterbenden Eiche und begriff: Dies war kein Alb, sondern Realität.

Valentin? Wo war der Junge? «Valentin?», wisperte sie. «Bist du da?»

Emma blinzelte mit zusammengekniffenen Augen in die von diffusem Grau in undurchdringliches Schwarz wechselnde Nacht. Da war nur dieses Hecheln, ein leises Wimmern. Valentin aber war verschwunden.

※

Manchmal ist der Schlaf ein barmherziger Geselle. Emma hätte beschworen, schlaflos in die Nacht gestarrt zu haben, voller Schrecken und Angst, vor der Rückkehr der Räuber, vor den Geistern des Waldes, den Wölfen. Irgendwann bemerkte sie, dass der Mond über den Wipfeln stand und seine Strahlen auf den Weg vor ihr schickte. Einige Stunden mussten vergangen sein, seit ein Wolf wie im Flug herangeschossen war und die Männer in die Flucht gejagt hatte. Seit Valentin verschwunden war. Seit sie auf dem Kammweg inmitten eines struppigen Waldes in tiefer Nacht allein war. Manchmal, dachte sie und hoffte, es werde ihren Mut zurückbringen, manchmal war es ja gut, allein zu sein, wenn Gesellschaft böse Kerle mit Messer und Pistole in den Händen, Raub- und Mordlust in den Augen bedeutete. Sie bewegte sich nicht. Wenn sie das tat, verriet sie dem unsichtbaren, gleichwohl existenten Leben um sich herum, dass in diesem knorrigen und dick bemoosten Wurzelwirrwarr des alten hohlen Baumes ein menschliches Wesen steckte, eine Fremde in dieser Welt, ein Eindringling. Bedrohung oder Beute.

Sie war nicht wirklich allein. Da war der Ruf des Uhus, im trockenen Laub ein Rascheln und Wispern kleiner Tiere, und dann spürte sie noch etwas. Jemanden? Da war auch dieser besondere Geruch, angereichert mit etwas anderem. Konnte ein Mensch Schmerz und Angst eines Tieres riechen?

Emma rieb sich die Augen, presste die kalten Hände gegen die Schläfen – ohne den wärmenden Mantelsack war die Nacht auf dem Kamm wahrhaftig mehr als kühl – und beschloss zitternd, mutig zu sein. Ein Anflug von Übelkeit verging rasch, vielleicht würde sie sich doch noch daran gewöhnen, alle Tage etwas völlig Neues zu versuchen. Etwas, das sie als die alte Emma van Haaren aus dem Ostendorf'schen Haus am Herrengraben niemals tun könnte. Heute wollte sie mit einem Wolf sprechen.

Sie war nicht verrückt. Ihr Leben hatte sich nur auf verrückte Weise geändert.

Der Wolf war noch da. Einen Augenblick war sie sicher, er sei geblieben, um sie zu beschützen. Eine absonderliche Idee, die nur zeigte, wie sehr sie sich danach sehnte, wieder behütet zu werden, wie es für sie bis zum Beginn dieser Reise selbstverständlich gewesen war. Sie hatte sich oft geärgert, wenn andere für sie Entscheidungen trafen, ihre Mutter, ihr Pate, Ostendorf neuerdings, vorher zumeist Margret. Der Pastor, Lehrer, sogar Hannelütt. Droste? Auch Droste. Hin und wieder. In diesen zu Wochen werdenden Tagen wäre das schön. Manchmal.

«Wolf», flüsterte sie. «Wolf? Bist du da? Brauchst du Hilfe?»

Sie war tatsächlich verrückt. Nur Verrückte sprachen mit einem Wolf. Alle anderen, die Vernünftigen, rannten so schnell wie möglich davon.

Das Mondlicht war hell, doch es zeigte keine Farben. Nur graue und schwarze Töne, auch weiße. Der Wolf hatte sich in einer Mulde unter einer von Geißblatt überwucherten jungen Hainbuche zusammengerollt, nur der linke Hinterlauf lag gestreckt. Emma kroch vorsichtig näher. Das Tier hörte und witterte den Menschen, dennoch blieb es liegen. Emmas Geruch war ihm vertrauter, als sie je wissen würde.

Seine Oberlippe glitt über die Zähne und gab die schimmernde weiße Reihe frei, von einem leisen, beinahe sanften Knurren begleitet. Er sah sie an. Dann beugte er sich zu seinem Hinterlauf und begann seine Wunde zu lecken. Natürlich hatte das Messer ihn getroffen, sonst wäre er längst verschwunden.

‹Tiere helfen sich selbst›, hatte Droste erklärt, ‹in ihrem Speichel ist viel Heilkraft.›

‹Und wenn es nicht reicht, wenn sie es nicht schaffen?›

‹Tiere sind Tiere. Dann endet ihr Leben, wie die Natur es vorgesehen hat.›

‹Aber bei den Pferden ...›, hatte sie einzuwenden versucht, er hatte ihr das Wort abgeschnitten. ‹Pferde sind oft kostbare Tiere. Das ist etwas anderes. Ihr seid zu weichherzig, Fräulein›, hatte er lächelnd hinzugefügt. ‹Das Leben muss Euch noch viel lehren.›

Das hatte ihr missfallen.

Sie konnte nicht erkennen, ob die Wunde tief war. Das stand zu befürchten, obwohl der Mann kaum gezielt hatte zustechen können. Ihm war nur geblieben, sich gegen die Reißzähne des wütenden kraftvollen Tieres zu wehren und blindlings zuzustechen, dann war er entkommen. Vielleicht hatte auch der Wolf Glück gehabt. Sie schickte eine innige Bitte an Gott. Durfte man das? Für ein wildes Tier beten? Überhaupt für ein Tier? Tiere waren seelenlose Wesen, so hatte sie es gelernt. Man durfte sie jagen, töten und viele auch essen. Dennoch. Sie vertraute fest auf Gottes Güte und Allmacht, er würde ihre Bitte verstehen, und was wusste sie als kleines Menschlein denn? Wenn ein Wolf zum Hüter wurde, hatte ihn womöglich ihr Schutzengel geschickt.

«Ich danke dir, Wolf», wisperte sie, «ich glaube, du hast nicht nur meine Knöpfe, sondern auch mein Leben gerettet. Auch wenn ich nicht weiß, warum. Wenn ich dir doch ebenso helfen könnte. Ich möchte dich sehr gerne streicheln, darf ich? Oder soll ich dich einfach in Ruhe lassen? Kranken Kindern streichelt man den Kopf und die Hände, man nimmt sie in den Arm, das hilft ihnen gegen die Angst. Ich kann dich nicht umarmen.» Sie hob behutsam die Hand, seine Augen folgten ihrer Bewegung, wachsam, aber er knurrte nicht, also strich sie ganz leicht mit den Fingerspitzen über seinen Kopf. Nächtliches Licht spielte manchen Streich, doch es sah aus, als schließe er aufatmend die Augen.

Die tröstende Berührung machte Emma nicht froh, sondern tieftraurig. Ein verwundetes wildes Tier, das sich so berühren lässt, hat seine Kraft verloren. Es ist tödlich verletzt und wird sterben. So meinte sie Droste zu hören. Wenn es so war – dann konnte sie jetzt alles wagen.

Bei der Baumhöhlung, in der sie die ersten Stunden dieser unwirklichen Nacht verbracht hatte, wuchs Spitzwegerich. Den kannte sie von Drostes Heilkräuterliste.

«Wenn du es erlaubst», wisperte sie, «lege ich einen heilenden Umschlag um deine Wunde.» Sie pflückte einige der Blätter, sie waren schon spätsommerhart, junge wären besser gewesen, aber, so sagte Margret stets, man nimmt, was man hat, und macht das Beste daraus. Also befreite sie Blatt für Blatt mit ihrem Hemdzipfel vom Staub, faltete und knetete sie in der Hand, bis der Saft austrat.

«Weißt du», flüsterte sie, «ich fürchte wirklich, ich bin verrückt. Oder ich träume nur, das gefiele mir besser.» Emma hockte sich auf ihre Fersen, blickte das schöne Tier an: Die Augen schienen ihr gelb, was unheimlich war. Doch sie beschloss, einen freundlichen Ausdruck darin zu erkennen. Müde, sehr müde, doch freundlich. Man nimmt, was man hat, und macht das Beste daraus? «Es wird dir nicht gefallen, Wolf, überhaupt nicht. Aber ich beschließe jetzt, dass du ein ungewöhnlicher Hund bist. Hunde sind die Freunde des Menschen. Wenn man sie nicht gerade auf andere Menschen hetzt.»

Sie streifte Jacke und Wams ab. Den Hemdsärmel abzureißen war einfacher, als sie gedacht hatte, der Stoff war fein, und das saure Moorwasser hatte die Fäden mürbe gemacht.

Er knurrte wieder leise, als ihre Hand mit den zerquetschten Spitzwegerichblättern näher kam. Ein Zittern ging durch seine Flanke, und Emma zitterte auch. Sie legte das Kraut behutsam auf seine Wunde, ohne zu bemerken, dass es die zweite Verletzung neben einer älteren war. Das Tier ließ es geschehen. Nun kam das Schwierige, doch es war den Versuch wert. Der Wolf knurrte nicht wieder, sondern legte seinen Kopf zurück in das krautige Gras und Moos, ließ zu, dass sie den Ärmel auf den Blätterbrei legte und behutsam, Zoll um Zoll, um den verletzten Lauf wand.

Der Mond war auf seiner Reise durch die Nacht weitergewandert und schob sich hinter die Krone einer vom Hang aufragenden Rotbuche.

«Schlaf», murmelte Emma und wagte noch einmal, über den Kopf des Tieres zu streichen. Sie wollte das Gefühl des noch jungen dichten Fells nicht vergessen. Sie wollte überhaupt nichts vergessen von dieser Nacht, nicht das Schreckliche und nicht das Wunderbare.

KAPITEL 12

Als Emma erwachte, waren ihre Kleider feucht wie das Moos, Wurzelwerk und alte Laub in der Baumhöhlung. Sie fror und war durstig. Ein Eichhörnchen beäugte dieses befremdliche Tier in Kleidern mit vorwitziger Neugier und flitzte den knorrigen Baumstamm hinauf in sichere Gefilde, als es sich regte. Emmas Finger tasteten nach ihrem Mantelsack. Bis sie einen Bach fanden, würde der Kohlrabi – sie wurde schlagartig hellwach.

Mit Schrecken durchfuhr sie die Erinnerung an die vergangene Nacht: Ein Wolf hatte zwei Straßenräuber angefallen und verjagt? Das war möglich, sogar wahrscheinlich. Sie hatte zu dem wilden Tier gesprochen und seinen Kopf gestreichelt? Das war undenkbar. So etwas geschah nur im Traum.

Noch war die Welt nebelgrau und taunass. Leben regte sich ringsum mit Rascheln und Tschilpen, Klopfen und Knistern.

Und einem Flüstern?

«Emmet», wisperte es eindringlich vom Nebelhang. «Emmet?» Ein wenig lauter: «Bist du da?» Ein unterdrücktes Aufschluchzen folgte. Dann nichts mehr. Nur den heiseren Ruf einer Rabenkrähe trug der sanft auffrischende Wind von irgendwo hoch über den Wiesen und Wäldern zu ihr.

«Valentin?» Emmas Glieder waren steif von dem unbequemen Lager und der Kälte, sie rappelte sich auf und kroch auf den Weg. Dort hockte Valentin, halb verborgen im Gebüsch.

«Emmet!», schluchzte er auf. Er fiel ihr in die Arme, sie umfing ihn und hielt ihn fest. Er weinte wie ein Kind, und Emma weinte auch, ein bisschen, zutiefst erleichtert, weil er wieder bei ihr war, unversehrt bis auf ein paar Schrammen von der Flucht durchs Unterholz.

Valentin war in maßloser Panik geflohen – er hatte die Bilder aus der Wildeshauser Geest gesehen und die Todesangst gefühlt, um sich selbst und um seinen Vater. Die Flucht war keine Entscheidung in seinem Kopf gewesen, nur der strikte Befehl seines Körpers. In der Finsternis war er in eine Wehe aus Laub gestolpert und halb verborgen unter trockenen Blättern und Gezweig liegen geblieben. Er hatte die Männer davonstürmen gehört, vielleicht auf der anderen Seite den Kamm hinab, und auf den Wolf gewartet. Mit ihrer guten Nase fanden Raubtiere ihre Beute immer. Der Wolf war nicht gekommen, niemand war gekommen. Gegen Morgen hatte er sich aus seinem Versteck getraut, voller Scham über seine Flucht, voller Angst vor dem, was ihn nun erwartete. Dass er an der richtigen Stelle wieder auf den Weg geraten war, war reines Glück gewesen.

«Es war so schrecklich finster», erklärte Emma, als er sich von ihr löste, «du konntest mich gar nicht finden. Ich habe dich auch nicht gesucht, aber ich war sicher, wenn ich hier warte, treffen wir uns wieder, sobald es hell wird.» Sie gab ihren Worten einen heiteren Ton, als mache das aus der Lüge eine Wahrheit. Die Liste ihrer Lügen wurde allmählich beunruhigend lang.

«Es war ein Wolf», sagte Valentin nach einem Moment des Schweigens. «Er hat den Mann angegriffen, den mit dem Messer, obwohl ...» Er rieb Reste von Moos, Spinnweben und zerbröselter Rinde von seinem Ärmel. «... ich meine, er hat ihn angefallen, obwohl du näher standest. Er ist an dir vorbeigeschossen, geradezu geflogen wie ein Pfeil.»

Jetzt war es an der Zeit, von dem verletzten Tier zu erzählen. Dann war es auch an der Zeit, nach ihm zu sehen. Emma fürchtete, er habe die Nacht nicht überlebt, sonst hätte sie ein Rascheln, vielleicht ein leises Jaulen gehört. Irgendetwas. Die völlige Stille aus der Mulde war beredt.

«Warum hat er nicht geschossen, Emmet?» Valentins Stimme war klein. «Der Größere. Der hatte eine Pistole im Gürtel.»

«Ich weiß es nicht. Ich kenne mich mit Pistolen nicht gut aus. Aber ich glaube, selbst wenn die Kugel schon geladen ist, muss man noch das Zündpfännchen mit Pulver füllen und den Abzug spannen, da wäre der W…, also das Tier schon an seiner Kehle gewesen.»

«Die wollten unser Blut trinken, Emmet. Denkst du, die wollten *wirklich* unser Blut trinken? Waren das Hexer? Oder Juden? Nur Hexer und Juden trinken Kinderblut.»

«Das ist Unsinn, Valentin. Niemand trinkt Kinderblut», behauptete sie tapfer, obwohl sie nicht sicher war. «Solche widerwärtigen Kreaturen laben sich nur daran, anderen Todesangst einzujagen. Dabei sind sie feige genug, vor einem, ja, vor einem Hund davonzulaufen.»

«Wolf», sagte Valentin. «Es war ein Wolf.»

«Vielleicht.» Emma überlegte einen Moment und ergänzte mit verschmitztem Lächeln: «Wolfshund.»

Valentin war gerade im Begriff, etwas für das Zusammenleben von Menschen unerhört Wichtiges zu lernen, die Bereitschaft zu Kompromissen. «Wolfshund?», sagte er. «Na gut.» Beinahe hätte er auch gelächelt.

Es müsse ein Hund gewesen sein, erklärte Emma, ein großer wilder Hund, und erzählte, was in der Nacht noch geschehen war.

Valentin musterte sie argwöhnisch. Was sie erzählte, klang nach einem heftigen Fieber. Oder einer faustdicken Lüge. «Womöglich», begann er vorsichtig, «hast du das nur geträumt? Man träumt oft wirres Zeug.»

«Das war kein Traum.» Sie stand auf und ging endlich an die Stelle, wo sie in der Nacht bei dem verletzten Tier gehockt und es verbunden hatte. Plötzlich war sie unsicher. Die Nacht war voller Schrecken, Entsetzen und Düsternis gewesen. Und dann – war es doch nur ein Traum gewesen? Ein tröstender Traum? Es konnte gar nicht anders sein. Die kleine Mulde unter dem von Geißblatt überwucherten Hainbuchengebüsch war leer.

Vielleicht irrte sie sich in der Stelle. Das spärliche Mondlicht war trügerisch und voller Schatten gewesen. Ein Busch sah wie der andere aus. Auch einige Schritte weiter fand sich kein Tier, das größer war als das Eichhörnchen oder eilig davonkrabbelnde Käfer. Da war kein Wolf, nirgends. Nicht einmal ein verwilderter Hund.

«Na bitte.» Valentin klang wieder ganz wie ein Schelling. «Na bitte.»

Emma beugte sich noch einmal über das Gebüsch mit den Geißblattranken. Sie griff tief in die Zweige und zog ihren Ärmel heraus. Er war mit Flecken von Blut und grünem Pflanzensaft beschmutzt.

«Na bitte», sagte sie, «na bitte.»

Der Wolf, sie einigten sich auf Wolfshund, war verschwunden.

«Dann ist er nicht so schlimm verletzt, wie du dachtest», vermutete Valentin, obwohl er nichts dagegen gehabt hätte, den Wolf tot zu wissen. Gestern hatte das Tier Straßenräuber angegriffen, wer sagte, dass es morgen nicht zwei harmlose Wanderer anfiel?

«Du hast ihm also wirklich eine Art Verband mit irgendeinem Kraut auf die Wunde gelegt? Du bist verrückt, Emmet. Er hätte dir an die Kehle gehen können. Das wäre nur natürlich gewesen, oder nicht? Ein Wolf, erst recht ein verletzter ...»

«Nicht irgendein Kraut, heilsamen Spitzwegerich. Er hat es zugelassen, das beweist: Er ist ein Hund. Ein Wolfshund eben.»

«Hunde sind auch gefährlich.»

«Manchmal. Nur manchmal.» Emma verscheuchte energisch das Bild von Drostes jagdgierigem Hundetrio.

Es war Zeit für eine Bestandsaufnahme. Emma war nun auch ihres letzten Besitzes beraubt. Valentin hatte seinen Mantelsack noch, aber er hatte von Anfang an kaum Geld gehabt. In Osnabrück hatte er gehofft, mit allem versorgt zu werden, was für die Weiterreise bis Utrecht nötig war. Tacitus hatte ihnen großzügig einen Teil der Einnahmen des Theaterabends überlassen, sie hatten jeweils die Hälfte in ihrem Gepäck versteckt – Emmas Münzen waren mit ihrem Mantelsack gestohlen worden. Ihr Resümee fiel also ziemlich ernüchternd aus.

Sie mussten essen und trinken. Wasser gab es wieder mehr als genug, sobald sie von diesem felsigen Grat abgestiegen waren. Und das Essen? Weder Emma noch Valentin wussten, wie man sich von dem Angebot und den Vorräten der stets großzügigen Natur länger als zwei oder drei Tage ernährte. Niemand hatte sie gelehrt, wie man Kaninchen, Vögel oder Fische fing, von Fell, Federn oder Schuppen und den Innereien befreite und briet. Sie waren wie Vagabunden unterwegs, doch ohne das Wissen von Vagabunden. Sie hatten viel erlebt und manches gelernt, doch nichts für das alltägliche Überleben. Sie mussten sich also etwas einfallen lassen.

«Zieh dein Hemd aus, Emmet», sagte Valentin.

«Mein Hemd? Wozu?»

Wieder einmal errötete er tief. Er hatte nicht bedacht, dass Emmet eine Emma war. Er *wollte* nicht daran denken. Es war so entsetzlich unerhört. Eigentlich. Rasch wandte er sich ab und erklärte: «Ich will den Ärmel an dein Hemd nähen, er ist schmutzig, aber gut genug, solange du keinen anderen hast.»

«Du kannst nähen? Und hast auch noch Nadel und Faden in der Tasche?»

«Wir sind Gobelinwirker.» Valentins Stimme klang sehr würdevoll. «Ein guter Gobelinwirker führt immer Nadel und Faden mit sich.»

«Warum?», fragte Emma amüsiert. «Damit er eilfertig mit dem Ausbessern anfangen kann, wenn er irgendwo zu Besuch ist und an einem Wandbehang oder Kissenbezug einen losen Faden entdeckt?»

Sie lachte immer noch, es war so wunderbar, über etwas Alltägliches lachen zu können. Valentins Lippen dagegen waren nur ein Strich, sein Blick starr auf den Boden gerichtet. Sie hatte ihn beleidigt, wieder einmal, oder – schlimmer, viel schlimmer – die Ehre seines Vaters.

«Verzeih», murmelte sie, «ich wollte nicht …» Ein Seufzer musste den Satz beenden, wortlos, doch bedeutungsvoll. Es war schwer, im Voraus zu wissen, was ihn kränkte. Sie wandte ihm den Rücken zu, streifte Jacke, Wams und Hemd ab und schlüpfte wieder in Wams und Jacke.

«Danke», sagte sie und gab ihm das Hemd, es war wirklich nicht mehr rein. «Ich bin dir sehr dankbar. Ich war nie geschickt im Nähen.»

Er nickte knapp. «Es ist nur», begann er, dann hob er den Kopf und sah sie trotzig an, «weil ich besser denken kann, wenn meine Hände beschäftigt sind. Ich hab das gern, beschäftigte Hände. Wir müssen überlegen, wie es weitergeht, oder? Unser Geld reicht nicht bis Utrecht.»

«Dein Geld», bestätigte Emma bedauernd, «es ist deines. Wir haben nicht einmal mehr etwas, das wir verkaufen könnten.»

«Knöpfe», murmelte Valentin und musste gegen seinen Willen grinsen, was er selbst sehr unpassend fand. Das Wort Galgenhumor fehlte noch in seinem Wortschatz.

«Schnippschnapp.» Emma kicherte. «Schnippschnapp. Die Idee ist gar nicht schlecht. Besser wir verkaufen die Knöpfe selbst, bevor noch so ein Teufel auf die Idee kommt, uns darum mit seinem Messer zu drohen. Meine sehen ziemlich teuer aus.» Sie blickte an ihrer Jacke herab, auch die zeugte vom Reichtum der Bremer Verwandten der Bocholtin, wenn sie inzwischen auch arg mitgenommen und schmuddelig aussah – was die Knöpfe umso glänzender erscheinen ließ. Trotzdem hatte sie vor, die Kleider zurückzuschicken, sobald sie das Versteckspiel nicht mehr brauchte, von Amsterdam oder besser noch schon von Utrecht aus. Und zwar möglichst vollständig. Es wäre unerträglich, wenn sie in den Ruch einer Diebin käme. Für die letzte Etappe der langen Reise hatte sie eigentlich die Trekschuit nehmen wollen, wie Smitten empfohlen hatte, als Fräulein van Haaren. Nun sah alles anders aus, ihre feinen Emma-Kleider waren mit der Kutsche verschwunden und schmückten längst eine andere Frau. Genug Geld für neue Kleider würde sie niemals auftreiben können.

Und in Amsterdam? Sollte sie dort als abgerissener, dreckiger Emmet an die Tür der van Haarens klopfen? Die Vorstellung war so absurd wie beschämend. Valentin hatte doch recht gehabt, als er ihr vorgehalten hatte, ein Mädchen, das auf diese Weise unterwegs gewesen war, zähle in einer guten Familie nicht mehr. Ihr Gemüt wurde grau. Aber jammern half nun am wenigsten, das tat es nie, obwohl es manchmal, für ein langes Minütchen, sehr angenehm war.

Ein Buchfink rief hektisch im Gebüsch und warnte aufgebracht die Nachbarn über die Störung so nah bei seinem Nest. Bei den zwar ungehaltenen, doch melodischen Tönen fiel es Emma wieder ein: Man nimmt, was man hat, und macht das Beste daraus.

«Singen», rief sie ganz erlöst. «Das ist es: Wir werden singen.»

Valentins Hand verharrte mit der Nadel im Stoff. «Singen?» Er blickte entgeistert auf. «Vor Fremden für Geld? Niemals!»

«Warum nicht? Hier kennt uns kein Mensch, es wird unserer Ehre und Ehrbarkeit nicht schaden. Und ich meine doch nicht wieder in Frauenkleidern. Einfach singen. Du hast eine besonders schöne Stimme, Valentin», schmeichelte sie, «und meine ist auch ganz annehmbar. Die Leute werden begeistert sein und gar nicht knauserig.»

«Singen.» Valentin prustete in gerechter Empörung. «Auf den Plätzen und an Straßenecken? So wie Fanny und John mit ihrer Tanzerei? Das ist ja noch schlimmer als auf der Bühne im Hof eines Leinwandlagers. Nein! Niemals! Lieber verhungere ich.»

⁓⁓⁓

Viele Meilen entfernt saßen zwei Männer beieinander, um eine wichtige Entscheidung vorzubereiten. Sonnenlicht fiel durch die Scheiben der Wohnstube am Herrengraben, es brach sich im mit Noppen verzierten grünlichen Glas zweier Römer und ließ den Wein funkeln. Friedrich Ostendorf strich den Briefbogen glatt, den ein Eilbote an diesem Morgen überbracht hatte, und verscheuchte sorgenvolle Gedanken, schlug ein Bein über das andere und nahm sich vor, nicht wieder unruhig mit dem Fuß zu wippen. Er hasste es, einem Gegenüber mit so unhöflicher Unruhe ausgesetzt zu sein, dennoch ertappte er sich in der letzten Zeit hin und wieder selbst bei dieser Zappelei.

Er deutete eine Verneigung vor seinem Gast an. «Niemand kann daran zweifeln, dass Emma ihre Ehre, nun ja, unversehrt zurückbringt, trotzdem kommt Dr. Hannelütt nicht mehr in Frage, dessen bin ich sicher. Wer weiß, wozu das gut ist. Ich dachte schon früher, eine etwas ruhigere Braut passe besser zu ihm – um es anders zu sagen: wisse seine Qualitäten besser zu erkennen und, nun ja, zu schätzen.»

Der Ratsherr Engelbach nickte bedächtig. Letztlich war es ein

Glücksfall gewesen, als Hannelütt sich vor seiner Abreise nach Speyer zum Reichskammergericht nicht offiziell als Bewerber um Emmas Hand hervorgetan hatte. Es wäre unerträglich und für ihre weiteren Aussichten verheerend, zöge ein dem Rat verbundener Mann wie Hannelütt seine Bewerbung zurück. So eine Angelegenheit blieb niemals diskret, sondern sprach sich weit über die Grenzen der Stadt hinaus herum wie ein Lauffeuer. Jeder liebte Klatsch und freute sich in einem solchen Fall, wenn es anderer Leute Tochter traf.

Allerdings dachte er in diesem Augenblick weniger an das Wohlergehen seiner liebsten Patentochter. Wegen des feuchten und windigen Wetters quälte ihn die Gicht heute wieder besonders gemein, der Schmerz zog bis übers Knie hinauf; er hätte seinen kranken linken Fuß gerne auf den gepolsterten Hocker gelegt, und zwar ohne den zu schlanken Schuh. Leider war das unmöglich. Ostendorf war seit der Heirat mit der lieben Flora zwar die offizielle Anrede des Ratsherrn erlassen, eine Vertraulichkeit wie ein unbeschuhter Fuß wäre jedoch unerhört. So etwas erlaubte man sich höchstens in Gegenwart seiner Ehefrau.

Es war an der Zeit, die Wirkung des Laudanums ein wenig zu verstärken, mit Bilsenkraut am besten, oder Alraunwurzel, falls das Kräuterweib beim Hopfenmarkt eine auftrieb. Mandragora. Das klang ihm erheblich angenehmer im Ohr als Bilsenkraut, obwohl beides im Ruch von Teufels- und Hexenzeug stand. Man musste es in all diesen Dingen mit dem klugen alten Paracelsus halten, nach dem gute Arznei sich allein in der Dosis von Gift unterscheide. So hatte es Dr. Feldmeister erklärt, weise hinter vorgehaltener Hand.

Ostendorf räusperte sich dezent, und Engelbach nahm noch ein Schlückchen Wein, um vorzugeben, er habe nur über Ostendorfs Bemerkung zu Hannelütt nachgedacht.

«Ja …» Der Ratsherr seufzte ein wenig und faltete die Hände

vor dem Bauch. «... jaja. Nun heißt es neu entscheiden, mit großer Sorgfalt. Bei allem, besser gesagt: *nach* allem wird sich hoffentlich ein unter diesen Umständen passenderer Kandidat gewinnen lassen. Emma ist ohne die von ihrer Familie bestimmte Reisegesellschaft weitergefahren, ungeduldig, das Kind, immer ungeduldig. Dazu als junger Herr verkleidet, mit einem honorigen Calvinisten – das immerhin: einem honorigen Calvinisten – und dessen kindlichem Sohn. Natürlich ist das skandalös, wahrhaft skandalös», wiederholte er und sah dabei weniger empört als bewundernd aus. «Unsere liebe Emma. Wer hätte so etwas je gedacht? Das muss das Holländische in ihrem Blut sein, die Holländer fahren mit ihren Schiffen ja ständig rund um den Globus und fürchten weder Tod noch Teufel, die *scorbutus* oder den Absturz am Ende der Welt. Tja, wäre sie als Junge geboren – was für ein Teufelskerl!»

Ostendorf räusperte sich unwillkürlich, doch dezent, und Engelbach warf ihm einen wohlwollenden Blick zu. Der Mann wusste, was sich gehörte. Andere hätten eingewandt, das sei alles schön und gut, bei einer so munteren, bisweilen mutwilligen jungen Dame wie Emma könne man jedoch nie wissen, was noch geschehen werde. Im Übrigen sei es schon jetzt ein Skandal. Wenn man nicht sogleich entsprechende Schritte in die Wege leite. Er hingegen schwieg diplomatisch.

Engelbach hatte diese Prise Mutwilligkeit an seiner Patentochter immer erfrischend gefunden, sie war ein so reizendes, hellwaches, dabei recht folgsames Kind gewesen. Aber Emma war kein Kind mehr. Bisher hatte ihm das wenig bedeutet, es waren nur Worte gewesen. Das Mädchen, die junge Frau war für ihn das reizende Kind geblieben, das mit unbefangener Wissbegier zugehört und ihm mit ihrem Lachen das Herz gewärmt hatte.

«Wie konnte die dumme Bocholtin ihr nur erlauben, die

Reise alleine fortzusetzen», knurrte er nun doch und strich verstohlen über sein schmerzendes Knie. «Lasst mich noch einmal versichern, lieber Ostendorf, Euch trifft keine Schuld, nicht die geringste.»

Dieser Ansicht war Ostendorf ohnedies. «Beinahe», ergänzte er den Ratsherrn gleichwohl mit Ehrerbietung in der Stimme, «*beinahe* alleine. Leider schreibt Landau nichts darüber, ob außer diesem Schelling und seinem Sohn ...»

Engelbach winkte ab. «Schelling ist ein ordentlicher Mensch, ich habe Auskunft einholen lassen. Calvinist, aber doch ordentlich. Sie sind ja zumeist sehr ernsthafte Menschen, die Calvinisten. Und nun ist sie ja in Sicherheit. Seit Landau aus Osnabrück Nachricht geschickt hat, bin ich beruhigt. *Halbwegs* beruhigt. Landau ist im Reisen erfahren und als Ratsmusikant völlig vertrauenswürdig. Auch dass er sie in einem ordentlichen Gasthaus getroffen zu haben scheint, vertreibt manche heimliche Sorge. Für den Rest des Weges wird er einen Wagen mieten und sofort eine verlässliche Frau zur Begleitung und Bedienung einstellen, so kommt Emma gut und reputierlich in Amsterdam an.» Ein schwerer Schnaufer entfuhr ihm. «Halbwegs reputierlich. Einerlei, jetzt hilft kein Herumwundern. Nehmen wir die Sache, wie sie ist, und hoffen, Mevrouw van Haaren ist so klug zu erkennen, wen sie als neues Familienmitglied bekommt. Sie kann froh sein, findet Ihr nicht, lieber Ostendorf? Eine Enkelin wie unsere Emma bekommt man nicht alle Tage.»

In Letzterem gab Ostendorf dem Ratsherrn unbedingt recht, allerdings meinten die beiden Herren damit Unterschiedliches.

Die Folgen von Emmas Eskapade waren schwer abzusehen. Die van Haarens würden sich kaum gänzlich um eine Mitgift für dieses lange ignorierte, nun offenbar anerkannte Familienmitglied drücken. Schon damit sie das Mädchen rasch und ohne Aufsehen wieder loswurden. Falls sie Emma ohne einen Erbanteil zurückschickten, mussten sie erwarten, dass ihre Hamburger Familie endlich berechtigte Forderungen stellen würde. Flora und ihr Vater hatten das nie getan. Sie waren eben keine Kaufleute, die sich in der Welt auskannten, ein Wissenschaftler lebte in der Sphäre theoretischer und weltfremder Schriften. Wenn er auch sechs Sprachen exotischer Völker beherrschte, konnte so einer noch lange nicht mit Geld umgehen. Auch Engelbach als Emmas Pate hatte es versäumt und Floras falschem Stolz nachgegeben, was Ostendorf überhaupt nicht verstand.

«Nun, lieber Ostendorf, ich nehme an, Ihr habt einen Kandidaten für Emmas Hand und Mitgift gefunden.» Engelbach unterdrückte ein Schmunzeln, Emmas Stiefvater, ein guter lutherischer Protestant, war ein überaus ernsthafter Mensch.

«Die Mitgift, nun, wir wissen nicht ...» Ostendorf warf dem Ratsherren einen unsicheren Blick zu, bei ihm etwas Seltenes, aber wenn der Ratsherr so unverblümt sofort von der Mitgift sprach, von dem Preis, war das ungewöhnlich und wenig elegant. «Ja, darüber wissen wir noch nichts, aber eine Emma van Haaren aus dem Haus Ostendorf, der Pate ein hanseatischer Ratsherr – das allein zählt als lohnende Mitgift. Niemand heiratet allein die Braut.»

«Wie wahr», fand Engelbach, «wie überaus wahr.»

«Dederich Tauber», sagte Ostendorf und wiederholte auf Engelbachs irritierten Blick: «Tauber, Dederich Tauber. Ich dachte, er sei Euch bekannt?»

«Tauber. Tauber?» Engelbach nahm noch ein Schlückchen, manchmal half es, den Kopf in Schwung zu bringen. «Ihr meint nicht etwa den Apotheker von der Johannisstraße. Ist der nicht ein heimlicher Alchimist?»

Ostendorf lächelte schmal. «Es geht das Gerücht, ja. Köchelte er tatsächlich Gold, hätte niemand etwas dagegen, jedenfalls wenn es ohne die Hilfe des Teufels gelänge. Aber wer weiß, ob es ohne die überhaupt geht. Nein, der heißt Haubach. Tauber ist ein Mann von echtem Schrot und Korn und soliden Kapitalien. Da gibt es keine Alchemisterei und derlei Dinge.»

Dederich Tauber hatte vor einer Reihe von Jahren ein ansehnliches Anwesen im Alstertal gekauft, Land, Wald, Fischerei, und ein recht schönes, wie es hieß, auch komfortables Haus darauf bauen lassen. Wohlhabend hatte ihn – wie andere auch – der Krieg gemacht. Besonders erfolgreich war er im Handel mit Kupfer, inzwischen besaß er auch mehrere Kupfermühlen. Er war aus dem Süden des Reichs gekommen; Genaues wusste Ostendorf nicht, jedenfalls von dort, wo der Krieg besonders grausam gewütet hatte.

Er sei ein kerngesunder Mann von etwa vierzig Jahren, in der Blüte der Manneskraft, betonte Ostendorf, was bei diesem Alter auch nötig war. Er sei von guter Art, das werde überall, wo man nach ihm frage oder auf ihn treffe, versichert. Frau und Kinder seien an den Pocken gestorben, er habe als Einziger seiner Familie überlebt. So bleibe sein Vermögen ungeteilt, was von erheblichem Vorteil sei. Die Pockennarben in seinem Gesicht seien wohl bitter, aber bei einem Mann zähle nur der Charakter.

Nun erinnerte sich der Ratsherr. Er war Tauber schon begegnet: ein ruhiger Mann in unauffälliger Kleidung von unauffälliger Gestalt, recht dünn dabei, der Bart ergraut, das Haupthaar noch voll und dunkel. Sehr dunkel, wenn er sich recht erinnerte.

«Ihr sagt, er kommt aus dem Süden? Ich denke, ich habe da etwas gehört – was weiß man von seiner Familie?»

Nun war es an Ostendorf, an seinem Glas zu drehen und einen Schluck zu nehmen. Er hätte sich gerne nachgeschenkt, die Karaffe war jedoch leer. Beinahe hätte er nach Margret gerufen, aber deren argwöhnisch dunklen Blick wollte er gerade jetzt nicht spüren.

«Seine Familie, ja, das ist ein Thema. Gleichwohl, denkt Ihr nicht auch, in diesen unruhigen Jahren zeigen sich Stärke und guter männlicher Geist weniger in altem Stamm als in der tätigen erfolgreichen Widerstandskraft gegen die Wirren der Zeit. Taubers Vater soll ein angesehener Arzt gewesen sein, dessen Vater wiederum – nun, es ist nicht der Moment, unter uns und hinter verschlossener Tür etwas schönzureden. Einer seiner Vorväter soll noch als Kesselflicker über Land gezogen sein, das lässt womöglich – ich sage womöglich! – einige Tropfen Zigeunerblut vermuten oder gar jüdisches ...»

«Hm», brummte Engelbach, und noch einmal «Hm». Wieder falteten sich seine Hände vor dem Bauch, sein Blick wanderte aus dem Fenster. «Es wird Emma im Alstertal nicht gefallen, da ist nur Wald und Sumpf und Langeweile.»

Ostendorf nickte eifrig. Er erkannte es als großen Vorteil, seine Stieftochter nach dieser mehr als fragwürdigen Reise zumindest für das eine oder andere Jahr von seiner Familie fernzuhalten. Und seien es nur drei oder vier Meilen. Kein Grund, gerade das jetzt zu erwähnen. Aber beizeiten würde der Ratsherr schon noch seiner Meinung sein. «Daran habe ich auch gedacht. Man könnte Tauber sicher leicht überzeugen, auch ein Stadthaus einzurichten. Für die Bequemlichkeit und die angemessene Ausstattung wird er sich bei einer so reizenden jungen Braut aus guter Familie nicht lumpen lassen.»

Engelbach überlegte immer noch. Es ging jetzt nicht um das Unterzeichnen von Verträgen, um Zusagen, endgültige Vereinbarungen. Es ging nur um ein Abwägen, um das Für und Wider eines Kandidaten, um einen Plan, falls es nach Emmas Rückkehr doch skandalträchtigen Klatsch gab, womit bei Licht besehen sicher zu rechnen war. Da half nichts besser als eine schnelle Heirat.

Ostendorf wirkte schon entschieden, als ziehe er keinen anderen als Tauber mehr in Betracht. Das missfiel dem Ratsherrn. Als Emmas erster Pate war er für ihr Lebensglück mit verantwortlich. Ostendorf hatte das übergangen und war ihm zuvorgekommen, obwohl er nur der Stiefvater war. Nein, das gefiel ihm gar nicht. Hin und wieder sollte er sich besser daran erinnern, wie sehr er Ostendorf damals als Bewerber um Floras Gunst zunächst misstraut hatte.

Andererseits – warum denn nicht? Es war doch recht angenehm. Als Mitglied des Rats hatte er, Engelbach, beständig Entscheidungen für das Wohl der Stadt und ihrer Bürger zu treffen, alle Tage diese schwere Verantwortung. Gerade jetzt, wo die Welt sich nach dem Friedensschluss so sehr veränderte, wo das sichere Hamburg nicht mehr die von allen Parteien umschmeichelte Friedensinsel im Kriegsmeer war.

Emma war so ein lebendiges und unternehmungslustiges Geschöpf, da wäre ein jüngerer Kandidat vorzuziehen, damit sie nicht eines Tages auf Abwege geriete. Andererseits hatte Tauber Verbindungen, zumindest nach Schweden und Russland, aber der Kupferhandel ging durch ganz Europa, weit in den Osten und nach den überseeischen Kolonien. Auch zukünftig waren gute Geschäfte sicher.

«Tja», murmelte Engelbach, «tja, von den Gesandtschaften und in der Börse wird gemunkelt, der Frieden sei fragil, der Kriegsdrache schüre schon für andere Schlachtfelder seine Feuer. Die Spanier sind wohl erschöpft, die Franzosen hingegen und die Niederländer einerseits, die Niederländer und Engländer andererseits, da gärt es schon. Die Schweden schauen gierig über die Ostsee nach Polen, auch die Osmanen sind unruhig. Man sollte einmal mit Tauber frühstücken, gleich nach der Börse vielleicht, und seinen Besitz besichtigen. Gute Jagdgründe da draußen, das ist schon mal sicher. Tja, vielleicht ...»

Ostendorf verstand gleich und nickte wohlgefällig. Waffen und Kriegsgerät hatten weiter Konjunktur, auch wenn der Krieg zum Glück nicht mehr vor den eigenen Toren stattfand. Daran hatte er selbst zuerst gedacht.

«Und was sagt die liebe Flora zu Eurer Wahl?», fuhr der Ratsherr fort und kam unversehens in den seltenen Genuss, den mit allen Wassern gewaschenen Kaufmann Ostendorf erröten zu sehen. Was ihn wirklich verblüffte.

Flora wusste nichts von Ostendorfs Plänen für ihre Tochter, so erfuhr er nun, überhaupt nichts von Heiratsplänen, schon gar nicht von einem bestimmten, bereits ausgesuchten zukünftigen Ehemann.

«Ihr kennt ihre zarte Seele, dazu ihr gesegneter Zustand – man darf ihr nichts zumuten, worüber sie nachdenken müsste. Das Denken ist für sie jetzt ganz unbekömmlich.» Ostendorf hielt das Denken für Frauen in jedem Alter und jedem Zustand für unpassend, insbesondere für Ehefrauen. Im Allgemeinen hätte der Ratsherr Engelbach dem zugestimmt, im Besonderen nicht. Schlimmer als denkende Frauen empfand er Langeweile, und mit seiner klugen Holda hatte er sich nie gelangweilt.

«Eine brave Entscheidung», nickte er, «wirklich rücksichtsvoll.» Wobei nicht deutlich war, ob für Ostendorfs Ruhe oder für dessen schwangere Gattin. Keiner der beiden, weder Stiefvater noch Pate, dachte übrigens daran, es könne nötig sein, nach ihrer Rückkehr auch die zukünftige Braut um ihre Meinung zu bitten.

☙ ❧

Die Hochzeit galt weit über die Bauernschaft hinaus als das größte Ereignis seit langem. Der am westlichen Ausläufer des Osning etwas abseits der großen Straße gelegene Weiler wurde von einem Herrenhaus mit stattlichem Besitz an Land und Vieh dominiert. Die Pferde, die hier gezüchtet wurden, waren als robuste und verlässliche Arbeitstiere bekannt und brachten gutes Geld. Der Krieg mit seinen Schlachten, die zermürbenden endlosen Märsche der Armeen mit ihrem zahlreichen Gefolge aus Familien und Händlern, Handwerkern und Huren, Wunderheilern, Gauklern kreuz und quer durch das Reich, hatte nicht nur Menschen gefressen, sondern auch zahllose Pferde. Ohne die Tiere und ihre Kraft konnte kein Krieg ausgefochten werden.

Das Gut war der Stammsitz einer adeligen Familie gewesen, die in den Wirrnissen der letzten Jahrzehnte untergegangen war. Der benachbarte Großbauer hatte vor einigen Jahren die letzte verbliebene Witwe in ein Damenstift eingekauft und neben dem von einem Wehrturm bewachten stolzen Steinhaus und der Landwirtschaft auch das heruntergekommene Gestüt übernommen. Als neuer Herr auf Waatersen nannte er sich Meyer zu Waatersen. Er war erfolgreich, ein strenger Grundherr, jedoch in der Not großzügig. Und er verstand sich auf den Umgang mit den Vertretern des Hauses Oranien-Nassau, dem das Land nun endgültig unterstand. So war er weithin geachtet, sogar von den Bewohnern der benachbarten Höfe und Heuerlingskaten, die ihn und seine Lebensweise am besten kannten.

An diesem schönen Tag im August verheiratete Meyer zu Waatersen seine einzige Tochter. Den Bräutigam hatte er mit ebenso viel Bedacht gewählt wie in den vergangenen Jahren die Bräute für seine beiden Söhne, die Überlebenden von sechs Kindern, die seine erste Ehefrau ihm geboren hatte. Manche hielten diesen Schwiegersohn allerdings für einen Missgriff. Dass er doppelt so alt war wie die rosenlippige Braut, galt als vernünftig, das war auch ihre eigene Meinung, aber niemand kannte seine Familie. Er besaß ein großes Haus, jedoch kein Land und verstand davon auch weniger als der geringste Heuerling. Trotzdem war er ein wohlhabender Mann mit besten Verbindungen ins

Reich, nach Frankreich und in die Niederlande, sogar zu den Spaniern, so hieß es. Letzteres mochte übertrieben sein.

Sein Metier war der Abbau der Steinkohle bei Ibbenbüren, sein Blick in die Zukunft gerichtet, auf die Neuerungen im Bergbau und überhaupt auf neue Gewerbe. Wenn es hieß, bald sei die Kohle weggekratzt und was dann, antwortete er mit der heiteren Selbstgewissheit eines Mannes, der aus dem Nichts gekommen und viel geworden war: ‹Dann lasse ich eben tief und immer tiefer in die Erde graben und die Steinkohle heraufholen.› Die werde immer gebraucht, das allein zähle, jeder Aufwand rechne sich. Brennholz sei längst knapp. Im Harz sehe man es doch: Während über der Erde Borkenkäfer die Wälder zerstörten, gehe es unter der Erde mit dem Bergbau energisch und ertragreich voran.

Die Trauung fand in der winzigen Kapelle des Gutes statt, die nur der Familie Platz bot. Unter alten Eichen standen dagegen lange Tische und Bänke für alle Gäste, die Fässchen mit Bier und Wein waren unerschöpflich, die Speisen üppig, ein Kalb, ein Zicklein und zwei junge Schweine wurden seit Stunden über den Feuerstellen gedreht, das herabtropfende Fett zischte in der Glut.

Auch die Zahl der bewaffneten Wächter war beachtlich. Eine Hochzeit sollte vergnüglich sein, kein Bettelvolk an die Unwägbarkeiten des Schicksals erinnern. Für die Armen und Hungrigen war dennoch gesorgt: Speis und Trank warteten auf dem Anger, weil es gute Sitte war, an glücklichen Tagen zu teilen, und um Unheil durch Verwünschungen und andere Flüche abzuwehren.

Später wurde berichtet, eine mit vergorenen Blaubeeren verrührte süße Eierspeise sei schuld gewesen, als die Wachen am seitlichen Eingang zum Hof die beiden jungen Wanderer nicht bemerkten. Die standen plötzlich bei den Tischen und fielen gleich auf, weil sie nicht im Geringsten herausgeputzt waren wie Meyer zu Waatersens Gäste, recht schmutzige, trotzdem feine Gesichter hatten und sich besser zu benehmen wussten als mancher der Geladenen.

Der ältere der beiden zelebrierte vor der Braut eine vollendete Verbeugung und bat ergebenst – so sagte er, als sei man wieder in einem adeligen Haus: ergebenst –, zum glücklichsten Tag ihres Lebens ein Lied vortragen zu dürfen, eines von inniger treuer Liebe. Die Braut selbst erlaubte es, sichtlich entzückt. Der Bräutigam widmete sich gerade einem zartsaftigen Schweinslendchen und nickte wohlwollend, anstatt nach den Hunden zu pfeifen. Er war nicht so dumm, seiner frisch angetrauten Ehefrau diese harmlose Freude zu verbieten. Sie war jung, zart und von knochenharter Entschlusskraft. Das wusste jeder. Gut möglich, dass er gerade das an ihr schätzte, weil so ein Mädchen nicht nur schön für die Lust und das Auge ist – was beides bald vergeht –, sondern für gewöhnlich auch Sinn fürs Geschäftliche hat, was ein Leben lang von Vorteil ist.

Die beiden jungen Menschen sangen wahrhaft schön. Drei vom Brautvater bestellte Musikanten ließen derweil zur allgemeinen Erleichterung ihre Instrumente ruhen, dafür fühlten sich einige der Gäste vom ungewohnten honigsüßen Wein schon so wunderbar beschwingt, dass sie in den Gesang einstimmten. Dennoch gingen die beiden klaren Stimmen nicht im Gebrumm unter. Sie sangen drei Lieder, dann wurden sie zu einem Tisch im Halbschatten eines Apfelbaumes geführt und gut bewirtet. Beide kostete es Mühe, nicht zu schlingen wie darbende Hunde, obwohl das hier niemanden gestört hätte. Verwunderlich galt nur, dass sie ausschließlich von dem Brunnenwasser tranken und Bier und Wein verschmähten. Ihr Lohn war großzügig bemessen, er konnte sie für drei Tage satt machen und reichte noch für ein, vielleicht zwei Nächte in einem Gasthof. Zum Dank sangen die beiden noch ein viertes Lied, wobei der jüngere, das Kind, nur mitsummte. Auch das an ein Ännchen von Tharau ganz weit im östlichen Preußen gerichtete Lied beschwor innige Liebe und Treue, es war ein kaum bekanntes Lied mit einer süßen Melodie und hatte sehr viele Strophen. Emmet, der Sänger, erinnerte sich nur an die ersten fünf, gerade richtig für die Geduld des weniger kunstsinnigen Bräutigams.

Als die beiden Sänger die Festgesellschaft wieder verließen, lief ihnen eine Magd zum Tor nach. Die junge Ehefrau schickte einen Beutel mit Brot und zartem Zickleinfleisch auf den Weg, eine halbe Pferdedecke für den jungen Mann ohne Mantelsack und – das war das kostbarste – eine Flasche aus grünlichem Glas mit frischem Brunnenwasser, mit einem Stopfen aus gewachstem Leintuch.

~~~

Der Kamm des Osning hatte sich in eine sanft gewellte Ebene gesenkt, grünes Land, durchschnitten von dem ausgefahrenen schlammig braunen Band der Handelsstraße. Die schlängelte sich mal in engen, mal in weiten Bögen voran und wich sumpfigen Arealen aus, die besonders für die schweren Frachtwagen unpassierbar wären.

Seit mehr als einem halben Jahrhundert waren die Region und die Stadt Rheine ein Zankapfel gegnerischer Parteien und immer wieder Schauplatz bitterer Kämpfe und Verwüstungen. Zuerst hatten spanische und niederländische Armeen die Gegend mehrfach heimgesucht wie apokalyptische Reiter. Während der vergangenen dreißig Jahre war die Festungsstadt immer wieder Ziel der Armeen der kaiserlich-katholischen Liga und der protestantischen Union gewesen, alle hatten sich als gierig, verroht, gewalttätig gezeigt, ob Freund oder Feind. Zeitweilig hingen

Tote in den Bäumen wie Äpfel. Wer Freund, wer Feind war, war in diesen Jahrzehnten sowieso schwer auszumachen. Die Stadt gehörte zum Erzbistum Münster, die Bevölkerung, auch der Rat waren dagegen überwiegend strikt protestantisch. So etwas kam vor in diesen Zeiten. Nichtsdestotrotz mussten alle Armeen und ihre Befehlshaber bezahlt und bestochen werden, samt Tieren und Tross ernährt. Auch die Pest hatte Beute gemacht – Kriegs- und Krisenzeiten waren ihr immer besonders lieb.

Zuletzt, erst vor drei Jahren, ließ der General der Protestanten glühende Kanonenkugeln über die Mauern in die von den Katholischen besetzte Stadt schießen. Hunderte Häuser vergingen in der Feuersbrunst, der größte Teil der Stadt. Es hieß, die überlebenden Bürger hatten inzwischen Bittsteller sogar bis Bremen, Hamburg und Lübeck ausgesandt und hofften verzweifelt auf finanzielle Hilfe. Aus eigner Kraft war es unmöglich, die Stadt wiederaufzubauen.

Wer in den Ruinen und zwischen den Soldaten nichts zu suchen hatte, auf keine Geschäfte hoffte, machte einen großen Bogen um diese Stadt. Obwohl sich hier zwei große Handelsstraßen kreuzten, die friesische führte vom Norden weit ins Binnenland, die von Ost nach West bis nach Holland. Allerdings wusste dieser Tage niemand im Voraus, ob die alte Holzbrücke über die Ems noch stand. Zwar waren die Handelsstraßen auch die besten Nachrichtenbörsen, noch mehr seit es die regelmäßig verkehrenden windschnellen reitenden Boten gab, aber in diesen Zeiten stimmte abends oft nicht mehr, was morgens eine Tatsache gewesen war. Nun hieß es, ein wenig weiter flussabwärts gebe es eine neue Furt, obwohl die Ems dort besonders breit fließe.

Emma und Valentin fanden die Stelle leicht, indem sie den anderen folgten. Die Breite des Flusses bei der Furt war in der Tat erschreckend, dafür hatte das Wasser genug Raum, um nur träge zu fließen. Ein Kutscher musste mit einem leeren Fuhrwerk hinüber, er lud ein, auf seinem Wagen mitzufahren. Die Kraft des Wassers konnte bei aller Trägheit stärker sein als seine beiden schon betagten Pferde und sie samt dem ohne Fracht zu leichten Wagen abtreiben. Für Emma und Valentin war auch noch Platz. Sie fühlten sich wie auf einem Boot, doch was für Emma ein aufregendes Vergnügen war, bedeutete für den Jungen einen Kampf gegen die Furcht.

Nun zogen sie wieder auf der großen Straße nach Westen. Ein Stück weit, so hatten sie beschlossen, damit es schneller vorangehe. Auf dem Kammweg hatten sie sich sicherer gefühlt, bis die Straßenräuber die schützende Abgeschiedenheit auf ihre Weise für sich genutzt hatten – nun gab es Hügel, auch Hecken und kleine Wälder, aber wer eine so lange Strecke unterwegs war, konnte sich nicht ganz unsichtbar machen. Das wussten beide, auch wenn sie es nicht aussprachen.

Die Straße war weniger belebt als in der Umgebung von Osnabrück, obwohl es – so hatten sie gehört – in diesen Jahren die wichtigste Handelsstraße von Ost nach West und umgekehrt war. Die Provinz Holland war mit dem reichen Amsterdam und dem großen Hafen längst das pulsierende Zentrum der Handelswelt.

Sie wären gerne bei den sogenannten Hollandgängern untergetaucht, den Knechten, Mägden und Heuerlingen, die zu Tausenden nach den wohlhabenden Niederlanden zogen, um für einige Monate auf den Feldern oder beim Torfstich im Akkord zu arbeiten. Ihre kleinen Höfe warfen zumeist nicht genug für die zahlreichen zu fütternden Mäuler ab, oft reichte es nicht einmal für die Pacht. Auf dem Weg zur Arbeit in den Niederlanden sammelten sie sich häufig zu hundert und mehr Köpfen an bestimmten, als Treffpunkte bekannten Kreuzungen, um in der Sicherheit der Menge weiterzuziehen.

Allerdings machten sich die Hollandgänger gleich nach der Aussaat im späten Frühjahr auf den Weg. Am Ende des Sommers waren sie längst heimgekehrt, um die Ernte auf ihren eigenen Feldern und denen ihrer Landherren einzubringen. Einige blieben in jedem Jahr aus. Manche starben in den Mooren, auf den Feldern oder am Straßenrand, an Pestilenzen oder Erschöpfung, wurden Opfer von Räubern oder den Menschenfängern, die überall im Land auf der Jagd nach Schiffsmannschaften für die Niederländische Ostindien-Kompanie waren. Die Männer galten als fleißige Arbeiter, die jungen Frauen als unermüdliche und reinliche Mägde. So suchten auch etliche im Nachbarland eine bessere Zukunft, besonders im Norden und in der Provinz Holland, vergaßen das karge Leben daheim und fanden in der Fremde eine neue Heimat.

Wer jetzt dorthin wanderte, ging zumeist als Händler, trug Waren in der Kiepe, vornehmlich das gute Leinen der Region, begehrt bei Bauern wie Stadtbürgern. Auch die Wanderhändler, hier nannten sie sich Tödden, gingen oft ein Weilchen zusammen, suchten sich für die Nächte gemeinsame Plätze, weil es dann besser war, nicht allein zu sein, wegen der Räuber, der herumziehenden Söldner, der Wölfe, diebischer Genossen. Und der verwilderten Hunde. Weil in den Nächten immer einer Wache halten konnte, wenn man zu vielen war. Dann liefen alle wieder auseinander, jeder hatte seine Kundschaft, jeder musste schnell sein, damit ihm andere nicht zuvorkamen.

Am Nachmittag zogen dichte Wolken heran, und es frischte plötzlich auf, nahender Regen schob eine Welle kühler Luft vor sich her. Wer auf langen Reisen Wind und Wetter ausgesetzt war, konnte die Zeichen deuten. Emma und Valentin bemerkten nur, wie alle plötzlich schneller ausschritten.

«Regen kommt», rief einer, der mit nur halb gefüllter Kiepe flink in die Gegenrichtung lief.

Emma sah skeptisch zum Himmel auf, Valentin nickte nur und stapfte weiter. Er konnte nicht schneller gehen, er war müde, in einer weinerlichen Minute hatte er sich heimlich selbst versichert, niemals zuvor so müde gewesen zu sein. Was war schon ein bisschen Regen gegen die Ereignisse der letzten Tage? Oder Wochen? Er hatte aufgehört die Tage zu zählen, die halben wie die ganzen. Das war nicht gut. Er musste wieder damit beginnen, sonst verlor er sich in der Zeit und dem Verlust der täglichen Disziplin, dieser Nachlässigkeit, die er als große Verlockung verspürte.

Bisher war der August recht kühl und arm an Regen gewesen, darin hatten sie großes Glück gehabt. Wie trocknete man Kleider und Stiefel, wenn alles durchnässt war und sich für die Nacht kein Platz an einem Feuer fand? Keine Hausmagd als Hilfe bereitstand? Dann musste das nasse Tuch am Körper trocknen; und regnete es tagelang, blieben auch die Kleider tagelang nass. Schon der Gedanke machte frieren. Viele wurden in den Regenzeiten krank, manche holte dann das Fieber.

«Nur ein bisschen Regen.» Emma setzte ein gleichmütiges Gesicht auf. «Der wird uns nicht gleich umbringen.»

«Wir brauchen heute Nacht einen Gasthof», hielt Valentin dagegen, «wozu sonst haben wir gesungen?» Er nahm seinen Hut ab und begann umständlich mit dem Arm den Straßenstaub abzuwischen, was ihn jedoch nur etwas gleichmäßiger verteilte. «Eigentlich ist es nicht so schlecht», sagte er schließlich, «ich meine, die Sache mit dem Singen. Es ist doch kein Betteln.»

«Es ist nur ein Tausch», pflichtete Emma ihm bei. «Gesang gegen Bezahlung. Nichts daran ist ehrenrührig. Unsere Waren sind die Lieder, und wir singen, so schön wir es eben können. Wer es mag, kann uns dafür bezahlen wie andere Musiker auch. Wie die Ratsmusikanten.»

Valentin setzte seinen Hut wieder auf und nickte bedächtig.

«Vielleicht ist es nicht *ganz* dasselbe. Aber so ähnlich.» Und nach einer Weile ergänzte er: «Wir könnten auch andere Lieder singen. Du bist an diese gewöhnt, Emmet, ich finde sie ...» Er hüstelte altjüngferlich. «... recht gewagt. Für eine solche Hochzeit waren sie wohl passend», versicherte er rasch. «Wir sollten es aber auch mit anderen versuchen. Mit solchen, die gottgefälliger sind. Ich kann dich einige lehren.»

Seine Stimme war eifrig geworden, und Emma amüsierte sich. «Die Idee ist gut, besonders falls wir unsere neue Kunst auf Marktplätzen darbieten, die liegen meistens im Schatten einer Kirche. Mir scheint, du hältst mich für ein Heidenkind. In unserer Kirche wird viel gesungen, meistens vom Chor, aber ich habe eine ganze Reihe Kirchenlieder gelernt. Am besten wechseln wir uns ab, ein Lied aus deiner Kirche, eines aus meiner.»

Just in dem Moment öffnete eine dunkle Wolke ihre Schleusen, als setze der Himmel ein Ausrufezeichen hinter Emmas Vorschlag. Der Regen fiel schnurgerade vom Himmel, in die Menschen auf der Straße kam neue Bewegung. Die auf den Wagen krümmten nur die Schultern und drückten ihre Hüte tiefer ins Gesicht, wer eines hatte, zog sich ein Stück Plane über. Fußreisende, vor allem die Neulinge, versuchten eilig einen Baum in der Nähe zu erreichen. Es sah mehr nach einem kräftigen Guss als nach Dauerregen aus, und so ein Blätterdach war besser als nichts.

Das Singen hat nur einen Haken, dachte Valentin, als sie unter einem tropfenden Holunderbusch hockten. Sie sollten besser weniger schön singen, es könnte sich sonst herumsprechen ‹Da sind zwei Jungen, die schön singen›. Irgendjemand auf der Straße könnte sich an das Theater im Leinwandlager erinnern, an die – Mädchen. Dort waren sie dank Tacitus' Listigkeit als Mädchen aufgetreten, und niemand hatte an ihrem Geschlecht gezweifelt. Landau? Der hatte Emma erkannt, als Mädchen, natürlich, weil er ihr schon im Engelbach'schen Garten in Hamburg begegnet war.

Dennoch stand das öffentliche Singen der Notwendigkeit entgegen, unentdeckt nach Utrecht zu gelangen. Emmets Stimme klang durchaus gottgefällig, ein größeres Lob gab es nicht. Leider vergaß Emmet beim Singen spätestens mit der zweiten Strophe das Wichtigste: Niemand durfte erkennen, dass da tatsächlich kein Emmet, sondern ein Fräulein Emma van Haaren sang. Mit dem jungen Schelling.

Ihre Stimme klang für die eines Mädchens tief, da war kein Zwitschern und kein hohes Quietschen, es klang ganz warm und frei von Eitelkeit, ähnlich Wendelas Stimme, dennoch ...

Heute Abend, dachte er, blinzelte in den Regen und wischte sich die dicksten Tropfen von den Schultern, bevor der Wollstoff sie aufsaugte. Heute Abend würde er sie erinnern. Oder morgen. Dummerweise hatte er gespürt, wie gern er mit Emmet im Duett und vor dem aufmerksam lauschenden Publikum sang. Gestern hätte er das noch vehement bestritten, denn es war eitel. Andererseits – Gott hatte vorbestimmt, was einem Menschen widerfuhr, ob er gerettet oder verdammt war, auf Erden und in der Ewigkeit. Auf dieser Reise passierte so viel wahrhaft Schreckliches und auch Wunderbares, in der höchsten Not war ihnen stets Rettung gewährt worden. Eine kleine Eitelkeit mochte dagegen belanglos sein, nur eine lässliche Sünde.

Ein Fuhrmann nahm Emma und Valentin für eine Weile auf seinem Wagen mit, ihm stand der Sinn nach einem Schwätzchen und Neuigkeiten. Als er zu einem Weiler abbog, sahen ihm beide ein wenig sehnsüchtig nach. Es war so angenehm gewesen, sogar das reinste Vergnügen, einmal eine kleine Strecke des langen Weges nicht auf den eigenen Füßen zurückzulegen.

Obwohl sie Rheine umwandert hatten, mussten sie Wegzoll bezahlen, die Zöllner mit ihren großen Pferden zogen weite Kreise um die ruinierte Stadt. Ihr Bett für die Nacht fanden sie wieder nur unter dem freien Himmel.

«Morgen Abend», murrte Valentin, «morgen will ich ein trocknes Bett unter einem guten Dach. Und wenn es nur eine Strohschütte ist.»

Zu mehr werde es sowieso nicht reichen, versicherte Emma. Der Wegzoll war für zwei, die so gut wie nichts mehr hatten, teuer gewesen. Immerhin fanden sie ihren Platz für diese Nacht bei einer Ansammlung mächtiger Steine am Rand eines Hains. Niemand setzte in dieser abgelegenen Ödnis Bäume, das machte die Natur ganz allein. Gleichwohl muteten uralte Eichen trotz des dichten Unterholzes wie der Rest einer Allee an, die sich am Ende im Halbkreis um die Steine schloss. Seltsamerweise hatten sie den Platz für sich allein. Wer diese Straße mehr als einmal gegangen war, musste die Steine kennen, sie lagen nur wenige Schritte abseits. Aber niemand war ihnen voraus und niemand nachgegangen.

Im Schutz der gigantischen Felsbrocken aßen sie vom Zickleinfleisch, sparten einen Teil des Brotes für das Frühstück auf, leerten die am letzten Bach aufgefüllte Flasche nur zur Hälfte. Bald war die Nacht völlig dunkel. Sie hätten gerne ein kleines Feuer gemacht, aber ihnen fehlten Feuerstein, Stahl und Zunder. Noch etwas, das sie unbedingt kaufen – ersingen – mussten. In der nächsten Stadt.

Morgen, dachte Emma schon im Einschlafen. Und: Wie mag es dem Wolf ergangen sein? Sie beschloss, er sei nicht gestorben, keinesfalls, und wünschte sich, sein weiches Fell an ihren Fingerspitzen zu fühlen. So war es kein Wunder, wenn sie glaubte, sein Heulen habe sie geweckt, als sie in der Nacht einmal unter der halben Pferdedecke fröstelnd erwachte. Es war ein mildes und wieder ein wenig trauriges Heulen, so wie sie es schon kannte, es klang auf eigene Weise tröstlich. Und ganz nah.

Valentin erzählte sie am Morgen nicht davon. Es hätte ihn nur geängstigt. Für sie bedeutete diese Vorstellung von einem geheimnisvollen Freund im Feindesland auch im Licht des Morgens noch Trost, dieses schöne Märchen von einem wachsamen und wehrhaften Begleiter.

Auch Valentin sagte nichts darüber, doch womöglich hatte er selbst in den dunklen Stunden etwas gehört, das in ihm den Wunsch nach einem Messer endlich zum Entschluss reifen ließ. Die Nacht in den Wäldern und Mooren, in der Geest oder in der Heide, auf Wiesen und Feldern, sogar hoch am Himmel, war voller Leben und schlief niemals ganz. Das wussten sie beide nun. Wirklich gefährlich wurde es jedoch, wenn all diese Laute verstummten, wenn das Land, die Nacht und alles, was darin lebte, den Atem anhielten. Dann waren Dämonen in der Luft. Oder näher kommende Menschen mit diesem Geruch von Schmerz, Gewalt und Unheil. Ob ein Messer, besonders in der Hand eines zwölfjährigen Jungen aus gutbürgerlichem Haus, dagegen viel ausrichten konnte, war fraglich, aber es minderte das Gefühl, wehrlos zu sein.

Valentin zog seine Jacke aus, zupfte trockenes Laub und kleine Äste aus dem Gewebe, strich über das feine Muster der Fäden, schnippte noch hier ein imaginäres Stäubchen, dort einen trockenen Grashalm weg und schlüpfte wieder hinein.

Emma sah ihm zu, und obwohl sie den Morgen gerade noch schön gefunden hatte, wurde sie plötzlich missmutig. Diese verflixte Jacke. Wie konnte ein Stück gewebter Teppich, der eigentlich für ein Polster oder eine Wand gemacht war, solche Macht haben? Es ließ zwei bis dahin gut behütete junge Menschen unter absurden Bedingungen quer durch Europas Nordwesten wandern, immer auf der Hut vor Wölfen, Mooren, Unwettern oder vor Verfolgern, als hätten sie die Armenkasse gestohlen. Ein Mann lag tot und mit seinem Blut besudelt in einer Truhe, ein anderer war, wenn er noch lebte, verschwunden. Und wofür?

«Verdammt, Valentin», platzte sie heraus, «lass uns noch einmal überlegen, worum es eigentlich geht. Ich mag nicht wie ein dummes Schaf vorangetrieben werden, wenigstens will ich wissen, warum!»

Valentin starrte sie erschreckt an. Er wollte diese Fragen nicht mehr, diese innere Unruhe. Für ihn sollte es nur um eines gehen: Er musste Utrecht erreichen.

«Du wirst doch wenigstens eine Ahnung haben. Es wäre ziemlich gemein, wenn du wüsstest, warum wir immer wieder um unser Leben rennen, und es mir nicht sagst. Wenn du wirklich keine Ahnung hast, warum du diese vermaledeite Jacke nach Utrecht bringen sollst ...»

«Oder nach Leiden.»

«Utrecht oder Leiden ist mir jetzt einerlei – dann musst du dich inzwischen gefragt haben, was sie bedeutet. Du bist nicht dumm, Valentin.»

Als er aufblickte, war er unter der Sonnenbräune blass, seine Augen schimmerten dunkel und feucht. «Er hat gesagt, um der Seligkeit meiner Mutter willen, ja, ich weiß ... Es bedeutet aber, wie *wichtig* es ihm ist. Deshalb darf ich nicht versagen. Ein guter Sohn gehorcht seinem guten Vater.»

Emma hätte gerne einiges über diesen guten Vater gesagt, was jetzt allerdings sehr unpassend wäre. «Versagen, gehorchen – das sind schwere Worte. Denkst du nicht auch, wir kommen sicherer an dieses Ziel, wenn wir wissen, um was es geht? Jetzt laufen wir vor Männern davon, die wir nicht kennen, deren Pläne wir noch weniger kennen. Wir wissen nur, dass wir ihnen besser nicht mehr begegnen. Das muss einen Grund haben. Und der steckt irgendwie in deiner Jacke.»

Valentin schwieg, er blickte auf seinen rechten Ärmel, als verberge sich darauf eine Lösung, die er aber nicht wissen durfte. Oder wollte.

«Eigentlich ist es einfach», fuhr Emma fort. «Dein Vater ist ein frommer Mann, sicher auch prinzipientreu. Ich bin mit den Regeln eurer Religion nicht vertraut, obwohl auch mein Vater ihr angehörte. Jedenfalls gibt es verschiedene Weisen und Regeln, sie zu leben. Aber in keiner kann eines Menschen Seligkeit von einer gefahrvollen Wanderung und einem Stück Stoff abhängen. Es sei denn, dein Vater ist ein heimlicher Katholik.»

Valentins Blick schoss Blitze, das sagte mehr als empörte Worte.

«Ja, ich weiß, das ist völlig unmöglich.» Emma nickte nachdrücklich, mit seinem Zorn war ihr schlimmster eigener Groll schon verpufft. «Entschuldige, das war nicht ernst gemeint. Ich denke nur, Dr. Luther hat das Pilgern um irgendwelcher fragwürdiger Reliquien willen abgelehnt, so wie den Ablasshandel. Herr Calvin wird es ebenso gehalten haben. Niemandes Seligkeit kann davon abhängen, ob ein Stück Stoff an einen bestimmten Ort gebracht wird.»

«Nicht einfach ein Stück Stoff.» Valentins Stimme klang nun patzig, als kämpfe er mit stumpfem Schwert gegen drängende Fragen und Erkenntnisse. «Eine Jacke. Mein Vater hat sie selbst gemacht.»

«Wirklich *selbst*?» Emma saß plötzlich ganz aufrecht. «Er ist auch ein Schneider?»

«Nein. Wir weben doch Teppiche, in Frankreich sagt man Gobelins. Dazu wird …»

Emma winkte ungeduldig ab. «Ich weiß, was Gobelins sind, und sogar in etwa, wie sie gemacht werden, und sicher versteht dein Vater sich auf die beste Ware. Werden in eurer Werkstatt viele solcher Jacken gemacht?»

«Natürlich nicht. Das hieße, den anderen Ämtern ins Handwerk pfuschen. Er hat sie nur für mich gemacht. Die Ärmel sind aus den breiten Bandstreifen gearbeitet, die auf dem mittleren Webstuhl hergestellt werden. Die hat er vor allem verwendet. Für den Rücken ein schmales Kissenblatt, so sieht es jedenfalls aus.»

«Mittlerer Webstuhl, gut.» Es interessierte Emma in diesem Moment wenig, was und wofür der mittlere Webstuhl diente. Was darauf gewebt werden konnte, hatte sie ohnedies seit Tagen ständig vor Augen. «Wenn er sie extra gemacht hat, damit du sie im Notfall nach einer bestimmten, etliche Tagesreisen entfernten Stadt bringst – Himmel!, dann *muss* sie doch irgendeinen besonderen Wert haben. Die Kerle wollen nicht dich oder mich oder uns beide, die wollen deine Jacke. Wenn wir sie ihnen nun einfach geben?»

«Niemals! Wie kannst du das auch nur denken?»

«Tue ich nicht wirklich. Ich bin auch nicht dumm. Außerdem wird niemand außer mir glauben, dass du nicht weißt, was dies alles bedeutet. Wer die Jacke will, wird sich, na ja, damit nicht begnügen. Es sind weder Goldfäden noch Edelsteine eingewebt. Oder hast du welche entdeckt? Dein Vater wollte dieses Stück Webteppich einfach nur ganz sicher an seinem Bestimmungsort wissen. Er kannte, ich meine, er kennt dich gut, du bist sein verlässlichster Bote. Er weiß, wie starrsinnig du sein kannst, wenn du etwas unbedingt willst.»

«Starrsinnig.» Ein schmales Lächeln huschte über Valentins Gesicht. «Findest du?»

«Sehr starrsinnig. Mir scheint, du verstehst das als Kompliment?» Unwillkürlich fuhr sie ihm mit der Hand durchs Haar, er ließ es geschehen. «Was sagt dir denn Utrecht – kennst du dort jemanden? Oder eine Familie? Wenigstens einen Namen?»

Valentin kannte einen Namen und eine Straße. Der Name gehörte einem Prediger, wenn er den nicht antraf, sollte er ihn in Leiden finden.

«Und dann? Hast du einen Brief? Eine Botschaft? Natürlich!» Sie klatschte triumphierend in die Hände. «Das Buch! Das Buch muss es gewesen sein. Oder etwas in dem Buch.»

Valentin wusste gleich, wovon sie sprach, und schüttelte entschieden den Kopf. Immerhin verweigerte er nicht mehr, mit Emmet, wie er sie beharrlich weiter nannte, gemeinsam zu überlegen. «Bestimmt nicht. Er hat gesagt, ich soll es vernichten, am besten verbrennen. Falls etwas geschieht, das uns unterwegs für eine Zeit trennt, ihn und mich. Das hat er gesagt. Ich hatte kein Feuer, aber das Bachwasser war ebenso gründlich. Es hat auch alles aufgelöst.»

Das fand Emma jetzt noch ärgerlicher als an jenem Morgen. Womöglich hätte sich doch etwas darin gefunden, irgendetwas, das Aufschluss über ihre Fragen gäbe, eine Andeutung, einen Hinweis. Was ein Buch gewesen war, war längst in seine Bestandteile aufgelöst. Leim, zerstampfte Lumpen und Druckerschwärze lagen in winzigen Partikeln in winzigen Stichlingsmägen oder verklebten Wasserpflanzen und in den Bach ragende Erlen- und Kopfweidenwurzeln.

Valentin verschränkte die Arme vor der Brust, dann gab er nach, zog die Jacke wieder aus und reichte sie Emma.

«Das Muster?», fragte er.

Emma drehte und wendete die Jacke, hielt sie in die Sonne, fuhr mit den Fingerspitzen über die Fäden. «Ein belangloses Muster, findest du nicht auch? Natürlich ist es sehr schön», fuhr sie rasch fort, «so kunstvoll gearbeitet. Unbedingt. Hat auf Gemälden nicht alles eine Bedeutung? Farben, Blumen, Früchte, Tiere, Gegenstände. Als Symbole. Ich weiß fast nichts darüber. Wie ist das bei euch Gobelinwirkern?»

Valentin nahm ihr die Jacke aus den Händen, strich den Stoff glatt und musterte ihn Zoll für Zoll. Die Farben – dunkeldumpfe Grün- und Brauntöne – verschwammen ein wenig miteinander, im Muster steckten Blätter in verschiedenen Formen, Früchte, die wie Äpfel aussahen, oder Pfirsiche? Auch Kirschen vielleicht, in kleinen Büscheln. Nichts unterschied es von den üblichen einfachen Kissenblättern oder Bankteppichen. Auf Wandteppichen mit biblischen und mythologischen Szenen oder Darstellungen weltlicher wie kirchlicher Herrscher hatten tatsächlich bestimmte Muster aus der Natur von der Maus bis zum Löwen, vom Veilchen bis zur Palme eine symbolische Bedeutung. Auch in der Umrandung.

Emma hob ratlos die Schultern, und Valentin sagte: «Einfach nur alltägliche schmückende Muster. Lombardische», fügte er hinzu, «unser Wirkmeister hat einige Jahre in der Lombardei gelebt.»

«Dann lass uns weitergehen», sagte Emma und seufzte einmal aus tiefer Seele. Sie hatten es versucht. Valentin konnte nichts Ungewöhnliches erkennen, und sie selbst wusste viel zu wenig über diese Kunst. Dennoch musste irgendetwas in dem Gewebe zu lesen sein. Sie würde es schon herausfinden.

Emma machte sich sehr viel beschwingter auf den Weg zurück zur Straße, als sie am Abend zuvor den Hügel zu den Steinen hinaufgestiegen war. Valentin folgte ihr mit schwereren Schritten.

An diesem Morgen begegnete ihnen auch ein Wanderhändler, der auf seinem Karren außer Leinwand, Wollstoffen, Knöpfen, Bändern und allen möglichem Hausrat eine Auswahl von Schneidegeräten feilbot. Valentin erstand für anderthalb holländische Groschen ein Messer. Es war von bescheidener Machart, wie es in jeden Gürtel passte. Emma fand es zu teuer bezahlt.

Zuerst hatte der Händler drei Knöpfe von Valentins Jacke

gefordert, weil sie seiner Frau gefallen würden. Da hatte Valentin nur sehr entschieden den Kopf geschüttelt. Nun trug er das Messer am Gürtel, manchmal legte er die Hand auf den schmalen Knauf, wie Männer es eben so taten, und reckte dabei mit geraden Schultern das Kinn. Emma hoffte, er werde sich nicht bei der nächsten Gelegenheit allein durch den Besitz der Waffe zu einer Dummheit hinreißen lassen. Dann erinnerte sie sich, wie er ihr erst in der vorletzten Nacht als ein weinendes, zutiefst verängstigtes Kind in die Arme gefallen war, und ihre Sorge schwand. Was leichtfertig war, wie sie noch erfahren würde.

Am späten Vormittag erreichten sie Schüttorf. Die kleine Stadt lag in der Niederung der Vechte, einem mäandernden Fluss mit zahlreichen Nebenarmen und Teichen inmitten von Auen. Schwierig für Reisende, ein Paradies für alle Arten das Wasser liebender Vögel.

Am jenseitigen Ufer der Vechte ragte weit über Stadtmauer, Dächer und mächtige alte Bäume hinaus ein erstaunlich hoher Kirchturm auf. Er war aus warmgelbem Sandstein von den nahen Bentheimer Steinbrüchen erbaut. Nach Norden hin lag viel trockenes Land, violett blühende Heideflächen reichten bis an die kleine Stadt heran und schickten mit dem Sommerwind süßen Duft. Bald folgte mit den Herbststürmen der feine Sand von weißen Dünen, die der Wind und die Zeit in der Heide aufgetürmt hatten.

Auch die Furt durch die Vechte war breiter, als sie gedacht hatten. Am Ende des Sommers war der Fluss recht flach, Pferde und Wagen fanden leicht hinüber, wenn der Kutscher sich mit den Tiefen und Untiefen auskannte, den Färbungen und dem Gurgeln in der Strömung. Wer zu Fuß hinüberwollte, band alle Habe hoch auf die Schultern und den Kopf, einige zogen die Hosen aus und wateten halb nackt hinüber. Da war viel Johlen und Gelächter. Die wenigen Frauen in ihren langen weiten Röcken querten den Fluss auf den Wagen, kein Fuhrmann verweigerte ihnen eine Mitfahrt. Anders die beiden jungen Männer, sie ernteten auf ihre Frage nur Spott.

«Nein», sagte Valentin, «das geht nicht. So ein Fluss ist unberechenbar. Ich kann nicht schwimmen, und sollen wir uns etwa vor all den Fremden ausziehen?»

Emma wusste nicht, ob seine Weigerung rücksichtsvoll war oder nur Ärger verbarg, weil er auf eine verkleidete Frau Rücksicht nehmen musste. Sie blinzelte ins Licht. Die Flussniederung war lieblich, die kleine Stadt am anderen Ufer einladend, davor das fließende Wasser, Mauersegler in der Luft – alles war so friedlich und lud zum Bleiben ein.

Ein wenig flussaufwärts tummelten sich einige Jungen mit übermütigem Geschrei und Gelächter im Wasser, tauchten und schwammen. Es sah nach großem Vergnügen aus.

«Vielleicht finden wir doch ein Fuhrwerk, das uns mit hinübernimmt.» Valentin wandte sich suchend zur Straße um. Eine dunstige Sonne warf diffuses Licht. Inzwischen stauten sich vor der Furt einige Wagen, an beiden Ufern nutzten Fuhrleute die Zeit für eine Rast. Niemand schien wirklich in Eile zu sein. Emma wünschte, die Zeit bliebe stehen.

«Emmet.» Valentins Stimme war plötzlich nur noch ein unterdrücktes Zischen. «Wir müssen schnell weiter. Komm.» Seine dünnen Finger umklammerten ihr Handgelenk und zogen sie im Schatten eines Gebüsches voran. «Reiter», flüsterte er, «zwei Reiter. Einer hat eine schwarze Augenbinde.»

Emma spürte wieder die seltsame Kälte im Nacken, diesmal riss sie sich trotzig zusammen. Sie war es so leid, sich zu fürchten, vor etwas oder jemandem davonzulaufen, ohne zu wissen, vor wem und warum. Auch ohne zu wissen, ob das alles nur ein großer Irrtum war. Eine Kette von Zufällen, die eine Bedrohung vorgaukelte, die es tatsächlich nur in ihren Ängsten gab. «Hier sind ständig Reiter unterwegs, Valentin, und kaum einer reitet allein, viele sind versehrt, und wenn ... So warte doch, lass mich erst sehen.»

Aber er lief schon auf einem feuchten Knüppelpfad voraus durchs Schilf. Emma blieb nur, ihm zu folgen, der trotzige Widerstand war schon verflogen, die alte Furcht gewann. Die Uferlinie wand sich hinter das flirrende Grün aus Schilf, Erlen- und Weidengebüsch. Valentin lief noch ein paar Schritte; wo das Schilf von trockenerem Buschwerk abgelöst wurde, blieb er stehen. Sein Atem ging schwerer, als es dem kurzen Lauf geschuldet sein konnte.

«Wollt ihr auch auf die andere Seite?» Die Stimme erschreckte sie beide, aber sie gehörte keinem reitenden Söldner. Eine junge Frau trat durch eine Lücke im raschelnden Buschwerk auf den Pfad. «Ich hab euch bei der Furt gesehen, dann wart ihr ganz schnell verschwunden.»

Ihr Lächeln erinnerte an das eines Kätzchens. Ihre Haut war rosig, das zu Zöpfen um den Kopf geflochtene Haar honigblond, die Augen grün wie das Schilf am Ufer. Eines schaute nicht ganz geradeaus, aber es machte sie nicht hässlich. Ihre Kleider verrieten eine Hausmagd aus besserem Haus oder die Tochter aus einem mittleren. Ihr Bündel, ein gut verknotetes Leintuch, trug sie unter dem Arm, die Haube aus weißem Tuch hing über dem Nacken, die Bänder locker um den Hals geknotet. Ihr Blick war trotz des Lächelns wachsam. Jede Frau allein auf Reisen, und ging es nur über den heimatlichen Fluss, tat gut daran, wachsam zu bleiben.

«Martje», sagte sie, «ich heiße Martje.» Sie sprach Niederländisch, das bemerkte Emma erst jetzt. Es klang nicht nach einem ländlichen Dialekt, anders als die des grunzenden Straßenräubers auf dem Kammweg war ihre Sprache klar. Sie hatten schon den ganzen Morgen über immer wieder niederländische Wörter gehört, wie es im Grenzgebiet eben so war. Emma beherrschte die Sprache fast so gut wie ihre eigene und erklärte, sie beide wollten auch hinüber, das Wasser bei der Furt sei ihnen jedoch zu unberechenbar. Ihre Namen nannte sie nicht. «Weiter flussabwärts soll es noch eine geben, dort wollen wir es versuchen.»

Martje hatte davon nichts gehört und blickte ratlos. «Kann sein. Flüsse und Bäche verändern sich immer mal wieder. Ihr wollt sicher auf der Straße weiter nach Westen? Ich will nur ans andere Ufer. An der nächsten Biegung wohnt ein Fischer, wenn man recht nett bittet und nicht zu geizig ist, setzt er Reisende über. Sein Boot ist gerade gut für drei oder vier.»

Valentin hatte nur etwas von einem Boot verstanden und stöhnte halb vor Furcht und halb vor Erleichterung. Auch dass Martje in Eile war – ihre Herrschaft in Schüttorf erwarte sie längst –, war beiden nur recht.

Emma wagte noch einen Blick zurück um das Gebüsch. Hinter Wagen, Karren und einigen mit Bierkrügen herumstehenden Jungen und Männern machte sie bei der Mautkate etwa ein halbes Dutzend Pferde aus. Zwei schienen kräftiger, die Sättel wertvoller. Wenn Valentin richtig gesehen hatte ...

Martje zupfte ungeduldig an Emmas Ärmel. «Beeil dich», sagte sie und lächelte auf eine Weise, die nur bedeuten konnte, dass sie in Emmet keine Emma erkannt hatte. «Sonst kommt uns noch jemand zuvor.»

Das flache Boot war von so bescheidener Größe wie ehrwürdigem Alter. Sein Besitzer, ein graubärtiger drahtiger Mann, dünstete den starken Geruch seines Fischrauchhauses aus. Anders als Martje sprach er Deutsch, soweit der Dialekt bei seinem Tabakkauen und -spucken verständlich war.

In der Mitte des Flusses öffnete sich der Blick zurück auf die Furt. Ein zweispänniges Fuhrwerk war in eine tiefere Stelle geraten und steckte fest. Männer von anderen Wagen standen im Wasser und halfen, einigen reichte es bis unter die Achseln, sie schoben und fluchten, ihre Rufe hallten herüber, und schon sammelten sich Neugierige an beiden Ufern und auf der Stadtmauer. Zwei Jungen versuchten die verängstigten Zugpferde zu beruhigen und zum Weiterziehen zu bewegen. Wenn eines im Fluss panisch wurde – oder gar beide –, wenn sie versuchten zu steigen und auszubrechen oder mit einer der Hufe zwischen Steine im sandigen Flussbett rutschten, war ein Bein schnell gebrochen. Das wäre das Todesurteil für das Tier, vielleicht der Ruin des Fuhrmannes.

Nun schien es dort flussaufwärts voranzugehen, die Pferde zogen wieder an. Trotzdem scherte noch ein Wagen aus der Reihe der Wartenden aus, ein leichter offener Jagdwagen, vorne auf dem Bock nur ein Mann. Der lenkte einen eleganten unruhigen Fuchs, dem besser der Damensattel gepasst hätte als Deichsel und Geschirr. Rasant trieb er ihn weiter flussabwärts und gleich hinter dem Anleger der Fischerkate geradewegs in den Fluss.

Der Kutscher war ein Mann mit zerzausten Locken und vorwitzigem Schnurrbart, über dem weitärmeligen Hemd trug er nur ein gelbes Wams. Er feuerte seinen Fuchs an, als gelte es der Erste an irgendeinem Ziel zu sein. Dabei wusste jeder, der halbwegs ein Pferd zu führen verstand, dass so viel Ungeduld ein böses Ende verhieß, erst recht beim Durchqueren eines Flusses.

Der alte Vechtefischer packte die Riemen fester. Er kniff ungläubig die Augen zusammen und knurrte etwas, das nach ‹besoffen› und ‹dummdösige junge Kerls› klang. Er versuchte wieder flussaufwärts zu rudern, weg von dem eiligen Kutscher, doch die Zeitspanne war zu knapp. Im Nu drohte er mit Pferd und Wagen zu kollidieren, der Fischer reckte abwehrend einen Riemen in die Höhe, das Boot schwankte unter seinem verlagerten Gewicht. Jemand schrie, vielleicht Martje, vielleicht Emma, Valentin? Wasser spritzte auf, dann noch ein Schrei. Wasser spritzte noch höher und in Emmas Gesicht, blendete sie für einen Moment. Dann sah sie dort, wo Valentin sich gerade noch vor dem heranstürmenden Fuchs nach hinten gelehnt hatte, nichts mehr.

«Valentin!» Emmas Schrei hallte über den Fluss. ‹Ich kann nicht schwimmen›, der Satz dröhnte in ihrem Kopf. Valentin trieb im Wasser und schlug mit den Armen, reckte das Kinn hoch und rang nach Luft, sein Kopf tauchte unter und wieder auf. Ein gurgelnder Hilferuf.

«Rudere ihm nach», schrie Emma und schlug mit der geballten Faust auf die Schulter des Fischers, «er geht unter, er ist zu klein. Viel zu klein.»

Sie schwang ein Bein über die niedrige Bordwand, doch Martje hielt Emma mit beiden Händen fest. Sie war schwere Arbeit gewöhnt und eine starke Frau. «Nein», sagte sie, es war kein aufgeregt beschwörender Aufschrei, sondern klang ganz ruhig. «Nein.» Emma spürte den fremden Atem. Während sie noch versuchte sich loszureißen, erreichte der Kutscher mit seinem Fuchs das andere Ufer, fuhr in den Sand, und das Pferd blieb zitternd stehen.

Valentin war nicht mehr allein im Wasser, er trieb mit der Strömung langsam flussabwärts, direkt in den ausgestreckten Arm eines Mannes. Der war am Schüttorfer Ufer ins Wasser gesprungen und schwamm dem immer wieder untergehenden Jungen mit kräftigen Stößen entgegen.

Emma stieß zitternd den Atem aus, eine Träne der Erleichterung vermischte sich mit dem Flusswasser auf ihrer Wange.

Als der Fremde Valentin erreichte, schluchzte Emma erleichtert auf. Seltsam war nur, dass Valentin sich mit der letzten verbliebenen Kraft gegen seinen Retter wehrte. Vielleicht sah es nur so aus. Er hatte ohnedies keine Chance. Der Mann war ein kräftiger Schwimmer und ein Hüne gegen den schmächtigen Jungen.

Kapitel 13

Emma betrachtete Valentin voller Sorge. Er schlief am hellen Tag, und zwei Mal schon hatte sie befürchtet, er habe aufgehört zu atmen. Doch dann hatte ein kleines Stöhnen einen besonders tiefen Atemzug verraten, und die angestrengte Falte über der Nasenwurzel, die ihn so unkindlich aussehen ließ, hatte sich geglättet. Er war in diesem kleinen Haus im Schatten des Bentheimer Burgberges in Sicherheit; ob er selbst daran glaubte, war eine andere Sache.

Nach seinem Kampf mit dem Fluss und voller Panik auch gegen seinen Retter, hatte er am Ufer gelegen wie ein um Luft ringender Fisch und sich nicht einmal gewehrt, als Emma auf ihn zustürzte, ihn fest in die Arme schloss und wiegte wie ein Kind.

Sie hatte nur mit halbem Ohr gehört, wie der rettende Schwimmer ein so atemloses wie zorniges «Du bist ein Idiot, Ruisdael, irgendwann bringst du jemanden um. Fang am besten bei dir an!» hervorstieß. Die Antwort des jungen Mannes, dessen wilde Fahrt in den Fluss zu Valentins Sturz aus dem Boot geführt hatte, hörte sie nicht. Vielleicht gab er keine.

Dann kniete der junge Mann, der Ruisdael genannt wurde, vor ihnen im Sand, Zerknirschung und Reue im Gesicht, vermischt noch mit der Erregung und Freude über seine wilde Fahrt. Beinahe hätte Emma trotz aller Wut und Sorge gelächelt.

Er bat um Verzeihung, kniefällig, wie er betonte, allerdings hocke er schon im Ufersand, mehr Kniefall sei ihm leider nicht möglich. Ruisdaels Niederländisch wies es als seine Muttersprache aus. Tätige Wiedergutmachung, erklärte er fröhlich, könne man ihm nicht abschlagen.

So hatten sich Emma und der in eine Decke gehüllte Valentin kurz darauf auf der Rückbank des Kutschwagens wiedergefunden. Obwohl die Sonne wärmte, hatte Valentin auf dem Wagen mehr gelegen als gehockt, zusammengekrümmt und zähneklappernd wie in einer eisigen Winternacht. Sein Retter, Ruisdael nannte ihn Berchem, führte nun die Zügel, was Emma erleichterte. Seine nassen Kleider schienen ihm nichts auszumachen.

«Meine Jacke», hatte Valentin nur angstvoll geflüstert, als Berchem ihn in den Wagen gehoben hatte, «meine Jacke.»

Emma hatte sie hochgehalten, und seither atmete er wieder ruhiger. Die beiden Männer hatten sie dem Jungen ausgezogen, bevor sie ihn in die Decke gewickelt hatten. Als Emma erschreckt danach gegriffen hatte, war Berchem irritiert gewesen, doch er hatte ihr das tropfnasse Kleidungsstück gern überlassen.

«Verzeiht, es ist nur», hatte sie gestottert, «es ist seine Lieblingsjacke. Sie bedeutet ihm viel.»

So war alles gerettet, der Junge, seine lebenswichtige Jacke, sogar sein Mantelsack, den er bei Beginn der Überfahrt zum Glück im Boot abgelegt hatte.

Auf Ruisdaels Frage, ob sie nach Schüttorf wollten, hatte Emma etwas von Deventer gemurmelt und «auf keinen Fall nach Schüttorf».

Ihr waren jäh die beiden Reiter eingefallen, die Valentin bei der Mautstelle zu sehen geglaubt hatte. Sie hatte nicht gewagt zurückzuschauen, eine Reihe von Kopfweiden hätte ihr ohnedies den Blick verwehrt, ein Schwarm Sperlinge war gerade lärmend aufgeflogen, als eine Rabenkrähe sich flügelschlagend im Geäst des größten der Bäume niederließ.

Die Schüttorferin Martje, mit der sie das Boot für die Überfahrt geteilt hatten, war verschwunden. Fast hatte es im Boot ausgesehen, als schiebe sie den schwankenden Valentin über den Rand, anstatt ihn festzuhalten. Emma hörte noch ihr ruhig entschiedenes ‹Nein›, spürte noch ihren festen Griff und konnte nicht entscheiden, ob beides dazu gedient hatte, sie, Emma, vor der Gefahr des Wassers zu schützen oder Valentin vor der Rettung.

Sie war nur eine Hausmagd mit praktischem Verstand, entschied Emma. Wie sollten sie ihren Weg fortsetzen, wenn sie überall Verfolger argwöhnte? Dann hätte sie auch nicht in den Kutschwagen dieser beiden fremden Männer steigen dürfen. Aber was sonst hätte sie tun sollen? Valentin war fast ertrunken, sie selbst von den Schrecknissen kaum weniger erschöpft, Ruisdael und Berchem sahen freundlich und ganz bürgerlich aus, auf unbestimmte Weise vertraut. Sie hatte diese Einladung nicht ausschlagen können. Außerdem hatten die Männer sie nicht gefragt, sondern einfach gehandelt.

Auch Lukas Landau hätte sie gerne getraut. Sie war es müde, über all diese ‹wenn› und ‹womöglich› und ‹könnte› und ‹würde› nachzudenken. Jetzt nicht. Heute nicht. Morgen. Morgen war ein besserer Tag mit größerem Mut.

Berchem hatte geschnalzt, und das Pferd hatte den Wagen über eine leicht ansteigende Wiese zu einer Straße gezogen.

«Nach Deventer wollt ihr?», hatte Berchem gesagt. «Das trifft sich gut. Aber heute nehmen wir euch mit nach Bentheim, es ist nur eine halbe Meile. Da wohnen wir für einige Zeit ganz gemütlich. Der Junge muss sich erholen, bevor ihr weiterkönnt. Oder willst du ihn tragen?» Er hatte einen knappen Blick über die Schulter zu Emma geworfen. Sie konnte den Ausdruck seiner Miene nicht deuten.

«Danke», murmelte sie, «Ihr seid sehr freundlich.»

«Überhaupt nicht. Das ist das Mindeste, was wir tun können, um den Schaden zu begrenzen. Hoffentlich bekommt der Junge kein Fieber.»

Und nun schlief Valentin in einem richtigen Bett zwischen reinen Laken. Emma beneidete ihn. Einfach so tief schlafen. Das Fenster der Kammer stand offen und gab den Blick frei auf die strohgedeckten Nachbarhäuser und einen kleinen Gemüsegarten. Die Burg ragte auf der rückwärtigen Seite des Hauses auf. Sie war schon von weitem zu sehen gewesen, ein trutziges Gemäuer auf einem unwirklich aufragenden Felsen, als habe ihn eine Gesellschaft von Riesen vor Urzeiten in diese flache Landschaft gesetzt.

Ein weißes Kätzchen sprang auf das Fensterbrett, blickte neugierig in die Kammer, maunzte einen aufmunternden Gruß und verschwand wieder im Garten. Emma lächelte. Ein weißes Kätzchen war ein gutes Omen. Mrs Hollow wäre zufrieden.

Die Tür öffnete sich behutsam, und Anna Myers steckte den Kopf herein, ihr kastanienbraunes Haar unter der akkuraten weißen Haube, rosige Wangen, Röcke und Bluse von verwaschenem Blau, hell wie ihre Augen, das Schultertuch noch makellos weiß. Ihr gehörte das kleine Haus, sie lebte hier allein mit ihrem Sohn, der war so alt wie Valentin und arbeitete in den Pferdeställen der Burg. Ihr Mann fuhr schon lange auf einem der mächtigen Ostindienfahrer über die Meere. Im Dorf und bis nach Schüttorf glaubte niemand mehr an seine Rückkehr.

«Essen steht auf dem Tisch», erklärte sie. «Ihr werdet hungrig sein, und wenn nicht …» Ein Grübchen schlich sich in ihre linke Wange. «… esst trotzdem.»

Sie trat an das Bett, es war nur ein Schritt von der Kammertür, und beugte sich über den schlafenden Jungen. «Es wird bald bessergehen», sagte sie leise, «wenn er nur schläft.» Sie sprach das melodische Deutsch, das die Nähe zu den Dialekten der Niederlande verriet. «Lasst die Tür offen; wenn er vertraute Stimmen hört, wird er beim Aufwachen weniger erschrecken.»

Die Wohnstube des Häuschens war trotz der niedrigen Decke licht, ein Tisch, vier Stühle, beim Fenster eine mit Webteppichkissen gepolsterte Bank, gegenüber ein alter hoher Schrank mit geteilter Tür. Die einfache Truhe in der dunklen Ecke neben der Tür erinnerte Emma fatal an die in der Osnabrücker Neustadt. An den Wänden gab es nichts als ein schlichtes Holzkreuz, nicht einmal einen Kienspanhalter. Der einzige Leuchter stand mit zwei Talgkerzen auf dem Tisch.

Ruisdael stand am Fenster und hielt eine Zeichnung ins Licht, die er mit gehobenen Brauen prüfte. Er war nur wenige Jahre älter als Emma, ein schlanker Mann mit schmalem Gesicht und hoher Stirn unter dem in der Mitte gescheitelten Haar.

Berchem, ein zur Fülle neigender Mann von etwa dreißig Jahren, saß am Tisch. Das Wams über dem weiten Hemd war von seidigem, besticktem Stoff. Auch er betrachtete Zeichnungen, sie lagen vor ihm auf dem Tisch ausgebreitet, Skizzen zumeist, mit Kreide oder Feder ausgeführt. Nun bemerkte Emma auch einen Geruch, der nichts mit den reichen Speisen zu tun hatte, die an einer freien Ecke des Tisches warteten: Stücke gesottenen Huhns, aromatischen Käse und geräucherten Fisch, drei Birnen und ein halber Laib Roggenbrot. Es roch nach Farben. Dies war keine Malerwerkstatt, die sähe wahrlich anders aus, doch neben der Truhe stand zur Hälfte unter einem großen Tuch verborgen eine Staffelei. Auf der Truhe lag ein trocknendes Aquarell, ein leichtes helles Bild, das an die Silhouette Schüttorfs vom jenseitigen Flussufer erinnerte und gut an die Wand nahe dem Fenster gepasst hätte.

Emma fühlte eine Welle der Erleichterung wie ein Licht im Dunkel. Es mochte einfältig sein, trotzdem konnte sie sich schwerlich vorstellen, dass zwei Maler und Gäste dieser sanftmütigen Wirtin im Pakt mit Straßenräubern und anderen mordlustigen Banditen stünden.

Ruisdael blickte auf und lächelte Emma entgegen. Man habe versäumt, sich vorzustellen, erklärte er und holte dies gleich nach. Jacob van Ruisdael und Nicolaes Berchem aus Haarlem, als Maler beide ehrenwerte Mitglieder der St. Lukasgilde ihrer Heimatstadt.

«Nur damit du weißt, wir wollen euch nicht entführen oder verkaufen, sondern nur helfen. Ach, Freund Berchem runzelt streng die Stirn. Er hat ja recht, ich war wieder leichtsinnig, und der Junge musste es ausbaden.» Er grinste breit. «Ausbaden, in der Tat. Geht es ihm besser?»

«Ich weiß es nicht, er schläft so schrecklich tief. Das ist sonst nicht seine Art.»

Emma stellte sich als Emmet Reuter vor, ohne nachzudenken, nannte sie anstelle ihres eigenen den Geburtsnamen ihrer Mutter und wunderte sich doch. War Misstrauen erst alltäglich, begann es sich zu verselbständigen. «Valentin ist mein Bruder», log sie munter weiter und fand, sie habe Talent zur Poeterei. Wenn es nötig wurde, fielen ihr neuerdings immerzu die passenden Geschichten ein.

Smitten. Da fiel ihr auch Smitten wieder ein, der sie dieses ganze Durcheinander verdankte. *Vertraut niemandem als Euch selbst,* hatte Smitten gesagt, *und erzählt nie mehr als unbedingt nötig. Bleibt mit den Lügen nahe bei der Wahrheit, so unterlaufen weniger verräterische Fehler.*

«Und was treibt euch zwei junge Menschen auf die Straßen? Ihr seht nicht aus, als wäret ihr daran gewöhnt.»

Vertraut niemandem …

«Nach Deventer, wir wollen nach Deventer. Zu Verwandten. Wir werden dort erwartet.»

«Dann sprichst du so gut Holländisch, weil ihr Verwandte in den Niederlanden habt. Woher ...»

«Du bist neugierig wie eine Elster, Ruisdael.» Berchem schob behutsam seine Skizzenblätter zusammen. «Antworte besser nicht, Reuter, sonst fragt er noch nach den Warzen eurer Urgroßeltern und wo dein Taufbecken steht. Lasst uns endlich essen.»

Als habe sie hinter der Tür auf ihr Stichwort gewartet, trat die Hauswirtin ein, stellte Krüge mit Bier und Brunnenwasser auf den Tisch, brachte auch Becher und ging mit einem Lächeln wieder hinaus. Dann steckte sie noch einmal den Kopf durch die Tür. «Wenn Ihr wollt, wasche ich Eure Kleider. Sie trocknen über Nacht, am Feuer ist es warm genug.»

Ruisdael grinste. «An deiner Stelle würde ich Annas Angebot annehmen. Du willst bei deiner Verwandtschaft sicher einen guten Eindruck machen.»

Berchem verdrehte bei so viel Direktheit die Augen, Emma war tief errötet. «Auf dem Osning-Kamm hat man mir alles gestohlen», erklärte sie hastig. «Ich habe kein reines Hemd. Ich habe gar nichts mehr, nur was ich am Leib trage. Ich dachte, beim nächsten Fluss ...»

«Besser nicht», fand Berchem, «dein Bruder wird es dieser Tage nicht gerne sehen, wenn du in ein unberechenbares Gewässer tauchst, nur damit du und deine Kleider sauberer werden.»

Er schob seinen Stuhl zurück, ging zur Truhe und hob den Deckel. Emma hielt den Atem an, ob sie wollte oder nicht erwartete sie einen Schrei, zumindest ein entsetztes Schnaufen. Berchem zog ein Hemd heraus, dann eine Hose mit nicht ganz so weiten Hosenbeinen, tastete noch einmal durch die längst in Unordnung geratenen Kleider und fand auch einen Gürtel.

«Du bist ein furchtbarer Hänfling, Emmet, die Sachen werden dir noch ein Jahrzehnt nicht passen. Mit dem Gürtel verlierst du zumindest die Hose nicht, das Hemd kannst du verknoten, wie es dir kommod ist.» Schließlich fand er auch noch ein dicht gewebtes großes Wolltuch und warf es Emma zu. «Niemand soll frieren», murmelte er. «Geh mit Anna und lass dir helfen. Morgen sind deine eigenen Kleider wieder trocken.»

Als Emma zurückkam, gewaschen und in den reinen Kleidern aus Berchems Vorrat, hatte Ruisdael sich eine lange Tonpfeife angezündet und produzierte mit nachdenklich zur bemalten Decke gerichtetem Blick würzigen Rauch, Berchem schrieb einen Brief an seine junge Ehefrau daheim in Haarlem.

«Das sieht schon besser aus», rief Ruisdael, als er Emma in der Tür sah.

«War es so schlimm?»

«Lass dich von dem Spaßvogel nicht foppen», tröstete Berchem, «uns ist oft erheblich Schlimmeres begegnet als ein bisschen Reiseschmutz.»

«Nicolaes war vor einigen Jahren in Rom», erklärte Ruisdael immer noch feixend. «Auf so einer langen Reise erlebt man viel.» Er paffte ein kleines stinkendes Wölkchen aus seiner Pfeife in die Luft. «Aber sag mal, warum um Himmels willen seid ihr über den Osning-Kamm gegangen, anstatt wie jeder vernünftige Mensch auf der großen Straße?»

Die Frage kam so unvermittelt, beinahe hätte Emma die Wahrheit gesagt: Wir wollten nicht gefunden werden. Genug, dass Anna Myers gerade in Emmet eine junge Frau erkannt hatte. Als Emma versucht hatte, sich zu entkleiden, ohne zu zeigen, was sie wirklich war, hatte die Wirtin sie leicht an der Schulter berührt. «Keine Sorge. Sie haben es nicht bemerkt, das werden sie auch nicht, und falls sie es doch merken, wird es sie nicht kümmern.» Da hatte sie wieder gelächelt. «Ruisdael vielleicht doch, er ist furchtbar wissbegierig. Er hat noch zu wenig von der Welt gesehen und steckt voller Fragen.» Ihr Blick war weich geworden, und Emma hatte gedacht, das müsse eine schmerzlich hoffnungslose Liebe sein. «Es ist nicht so selten, wie Ihr vielleicht denkt», hatte Anna hinzugefügt und meinte damit als Männer verkleidete Mädchen und Frauen. «Euch muss ich nicht erklären, warum.»

So bemühte Emma sich während des Essens mehr wie ein Mann zu sitzen und das Messer zu führen. Dem Bier widerstand sie dennoch, obwohl sie gerne davon getrunken hätte, und nahm nur von dem Brunnenwasser, um nicht in diese leichtfertige Stimmung zu geraten, die zu vertrauensseliger Schwatzhaftigkeit verführte.

Das Essen dauerte lange, und Emma begann sich schläfrig zu fühlen. Die beiden Maler erörterten die beste Perspektive für ein großes Gemälde der Burg auf dem hohen Felsen, der auf durchaus malerische Art mit Buschwerk und Bäumen bestanden war, ohne seine kantige Schroffheit zu verbergen. Besonders Ruisdael, der anders als Berchem nie zuvor eine auch nur ähnlich markante Erhöhung der Landschaft gesehen hatte, war voller Begeisterung und sprach auch von mythischer Bedeutung.

Valentin schlief immer noch. Anna hatte ihm einen kleinen Leuchter in die Kammer gestellt, damit er nicht in völliger Dunkelheit erwache. Obwohl es selbstverständlich war, dass die beiden jungen Gäste dieses Bett teilten – der Luxus eines eigenen Bettes war selbst in Gasthöfen selten zu haben –, hatte Anna mit zwei weichen Schaffellen auf dem Boden ein Lager bereitet. Falls der Junge in der Nacht doch noch ein Fieber bekomme, hatte sie gemurmelt, sei es besser so.

Emma betrachtete Valentins Gesicht im Schein des Talglichts, da war nichts Graues, nur ein Kind an der Schwelle zum Mann, das friedlich schlief.

Im letzten dämmerigen Abendlicht entdeckte sie in dem schmalen Flur vor der Stube eine Laute, sie lehnte in einer Wandnische, deshalb hatte sie das schöne Instrument zuvor nicht bemerkt. Oder war es noch nicht da gewesen? Das heiße Erschrecken währte nur kurz wie ein Hieb, die Ankunft eines weiteren Gastes wäre ihr nicht verborgen geblieben, und dies war Anna Myers' Haus, kein Gasthof für jedermann.

Behutsam nahm sie die Laute auf, ihre Finger glitten über die Saiten. Vielleicht würde Anna ihr erlauben darauf zu spielen? Nur ein Lied. Oder zwei. Die Sehnsucht nach der Musik, nach dem Gefühl, das schöne Instrument zu spielen, wuchs wie ein süßer Schmerz. Sie kannte kein einziges holländisches Lied. Das war befremdlich – kein einziges Lied aus dem Leben ihres Vaters, obwohl er gerne gesungen hatte, fröhliche Lieder, gewiss nicht ausschließlich gottgefällige wie Valentin.

Berchem und Ruisdael beachteten sie nicht, als sie wieder in die Stube trat. Sie stritten sich, zumindest waren sie uneins.

«Der junge Oranier ist ein eitler Narr», befand Berchem gerade heftiger, als es sonst seine Art war. «Hat der Krieg mit Spanien nicht lange genug gedauert? So viele Jahrzehnte. Nun ist der Friede in Münster nach langem Taktieren doch noch unterzeichnet worden, der spanische König behält die südlichen Niederlande, anerkennt unsere sieben nördlichen Provinzen als freie unabhängige Republik der Vereinigten Niederlande, so wie es seit dem Aufstand gilt. Der liegt jetzt mehr als drei Generationen zurück, das ist eine sehr lange Zeit. War es nicht blutig genug? Was soll ...»

«Und genau *das* können wir nicht hinnehmen.» Ruisdael stand am Fenster, die Arme fest vor der Brust verschränkt. «Nur weil sich allmählich alle daran gewöhnen, dürfen wir nicht unser halbes Land den spanischen Katholiken überlassen.»

«Mit Geduld erledigt sich manches von selbst. Die Spanier sind der Kriege so müde wie der Rest Europas, außerdem so gut wie bankrott.»

«Vielleicht auch nicht. Niemand weiß genau, wie viele Schiffe voller Gold und Silber aus den spanischen Kolonien über den Atlantik unterwegs sind. Im Übrigen, mein kluger Freund, was heißt schon unabhängige und freie Republik? Auch wenn unsere Städte und Provinzen unabhängig sind, regiert letztlich Holland die Niederlande, genau genommen Amsterdam, die reichste Stadt der Welt, und in Amsterdam bestimmt wiederum nur eine Handvoll Familien, allen voran die Bickers und die Graeffs samt ihren Vettern und Schwiegersöhnen, Onkeln und Speichelleckern. Sie bestimmen im Magistrat und haben ihre Tentakel in allen Ämtern und Verwaltungen bis in den letzten Schuppen in Batavia. Längst reicher als Krösus machen sie, was sie wollen, und bauen dabei selbst den Spaniern ihre Schiffe, so wie die Trips dem Feind die Waffen dazu liefern. Was ist das für eine Moral? Der junge Willem von Oranien ist für sehr viele Niederländer eine Hoffnung. Ein strahlendes Licht. Nicht nur für die Utrechter und die Leidener, auch für eine Reihe von Amsterdamern. Aber das weißt du selbst, warum rege ich mich immer wieder darüber auf?»

«Weil du dich gerne aufregst. Lass uns nicht streiten, Jacob. Du hast ja mit vielem völlig recht. Im Prinzip. Aber du vergisst dabei etwas: Willems Vater war ein erfolgreicher Feldherr, keiner bestreitet seine Verdienste; immerhin hat er den Spaniern eine erkleckliche Zahl von Städten wieder abgejagt, dafür hat er meinen Respekt auch *post mortem*. Aber der alte Fredrik Hendrik hat nicht hinter dem Berg gehalten mit dem, was er für sich wollte, nämlich unsere tolerante Republik mit dem freien Handel und der Prosperität zu einer Monarchie machen, mit seinem Sohn als Kronprinzen. Rate, wer der alleinherrschende König über die wieder vereinten südlichen und nördlichen Niederlande sein sollte, und rate auch, was sein Sohn jetzt will. Prinz Willem ist als Statthalter dreier Provinzen ein einflussreicher Vertreter des dortigen Adels, das soll er ruhig bleiben. Aber einen König, überhaupt eine neue Dynastie von Monarchen, wollen wir nicht. Keinesfalls. Schließlich haben wir uns achtzig Jahre gegen die spanische Krone gewehrt, gewiss nicht nur wegen der Religion, sondern wegen der allgemeinen Freiheit. Aufstände, die blutige Inquisition, Tausende sind gestorben! Wir haben unsere Unabhängigkeit hart erkämpft und erhalten – seit dem neuen Vertrag von Münster auch vom Römischen Reich Deutscher Nation, kein Habsburger hat uns mehr etwas zu sagen. Und ist es uns etwa nicht gut bekommen? Man weiß von keinem Land, dem durch Fleiß, Klugheit und Gottes Gnade größerer Erfolg und Reichtum bestimmt ist. Und der junge Oranier will ausgerechnet mit dem französischen König gegen den Spanier paktieren? Das heißt, mit dem Teufel gegen Beelzebub gehen und sich zum Handlanger für die französischen Machtgelüste machen. Und wenn die französischen Truppen mit ihrem Katholizismus gleich weitermarschieren bis an die Nordsee? Nein, das ist alles andere als klug. Übrigens denke ich wie viele jetzt erst recht, der junge Oranier will auch seiner als *princess royal* geborenen Ehefrau imponieren, der niedlichen Mary Henrietta Stuart.»

«Das musste jetzt ja noch kommen! Nur weil er mit einer englischen Prinzessin verheiratet ist und die Engländer im vergangenen Jahr ihren Vater geköpft haben?»

«Es wird nun mal nicht alle Tage ein König geköpft. Aus England hatte man bisher nur von Königinnen auf dem Schafott gehört, wenn ich nicht sehr irre.» Die Parallele sei doch offensichtlich. Der englische König Charles habe einen Bürgerkrieg provoziert, als er das Parlament in London auflöste und auch sonst selbstherrlich gegen eine ganze Reihe von Gesetzen verstieß. Übrigens habe auch er die Spanier bekämpft, wenig erfolgreich, von rabiaten Religionswirren jenseits des Kanals gar nicht erst zu reden. «Nun liegt er ohne Kopf im Grab, und Mr Cromwell regiert die Republik.»

«Ebenso *selbstherrlich* und mit harter und blutiger Hand, wie man hört. Von Bescheidenheit kann jedenfalls keine Rede sein. Er wolle ganz Europa vereinen, heißt es, natürlich unter Englands Fahne. Europa – so was Verrücktes. Wenn du mich fragst – er wird nicht lange herrschen. Er ist nicht so allmächtig und unverwundbar, wie er glaubt, es rumort heftig gegen ihn, auch in Irland und Schottland.»

«Da sind wir uns mal einig. Umso mehr Chancen werden sich Mary Henriettas Brüder für die Rückkehr auf den englischen Thron ausrechnen. Je mächtiger Willem nun in den Niederlanden wird, umso stärker kann er die Familie seiner Frau in London unterstützen; seine Macht ist deren Macht und umgekehrt. Daran muss er fest glauben. Hätte er sonst seine Soldaten auf das starke, die Republik dominierende Amsterdam marschieren und die Stadt belagern lassen?»

«Amsterdam wird belagert?» Emmas Stimme klang mädchenhaft hoch. Berchem wie Ruisdael fuhren herum und starrten sie an.

«Bist du es, Emmet?», rief Berchem und blinzelte in die Dunkelheit der zum Flur geöffneten Tür. «Komm herein. Du musst doch nicht in der Tür stehen bleiben. Ab und zu streiten Ruisdael und ich gern ein bisschen. Das hat wenig zu bedeuten, man muss nicht in allem einer Meinung sein. Was für ein Heißsporn er sein kann, hast du in der Vechte bei Schüttorf selbst erlebt.»

«Du sorgst dich um Amsterdam?», fragte Ruisdael. Während Emma bei Valentin war, hatte Anna Myers die Kerzen in der Stube angezündet. Ruisdael stand immer noch beim Fenster,

Emma erkannte sein Gesicht nur vage und versicherte sich, die neue Wachsamkeit in seiner Miene bilde sie sich nur ein. «Kennst du dort jemanden?»

Emma zuckte die Achseln, sie hatte die Laute mitgebracht und lehnte sie behutsam gegen die Wand. «Amsterdam ist eine berühmte Stadt», sagte sie leichthin, die Stimme wieder in tieferem Ton. «Ist es nicht immer interessant zu erfahren, was dort geschieht?»

«Dann setz dich zu uns.» Berchem füllte einen Becher mit Brunnenwasser für sie. «Amsterdam ist nicht belagert», erklärte er, «das hat der Magistrat verhindert.»

Es gehe um den in Münster unterzeichneten Frieden, ob Emmet nicht davon gehört habe? Dieser Friede habe auch den achtzig Jahre währenden Krieg der nördlichen Niederlande gegen die spanische Krone beendet. Die regiert nun die südlichen Niederlande als ihr habsburgisches Erbe ganz legal, was viele Bürger beider Niederlande empöre. Emma nickte ungeduldig. Sie habe niederländische Verwandte in, ja, in Deventer, und wisse um die Geschichte. Ein wenig zumindest.

Ruisdael pfiff leise Anerkennung. Prinz Willem von Oranien, erklärte Berchem mit der ihm eigenen Ruhe, wolle diesen Frieden nicht akzeptieren. «Und viele mit ihm», warf Ruisdael ein, «sehr viele.»

Willem sei ein ebensolcher Heißsporn wie Ruisdael, konterte Berchem mit lachenden Augen. Vielleicht nicht die Kaufleute, die seit Jahrzehnten durch den Handel mit Kriegsgerät immens reich geworden seien. Aber alle anderen, die große Mehrheit nämlich, habe endgültig genug von Krieg und Gezänk, schon weil es ständig koste, Geld und Leben. Man wolle der spanischen Krone die südlichen Niederlande überlassen, auch wenn das bedeute, das Land bleibe katholisch. Natürlich sollten auch die immens teuren Söldnerheere aufgelöst werden, die von den Städten finanziert wurden, allen voran von Amsterdam, der reichen Schönen. Das Söldnerheer war aber denen unabdingbar, die den Kampf gegen die Spanier nicht nur fortsetzen, sondern erst richtig wieder anheizen wollten.

«Also hat Prinz Willem seine Soldaten an einem der letzten Julitage nach Amsterdam geschickt, um die Stadt, den Magistrat und die tatsächlich regierenden Familien zu bezwingen. Beim ersten Öffnen der Tore sollten die überraschten Wächter überwunden und die Stadt im Handstreich eingenommen werden. Das ist gründlich schiefgegangen. Zum einen war mal wieder dicker Nebel, es heißt, seine Söldner seien schon auf der Heide südöstlich von Amsterdam verlorengegangen, andere in die Teiche geraten und …»

«Das kann doch nur dummes Gerede sein», unterbrach Ruisdael. «Hätten die Amsterdamer solche Zugeständnisse gemacht, wenn keine Armee vor den Toren gedroht hätte? Sie haben den Prinzen gefürchtet.»

«Das stimmt», gestand Berchem bereitwillig zu. «Sie sind nicht so dumm, den Adel mit seinen einflussreichen Familienverbänden zu unterschätzen. Trotzdem – die Amsterdamer wurden gewarnt, der Oranier also verraten. Er hat nicht halb so viele Getreue, wie er glaubt. Die Amsterdamer haben blitzschnell ihre Tore geschlossen, die Kanonen schussbereit gemacht, Kriegsschiffe in Bewegung gesetzt und die ganze Stadt alarmiert. Es heißt, sogar die Mennoniten, von denen jeder weiß, wie strikt sie gegen jede auch nur annähernd kriegerische Aktion sind, hätten sich als Torwächter mit Piken gegen die Invasion zur Verfügung gestellt. Um die Stadt ganz sicher zu machen, hat der Magistrat zugleich große Teile des Vorlandes fluten lassen. Schade um manches Dorf und die schönen Gärten der reichen Amsterdamer.»

«Und dann?», fragte Emma. «Was geschah dann? Gab der

Oranier sich geschlagen und zog mit seinen Söldnern wieder ab?»

«Er stand nicht gerade selbst in den vordersten Reihen. Aber seine Söldner waren da, jedenfalls ein Teil von ihnen, und der Kommandant hatte sein Hauptquartier in der Nähe an der Amstel eingerichtet. Dort wurde verhandelt: Abzug der Söldner gegen Absetzung der Brüder Bicker als Bürgermeister und Mitglieder des Magistrats. So wurde es entschieden.» Berchem trank einen Schluck Bier, bevor er mit einem Schmunzeln fortfuhr: «Das wird diese Herren in Amsterdam wenig gekratzt haben. So haben sie künftig weniger Arbeit und Ärger, ohne ihren Einfluss und ihre Pfründe wirklich zu schmälern. Letztlich war also alles nur heiße Luft.»

Einen Moment herrschte Stille. Auch Ruisdael schwieg.

«Und der Prinz?», fragte Emma. «Was hat man mit ihm gemacht?»

«Er ist Statthalter und der Prinz von Oranien, das ist viel», sagte Ruisdael, und Berchem ergänzte: «Man ergeht sich in Höflichkeiten, nehme ich an, und wartet ab. Es wird schon noch irgendwas passieren.»

«Der Prinz von Oranien ist ein von Gott gewollter Fürst», sagte da eine dünne, ein wenig zittrige Jungenstimme aus dem Dunkel des Flurs. «Wie könnt ihr es hinnehmen, wenn die Katholischen weiter in eurem Land herrschen?»

«Valentin?» Emma sprang auf. Valentin stand in der Tür, trotz des sanften Kerzenscheins wieder das graue Kind. «Ihr müsst es ihm bitte nachsehen», erklärte Emma ihren Gastgebern. «Er lebt seine Überzeugungen und ist in Fragen der Religion sehr streng.»

Zum Glück siegte Valentins Hunger über seine aufrechte religiöse Strenge. Emma fand, sie habe nun genug über die Lage in der Stadt ihres Vaters gehört. Umso mehr, als offenbar kein

Grund zur Sorge um das Wohlergehen ihrer unbekannten Verwandtschaft bestand. Die Sache mit der Religion erwies sich als sehr kompliziert, und immer komplizierter, je mehr man versuchte, all die Verflechtungen und Ideale zu verstehen. Womöglich ging es eigentlich weniger um Religion, göttliche Aufträge und Gnadenbeweise als um ganz weltliche Macht und Herrschaft, um Besitz und viel Geld? Was letztlich vielleicht ein und dasselbe bedeutete.

Was für eine Konfusion. Die Laute, dachte sie, und nahm das schöne Instrument behutsam auf. Ihre Gastgeber hatten keine Einwände, sie nickten ihr aufmunternd zu. Was ließ einen Abend nach einem langen aufregenden Tag und einer kriegerischen Geschichte friedlicher ausklingen als Musik? Lautenmusik insbesondere.

༄༅

Er streifte die Lederhandschuhe ab, beugte und streckte die Finger, rieb über jeden einzelnen und strich endlich behutsam über die Spitzen. Behutsam fiel ihm schwer, denn er war wütend. Weniger weil der ruppige Wirt des Gasthofes ihn abgewiesen hatte, sein Haus sei bis in die letzte Ritze besetzt. Bei allem Unwillen neigte Lukas Landau dazu, der frechen Behauptung zu glauben. Haus und Stall waren klein und bildeten den einzigen Gasthof in einer öden Gegend, und die Wirte, denen er bisher begegnet war, überließen Reisenden notfalls die Futterraufen der Pferde, bevor sie sich auch nur einen Deut entgehen ließen. Dieser nicht. Das fand er ungewöhnlich.

Er war wütend auf sich selbst, auf seine Willfährigkeit, seine Eitelkeit, seinen Wunsch zu gefallen, besonders mit einem wilden Ritt. Er war wütend über seine Dummheit, einen fragwürdigen Auftrag anzunehmen, der zudem absolut nichts mit seiner Profession als Mitglied der *Hamburger Ratsmusik* zu tun hatte. Je weiter er ritt, umso mehr zweifelte er an der Redlichkeit des ganzen Unterfangens. Und nun musste er sich auch um seine Hände sorgen. Kein Lautenspieler, überhaupt kein Musiker sollte zu oft zu lange reiten, wenn seine Finger zart und empfindsam für zartes und empfindsames Musizieren bleiben sollten. Die Handschuhe mochten das Schlimmste verhindern.

Überhaupt erschien ihm inzwischen alles an dieser Reise seltsam. Da wurde ein Mädchen ohne den Beistand der Familie, nur in der Obhut einer offensichtlich einfältigen Matrone und deren ebenso offensichtlich schlauen Zofe auf die lange Fahrt von der Elbe nach Amsterdam geschickt, und zwar zu einem Zweig ihrer Familie, den sie nicht kannte und bei dem sie bisher nicht willkommen gewesen war. Dazu auf dem unbequemen Landweg anstatt mit dem Schiff entlang der besonders im Sommer sicheren Küstenlinien.

Dann, nach nicht einmal der halben Strecke, fällt der Matrone ein, sie brauche eine lange Erholungspause, worauf das ungeduldige Mädchen als junger Mann verkleidet in fremder Begleitung weiterreist, von der eigenwilligen Zofe und Gesellschafterin der müden Matrone in diesem verwegenen Plan tatkräftig unterstützt. Als Nachricht darüber schließlich ihre Hamburger Familie erreichte – zunächst allerdings ohne dass darin die ungehörige Verkleidung erwähnt wäre –, schickt ihr Stiefvater einen Retter der Ehre und Reputation des Mädchens auf ihre Spur. Damit es nicht auffällt oder gar Stadtgespräch wird und der ganzen Familie schadet – es war schon genug über die plötzliche Einladung nach Amsterdam getuschelt worden –, fällt die Wahl nicht auf einen Verwandten oder in solchen Angelegenheiten versierten Wächter oder Stadtboten, sondern auf den neuen Ratsmusikanten. Der kannte die Straßen der Region immerhin ein wenig, war dem Fräulein zuvor einmal begegnet, würde sie also wiedererkennen – so hatten sie jedenfalls gedacht. Außerdem war er neu in der Stadt, niemand würde ihn dort vermissen. Meister Schop, Direktor der *Hamburger Ratsmusik*, hatte als Freund des Paten gleich zugestimmt, seinen neuen Lautenisten für diesen diskreten Dienst auszuleihen.

In Bremen hatte er, Landau, von der schläfrigen Matrone fast nichts erfahren, erst als Zofe Smitten ihm anvertraute, auf welche Weise das Fräulein weitergereist sei, nämlich nicht als Emma, sondern als junger Mann Emmet van Haaren, hatte er angefangen zu begreifen, wie seltsam seine Aufgabe war. Noch seltsamer, als Smitten nach einigem Zögern flüsterte, es gebe ein Gerücht, die Kutsche der Schellings, die Fräulein Emma als Emmet begleite, sei verunglückt oder auch nur in die Irre gefahren. Genau wisse das niemand. Er möge sich eilig auf den Weg machen, das Fräulein zu suchen, auch den Jungen. Am besten reite er über Osnabrück, falls er sie nicht, was sie allerdings sehr hoffe, vorher einhole. Sie glaube sich zu erinnern, Herr Schelling habe etwas von einem Besuch in der Friedensstadt an der Hase erwähnt.

Dort hatte er sie tatsächlich gefunden, das rechnete er dem Zufall zu. Glück? Womöglich. Er hielt nicht viel davon, auf Glück zu vertrauen. Er vertraute auf etwas, das Musikern und Dichtern gerne abgesprochen wurde, nämlich auf fundierte Kenntnisse, vernünftige Planung, Beharrlichkeit und Disziplin.

Immerhin wusste er nun, dass Emma und ihr eigentümlicher Begleiter lebten. Unversehrt und entschlossen, ihre Reise fortzusetzen und zu einem guten Ende zu bringen. Oder zu dem, was sie dafür hielten. Das Fräulein hatte mit Freuden erlaubt – das war hier festzuhalten: mit Freuden erlaubt! –, dass er sie sicher nach Amsterdam bringe. Weder sie noch der Junge waren das Reiten gewohnt, also versicherte er, sie mit einem Wagen abzuholen.

Der Junge hatte dazu geschwiegen, mit diesem altklugen Gesicht. Da war etwas an ihm, etwas Unheimliches, das Landau nicht verstand. Sie hatten ihm keine Gelegenheit mehr gegeben, es herauszufinden. Als er gegen Mittag des Reisetages in diesem staubigen Leinwandlager eintraf, waren beide verschwunden. Und niemand wusste, wohin, auf welchem Weg. Und erst recht nicht, warum.

Er ahnte, warum. Es war mehr als eine Ahnung. Umso dringender musste er sie finden. Ab und zu hatte er selbst das Gefühl, er werde beobachtet, gar verfolgt. Reine Spökenkiekerei. Wer sollte etwas von ihm wollen? Es sei denn – ja, es sei denn, er wurde als eine Art Fährtenleser benutzt, als Spürhund. Als einer, der in seiner harmlosen Gestalt zu dem Fräulein führte. Und dann?

Vielleicht wäre es besser, sie nicht zu finden? Er konnte aber keinesfalls aufgeben und umkehren. Gerade jetzt nicht.

Es war dunkel geworden, und er fror; Zeit, ein kleines Feuer zu machen. Einerseits. Andererseits verriet er damit, wo er war. Falls es jemanden interessierte. Er gestand sich ein, dass er dieses baufällige Gehöft in dem verlassenen Weiler sehr unheimlich fand. Dass er Angst hatte.

Er verzichtete auf das Feuer, obwohl genügend Holzreste herumlagen. Ein sanftes Schnauben seines Pferdes beruhigte ihn, die vertraute Nähe, der warme Geruch. Dennoch – wäre es nicht so dunkel, wären er und das Tier nicht so erschöpft, ritte er in die Nacht hinaus. Auf der Flucht vor den Gespenstern in diesen Ruinen.

Irgendwo da draußen saß ein Waldkauz, wohl in einer der uralten absterbenden Eichen, in dieser Nacht klang das Rufen wahrhaft schauerlich. Auch die antwortenden Stimmen beruhigten Landau nicht. Er versuchte sich einzureden, es sei nur der Wind, der durch die verfallenden Mauern strich, der jaulende

Wind. Aber es waren Wölfe, zumindest verwilderte Hunde, einer zuerst, ein anderer antwortete, noch einer, ein ganzes Rudel heulte schließlich in die mondlose Nacht. Und es klang sehr nah.

Er hatte unterwegs gehört, in dieser Gegend um Oldenzaal sei das Land von den kriegerischen Jahrzehnten mit ständig wechselnden Besatzungen, von Seuchen und Missernten völlig verheert, ganze Dörfer lägen schon lange verlassen, die Äcker brach, die Weiden bedeckt von vertrocknenden Disteln oder sauer versumpft und voller Binsen. In den Überresten einiger Weiler lebten nun Wölfe, so hieß es, im Versteck vor ihren Jägern. Er hatte das für übertrieben gehalten, für eine dieser Schauergeschichten, die man auf den Straßen immer wieder erzählt bekam. Jetzt wusste er, dass er sich auch darin geirrt hatte. Und nun glaubte er sogar eine andere Geschichte, die er unterwegs gehört hatte: Nach der hatte der Herzog von Celle erst kürzlich eine Strecke von hundertachtundsechzig Wölfen erlegt. Die Vorstellung rief Bilder in ihm wach, die ihn weniger ängstigten als ekelten. All die toten Tiere, das Blut, die geifernden Hunde, die prahlenden, siegreichen Jäger ...

Es wäre fabelhaft, sich nun gründlich zu betrinken. In dieser Nacht ginge es rasch, sein Magen war leer. Wirklich eine fabelhafte Nacht: Er war hungrig, er fror, er fürchtete sich vor der Dunkelheit und vor Wölfen, wobei er zugleich hoffte, es seien tatsächlich welche und keine Geschöpfe aus der schwarzen Welt der Teufel und Dämonen.

Etwas hatte er in der Liste der Gründe für sein Unbehagen vergessen – er wollte bei Unbehagen bleiben, Angst war ein so unheilvolles Wort –, also für sein Unbehagen. Aus dem Osnabrücker Gasthaus hatte er an Ostendorf geschrieben und das Nötigste berichtet, auch vom Streich des Fräuleins (Streich hatte ihm gut gefallen, er hoffte, es mache die Sache kleiner), die

Schellings als junger Mann zu begleiten, als Emmet van Haaren. Sie hätten es ihm mehr als übelgenommen, wenn diese ‹Kleinigkeit› erst bei ihrer Heimkehr herausgekommen wäre. Verschwiegen hatte er allerdings, dass Emma seit Tagen allein mit Valentin über die Straßen zog. Es musste auf die Ostendorfs und den Ratsherrn wirken, als sei sie bisher mit den beiden Schellings in der Kutsche gereist. Er wusste nicht recht, warum er verschwiegen hatte, was an dem ganzen Abenteuer das Schwerwiegendste war. Wegen Frau Ostendorf, beruhigte er sich, nur wegen der Mutter des Fräuleins, die in den letzten Wochen vor der Niederkunft ihres zweiten Kindes vor jeder Aufregung geschützt werden musste.

Er hatte am frühen Morgen geschrieben und den Brief einem der Eilboten mitgegeben, Stunden, bevor er gewusst hatte, was ihn im Leinwandlager erwartete. Und nun? Nun war es noch schlimmer gekommen. Emma war wieder verschwunden. Den nächsten Brief an Ostendorf würde er erst schreiben, wenn er das aufmüpfige Fräulein wiedergefunden hatte. Wieder eingefangen.

Wenn sie aber nun verschwunden blieb, wenn es nicht gelänge, sie sicher und unversehrt nach Amsterdam und zurück an die Elbe zu bringen? Dann blieb ihm nur, auf einem der stinkenden Schiffe für die große Fahrt nach dem anderen Ende der Welt anzuheuern und nie mehr zurückzukehren. Was dabei sowieso das Wahrscheinlichste war.

Er war wütend auf sich und seine Dummheit. Viel wütender, wahrhaft mörderisch wütend war er jedoch auf dieses leichtsinnige, eigennützige, verwöhnte Fräulein van Haaren.

⸻

In dieser Nacht schliefen Emma und Valentin im Gefühl der Geborgenheit ein, vielleicht zum ersten Mal seit dem Überfall auf die Kutsche. Als der Mond seine Reise schon hinter dem Horizont fortsetzte, erwachte Valentin dennoch mit einem wimmernden Schrei. Nassgeschwitzt und starr vor Angst lag er unter seiner Decke und kämpfte mit den Schrecken seiner Träume, gegen erstickende schwarze Flügel aus der Luft, mit heulendem Brausen heranstürmende Schlachtrösser. Endlich mit einer gleißenden und zugleich undurchdringlich schwarzen Gestalt, die über dem Styx an der Grenze zum Totenreich schwebend ins Monströse wuchs. Obwohl sie kein Gesicht hatte, erkannte Valentin in ihr seinen Vater. Er wollte nach ihm greifen, ihn halten, retten, da wurde die Gestalt zu einem mächtigen Feuer, das immer näher kam, alles auffraß – und Valentin gelang die Flucht in die reale Welt. Er wachte auf. Im Aufwachen schwanden schon die Traumbilder, bis auf die schwarze Feuergestalt. Und das erstickende Gefühl, versagt zu haben, schuldig zu sein. Woran? An allem.

«Schschsch, es ist gut, Valentin», wisperte Emma. «Niemand kann uns hier Böses antun. Es war nur ein schlimmer Traum.»

Sein Schrei hatte sie auf ihren Schaffellen neben dem Bett sogleich geweckt wie der Schrei eines Säuglings seine Mutter. Seine Stirn war feucht von Schweiß, aber auch jetzt fieberte er nicht. Emma zog seine verrutschte Decke wieder hoch. Er war so mager, sie musste mehr zu essen auftreiben, auch gute fette Milch, Butter, mehr Fleisch am besten. Fettes Fleisch. Dann mussten sie eben, so oft es möglich war, singen, genug verdienen, um diesen mageren traurigen Jungen vor Schwäche zu bewahren und an sein Ziel zu bringen.

«Ich hab ihn allein gelassen», murmelte Valentin, Tränen rannen langsam über sein Gesicht, winzige, im schwachen Licht der Nacht glänzende Linien. «Dich auch, da oben auf dem Kamm mit den Räubern. Ich bin kein guter Mensch, Emmet. Ich tue meine Pflicht nicht, und ich vergesse meine Gebete …»

«Ja, du hast ihn allein gelassen», unterbrach Emma ihn wispernd, «aber nur, weil er es so wollte. Du bist der gehorsamste Sohn und beste Mensch, den ich kenne. Gehorsam genug, um all diese Meilen durch eine unbekannte, unwirtliche Welt zu laufen und seinen Auftrag zu erfüllen. Kann ein Sohn mehr tun? Hörst du? *Er* hat *dich* aus der Kutsche gestoßen. Mich übrigens auch, ich weiß also ganz genau, was geschehen ist. Er hat dich in die Nacht gestoßen, damit du genau das tust, was du jetzt tust. Es wird uns schon gelingen, allzu weit kann es nicht mehr sein. Noch eine Woche vielleicht. Höchstens.» Sie fröstelte, zog Valentin die Decke ganz bis zum Kinn. Schon wieder schläfrig ließ er es gern geschehen. «Rutsch mal ein bisschen», flüsterte Emma, legte sich neben ihn unter ihre Felle. Das Bett war hart, die Matratze von festem Stroh, aber gegen den Fußboden ein sanftes Ruhebett.

Gerade noch vibrierend vor Angst und Unruhe, schlief Valentin wieder, kaum dass Emma neben ihm lag. Sie war nun hellwach und versuchte an etwas Schönes, Beglückendes zu denken. Das musste man tun in einer so unruhigen und dunklen Nacht, leider gelang es just dann selten. Sie versuchte es mit der Erinnerung an die Laute und die Lieder, die sie am Abend gespielt und gesungen hatte, schon beim zweiten Lied von Valentins hoher Knabenstimme begleitet. Ruisdael und Berchem hatten applaudiert. Anna Myers auch.

Es war ein großes Glück, dass Ruisdael dieser Tage einige seiner und auch Berchems Entwürfe und Skizzen zu einem Deventer Auftraggeber bringen sollte, und ein noch größeres Glück, dass er sich entschlossen hatte, gleich morgen aufzubrechen. Dann habe er das fabelhafte Gefühl, seinen Leichtsinn und Valentins Schrecken ehrlich abgebüßt zu haben. Wenn er als Kutscher für die Fahrt bis an die Ijssel genehm sei, könne es gleich morgen in der Frühe losgehen. Sein Pferd sei flink, sein Wagen leicht, das Wetter angenehm, der Weg sei in zwei Tagen zu bewältigen, nun, vielleicht in zweieinhalb.

War es ungewöhnlich, wenn weder die beiden Maler noch Anna Myers gefragt hatten, woher sie und Valentin kamen? Das tat man doch auf den Straßen. Warum nicht? Weil sie es schon wussten, weil auch die Fahrt nach Deventer kein Zufall ...

Emma zog unwirsch die rutschenden Felle zurecht. Sie nahm sich viel zu wichtig. Als sei alle Welt daran interessiert zu erfahren, wer sie und Valentin waren, ihr Woher und Wohin. Irgendjemand folgte ihrer Spur. Landau aus Hamburg? Wahrscheinlich. Und die beiden reitenden Söldner? Sehr wahrscheinlich. Aber die fatale Begegnung in der Vechte konnte kein perfider Plan gewesen sein, sie und Valentin in dieses Häuschen zu locken. Oder auf der Fahrt nach Deventer verschwinden zu lassen? Selbst Valentin hatte nach einem kurzen, nur für sie spürbaren Zögern, Ruisdaels Angebot, sie nach Deventer zu bringen, mit artigem Dank angenommen.

Emma kuschelte sich tiefer in die Felle, hörte Valentins ruhigen Atem und befand die Schrecken der Welt als sehr weit weg. Sie war ein Stäubchen in dieser Welt. Punktum. Das war ein ganz angenehmer Gedanke. Ein Stäubchen störte niemanden, dem musste man nichts antun, es nicht einmal beachten. Wer hätte gedacht, Nichtbeachtung könne das stolze Fräulein van Haaren einmal freuen? Mit einem Lächeln schlief auch sie wieder ein.

Kapitel 14

Deventer war einmal eine reiche und bedeutende Stadt gewesen, als Mitglied der Hanse hatte es wie Hamburg oder Lübeck zu den Zentren des Handels gehört. Hier hatten sich Kaufleute auch aus entferntesten Gegenden wie Schottland, Norwegen oder Russland getroffen zum Tausch ihrer Waren, ob Eisen oder Wolle und Tuche, Stockfisch aus Skandinavien oder Hölzer, Wein von der Mosel, Nahrungsmittel jeder Art, Salz aus La Rochelle, Töpferwaren aus dem Rheinischen, Pelze aus Russland ... Seit die wirklich lukrativen Waren über die Ozeane aus noch viel weiter entfernten Weltgegenden kamen, war Amsterdam mit seiner Nähe zum Atlantik zur glänzenden Perle unter Europas Städten aufgestiegen. Die vielen Flüchtlinge besonders aus den spanischen Niederlanden hatten mit ihrer Strebsamkeit und den besonderen Qualifikationen großen Anteil daran. Deventer lag jetzt nur noch im Hinterland, im breiten Grenzgebiet zu den deutschen Herrschaftsbereichen. Der Pegel des Ijssel-Flusses, einst Lebensader der Stadt und beste Verbindung mit der Welt für Waren wie für Menschen, war stark gesunken, große Schiffe erreichten die Stadt längst nicht mehr.

Die Stationierung zahlreicher Soldaten in diesen kriegerischen Jahrzehnten hatte Deventer stattdessen zur Garnisonsstadt gemacht. Schüler und Lehrer an der Hochschule *Athenäum Illustre*, die beachtliche Bibliothek oder eine umtriebige

Musikgesellschaft machten Deventer zu einer stolzen Kulturstadt, die Waren der bäuerlichen und handwerklichen Nachbarn auf den Marktplätzen bildeten ein alltägliches Kaufhaus. Zwar schwirrten fremde Sprachen ferner Völker nur noch selten über die Plätze und durch die Gassen, dennoch war der alte Ort eine quirlige und ansehnliche Provinzstadt, gut geschützt von einem erst vor wenigen Jahrzehnten errichteten starken Festungsring.

Hoch über der Stadt ragte der kantige Turm der Lebuinus-Kirche auf und grüßte Besucher schon von weitem, egal aus welcher Himmelsrichtung sie sich näherten. Emma starrte ihm fasziniert entgegen. In Hamburg durfte es keine calvinistische Kirche geben, nicht einmal ein schlichtes Predigthaus wie im benachbarten Altona. Nun reisten sie seit Tagen durch Städte und Dörfer mit weithin sichtbaren Kirchen reformiert-calvinistischer Gemeinden. Dafür lebten hier Lutheraner und Katholiken ihre Religion mehr oder weniger im Verborgenen, zumindest im Stillen.

Die lange Fahrt von Bentheim nach Deventer hatte alle vier ermüdet, Ruisdael, Emmet, Valentin und das Pferd. Auf der Handelsstraße hatte der Maler seinen wendigen kleinen Kutschwagen geschickt an den großen Fuhrwerken vorbeigelenkt, wann immer es möglich war, über weniger befahrene schmalere Wege. Es war schnell vorangegangen.

Sie hatten in einer abgelegenen Herberge übernachtet, die Strohschütte in der Stube war halbwegs reinlich gewesen, in der zweiten Nacht im Heuschuppen eines Gehöftes. Die Leute waren freundlich, ganz anders als die wütenden Kätner, denen Emma und Valentin nach dem Überfall auf die Kutsche begegnet waren. Trotzdem hatte Emma in dieser Nacht unruhig geschlafen.

Als sie ein Heulen hörte, war sie in den Hof geschlichen. Die Nacht war von dieser Dunkelheit, die schon Hoffnung auf den

Morgen gibt. Sie hätte sich gerne ins Gras gelegt und in den unendlichen Sternenhimmel geblickt, aber das Gras war taunass, und sie hatte inzwischen gelernt, zumindest in einigen Dingen vernünftig zu sein. Nasse Kleider machten krank. Also genoss sie den Tau an den nackten Füßen und hielt nach dem Wolf Ausschau. Sie war sicher, es sei *ihr* Wolf. *Mein* Wolf? Ein solches Tier gehörte nur sich selbst, vielleicht seinem Rudel. Aber der Gedanke gefiel ihr so gut. Vielleicht gedieh eine solche Verbindung zwischen einem Menschen und einem freien Tier, wenn beide in einer fernen Wildnis lebten. Hier war keine Wildnis, nur die Provinz Overijssel.

Wind war aufgekommen und sang sein eigenes wisperndes Lied, der Wolf war nicht hier. Da war das Gehöft mit der kleinen Scheune, der aus Ästen geflochtene Zaun um den Garten, ein Stück Wiese für die beiden Ziegen und das halbe Dutzend Hühner. Es gab Obstbäume, Hecken, einen Tümpel, zur Hälfte von Schilf umstanden. Die Nacht war von samtiger Stille, ohne menschliche Stimmen, selbst ohne die Geräusche des Viehs neben der Tenne.

Und dann sah sie ihn doch, ein Schemen in der Dunkelheit. Er stand am Rand des Tümpels im Schatten eines Gebüschs, ganz schmal, ganz wachsam, und blickte herüber. Er war sehr schön. So sahen sie einander an, ihr schien, er nicke ihr zu, dann glitt er entlang des Tümpels in das hohe Gras und war verschwunden.

Später, fast schon wieder im Schlaf, hörte sie ihn noch einmal, es klang vertraut, dieses traurig-sanfte Heulen.

Ruisdael hätte seine jungen Gäste in Deventer gerne selbst der sicheren Obhut ihrer Verwandten übergeben. Allerdings war er in Eile und darum leicht zu überzeugen gewesen, sie auf dem Brink aussteigen zu lassen. Vom größten Marktplatz der Stadt würden sie ihren Weg finden. Die Marktzeit war längst vorüber, das Licht schon abendmatt, aber immer noch war der Brink belebt. Den langen Platz säumten Steinhäuser mit vielfältig geformten Schmuckgiebeln, Zeugen des alten Reichtums. In Hamburg waren Steinhäuser etwas Besonderes, eben Besitz der Steinreichen, so sagte man. Am prächtigsten erhob sich auf dem Brink jedoch das Haus der Stadtwaage, mit ihren Türmchen groß wie eine Kirche, ein jüngerer Vorbau trug auf drei Säulen einen weit vorragenden Balkon.

«Und jetzt?» Emma fühlte sich unbehaglich, wie in der Fremde ausgesetzt.

Anna Myers hatte ihr einige Kleidung ihres Sohnes überlassen, Berchem hatte sie dafür bezahlt und auch Emma eine schmale Börse mit drei Gulden, einigen Groschen und Stuivers in die Jacke gesteckt. Beides hatte sie tief beschämt, aber nach seiner Versicherung, es sei nur ein Darlehn, sie müsse es später zurückzahlen, hatte sie es dankbar angenommen. Der kluge Berchem hatte verstanden, dass Deventer womöglich nicht wirklich der Ort sei, an dem sie erwartet würden. Vielleicht hatte Anna Myers unrecht, und zumindest der ältere, erfahrenere der beiden Maler hatte in Emmet die junge Frau erkannt.

«Und jetzt?», wiederholte Valentin ihre Frage ungewohnt munter. «Jetzt habe ich Hunger, dann brauchen wir einen sicheren Platz für die Nacht, und morgen in aller Frühe wandern wir weiter. Das ist doch ganz einfach.»

So unsicher Emma sich plötzlich in der fremden Stadt fühlte, so sicher erschien Valentin. Er sprach und verstand das Holländische weit weniger gut als sie, aber in diesem Land, das von Glaubensbrüdern beherrscht wurde, in dem ‹seine› Kirche tausend Gläubigen Raum bot und so weit hinauf in den Himmel ragte, empfand er sich selbst auch größer.

In einer Seitengasse hing noch der verlockende Duft von

Gewürzkuchen, doch die Backstube war schon zugesperrt. Die breiige Suppe, die sie stattdessen in einer Kellerschänke für wenig Geld bekamen, schmeckte nach Stockfisch und muffigem, sogar schimmeligem Roggenschrot. Aber sie machte satt, und das Bier, mit dem sie den üblen Geschmack hinunterspülten, war ziemlich frisch. Dafür wurden sie in dem drängend vollen und stinkenden Keller mit einer erfreulichen Neuigkeit entschädigt: In einem der Anbauten der Sint-Nicolaas-Kirche gebe es eine schmale Seitenpforte, die öffne sich zu einem Raum, in dem nächtliche Gäste in Gottes Barmherzigkeit geduldet wurden.

«Das kostet nichts, und in einer unserer Kirchen kann uns nichts geschehen. Dort sind wir sicher für die Nacht», behauptete Valentin. Emma bedachte, mit wem sie beide dieses Nachtlager wohl teilen müssten, und fand, sie solle auch ein Messer haben, wenigstens ein kleines.

Das Gotteshaus stand mit seinem spitzen Zwillingsturm nur wenig vom Brink entfernt. Ein kleiner Menschenstrom war dorthin unterwegs, allerdings nicht zu einem späten Gottesdienst. Alles drängte sich vor einem Käfig im Durchgang zu einem der benachbarten Häuser. Die Leute lachten und johlten, Alte und Junge, Männer, Frauen, Kinder. Morgen, rief einer, das werde ein Fest, erst die Steine, und wenn das nicht reiche – ersäufen in der Ijssel, dazu werde das Rinnsal wohl noch reichen. «Ans Kreuz schlagen», grölte ein anderer, und es war nicht als Scherz gemeint.

Emma schob sich durch die Menge. Deren Stimmung war prächtig, niemand nörgelte, alle machten bereitwillig Platz. Nun sah sie, wer darauf wartete, gesteinigt und ersäuft zu werden. In dem Käfig aus stabilen Ästen, fest verzurrt von Stricken, hockte zitternd und mit gebleckten Zähnen knurrend, ein Wolf.

☙ ❧

«Valentin. Wach auf!» Er schlief wie ein Stein, Emma hätte gerne Lärm gemacht. Aber der Raum, das Räumchen, in der Sint-Nicolaas-Kirche beherbergte für diese Nacht ein gutes Dutzend Hungerleider, es roch fast so übel wie in der Kellerschänke. Alle schliefen, einige mit grollendem Schnarchen,

«Valentin!» Ihre Stimme zischte in sein Ohr, er drehte sich nur weg. Sie hielt ihm die Nase zu, endlich wachte er auf. «Leise», wisperte sie, «sei leise. Ich will nur dein Messer, dann kannst du weiterschlafen.» Ihr Wispern klang wütend.

«Nein», wisperte er plötzlich ganz wach zurück. «Nein. Das ist verrückt. Das können wir nicht tun.»

«*Wir* nicht. Aber ich. Allein. Jetzt gib mir dein verflixtes Messer. Du liegst drauf, sonst hätte ich es mir längst genommen. Denkst du, ich zerreiße mein einziges Hemd und verarzte einen Wolf mit einem Wegerich-Umschlag, damit die ihn hier zu Tode quälen, weil er *angeblich* fünf Lämmer gerissen hat?»

Der lauteste Schnarcher schnappte nach Luft, machte unruhige Geräusche in der Kehle – es klang nicht gesund –, und schnarchte weiter.

Valentin legte den Finger auf die Lippen, dann war in der Düsternis gerade noch zu erkennen, wie er nachdrücklich zu der niedrigen Pforte zeigte.

«Die Nachtwächter», flüsterte er, als sie auf dem dunklen Kirchhof standen.

«Wo?» Emma lauschte erschreckt. «Ich höre nichts.»

«Noch nicht. Sie kommen bestimmt.»

«Dann gib mir schnell dein Messer. Oder soll ich warten, bis sie hier sind?»

«Willst du immer noch die Stricke durchschneiden und den, na ja, den Wolfshund frei lassen? Und wenn er dann jemanden anfällt? Wenn wir erwischt werden, steinigen sie *uns* dafür und für den entgangenen Spaß. Danach landen wir in ihrem Kerkerverlies oder gleich im Zuchthaus, bis sie uns auf die Ostindienfahrer verkaufen.»

«Das Messer, Valentin. Bitte.»

Er knurrte etwas durch die Zähne, es klang ziemlich unfromm, auch nicht mehr kindlich. «Kannst du überhaupt mit einem Messer umgehen?»

«Nicht schlechter als du.»

«Das glaube ich nicht. Du bist ein Mädchen, Emmet.»

Emma verdrehte wütend die Augen. «Ich bin eine erwachsene Frau, und du bist ein *Junge*. Ich will nur die Stricke durchschneiden. Das ist wahrlich nichts Besonderes.»

«Ich werde es tun.»

Emma stutzte. Dann schüttelte sie den Kopf. «Ich weiß das zu schätzen», flüsterte sie würdevoll. «Aber mich kennt er, er wird mir nichts tun. Du könntest vielleicht Wache halten, während ich den Käfig öffne? Wenn jemand kommt, rufst du wie ein Käuzchen. Dann verschwinden wir gleich in die Dunkelheit, jeder in eine andere Richtung. Die Wächter haben hier sicher keine Hunde.»

Als sie die Hunde erwähnte, wurde Valentin blass, es mochte aber auch an der alles bleich machenden Nacht liegen. Endlich nestelte er das Messer aus seiner Jacke und gab es ihr.

Der Käfig war da, sein Gefangener auch. Emma zeigte auf eines der größeren Häuser gegenüber, dessen Beischlag bot eine dunkle Ecke, in der ein Aufpasser die Gasse und einen Teil des Kirchplatzes überblicken konnte, ohne gleich selbst entdeckt zu werden.

Die Stricke, die den Käfig aus starken Ästen zusammenhielten, waren so fest gedreht wie Bootstaue, Valentins Messer erwies sich als nicht halb so scharf, wie sie gedacht hatte. Als der erste Strick bewältigt war, drückte der Wolf sich immer noch an die hinteren Stäbe des Käfigs. Auch wenn ihre Augen an die

Dunkelheit gewöhnt waren, konnte sie kaum mehr erkennen. Er knurrte unablässig, und sie glaubte zu sehen, wie seine Flanken zitterten, sein Nackenfell sich sträubte.

Emma wisperte beruhigende Worte, was nicht gut gelang, sie hätte selbst welche gebraucht. Sie musste sich beeilen, noch schlief die Stadt, doch es konnte nicht mehr lange dauern, bis sie zu erwachen begann. Und da kamen sie, diese Schritte, deren Klang sie gefürchtet hatte. Gleichmäßig, zwei Paar Stiefel, dazu das Tock – Tock – Tock einer bei jedem Schritt der Wächter aufgesetzten Pike.

Das Käuzchen rief nicht. Warum warnte er sie nicht? War der Feigling eingeschlafen? Plötzlich schwebte ein zarter Ton in der Luft, formte sich zunächst unsicher zu Worten und zu einem Lied, dann zu hohem, reinem Gesang. Engelsmusik. Emma bemühte sich verzweifelt, ein schrilles, aus der Angst explodierendes Lachen zu unterdrücken. Engelsmusik? Die schweren Schritte verharrten, der Gesang schwebte weiter, entfernte sich, gleichsam huschend, durch eine Gasse, die zum Fluss hinunterführte, zu Anlegern mit den uralten steinernen Speichern.

Endlich fuhr das Messer durch den letzten Faden des Stricks. Der Gesang hatte sich noch weiter entfernt, der Klang der vier Stiefel und der Pike folgten rascher, entfernten sich, die schweren Schritte wurden schneller, noch schneller, dann wurde laut Unverständliches gerufen, ein Stolpern, ein rauer Fluch. «Sie ist weg», rief eine Männerstimme, «das Hürchen is' weg, verdammt.» Wieder unverständliches Grummeln, dann wurde es still, bis die Schritte, die Stiefelpaare und die Pike ihre Patrouille durch die Stadt fortsetzten. So ein unwirklicher Gesang in tiefer Nacht – hoffentlich glaubten sie an eine Erscheinung.

Valentin hatte die Wächter für sie und den Wolf auf eine falsche Fährte geführt. Wie mutig er war. Emma schickte ein Stoßgebet zum Himmel, er möge irgendein Mauseloch finden, um darin zu verschwinden. Sie würde sich nie verzeihen, wenn sie ihn doch noch erwischten.

«Nun komm schon», flüsterte sie flehend und drückte die sperrige Käfigtür weiter auf. Der Wolf drängte sich immer noch voller Misstrauen an die hinteren Stäbe, doch plötzlich ging ein Zittern durch seinen mageren Körper, und er schoss durch die Öffnung und an seiner Retterin vorbei. Er machte sich lang und schmal, hastete geduckt über das Pflaster, das Graubraun seines Fells verband sich mit der Farblosigkeit der Nacht und löste sich lautlos wie der Schemen eines Geists in der Dunkelheit auf.

Die Dämmerung erwachte schon, als auch Valentin zur Seitenpforte der Sint-Nicolaas-Kirche zurückfand. Emma war erbärmlich müde und zugleich hellwach. Sie hatte voller Ungeduld und Sorge gewartet; und als sich Valentin endlich heranschlich und neben sie in den Schatten des Kirchenanbaus glitt, hätte sie ihn gerne vor Erleichterung umarmt.

Beide wollten nicht in den stickigen Raum zurückkehren. Sie hatten etwas gewagt, und es war gut ausgegangen. Es war ein erhabenes Gefühl. Wenn sie auch noch am Brunnen bei der Stadtwaage Wasser schöpfen durften und bei einem der in dieser Stadt so zahlreichen Kuchenbäcker ein Gewürzbrot erstehen konnten, würde es ein Morgen fast wie im Paradies.

Valentin wusste selbst nicht, wo er sich vor den Wächtern versteckt hatte. In irgendeinem stockdunklen Lagerhaus, betonte er mit Genugtuung in der Stimme, es sei leer und recht baufällig gewesen, jedenfalls ein gutes Versteck. (Emma dachte an Ratten und Mäuse, besonders an Ratten, die sich in solchen Gemäuern nahe einem Fluss gerne einrichteten, und fragte lieber nicht.) Es war ein siegreiches Abenteuer gewesen, das machte Valentin auf vergnügte Weise stolz. Stolz und Vergnügen in einem Atemzug, das hatte er bisher nicht gekannt. Umso mehr genoss er es.

Auf ihrem Weg durch die Stadt zum westlichen Tor, hinter dem es eine einfache hölzerne Brücke über die Ijssel geben sollte, querten sie wieder den Brink. Marktbuden waren aufgebaut, Bäuerinnen und Mägde warteten hinter Körben mit den Früchten ihrer Felder und Gärten, auch mit den ersten sauren Äpfeln; Käse wurde angeboten, Kuchen. Es duftete nach Essbarem aller Art, auch nach Gewürzen, getrockneten Kräutern, sogar nach dick köchelnder Suppe und gebratenen Würsten. Am Brunnen standen Frauen mit ihren Krügen, einige schwatzten nur, niemand zeigte Eile, niemand hinderte Emma und Valentin, so lange zu trinken, bis ihr Durst gelöscht und ihre Flasche aus blassgrünem Glas neu gefüllt war. Das Wasser war köstlich, kühl und frisch, besser als jeder Wein.

Je länger sie über den Markt schlenderten, umso mehr schwand die Sorge, doch noch am Kragen gepackt und in den Kerker geworfen zu werden. Einmal begegneten sie auch patrouillierenden Stadtwächtern, die beachteten die beiden fremden Jungen nicht mehr als spielende Kinder.

Als sie den großen Hof bei der Lebuinus-Kirche durchquerten, wehte ihnen ein anderer Geruch entgegen. Es stank nach Kot und Blut, aber da war kein Schlachthaus in der Nähe, kein Metzger. Wieder hatte sich eine Traube von Menschen versammelt, diesmal nicht vor einem Käfig. Eine alte Stalltür lehnte an der Mauer, gut mannshoch und halb so breit. Jemand hatte mit großen Eisenstiften ein Tier daraufgenagelt, seltsam verrenkt mit gebrochenem Rückgrat, das Blut aus dem zertrümmerten schmalen Schädel klebte trocknend im schmutzigen graubraunen Fell.

Emma würgte und erbrach sich, niemand achtete darauf.

«Es ist nicht umsonst gewesen.» Valentin rupfte eine blassviolett blühende Wiesenblume ab, eine Skabiose, und betrachtete sie wie einen seltenen Käfer. «Sie haben ihn getötet, das stimmt. Wenn er wirklich fünf Schafe gerissen hat, na ja, das ist eben ein Grund. Aber er ist nicht in diesem Käfig gestorben, Emmet, er hatte noch einige Stunden in Freiheit. Für ein wildes Tier ist das ein großer Wert.»

Er blickte sie vorsichtig unter seiner Hutkrempe hervor an.

«Ja», sagte Emma mit einem tiefen Atemzug, «auch das stimmt. Es sah schrecklich aus, sie haben ihn so grausam zugerichtet. Und es hat mich …» Sie zögerte. «… ja, es hat mich an den Anblick in der Truhe in Osnabrück erinnert. Ich weiß, es ist etwas ganz anderes, wenn es um ein Tier geht. Eigentlich.»

Valentin nickte, und Emma wickelte den Rest ihres Gewürzkuchens in ein neues Stück Leintuch, das sie auch auf dem Markt gekauft hatte. Um mit Berchems Darlehn sorgsam umzugehen – wer konnte wissen, was sie noch erwartete? –, hatten sie am Rand des Marktes zwei Lieder gesungen, diesmal beide nach Valentins Geschmack, die konnten niemanden stören. Sie hatten dafür drei kleine, tatsächlich sehr kleine Münzen bekommen, deren Wert weder Emma noch Valentin kannte, zwei dicke Haferkekse und einen halben Hering, den sie gleich verspeist hatten, damit er die Kekse nicht fischig machte. Beide fanden, das sei ein guter Lohn.

«Er war es nicht», erklärte Emma bestimmt. «Ich hab's erst im Tageslicht erkannt. Dieser war viel älter, sein Fell dünn und struppig. Jedenfalls war es ein anderer Wolf.»

Ob Valentin dem zustimmte oder nicht, er sah erleichtert aus. Weniger wegen dieses seltsamen Tieres, das sich offenbar seit der Wildeshauser Geest an ihre Fersen geheftet hatte – zumindest behauptete Emmet das, er selbst konnte keinen Wolf vom anderen unterscheiden –, als wegen Emmet.

Seit Deventer war die Sonne ein ordentliches Stück weitergewandert, zwei Stunden mochten sie nun seit der Überquerung der Ijssel unterwegs sein, und Emmet hatte kaum ein Wort gesprochen. Valentin fand das ziemlich lange. Sie waren wieder auf der Fernstraße gewandert, das Land war etwas trockener hier, durchsetzt von Wäldern und Heide. Für eine kurze Rast hatten sie sich den Platz unter einer Birke ausgesucht; er lag ein wenig erhöht, so hatten sie einen guten Blick auf die Straße, auf die Wagen und Fuhrwerke, die Zugtiere, die Menschen, auch einige elegante Reiter. Es war ein lebendiges Bild.

Valentin hielt verstohlen nach den beiden reitenden Söldnern und auch nach Landau Ausschau. Sie waren nun tagelang unterwegs, ohne einen der drei gesehen zu haben. Selbst bei der Schüttorfer Furt war er nicht sicher gewesen. Auf der Deventer Ijssel-Brücke hatte er behauptet, er glaube nicht, dass die wie Söldner aussehenden Reiter sie noch verfolgten. Sonst hätten die Männer sie in Osnabrück doch auch bei den Komödianten gesucht und sicher gefunden, wie Landau. Nicht umsonst hatte einer der beiden Fanny mit seinen Fragen und dem allzu festen Griff bedrängt. Die Männer waren ihr vom Markt nicht gefolgt und hatten Fanny und John auch später nicht mehr gesucht, Mitglieder einer Komödiantengesellschaft wären in der Stadt leicht zu finden gewesen. Valentin fand das seltsam.

Landau hingegen hatte sie gefunden, nur weil er sie am Morgen beim Tor mit den Komödianten gesehen hatte. So hatte er jedenfalls behauptet.

Lukas Landau. Lautenist. Ratsmusikant. Tanzmusik! Der Name bereitete Valentin immer wieder Unbehagen. Musikern war nicht zu trauen, unstetes Volk. Vielleicht war Landau überhaupt Bote oder Kundschafter für die beiden Männer, dann hätten sie natürlich keinen Grund gehabt, selbst im Leinwandlager aufzutauchen, sondern konnten sich schlau im Verborgenen halten. Es war richtig gewesen, vor Landau zu flüchten. Auch den Mann mit der Laute auf dem Rücken könnten sie von diesem Platz oberhalb der Straße gut erkennen.

Rabenkrähen zogen hoch über der Birke ihre Kreise. Valentin beschirmte die Augen mit beiden Händen und folgte ihrem Flug. Er mochte sie immer noch nicht, manche nannten sie Galgenvögel, weil sie sich gern dort gütlich taten, wo man die Geräderten, Gevierteilten und Gehenkten zur Abschreckung und als Zeichen tiefster Verachtung auf dem Galgenfeld zurückließ. Einer der größeren Vögel löste sich aus dem Schwarm und ließ sich auf einem Baum in der Nähe nieder, sein schwarzes Federkleid schimmerte bläulich im hellen Tageslicht.

Albus hingegen mochte die Rabenkrähen, zumindest die eine, die ihr Nest auf der Insel im Moor gebaut hatte. Valentin hatte lange nicht an Albus gedacht, jetzt schämte er sich dafür. Ohne Albus wäre nicht nur Emmet, sondern wären sie beide tot. Der Auftrag seines Vaters wäre nie erfüllt worden.

Albus. Der Gedanke an den hünenhaften und sanftmütigen bleichen Mann wärmte Valentins Herz und gab ihm Mut. Vielleicht sollte er seine Abneigung gegen die großen schwarzen Vögel überdenken.

Als sie wieder ein Stück gegangen waren, läutete in einem Bauerndorf ein dumpf klingendes Glöckchen. Die Gehöfte lagen ein wenig von der Straße zurück zwischen Feldern, Wiesen und Hainen, die von mehreren klaren Bächen durchzogen waren.

«Nach Hochzeit klingt das Glöckchen nicht», befand Joris, ein junger Färber, der nach Barneveld unterwegs war und schon ein Weilchen mit ihnen ging. Er war ein freundlicher Mensch, auf vergnügliche Weise schwatzhaft, aber nicht über Gebühr neugierig.

Valentin hätte ihn gerne nach seinem Umgang mit den Farben und Färbeverfahren gefragt. Auch wenn die Wirker nicht selbst färbten, war ein solides Wissen über die Wahl der Farben und die Methoden dauerhaften Färbens für sie so wichtig wie die Fertigkeiten am Webstuhl. Natürlich hielten die Färber ihre Rezepturen vor der Konkurrenz geheim, doch Valentin war begierig, über etwas zu sprechen, das mit seinem Vater und der Werkstatt, mit seinem Zuhause zu tun hatte, seinem vertrauten alten Leben. Trotzdem schluckte er alle Fragen hinunter. So töricht war er nicht, kurz vor dem Ziel etwas über seinen Vater und sich selbst zu verraten, so wenig es auch nur sein mochte.

Die Straße war seit Deventer recht gerade durch einsames flaches Wiesenland verlaufen. Auch hier mühten sich Wagen in Konvois vorwärts. Noch drei Tage bis Utrecht, vielleicht dreieinhalb. Wenn die Straße schlechter würde und die Zugtiere schwerer vorankämen, vier. Diese Auskunft eines alten Fuhrmanns, der seit vielen Jahren mit seinem von vier Ochsen gezogenen Wagen auf der Handelsstraße unterwegs war, hatte Valentin für einen Moment vor Aufregung zittern lassen. Plötzlich wurde es Wirklichkeit. Solange er unterwegs war, konnte er sich danach sehnen, die Wirrnisse und Gefahren der Straßen hinter sich zu lassen und endlich anzukommen. Aber wenn er angekommen war – was dann? Was erwartete ihn? Eine Tür zu unbekannten Räumen. Nachricht von seinem Vater? Das war es, was er wirklich fürchtete. Er wollte nicht aufhören zu hoffen, aber nur das war es inzwischen noch: hoffen. Alles Leben lag in Gottes Hand.

Emma erging es kaum anders. Wenn sie schnell und ohne weiteren Aufenthalt vorankäme, würde ihre Reise von Utrecht mit der Trekschuit weitere anderthalb oder zwei Tage bis Amsterdam dauern. In jedem Fall ohne Valentin.

Immerhin nicht ganz allein. Auf dem Boot gäbe es Mitreisende, und Straßenräuber müsste sie dort sicher nicht fürchten.

Und dann? Wie sollte sie das Haus der van Haarens betreten? Als von der Reise schmutziger Emmet, das Haar gefärbt und schon fleckig, ohne die Briefe, die sie als die auswiesen, die sie war? Genug Geld für Frauenkleider hatte sie auch nicht. Wer sollte ihr glauben? Das Passpapier war ihr geblieben, weil es in ihrem Hemd gesteckt hatte, als die Banditen auf dem Osning ihren Mantelsack stahlen. So ein Passpapier war aber leicht zu fälschen. Kinderleicht. An den Toren und bei den Mautstellen hatte keiner der Wächter und Soldaten dem Papier misstraut. Es war jedoch ein Unterschied, ob es um den Durchlass eines unbedeutenden jungen Mannes ohne reiches Gepäck ging oder um die Aufnahme einer verwahrlost erscheinenden Unbekannten in eine sehr wohlhabende, honorige Familie. Selbst wenn sie dem Passpapier glaubten, konnten sie eine solche Enkelin überhaupt noch in ihr ehrbares Haus lassen?

Was blieb also? Auf das Glück vertrauen. Ein Schritt nach dem anderen. Bisher war es am Ende immer gut ausgegangen.

«Ich lauf mal ins Dorf», erklärte der junge Färber und holte Emma aus ihren unruhigen Gedanken. «Das ist Apeldoorn. Kommt doch mit. Auch wenn's keine Hochzeit ist, vielleicht fällt ein Stück süßes Brot ab. Oder ein Schluck Bier.»

Tatsächlich war es keine Hochzeit, für die das bescheidene Glöckchen im Dachreiter eines nicht minder bescheidenen Predigthauses klagte. Ein Leichenzug bewegte sich zu einem hinter den Gehöften gelegenen Friedhof. Der Sarg war von vier Männern geschultert, er war schmal und wohl nicht sehr schwer. Eine junge Frau und ihr Kind wurden zu ihrer letzten Ruhe getragen, beide hatten die Geburt nicht überlebt.

Es war schon die dritte Frau des Bauern mit dem meisten Grund im Dorf, die samt ihrem ersten Kind gestorben war. Bald werde ihn keine mehr wollen, ihn und seinen dicken Sack voll Gulden, wisperte eine krummrückige Frau, die barfuß und in lumpigen Kleidern nicht einmal bei einem Leichenzug erwünscht war. «Eine wird's wohl müssen. Liegt kein Segen auf seinem Haus, kein Segen.»

Emma drehte sich abrupt um und hastete zurück zur Straße. Valentin und der Färber folgten ihr, Bier oder süßes Brot waren hier ohnedies nicht zu erwarten, nicht für Fremde. Über dem Dorf lag eine bleierne Traurigkeit, die jede Gastfreundschaft und Großzügigkeit erstickte.

In Emmas Seele wurde die Traurigkeit zu Angst. Bisher war es ihr immer gelungen, Floras Schwangerschaft als freudiges Ereignis zu sehen. Doch seit sie davon erfahren hatte, lauerte in ihr die Angst um das Leben ihrer Mutter. So viele Frauen starben im Kindbett, und man konnte nichts dagegen tun, als Gott bitten, die Tür des Himmels weit für ihre unsterbliche Seele zu öffnen. Dabei hatte Gott doch nur gesagt, die Frauen sollten in Schmerzen gebären, von sterben stand da nichts in der Bibel.

Zwei Mal waren breite Wege abgezweigt, nach Orten wie Arnhem, Harderwijk oder Vaassen, denen Fuhrwerke, Karren, auch Kutschwagen oder Fußreisende folgten; dafür reihten sich andere neu ein. Das Land veränderte sich. Es wurde wieder hügelig, Dünen überragten eine sandige Heidelandschaft, uralte windzerzauste Wacholder zeichneten sich gegen den blassen Himmel ab. Von den Hügeln sah man übers Land, entdeckte auch Tümpel, Baumgruppen, die kaum als Wälder zu bezeichnen waren. Einer erzählte, wenn weniger Sandstaub in der Luft liege, könne man im Nordwesten das Schimmern der Zuidersee erkennen.

Emma und Valentin stapften wieder schweigend voran. Es war nicht nötig, darüber zu sprechen, beide erkannten die Ähnlichkeit zur Wildeshauser Geest, beide hatte das diffuse Gefühl von Bedrohung eingeholt. Emma sah sich immer wieder um, bis sie irgendwann wünschte, die Reiter mögen endlich auftauchen, damit das Warten vorbei sei. Oder Landau, welche Rolle er in diesem Spiel auch spielen mochte. Es hätte sie kaum erstaunt, wenn alle drei gemeinsam aufgetaucht wären wie aus einer Nebelwand über der Elbe.

Diese Nacht verbrachten sie mit zwei Dutzend anderen Reisenden in einer etwas abseits gelegenen Senke. Vor Jahren hatte auf diesem Platz ein schöner Gasthof gestanden. Eines Tages hatten Soldaten darin Quartier gemacht. Ob sie betrunken oder nur übermütig und leichtfertig gewesen waren oder von böser Lust an Zerstörung getrieben – eines Nachts brannte der Gasthof lichterloh, mit dem Wind sprang das Feuer auf die Scheune und den Pferdestall über. Ein junger Söldner, der die Pferde liebte und sie befreien wollte, kam mit den Tieren um. Auch die Wirtsleute verbrannten, es hatte damals viel Gerede gegeben. Niemand hatte den Gasthof wieder aufgebaut, obwohl die Nähe zur großen Handelsstraße genug zahlende Gäste versprach.

Die Brandruine war inzwischen fast gänzlich überwuchert. Obwohl Valentin fand, man rieche noch die Asche und das Unheil, stimmte er schließlich zu, zu bleiben. Entscheidend war Emmas Einwand, in der Menge verberge man sich am besten, einer von vielen werde übersehen, solange er sich nicht ein rotes Mäntelchen umhänge.

«An einem solchen Ort muss man Feuer mit Feuer bekämpfen», raunte Joris, der Färber, grinsend, als einige der Fuhrknechte in einem Rund von Feldsteinen Reisig, trockene Wurzeln und Äste, schließlich auch gute Holzscheite aus eigenem Vorrat aufschichteten. Er war den Weg schon einige Male gegangen und kannte den Platz. Niemand, kein Mann, Pferd, Ochse oder Esel, sei seit jener Schreckensnacht an diesem verlassenen Ort verschwunden oder plötzlich, wie von einem Flammenschwert berührt, zu Feuer und Asche geworden. Das sei nur dummes Gerede, um Neulinge das Gruseln zu lehren. Vielen Fuhrleuten galt das während ihrer wochenlangen Fahrten als ein Spaß gegen die Langeweile auf dem Kutschbock.

Es dunkelte rasch, Wolken waren aufgezogen. Die Zugtiere wurden versorgt – dieser Platz war auch wegen eines in der Nähe fließenden klaren Baches begehrt. Dann versammelten sich alle um das Feuer. In dieser Nacht war keine einzige, keine *erkennbare* Frau dabei, mit zumindest einer hätte Emma sich leichtherziger gefühlt. Jeweils zwei oder drei der Männer patrouillierten um den Lagerplatz wie Söldner um ihr Heerlager. Emma wusste noch nicht, ob sie das beruhigend finden oder als Hinweis auf ein erwartetes Unheil deuten sollte. Oder, schlimmer noch, ob von den hinter ihnen auf und ab wandernden Männern selbst Gefahr drohte.

Joris bemerkte ihre unsicheren Blicke. «Es ist nur wegen der Wölfe», erklärte er leise, «ich habe lange keine mehr gesehen, aber es gibt sie ja immer, und es heißt, weiter im Osten leben jetzt viel mehr als früher, der Hunger treibe die Rudel in bewohnte und fruchtbarere Regionen. Schon wenn ihnen ihre Reviere zu eng werden, machen sie sich auf den Weg. Man weiß nie, wohin. Besser, wir sind vorbereitet.»

Emma spürte Valentins Ellbogen leicht in ihrer Seite, und sie schluckte hinunter, was ihr auf der Zunge lag. Sie kannten einander schon ganz gut, seine mahnende Erinnerung kam im richtigen Moment. Nachts an einem flackernden Feuer, im Rücken mit Knüppeln und Hirschfängern bewaffnete Männer – das war nicht der Ort, um für die Wölfe zu sprechen. Sie käme nur in den Ruch, verrückt oder ein Hexer zu sein. Dabei fürchtete sie diese großen gefährlichen Tiere selbst, nur den einen nicht, und vielleicht …

Schließlich hatten auch alle anderen ihr Abendbrot gegessen, es wurde gerülpst und geschwatzt, die Pfeifen entzündet, kaum einer, der keine schmauchte. Erste Schläfrigkeit senkte sich über das Lager. Bis aus der Dunkelheit ein hoher Ton heranschwirrte, trillerte und kräftiger wurde – einer der patrouillierenden Männer hatte seine Flöte hervorgezogen. Wenn es den Wachen wirklich um die Wölfe ging, versprachen die bis ins Schrille reichenden hektischen Töne die beste Wehr. Das Pfeifen wurde zur Melodie, ein Bombas mischte sich ein, eine einfache einsaitige Geige – Emma lauschte unwillkürlich nach einem weiteren Instrument, nach einer Laute, wie in der Nacht im Leinwandlager.

Die ersten begannen zu singen, andere fielen ein, allesamt fröhliche Lieder mit ihren rauen Männerstimmen. Emma kannte keines davon, was dran liegen mochte, dass sie auch die Orte, an denen solche Lieder für gewöhnlich gesungen wurden, nicht kannte. Oder kaum kannte. Seit aus Emma ein Emmet geworden war, hatte sie doch einige Orte kennengelernt, von denen sie Ostendorf und Flora, auch dem Ratsherrn niemals erzählen konnte. Hannelütt fiel ihr ein. Der Herr Notar und zukünftige Syndicus des Rats passte nun weniger denn je in ihre Welt. Wie sie in seine.

Beim vierten Lied mischte sich eine hohe klare Stimme zwischen die rauen bärigen der Männer. Valentin sang mit ihnen. Und Emma verstand. Diese Textzeilen stammten aus einem Psalm. Alle Lieder im Gesangbuch des Herrn Calvin waren vertonte Psalmen, das wusste sie inzwischen schon. Die wurden in allen reformierten calvinistischen Gemeinden gesungen, hier wie in Hamburg oder Bremen. Da saß Valentin im Feuerschein, sang hingebungsvoll mit geschlossenen Augen, während die Männer einer nach dem anderen leiser wurden und endlich verstummten, bis der Junge das Lied, für ihn ein Abendgebet, alleine zu Ende sang.

Nach einem Moment erstaunter Stille applaudierten einige,

andere brummten Anerkennung, wieder andere pafften nur nickend ein dickeres Wölkchen aus ihren Pfeifen.

«Jetzt weiß ich, wer ihr seid», rief Joris plötzlich.

«Wir sind niemand», versetzte Emma rasch, «niemand.»

«Ach was, niemand. Nicht gerade König David mit der Leier, aber ihr wart in Deventer auf dem Markt. Davon hab ich gehört. Da habt ihr aber beide gesungen, zusammen. Na los, ziert euch nicht, Gottesgeschenke muss man teilen.»

Zustimmendes Lachen und Gemurmel erhoben sich um das Feuer, und mit dem ‹unter Vielen übersehen werden› war es leider vorbei.

Aber schnell sang die Runde der Männer wieder mit, und Emma und auch Valentin lernten einige dieser Lieder, die auch nicht für den Engelbach'schen Garten passten, obwohl dort eine recht freigeistige Neigung zu den schönen Künsten lebte.

Wenn zwischen den Liedern Stille herrschte, wehte sanfter Abendwind die Geräusche von der Straße herüber, auch in der Nacht waren Kutschen und Reiter unterwegs, Eilige mit immer wieder frischen Pferden. Während die Männer um das Feuer gerade ein Lied von der harten Arbeit der Matrosen sangen – wobei sie sich erstaunlich gut amüsierten, was nur bedeuten konnte, dass Emma und Valentin den Sinn der Verse missverstanden –, wandten sich zwei Reiter von der Straße auf den Weg nach der Senke. Sie hatten den kleinen Chor der von Tabak, sandiger Luft und Schnaps rauen Männerstimmen gehört, und darunter die beiden hellen Stimmen. Sie standen in der Dunkelheit am Rand der Senke, verbargen sich im Schatten von Wacholdern und blickten lange auf die Menschen um das Feuer. Niemand bemerkte sie. Der weiche Sand und die Heide schluckten den Klang der Hufe, als sie ihre Pferde zurück zur Handelsstraße lenkten.

Als das Feuer nur noch gloste, bekamen Emma und Valentin

zum Lohn für ihren wahrhaft lieblichen Gesang einen sicheren Schlafplatz unter einem der Fuhrwerke. Was auch deshalb gut war, weil es tief in der Nacht, als selbst die Käuzchen und die Füchse mal ausruhen, fein und beharrlich zu regnen begann, just bis zum Sonnenaufgang. So war der Morgen wieder frisch und eine Freude.

Sie gingen nun wieder durch grünes Land. Doch auch nachdem sie schon eine gute Strecke zurückgelegt hatten, gab es immer noch Mulden und Streifen auf den Wiesen und Feldern, in denen sich der Sand gesammelt hatte und jegliches Wachstum zu ersticken drohte. Joris erklärte, seit der dumme Krieg endlich vorbei sei und die klugen Köpfe sich mit Besserem befassen konnten, gebe es Pläne, viele Bäume in der Veluwe anzupflanzen, so nannte man den ausgedehnten Gürtel aus Sand, Heide und Hochmoor. Manche plädierten für ganze Wälder, so wie sie dort wohl in alter Zeit gestanden hatten.

An einer Wegkreuzung, zwei Stunden mit langen, zweieinhalb Stunden mit kurzen Beinen vor der Stadt Amersfoort – um in Tacitus Sylvesters Maßeinheit zu rechnen –, verabschiedete sich der junge Färber nach dem ein wenig südlich gelegenen Kirchdorf Barneveld. Wieder andere bogen auf die Straße nach Nordwesten ein, nach Putten am Rand der Veluwe oder nach Nijkerk, wo wie um Amersfoort Tabak angebaut wurde, der einigen Leuten Arbeit gab, andere ziemlich reich machte. Der Sohn der Burgmannshofherrin in Quakenbrück erlernte in Amersfoort den Tabakanbau, glaubte Emma sich zu erinnern. Aber was kümmerte sie in diesen Tagen der Sohn einer Burgmannshofherrin?

Auch Amersfoort, Valentins letzte Station vor Utrecht, grüßte schon von weitem mit einem besonders hohen Kirchturm. Rote Dächer spitzgiebeliger Steinhäuser reihten sich eng aneinander hinter der Stadtmauer aus solidem Backstein. Eine weitere mächtige Kirche, dreischiffig und doch gedrungener als die andere, grüßte ihrerseits mit ihrem kurzen spitzen Turm. Felder, Bleichen und Wiesen erstreckten sich außerhalb der Mauern, Bäche, die sich hier zum Flüsschen Eem zusammenfanden, umkreisten und durchflossen die Stadt, Baumkronen zwischen den Dächern verhießen Gärten.

Wie Joris empfohlen hatte, betraten sie die Stadt durch das breite Koppeltor, das einen Durchlass für Wagen und Fußgänger hatte, ein erheblich breiterer überwölbte den Eem, auf dem so die Boote in die Stadt gelangten. Zum ersten Mal passierten sie ein Tor, an dem kein Gedränge herrschte.

Valentin blickte sich argwöhnisch um. «Vielleicht ist in die Stadt die Pest oder sonst eine Plage eingekehrt», überlegte er.

So viel Argwohn amüsierte Emma heute, in ihren Augen wirkte die Stadt einladend und versprach für diese Nacht Geborgenheit. Selbst die Torwächter konnten sie nicht beunruhigen, dazu war ihr Passpapier inzwischen zu oft geprüft worden.

Joris hatte von einer Straße erzählt, die in einer weiten Runde auf dem Grund der abgetragenen älteren Stadtmauer verlief. Die besonders trutzigen Häuser entlang dieser Straße waren mit deren Backsteinen erbaut, sie wurden deshalb Mauerhäuser genannt. In einem befand sich ein Hospital für Alte und Kranke, dazu gehörte auch ein Gasthaus, das ein gutes Nachtlager für Reisende bot, wenn sie nicht gerade nach Trunkenbolden, Dirnen und Halsabschneidern aussahen.

«Ihr findet dort sicher noch Platz. Andernfalls richtet ehrerbietige Grüße von Joris an Mutter Johanne aus, manchmal hilft's.» Er hatte breit gegrinst, sein Bündel fester geschultert und war, seinen Hut noch einmal schwenkend, den Weg nach Barneveld hinabgelaufen, fröhlich, weil er bald zu Hause wäre.

Die Stadt summte vor Geschäftigkeit. Viel Volk war in den Straßen und den schmalen Gassen unterwegs, Lärm hallte aus Werkstätten und Schänken, die Schornsteine rauchten, Straßenhändler sorgten für noch mehr Enge. Auf den Grachten drängten sich Boote voller Waren und Menschen, eines war bis auf die letzte Ecke mit blökenden Schafen beladen, ein anderes mit dicken Bündeln Tabakblättern, eines mit Bierfässern. Es wäre schön, einfach nur von einer der gewölbten Brücken auf das Treiben hinunterzusehen, die Zeit fließen zu lassen, an nichts zu denken als an das, was dort vorbeizog.

Irgendwo wurde leise gesungen, jemand spielte dazu auf einer Laute. Emma drehte sich nicht danach um, es gab in jeder Stadt Lautenspieler. Sogar Lautenspielerinnen.

Valentin bangte um den letzten Schlafplatz in dem empfohlenen Gasthaus und drängte zur Eile, was sich als klug erwies: Gerade noch zwei der acht Bettstellen waren zu vergeben, keine klumpigen Strohschütten, kein muffig riechender Verschlag oder Dachboden, sondern schmale, aber stabile Holzkästen, auf jedem lagen am Fußende ein ordentlich gefaltetes Leintuch und eine Decke aus Wolle. Durch ein offenes Fenster ging der Blick in einen Hof mit einem Brunnen, im Schatten einer Ulme saßen einige Männer auf einer Bank und rauchten schweigend ihre langen Pfeifen, ohne die hier niemand zu sein schien.

«Das ist fürstlich», flüsterte Valentin, «ein Bett für eine Person, ein Leintuch, eine Decke.»

«Und im Hof ein Brunnen», fügte Emma hinzu, dachte mit einer Prise undankbarer Sehnsucht an eines der wirklich fürstlich feinen Gasthäuser und probierte ihr Bett. Die nackte Holzpritsche versprach kaum Flöhe und war nicht ganz so hart wie der felsige Boden auf dem Osning-Kamm. In der Summe war das tatsächlich fürstlich.

Für Amersfoort hatte Emma Valentin das Zugeständnis abgerungen, dass sie endlich einen Brief nach Hause schreiben dürfe, nur wenige Zeilen, es gehe ihr gut, sie erreiche Amsterdam in einigen Tagen. Wohlbehalten. Kein Wort von einem Jungen namens Valentin Schelling. Kein Wort darüber, was ihnen widerfahren war. Emma hatte sich vorgestellt, wie ihre Mutter diese dürren Zeilen lesen werde, begierig nach viel mehr, und die Lektüre mit noch mehr Fragen als Antworten beende. Andererseits war eine solche Nachricht besser als keine, und bald könnte sie ja lange erklärende Briefe nach Hause schicken.

Auf dem großen Platz bei der Sint-Joris-Kirche – Emma stutzte, aber vielleicht war Joris als Variante für Georg hier ein häufiger Name – finde sich gleich an der südlichen Kirchenwand eine Bude, in der ein Schreiber seine Dienste anbiete, erklärte die Wirtin, die Mutter Johanne genannt wurde, weil sie zugleich dem Hospital vorstand und als fromme Frau gekleidet war. Wann? Von früh bis spät, wenn es sich so ergebe und Kundschaft anklopfe noch bei Laternenlicht. Dort fragten auch die reitenden Eilposten nach Briefen, bevor sie die Stadt mit ihren Postsäcken verließen. Wenn es also um eine eilige Nachricht gehe …

Der Schreiber hatte gerade sein Tintenglas verschlossen und prüfte mit zusammengekniffenen Augen im schwindenden Tageslicht seine Schreibfeder. Dann sah er Emma streng an. Offenbar kam es nicht oft vor, dass jemand vor seinem Schreibpult stand und anstatt seiner Dienste als Schreiber einen Papierbogen, Feder und Tinte erbat, um selbst einen Brief zu schreiben.

«Nur einen kleinen Bogen», erklärte Emma und legte eine winzige Portion Schmelz in ihre Stimme, «für wenige Zeilen.»

«Die Bögen sind alle gleich groß. Wie viel Ihr schreibt, ist Euch überlassen. Siegelwachs und Faden berechne ich extra. Beeilt Euch», sagte er, als er von seinem Hocker aufstand, damit der junge Herr an seinem Pult den Brief schreiben konnte. «Es ist bald dunkel, und ich habe keine Kerze mehr.»

Nur drei Zeilen. Doch besser fünf, dachte Emma. Oder sechs. Nur das Wichtigste. Das war viel schwerer, als sich ausführlich zu erklären. Doch endlich war der Bogen gefaltet, adressiert, verschnürt.

«Und das Siegelwachs?», fragte sie. «Wie bringt Ihr ohne Flamme das Wachs zum Schmelzen?»

Er kratzte sich am Kinn, als sei er wirklich überrascht von dieser praktischen Frage. «Morgen», erklärte er, «ich siegele es morgen, mit Sorgfalt, seid versichert, die Schnüre werden sich unter dem Wachs nicht lösen. Ich verwende gutes Wachs, eine exzellente Mischung. Und morgen, in aller Frühe, geht Euer Schreiben mit all den anderen aus der Stadt und im Galopp in die Welt. Ja, in die nahe und die ferne Welt.»

Emma entschied, ihm zu vertrauen. Was sonst sollte sie tun? Außerdem vergaß sie die Sache mit dem Siegel gleich wieder, denn als sie aufblickte, stand Valentin nicht mehr wartend neben der Bude. Sie sah sich erschreckt um, die Dämmerung senkte sich nun rasch über den Platz. Einige Männer hatten in einem alten Kessel ein bescheidenes Feuer entzündet und wärmten sich trotz der Milde des Abends die Hände daran; hinter Fenstern schimmerten erste Talglichter und Tranlampen, vom mächtigen Liebfrauenturm wehte der Wind die zögernden Klänge eines Abendglöckchens über die Dächer. Die Straßen begannen sich zu leeren, die Geräusche der Stadt schmolzen vom Lärm zu einem Summen und Wispern.

«Habt Ihr meinen Bruder gesehen?» Emma umklammerte den Arm des verdutzten Schreibers. «Er war eben noch hier. Habt Ihr gesehen, wohin er gegangen ist? War er allein? Er kann doch nicht einfach verschwinden.»

Der Schreiber entwand ihr seinen Arm und trat einen halben

Schritt zurück. Er hatte gar nichts gesehen. «Bin ich meiner Kundschaft Hüter?», murrte er, packte eilig seine Utensilien ein und versperrte die Bude.

Sicher stand Valentin hinter der nächsten Ecke, im Schatten der Kirche, sprang gleich hervor und freute sich, weil er sie so erschreckt hatte. Das würde er sich nie erlauben. Solche Späße machten Kinder.

«Valentin», rief sie leise, dann noch einmal, nur ein wenig lauter, und dann schrie sie seinen Namen über den Platz und lauschte angestrengt.

Er antwortete nicht. Valentin war in die Dunkelheit getaucht und verschwunden.

Kapitel 15

Nein. Sie war diesen weiten Weg mit ihm nicht umsonst gegangen, bis hierher, nur noch wenige Tage bis zum Ziel, bis Valentin in Sicherheit war. In Sicherheit? Emma hastete über den Platz. Da waren mehr Menschen unterwegs, als es von der Schreiberbude den Eindruck erweckt hatte. Auch Paare schlenderten Arm in Arm müßig auf und ab, zumeist von einem Laternenträger begleitet, alle waren gut gekleidet. Aus der Kirche kam Orgelmusik, befremdlich um diese Stunde, aber Emma kannte sich mit den niederländischen, insbesondere den calvinistischen Bräuchen zu wenig aus. Ihr rasender Herzschlag beruhigte sich, ein wenig. Wenn es auch Abend und nahezu dunkel geworden war, war doch noch viel Leben in den Straßen und auf den Plätzen, da konnte ein Junge von zwölf Jahren doch nicht einfach verschwinden und verlorengehen.

Ein Quartett wohlbeleibter Herren mit beachtlichen Hüten, jeder von einem Laternenträger begleitet, schritt munter plaudernd quer über den Platz. Wer ihnen entgegenkam, trat eilfertig dienernd zur Seite. Nur deshalb sah Emma ihnen nach, wegen dieses kuriosen Dienerns – und da entdeckte sie ihn.

«Valentin!» Ihr Ruf glich einem unterdrückten Schrei, und ihre Füße liefen ganz von alleine. Die vier Laternen hatten zwei Silhouetten beim Brunnen gezeigt, eine kleine und eine große Gestalt. Die große trug einen ausladenden, mit einer flockigen hellen Feder garnierten Hut. Eine solche Gesellschaft spräche gegen die Vermutung, der kleinere sei Valentin – er war es trotzdem.

«Valentin?» Nun hallte Emmas Stimme über den Platz. Der Mann mit dem Federhut fuhr herum, griff hastig nach dem Nacken des Jungen, um ihn am Kragen mit sich fortzuziehen. Valentin widersetzte sich nicht minder erschrocken. Er stemmte die Füße gegen den Brunnen und klammerte sich am Rand des Beckens fest. Als der Mann mit dem Hut nur noch an seiner Jacke zerrte, hatte Emma den Brunnen erreicht.

«Lass ihn los», fauchte sie, «lass ihn los», und schlug mit beiden Fäusten auf die Hände, die an Valentin zerrten, dann auf den Rücken des Mannes. Der duckte sich unter dem Schlag, gab aber nicht nach. Er umklammerte die schmalen Schultern des Jungen wie eine hart erkämpfte Beute.

Passanten drehten sich nach ihnen um, erste Gaffer kamen näher. Nur in der Menge ist man unsichtbar? Hier stritten sie wie auf einem Präsentierteller.

«Nein.» Valentins Stimme war ein aufgeregtes Flüstern. «Nein, Emmet, nicht. Es ist gut. Er kommt von meinem Herrn Vater, gute Nachricht.» Valentin schluchzte zitternd auf. «Gute Nachricht, ja. Er bringt mich zu ihm. Jetzt gleich. Aber ich musste doch auf dich warten.»

Noch atemlos vor Zorn und Verblüffung starrte Emma in das unbekannte Gesicht. Es wirkte jung und ganz bleich in der Dunkelheit, wie das kurze Haar des Mannes. Die Mondsichel lugte gerade über die Dächer, und Emma wollte in seine Augen sehen, das war plötzlich von größter Wichtigkeit. Aber er schaute sie nicht an, er blickte auf Valentin hinunter.

«Genauso ist es», erklärte er mit einer weichen Stimme und nickte. «Ich dachte ...» Nun hob er den Blick und sah Emma an. «... ich dachte, du seist einer von denen, die Valentin übelwollen. Ich wollte ihn schnell wegbringen. In Sicherheit, verstehst du?»

Das verstand Emma gut, vor allem jedoch verstand sie, dass hier etwas nicht stimmte. Ihr war, als schrille die Feuerglocke in ihrem Kopf. Sturm und Flut und Feuer – alles zugleich. So schrie die Glocke. Emma zwang sich zur Ruhe und ließ ihren Blick rasch über den Platz gleiten. In der abendlichen Dunkelheit war nicht viel zu erkennen. Lichter schwebten mit ihren Trägern über den Platz, Öllampen spendeten hinter den Fenstern ihren warmen Schein. Die Gaffer hatten sich enttäuscht abgewandt, weil es offensichtlich nur um eine banale Familienangelegenheit ging. Von dort war keine Hilfe zu erwarten. Und was hätte sie erklären sollen? *Ein Junge findet seinen vermissten Vater wieder, und ich glaube, es geht um etwas ganz anderes?*

«Wo ist Herr Schelling? Wohin wollt Ihr uns bringen? Und warum erst jetzt und gerade hier?», fragte sie drauflos.

«Nun, weil es hier ist. Der Herr wartet dort drüben, in dem Haus mit den breiten Fenstern in der nächsten Gasse. Dort kannst du alles fragen.» Immer noch lag seine Rechte wie eine Klammer auf Valentins Schulter.

«Ich weiß nicht, Valentin», begann Emma vorsichtig. «Wir sollten bis morgen warten, bis es hell ist.» Sie wusste, jeder Einwand war vergeblich. Selbst wenn er ihr Misstrauen teilte – und wer könnte eine misstrauischere Seele haben als Valentin? –, diesmal konnte er einfach nicht vorsichtig sein. Es ging um seinen Vater, um das Wiederaufflackern einer schon verlorengegebenen Hoffnung, er *musste* diesem völlig Fremden auf diesem nachtdunklen Platz vertrauen und ihm folgen. Emma suchte hektisch nach einem Ausweg. Es gab keinen. Also – ein Schritt nach dem anderen. Und vielleicht irrte sie sich ganz schrecklich, und Schelling wartete nur wenige Schritte entfernt in einem der Häuser auf seinen Sohn, den sie jetzt nur aufhielt.

«Das ist ein guter Plan für dich», hörte sie die weiche, ein wenig erstickt klingende Stimme des Mannes, «ein sehr guter Plan. Du wartest bis morgen in eurer Unterkunft, und der junge Schelling kommt mit mir zu seinem Vater. Ihr habt doch einen Platz in einem Gasthaus? Morgen, ja, morgen sehen wir weiter, das hat Herr Schelling zu bestimmen.»

«Nein.» Valentin klang so entschieden wie zuvor zitternd. «Der Herr Vater wird sich freuen, wenn er uns beide sieht. Ohne Emmet wäre ich nicht hier, ich hätte es alleine nicht geschafft. Wenn Ihr jetzt bitte meine Schulter loslasst, sie schmerzt schon. Ich laufe nicht weg. Komm mit, Emmet. Aber wenn du lieber zurück in den Gasthof möchtest ...»

«Nein! Nein, das möchte ich nicht.» Sie beugte sich zu ihm, ihr Gesicht ganz nah. Er schien gewachsen zu sein, und in seinen Augen las sie, dass er wusste, worauf er sich einließ, nicht anders handeln konnte und auf ihre Hilfe vertraute, die er aber niemals einfordern würde. Nun musste sie für sich entscheiden, doch das war längst geschehen.

Der Mann mit dem Hut, er hatte seinen Namen nicht genannt, führte sie über den Platz und in einen schmalen Durchgang, der an der Kirche vorbeiführte. Emma hielt sich immer einen halben Schritt zurück. Nicht mehr, nur einen halben. Sie hatte in den letzten Wochen erfahren, wie flink sie rennen konnte, wenn weder Röcke noch Schühchen ihren Lauf behinderten. Wenn es nun brenzlig wurde, blieb ihr die Flucht zurück. Besser sie entkäme, um Hilfe für Valentin zu holen, als wenn sie beide in einer Falle landeten. Wie der Wolf in Deventer, gesteinigt, ersäuft ... Jede Faser ihres Körpers drängte schon jetzt zur Flucht. Einfach umdrehen und rennen, in der Dunkelheit untertauchen.

Schellings Bote, oder wer immer er sonst sein mochte, führte sie mit immer eiligeren Schritten durch eine weitere Gasse, bog einmal rechts ab – Emma glaubte eines der Mauerhäuser nicht weit vom Wassertor zu erkennen. Es roch auch nach Wasser, die nächste Gracht musste ganz in der Nähe verlaufen. Hier schimmerte kein Licht hinter den Fenstern, in den engen Gassen war es dunkel wie unter der Erde. Ihr Herz klopfte, und der Atem ging schwer. Wenn jetzt doch ein Zufall zu Hilfe käme – so etwas passierte, es wäre möglich, unbedingt –, ihr Pate oder besser noch Droste. Er wäre unterwegs, um im Holländischen Pflanzen für den Engelbach'schen Garten zu kaufen, nirgends gab es bessere Gartengewächse als in den Niederlanden, das war weithin bekannt. Viele machten in Amersfoort Station, es wäre kein sehr unwahrscheinlicher Zufall, der ihn just in diese Gasse führte, auf dem Weg zu seiner Herberge für die Nacht, er würde gleich begreifen, was hier geschah, und sie raushauen, retten vor den – so ein Unsinn. Droste war zu Hause, aß gerade zu Abend mit seiner Familie, überhaupt reiste er nur selten und schon gar nicht so weit. Sie mussten sich selbst helfen.

Emma hatte Angst. Blanke Angst.

Eine quer verlaufende Gasse öffnete sich. Doch einfach wegrennen?

Da öffnete der Fremde ein schmales Tor in einer Mauer, schob Valentin hindurch, zögerte, als überlege er, Emma das Tor vor der Nase zuzuschlagen, dann ließ er sie hindurch und folgte ihr. Das Tor wurde geschlossen, eine Kette klirrte, ein dumpfer Ton verriet, da wurde ein Balken vorgelegt. Wenn Schelling wirklich hier auf sie wartete, wollte sie ihm kräftig ins Gesicht spucken.

☙❧

Es war ihm gerade noch gelungen, vor Toresschluss in die Stadt zu kommen. Die Wachsoldaten hatten ihm ein Gasthaus mit einem Pferdestall genannt, sie brauten dort auch ein eigenes Bier, beides hatte seine Laune erheblich verbessert.

Eigentlich war es absurd, zwei Stimmen zu folgen, von denen er nicht einmal wusste, ob sie zu den beiden Personen gehörten, die er suchte. Inzwischen kam es ihm vor, als sei dieses seltsame Land, das er da durchquerte, von zahllosen Sängern bevölkert. In den Niederlanden lebte anscheinend ein sangesfreudiges Volk.

Er hatte ziemlich viel nachgedacht während der letzten Tage. Anders als sonst weder in der einen oder anderen Weise über seine Musik oder seine Träume von Rom und Florenz, Bologna oder Paris. Diesmal hatte er vor allem überlegt, warum er weiter über diese Straßen ritt. Was blieb ihm hier noch zu tun? Er war zu dem Schluss gekommen, dass es immer noch möglich sei, das Fräulein aus dem Engelbach'schen Garten zu finden, sei es kurz vor ihrem Ziel, wenn es eigentlich überflüssig geworden war; auch den Jungen, den sie begleitete. Oder umgekehrt? Das war letztlich einerlei. Die beiden hatten ihn hinters Licht geführt, das musste einen Grund haben, und den wollte er herausfinden.

Er war auch zu dem Schluss gekommen, manches habe sich geändert, seit er das Gespräch im Gasthof am Schafberg belauscht hatte und wusste, dass noch ganz andere Leute derselben Spur folgten. Er wollte wissen, warum. Neugierde war nicht der schlechteste Treiber, verbunden mit einer vagen Sorge umso mehr. Andererseits – vielleicht sollte er sich die demütigende Blamage, unverrichteter Dinge an die Elbe zurückzukehren, ersparen und hier neue Wurzeln schlagen? Die Niederländer waren berühmt für ihre große Toleranz, besonders gegenüber den Religionen, selbst Juden fanden hier ein gutes Leben und durften sogar ihre Synagogen bauen. Nirgends gab es mehr reiche Leute und große Städte, auch viele Kunstsinnige. Ein guter Musiker verhungerte dort nicht. Und dass er, Landau, ein guter Musiker war, gehörte zu seinen wenigen Gewissheiten.

Sein Pferd schnaubte leise, er klopfte ihm freundschaftlich

den Hals. «Du hast recht, mein Roter. Ich schwärme in Gedanken herum, dabei gehörst du längst in den verdienten Stall. Es kann nicht mehr weit sein.»

Im Gasthof hatte er ein Bett und auch ein Bier bekommen, im Stall war jedoch kein Platz mehr, es gab einen größeren, dorthin war er unterwegs. Ihm gefiel diese hübsche kleine Stadt, so schlenderte er ohne Eile durch die Gassen. Bis ein Rufen ihn aufschreckte. Vielleicht hatte er sich geirrt? Aber da, noch einmal und ganz deutlich rief jemand ‹Valentin›. Viele Männer hießen so, vielleicht auch in Amersfoort. Dennoch – woher war der Ruf gekommen? Gassen und Höfe schluckten die menschlichen Stimmen, es musste also in der Nähe sein. Er lief die Gasse hinunter, bog ab in die Richtung, von der er glaubte, den Ruf gehört zu haben. Dann blieb er stehen und sah sich um, er stand am Rand eines weiten Platzes, rechts erhob sich eine wahrhaft trutzige Kirche, am Nachthimmel gingen die Sterne auf, die Mondsichel lugte noch zaghaft über die Dachfirste. Da waren nicht mehr allzu viele Menschen unterwegs, die meisten wohlhabend genug für einen Laternenträger. Die anderen unterschied man in der Dunkelheit kaum. Nicht weit vom Brunnen in der Mitte des Platzes bewegten sich drei Gestalten, eine kleine, eine größere, eine noch größere. Irgendetwas an der mittleren Gestalt löste ein freudiges Erschrecken in ihm aus. Er sah noch einmal genau hin, da verschwanden die drei schon hinter der Kirche, wo sich wohl eine Gasse öffnete.

Der Rote fand es an der Zeit, sich wieder schnaubend in Erinnerung zu bringen, Lukas Landau nickte ein wenig mutlos. Einfach nur drei Männer oder zwei Männer und ein Junge. Er griff den herabhängenden Zügel, und bald darauf stand der Rote zufrieden vor der Futterraufe.

Der kleine Garten war sicher einmal schön gewesen, bis ihn Unkraut und Efeu überwuchert hatten. Er reichte nur fünf Schritte bis zu der niedrigen Mauer entlang einer Gracht, der schmale, noch tief stehende Mond spiegelte sich im stillen schwarzen Wasser und spendete erst einen Hauch von Licht. Die Gracht war breit, vielleicht war es der Eem, von dem alle Kanäle der Stadt gespeist wurden; das Haus erhob sich als dunkler Klotz. All das nahm Emma mit überwachen Sinnen wahr. Die Gracht, die hohe Mauer mit dem Tor zur Straße, links das Haus kalt wie eine Burg, zur anderen Seite die fensterlose steinerne Wand eines hohen Speichers, die niedrige Mauer zum Wasserlauf.

«Warum habt Ihr das Tor so fest verschlossen?», fragte Emma.

«Es ist Nacht. Da soll niemand herein, der nicht herein soll, das versteht sich doch.»

‹Und hinaus›, dachte Emma, und Valentin fragte: «Wo ist er? Wo ist mein Vater nun?» Zum ersten Mal, seit sie einander kannten, hatte er ‹mein Vater› gesagt, nicht ‹der Herr Vater›. Aus irgendeinem Grund machte das Emma froh.

«Guten Abend, ich bedaure das Inkommodieren. Leider ist es nicht zu vermeiden.» Ein Mann trat aus dem Schatten des Gartens. Er war von schlanker hochgewachsener Gestalt und trug die Kleider eines holländischen Bürgers. Der weiße Kragen leuchtete auf seinem schwarzen Rock. Er sah ganz anders aus als in seiner Söldnerkleidung, Emma erkannte ihn dennoch, nicht zuletzt an seinem starken französischen Akzent. Ihre Augen suchten den anderen, den Mann mit der schwarzen Augenbinde. Er war nicht da.

Nur der Mann mit dem Federhut war noch da, seine Verbeugung und säuselnde Stimme zeigten, wie gut er für diesen Dienst bezahlt worden war.

«Ohne den anderen wollte er nicht mitkommen, Herr, sagt, der sei sein Bruder. Da war nichts zu machen. Nur mit Lärm und Gezeter, und Ihr habt gesagt: kein Aufsehen. Das habe ich verhindert, Herr, es gab kein Aufsehen, nicht das geringste. Alles ging manierlich vor sich, sehr manierlich. Ich kann den anderen zurückbringen, wenn es Euch beliebt, ist ein dünnes Kerlchen, das geht leicht. Wenn Ihr ...»

Der ‹Herr› hob die Hand, wahrhaftig ein gebietender Herr, worauf der Mann mit dem Hut sofort schwieg und beflissen den Kopf neigte. Er solle hier warten und das Tor geschlossen halten. Vorerst. «Und achte auf die Tür. Nun kommt.»

«Mein Vater?», versuchte Valentin noch einmal zu fragen. «Ich bin nur hier, um meinen Vater zu sehen. Und abzuholen. Wir wollen ihn nur abholen und nach Hause bringen. Joost Schelling, falls Ihr das nicht wisst. Gobelinwirker, ein ehrbarer Mann, er hat mit Leuten wie Euch nichts zu schaffen.»

Der Söldner in der Verkleidung des guten Bürgers war zur Tür vorangeschritten, nun wandte er sich zu Valentin um. «Mit Leuten wie mir? Uns?» Er lächelte, es war ein mitleidiges und zugleich verächtliches Lächeln.

Emma wurde kalt. Ihnen blieb nichts, als ihm zu folgen. Er führte sie durch eine Diele, nahm eine Stablaterne mit einer brennenden Kerze von der Wand und begann die Treppe hinaufzusteigen. Emma und Valentin zögerten, sie sahen ihm nach, er blieb stehen und sagte, ohne sich nach ihnen umzudrehen: «Hier ist nur Verfall und Schmutz, Ungeziefer, viel Ungeziefer. Wir gehen hinauf.»

Sie folgten der Treppe auf eine hochgelegene Galerie, dann ging es durch eine schmale Tür und auf einer kaum schulterbreiten Stiege weiter. Bis jetzt hatte Emma gedacht, es gebe in jedem Haus ein Schlupfloch, einen Weg zu entkommen. Nun wurde sie eines Besseren belehrt.

Am Ende der Stiege stieß der Franzose eine Tür auf, trat zur Seite und winkte seine beiden unfreiwilligen Gäste hindurch.

Sie standen in einer Kammer. Die Reste eines Kachelofens zeigten, dass hier einmal jemand behaglich gewohnt hatte; durch ein nur notdürftig vernageltes Fenster war der Nachthimmel zu erahnen, auf einer Bretterkiste, dem einzigen Möbelstück, standen ein Wasserkrug und eine Tonschale mit Brot und einem Stück Käse.

«Wo ist er?», flüsterte Valentin und wusste doch schon, dass seine Hoffnung nicht erfüllt werden würde. Schelling, sein Vater, war nicht hier.

«Ein wenig Geduld», sagte der Franzose, «nur ein wenig.»

Valentin schwieg erschöpft, seine Schultern wurden rund und noch schmaler, er krümmte sich wie unter einem Schlag, und Emma wurde zornig wie ein Gewitter.

«Was erlaubt Ihr Euch», fauchte sie. «Wer seid Ihr, dass Ihr den Jungen auf so niederträchtige Weise quält? Bringt uns endlich zu seinem Vater. Wir suchen Schelling seit Wochen, und Ihr wisst das genau, denn Ihr seid uns die ganze Zeit gefolgt. Wir wollen endlich wissen, warum.»

Schritte stapften die Stiege herauf, Valentin richtete sich auf, das Gesicht voller Hoffnung, aber nicht Schelling trat in die Kammer. Der Mann, der mit einer zweiten Laterne heraufgestiegen war, trug an einen Söldner erinnernde Kleider, sein Wams war aus speckigem Leder, sein linkes Auge unter einer schwarzen Binde verborgen.

Er grinste, als treffe er auf gute alte Bekannte, steckte seine Laterne in eine Halterung an der Wand. Er beachtete Valentin nicht, sondern griff nach Emmas Arm. «Benimm dich, Junge», knurrte er, «sei nicht frech zu Monsieur, das bekommt dir nicht. Bekommt keinem.» Er zog Emma nah an sich heran, sein Geruch nach ranzigem Lederfett, ungewaschener Haut und fauligem Tabakatem ekelte sie und heizte ihren Zorn aufs Neue an.

«Lass mich los», spie sie ihm ins Gesicht, «lass mich los!» Sie trat nach ihm, er lachte ein knurrendes Lachen. Dann umfing er sie fest mit beiden Armen. Ihr war, als brächen ihre Rippen, sie wand sich und schnappte nach Luft, als er plötzlich gurgelnd auflachte und sie einfach fallen ließ. Sie lag auf den Dielen, versuchte wegzukriechen, für ein paar Ellen Abstand von diesem bedrohlichen Koloss.

«Ich hab's geahnt», knurrte der Söldner mit einem Geräusch, das ein Lachen vermuten ließ. «Brüste, mickrig, aber Brüste. Hab ich doch gewusst – der is' ein Mädchen!»

Emma drückte sich an die Wand. Die Wut verpuffte und machte ihrer Schwester Platz, der Angst. Der Söldner und der Franzose sahen auf sie herab wie auf ein sehr hässliches Tier. Der Franzose pfiff leise durch die Zähne, und der Söldner griff nach Emmas Armen. Er zog sie, sosehr sie sich auch sträubte, hoch auf die Füße. «Die brauchen wir nicht mehr. Gleich runter in die Gracht damit.»

Der Franzose hob die Hand, nicht gebietend, nur abwägend. «Non. Noch nicht», murmelte er, «und nicht hier.»

«Glaubst du denen, Emmet? Sie bringen ihn hierher? Ich meine, glaubst du das wirklich?»

«Ja», log Emma, «das glaube ich. Wirklich.»

Die beiden Männer waren mit ihren Laternen davongegangen, die Tür zur Treppe hatten sie fest verschlossen. Es blieb ihnen nichts, als zu warten. Fast nichts.

Emma versuchte in der diffusen Dunkelheit zu erkennen, ob in der Fingerbeere ihres rechten Mittelfingers ein Splitter steckte. Sie entschied sich gegen einen Splitter und für einen Kratzer. Die vor das Fenster genagelten Bretter waren alt und mürbe, auch eher als Latten zu bezeichnen, aber nur mit den Händen ließen sie sich schwer von dem alten Rahmen lösen. Valentins Messer wäre jetzt eine große Hilfe, aber das hatte der Franzose ihm abgenommen, bevor er mit dem Söldner gegangen war und Emma und Valentin eingeschlossen hatte.

Valentin schwieg. Er hockte an die Wand gelehnt im Schmutz und machte keine Anstalten, ihr zu helfen. Er starrte in die Dunkelheit und versuchte zu verstehen, was mit ihm und Emmet geschah.

«Warum mühst du dich so ab? Wir sind zwei Etagen hochgestiegen. Wenn man die Höhe der Diele einberechnet, zweieinhalb.»

«Ich mag nicht hinter dem zugenagelten Fenster sitzen wie hinter Käfigstangen, ich möchte raussehen. Vielleicht ist da ein Baum, oder eine Leiter, ein Anbau, irgendetwas. Nichtstun halte ich gerade nicht gut aus.» Sie zog ihren Ärmel über die rechte Hand und zerrte von dem festen Stoff geschützt weiter an dem ersten Brett. Es gab nach, das untere Ende löste sich. «Sieh doch!, es geht voran.» Dieser kleine nichtsnutzige Erfolg schenkte ihr ein absurdes Hochgefühl.

«Ja», überlegte Valentin müde, «durch ein offenes Fenster kann man die Sterne sehen. Die sind immer ein Trost des Himmels, oder? Aber nach draußen geht es von hier höchstens aufs Dach, und dann? Das ist viel zu gefährlich, Emmet. Lass uns einfach abwarten.»

«Aufs Dach.» Daran hatte sie noch nicht gedacht. «Das klingt nach einer guten Idee, Valentin. Dann geht es weiter auf das nächste Dach, mit etwas Glück ist dort ein Fenster, ein Dachfenster.»

Sie sprach nicht weiter. Die Vorstellung, auf einem so hohen, zweifellos längst brüchigen Dach herumzuklettern, es überhaupt erst zu erklimmen, gefiel ihr nicht. Noch weniger gefiel ihr jedoch, wie ein Lamm auf das zu warten, was da kommen mochte. ‹Gleich in die Gracht›, hatte der eine gesagt, ‹noch nicht› der andere. Das war keine vielversprechende Aussicht.

Sie zerrte weiter an dem gelockerten Brett, endlich löste es sich splitternd, und sie taumelte mit dem von beiden Händen umklammerten Holz zurück.

Das zweite und das dritte Brett lösten sich schon leichter, auch der Rahmen lockerte sich allmählich, und die Öffnung war groß genug.

Die Nacht schien ein wenig heller. Von diesem Fenster sah man hinunter auf den breiten Wasserlauf, auch am jenseitigen Ufer säumten kleine Gärten und begrünte Höfe mit Anlegern den Raum zwischen der Gracht und den Häusern. Hinter einigen Fenstern brannte Licht. Die Geräusche des abendlichen Lebens der Stadt erreichten die Kammer als verschwommene Melodie.

«Man würde uns sicher hören», murmelte Emma, und Valentin, der sich endlich aus der schmutzigen Ecke erhoben hatte, um am Fenster die Troststerne zu begrüßen, legte rasch seine Hand auf ihren Arm. «Nein, Emmet, ich bitte dich. Das war kein Spaß, die meinen, was sie sagen. Er müsste bitter dafür büßen.»

Emma nickte unwillig Zustimmung. Sie befürchtete zwar, diese Rücksicht sei längst nicht mehr nötig, es war nur ein Trick, aber sie wollte die Schuld nicht tragen, falls es doch anders wäre. Der Franzose hatte ihnen erklärt, der Versuch, aus dem Haus zu gelangen, sei sinnlos.

«Wir müssen euch ein wenig, vielleicht ein wenig länger, sicher aufbewahren. Wie ein Kleinod.» Dazu hatte der Knurrer sein blubberndes Lachen von sich gegeben. «Unser Freund hier …» Er hatte auf seinen Kumpan gezeigt. «… wartet am Fuß der Treppe. Ich denke, mit einem weiteren Freund seiner Art. Ihr könnt auch schreien», hatte er mit verbindlichem Lächeln erklärt, «aber niemand wird erkennen, woher die Schreie kommen, und niemanden wird es kümmern. Es gibt so viele

Schreie in der Welt, und die Welt ist weit und unberechenbar. Aber dein Vater, kleiner Schelling, ach, dein armer Vater, es wird ihm nicht bekommen, wenn sein dummer Sohn wie ein Verräter herumschreit. Doch, man würde es hören. Zuerst ...» Wieder hatte er sehr charmant gelächelt. «... zuerst hören wir es, ich und unser Freund an der Treppe. Und nun: *Bon appétit*, der Käse ist exzellent.» Deshalb hatten sie eine Flucht über die Treppe gar nicht erst in Betracht gezogen.

Nun standen sie an einem Fenster wie Burgfräulein, nur ohne langen Zopf und ohne Retter. Es drängte Emma heftig, um Hilfe zu rufen. Sie waren nicht in einer undurchdringlichen Moorlandschaft oder einer Wüste verloren, sondern standen an einem Fenster inmitten einer zivilisierten Stadt, mit so vielen Häusern, so vielen Menschen. Aber sie durfte nicht rufen.

Also begann sie ganz leise zu singen, um die zornige Unruhe zu bändigen, dann wurde ihre Stimme ein wenig lauter, ein feiner klarer Gesang schwebte über die Gracht, flog weiter bis auf den Platz vor der Kirche und durch die umliegenden Gassen. Emma sang laut und klar einen der zum niederländischen Kirchenlied vertonten Psalmen, wie sie ihn erst am Feuer gelernt hatte. Valentin fiel ein, sie sangen zwei Strophen hinaus über das Wasser, dann polterten Schritte die Treppe herauf, und sie sangen leiser, noch leiser, das Lied verklang und die Schritte verharrten. Der Gesang könnte von überallher kommen, von einem Boot auf der Gracht, aus den umstehenden Häusern, sogar aus dem Pastorat neben der Kirche. Irgendwann bewegten sich die Schritte zurück, treppab.

Emma beugte sich wieder aus dem Fenster. «Ich glaube, es ginge», sagte sie dann. «Ein Seil wäre gut. Damit wäre es einfach, ich fürchte nur, meine Jacke allein reicht nicht. Nicht ganz. Und das bremische Hemd ist so fein, es reißt wie Papier. Das habe ich auf dem Osning gemerkt.»

«Was murmelst du da, Emmet? Du hast nicht vor, da rauszusteigen und wie eine Spinne an der Wand zu kleben? Das geht nicht.» Valentins Stimme wurde im Bemühen, leise zu sprechen, nur höher und dünner. «Das geht überhaupt nicht. Du hast so was noch nie gemacht, das muss man üben. Du brichst dir den Hals. Und dann? Das ist doch …»

Emma legte rasch ihre Hand auf seinen Mund. «Leise, Valentin. Wer weiß, auf welchem Treppenabsatz der Knurrhahn grade hockt. Nein, es geht nicht, du hast recht. Andererseits ist da der Schuppen …»

«Der gehört schon zum Nachbarhaus.»

«Umso besser. Der Abstand ist aber zu groß. Wenn ich ein Seil hätte, könnte ich es an der Halterung für die Fahne festmachen», sie rüttelte an der hohlen Eisenstange, die neben dem Fenster tief in die Wand eingelassen war, «und mich runterlassen. Das kann nicht so schwer sein. Erst auf die Fensterumrahmung in der Etage unter dieser – die sieht nach Sandstein aus, so hell wie der aus Bentheim. Falls er nicht zu brösslig ist – zugegeben, er ist furchtbar schmal, ja. Aber von dort kann man dann auf den Schuppen springen.»

«Emmet?»

«Ja?»

«Du bist verrückt.»

Es war eine dieser Nächte, nach denen man sicher ist, keine Viertelstunde geschlafen zu haben, obwohl der Himmel auf geheimnisvolle Weise heller geworden ist und der Mond, der beharrliche Wanderer, sich schon nicht mehr zeigt.

Emma dehnte ihre Schultern und Arme, ihr Körper fühlte sich steif an, es war kalt in dieser Kammer. Schon bevor sie die Augen öffnete, wusste sie, wo sie sich befand und was geschehen war. Und dass sie etwas unternehmen musste.

Sie schlug die Augen auf – und blickte direkt in Valentins Gesicht.

«Bist du wach?», flüsterte er unwirsch. «Wird aber auch Zeit, man ahnt schon die Dämmerung. Ich habe mir etwas überlegt. Ich muss hierbleiben, Emmet, du nicht. Es geht nur um meinen Vater, nicht um deinen. Und wenn du da draußen runterklettern kannst ...»

«Du hast selbst gesagt, das ist verrückt.»

«Vielleicht.» Er stand auf und winkte sie zum Fenster. «Sieh mal, das haben wir im Dunkeln nicht gesehen: ein Backsteinsims. Ich habe auch eine Lösung für das fehlende Seil.»

Später wusste Emma nicht wirklich, wie sie das akrobatische Kunststück vollbracht hatte. Sie landete im Morgengrauen auf dem Schuppendach des Nachbarhauses, alles schlief noch, nur in der Küche hinter der Diele schürte die Kleinmagd das Feuer und rührte den Morgenbrei, weit genug entfernt von dem Geräusch, das Emmas Aufprall auf dem Dach verursacht hatte. Niemand schlug Alarm. Nur eine fette rote Katze fauchte wütend, als ihr Schlaf nach einer ertragreichen nächtlichen Jagd durch einen Aufprall, zwei brechende Streben und einen Fluch gestört wurde. Sie hetzte mit langen Sprüngen davon. Emma, noch benommen von ihrem schwindelerregenden Abenteuer an der Wand und dem zum Glück glimpflichen Aufprall, beobachtete ihre Flucht und entdeckte, wo in Hecke und Holzwand ein Schlupfloch zur Gasse sein musste.

Valentin stand am Fenster, er blickte ihr nach und löste mit viel Mühe den unter Emmets Gewicht fest verknoteten Jackenärmel von der Fahnenhalterung. Er lauschte, da war kein Lärm, weder in der Gasse noch im verwahrlosten Garten oder auf der Treppe. Es war geglückt. Er löste aufatmend den zweiten, nicht minder festen Knoten, mit dem Emmet je einen Ärmel der beiden Jacken aneinandergebunden hatte. Emmets allein hatte nicht gereicht, mit der zweiten erst, mit seiner Jacke, war es gelungen.

Emmet hatte zuerst entschieden widersprochen. «Bist du verrückt? Du hast es bis hierher geschafft, Valentin, nur noch eine Tagesreise bis Utrecht. Was haben wir nicht alles ausgestanden! Immer wegen dieser Jacke. Und nun – wenn sie zerreißt oder in die Gracht fällt und im Schlick versinkt, ist sie verloren, und alles war umsonst.»

Er hatte die Achseln gezuckt. Nur das Zittern seiner Hand, als er ihr seine Jacke reichte, verriet, dass er alles andere als gleichmütig und seiner Entscheidung so gewiss war, wie er vorgab. «Vielleicht findest du draußen Hilfe. Und vielleicht ...» Nun wurde auch seine Stimme zitterig. «... vielleicht erfährst du dort, was wirklich geschehen ist. Und warum.»

Als sein Gesicht verschwand, hätte Emma gerne geweint. Nicht wegen der schmerzenden Schulter, der Schrammen an Händen und Armen, am Kinn. Sondern weil sie ihn in dieser Falle zurückgelassen hatte. Er war dort oben nun ganz allein, blass und dünn, mit einem tapferen Herzen.

Sie fror. Schon wieder besaß sie nichts als das, was sie am Leibe trug, jetzt nicht einmal mehr ihre Jacke. Das Wams wärmte halbwegs, allerdings war sie hungrig. Und nun? Sie konnte nicht einfach davonlaufen, sie brauchte einen guten Plan für eine noch bessere List, wie auch Valentin aus dem Käfig dort oben zu befreien wäre. Ohne dass sein Vater es büßen musste. Oder: Ohne dass Valentin annehmen musste, sein Vater werde es büßen. Was hatte der verflixte Schelling angestellt, dass sein Sohn in eine solche Bedrängnis geraten war?

Noch kletterte die Sonne nicht über die Dächer, doch es wurde beständig heller. Eine Wand des Schuppens, so sah sie nun, begrenzte das Grundstück mit der Hecke und dem Zaun zur Gasse. Das war mehr Glück, als sie erwartet hatte. Leider nur für den Moment. Als sie sich an der äußeren Wand herunterließ, mit den Händen noch am Rand des Schuppendaches, mit den Füßen noch nicht ganz auf der Erde, sagte eine leise Stimme: «Wahrhaftig, Fräulein, Ihr könntet auf jedem Theater Euer Brot verdienen. Was macht Ihr auf fremden Dächern? Und wo ist Euer magerer Mitsänger?»

Im Schatten der Hecke stand Lukas Landau, ausnahmsweise ohne seine Laute. «Wie Ihr seht: Ich suche Euch immer noch», fuhr er fort. «Man hört auf den Straßen von zwei guten Sängern, es gibt keine bessere Spur.»

Emma stand an die Mauer gedrückt, sprungbereit, und starrte ihn an wie ein Gespenst.

«Wie konntet Ihr mich *hier* finden?» Sie schluckte, ihre Kehle war trocken wie Papier. Es war diese seltsame Stunde zwischen Nacht und Tag ... Ihr war nie ein Geist begegnet, nicht wissentlich, dennoch – diese Begegnung konnte einfach nicht Wirklichkeit sein. Sie tastete vorsichtig nach seinem Arm, da griff er nach ihrer Hand, sie war eiskalt, und umschloss sie mit seiner.

«Ich bin kein Gespenst, falls Ihr das fürchtet. Ich habe Euch unermüdlich gesucht, inzwischen allerdings ohne viel Hoffnung. Bis ich gestern bei meinem Weg durch die Stadt wieder den Gesang gehört habe. Dem bin ich gefolgt, bis hierher. Dann wurde der Gesang leiser und hörte ganz auf. Alles war still, auch dunkel und versperrt. Zudem ist dies eine sehr seltsame Gasse. Nun bin ich wieder hier, ich dachte, ganz früh am Morgen werde sich eine Tür öffnen oder es werde wieder jemand singen. Oder der heilige Joris vom Himmel steigen und weiterhelfen? Alles wäre besser als nichts. Wenn Ihr nun selbst vom Dach steigt und mir vor die Füße fallt ...» Er grinste fröhlich. «... ist das die schönste Überraschung seit langem. Ich habe Euch trotzdem keinen Augenblick für einen Spuk gehalten. Ihr seht übrigens krank aus. Was ist passiert? Und wo ist Euer strenger junger Freund?»

Da lehnte Emma sich einfach gegen diesen nicht mehr ganz so fremden Mann, schloss die Augen und fühlte die Wärme in ihren Körper zurückkehren, spürte seinen Herzschlag und dachte an den rettenden Zufall, den sie erst vor wenigen Stunden herbeigewünscht hatte. Es war kein Zufall gewesen, nur Schlauheit, Beharrlichkeit und etwas Glück. Trotzdem war es wunderbar.

«Ihr müsst uns helfen», flüsterte sie in seinen Kragen, «alleine schaffe ich es nicht. Bitte, wir haben keine Zeit. Sonst töten sie ihn. Steinigen und ertränken ihn. In der Gracht.»

«Herr im Himmel», murmelte Landau, «war das nicht eine Geschichte, die man kürzlich in Deventer ...» Er zog sie in den Schatten der abzweigenden Gasse, drückte sie auf einen Steintritt und legte seine Jacke um ihre Schultern. «Erzählt», sagte er, «dann sehen wir, was zu tun ist.»

Als die ersten Sonnenstrahlen in die nach Osten offenen Gassen fielen und das Summen des frühen Morgens zum geschäftigen Lärmen zu wachsen begann, sang Valentin allein in der kalten Kammer wieder einen Psalm, einen, der besser für den Morgen passte und gegen sinkenden Mut helfen sollte.

Der knurrende Söldner hatte eine friedliche, also langweilige Nacht in der Diele verbracht, an seinem Lager auf dem ersten Treppenabsatz käme niemand vorbei. Nun ereignete sich jedoch Seltsames. Als er in den Hof hinaustrat, um sein Wasser abzuschlagen, hörte er eine Stimme von oben, diese helle hohe Stimme, der Junge sang schon wieder. Diese ewige Singerei. Aber nun sang auch jemand in der Gasse hinter dem Tor – die Stimme sang dasselbe Lied, und den Klang hatte er schon einmal gehört. Er blickte zum Dach hinauf – von da oben kam keiner weg. Es gab nur die Treppe, und auf der hatte er Wache gehalten. Wie fest hatte er geschlafen? Wenn einer der Bengel ihm entwischt war – der Franzose verstand überhaupt keinen Spaß. Aber Kette und Balken verschlossen das Tor immer noch.

Das Singen vor dem Tor hörte auf. Und jetzt? Waren das nicht französische Worte? Er mochte die Sprache nicht, das Spanische, ja, das mochte er.

Er löste die Kette, lauschte, da war nichts mehr zu hören. Er hob den Balken ab, schob mit der Linken das Tor auf und griff mit der Rechten nach seinem Rapier am Gürtel – doch sein Griff ging ins Leere. Seine Waffe hatte er für die Nacht griffbereit neben sich auf dem Treppenabsatz abgelegt, und da lag sie auch jetzt noch. Hinter ihm raschelte es im Gartengestrüpp, eine Rabenkrähe flog auf, er sah ihr einen Moment nach, im selben Moment knallte das eisenbeschlagene Tor gegen seinen Kopf, seinen Brustkorb, Blut rann aus seiner Nase, er taumelte, ein zweites Mal stieß jemand das Tor gegen ihn, stolpernd fiel er rückwärts und sah nichts als rötlichen Nebel. Er hätte gerne gebrüllt, doch kein Ton kam aus seiner Kehle, und dann landete ein Tuch in seinem Mund, wurde zum Knebel gestopft. Bis seine Benommenheit zu wehrhaftem Zorn gewachsen war, lag er schon bäuchlings, das Gesicht im Schmutz, jemand saß auf ihm und band seine Handgelenke, zerrte die Torkette um seine Beine – dann fuhr ein harter Schmerz durch seinen Kopf, und nichts war mehr.

«Hast du ihn getötet?» Emmas Stimme klang weniger entsetzt, als sie sollte. Landau schüttelte nur den Kopf.

«Komm», raunte er, «wir müssen uns beeilen. Diese Fesseln sind ein Witz, und der Kerl erinnert mich fatal an Goliath. Wenn der aufwacht ...»

Emma hörte schon nicht mehr zu, sie rannte durch die offene

Tür, lief die Treppe hinauf, Landau folgte ihr, nahm das Rapier von Treppenabsatz mit. Oben sprang Valentin Emma mit einem unterdrückten Schrei in die Arme.

⁓⁓

Sie hörten sein Kommen nicht, doch plötzlich stand er in der Tür, der Söldner, seine Schultern füllten den Rahmen beinahe aus, in seinem Gesicht, im Bart und auf seinem Hemd klebte Blut, das linke Auge war fast zugeschwollen. Der Moment des Schreckens erschien wie eine Ewigkeit, tatsächlich stürzte der Söldner sich sofort und siegesgewiss auf den größten Mann in der Kammer. Landau, gegen diesen Goliath ein Hänfling, wich ihm geschickt aus, eben wie ein Akrobat. Doch die große Faust erwischte sein Hemd direkt unter der Kehle, drehte den Stoff stramm, holte mit der anderen Faust aus. Da sprang Valentin ihm auf den Rücken – und wurde abgeschüttelt wie ein lästiger Zwerg. Der Moment der Ablenkung reichte jedoch, Landau riss mit einem Ruck sein Hemd aus der Umklammerung, wich behände dem nächsten Schlag aus, nur knapp, dann griff die Pranke wieder zu, fasste nach seiner Kehle, drängte Landau zum Fenster.

Endlich löste sich auch Emma aus der Starre ihres Schreckens und schlug mit aller Kraft mit einer der Latten zu, traf den Rücken mit dem dicken ledernen Wams, es konnte ihn kaum berührt haben. Er fuhr dennoch herum, trat grinsend einen Schritt zurück, als gelte es Anlauf zu nehmen und alles platt zu walzen, das ihm im Weg war. Seine Silhouette war nichts als ein schwarzer Koloss vor der Fensteröffnung, er beugte sich zurück, um nach vorne zu schnellen, er war ein geübter Kämpfer, aber er hatte nicht mit dem Zwerg gerechnet. Mit einem wütenden Schrei stürzte Valentin vorwärts, rammte ihm seinen Kopf in den Bauch, der Söldner kippte rückwärts, fassungsloses Staunen im Blick. Seine Hände umklammerten den Fensterrahmen, das mürbe Holz brach, haltsuchend griff er nach Valentin, aber den zerrte Emma mit einem Ruck zurück und umklammerte ihn fest, ihren Bruder, und der Mann, den sie immer nur den Söldner genannt hatten, fiel.

Er fiel ohne einen Schrei, stumm im Staunen, da war keine Zeit mehr für Entsetzen. Ein leises und doch durchdringendes Knacken war bis zum Fenster hinauf zu hören, etwas brach, als er auf der Mauer an der Gracht aufschlug, es brach unwiederbringlich, und der schwere Mann stürzte über die Mauer hinab in die noch unter dem Morgennebel liegende Gracht und verschwand.

Emmas Aufschrei war nur leise und klang in der plötzlichen Stille nach dem Sturz doch wie ein Fanal. Landau und Valentin sahen noch hinunter auf die Nebelschwaden über der Gracht und fuhren herum. Der Franzose stand in der Kammertür, lange genug, um zu wissen, was gerade geschehen war. Wieder als der Söldner gekleidet, starrte er in die leere Fensteröffnung, sah Emma, sah Landau, dann Valentin und brüllte etwas auf Französisch, vielleicht nur einen wütenden Fluch, keiner der drei verstand ihn. Ein rascher Schritt nach vorn und er hatte Valentins Jacke von der Holzkiste gegriffen, hielt sie mit beiden Händen fest und rannte aus der Kammer, seine Schritte polterten durch das Treppenhaus. Erst als sie die alten Fliesen der Diele erreichten, begriff Emma und wollte ihm gleich folgen, aber Landau hielt sie fest, und Valentin rief: «Nein, Emmet, nein, bleib hier.»

Das Hoftor fiel krachend zu, Pferdehufe schlugen hart auf das Pflaster der Gasse und entfernten sich, wütende Rufe hallten gleich darauf über die Gracht, Aufruhr entstand am Tor, erregtes Wiehern, Geschrei, dann entfernte sich das Trommeln der Hufe im Galopp und verklang schließlich ganz.

«Die Jacke.» Emma sank auf die Kiste, zornige Tränen in den Augen, sie wischte sie weg, und ihre Hände malten schmutzig graue Steifen in ihr Gesicht. «Die vermaledeite Jacke. Hat nur Unglück gebracht, und jetzt ist sie auch noch weg. Gestohlen von dem noch vermaledeiteren Franzosen. Was will er damit? Was kann er damit tun? Jetzt werden wir's nie erfahren.»

«Ich weiß nicht», sagte Valentin erstaunlich sanft, «kann sein und kann auch nicht sein.» Er griff in sein Wams, es wies einen neuen Riss am Armloch auf, zog etwas heraus und zeigte es Emma auf der flachen Hand. «Ich hatte heute Nacht so einen Einfall. Da war schon eine Zeitlang etwas, an das ich mich nicht genau erinnern konnte, dabei dachte ich, es sei wichtig. Mag sein, dass es nur so eine Idee ist und ganz unnütz. Aber vielleicht gerade auch nicht.»

Emma verstand kein Wort. Valentin lächelte fein, dann wurde daraus ein breites Grinsen, wie sie es nie zuvor bei ihm gesehen hatte. Auf seiner ausgestreckten Hand lagen die vier Knöpfe seiner Jacke.

Kapitel 16

Am Nachmittag entdeckten zwei Männer im Eem unweit des Wassertores einen Leichnam, als sich ihre Stake in dessen Kleidern verfing. Sie hievten ihn nicht in ihr Boot, das war schon von einem anderen Leichnam besetzt. Der lag allerdings in einem ordentlichen Sarg und sollte in einem flussabwärts gelegenen Dorf in seiner Heimaterde die letzte Ruhe finden.

Zuerst wollten sie diese fremde Leiche im Wasser übersehen und ihren Weg fortsetzen, es würde nur Verdruss geben. Aber das war dann doch zu unchristlich, also zogen sie ihn hinter ihrem Boot her bis zum Tor, überließen den Fund den Wächtern und setzten ihren Weg unbehelligt mit dem Sarg fort.

Schon viele Stunden früher, die Nebelschwaden über dem Eem und den Grachten hatten sich noch nicht aufgelöst, hatten Emma und Valentin eilends die Stadt verlassen. Obwohl Valentin sicher gewesen war, von der anderen Seite der Gracht habe jemand den schrecklichen Fenstersturz beobachtet, die Stadtsoldaten seien gewiss schon unterwegs, hatte sie niemand aufgehalten. Diesmal war am Tor Gedränge gewesen, die Wächter hatten die beiden ärmlich und abgerissen erscheinenden Jungen rasch passieren lassen. Dann hatte vor ihnen das freie Land gelegen. Nie war ein weiter Blick beglückender gewesen.

Lukas Landau hatte sie bald eingeholt, nun wieder mit der Laute auf dem Rücken. Er ließ Emma und Valentin abwechselnd lange Strecken des Weges im Sattel zurücklegen, der Rote hatte die fremden Leichtgewichte gleichmütig getragen, solange nur Landau ihn am Zügel führte. So kamen sie rasch voran.

Und wieder empfing sie am Ende des Tages ein mächtiger Kirchturm, diesmal gar der höchste der Republik, der von Utrechts Domkirche St. Maarten. Das Land zwischen Amersfoort und Utrecht war hügelig, so bot sich bei ihrer letzten Rast eine gute Stunde vor dem Ziel ein einladender Blick auf die Stadt. Die gesamte Silhouette mit ihren zahlreichen Kirchtürmen, den Mühlen und spitzen Hausdächern, dem trutzigen Festungswall sprach von der Größe und Bedeutung der Stadt.

Je näher sie Utrecht kamen, desto blasser und stiller wurde Valentin. Während des Vormittags hatte er sich immer wieder nach Amersfoort umgedreht, er sagte nicht, was er befürchtete oder erhoffte.

In Utrecht hatte es länger gedauert, bis die Wächter sie passieren ließen, und Valentin wurde, wenn das überhaupt möglich war, noch blasser. Und dann, ja, dann endlich standen sie in der Stadt, die so lange ein fernes Ziel gewesen war («Oder Leiden», hatte Valentin am Morgen noch einmal ergänzt und dabei sehr verzagt ausgesehen). Utrecht war eine große Stadt, der Abend war milde, niemand schien in Eile, obwohl zugleich eine große Geschäftigkeit herrschte, in den Straßen, auf den Grachten und den sie säumenden Kais. An jedem anderen Tag hätte Emma nichts von dem Vergnügen abgehalten, sich unter die schlendernden Müßiggänger zu mischen, um nur zu schauen, zu hören, zu schnuppern. Ein Hauch Heimweh berührte sie, Sehnsucht nach der anderen großen Stadt, nach den Menschen, die sie liebte.

Die St.-Simon-Kirche war bald gefunden, obwohl sie zu den kleineren in der Stadt gehörte, auch das Pastorat erwies sich als ein bescheidenes Haus. Der Mann, den Valentin in dieser Stadt zu treffen gehofft hatte, öffnete selbst die Tür. Sein Blick war prüfend und streng, doch nicht unfreundlich, und glitt rasch über die drei fremden Menschen, die bei ihm angeklopft hatten.

«Schelling», sagte er, «du bist der junge Schelling.» Es war keine Frage. Er beugte sich hinunter, als Valentin nur nickte, küsste seinen Scheitel und trat einladend beiseite.

Während Lukas Landau nach dem Stall für seinen Roten suchte, schloss sich die Tür des Pastorats hinter Valentin und Emma. Sie sah den großen Schlüssel in der Innenseite des Türschlosses stecken und fühlte einen Schauer über ihren Rücken laufen. Woher wussten sie, ob dieses Ziel ein gutes für sie war? Ob dieser Prediger der war, der er zu sein vorgab, ob er Schutz oder Gefahr bedeutete? Sie schüttelte den Gedanken ab, pragmatisch, wie der lange Weg sie gemacht hatte, und beschloss, nicht überall schwarze Schatten zu argwöhnen, sondern dankbar zu sein, so unendlich dankbar, weil Valentin den Mann auch gefunden hatte, den er um beinahe jeden Preis hatte suchen sollen. In Utrecht, nicht erst in Leiden. Emma zweifelte, ob es ihr gelungen wäre, ihn alleine weiterreisen zu lassen. Zugleich wollte sie nichts, als endlich auch an ihr eigenes Ziel kommen.

Ein Mädchen, vielleicht eine Tochter des Predigers, hatte sie in eine Stube geführt und einen Becher Milch und eine Schale würzige Kohlsuppe mit ein wenig Lammfleisch gebracht. Emma aß und trank, und in dieser Mischung aus Erleichterung über ihre Ankunft und den Missmut, weil sie nicht erfuhr, was der Prediger mit Valentin besprach, nickte sie ein.

In der engen Stube, in der der Hausherr seine langen Predigten erarbeitete und Besucher aus der Gemeinde empfing, in der auch sonst viele Gespräche geführt wurden, die der Diskretion bedurften, griff er nach einem Vergrößerungsglas.

Valentin saß ihm gegenüber auf einem gepolsterten Stuhl, er hatte sich dabei ertappt, nach dem Muster des Kissenblattes zu sehen, bevor er sich setzte. Der Prediger hatte gleich bemerkt, dass der Junge keine Jacke über seinem Wams trug. Er hatte gefragt: «Was bringst du mir?», und mit leisem Triumph gelächelt, als Valentin ihm mit ängstlich fragendem Blick die Knöpfe reichte.

«Du bist klug», sagte er, «dein Vater hat das erwähnt, und ich habe nicht daran gezweifelt. Später wirst du mir vielleicht berichten, was mit dem Rest der Jacke geschehen ist.»

Valentin schwindelte. «Mein Vater ...», begann er, doch der Prediger schüttelte den Kopf, murmelte etwas, das wie «Später, mein Junge» klang, und reichte ihm einen Brief.

«Lies», sagte er, «du bist erwachsen und verständig genug, um zu wissen, dass du alles, was du dazu in diesem Haus erfährst, nie gehört hast.» Dann putzte er die Lupe, als müsse er Disziplin üben, anstatt seiner Neugier gleich nachzugeben. Er drehte und wendete die Knöpfe im Licht einer Kerze, einen nach dem anderen, schließlich nickte er zufrieden, legte sie nebeneinander mit der Unterseite nach oben auf den Tisch und beugte sich darüber, die Lupe vor dem rechten Auge. Die eingeritzten Muster oder Buchstaben waren als profane Kratzer leicht zu übersehen gewesen.

Valentin erkannte die Schrift seines Vaters. Der Brief war nicht an ihn gerichtet, was ihn im ersten Moment zutiefst enttäuschte, sondern an den Prediger Maurits de Jongen und ‹die liebwerten treuen Freunde in Gott, unserem Herrn›. Er wusste zu wenig von Politik, tatsächlich so gut wie nichts, also verstand er nicht alles. Aber er verstand, dass sein Vater Nachrichten über die Männer gehabt hatte, die den bevorstehenden Marsch auf Amsterdam an den dortigen Magistrat verraten hatten. Sie trugen die Schuld an dem Misslingen des Angriffs auf die einflussreichste und mächtigste Stadt der Republik, von dem Berchem und Ruisdael in Bentheim so uneinig gesprochen hatten. Die

Männer hatten damit den jungen Oranierprinz selbst verraten und seine gute Sache womöglich für immer sabotiert; weiter gegen die Spanier zu kämpfen und die südlichen Niederlande doch noch vom katholischen Joch zu befreien, war in weite Ferne gerückt. Das war umso niederträchtiger, als diese Männer so lange zu den treuesten Gefolgsleuten des Prinzen und seiner Familie gezählt hatten und sich auch weiterhin so verhielten. Nun bestehe auch höchste Gefahr für das Leben Prinz Willems. Es müsse gehandelt werden, bevor der schändliche Frieden, der zu Münster mit Spanien geschlossen worden war, zu noch mehr Verrat und Mord führe.

Da fiel Valentin wieder ein, was sein Vater wie beiläufig über die Jacke gesagt hatte: Nichts an einer Jacke sei so kostbar und bedeutsam wie die Knöpfe. In der Aufregung, plötzlich mit ihm eine so weite Reise antreten zu dürfen, war es Valentin nicht wichtig erschienen, und er hatte es schnell vergessen. Nun erinnerte er auch, wie sein Vater am Tag vor dem Überfall in der Geest die Bedeutung von Knöpfen noch einmal erwähnt hatte.

So hatte er, Valentin, in der fatalen Kammer in Amersfoort das Richtige getan, als er sie von der Jacke abgetrennt und sicher in seinem Wams verborgen hatte, bevor er Emmet weckte. Er versuchte auch zu verstehen, was sein Vater über die Verräter schrieb, er nannte keine Namen, aber da waren Farben angeführt und Nummern. Nummern? Sie ähnelten denen, die er von Bibelversen kannte. Dann der Hinweis, sein Sohn trage eine neue Jacke, daran sei er immer zu erkennen, der Junge werde sie gut hüten, auch die Knöpfe, denn er trage sie stets geschlossen.

De Jongen fand auf dreien, was er suchte – auf der Unterseite der Knöpfe. Er wurde blass, als er in den kaum wahrnehmbaren Kratzern die letzten entscheidenden Hinweise entziffert hatte. Schon nach Schellings Brief hätte er die richtigen Männer zumindest verdächtigen müssen, aber er hatte die bittere Wahrheit nicht sehen wollen. Und gerade ihnen gegenüber hatte er angedeutet, was Schelling über die Jacke seines Sohnes geschrieben hatte. Es hatte allgemein geklungen, aber unter diesen Umständen musste es als ein Hinweis verstanden werden. In einer Jacke aus Gobelin, wie der seines Sohnes, so hatte der Hamburger Bruder geschrieben, sei für jene, die sich darauf verstünden, stets viel zu erkennen.

Nun erst begriff de Jongen, in welche Gefahr er Valentin gebracht hatte, als er den falschen Männern vertraut hatte. Sie würden nicht davonkommen. Jetzt erst recht nicht.

Von dem vierten Mann, dem aus Leiden, hatte der sterbende Eilposten Sievers in Bremen seinem Vetter Schelling nichts sagen können, weil er nichts von ihm gewusst hatte.

Vor Morgengrauen, als selbst das unruhige Utrecht noch schlief, pochte es an die Türen von drei angesehenen Bürgern. Es pochte lange, bis endlich geöffnet wurde. Jeweils vier Männer drängten in die Dielen und forderten, den Hausherrn zu sprechen. In einem der Häuser, es stand nicht weit von der Domkirche, sprang der Anführer mit langen Schritten gleich die Treppe hinauf zur Schlafkammer, denn er kannte sich aus in diesem Haus. Er war enttäuscht und sehr zornig. Anders als die anderen traf er auf keine weinende oder schimpfende Ehefrau, der Herr dieses Hauses war schon lange Zeit Witwer. Doch wie in den beiden anderen wusste auch in diesem niemand, wo der Hausherr sich aufhalte oder wann er zurückkehre. Die Dienerschaft wusste nur, dass er gestern Abend verreist sei, wohl nach Amsterdam, nein, Genaues wisse man nicht. Auch Verräter hatten treue Diener.

Auf einem Stuhl in der Diele lag, als schmutziges Knäuel unbeachtet, eine seltsame Jacke. Sie sah aus, als habe sich jemand die Mühe gemacht, sie aus Gobelinstreifen zusammenzusetzen.

Einige Tage später erreichte die traurige Nachricht Utrecht, drei Bürger der Stadt, jeder ein ehrbares Mitglied ihrer rechtgläubigen Gemeinden, seien mit ihrer Prahm auf der Zuidersee gekentert und dabei umgekommen. Schuld sei ein kurzer heftiger Sturm gewesen, wie er im Frühherbst manchmal unversehens von der Nordsee heranbrause. Es wurden viele gute Worte über sie geredet, auch Flugschriften verfasst, Gebete gesprochen, heimliche und öffentliche. Die See behielt ihre Körper, was aus ihren unsterblichen Seelen wurde, ist nicht bekannt.

∽∾

Neuerdings verkehrte eine Trekschuit über die Utrecht'sche Vecht nach Amsterdam. Eine Fahrt dauerte etwa anderthalb Tage. Genau war das vorher nie zu sagen, da das zumeist von einem Pferd gezogene Boot, wo immer es möglich war, auch sein Segel setzte und den schnelleren Wind nutzte. Es ging durch flaches Land voller Wiesen, Kanäle, kleiner Seen, Deiche und wohl mehr Windmühlen als Bäume. Was auch an der geringen Zahl der Bäume lag. Emma genoss die gemächliche Fahrt, blickte in den Himmel und über das grüne Land mit den Gehöften und zahlreichen Herrensitzen, lauschte nur halb den Gesprächen ihrer Mitreisenden und blieb selbst überaus wortkarg. Irgendwann hielt sie auch nach der vorwitzigen Rabenkrähe Ausschau; sie hatte sie seit Amersfoort nicht mehr gesehen. Erst jetzt fiel ihr auf, wie oft der große schwarze Vogel ihr und Valentin an Wegkreuzungen vorausgeflogen war. Jedenfalls hatte es oft so gewirkt.

Dem jungen Wolf war sie noch einmal in den Hügeln nicht weit von Utrecht begegnet, nur von ferne hatte sie ihn gesehen, irgendwo an einem Waldrand. Er war plötzlich da gewesen, hatte aus dem Unterholz zu ihr herübergeschaut, ein letztes Mal. Er hatte stolz und auf eine ruhige Weise kraftvoll gewirkt. Und er war nicht mehr allein. Eine junge Wölfin hatte sich an seine Seite gedrängt, ihr Fell im Sonnenlicht fast weiß. Der Wolf hatte der Trekschuit ein Heulen nachgesandt, und Emma hatte es als Abschiedsgruß verstanden und selbst eine melancholische Traurigkeit gefühlt. Dann war das Grau seines Fells mit dem Grün der Gebüsche verschmolzen, und er war verschwunden. Aber er hatte überlebt. Sie hatten beide überlebt. Alle drei. Das war es, was zählte.

Lukas Landau ritt auf dem Roten immer in der Nähe der Trekschuit. So war Emma auch auf diesem letzten Abschnitt ihrer langen Reise nicht allein. Es kam ihr seltsam vor, ohne Valentin zu reisen. Der war in Utrecht geblieben, noch war nicht entschieden, wann er nach Hause zurückkehren würde. Ob er überhaupt zurückkehren würde. Er hatte sie und Landau zur Trekschuit begleitet, das Boot lag schon am Anleger zur Abfahrt bereit. Was sagte man einander nach einer solchen Reise?

«Ich wünsche dir eine glückliche Ankunft bei deiner Familie», hatte er gesagt, ganz steif und förmlich, und Emma hatte lachen müssen und zugleich ein bisschen weinen. «Ach, Valentin, wie soll ich diese Reise ohne dich zu einem guten Ende bringen?» Sie hatte ihn fest in die Arme geschlossen, sein Erschrecken über so viel vertraute Nähe gespürt und doch nicht losgelassen. Da hatte er für einen Moment nachgegeben und Emma seine Wärme und Zuneigung spüren lassen. «Danke», hatte er geflüstert, sodass nur sie es verstehen konnte, «danke für alles. Für alles.»

Dann hatte der Schiffer gerufen, es werde nun abgelegt, Valentin war zurückgetreten, immer noch klein und dünn zwischen all den munteren Utrechtern auf dem Anleger, kaum mehr als ein grauer Strich. Aber er hatte gewinkt, einmal. Emma würde das Bild nicht vergessen, es würde sie begleiten. Obwohl es eigentlich ein trauriges Bild war, schloss sie es in ihre Erinnerungen ein wie einen beschützenden Talisman.

Nun also Amsterdam. Die unbekannte Familie van Haaren. Was vor ihr lag, war ein fast so großes Abenteuer wie das hinter ihr liegende. Während der letzten Wochen war so viel geschehen, sie hatte wenig darüber nachgedacht, was sie erwartete. Jedenfalls kam eine andere Emma van Haaren dort an, als sie erwarteten. Gesicht und Hände waren braungebrannt wie bei einer Fahrenden, auch sonst verrieten ihre Hände eher ein Bauernmädchen als eine Tochter aus gutem Haus, ihre Kleider – ach, ihre Kleider. Bevor sie an die Haustür der van Haarens klopfte, sollte sie unbedingt halbwegs manierliche Kleider auftreiben, obwohl ihr die Vorstellung, als weit- und wildgereister Emmet anzuklopfen, ziemlich gut gefiel. Leider durfte sie Flora die Schande nicht antun, eine solche Tochter großgezogen zu haben. Sie hatte ohnedies nichts außer dem von Smitten veränderten, letztlich also gefälschten Passpapier vorzuweisen. Immerhin stimmte der Familienname.

Trotz all dieser Unwägbarkeiten, auch der Abschiede, war sie gut gestimmt. Nach diesen letzten Tagen und Wochen konnte nur noch wenig geschehen, was sie erschrecken würde. Eines immerhin stand fest: Zurück würde sie mit dem Schiff fahren. Und wenn man sie nun, nach ihrem im höchsten Maße unschicklichen Abenteuer in diesem großen Haus an der Keizersgracht nicht mehr haben wollte, dann würde sie eben gleich das nächste Schiff zurück nach der Elbe nehmen.

Als die Trekschuit ihren Platz im Amsterdamer Hafen erreichte, wartete Lukas Landau schon am Anleger. Er war wieder ganz der Bote von Ostendorf und des Ratsherrn Engelbach. Die kurze Zeit der in den Stunden der Gefahr gewachsenen Vertraulichkeit war vorüber. Emma war zuerst erstaunt, dann verstand sie und wusste, so war es richtig. Es gefiel ihr trotzdem nicht.

Er hatte schon herausgefunden, wo sich das gemeinsame Handelskontor einiger Hamburger Kaufleute befand, das für

Emma die Anweisung auf eine ausreichende Summe Gulden bereithalten sollte. Es war nicht weit. Auf dem Kai entlang der Gracht und auf der Straße vor dem Kontor stapelten sich Tonnen und Kisten, Fuhrwerke wurden beladen; vom Anleger in der Gracht kam neue Ware für den benachbarten Speicher holländischer Händler. Inmitten von alledem stand eine leichte elegante Kutsche mit luxuriösen Polstern, ein Einspänner mit einem friedlich aussehenden, ziemlich dicklichen Apfelschimmel. Der Kutscher döste seelenruhig auf seinem Bock.

Während Landau zwischen den Warenstapeln und Arbeitern einen sicheren Platz für sein Pferd suchte, trat Emma schon voller Ungeduld in die Diele. Ein junger Kaufmannsgehilfe musterte sie misstrauisch, sie kam seinen Fragen zuvor: «Ich weiß, ich sehe nicht so aus», erklärte sie fröhlich, «ich sehe überhaupt seltsam aus, trotzdem bin ich Emma van Haaren aus Hamburg. Mein Stiefvater ist Friedrich Ostendorf, mein Pate der Ratsherr Engelbach, beide haben hier für mich ...»

«Verschwinde», sagte eine nur mühsam beherrschte kalte Stimme hinter ihr, «sofort. Wer du auch wirklich bist, auf eine so dreiste Betrügerei fällt hier niemand herein. Raus! Sonst lasse ich die Wache holen, und du lernst das stinkendste Loch vom Zuchthaus kennen, das wir finden.»

Emma wandte sich mehr erstaunt als erschreckt nach der Stimme um. Ein bleich und sehr ernst aussehender Mann stand in der Tür des Kontors, nur seine Wangen zeigten rote Flecken des Zorns. Er erinnerte sie an Hannelütt, obwohl der gewiss niemals so leidenschaftlich zornig werden konnte.

«Ihr solltet Euch nicht so aufregen, das ist ganz überflüssig. Es macht nur einen Aderlass nötig, was auch kein Vergnügen ist. Ich *bin* Emma van Haaren, in den falschen Kleidern, so gestehe ich gerne zu. Aber das ist eine lange Geschichte, die geht Euch kaum etwas an. Wer seid Ihr überhaupt, stellt man sich hier nicht vor?»

Der sich im gerechten Zorn wähnende Notar Schrevelius dachte nicht daran, sich der nächsten Betrügerin vorzustellen, diese in ihrer dreckigen Aufmachung war bisher allerdings die dreisteste. Hielt es nicht einmal für nötig, hübsche Kleider anzulegen und verfolgte Mevrouw van Haaren sogar hierher. Die alte Dame fragte seit einigen Tagen selbst jeden Nachmittag im Hamburger Kontor nach Neuigkeiten, immer vergeblich. Er hatte ihr sowieso davon abgeraten, es rege sie nur auf. Hinter der verglasten Wand zum Kontorzimmer der Kaufmannsdiele fiel krachend ein Stuhl um, just in dem Moment, als Schrevelius zur Tat schreiten und nach einer Wache schicken wollte. Stimmen wurden laut, deutsche und niederländische, beschwichtigende und aufgeregte.

Schrevelius hatte die Tür sorgfältig hinter sich ins Schloss gezogen, nun wurde sie energisch aufgestoßen. Eine vornehme alte Dame stand in der Diele.

«Hanns», rief sie, «mein lieber Junge. Mein Hanns.» Mevrouw van Haaren schwankte ein bisschen, aber wirklich nur ein bisschen, und lachte und weinte und rief: «Ach, was. Emma, ich habe so lange gewartet. Du siehst genauso aus wie dein Vater. Das braune Haar, ganz genauso. Einen Moment lang dachte ich, ein Wunder – aber nein, so senil bin ich doch noch nicht. Nun macht doch Platz, Schrevelius, lasst mich durch. Ich will endlich meine Enkelin in die Arme schließen. Wer braucht bei diesem Kind noch Briefe und Urkunden!»

So nahm Emmas Reise ein so plötzliches wie glückliches Ende. Vielleicht nicht nur glücklich, so ist das Leben nicht, aber in der Summe eben doch. Glücklich.

Das ist allerdings eine andere Geschichte.

Epilog

An einem der letzten Novembertage des Jahres 1650 legte die *Meeuw van Texel* im Hamburger Hafen an. Die Fahrt über die Nordsee war unruhig gewesen, die gut elf Meilen lange Strecke von der Mündung elbaufwärts dafür umso angenehmer. Der Wind hatte gedreht, auf die gefürchteten Böen verzichtet und das Schiff schneller als erwartet vorangetrieben.

Es erreichte die Stadt am Nachmittag, der Tag war so klar gewesen, wie es im zur Dunstigkeit neigenden November eben noch möglich war. Das Land entlang der Ufer war in sanftes Licht getaucht und nahm selbst der Ahnung des herandrängenden Winters die Schärfe.

Zu den wenigen Passagieren, die auf der mit Gütern aus aller Welt voll beladenen *Möwe* noch Platz und Unterkunft gefunden hatten, zählte eine junge Frau. Um nicht allein zu reisen, was sich wirklich nicht schickte, hatte ihre Amsterdamer Familie für passende Gesellschaft gesorgt, nämlich zwei alte Schwestern mit ihren Dienstmädchen, die nach höchst vergnüglichen Monaten im Haus ihrer dritten Schwester an der Amstel an die Elbe zurückkehrten. Die Damen waren immer noch vergnügt, obwohl sie ihre junge Begleiterin, das reizende Fräulein van Haaren, doch mit Bedauern verabschiedeten.

Emma war wieder zu Hause. Sie war nicht in einer gepolsterten Kutsche zurückgekehrt, darauf hatten die Wetten recht gut gestanden, doch allein der mit seidigem Pelz gefütterte wollene Mantelumhang mit seiner weich fallenden Kapuze zeigte, ebenso wie die Qualität des Ringes an ihrem rechten Mittelfinger, welch gute Aufnahme sie in Amsterdam gefunden hatte. Sie war wieder da, rechtzeitig zur Weihnachtszeit, wie sie es versprochen hatte. Viele Briefe waren hin und her gegangen, Ostendorf hatte trotz der Kosten für die Eilboten nicht ein Mal die Brauen gehoben, jedenfalls nicht in Gegenwart seiner Frau. Flora war nicht gestorben, auch ihr kleiner Sohn hatte die schreckliche Strapaze der Geburt überstanden. Beiden ging es sehr gut.

Emma ließ ihr Gepäck auf der *Möwe*, die beiden schweren Reisekörbe konnten Ostendorfs Fuhrleute morgen holen, und machte sich allein und zu Fuß auf den Weg zum Herrengraben. So, wie sie es geplant hatte. Der Boden schien zu schwanken, wie immer nach einer Schiffsreise. Sie wäre gerne in Valentins Gesellschaft zurückgefahren. Er wollte jedoch eine Weile in Utrecht bleiben, es gebe dort eine Gobelinwirkerei, hatte er nach Amsterdam geschrieben, dort könne er einiges lernen, das ihm nützlich sein werde, wenn er nach Bremen zurückgekehrt die Nachfolge seines Vaters antrete. Emma hatte nicht gefragt, aber dass er seinen Vater darüber hinaus nicht erwähnte, bedeutete, dass man von Schelling nie mehr gehört hatte.

Emma ging am Hafen entlang, er erschien ihr so klein nach den endlosen Kais und zahllosen, immens großen, mit Kanonen bestückten Seglern von Amsterdam. Sie ging über die Hohe Brücke, weiter über die Schaartorbrücke, wunderte sich, weil alles so unverändert war, und bog schließlich in den Herrengraben ein. Von irgendwoher kam Musik – eine Violine, ein Cembalo, eine Flöte. Nicht virtuos, aber gerade darum berührte es ihr Herz. Sie vermisste den Klang einer Laute. Lukas Landau hatte Amsterdam schon wenige Tage nach ihrer Ankunft verlassen, jedenfalls das Haus der van Haarens. Sie hatten ihm

Geld gegeben und ihn wie einen Diener behandelt. Er war verschwunden, ohne sich von ihr zu verabschieden, was immer der Grund dafür gewesen war. Die Musik verklang, als sie die Straße hinunterging.

Hinter den Fenstern von Ostendorfs Haus brannten mehr Öllampen und Kerzen als bei den Nachbarn. Plötzlich war Emma bang. Nur wenige Monate waren seit ihrer Abreise vergangen, und doch war es eine lange Zeit gewesen. Sie war immer noch Emma, ein wenig von Emmet war dennoch geblieben.

Eine neue junge Hausmagd öffnete auf ihr Klopfen, und da noch mehr Besuch erwartet wurde, ließ sie die junge Frau im kostbaren Pelz knicksend ein. Emma legte die Finger auf die Lippen und ging auf Zehenspitzen zur weit offen stehenden Stubentür. Sie waren alle da: Flora und Ostendorf, auch Margret, die Engelbachs, Musikdirektor Schop, sogar Pastor Rist aus Wedel, das schläfrige Fräulein Möhle, die Wenners und einige andere. Kerzen erleuchteten den Raum und malten Farben wie auf einem Gemälde Rembrandts, alle wandten ihr den Rücken zu, weil sie dem Lautenspieler lauschten. Der sah und erkannte sie als Erster. Lukas Landau blickte sie an, dieses seltsame Fräulein van Haaren, das plötzlich so erwachsen aussah und noch den freimütigen Blick von Emmet hatte, seine Finger wechselten ganz von selbst in eine andere Melodie, ein inniges englisches Lied, das hatte sie gesungen, als er sie auf seiner Suche zum ersten Mal gesehen hatte.

Ein Herr, den sie als Einzigen nicht kannte, spürte als Nächstes ihre Gegenwart und wandte sich um. Er war in Floras Alter, ein unauffälliger Mann, die Narben in seinem Gesicht unter dem noch sehr dunklen Haar waren tief, sein Bart schon ein wenig grau. Sein Blick verriet plötzliche Freude, und er erhob sich. Nun wandten sich alle um, Flora entfuhr ein glücklicher Schrei, schon war sie bei Emma, ihrer so sehr vermissten liebsten Tochter, und zumindest Ostendorf fürchtete, sie könnten einander gar nicht mehr loslassen. Was sollte Dederich Tauber nur von diesem rührseligen Fräulein denken? Alles war doch schon so passend arrangiert.

Was gibt es noch zu berichten?

Die Bocholtin hatte bei dem Ostendorf'schen Musikabend gefehlt, weil sie an einem jener milden Sommertage im Garten ihrer bremischen Verwandten wieder über ihrer Bibel eingenickt, aber einfach nicht mehr aufgewacht war. Smitten war bald darauf verschwunden, niemand wusste, wohin.

In der Schelling'schen Gobelinwirkerei in Bremen wurde zu Beginn des neuen Jahres eine stille Hochzeit gefeiert. Die erste Hausmagd hatte endlich eingewilligt, die Frau des Wirkmeisters zu werden. Schelling würde nie zurückkehren, bis aber Valentin zurückkehrte und seine Nachfolge antrat, sollten die Werkstatt und das Anwesen gut verwaltet werden. Dafür wollte sie sorgen. Es würde nicht leicht werden, oft sogar bitter, aber auch das ist eine andere Geschichte.

Der 1648 zu Münster geschlossene Frieden zwischen Spanien und der Republik der Sieben Vereinigten Provinzen der Niederlande blieb unangetastet. Dafür folgten bald andere Kriege. Und schon bevor Emma ihre Heimreise angetreten hatte, war Willem II. von Oranien an den Pocken gestorben, er war vierundzwanzig Jahre alt und nie König der Niederlande geworden.

Emma war nun wieder zu Hause, Flora war überglücklich. Das Erzählen nahm kein Ende, dabei war es nur klug, wenn Emma die eine oder andere Episode aus ihrem Leben als Emmet für sich behielt. Außerdem gab es viel Zukünftiges zu bedenken.

Historische Anmerkung

Der sogenannte Westfälische Friede beendete nach jahrelangen Verhandlungen im Oktober 1648 den Dreißigjährigen Krieg. Vertreter des Kaisers hatten in Münster mit Frankreich und seinen Verbündeten verhandelt, in Osnabrück mit Schweden und dessen Verbündeten, was das Geschachere um die Kolonien einschloss. Einige Monate zuvor war in Münster im Rahmen der Verhandlungen auch der Friede zwischen Spanien und der Republik der Vereinigten Niederlande geschlossen worden (‹vrede van Munster›), der einen achtzig Jahre währenden Konflikt beendete.

Wie bei allen Religionskriegen ging es im Dreißigjährigen Krieg vielleicht zunächst um die Religion, um die Spannungen zwischen katholischen, protestantischen und auch calvinistischen Herrschaftsgebieten, bald aber nur noch um die Vormachtstellung in Europa. Für die Bevölkerung der jeweils umkämpften oder besetzten Gebiete waren die Machtverschiebungen ziemlich egal, alle Armeen hinterließen Tote und Gefolterte, geleerte Vorratskammern, ruinierte Dörfer und Städte, verbrannte Erde. Es heißt, rund 30 bis 40 Prozent der Bevölkerung im Reich fiel dem Krieg und seinen Genossen Hunger und Seuchen zum Opfer. Besonders stark betroffen waren Mecklenburg und Pommern, Brandenburg, Schlesien, Mittel- und Südwestdeutschland. Es heißt, der Nordwesten des Reichs, in dem dieser Roman teilweise angesiedelt ist, sei glimpflich davongekommen, trotzdem gab es zerstörte oder durch ständige Tributzahlungen und von der Brandschatzung und Plünderung immer wieder freigekaufte, finanziell ruinierte Städte wie Bremervörde, Lingen oder Rheine.

Nach dem Friedensschluss, der 1650 in Nürnberg endgültig besiegelt wurde, waren die Calvinisten als dritte Konfession anerkannt. Die territorialen und staatspolitischen Veränderungen, regionalen und institutionellen Machtverschiebungen galten als neue Ordnung zur Schaffung souveräner Staaten. Dies genauer auszuführen, würde hier den Rahmen sprengen.

Die Republik der Vereinigten Niederlande entstand nach einem Aufstand gegen die spanische Herrschaft durch Abspaltung von den südlichen (spanisch bleibenden) Niederlanden. Calvinistisch geprägt, aber überwiegend um der guten Geschäfte und des guten Lebens willen zu großer praktischer Toleranz bereit, entwickelte sich in dieser Zeit das sogenannte Goldene Zeitalter. Insbesondere die winzige Provinz Holland mit dem starken Amsterdam stieg durch Handel und Schifffahrt zur Weltmacht und zum ersten Global Player auf. Ihr Erfolg bewies: Gott war auf ihrer Seite, nicht auf der Seite der katholischen Spanier. Orthodoxe calvinistische Gruppen wollten den Frieden nicht akzeptieren. Sie hatten die Unterschrift in Münster einige Zeit hinausgezögert, um mit dem allerdings ebenfalls katholischen und sehr starken Frankreich gegen die Spanier zu ziehen. Die Mehrheit, insbesondere die in der Republik äußerst einflussreichen Amsterdamer waren strikt dagegen. Denn Frankreichs Machtgelüste, die südlichen Niederlande zu ‹befreien›, um dann auch die ganze Republik zu vereinnahmen, waren offensichtlich. So blieb der Süden, das spätere Belgien, spanisch und katholisch.

Die Literatur zum Dreißigjährigen Krieg ist unüberschaubar.

Gründlich informiert der steinschwere dreibändige Katalog zur Europaratsausstellung *1648 – Krieg und Frieden in Europa* (1998). Literatur zu diesem schillernden 17. Jahrhundert in den Niederlanden, auch zum spanisch-niederländischen Krieg samt Folgen für Europa, füllen viele Regalmeter. Das *Zentrum für Niederlandestudien* der Westfälischen Wilhelms-Universität Münster bietet unter NiederlandeNet / Geschichte im Netz (Geschichte der Niederlande im 16.–18. Jahrhundert) einen in zahlreiche Abschnitte gegliederten großartigen Überblick. Über Hamburgs ganz eigene Rolle während des Dreißigjährigen Krieges informieren Martin Knauer und Sven Tode (Hrsg.) ausführlich in *Der Krieg vor den Toren* (2000).

GLOSSAR

Batavia Hauptstützpunkt der → Niederländischen Ostindien-Kompanie (VOC) und Sitz des General-Gouverneurs in Niederländisch-Indien war nach den Batavern benannt, einem längst verschwundenen germanischen Stamm im Rheindelta. 1950 wurde B. als Hauptstadt des unabhängigen Indonesien in Djakarta (heute Jakarta) umbenannt.

Berchem, Nicolaes Claes Pietersz. (1620 Haarlem–1683 Amsterdam) war ein so erfolgreicher wie produktiver Maler (850 Gemälde), Graphiker (60 Radierungen) und Zeichner (500 Zeichnungen). Italienaufenthalte sind nicht belegt, lassen sich aber durch den Stil seiner Landschaftsmalerei als ziemlich sicher annehmen. Schon mit 22 Jahren wurde er Mitglied der Haarlemer → St. Lukasgilde. Seit 1677 lebte er in Amsterdam.

Bombas Das niederländische Volksinstrument ist eine Variante der (in Deutschland und den Niederlanden) sog. Nonnengeige, die als langes einsaitiges Instrument die Töne der Trompete ersetzen sollte, die u. a. den Nonnen zu spielen verboten war. Beim *bombas* bildet eine Schweinsblase den Korpus. Ein kundiger Informant in Holland (danke, Fritz!): «Es wird eher in der Basslage in weniger virtuosen Partien gespielt. Wenn man einen Metzger kennt, ist es gut zum Selbstbau geeignet. *Bom* bedeutet u. a. Kugel.»

Burgmannshöfe waren zumeist in der Vorburg oder in der zur Burg gehörenden Stadt gelegene Anwesen. Sie wurden von den Burg- oder Landesherren ihren ‹Burgmannen› gegeben, Männern (oder Familien), die neben der Verteidigung der Burg mit Diensten wie Hofhaltung, Verwaltung, Heerführung u. Ä. betraut waren. Romantisierend kann man sagen: den Getreuen des Burgherren. Aus vielen dieser Familien entstand im Mittelalter der niedere Adel. Die tradierten Rechte der Bewohner mancher dieser Höfe bestanden weit über die Existenz der Burg hinaus.

Dat du mien Leevsten büst. Für alle Nicht-Norddeutschen: *Dass du mein Liebster bist* gilt als das bekannteste niederdeutsche Lied und erzählt von der Bitte eines Mädchen an den Liebsten, er möge sie bei Nacht, wenn die Eltern schlafen, in ihrer Kammer besuchen. Die Herkunft des Liedes ist unbekannt. Tatsächlich weiß niemand, wie lange das Lied schon gesungen und geliebt wurde, bevor es der tschechisch-österreichische Komponist Josef Anton Steffan etwa 1760 fürs Cembalo aufschrieb und es so ‹aktenkundig› machte.

Deut Die Münze von sprichwörtlich geringem Wert von einem Achtel → Stuiver kursierte im 17. Jh. in der Region Bentheim-Kleve. Vorbild war der niederländische **Duit**, seit dem 14. Jh., eine entsprechend geringwertige Kupfermünze.

Doktor beider Rechte bedeutete abgeschlossene Studien der Rechtswissenschaften und Promotion sowohl im weltlichen (zivilen) wie im kirchlichen (kanonischen) Recht.

Emdener oder Emder Gans Eine der ältesten (Zucht seit dem 13. Jh. belegt) und größten Hausgans-Rassen. Schneeweiß und mit besonders langem Hals heißt sie auch Schwanengans. Sie wird nur auf der Weide gehalten auch ohne Mast hübsch fett und schwer. Früher in jeder Bauernkate zu finden, ist die Rasse heute stark vom Aussterben bedroht.

Engelbach'scher Garten Der E. G. in diesem Roman hat sein echtes Vorbild im Garten des Ratsherrn Caspar Anckelmann in der Hamburger Neustadt nahe dem Befestigungswall, den er 1664 von seinem Vater erbte und im wörtlichen Sinn zu großer Blüte führte. Die hamburgische Gartenliebe und -kultur des 17. u. 18. Jh. gehört zur Stadt wie der Hafen. Kunde vom Anckelmann'schen G. hat die Nachwelt zu unser aller Glück durch die wunderbare und detailgetreue Kunst des Blumenmalers Hans Simon Holtzbecker. Seine Florilegien – das Anckelmann'sche Florilegium, das etwas bescheidenere Moller'sche F. und das der exotischeren und reicheren Gärten des Schleswig-Holstein-Gottorfer Schlosses – können in aktuellen Büchern wieder mit freudigem Staunen betrachtet werden.

Erbauungsbuch / -literatur gab es schon im späten Mittelalter (z. B. die Stundenbücher) als Schriften für die häusliche, stille Andacht; sie erfuhren durch die Reformation einen Aufschwung. Die starke Differenzierung der Frömmigkeit im 19. Jh. löste eine regelrechte Flut neuer Erbauungsliteratur aus.

Geschwindigkeit war in jenen Zeiten, als noch nicht jedes Schlagloch eine empörte Schlagzeile wert war, sehr relativ. Wenn alles gutging, so wird heute geschätzt, legte ein kräftiger Geher bis zu 40 km am Tag zurück, ein Reiter ca. 10 km mehr. Das Vorankommen einer Kutsche oder eines Fuhrwerks hing am stärksten von der Gesundheit der Zugpferde und dem zumeist gruseligen Straßenzustand ab, war also bei weiten Reisen kaum zu berechnen. Am raschesten reiste es sich in der Kutsche im Winter, wenn auch der tiefste Schlamm fest gefroren war. Gemütlich war das nicht.

Hamburger Ratsmusik Die H. R. wurde im 16. Jh. vom Rat etabliert, zu acht festangestellten Musikern von hoher Qualifikation gab es Anwärter, die bei Abwesenheit oder im Todesfall eines Musikers nachrückten. Die H. R. spielte bei den offiziellen Gelegenheiten, Festen, an weltlichen wie kirchlichen Festtagen u. Ä. und wurde von wohlhabenden Bürgern engagiert. «Eine Blütezeit erreichte das Ensemble im 17. und 18. Jahrhundert unter führenden Musikern wie William Brade, Johann Schop», so die Gambistin Simone Eckert, heute Leiterin des Ensembles für Alte Musik gleichen Namens. Der englische Einfluss war stark, der exzellente Ruf der Musiker führte zu Gast-Engagements an den Schweriner oder Kopenhagener Hof. Die Turmbläser waren den H. R. angeschlossen, aber von den Kirchen besoldet.

Holzschuhe wurden aus Erlen-, Pappel-, Linden- und Birkenholz gemacht. Es heißt, Frauen bevorzugten die aus leichtem Pappelholz; allgemein wurden die aus festem Birkenholz vorgezogen, die sich weniger schnell abliefen. Zumindest bis weit in die 1950er Jahre waren Holzschuhe auf dem Land die gewöhnliche Fußbekleidung, im Winter mit etwas wärmendem Stroh gepolstert, was auch für Kinderfüße gemütlich war.

Kalender Die Sache mit dem Kalender habe ich großzügig unbeachtet gelassen. Im 17. und auch im 18. Jh. konkurrierten noch der alte julianische und der seit dem Ende des 16. Jh. eingeführte gregorianische, nach Papst Gregor XIII. benannte und in den katholischen Herrschaftsgebieten gültige K. Der Unterschied in der Zeitrechnung betrug zehn Tage. Um die Verwirrung komplett zu machen: In manchen Gebieten wechselten die Gültigkeiten während des Dreißigjährigen Krieges mehrfach aus religiös-ideologischen Gründen – je nachdem, wer gerade als Besatzer das Sagen hatte. Die pragmatischen Provinzen Holland und Seeland richteten sich wie die spanischen südlichen Niederlande schon seit 1582 nach dem gregorianischen K., als der Rest der Republik noch nach dem julianischen lebte (überwiegend bis 1700, wie auch Hamburg). Zuletzt führte China 1949 die astronomisch richtige gregorianische Zeitrechnung ein.

Koller oder Goller Der taillenlange relativ weite Umhang wurde über dem Wams getragen. Er war häufig aus schützendem Leder, besonders wenn er von Soldaten getragen wurde. Um 1650 war der K. schon ziemlich aus der Mode.

Krähennest Die traditionelle Bezeichnung für den Ausguck am vorderen Mast großer Segelschiffe trägt der Lebensweise aller Krähen- bzw. Rabenvogel-Arten Rechnung, die ihre großen Nester in den Kronen hoher Bäume oder auf Felssimsen bauen.

Kutschen waren bis ins 19. Jh. höchst unbequeme Gefährte. Federungen, die die Stöße der Räder auf den unbefestigten Straßen und Wegen milderten, gab es im 17. Jh. nur in den allerersten Anfängen. Ein langer Ritt war immer noch bequemer als eine lange Kutschfahrt, für eine geübte Reiterin angeblich selbst im Damensattel. Aus Frankreich hörte man in jenen Jahren, die wohlhabenderen Kreise des Adels führen nun in Kutschen mit Glasfenstern, die Staub, Wind und Regen aussperrten. Von solchem Luxus konnte bei einer Mietkusche wie der Schelling'schen keine Rede sein.

Meile Das je nach Zeit und Region sehr unterschiedliche Längenmaß gibt es seit den Tagen des alten Rom, da maß die M. 1479 m. In der frühen Neuzeit zählte z. B. die in Norddeutschland weitgehend geltende preußische Meile 7532 m, die sächsische hingegen 9062 m.

Mörselküchlein sind nach einem Rezept aus dem späten 16. Jh. Kuchen aus sechsunddreißig Eiern, zwei Quart gutem Milchrahm, gewürzt mit Zimt, Ingwer, Muskat und Zucker, vermengt mit Butter, altbackenen Semmeln, ‹Rosincken soviel als du willst› und einer Reihe von aromatischen Kräutern. Die gebackene Masse wird in hübsche Stücke geschnitten und mit Zimtzucker bestreut. Lecker!

Neuwerk Die kleine Insel im Wattenmeer in der Elbmündung Höhe Cuxhaven gehört mit kurzer Unterbrechung seit Jahrhunderten zu Hamburg. So ist der von 1300 bis 1310 erbaute, auch als Befestigung dienende Leuchtturm von 30 m Höhe Hamburgs ältestes Gebäude.

Niederländische Ostindien-Kompanie → Vereenigde ...

Osning Der O. heißt heute Teutoburger Wald. Der Name wurde 1616 zuerst von einem Wissenschaftler von dem römischen Historiker und Senator Tacitus (56–117 n. Chr.) in Teutoburger Wald rückübersetzt, aber erst im 18. Jh. allgemein gebraucht.

Pomade zum Schwarzfärben der Haare wurde aus zerstoßenen Galläpfeln, Spießglanz (Antimon), Gewürznelken und Weinessig angerührt und bis zu dicklicher Konsistenz geköchelt. Nach gründlichem Waschen der Haare trug man die Pomade Strähne für Strähne auf und ließ sie über Nacht einwirken. Die Haare blieben lange schwarz. Es heißt, um jünger auszusehen, färbten Männer gerne ihre ergrauenden Bärte.

Prahm Die zumeist offenen flachen Boote mit einem Mast sind an der Ost- und Nordseeküste in verschiedenen Formen schon seit dem 13. Jh. nachgewiesen. In der holländischen Schifffahrt bezeichnete es ein einfaches Frachtschiff mit Seitenschwertern für besonders flache Gewässer, auch für die Wattenfahrt.

Rapier Als Weiterentwicklung des schwereren Seitenschwerts gilt das R. als relativ leichte Hieb- und Stichwaffe, besonders des 17. Jh. Es wurde auch als Fecht- und Duellwaffe verwendet. Der ‹Gefäß› genannte metallene Handschutz war meistens kunstvoll verziert.

Reichsfreiheit / Reichsunmittelbarkeit bedeutete im Heiligen Römischen Reich Deutscher Nation für ein Gebiet, eine Person oder Stadt, niemandem als dem Kaiser zu unterstehen, so z. B. Reichsstädte wie Lübeck, Köln, Speyer, Augsburg oder Regensburg. Die R. war mit bestimmten Pflichten und Vorrechten verbunden ähnlich denen der Fürsten. Hamburg war seit dem frühen 16. Jh. freie Reichstadt, gleichwohl musste darum immer wieder vor dem → Reichskammergericht prozessiert werden. Hamburg und Bremen haben als eigenständige Bundesländer einen Teil ihrer R. bewahrt.

Reichskammergericht Das R. wurde auf dem Reichstag zu Worms 1495 als oberstes Gericht des Reichs eingerichtet, 1527 nach Speyer und 1693 nach Wetzlar verlegt. Mit einem Kammerrichter und 16 Beisitzern verhandelte es das Reich und die → Reichsunmittelbaren betreffenden übergeordneten Klagen; zugleich war es oberstes Berufungsgericht. Prozesse dauerten oft etliche Jahrzehnte.

Rist, Johann (1607 Ottensen–1667 Wedel) war seit 1635 Pastor in Wedel und hielt sich häufig im nahen Hamburg auf. Er war ein großer Gartenliebhaber und gilt als einer der bedeutendsten deutschen Barockdichter von weltlichen wie geistlichen Texten. Nach dem Ende des Dreißigjährigen Krieges (den er zeitweilig im sicheren Hamburg verbracht hatte) schrieb er u. a. das Schauspiel *Das Friedejauchzende Teutschland*. In Hamburg genoss er die vielfältigen kulturellen Anregungen und Unterhaltungen und einen illustren Freundeskreis.

Rolandstandbilder gibt es in sehr vielen Städten Deutschlands und in einigen anderen europäischen Staaten als Symbol für die Stadtrechte. Der zumeist stehende Ritter mit dem ebenfalls symbolträchtigen Schwert steht deshalb gewöhnlich vor dem Rathaus oder auf dem Marktplatz (städtische Marktrechte). Roland war ein Ritter Karls des Großen und fiel heldenhaft im Kampf gegen die schon damals rebellischen Basken bei Roncesvalles, heute als Station auf dem Jakobsweg bekannt. Die Geschichte ist im mittelalterlichen Rolandslied überliefert, der Volksheld stand lange für die Freiheit, nicht zuletzt der städtischen Bürger gegen die kirchliche Macht.

Ruisdael, Jacob Isaackszoon van (1628 o. 1629 Haarlem–1682) Der niederländische Maler und Radierer zählte zu den bedeutendsten Künstlern des sog. Goldenen Zeitalters, insbesondere wegen seiner auf ganz eigene Art stimmungsvollen, ins Dramatische reichenden, zugleich sehr genau beobachteten Landschaften und Naturdarstellungen. Seine Werke haben die Maler der deutschen Romantik beeinflusst. 1650 oder

1651 hielt er sich für einige Monate mit → Nicolaes Berchem in Bentheim auf (heute Bad B.); die Burg mit ihrer besonderen Lage hat ihn so fasziniert, dass er sie leicht variiert gleich auf zwölf Gemälden darstellte. Ab 1657 lebte er in Amsterdam. (Ruisdaels Bilder gehören zu den Ideengebern für dieses Buch – ich finde sie umwerfend.)

Schäfereien oder Schäferidyllen waren im 17./18. Jh. beliebte ländlich-idyllische, manchmal ins Derbe reichende Einakter, auch als Singspiele, um Liebe, Unschuld und Einfachheit mit einer ordentlichen Prise Drama, Erotik und süßer Einfalt, dargeboten in entsprechenden Kostümen aus der Welt der Schäfer.

Schop, Johann (ca. 1590–1667 Hamburg) war ein bedeutender Instrumentalist und Komponist des norddeutschen Barock. Ab 1621 bekleidete er bis zu seinem Tod das begehrte Amt des ersten ‹Ratsviolinisten› und Direktors der → Hamburger Ratsmusik. Er war nicht nur ein exzellenter, weithin bewunderter Violinist, als Berufsmusiker beherrschte er mehrere Instrumente sehr gut, u. a. Laute, Zink, Posaune, Gambe oder Theorbe. Er vertonte auch Dichtungen seines Freundes → Rist (*Johan Risten himlische Lieder*), einige sind in den heutigen evangelischen Gesangbüchern erhalten.

Starstecher oder Okulisten waren die frühen ‹Augenärzte›. Ihre Operation des Grauen Stars war berüchtigt, trotzdem hatten sie großen Zulauf. Wie Zahnreißer und Quacksalber aller Art übten sie ihre Arbeit oft als Fahrende und auf Jahrmärkten aus.

St. Lukasgilde Der Evangelist Lukas ist der Schutzpatron der Maler. Seit dem späten Mittelalter nach ihm benannte Vereinigungen / Bruderschaften der noch den Handwerkern zugeordneten Maler boten ähnlichen Schutz und Förderung wie die Zünfte anderer Berufsgruppen. Nach Lukas benannte Gilden gab es insbesondere am Niederrhein und in den Niederlanden.

Stuiver Die alte niederländische Silbermünze galt in allen Provinzen. 20 St. hatten den Wert von einem Gulden. Heute noch werden in den Niederlanden die 5-Cent-Stücke als St. bezeichnet.

Syndicus Die Syndici waren seit dem 15. Jh. die Justiziare des Hamburger Rats, in der Hierarchie standen sie zwischen den Bürgermeistern und den Ratsherren. Ihre vielfältigen Aufgaben betrafen die Verwaltung, die

Rechtsbelange, Archivars- und Notarsaufgaben, diplomatische Missionen, die Vertretung der Stadt in allen Rechtsangelegenheiten etc. Ihre Wahl galt auf Lebenszeit, wie die meisten hohen Ämter damals.

Taler Die Sache mit dem Taler ist ein sehr weites Feld. Irgendwann und irgendwo hieß eine ganze Reihe unterschiedlich wertiger Silbermünzen Taler. Anno 1671 z. B. betrug der Monatssold für einen einfachen Soldaten im Bistum Münster einen halben Taler (14 Schilling), ein Obrist verdiente 50 Taler. Ein Schinken kostete im Vergleich 14 Schilling, ein Huhn nur zwei Schilling, eine milchgebende Kuh 280 Schilling, also 10 Taler.

Theriak Die ständige Angst vor Vergiftungen – ob als Unfall oder aus böser Absicht – führte u. a. zur Beliebtheit des T., der seit Aristoteles' Zeiten gebraut wurde. Als eine Art Allheilmittel wurde der Trank aus überwiegend pflanzlichen Zutaten zusammengebraut, von bis zu 70 verschiedenen wird berichtet. Die Rezepte wurden von den Apothekern oder Ärzten für gewöhnlich vor der Konkurrenz geheim gehalten und gern mystisch überhöht.

Tulpenmanie Falls Sie bei einem reichen Garten des 17. Jh.s an die Phase der wahnhaften Tulpenmanie denken, ist das ein Treffer. Zu seinem Glück jedoch hatte der Ratsherr Engelbach dieses Romans seinen Garten erst gekauft, nachdem die T. mit großem Krach 1637 kollabiert war. Sonst hätte er vielleicht wie viele Niederländer zu den Männern gehört, die es um ein paar Zwiebeln und hübscher Blüten willen innerhalb weniger Stunden vom Nabob zum Bettelmann brachten.

Vegesack Da der Bremer Hafen immer mehr versandete, wurde im Auftrag des Rats 25 km weserabwärts von 1619 bis 1623 der erste künstliche Seehafen auf deutschem Boden angelegt. Die Ladungen der Seeschiffe wurden von hier auf Leichtern weiter transportiert. Als zu Anfang des 19. Jh. auch der V.er Hafen zunehmend versandete, wurde Bremerhaven gegründet und ein größerer Hafen gebaut.

Vereenigde Oostindische Compagnie (VOC) Die Niederländische Ostindien-Kompanie wurde 1602 von mehreren Gruppen niederländischer Kaufleute gegründet, um mit vereinten Kräften immensen Erfolg und Gewinn zu sichern, anstatt sich gegenseitig konkurrierend in den Ruin zu treiben. Sie erhielt Hoheitsrechte, durfte z. B. Krieg führen und Festungen bauen. Zwei Jahrhunderte bestand das enorme (Handels-)Imperium, dessen in Flottenverbänden fahrende Schiffe brachten ‹Gewürze, Textilien, Porzellan, Kaffee, Tee und andere Luxusgüter›. Der Bedarf an Arbeitskräften fast aller Art bis hin zu Schiffsärzten ist legendär. Mehr als eine Million Menschen verdingten sich für die lebensgefährlichen Fahrten, zum überwiegenden Teil Deutsche auf der Suche nach Arbeit und / oder Abenteuer. Mehr zu diesem spannenden Thema erzählt Roelof van Gelder in seinem Sachbuch *Das ostindische Abenteuer*.

Waldrebe Die W. oder Clematis ist im südlichen Europa heimisch, heute auch im Norden in vielfältigen Formen und Farben an Wänden, Zäunen, in Gärten, auf Balkonen, Lauben oder in Parks zu finden. Um 1650 war sie nördlich der Alpen noch selten und für die Gartenliebhaber entsprechend teuer, in Süddeutschland mit violetten und roten Blüten, einfach und gefüllt, schon verbreiteter. So im berühmten *Hortus Eystettensis*, wie der ‹Katalog› des botanischen Gartens der Willibaldburg in Eichstätt von 1613 zeigt.

Zister / Cister Die Sonderform oder nahe Verwandte der Laute wird seit dem Mittelalter gespielt; das Zupfinstrument gab es in zahlreichen Formen und Stimmungen. Martin Luther soll die Z. meisterlich gespielt haben. Eine Sonderform stellt das sog. Hamburger Cithrinchen (wohl zuerst um 1680) mit seiner Glockenform dar.

Danksagung

Die Arbeit an der Geschichte von Emmas und Valentins Reise war auch für mich eine Reise. Sie führte durch Stapel von Büchern (mit und ohne Bilder), durch Bibliotheken und Museen, durchs Netz. An der Fülle der Informationen bin ich beinahe gescheitert. Jedes Dorf, jeder Fluss, jedes Moor, jede Stadt – alle haben ihre Geschichte und erzählen Geschichten. Mit der geduldigen Unterstützung meiner Lektorin Grusche Juncker, mit ihrem unermüdlichen Vertrauen in meine Arbeit, bin ich doch immer weiter ‹gereist›. Danke, Grusche! Dank auch an Elisabeth Mahler für die sorgfältige Redaktion und an Sylvana Dilewski und Sophie Valentiner, Schaltstellen zwischen allen Beteiligten. Dem ganzen großartigen Rowohlt-Team habe ich viel zu verdanken – nicht zuletzt dem Leiter der Umschlagredaktion Ulrich Wittmaack und der auch in Turbulenzen die rettende Ruhe bewahrenden Herstellerin Julia Müller.

Prof. Horst Lademacher verdanke ich neben seiner umfassenden Studie *Phönix aus der Asche? – Politik und Kultur der niederländischen Republik im Europa des 17. Jahrhunderts* weitere hilfreiche Hinweise, Simone Eckert, Gambistin und Leiterin des Ensembles *Hamburger Ratsmusik* und ihrem Kollegen Ulrich Wedemeier nicht nur wunderbare Konzerte und Anregungen, sondern auch Antworten auf Fragen zum Thema Alte Musik.

Unterwegs von Hamburg bis Amsterdam, überwiegend zu Fuß oder mit dem Rad, habe ich viele Antworten bekommen. Zu danken habe ich außerdem den MitarbeiterInnen der Stadtbibliothek Osnabrück und des Stadtmuseums Quakenbrück, all denen, die sich in den Kirchen, Museen, Informationszentren ausfragen ließen, ob in Bremen oder Bramsche, Oldenzaal, Deventer oder Utrecht, Bad Bentheim oder am Ufer der Hase …

Alle Fehler und Irrtümer gehen wie immer einzig auf mein Konto.

Petra Oelker, im Mai 2016

Weitere Titel von Petra Oelker

Das Bild der alten Dame
Das glücklichste Jahr
Das klare Sommerlicht des Nordens
Die Neuberin
Drei Wünsche
Ein Garten mit Elbblick
Emmas Reise
Nebelmond
Tod auf dem Jakobsweg
Zwei Schwestern

Rosina-Zyklus
Tod am Zollhaus
Der Sommer des Kometen
Lorettas letzter Vorhang
Die zerbrochene Uhr
Die ungehorsame Tochter
Die englische Episode
Der Tote im Eiskeller
Mit dem Teufel im Bunde
Die Schwestern vom Roten Haus
Die Nacht des Schierlings

Felicitas-Stern-Reihe
Der Klosterwald
Die kleine Madonna